马舒 编写

东坡  故事新编 (上)

华夏出版社

图书在版编目（CIP）数据

东晋故事新编：全2册/马舒编写．—北京：华夏出版社，2013.3

ISBN 978-7-5080-7346-0

Ⅰ.①东… Ⅱ.①马… Ⅲ.①历史故事－中国－当代 Ⅳ.I247.8

中国版本图书馆CIP数据核字（2012）第292844号

东晋故事新编

作　者	马　舒
责任编辑	查　纯
出版发行	华夏出版社
经　销	新华书店
印　刷	北京市建筑工业印刷厂南厂
装　订	三河市万龙印装有限公司
版　次	2013年3月北京第1版 2013年3月北京第1次印刷
开　本	880×1230　1/32开
印　张	19.5
字　数	428千字
定　价	48.00元（上下册）

华夏出版社　地址：北京市东直门外香河园北里4号　邮编：100028
网址：www.hxph.com.cn　电话：(010)64663331(转)
若发现本版图书有印装质量问题，请与我社营销中心联系调换。

序

马献礼

我尊敬的、景仰的父亲马舒先生是典型的浙江才子，他前半生颠沛流离，后半生则郁不得志，尝感叹此生徒有大志，却始终碌碌无为，直到离休后才做成一件有意义的大事，即写成并出版了三部历史故事书。

记得首部《西晋故事新编》写成时，出版界风气尚可，第一版（1984年）就印刷了64000册，这个数目在现在可算得是畅销书了。父亲为此振奋莫名，写作情绪更为高涨。但数年后中华书局第二次印刷（1990年），只有可怜的4000册——那时的出版市场已经被港台书籍淹没了。对于后两部书的清冷遭遇，父亲不免叹息"现在人们只爱看那些无中生有的野史和戏说，看正史的没多少了……"尤其是"西晋"出版后，父亲发现其中尚有几处错误，遂亲自勘校，希望有一天重新排版时能予弥补纠正，可惜再无机会，终抱憾而去。

随着出版界逐渐回归理性，华夏出版社慧眼识珠，决定重新组织出版"两晋"、"南北朝"、"隋"三部书，这不啻是史书出版市场"由乱而治"的信号和福音。责任编辑查纯女士与我联系时，我代表马舒先生版权继承人明确表示并不担心书籍的装帧质量，只要求杜绝运用现代电脑技术排版时常犯的只求速度、不重审校的毛病。这不但是父亲生前的愿望，也应当是大众的需求。

父亲写作有两大特点，一是考证极严，二是成文奇快。凡是

经不起推敲、不能作为依据的绝不入文，因此不虞书中会有捕风捉影、穿凿附会的内容，可信度极高，用当代流行语言形容即"相当靠谱"。此书既可作为百姓大众阅读的通俗历史读物，亦可当作专业人员研究参考的历史工具书。是一连串不失真的历史故事。

尤记得父亲曾到我服役的闽东沿海小城霞浦县游玩，当地的新华书店是为最爱，经与书店领导通融，直奔库房，越是不起眼的角落越是翻得起劲，只要是史书，管他是官方版还是民间版，一概收罗殆尽，如获至宝，满载而归，并言称是此行最大收获。当时我脑筋转不过来，还挺感委屈，难道我那生猛海鲜每日伺候、联系乘坐登陆艇出海上岛游览，全是白费功夫？竟抵不上那些卖不出去的旧书耶！

马舒先生于 2007 年 5 月 4 日去世，享年 83 岁。遗体遵嘱捐献，只在南京功德园"志友纪念林"勒石留名。老人家选择"五四青年节"这一天安然辞世，是否在向后人昭示他永远葆有一颗年轻真诚的心？

感谢华夏出版社实现了父亲的遗愿！

最后，以在父亲遗体告别仪式上手拟的两幅挽联告慰他老人家在天之灵，也为本序作结："投身革命走马华东大好河山，涉足翰林轻舒浙西锦绣文章"；"一介书生不堪国辱投笔从戎，满腹经纶有志成才著书立说"。

——2012 年 8 月 1 日写于南京中保村

目　录

上　册

东晋十六国年表
1　过江之鲫 ············ 1
2　"一马化为龙" ········ 7
3　百炼钢 ············· 14
4　李矩连败汉军 ········ 17
5　汉天王昙花一现 ······ 22
6　棘城之战 ··········· 29
7　中流击楫 ··········· 34
8　智取浚仪城 ········· 40
9　如此中兴名士 ········ 45
10　"王与马，共天下" ··· 50
11　王敦逼京城 ········ 57
12　周顗遇害 ·········· 62
13　"吾寿几何？" ······ 67
14　勿越雷池一步 ······· 73
15　苏峻之乱 ·········· 78
16　"高山崩，石自破" ·· 84

17　葛洪炼丹 ·········· 91
18　《搜神记》 ········· 97
19　刘曜耀武关中 ······ 101
20　石勒灭前赵 ········ 107
21　石勒的继承人 ······ 114
22　石虎夺位 ·········· 119
23　前燕的兴起 ········ 124
24　"丰年玉"和"荒年谷" ··· 130
25　桓温伐蜀 ·········· 136
26　石氏崇佛 ·········· 141
27　"天崩地陷" ······· 145
28　举起长柄大斧造反 ·· 151
29　石虎病亡前后 ······ 155
30　褚裒北伐受挫 ······ 160
31　高鼻多须者遭殃 ···· 164
32　苻健取关中 ········ 169
33　冉闵之死 ·········· 174

34	计取传国宝玺	179	45	卖水的统帅	239
35	"咄咄怪事"	184	46	海西公	246
36	不渡灞水	190	47	新亭宴	251
37	独眼暴君	195	48	七十五年和十天	257
38	桓温的心事	200	49	逆婿逆侄和逆子	262
39	东山再起	205	50	夫人城	267
40	兰亭序	210	51	璇玑图诗	272
41	"二王"	216	52	梁祝化蝶的传说	278
42	庚戌土断	222	53	北府兵	282
43	枋头之役	228	54	投鞭断流	287
44	王猛辅前秦	234	55	草木皆兵	293

下 册

56	飞鹰闻风而起	301	64	哭祭参合陂	341
57	阿房城的凤凰	306	65	醉皇帝和醉丞相	347
58	缺角的城	312	66	人面狗心	352
59	进军流沙	318	67	雕塑家	358
60	苻丕的败灭	323	68	所谓"兴晋阳之甲"	364
61	打哭仗	327	69	拓跋珪大举伐燕	371
62	六十里和六百里	332	70	军民死守中山	376
63	前秦亡国	336	71	父子火并龙城	381

72	反战怒火	386
73	慕容盛复仇	392
74	"黄头小人"	397
75	咄咄逼人	402
76	顾痴三绝	408
77	乘龙上天	414
78	南凉、北凉和西凉	421
79	逼上长安	427
80	柴壁鏖战	431
81	献马羊，得姑臧	436
82	统万城	439
83	难免一死	444
84	五斗米道	449
85	孙恩起义	454
86	重整旗鼓	460
87	壮烈投海	465
88	登船不开船	470
89	桓玄篡位	475
90	刘裕发难	481
91	"迁都"江陵	487
92	依旧九十九个江心洲	492

93	慕容熙盛葬苻皇后	497
94	北燕取代后燕	502
95	喋血天安殿	507
96	"妍皮不裹痴骨"？	512
97	广固城隳夷为平地	517
98	益智粽与续命汤	522
99	芦生漫漫竟天半	527
100	卢循的失败	531
101	兵变拥立"成都王"	538
102	刘毅自作自受	543
103	督护歌	550
104	广平公之难	555
105	刘裕西征	560
106	轻取长安	566
107	百姓怒逐晋军	570
108	万里求经	576
109	不为五斗米折腰	582
110	桃花源	586
111	结缘庐山	592
112	晋代衣冠成古丘	598

东晋十六国年表

东晋（317-420，计103年）			十六国（304-439，计136年）
公元年	年号	皇帝	公元年
			304 刘渊立汉，刘曜改为赵，即前赵（304-329）
			304 成（汉）立（304-347），即前蜀
317	建武	元帝（司马睿，276-321）	
318	太兴		
			319 石勒立后赵（319-350）
322	永昌	明帝（司马绍，-325）	
323	太宁		
			324 前凉立（324-376）
325		成帝（司马衍，-342）	
326	咸和		
			329 前赵灭
335	咸康		
			337 慕容皝立前燕（337-370）
342		康帝（司马岳，-344）	
343	建元		
344		穆帝（司马聃，-361）	
345	永和		
			347 成（汉）灭
			350 后赵灭
			351 苻健立前秦（351-394）
357	升平		
361		哀帝（司马丕，-365）	
362	隆和		
363	兴宁		
365		废帝（司马奕，-371）	
366	太和		
			370 前燕灭

续表

东晋 (317-420, 计103年)			十六国 (304-439, 计136年)	
公元年	年号	皇帝	公元年	
371	咸安	简文帝（司马昱，-372）		
372		孝武帝（司马曜，-396）		
373	宁康			
376	太元			
			384	后秦立（384-417）
			384	慕容垂立后燕（384-409）
			385	西秦立（385-431）
			386	吕光立后凉（386-403）
			394	前秦灭
396		安帝（司马德宗，-418）		
397	隆安		397	南凉立（397-414）
			398	南燕立（398-410）
			400	西凉立（400-420）
			401	沮渠蒙逊立北凉（401-439）
402	元兴			
			403	后凉灭
405	义熙			
			407	赫连勃勃立夏（407-431）
			409	北燕立（409-436）；后燕灭
			410	南燕灭
			414	南凉灭
			417	后秦灭
418		恭帝（司马德文，-420）		
419	元熙			
420		刘宋立国，东晋结束	420	西凉灭
			431	西秦灭，夏灭
			436	北燕灭
			439	北凉灭
			439	十六国结束

1 过江之鲫

北方烽火连天,战云密布整个中原。晋琅琊王司马睿在建邺(今江苏南京)的扬州都督府内,整日愁眉不展。

司马睿是司马懿的曾孙,十五岁继承祖父和父亲遗留的爵位琅琊王。第二年,即291年(西晋惠帝元康元年),"八王之乱"开始,皇亲国戚之间从此就不太平静了。司马睿始终恪守"恭俭退让"之道,避免卷入残酷的夺权漩涡里去。

304年八月,成都王司马颖在荡阴一战,打败东海王司马越,劫持了晋惠帝。官为散骑常侍的司马睿,随同晋惠帝进入成都王坐镇的邺城(今河南安阳北)。成都王由于泄私愤,杀了东安王司马繇。东安王是司马睿的亲叔叔,司马睿害怕牵累自己,打算半夜不告而别,但那天月明星稀,警戒森严,无法脱身,他心急如焚。到四更时分,突然狂风怒号,乌云盖天,大雨倾盆而下,巡逻的人全都进屋躲雨,司马睿乘机冒雨上马,奔驰而出。但成都王早已下令给各个关隘和渡口,不准王公贵族出境。司马睿逃到河阳(今河南孟县西)的渡口,把守的官吏见他衣服华贵,不让渡河。他的随从宋典在后赶到,见了这情景,不慌不忙地用马鞭点点司马睿的脸,笑着说:"舍长(小吏)!官府禁止贵族出境,你怎么也被拘留在这儿?"把守渡口的官吏信以为真,就让

他渡河。司马睿赶忙回到自己的封地琅琊国。

琅琊国与东海王司马越的封地东海国（今山东郯城北）邻近，东海王正与当时掌控朝政的河间王司马颙为敌，竭力拉拢司马睿。以后东海王重新得势，一手把持朝政，司马睿暂时平安无事。306年，晋惠帝去世，怀帝即位。东海王的参军王导（276－339）是司马睿的知心朋友。王导眼见北方战乱日益加剧，给司马睿出了一个主意，让他要求到江南去。经过东海王的同意，琅琊王司马睿达到目的，坐镇建邺。这时是西晋覆没前九年（307年，怀帝永嘉元年）的事。

司马睿刚到建邺，正是秋高气爽时节，他的官衔是安东将军，都督扬州（限于长江以南）诸军事。江南的世家大族没把他放在眼里，一个多月没人拜访他，王府门可罗雀，司马睿心里很不是滋味。他原本喜欢喝酒，这一来，整日痛饮浇愁，有时醉得几天不理政务。王导这时已做了他的司马，看他颓废到这种程度，很是着急，极力劝他戒酒，把精神振作起来。司马睿果真下了决心，在王府的池塘边，叫随从把酒杯斟得满满的，一饮而尽，随手将酒杯倒覆过来，从此点滴不进。这个池被后人称为"覆杯池"（今已无存）。

西晋末年的形势是使人担忧的，山河破碎，国土支离。"八王之乱"及各地风起云涌的流民起义中，匈奴人刘渊于304年在离石（今属山西）起兵，建国称汉，接着称王称帝，不断扩张势力，迁都平阳（今山西临汾西南）。羯人石勒骁勇善战，投奔刘渊后，转战中原，屡败晋军，311年与汉军共破洛阳，俘西晋怀帝。西晋愍帝在长安即位，受到汉军不断进攻，岌岌可危。石勒虽归附于汉，但他立足襄国（今河北邢台），独树一帜，占领黄河中下游地区，对江南造成极大的威胁。此外，凉州刺史张轨早于301年就割据黄河以西，坐镇姑臧（今甘肃武威）；张轨死后，其子张寔继位，独霸一方。在巴蜀地区，302年李特带了秦、雍流民，进入成都，赶走益州官吏，其子李雄在他死后称帝，国号大成。晋朝的江山就这么四分五裂了。

在如此国难当头之际，西晋王朝在黄河两岸确实难以生存下去了，琅琊王司马睿在长江以南，凭恃长江天险，应该肩负起中兴晋室的历史使命，但他首先必须建立、巩固和发展他自己的统治地位。

魏晋时，每年阴历三月初三，人们多到水滨嬉游，希望用水消除不祥，叫做修禊，这是上古就流传下来的风俗。308年这一天，建邺万人空巷，到长江边看热闹的人比肩接踵。这时，突然出现了一簇人马，在前面鸣锣开道的士兵都披带着一色崭新的盔甲和刀枪。随后，富丽堂皇的大轿上，端坐着威风凛凛的琅琊王司马睿。他的心腹王导等一群北方望族和文武官员，庄严地骑着高头大马，跟从侍候。那个吓人的架势，迫使道旁的男女老少都低头跪拜。自命清高的江南名士顾荣、纪瞻等，也不由自主地随着众人跪拜。这么着，琅琊王的威望开始上升。

这一次出巡是王导出的主意，他眼见立即收到效果，又劝琅琊王敦请江南的望族出来做官，以收揽人心。琅琊王叫王导亲自去邀请，这些人先后应命到来。顾荣被任命为军司（即军师），加散骑常侍；纪瞻为军谘祭酒；贺循为吴国内史；还有周玘、张闿等人，也做了官。江南望族认为琅琊王能礼贤下士，逐渐向他靠拢。司马睿不能回到北方的琅琊王国，一次，他感慨地对顾荣说："我在别人的土地上聊以栖身，内心常常感到惭愧啊！"顾荣

跪着回答："王者就是以天下为家，何必多虑呢！"

王导全心全意地辅助琅琊王处理内外政务，琅琊王称他为自己的萧何，又学着齐桓公尊称管仲那样，管他叫"仲父"。王导为了得到南方望族的更大支持，费尽心机去和他们结交，但也碰了不少钉子。王导对琅琊王的参军陆玩（吴人）提出要结为亲家，陆玩拒绝说："小土丘长不出高大的松柏，香料和臭草不能放在一起！我陆玩虽然不是什么了不起的人物，但决不做扰乱伦理的事！"这几句话真叫王导下不了台，他只得装聋作哑。又有一次，陆玩在王导家中吃了乳酪，因此得病。第二天清晨王导接到陆玩派专人送来的一封信，其中说："我是吴人，吃下乳酪，差一点做了伧鬼！"① 陆玩居然指着鼻子骂王导，王导还只得忍着点。王导交付陆玩做的事，陆玩经常当面允诺，转眼又推翻，这叫王导很难堪。王导问他为什么这样，陆玩答："你的官大，我的官小，见了你我舌头发粗，不知说什么才好，过后想想，你的办法不妥善，所以还是按照我的办。"王导委曲求全，只能得过且过。

吴语是南方的土话，北方来的人听不懂也看不起它，谁说吴语，就感到害羞。王导为了笼络南方人，却认真地学起吴语来。三伏天里，王导会见客人，挥汗不止，面前有一块作为棋盘的石案，他的肚子贴在上面，觉得很凉，便脱口而出："淘得来！"② 王导能随口说出吴语来，有些北方望族却讥笑他："王导没有多大本事，只是会说几句吴语。"

在一次几百人参加的大宴会上，王导来来往往与客人寒暄和攀谈，大家都很高兴。最后王导看到还有一个江南的临海人任颙

---

① 伧是粗野的意思，当时南方吴越人骂北方人为伧或伧夫。
② 淘：音 qīng，古代吴语，是冷的意思。

和几位胡人没有打招呼，特地走到任颙身边说："你到建康来做官，临海可就没有能人了！"任颙听了这样的捧场，心花怒放。王导又走近几位胡人的坐席，用胡语赞扬道："兰阇！兰阇！"这是褒美对方在宾客喧噪之地能寂静安心，并表示自己没有去闲聊，是生怕打扰他们。胡人们听了，笑容满面。四座也赞叹王导善于应酬。

永嘉之乱后，中原地区满目疮痍，朝野人士纷纷南逃到建康①，人们形象地比喻为"过江名士多于鲫"。北方名士来到江南，当地人往往以一睹其风采为快。西晋开国功臣卫瓘的孙子卫玠，在洛阳官为太子洗马，其人好清谈玄理，又长得极为标致，嫩皮细肉，白里透红，像个玉人一般。南渡后，人们听到他的大名，他每到一处，都前来围观。卫玠原先就身体虚弱，禁不住这样的拥挤和劳累，正巧碰上有病，不久死去，时年二十七。于是，人称"看杀卫玠"。

中原望族到了建康，多由琅琊王安置任官。琅琊王在315年被愍帝任命为丞相后，增加掾属至一百多人，时称"百六掾"。北来士族大都位居显要，建康安插不下，又派去充任州郡的长官。南方的望族从此处于从属地位，怨恨就增长起来了。

义兴（今江苏宜兴）人周玘〔qǐ〕是周处的儿子，在镇压西晋末年张昌起义和陈敏割据时，都立了功。随后，同郡人钱璯〔kuài〕造反，自称八州都督，周玘又起兵参加平定。他因为有"三定江南"的大功，被琅琊王任命为吴兴太守。

周玘的宗族特别强盛，因此琅琊王对他又有所猜忌。琅琊王

---

① 建康：指建邺。313年晋愍帝即位，改元建兴，为避愍帝司马邺名讳，改称建康。

身边的军司,江南望族顾荣病死,按周玘的名望可以接替他的职位,但事实并非如此。他还受到司马睿的亲信、左长史刁协的轻视,周玘又怒又恨。正好镇东将军王恢也受到朝官侮辱,于是两人串通,鼓动淮泗一带的流民首领夏铁,企图发兵诛杀司马睿身边掌权的北方望族,代之以南方士族。不料夏铁露了馅,被临淮太守蔡豹杀死。王恢不敢起兵,逃奔周玘,周玘恨他办事不慎,又害怕机密外泄,就将他杀了灭口,将尸体埋在猪圈里。不久,这起未遂事变泄露,周玘又愁又恼发了背疽,他临死前对儿子周勰〔xié〕说:"我是被这些伧夫(指北方望族)逼死的,你要给我复仇,才算得上是我的儿子!"

周勰把这个遗嘱牢牢记在心上,联络吴兴郡的功曹(郡太守的属官)徐馥,图谋起兵。因为周勰的叔父周札(周处第三子)名声大,他们借用周札的名义,策动吴人造反。徐馥杀了吴兴太守袁琇,有了几千人马,准备推周札为主。这时周札正在家养病,听到后大吃一惊,马上向义兴太守孔侃告发。周勰泄了气,不敢发兵。徐馥的党羽也害怕了,竟杀了徐馥去报功。

周札的儿子周续却纠合人马起来响应造反。琅琊王要派兵去征讨,王导献出一条"以吴治吴"的计策,他说:"派兵派少了,压不服这些人;派多了,建康又太空虚。周续的堂弟周莚〔yán〕官为黄门侍郎,对大王忠心耿耿,有勇有谋。让他去,就足以诛灭周续。"周莚当即受命,带了一百个勇士,轻装上了骏马,披星戴月,连夜上路。第二天到了义兴,杀了周续。他连自己家门也不进,赶回建康报功。他母亲知道后,赶忙追了出来,远远只见飞马卷起的尘头,人早消失了。

王导平时对南方望族的努力结交,最终获得了周札和周莚的

"大义灭亲"的回报和其他大姓的拥护，江南的局势也就逐渐归于安定。琅琊王因为周家是江南望族，也没有再去追究周玘。

北方避难而来的人们，一般都住在京口（今江苏镇江）、晋陵（今江苏常州）一带，向南发展就到了义兴。义兴是周家势力范围，不好惹。北来士族只得渡过钱塘江，到山清水秀的会稽（今浙江绍兴）地区去。会稽一带民性坦率朴实，结交朋友非常热情。每与人初识，就常常会堆起一个土坛，杀鸡宰狗以祭神，同时口中念道："卿虽乘车我戴笠，后日相逢下车揖；我步行，君乘马，他日相逢君当下！"句中"乘车"喻指富贵；"戴笠"、"步行"喻指贫贱。"乘车戴笠"这个意指富贵不相忘的成语，就是由此而来。长江以南，特别是现在的浙闽一带，原先是比较落后的，自从中原兵乱，大批士族和民众纷纷到来，他们带来了中原文化，劳动人民更勤劳地开垦新的土地，这个地区的经济、文化才逐渐发展起来。

琅琊王受到南方、北方望族的拥护，在江南的统治一天比一天巩固，实力逐渐强大，声望也逐渐增高。因此，西晋覆没之际，南北望族和广大吏民，大都把中兴晋朝的期望，寄托在他的身上。

2 "一马化为龙"

战争年代，物资供应困难，跟随琅琊王司马睿的官员初到建康（当时仍称建邺），生活也很不好过。他们难得吃上猪肉，

偶尔能搞到一头猪，宰杀以后，三一三十一地分配。官员认为猪脖子下的肉最好吃，大家就特地留给琅琊王。以后人们就把这块肉叫做"禁脔"。①

琅琊王的府库里，底子也很薄，最多存上四千匹左右的麻布，以供应打仗的需要和日常的开支。但琅琊王还是悬赏一千匹，奖励能割下石勒脑袋的人，因为石勒对江南虎视眈眈，是琅琊王面临的大敌。

317年二月，晋愍帝向汉主刘聪投降前派出的特使，平东将军宋哲到了建康，带来了长安危急的消息和晋愍帝的诏书，要琅琊王统摄国政，收复旧都，以雪大耻。

长安随即失陷，晋愍帝被俘。群僚们两次三番劝琅琊王即皇帝位，他坚决不同意，大家于是又劝他改称晋王，以晋王的名义行使皇帝的权力。三月初九，琅琊王登上晋王宝座，改元为建武。王导被任命为骠骑将军，领中书监，录尚书事；王导的堂兄王敦为大将军。他们俩人掌握了晋王朝廷的军政大权。

避难而来的名士，在风和日丽时，常常到长江边的新亭（今南京栖霞区与江宁区之间）去游玩。他们坐在绿草如茵的江岸上欣赏美景，极目远眺，滚滚江流，波涛卷涌，一望无际。有时孤帆点点，顺风疾驰，使人心旷神怡。有一次，众人在新亭饮酒赋诗，谈起过去在洛阳郊游时的美好时光，吏部尚书周𫖮不禁长叹道："风景不殊，举目有江河之异。"② 话没说完，眼泪就夺眶而出，引得众人都鼻酸抽泣。独有王导不以为然，他激勉大家说："河山破碎，当共戮力王室，克复神州，何至作

---

① 后世用"禁脔"来比喻别人不许染指的独占物。
② 意思说以前游宴是在黄河之滨，现在则在长江南岸。

楚囚相对泣耶！"① 王导的几句话正气凛然，使众人抹去眼泪，振作起精神来。于是众人的话题转入纵论古今，慷慨激烈，另有一番壮志凌云的气概。

司马睿以"晋王"名义总摄国政，究竟与正式称帝有很大的不同。朝臣和名士们经常向晋王劝进，要他登上皇帝宝座。而长江以北的地方，经常遭受刘聪和石勒的骚扰和侵占，民不聊生。当地吏民不甘心屈服受辱，也迫切希望收复失地，由晋朝重新统一全国。因而，各地向晋王司马睿劝进的呼声愈来愈高。

劝进最积极的是都督并州、冀州、幽州诸军事的刘琨。他原来统辖并州，但由于土地被占，人马被歼，只得暂居幽州刺史段匹䃅所在的蓟城，寄人篱下。他曾四次上书劝进，最后一次的劝进书，是派他的司马，也是他的外甥温峤（288－329）送到建康的。临行前，刘琨对温峤说："晋虽衰落，我仍当为国而立功于河北，你到建康，则可延誉江南，望你勉力而行吧！"

温峤历尽千辛万苦，到了建康。晋王接见他时，召集了朝野的官员和名士，以示隆重。当温峤晋见时，大家看到他的面貌和身材简直是个丑八怪，不禁异常失望。但是，三十多岁的温峤坐在贵宾席上，旁若无人地侃侃而谈，谈到山河破碎、百姓受难、皇室危殆，晋王及其左右无不感动泣下。他又说到驱除强敌必须由皇室带头，天下不可无主。温峤说到这里，人们更是热血沸腾，异口同声地赞扬劝进。此后，各地的劝进书更如雪片似的飞送建康。

---

① 楚囚，典出《左传》，原指一个楚国被俘官员，后来泛指战俘和囚犯，又比喻处境窘迫的人们。

鲜卑慕容廆〔wěi〕割据辽东，有人劝他说："晋朝虽然势孤力弱，但人心还是向着它的。大王应该派人去建康劝进，要求晋王早日承继大统，中兴晋室。这样我们也有了靠山，可以名正言顺地去征服各个部落。"慕容廆听他们言之有理，就派长史王济为专使，陆路走不通，就坐上大帆船，由海路到建康劝进。在这段时间，豫州牧荀组、冀州刺史邵续、青州刺史曹嶷以及其他州郡的地方官员，总计有一百八十人先后向晋王劝进。

第二年，即318年的三月初七，晋愍帝被刘聪杀害的消息传到建康。晋王依礼举丧，文武百官又乘机劝进。军谘祭酒纪瞻说："自皇位空虚（指愍帝被俘后）已历两年了，现在刘聪窃据帝号于西北，我们要中兴晋室，可是陛下却一味推让！这不正如救火的时候，还要揖让讲礼吗？"晋王仍是不肯答允，而且命令殿中将军韩绩撤走群臣准备的皇座。纪瞻上前大声呼喝："谁敢搬动帝座，斩！"晋王过去一再辞让称帝，是担心时机没有成熟，这时，看到人们这么拥护他，当然不再坚辞了。

不识时务的人还是有的，参军周嵩说："当今梓宫（指怀愍二帝的灵柩）未返，长安、洛阳仍陷敌手，眼下着急的是要报仇雪耻，以后四海归心再登基，就可永葆千年万代！"这些话多么煞风景。晋王听了，好似被狠狠地打了一个耳光，立即下令把他调出去做新安郡（治所在今浙江淳安西北）太守。周嵩闷闷不乐，临行前在侍中戴邈的官府中大发牢骚，戴邈劝了他几句，反被他骂个狗血喷头。晋王得知，召见周嵩，当面加以责备，他还不肯认错，于是廷尉华恒奉命逮捕周嵩，判了一个"大不敬"的罪名，按律要杀头。晋王因为他的哥哥周颛官为长史，正是要依靠的人，就将周嵩免官，没有杀他。

东晋时期各国都城所在地

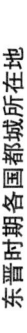

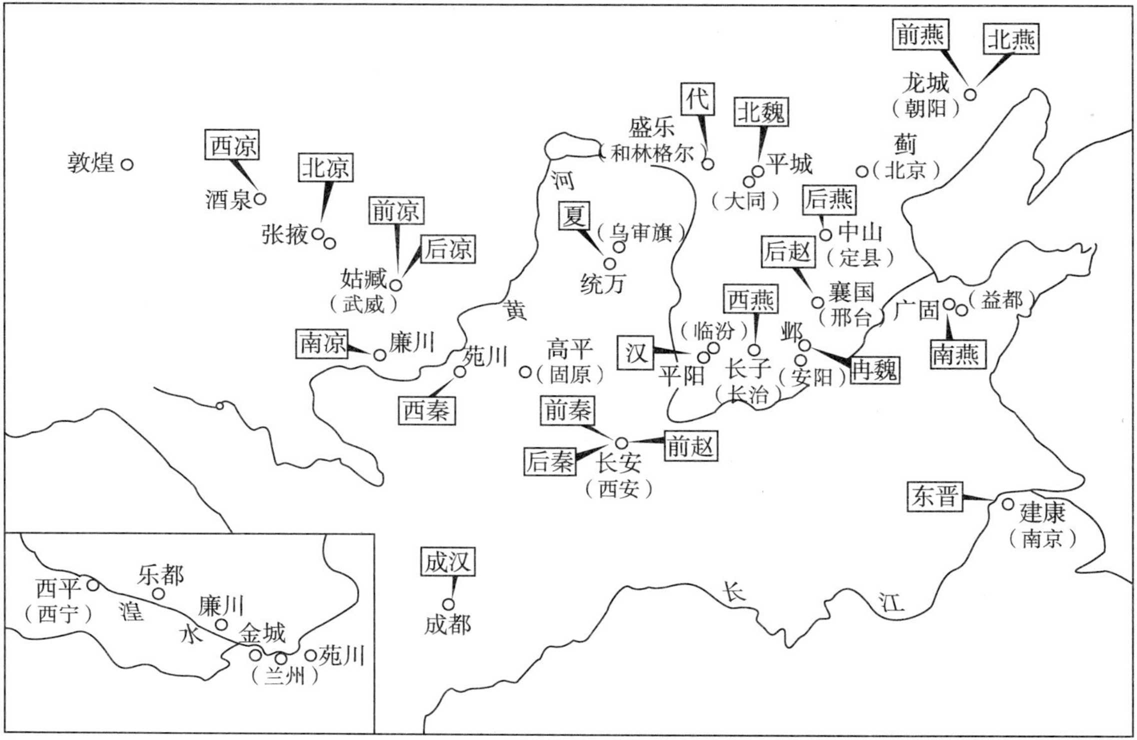

说明：①括孤内为今地名。②有的国家屡迁都城，如后赵曾迁邺；前燕先迁蓟，再迁邺；西秦曾都金城；南凉初都敦煌；夏初立国高平等，本图不一一标明。

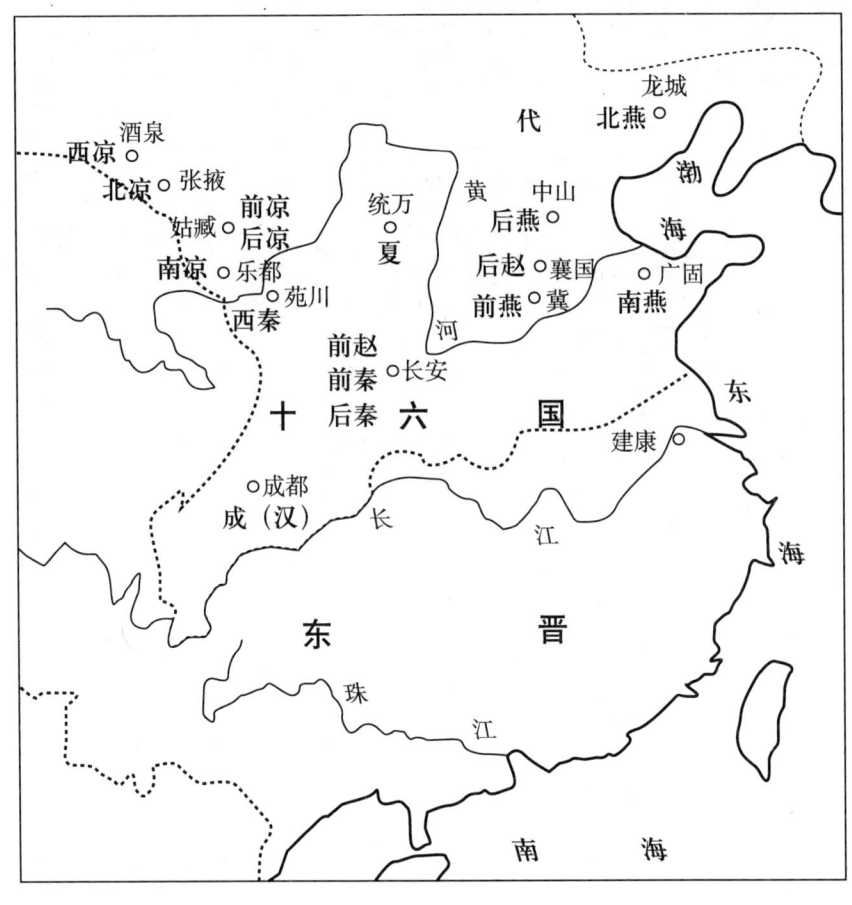

东晋时期形势图

晋愍帝的死讯到达建康三天后，318年三月初十，晋王司马睿名正言顺地登上皇帝宝座，这就是晋元帝，司马睿称帝后，改元太兴，东晋王朝就这么开始了。

司马家的皇族大都在永嘉之乱中遇难，南下渡江的除晋元帝外，还有西阳王司马羕、南顿王司马宗兄弟俩以及他们的亲侄汝南王司马祐，还有一个远房宗族彭城王司马释。但这四个王都没有什么地盘，也没有兵力和实权，皇位对他们来说，一点边儿也沾不上。人们往往以"马"指称司马氏皇室，因而司马睿称帝后，民间唱出了这样的歌谣："五马游渡江，一马化为龙。"现在南京的长江边，有一个"五马渡"，传说他们五人是在那儿一起渡江的。但其实他们南渡有先有后，也不是在一个渡口过江的。安徽滁县四周山峦起伏，西南的山峰更是郁郁葱葱，传说晋元帝做琅琊王时，在山上避过难，因而那里就称为琅琊山。

晋元帝为了答谢朝臣的拥戴，文武百官都增品位二等。接着又下令，凡是署名投书劝进的各地吏民，原是官吏的，晋位一等；原是黎民的，就任命为官府的吏员，一共有二十多万人。由于王导在创业和立国过程中的突出功劳，晋元帝在即位时再三邀请他同坐到皇座上，一块儿接受文武百官的朝贺。王导哪敢坐上去呀，他坚决推辞，只是领受了骠骑大将军的官衔。

刘琨带头劝进，功劳也不小，被加官为太尉。晋元帝还赠送他一把名刀，刘琨答谢说："谨当亲自执佩此刀，以斩刘聪、石勒之首。"

司马睿称帝后，南阳王司马保不服，在秦州的上邽〔guī〕（今甘肃天水），竟也自称晋王，改元建康，设置文武百官，俨然又是个小朝廷。但这不过是昙花一现，不久上邽一带遭遇大饥荒，部将又起了内讧，司马保没法过日子，便想去投奔张寔。

　　战乱中，凉州刺史张寔独据一方。他也曾向司马睿劝进，但由于路途遥远，劝进书在司马睿登基后才到达建康。晋元帝没有再加张寔官衔，张寔也不用东晋年号，还是继续使用西晋愍帝的建兴年号。张寔实力雄厚，可是他担心司马保进了凉州会动摇自己的统治，于是派出兵去，名义上说是欢迎，实际上是拦阻司马保进入凉州。司马保走投无路，不久被手下的将领杀害（一说是自己病死），时年二十七。司马保生前，身材又高又胖，据说体重八百斤（相当于现在三百多斤）。他爱好埋头读书，倦了就倒头大睡。他庸懦无能，优柔寡断，活着不过行尸走肉而已，但靠着一块"王"的牌子，还能吸引招揽一些人马。等他一咽气，树倒猢狲散，部众各自东奔西走，有一万多人投奔张寔，秦州随即被刘曜的汉军占领。

3　百炼钢

　　正在晋室中兴、需要各地支援时，原来可以作为北方坚强阵地的幽州，却起了急剧的变化。

　　早在 317 年，幽州刺史段匹䃅推举刘琨为大都督，出兵攻打石勒，同时发出檄文，要求他的哥哥辽西公段疾六眷、叔父段涉复辰、堂兄段末杯〔pēi〕等，共同进攻石勒的统治中心襄国（今河北邢台）。段氏鲜卑部族的战斗力很强，联合发兵，石勒不免胆寒。段末柸是石勒的干儿子，又经石勒用重金贿赂，他就去对段涉复辰和段疾六眷说："你们是父辈兄长，怎么听段匹䃅摆布？一旦立了大功，功都归于他，我们能得到什么呢？"于是，他们三个都撤军回去，段匹䃅孤掌难鸣，兴师讨平石勒的大计成为泡影。

318年正月，辽西公段疾六眷死了，由于他的儿子太小，由叔父段涉复辰袭爵。段匹䃅去奔丧，段末柸却扬言："匹䃅之来，是为了篡权。"段涉复辰信以为真，发兵抗拒段匹䃅的到来。段末柸却乘虚直入，杀死了段涉复辰及其子弟二百多人，回头又打败了段匹䃅，自称单于。

段匹䃅原先带着刘琨的儿子刘群去奔丧，被段末柸迎头一击，刘群做了俘虏。刘群以为马上要脑袋落地，不料却受到意外的款待。段末柸封官许愿，提出让刘琨当幽州刺史，交换条件是在攻打段匹䃅所在的蓟城时，刘琨做内应。刘群被迫把这些话写成书信，并且暗示说如果父亲不同意，自己就要被处死，由段末柸派人送给刘琨。这封书信被段匹䃅的手下巡逻的骑兵缴获，但刘琨一点儿也不知道。正好他去看段匹䃅，段匹䃅将信交给他看，并说："我对你是一点不怀疑的，所以把信给你看。"刘琨看完信后，答道："我和你是结拜兄弟，又是同盟，要共同为国报仇雪耻。即使这封信私下送到我手里，我也决不会为一个儿子的性命而忘恩负义。"

两人彼此表明心迹，似乎比过去更加亲密无间。当刘琨要返回驻地时，段匹䃅的亲弟弟段叔军对段匹䃅说："中原吏民能归属于我们，主要是因为我们力量强大，但现在段家骨肉相残，如果有人推奉刘琨起事，我们都要死无葬身之地！"段匹䃅听到这

儿，禁不住打了个寒战，就派人将刘琨叫回，扣留起来。

刘琨感到死亡近在咫尺，悲叹壮志未酬，写了一首三十句的五言诗《重赠卢谌》，卢谌〔chén〕是刘琨的主簿，又是他的姨侄。这首诗抒发了对世道险恶的痛恨，认为自己"功业未及建，夕阳忽西流。时哉不我与，去矣如浮云"。这诗的最后两句"何意百炼刚（古'钢'字），化为绕指柔?"自喻英雄失志，俯仰由人。

百炼钢是一种可锻铁，经反复加热锻打而成，东汉末年已出现，魏晋达到鼎盛，主要用它来制造宝刀、宝剑一类锋利的武器，它凝聚着古代劳动人民的勤劳和智慧，在一定程度上反映了当时冶炼技术的先进水平。刘琨这首诗的主要意思是感慨自己穷途末路，赞赏卢谌的才能，激励他以历史上的名将名臣为榜样，百折不挠地完成救国使命。

段匹磾抓住刘琨，就似在牢笼里关住一只雄狮，人们非常愤慨。代郡太守辟间嵩、雁门太守王据、后将军韩据等人，联合商议，要发兵攻打段匹磾。韩据的女儿是段匹磾儿子的小老婆，她向段匹磾告密，于是主谋者大都被杀害。

荆州刺史王敦妒忌刘琨在敌后的声望，派人送信给段匹磾，要他害死刘琨。段匹磾对刘琨已如骨鲠在喉，更怕自己的有些部属会抢救刘琨，就假称建康有诏书到达，怒斥刘琨阴谋造反，要在蓟城立即处死。刘琨在狱中听说王敦派人送来了信，他素知王敦为人狠毒，就对人说："死期不远了！恨的是国仇未报，到了黄泉，无脸去见双亲！"

318年五月，刘琨被段匹磾派人活活勒死，时年四十八。和他一起被关押的子侄六人也都同时被害。刘琨的死讯传到建康，晋元帝和朝臣认为段匹磾的兵力还很强大，想依赖他抗击石勒，因而不敢加以谴责,甚至不给刘琨发丧。这等于默认刘琨是阴谋反叛,段匹䃅是奉诏除害。可是,段匹䃅手下的中原将士瞧得一清二楚,心中愤愤不平,于是纷纷离散。

段匹䃅害人反害己,最后势孤力单,在幽州都站不住脚,只好向南到厌次(今山东惠民东),依靠冀州刺史邵续。但石勒和他的侄子石虎猛追不放,邵续被俘殉难,段匹䃅也被擒,而后被杀。他死后,刘琨的名声才得到昭雪。

被刘琨热诚期望的卢谌,却没有能成为一块"百炼钢"。他南归东晋的去路已经断绝,又没有胆量在敌后打开一个局面,只得投奔辽西的段末杯,而后石虎攻破辽西,他被石虎所得,在石勒跟前做了中书侍郎、国子祭酒、侍中、中书监。卢谌身居高位,但想起刘琨给他的诗,就惭愧得无地自容。他常常叹息着对子孙们说:"我死了以后,只称我为晋司空(即刘琨生前官号)从事中郎卢谌!"

刘琨虽然有不少过错,但他能坚持敌后斗争达十三年之久,还是值得称道的。他在人民心中,算得上是一个"百炼钢"式的英雄。

4 李矩连败汉军

在平阳郡(郡治在今山西临汾西南)街头,经常有许多孩子嬉闹玩耍,其中一个带头的叫李矩,老是煞有介事地发号施令当

指挥。他成年后,智谋多,武艺强,一度担任平阳都护。刘渊攻占平阳,李矩带领乡亲逃亡,先屯荥阳,后移新郑(现均属河南),建立堡坞,抵抗敌人。李矩受到乡亲爱戴,被公推为坞主,又受命代理荥阳太守,前后打了几次胜仗,远近不愿受刘渊奴役的人们,纷纷投奔于他。

刘渊死后,其子刘聪继位,和石勒占据中原,滥行杀戮,迫使各族人民奋起反抗。同族同乡里的人,多在一起据险固守,堡坞林立,多的有四五千户,少的千把户,也有五百多户的。他们推戴有威望的豪强作为坞主,自封官号,坚持敌后斗争。比较有名的除李矩外,还有在宜阳一泉坞(今河南洛宁东北,洛水北岸)的河东太守魏该,以及和他俩成掎角之势的河内太守郭默。在浚仪(今河南开封)附近,另有一支乞活(奔走以求食的)军,由陈午带领。其他较小的堡坞为数不少,大都各自为政。有些堡坞的力量虽然薄弱,但往往能够奇兵突出,以少胜多,狠狠地打击敌人。其中李矩就是战绩较大的一个将领。

石勒曾经亲自带领军队袭击李矩。李矩的队伍和老弱妇女都撤到深山密林里,石勒的队伍看不到一个人,以为全都给吓跑了。他们听到牛马的叫鸣,就以为是李矩的部属来不及带走而留下来的,于是全力搜索山林,抢夺那些牛马。不料山谷间一声呼啸,埋伏着的李矩军队怒潮般地涌出,石勒措手不及,被打得死伤不少,只得灰溜溜地跑了!赶走石勒的捷报送到建康,司马睿加李矩为冠军将军,封阳武县侯,领河东、平阳太守,但这两个郡当时都被汉军所占,李矩不过得个空衔而已。

这时连年灾荒加上瘟疫流行,长安一带有一批乱军到司州、冀州骚扰。李矩派部将率领士兵打跑他们,他们便丢下了从长安掳掠来的一千多个妇女，李矩的部属认为她们不是李矩属下的百姓，要强留占为已有。李矩说："她们都是国家属民，怎么可以有彼此之分？"随即派人送她们回家乡。

317年二月，刘聪派他的堂弟刘畅带了三万人马来到荥阳，在离李矩驻地七里路的地方安营扎寨，派出使者招降李矩。李矩仓促之间来不及部署抵敌，便口头上答应投诚，派老弱残兵送去几十车牛肉和美酒慰劳，还说了许多低声下气的话。刘畅信以为真，毫无顾虑地大吃大喝，特别是将领们都醉得东倒西歪。李矩准备当夜偷袭，但士兵们害怕刘畅兵强马壮，面有惧色，动作迟缓。附近有一个古代郑国政治家子产的祠庙，李矩暗下叫巫者扬言说："子产显灵了，吩咐大家进攻，他马上派天兵天将来助战！"当时将士们都很迷信，一听此话，胆就大了，人人都争着去参加战斗。李矩挑选了勇士一千人，天色一黑，直冲刘畅大营，汉军醉得如烂泥一般，脑袋还不知怎么掉的，吓醒的也是瞎逃一阵，被杀几千人，丢弃盔甲、马匹不计其数，刘畅单身逃回平阳。

刘聪的将领赵固坐镇洛阳，但赵固和他的长史周振闹纠纷，周振竟派人到刘聪那儿，诬告赵固要叛变。李矩打败刘畅，在他的帅营里缴获了刘聪的一个密诏，命令刘畅在讨平李矩后，路过洛阳，顺手杀了赵固，要周振代替赵固镇守洛阳。李矩把这个诏书送给赵固，赵固一看，勃然大怒，当即斩了周振父子，带领部属一千人来投降李矩，李矩叫他回去镇守洛阳。这样，洛阳就归属了东晋。

刘聪几次损兵折将，又丢城失地，恼怒极了，刘畅被他骂个狗血喷头。刘聪又命太子刘粲带了十万大军，驻扎在孟津的黄河北岸，离洛阳只有几十里路。赵固不敢守城，逃到阳城山（在今河南嵩山东北），派人向李矩告急。

318年三月，李矩派出救兵，并叫部将耿稚和张皮选了一千名强悍的士兵，乘夜渡过黄河去袭击刘粲，牵制汉军。刘粲正睡得又香又甜，忽然被人叫醒，说是李矩来偷营劫寨，他睁眼就痛骂来人："我有十万大军在这里，李矩有几条汉子？他听到我亲自带兵来，连向北望一望也不敢了，还能斗胆渡河袭营？"说完又睡熟了。渡河的一千将士按照原定计划，分十路从四面八方直插刘粲大营，黑夜里大喊大叫着向前冲杀。刘粲部队也喊叫着逃命，那喧嚣声好似来了几万人马。汉军互相踩死的，比被杀的还多。

这一千人缴获无数军械粮食财物，占领营寨后，紧闭营门，加强工事。到天亮时，刘粲发现晋军人数不多，赶忙把溃逃的将士收罗起来，攻打营寨。可是晋军守卫得紧紧的，刘粲没法打进去。忽然情报传来，李矩又加派三千壮士正在渡河。刘粲凭着人多势众，沿着黄河排成长龙，日夜防守，哪儿有渡船偷偷过来，就集中附近的将士，拿着弓箭和长钩，不等战船靠岸，万箭齐发，船只满身中箭，像个大刺猬似的。勇往直前的渡船，还没靠岸，就被长钩钩翻了。

李矩就这样经常派少数将士偷渡，虽然渡河没有成功，但刘粲的十万大军却被他们牵住鼻子，分散在黄河北岸，又不敢分兵去围歼耿稚和张皮的营寨。

李矩知道部将格增水性很好，就派他在一个黑夜里，单身游过黄河，摸黑钻进耿稚和张皮的营垒，命令他们在俘获的马群里挑选一千多匹最好的骏马，把其余的牛马都杀死，军械粮财全部毁坏。在一个伸手不见五指的夜里，全体勇士跨上骏马向东突围。刘粲的军队得知后，再去追赶，连个影儿也没抓到。李矩以寡敌众的胜利消息传到建康，晋元帝下诏嘉奖，任命他为都督河南三郡（河南、荥阳、弘农）诸军事，荥阳太守。不久又晋为都督司州诸军事，司州刺史。

刘聪在平阳听到败报，恼恨自己的儿子太不争气，人马死伤几万，军粮财物损失惨重。这一气一怒，病得倒在床上。祸不单行，刘聪的一个寝殿在夜间失火，他的儿子会稽王刘康和随从二十一人，在睡梦中被烧死。刘聪听到后，趴在床上痛哭流涕，憋不过气来，竟昏了过去，好久才苏醒。从此，刘聪的病一天比一天重起来。

刘聪还有一个儿子东平王刘约体弱多病，经常卧床不起。最后，全身似乎冰冷僵硬，只有一个指头还是暖的，因而暂时没有被放进棺材，昏迷了十一天才苏醒，且断断续续地胡扯："跟祖爷爷（即刘渊，已死五六年）在不周山过了五天，又到昆仑山玩了三天。在蒙珠离国瞧见死去的王公将相都在。祖爷爷交代：东北有一个遮须夷国，没有国王，等你父亲（即刘聪）来就位！"刘约还说："回来的路上，经过猗尼渠余国，国王给了个皮囊，要转交给父亲！"果真，在床边有一个皮囊，里面有一颗玉印，上面刻着："猗尼渠余国天王敬交遮须夷国天王，后会有期。"这些事报告刘聪后，刘聪高兴地说："假如真是这样，我一点儿也不怕死了！"其实，刘约笃信佛教的轮回转世，经常胡思乱想，玉印就是早先刻着玩的，昏迷时的幻觉也就此产生。刘聪和许多人半信半疑，但也有人认为刘约是妖言惑众。

不到一个月，刘约还是病死了。几个月后，刘聪自己病危，

大白天里似乎看到刘约飘飘然走到病床跟前。刘聪还预感到宫廷里会闹出什么大乱子来，因而对太子刘粲说："刘约来迎我上天国了！但现在人世间祸难未平，我放心不下。我一死，要当天办丧事，十天里一定要埋葬完毕！"

这一年（318年，即东晋太兴元年）七月，刘聪死了，在位九年。在刘聪死前的一年多时间里，宫廷里确已不太安定，他闭上双眼后，平阳就起了翻天覆地的突变。

5 汉天王昙花一现

在刘聪死前一年多的时间里，刘粲虽是相国，掌握了军政实权，但还不是皇太子，当时东宫由皇太弟刘乂〔yì〕住着，皇太弟才是合法的皇位继承者。刘粲对皇位垂涎三尺，处心积虑要夺取它。

刘聪在世时有四个皇后（还有佩带皇后玺绶的七人），中护军靳准的女儿靳月华就是其中之一。刘粲、靳准以及最得刘聪宠爱的中常侍王沈相互勾结，定下阴谋诡计，要陷害刘乂。

刘粲叫人对刘乂说："奉密诏，京城马上要发生事变，你们最好把盔甲穿在衣服里面，以防万一。"刘乂老老实实地命令东宫将士照办。刘粲派人骑马将这事告诉靳准和王沈。靳准去对刘聪说："皇太弟要造反，东宫里人们已把盔甲穿在衣服里了！"刘聪大惊失色问："真有这事？！"王沈等人冷冷地讲："老早听说皇太弟图谋不轨，小臣多次忠告皇上，陛下总是不信任我们！"刘聪立即命令刘粲发兵包围东宫。刘乂当时还担任大单于，许多氐、羌的酋长都是他的下属。靳准和王沈抓了十几个酋长，把他们的头拴在高高的木架子上，身子悬在半空里，又用烧红的铁条刺烫他们的眼睛。这些酋长忍受不住痛苦，只得诬认自己准备和刘乂谋反。

刘聪看到假供词，以为都是真的，便对靳准和王沈说："我这才知道你俩确实忠心耿耿。你们一定要知无不言，不能怨恨过去我对你们言而不用。"于是，东宫的官属和刘乂亲近的大臣几十人被杀，侍卫东宫的士兵一万五千多人被活埋。平阳街头巷尾凄凄惨惨，空空荡荡，人们躲在家中怨恨悲泣。刘乂被贬为北部王，刘粲又指使靳准偷偷刺杀了他。刘聪只有这么一个亲兄弟了，还落得如此下场。刘乂为人宽宏大量，很得人心。氐、羌部族因为他受冤而死，纷纷叛变。刘聪又派靳准将他们镇压下去。这次事变发生在317年春天。几个月后，刘粲被立为皇太子，领相国和大单于，皇位终于在望了。

刘聪在死前的三四个月，还把王沈的一个十四岁的养女立为左皇后。尚书令王鉴、中书监崔懿之和中书令曹恂都愤愤不平，他们向刘聪进谏："六宫嫔妃都是公侯的后裔，怎么能让宦官家的一个婢女（后为养女）充当她们的主人呢？臣等以为这不是国家之福！"这些话惹起刘聪万丈怒火，竟下令把这三个大臣送到闹市去斩首。监斩官是靳准和王沈，王沈用手杖敲敲王鉴的脑袋说："庸奴！你还能和我作对吗？老子的事跟你有什么关系？"王鉴圆睁两眼骂道："竖子！断送大汉的，就是你和靳准这些鼠辈！我要到黄泉之下禀报先帝（指刘渊），将你们抓到地狱里去判

罪!"中书监崔懿之痛骂靳准:"你的心如同要吃亲娘的枭,要吃亲爹的獍①。你是国贼,你要吃人,最后也要被人吃掉!"

刘聪死后的第二天,皇太子刘粲得意洋洋地坐上皇位,尊刘聪的皇后、靳准的女儿靳月华为皇太后,刘聪另外的几个皇后也各有尊称,她们都还不到二十岁。刘粲刚死了父亲,一点没有哀戚之情,反而嬉皮笑脸,和这几个后母不分白天黑夜地胡闹,宫里搞得一团糟。

刘粲自己的靳皇后也是靳准的族人,靳准因而骤然成为第一号红人。他在刘聪临终时已被任命为大司空,领司隶校尉。这时靳准对刘粲说:"王公们在交头接耳,商量着篡权夺位,把大司马济南王刘骥捧起来当皇帝,请陛下先发制人。"刘粲将信未信,没有动手。靳准又叫靳太后和靳皇后,在枕头边上说服了刘粲。刘粲随即将太宰刘景、大司马刘骥、车骑大将军刘逞、太师刘颛〔yǐ〕、大司徒刘劢〔mài〕等,都抓起来杀了。

刘粲又在平阳检阅将士,准备对付愈来愈不愿听从调遣的石勒。他拜刘曜为相国,都督中外诸军事,坐镇长安;又拜靳准为大将军,录尚书事,军政大事全由靳准说了算。靳准趁机任命他的堂弟靳明为车骑将军,靳康为卫将军,所有宫廷的警卫,都被他的弟兄们控制着。

刘粲登上皇位没有几天,这个皇位就有人觊觎了,此人便是掌握了朝廷大权和宫廷警卫的靳准。靳准准备动手,万事停当,只是还想取得德高望重的金紫光禄大夫王延的支持。没想到王延对着使者大骂一通,转身上马急驰,想去禀报刘粲,不料途中遇

---

① 獍:音jìng,又名破镜,古代传说中的恶兽,形似小虎豹。

到靳康。靳康眼见王延怒发冲冠，估计情况不好，就将王延扣押。靳准知道时机刻不容缓，立即发兵入宫，进了光极殿，坐上皇位，同时派人去捉拿刘粲。刘粲正在宫中和那些年轻的太后饮酒调情，突然听说有人造反，还当仍是兄弟们报仇，吓得钻进龙床下面。那些侍卫进宫直呼："司空请皇上升殿！"刘粲才放心爬出来，拍尽身上灰尘，喜笑颜开地到光极殿去。哪知皇座上已高坐着靳准，对他当头一顿臭骂，刘粲看到卫士们个个怒目相待，刀已出鞘，赶忙跪下叩头，请求饶他一命。哪知靳准一声令下，他立即被拖下砍了脑袋。

靳准随即捉拿在平阳的刘家男女老少，除了靳太后、靳皇后外，统统推到东市斩首。他又派人挖掘刘渊、刘聪的陵墓，刘聪的尸体还没有烂透，于是割下脑袋示众，同时又把刘家的宗庙全部放火烧得只剩下一片断壁残垣。

靳准自称大将军、汉天王，重新任命文武百官。他对安定人胡嵩说："自古以来没有胡人做皇帝的，现在我把传国宝玺交给你，请你送回晋廷去。"胡嵩不敢受命，当即被杀了头。靳准又派人去联络东晋的司州刺史李矩，对李矩说："刘渊本是匈奴屠各族的小丑，乘大晋内乱，擅自称孤道寡，致使怀愍二帝死难。二帝遗体尚在，请速速派人来迎！"

李矩一听，还当是在做梦呢！再次询问实情，才知是真，赶忙派了专使骑上骏马，飞报建康。晋元帝喜得立即派出太常韩胤等，去奉迎二帝灵柩。

靳准将平阳内外安排妥当后，释放了王延，任命他为左光禄大夫。王延双脚直跳，指着靳准大骂："你是逆贼，我岂是逆臣？快快杀了我吧！挖出我的左眼，放在西阳门上，可以看到相国刘

曜入城；右眼放在建春门，可以看到大将军石勒进兵，共同将你这逆贼碎尸万段！"靳准哪容他再骂下去，一刀就送了他的命。

刘曜和石勒在外听到这些消息，就如晴天起了霹雳。石勒带了五万兵马，进屯平阳东南的襄陵。靳准发兵去攻打，石勒坚守不战，派人联络刘曜，约同会师进军。

刘曜大军到达赤壁①，正遇见平阳逃来的太傅朱纪、太保呼延晏、太尉兼尚书令范隆。他们哭诉刘曜生母及兄弟们被害，刘曜失声痛哭，对天起誓，要立即进军报仇。呼延晏等人劝他说："国家不可一日无主，不能让逆贼汉天王的名号声扬四海！"刘曜正中下怀，当即就在赤壁设坛祭天，即汉帝之位（在刘聪死后的同年十月）。刘曜知道石勒很难对付，要多给点甜头才行，立即任命他为大司马、大将军，加九锡，增封十郡，晋爵为赵公。石勒进攻平阳，沿途巴、氐、羌各族归顺的有十余万户，石勒将他们全都迁移到自己所统辖的郡县去安家落户。

靳准听到石勒和刘曜两路大军先后逼近，胆寒心颤。他派侍中卜泰带着皇帝用的车子和衣服去见石勒，要求和解。石勒把卜泰捆绑起来，押送给刘曜。卜泰以为刘曜会立即将他千刀万剐，不料刘曜却亲自给他解绑，劝酒压惊，并和颜悦色地对他说："刘粲淫乱母后，灭绝天理人伦，司空靳准能为黎民百姓出气消怨，使我登上大位，功劳多么大！如果能够早日迎我进入平阳，军政大权还是让他独揽，至于祭祀一类的事情，由我出头来办。你速速回城宣达我的愿望。"

卜泰回到平阳，四处宣扬刘曜的甜言蜜语，靳准的将士们可

---

① 在今山西河津县西北，附近赤石川上有大壁坞，因而名为赤壁。

就不想打仗了。只有靳准犹豫不决，他后悔把刘曜的生母和兄弟们都杀了，担心刘曜是诓骗他。不久，他的堂弟卫将军靳康利令智昏，带着心腹将士，来了一个窝里反，闯入宫内，杀了靳准。这个"汉天王"坐了四个月的皇座，就上了西天。靳康等人公推尚书令靳明为盟主，叫卜泰带了靳准的脑袋和传国宝玺，送到刘曜军营报功。

　　石勒听到这些消息，更加发狠进攻平阳。靳明抵抗不住，两里路内堆满了被杀的尸体，他只得率领将士和百姓一万五千人投奔刘曜。靳明自以为必将得到高官厚爵和封赏，不料一见刘曜，就立即被喝令捆绑起来砍头。靳氏全家老老小小，包括靳太后、靳皇后全都被杀，只有靳康的一个女儿长得天姿国色，刘曜想立为皇后，但这个姑娘抵死不肯，哭着闹着，要求和父兄等一起去死。刘曜算是发了善心，留下了靳康一个幼儿，让他能传宗接代。

　　当靳明投奔刘曜时，在近郊的石勒军队进占了平阳，一把火将宫室都烧毁了。石勒为了笼络人心，派人修复了刘渊、刘聪的陵墓，把被杀的一百多刘姓家族都安葬了。做完这些事，石勒派一些将士留守，自己带着大军回襄国去了。他同时又派左长史王修为使者，刘茂为副使，到刘曜跟前报功。

　　刘曜任命这两个使者为将军，封列侯，并派司徒郭汜做专使，去任命石勒为太宰，领大将军，爵位从赵公晋为赵王，又要石勒的使者随郭汜回襄国去。

　　王修有一个舍人（左右随从人员的通称）叫曹平乐，被留在刘曜身边做官，他想邀功请赏，就对刘曜讨好说："石勒派王修来，表面上表示一片忠心，实际上要探探你的兵力虚实，等使者回去后，可能就要来进攻了！"刘曜对曹平乐的话深信不疑。郭

氾等走得还不远，刘曜派飞骑追回，又抓住石勒的使者王修，押到闹市上杀了。副使刘茂逃得快，一溜烟赶回襄国。石勒听到这个情况，大怒道："我对刘家尽忠职守，算是到顶了，他们的天下都是我打下来的，可恨刘曜一得势，反而想谋害我！赵王也好，赵帝也好，我自己会当，用不着他来加封！"石勒对曹平乐更为痛恨，下令将他的三族都斩尽杀绝。

刘曜和石勒虽已撕破脸皮，但这个时节谁也没力量吃掉对方。刘曜更不愿意进入破破烂烂的平阳，他原先坐镇长安，就把这有名的古都作为都城，国号也要重改，一切都从新开始。群僚们说："陛下原来被封为中山王，中山是古代赵国的地方，国号就改为赵吧！"刘曜就改称汉国为赵国。

刘曜改国号为赵，是在319年夏。同年十一月，石勒也在襄国自称赵王，辖境有河内、太原、范阳、平原等二十四个郡，共二十九万户；同时又自称大单于，统治境内匈奴、鲜卑、氐、羌等各民族。

石勒立国后，想起自己的乡亲，便派人去把老家武乡（今山西榆社北）的老年人，旧时相识的人，都请到襄国来，欢聚一堂，畅谈往事。独有石勒的老邻居李阳不敢来。原来武乡素来产麻，每年收获季节，少年时代的石勒常和李阳争夺沤麻的水池，因而往往吵闹不休，甚至拳打脚踢。石勒对父老们说："李阳是一名壮士，沤麻打架是过去贫穷时的小事，我现在广有天下，还能深记匹夫之仇？"襄国和武乡相距数百里，石勒又派专人去请来李阳。宴会中，石勒挽住李阳胳膊说："我过去尝够了你的老拳，你同样也饱尝了我的毒手！"这话流传开来，就成为"饱以老拳"的成语。随后，李阳被任命为奉车都尉。石勒还下令说：

"武乡是我的老家,我死后落叶归根,我活着,更应为家乡做些好事。武乡三代人的赋税和劳役,就此免除!"

一个汉天王死了,却引出两个赵国来。历史上把刘曜的赵国称为前赵,石勒的赵国称为后赵。这两个赵国一时都忙于整顿内部,北方局势获得了短暂的稳定。

6 棘城之战

在东北辽河流域的鲜卑民族,共有三大部:宇文氏、段氏和慕容氏。这三个部族经常相互攻打,各有胜负。早在三国鼎立时,宇文氏大人(对部落首领的称呼)邱不勤曾娶魏文帝曹丕的一个女儿为妻,势力较强。而后慕容氏和段氏也不断向外扩展,各自建立了国家。晋武帝时,三部的地区都归平州管辖,但统属关系若即若离。后来慕容廆派了使者正式归附晋室,被封为鲜卑都督。

慕容廆到辽东郡(郡治在今辽宁辽阳市)去拜见平州刺史东夷校尉何龛〔kān〕。他穿了士大夫的衣服,在大门口一眼望去,真是"侯门深似海",只见左右两边,剑拔弩张的将士列队站着,个个竖眉瞪眼,如临大敌。慕容廆转身回营,换上威武的戎装,带着侍卫,气势不凡地再来晋见这个顶头上司。别人问他这是为什么?他说:"主人不客气,客人又何必讲什么礼节?!"这话很快传到何龛耳里。何龛惭愧得赶忙撤去左右将士,走下台阶,笑

颜相迎,一起欢饮畅谈。

慕容廆对四周的影响日益扩大,宇文氏和段氏害怕被吞并,常常你去我来地骚扰慕容部。慕容廆无可奈何,只得经常给他们送财礼,说好话。294年,慕容廆定居棘城(今辽宁义县西),带领部族在游牧之余大办农桑,法制也模仿西晋。宇文部曾以十万之众包围棘城,反被慕容廆打败。慕容廆部紧追到百里以外,杀俘宇文部一万多人,这不过是他初露锋芒而已。

中原地区大乱,许多士大夫避难逃到关外。宇文氏和段氏只识弯弓射大雕,把读书人看作路边草,独有慕容廆把他们当成稀世宝,因此名士们都投奔他。中书侍郎裴嶷被朝廷派来做昌黎郡(郡治在今辽宁义县)的太守,他心甘情愿地被慕容廆任命为长史,居中策划,很得信任。其他有北海人逄羨、平原人宋该、安定人皇甫岌等十几个名士,都做了慕容廆的重要僚属。慕容廆还办了学校,请平原人刘赞做东庠祭酒。他要自己的世子慕容皝〔huǎng〕带头,和鲜卑大臣的子弟一起去念书,慕容廆也经常亲自去听课。这样,他的声望愈来愈大了,几万户流民都向他那里跑。慕容廆按照他们的原籍,分别给予安置:为冀州人设立一个冀阳郡;为豫州人设立成周郡;为青州人设立营丘郡;为并州人设立唐国郡。

东夷校尉换了封释,慕容廆帮助他平定了鲜卑别族素喜连、木丸津的叛乱。封释非常感激,临死时,把孙子封奕托付给慕容廆。封释的儿子冀州主簿封悛和幽州参军封抽来奔丧,慕容廆见了说:"你们封家的人,都好似天上掉到人间的千斤好牛!"当时战乱频起,兄弟俩回去的道路不通,慕容廆再三邀请他们留下,任命封抽为长史,封悛为参军,封释的孙子封奕也被任命为小都督。

319年（东晋太兴二年），平州刺史换成了崔毖，他是曹魏时尚书崔琰的曾孙，冀州的大族，很有名望。但他志大才疏，属下的士民纷纷离开他，去依附慕容廆。崔毖几次派人劝他们回来，都没有如愿。他心里很不高兴，以为慕容廆故意跟他刁难，于是暗下派人联络段氏、宇文氏二部和高句〔gōu〕丽（在辽东郡以东），约定一起攻打消灭慕容廆，共同瓜分其属地。

这三国眼见有利可图，出兵包围了棘城。慕容廆的将士要求出击迎敌，慕容廆说："他们都是受崔毖的诱骗，贪图得到一些利益，现在兵力集合在一起，来势很猛，暂时不要去碰他们。我们固守坚城，挫折他们的锐气，他们是乌合之众，谁也不肯听谁的指挥，时间一久，会相互猜疑，离心离德。那时再去攻打，一定可以取得胜利。"

慕容廆坚守了一个时期后，派专人带了许多美酒和肥牛，独独去慰问宇文氏。这么一来，段氏和高句丽就怀疑他们之间有什么阴谋，便带着自己的部众退走了。宇文氏的统帅悉独官说："都走了，我就独自攻取棘城！"

宇文氏的将士号称有几十万，兵营一座连着一座，前后足有四十里。慕容廆估计还是难以赶走他们，便派人到棘城南面约一百里的徒河（今辽宁锦州），叫他的儿子慕容翰带领原先对付段氏的驻军回棘城来。他儿子回话："悉独官带领了全国的武力攻打我们，彼众我寡，易以计破，难以力胜。我们如果把兵力合在一起单纯守城，就会导致自己内部的恐敌情绪，而敌人却可以全力攻城，毫无顾忌，这不是好办法。凭棘城现有的兵力，防守是没有问题的。我的部众则在城外作为奇兵，等待他们暴露出弱

点,再和父亲内外夹攻,他们必定惊慌万状而被消灭。"慕容廆犹豫不决,部将辽东人韩寿又对他说:"悉独官部下将领骄傲,士兵懒散,兵力部署很不周密,我们一定要乘其不备,用奇兵突击,才是取胜的唯一办法。"这样,慕容廆便让自己的儿子暂且仍守徒河,不来棘城。悉独官得到慕容翰留在徒河的情报后,非常高兴地说:"这小子勇猛果敢,现在不入棘城,可能成为我们的祸患,我要先去干掉他,打下棘城就轻而易举了!"于是派了几千精骑飞袭徒河,准备一口吞掉慕容翰。

这支骑兵队伍跑了几十里路,迎面驰来几个气喘吁吁的使者,自称是段氏部落派来的人。他们说:"慕容翰常常同我们作对,我们恨极了。现在听说你们要打徒河,我们也已兵临城下,严阵以待。希望你们速速前进,两路大军会合,发动攻击,慕容翰只有死路一条了!"悉独官的骑兵们大喜过望,得意忘形,快马加鞭,火速前进,一点没有别的防备。不料进入一片洼地时,突然四面伏兵跃出,猛烈发起进攻,这支骑兵猝不及防,全部被歼。原来那些使者是慕容翰派人冒充,来引诱悉独官的骑兵自投罗网的。

慕容翰乘胜前进,同时派人告诉他老子急速发兵出城,夹攻悉独官。悉独官毫无戒备,听说派出的骑兵全部被歼,慕容廆的大军又突然出现在眼前,尤其是慕容翰的精骑,又从侧翼尖刀般地直插帅营,纵火焚烧营寨。宇文部的将士惊慌失措,少数被杀死伤,大部分被俘。悉独官单骑逃回本土去,他随身携带的三颗皇帝宝玺在慌乱中丢失,被慕容廆缴获。

崔毖听到惨败的消息,便派侄子崔焘到棘城祝贺胜利,想掩盖他在幕后操纵三国进兵的真相。恰巧三国请求和谈的使者也到了，他们都说："包围棘城不是我们自愿，是平州刺史崔毖要我们这样干的。"慕容廆叫崔焘对质，又派侍卫们在边上耀武扬威地威胁，崔焘没法抵赖，只得认错，落了个当场出丑。慕容廆派了大军带着崔焘到平州，要崔焘对崔毖讲："投降是上策，逃走是下策！"崔毖不愿投降，丢了家属和家财，带着几十名亲信，骑上快马，逃到高句丽。平州的将士全都投降慕容廆。慕容廆命令他的儿子慕容仁为征虏将军，坐镇辽东。

慕容廆派人紧紧追捕崔毖。崔毖溜得快，又跑了。他的僚属高瞻等人，被俘送棘城，受到贵宾般的优待。慕容廆任命高瞻为将军，高瞻推说有病不肯就职，慕容廆几次去看望他，摸摸他的胸脯说："你的病是在心里，不是别的地方。现在晋朝乱成这个样子，我要和各位共赴国难，拥戴帝室，你是中原望族，应该有同样愿望。为什么因为汉人和胡人有差别，而这样疏远呢？"高瞻还是不肯任官，慕容廆心里气得慌，有人劝他把高瞻除了，他舍不得杀害这样的人才。但高瞻却又愁又怕，终于得病死了。

原先，曹嶷占领青州后，就独树一帜，既不听石勒号令，与晋室也若即若离，州境内只有东莱郡（治所在今山东掖县）太守鞠彭不肯归附曹嶷，东莱百姓都愿守城死战，双方连年攻战，相持不下。鞠彭看到战祸不断，黎民受苦，叹息着说："现在天下大乱，强者称雄。曹嶷也是我们乡里之人，如果他能使黎民安居乐业，就让他来吧！何必两下里争得没个完，使老百姓肝脑涂地、家破人亡呢？我走了，这里也就平安了！"很多人不同意他走，纷纷提出抗拒曹嶷的计谋，但鞠彭摇摇头，一面感谢众人盛意，一面带了一千多户乡亲，渡海到辽东去归附平州刺史崔毖。但刚到辽东，就发现崔毖已逃得没影儿了。鞠彭看到慕容廆政绩

卓著，赏罚严明，就此归附。

慕容廆打败悉独官，缴获三颗皇帝宝玺，特地派了长史裴嶷专程送到建康献给晋元帝。晋元帝拜慕容廆为安北将军、平州刺史。

平州远离建康，天高皇帝远，慕容廆从此合法地割据称雄。当时东晋边远的地方，除了凉州还能听命外，慕容廆对朝廷也算是比较尊重的，他在当地也颇得人心。他有几个信条，大意是："监狱法律，是人命关天的大事，不可以不慎重；贤人君子，是立国兴邦的基础，不可以不尊敬；庄稼农事，是国富民强的根本，不可以不重视；酒色小人，是祸国殃民的苗头，不可以不戒防。"慕容廆把它们写成《家令》，要子子孙孙照办。

慕容廆雄踞一方，石勒派了使者去攀交情，却碰了一鼻子灰。慕容廆不给一点面子，抓住使者押送建康。石勒逼迫宇文部去打慕容部，反被打得一败涂地。石勒自己又鞭长莫及，只得忍住怒气。而另一边，东晋的豫州刺史祖逖，已进军黄河以南，扩大武装，收复失土，又在石勒身边烧起了一堆大火。

7 中流击楫

祖逖（266-321）的祖上九代，都有人被推为孝廉，荐举到京城做官，是一个官宦世家。祖逖的父亲祖武做过上谷太守。

祖逖字士稚，范阳郡道县（今河北涞水县）人。他从小性情慷慨,喜欢结交朋友,不拘小节。少年时轻财好义,常常用同父异母哥哥祖纳的名义,以粮食和绢帛救济贫困的亲戚乡邻,人们都很尊敬他。西晋覆没前的数年,祖逖和他的胞弟祖约跟随母亲,投奔洛阳的舅舅程元良。祖逖还有几个堂舅,都在朝中做官。经过他们的推荐,祖逖兄弟也进入仕途。

祖逖二十多岁时,和刘琨同为司州主簿,两人志趣相同,非常投机,常常在一个被窝里睡觉。他俩谈论当前形势,互相勉励说:"如果四海沸腾,豪杰并起,我们俩就在中原大干一番吧!"一般鸡鸣是在拂晓,但有些鸡却在半夜乱啼,被称为"荒鸡",迷信者认为是不祥的预兆。祖逖被半夜鸡鸣吵醒后,用脚猛踢刘琨说:"这不是恶声,是督催我们练武的号角。"于是他俩便共同起身舞剑,锻炼身体。这就是"闻鸡起舞"典故的由来。

祖逖和刘琨这两位志同道合的好友,后来各奔一方,为恢复中原而奋斗。刘琨在给亲友的信中曾说:"我枕戈待旦,立志消灭敌人;但常恐祖逖走在我的前头挥鞭立功!"他们都以身许国,死而后已。前面已经讲过刘琨的事迹,下面就来介绍祖逖北伐的故事。

洛阳大乱时,祖逖带了几百户乡亲到淮水、泗水一带避难。途中车马用来运送老年人和病人,他自己和年轻力壮的人一块儿步行,吃的穿的以及药材,都不分彼此。祖逖智谋多,办事干练,所以老老小小都推戴他为首领。当时,琅琊王(即后来的晋元帝)任命他为徐州刺史,以后又转为军谘祭酒。他统率的部属驻扎在京口(今江苏镇江市),军粮供应很差,有时还饿肚子。在南渡的几万流民中,有不少富豪聚居在京口的南塘一带,祖逖的队伍经常去"借"钱粮。有一次,王导等人去看望祖逖,看到

他身穿贵重的皮袍，满屋摆设了珍贵的珠宝。这些权贵们非常奇怪，祖逖却若无其事地说："这是我部下昨夜到南塘去了一趟！"但是祖逖并不想当暴发户，过几天就变卖这些财物充作军饷。有时富豪告到官府，祖逖总是尽力为部属开脱，因而遭到非议。

祖逖眼看山河破碎，不愿再在后方逍遥自在。313年，他就上书琅琊王："晋室之乱，全是由于藩王争权，自相残杀而起，因而使匈奴和羯人等有机可乘。现在老百姓惨遭荼毒，人人都想反抗强暴。大王如果兴师北伐，我祖逖定当效命，各地豪杰也当闻风而动，共同洗雪国耻！"司马睿没有北伐的打算，只任命他为奋威将军，豫州（治所在今安徽淮阳）刺史，给一千人的口粮、三千匹麻布，叫他自己去招兵买马，筹备武器盔甲。

祖逖受命后，带了一百多户从京口渡江北上，当时那儿的长江江面宽四十多里①，遥望对岸茫茫无边，静聆身畔万籁俱寂，只有橹声如咽，船只在激流中搏浪前进。祖逖面对滚滚东流的江水，想到肩负重大使命，思绪万千。船到中流，他站立在船头，敲着船楫，对天起誓道："我祖逖如果不能扫除敌寇，澄清中原，当如大江那般有去无回！"同行的人听了这样的豪言壮语，都感动得流下眼泪。

祖逖渡江后，在淮阴冶炼兵器，制造盔甲，招募了两千多勇士，从徐州推进到豫州的沛国（治所在今安徽濉溪西）和谯郡（治所在今安徽亳县）。这些地区原是西晋和石勒经常交战的前线，堡坞壁垒星罗棋布，情况复杂。各种势力有的心向东晋，有的归附石勒，有的割据称霸。他们之间互不统属，甚至相互猜疑、

---

① 长江江面在唐朝时已宽为十八里，现在约八里。

祖逖中流击楫

攻打或是吞并。祖逖一心想联合他们对付敌人，但这不是容易办到的。

在谯郡有张平、樊雅的两个堡坞，各有数千人马。张平自称豫州刺史，樊雅自称谯郡太守，他俩一度归附东晋，被封为四品将军，要他们就地抗击石勒。祖逖派参军殷乂去联络张平和樊雅。殷乂官儿不大，架子可不小，不把他俩放在眼里，看到他们的住房，说"可以养马"，瞧见大铁锅，说"应该砸碎，拿去冶炼刀枪"。张平说："这是帝王用的大锅，天下太平后就将使用，为何要毁掉？"殷乂冷笑道："你的脑袋尚且保不住，还想守护这大锅！"张平早已憋着一肚子气，禁不住骂道："难不成你这小子就能保住脑袋？"他手起刀落，把殷乂杀了，从此闭门自守一年多，不愿靠拢祖逖。

张平手下还有董瞻、谢浮等人控制的十多个小堡坞。祖逖拉拢了谢浮，谢浮欺骗张平，约他共商大计，就此暗杀了张平。祖逖把张平的一部分部属接收下来。但占据谯城的樊雅，却还不肯认输。

祖逖的军粮是建康派人运来的，路太远，常常接续不上。他们进驻到太丘（今河南永城西北），整天忙着搞粮食，放松了警戒。不料，樊雅派了一支队伍，从谯城赶来，乘着黑夜，杀进祖逖的兵营。他们大叫大嚷辱骂祖逖，喊着要为张平报仇。祖逖的将士没有提防，又不知来了多少敌人，只是晕头转向，四散奔逃。祖逖镇静地辨别喧闹声，知道人数不多，于是沉着地指挥作战，终于打退了樊雅的队伍。他乘胜追击，包围谯城，眼看胜利在望，不料张平的余众却赶来帮助樊雅，祖逖只得另去讨援兵。在浚仪南的蓬陂（今河南开封一带），原来的乞活军首领陈午已死，由他的叔父陈川带领队伍，自称陈留太守。陈川派了将军李头来帮忙,同时东晋的南中郎将王含也派参军桓宣带了五百人马,来协助祖逖攻城。

祖逖对桓宣说:"听说你过去曾说服张平和樊雅归顺朝廷,他们对你很信服,眼下你再辛苦一趟去劝劝樊雅,他如果肯投降,我一定重用。"桓宣骑了马,只带了两个随从,去见樊雅说:"祖将军立志要平定刘曜和石勒,要依靠你们共同对敌,前些日子殷乂太轻薄,辱骂了你们,但那不是祖将军的本意。如果双方和解,今后你也可以建立功勋!若要再固执下去,就不好了。"樊雅设宴招待桓宣,派自己的儿子跟桓宣回去作人质。不多天樊雅前来拜见祖逖,祖逖还叫他回去带领原来的部属。可是不少部属以前辱骂过祖逖,怕祖逖日后报复,逼迫樊雅又紧关城门。祖逖一边进攻,一边要桓宣再去劝说。樊雅立即杀了几个横加阻拦的人,终于归顺了祖逖。

陈川派来帮助祖逖作战的李头非常勇敢,他缴获了一匹上等的骏马,心里想要但又不敢说。祖逖一眼看透了他的心思,就将那匹骏马送给李头。李头回到陈川军营,逢人便说:"如果能跟随祖将军这样的人,我死也无恨!"这话恼怒了陈川,他一刀砍了李头的脑袋,说:"我让你去跟祖逖吧!"李头的亲信冯宠不服气,带着四百多部属投奔祖逖。陈川更是冒火,他的四五千人马不敢面对面攻打祖逖,只是在豫州抢劫郡县,叫祖逖难堪。祖逖可不是好惹的,他设计埋伏截击,打垮了陈川的队伍,被抢的财物和妇女,都送回原来的家乡去,自己一无所占,豫州百姓感恩不绝。陈川怕被祖逖消灭,横下心投奔了石勒。

祖逖的进军,使黄河南岸的堡坞壁垒起了大动荡大分化,有的死心塌地投降石勒,有的旗帜鲜明地归顺祖逖。但是,有些坞

主原先送了亲生儿子在石勒跟前作人质的,心里七上八下,没有主张。祖逖暗下派人去安慰他们,不让他们为难,而且又特地派了队伍假意去攻打他们,表明他们没有归属东晋。因而,这些坞主们对祖逖信服得五体投地,一得知石勒有什么动静,常向祖逖密报。所以,祖逖对石勒的内情了如指掌,打起仗来,老是获得胜利。尤其是争夺浚仪的战斗故事,特别脍炙人口。

8 智取浚仪城

自称陈留太守的陈川,占领浚仪作为见面礼,投降石勒。祖逖听到后,眉头拧成了疙瘩,决心要打垮这支叛军。

石勒派儿子石虎领了五万人马来救陈川,他的扬武将军左伏肃遭遇祖逖,被打得大败,逃跑时又中了埋伏,被乱箭射死。石虎军心动摇,在各地大抢大掠后,全军撤退,陈川的部属全部跟去。石虎留下当年跟随石勒"十八骑"中的伙伴桃豹死守浚仪城,顶住祖逖的进攻。

第二年,即320年(晋元帝太兴三年),祖逖的将领韩潜攻占了浚仪东城,从东门出入;桃豹退守西城,从南门出入。两军相持了四十多天,双方都缺乏粮食,而且都很难从后方得到接济。祖逖当时占据了雍丘(今河南杞县),亲自到浚仪绕了一个圈子,和韩潜商定了退敌之计。

一天清晨,监视晋营的桃豹士兵,忽然发现东门外有一千多将士络绎不绝地运粮进城，他们肩上的麻袋都是沉甸甸的。桃豹得讯，赶紧派骑兵去拦截，可是已经迟了，只有几个掉队的士兵疲乏地在路旁休息，擦着湿透衣服的汗水。这几人眼见桃豹人马出现，拔脚就溜，粮袋也来不及扛走。桃豹打开一看，简直吓呆了，原来里面装的尽是米。

这个消息像旋风一样传遍桃豹军营，当他们喝着抢来的米熬成的稀粥时，心里都羡慕晋军粮食充裕，焦虑自己连粮食影子也难见到，怎么打仗？于是人人耷拉着脑袋，拉长了脸，没精打采地守在西城。这情景都给东城的晋军瞧到了，奔走相告，又钻回营房里，笑得前仰后倒。原来那一千多人扛的，根本不是粮食，而是泥沙，只有那故意掉队、丢在地上的几袋，才是真正的米，可是这几袋米就大大动摇了桃豹的军心。桃豹派出飞骑，将晋军粮食充裕的消息报告石勒，石勒急速派了将领刘夜堂，用一千头驴子给他们送来了粮食。桃豹手下的将士听到这个喜报，高兴得跳跳蹦蹦齐声欢呼。但当他们正准备去接运时，第二个消息传到：那些粮食连同驴子，全被祖逖派的韩潜和冯铁率领骑兵，在半途里劫走了。

桃豹愁得没了主张，只得连夜把队伍撤出浚仪，向北走了一百多里，据守东燕城（今河南长垣西）。祖逖命令韩潜进占封丘（今河南封丘），逼近东燕，同桃豹对峙。

东燕城是属于濮阳郡的，祖逖巡逻的骑兵，活捉了桃豹队伍中的濮阳人，特别宽厚地优待他们，并放他们回家。他们感恩不尽，带了乡里五百多户来归顺祖逖。祖逖在濮阳扎下根，桃豹就难以立足。石勒又派了精骑一万来打祖逖，仍被打败。于是，石勒手下的将士常有投降祖逖的。

洛阳附近的黄河两岸，还有赵固、上官巳、李矩、郭默等几支抗击石勒的队伍。原先他们常常闹纠纷，祖逖派出使者帮他们和解，他们也都愿意接受祖逖的指挥。于是这一地区，支离破碎的东晋国土逐渐连成一片。祖逖时而派出人马伏击石勒和桃豹的军队，几乎每战必胜，很少打败仗的石勒都愁坏了。

石勒眼见祖逖势力强大，派人到祖逖老家，给他修理和看守祖坟。祖逖顺水推舟，派了参军王愉，带了土产礼品去拜访石勒，表示谢意。石勒用上宾之礼接待王愉，又派自己的左常侍董树带了一百匹骏马和五十斤黄金回访祖逖。有一次，祖逖收到石勒送来的一个盒子，打开一看，竟是一个血肉模糊的脑袋，仔细瞧瞧，正是自己的牙门将童建的头颅。原来童建因为私仇，杀害了新蔡内史周密，投奔石勒，不料却被石勒砍下脑袋，送给祖逖，还叫人带口信说："叛臣逃吏我是最痛恨的。将军所憎恶的，也就是我所憎恶的。"这话说得颇为得体，祖逖也遣使回谢，他知道争取一个暂时稳定的局面对自己来说，似乎比石勒更需要。

原先，祖逖在屯田时，石勒常来骚扰抢粮。在收获的季节里，将士和青壮年在外围抗击敌人，老弱病残于是连夜抢割抢收。他们带着火把，一则是用来照明，二则是万一敌人进攻，如来不及把稻谷运走，就放火烧掉。因而虽然几年内辛辛苦苦屯田，但收获不大。同时，祖逖虽然站稳了，但没有什么后援。很多朝廷官员贪生怕死，不愿上前线。晋元帝曾派镇武将军太山太守司马飏，带两千人马去支援祖逖，但司马飏宁愿坐牢，也不愿去吃苦送命。因此，祖逖必须有时间来巩固和发展自己的实力。

于是，祖逖也同样对待石勒。凡是后赵的将士背叛石勒，逃来归顺的，祖逖一概不收留。他还下令，不准无故侵扰后赵的居民。因此，黄河两岸的百姓恢复了比较平静的生活。石勒还写信给祖逖，要求开放边界，相互做生意。祖逖没有复信，但对双方贸易睁一只眼，闭一只眼，不加禁阻。于是，黄河以南的百姓，盈利都在平时的十倍以上，官家收一点税，公私都得益，人民生活有所改善。

祖逖对下属不论亲疏，不论出身，都一视同仁。谁要有一点小小的功劳，他立即赞扬或是加赏，决不拖延到第二天。祖逖生活节俭朴素，不爱财不贪色，不蓄私产，且重视农业生产。他的子弟亲身参加耕作，上山打柴。局势稍稍转入平定后，祖逖下令收葬路边的枯骨，因此百姓们都传扬祖逖的好名声。当时战争频繁，生活艰苦，在一次宴会里，祖逖邀请白发长须的老人坐在尊贵的席位上，用菲薄而又难得的酒食招待他们。他们感动得一边流泪，一边说："我们年逾花甲，反而得到父母般的慈爱，真是死而无憾了！"宴会中，百姓为祖逖唱了一首歌："幸哉黎民免俘虏，三辰既朗遇慈父。玄酒忘劳甘瓠脯，何以咏恩歌且舞！"大意是这样的：

  幸运啊，黎民们，
  免受被俘的痛苦！
  日月星辰重放光明，
  是因为遇到了慈父！
  薄酒使人忘了辛劳，
  请再品尝那甜美的果脯！
  怎么感谢大恩和大德？
  引吭高歌，翩翩起舞！

祖逖逐步恢复中原地区和发展生产，是大好事情，但晋元帝

原来就无意北伐，更没有将祖逖看成收复国土的脊梁骨，反而怕祖逖实力雄厚了，尾大不掉。这时，长江上游的荆州刺史王敦已经不大听从朝廷的号令。晋元帝在321年（太兴四年）的七月，为了防备王敦，派戴渊为征西将军，都督司、兖、豫、并、幽、冀六州诸军事，并为司州刺史。这样一来，祖逖就成了戴渊的下级。戴渊虽有一定名望，但没什么韬略，所以祖逖不服气。祖逖早年当徐州刺史时，有一个司马叫蔡豹，祖逖很看不起他，这时也被任命为徐州刺史，彼此地位相当，祖逖心里也不快活。朝廷里不断传来明争暗斗的消息，祖逖害怕又会发生西晋时那样的内部残杀，他把家属都移居到汝南郡险恶偏僻的大木山去，以求躲避战祸。

祖逖虽然忧闷，但还是积极筹备进军。他派人在成皋（今河南荥阳西北）之西，北临黄河的地方，建造一座武牢城，这样既可以防止敌人入侵，又能作为前进据点。不幸的是，壮志未酬的祖逖，于321年九月在雍丘病死，时年五十六。从祖逖渡江北上打开局面到去世，总共不过七年而已。豫州的百姓痛哭流涕，如丧考妣（父母），各地都立了祠庙纪念他。晋元帝得悉他去世，追封他为车骑将军，命他的弟弟祖约继为豫州刺史，统率他的部属。

石勒听到祖逖的死讯，就发兵南侵。祖约没有他哥哥的那种魄力，慌慌张张地从雍丘撤退到寿春，把黄河以南数百里的国土拱手让给石勒。雍丘被占后，将士们想到祖逖的尸骨还埋在城里，都放心不下。将军路永带领五百勇士，赶了几天路，乘着黑夜，带着绳索爬进雍丘城里。一边和敌人血战，一边挖开坟墓，搬出棺木，从城头吊坠下去，再运回寿春。

在前线和敌后,千万将士在艰苦奋斗和浴血奋战,可是在京城建康的文武百官们,又是怎么打发日子的呢?

9 如此中兴名士

东晋王朝建立后,偏安江南,一时局势平稳,生产逐渐发展,于是不少文武官员又花天酒地,醉生梦死起来。上层社会的风气又回到西晋时那样的颓废状态。

光逸是避难到江南较迟的一个名士。他到建康后,去拜访他最要好的朋友,官为咨议参军的胡毋辅之。进了大门,守门人不让他闯进二门去。光逸隐约听见屋里叫闹着的都是熟人的声音,他往门缝里一瞧,只见胡毋辅之与谢鲲(大将军王敦的长史)、阮放(太学博士)、毕卓(吏部郎)、羊曼(黄门侍郎)、桓彝(中书郎)、阮孚(太子中庶子)等七人,在里屋披头散发,赤身裸体,一面饮酒,一面高谈阔论。守门人对光逸说:"他们在里面已闹了一昼夜了,我们敲门,他们根本不睬。"光逸看到二门土墙边有一个狗洞,他脱去外衣,头钻向洞里,大声地装着狗叫,叫了半晌,才听见屋里胡毋辅之说:"这一定是我的孟祖(光逸的字)来了,别人决不会这样的!"于是二门大开,光逸被拖进去,参加不分昼夜的滥饮狂欢。

光逸随即被朝廷任命为军谘祭酒,以后又转为给事中。这八个名士被人们称为"八达"。

胡毋辅之是西晋旧臣,他一贯纵酒,不拘小节,口才很不错。人们说他话匣子一打开,就如锯木落下的碎屑一般,密密麻麻的没完没了。他的儿子胡毋谦之,才学不及父亲,而更加放纵骄狂,酒一入口,张嘴直呼胡毋辅之之名,不再叫爹,胡毋辅之一点儿也不介意。有一次做老子的闭门饮酒,儿子在门缝里看到,大叫道:"彦国(他老子的字)老头儿,你年纪那么大了,不该这样啊!你应当邀请我,像贵宾一般共同欢饮才对!"胡毋辅之听了大笑,开门请儿子入屋共饮。

毕卓虽说是个管理选拔官员的吏部郎,但他只要碰到酒杯,就什么事都不闻不问了。有一次,他醉酒回到家门口,邻居家新酿的酒香随风飘来,他又垂涎三尺,悄悄地爬过墙去偷酒喝,被主人抓住,用绳索绑成一团。黎明后,邻居一瞧,竟是朝廷显官,赶紧给他松绑。毕卓不要他们赔礼道歉,拉住邻居,就在酒瓮边一块儿喝起酒来。毕卓历来有一个愿望:"有一条装满几百斛酒的大船,四时的鲜味美肴放在案头。右手拿了酒杯,左手抓着蟹螯,让这船随风飘荡,这一辈子就够乐了!"

谢鲲不修边幅,善于唱歌和弹琴,也喜欢整天醉于酒中。他年轻时在洛阳,邻居高氏有一个女儿,长得很美。谢鲲醉酒后,扒在墙头上对她说胡话,那姑娘生气了,随手拿起纺麻的梭子,朝他脸上一摔,打断了他的大门牙。这件事当即传得满城风雨,谢鲲却毫不在意,大声说:"没有门牙怕什么?挡不住我高歌入云霄!"

阮孚是"竹林七贤"中阮咸的儿子,他不分白天黑夜地喝酒,头发乱蓬蓬的从不梳洗,公务也从不放在心中,家产喝完了他也不在乎。他任散骑常侍时,竟把头上的金貂冠带解下来换酒喝。阮孚到会稽去游山玩水,手里常常拿着一个黑色的口袋,别人问他里面装了什么宝贝,他回答道:"说起来不好意思,只留着一个小钱守住口袋!"①

鸿胪卿孔群也是以酒为命的人,王导劝他说:"你看到酒店盖瓿②的麻布吗?一天比一天烂得快!你这么日夜狂饮,也要跟它一样了!"孔群回答道:"不会的!你不见猪肉经酒糟腌过,愈久愈香愈可口吗?"他曾写信给亲友说:"我的田地一年可以收到七百石高粱,可是还不够酿酒喝!"

名士们这样酗酒,怪不得有人说:"要做名士并不要有特殊的才能,只要有喝酒的海量,再熟读屈原的《离骚》,能随口说几句就行!"

名士们酗酒放荡,可苦了老百姓,必须忍饥挨饿来供养这些疯癫的寄生虫,当官的盘剥也更加重了。

王述(西晋平吴功臣王浑弟弟王湛的孙子)家道衰落贫穷了,他去当宛陵(今安徽宣城)县令,大肆搜括钱财,被人检举贪赃枉法的事竟有一千三百条。王导知道了,派人对他说:"你是望族后代,不必担心今后没有优厚的俸禄,现在让你在一个小县里,太委屈了!"王述明明知道王导是在提醒他,要他收敛些。却厚颜无耻地回答:"等到我富足了,当然洗手不干。那些饶舌者庸人自扰,太不知趣!"

王导虽然常常教训人,但他也没有做出好榜样来。王导招待客人,常常要美貌的歌伎陪伴,中书侍郎蔡谟看不惯,宴会没结束就不告而别。王导的夫人曹氏极为泼辣妒忌,而王导偷偷地另有金屋藏娇,在那儿,侍妾和美婢穿梭似的进出,生下的儿女也

---

① 以后形成"阮囊羞涩"的成语,比喻人手头拮据。
② 瓿:音bù,古代装酒或装水的容器。

可以排列成行。其中最得宠的是雷氏，生下了王恬和王洽（以后都成了大臣）。雷氏恃宠干预王导处理政务，有时还接受贿赂，蔡谟称她为"雷尚书"。有一天，曹夫人在楼台上看到几个孩子骑着羊玩耍，这几个孩子都长得方面大耳，十分伶俐可爱，她要贴身丫环去问问这是谁家的孩子。在一旁侍候的人没留意，随口回答："其中有咱家老四、老五！"曹夫人听后又惊又怒，立即命令驾车，带了二十个家人和丫环，拿着菜刀，要去寻找那个秘密的住宅，准备大打出手。王导闻讯，也赶紧叫人套上牛车去阻止，一路上他嫌牛走得慢，一手扶住车上的栏杆，一手高举麈〔zhǔ〕尾的柄鞭打牛身，催它们快跑，那副狼狈相立即成为传遍全城的趣闻。

蔡谟故意去拜会王导，向他拱手贺喜说："听说朝廷在商议着要给丞相加九锡。"王导信以为真，一本正经地谦让。蔡谟笑着说："听说这九锡也没有什么东西，只是短辕的牛车和长柄的麈尾。"王导这才知道蔡谟是在取笑他，但也无可奈何。蔡谟年轻，辈分小，王导看不起他，对人说："过去我和朋友们在洛阳游玩，从来没听说蔡克（蔡谟的父亲）有这么一个儿子！"有一次，王导问蔡谟："你自命清高不凡，你看能比得上过去的王衍吗？"蔡谟冷冷地回答："比不上。"王导又追问："怎么比不上呢？"蔡谟笑着说："他高雅得很，没有像你这样的客人！"王导没料到又受了奚落。蔡谟字道明，正好朝臣中还有两人的字叫道明：一个是右军将军荀闿（荀藩的儿子），一个是从事中郎诸葛恢。这三人作风比较正派，办事比较认真，被人们誉为"中兴三明"。人们赞扬他们说："京都三明各有名，蔡氏儒雅苟葛清。"

诸葛恢和王导很谈得来，但也喜欢戏谑地顶撞王导。有一次，两人戏争氏族上下，王导说："王家和诸葛都是大族，但是人们只是说王葛,从没人说葛王。"意思是说"王"姓居于"诸葛"之前。诸葛恢立即回答:"人们只是说驴马,没有讲马驴的,难道驴还比马强?"意思是讲王葛并称,而以后者为贵。

官员中有不少人对朝廷中普遍存在的放荡风气深恶痛绝。尚书令卞壸曾在朝中严责这样的现象:"这些人胡作非为,罪孽深重,过去皇室的倾覆都是这样造成的,现在还不引以为鉴戒吗?"他想要严办几个过于狂妄的官员,但王导等人却极力庇护,卞壸只得作罢。还有一个御史中丞熊远上了奏疏,大意说:"眼下有三种情况不好。第一,不能兴师北伐收复失土;第二,文武百官不把洗雪国耻放在心头,只是大吃大喝,嬉戏而已;第三,任用官吏不看真才实学,只图虚名浮夸。"他还沉痛地指出:"现在当官的人,把办事认真的人看成是俗吏,认为执法如山是苛刻,把以礼待人说成是谄谀求媚,将慢慢吞吞赞扬为稳健高妙,把放荡任性夸奖成开朗高明,将狂妄自大吹嘘成高雅。这样下去,怎么能挽救垂危的局势呢?"熊远在奏疏中,还指出当时政事的弊端,是在于"举贤不出世族,用法不及权贵"。后世学者多认为这正是东晋政治腐败的症结所在。熊远说了忠直的话,得罪了众多的朝臣,他做不成京官,被排挤出朝廷,后到会稽去当内史。

部从事是州刺史的属官,职责是监察州内各郡国的政事。一个州有几个郡国,就设几个部从事。扬州有八个郡,就有八个部从事。王导兼任扬州刺史时,曾经派出八个部从事去察访各郡官吏的政绩,他们回到建康,一起汇报这些官吏的得失,独有吴郡人顾和在一旁默不作声。王导问道:"你听到什么?"他回答:"丞相辅佐皇上,宁可网漏吞舟的大鱼(指放过有重大过失的官员),何必根据道听途说,以苛察为政呢?"王导听了,连连点头

称是,其他部从事也都认为自己多嘴,不如顾和通情达理。从此更是官官相护,再也没有揭疮疤的人了。

官场上的丑闻,人们已熟视无睹;政事不修,已积重难返。于是,有野心的方镇大臣,就乘机而起了。

10 "王与马,共天下"

祖逖生前,在抗击石勒的前线,听说朝廷中有人在明争暗斗。这到底是怎么回事呢?这还要从西晋时说起。

人们常说"狡兔三窟",这样可以避灾逃祸。西晋末年,王衍为宰辅时就有这样的打算。他对手执朝政大权的东海王司马越说:"国家乱糟糟,眼下要依赖方镇大臣,应该派文武全才的人去坐镇要地。"东海王点头称是,王衍趁机推荐自己的弟弟王澄当荆州刺史,族弟王敦当青州刺史。他悄悄对他俩说:"荆州有大江和汉水作为屏障,青州背海,形势都很险要,你兄弟俩在外,我留在朝内,咱的家族就可以防止覆灭啦!"可是王家并没有高枕无忧,王衍和王澄先后死于非命,直到东晋中兴,王家才又兴旺起来。王敦的堂弟王导总揽朝政,王敦官为镇东大将军,都督江、扬、荆、湘、交、广六州诸军事,为江州刺史,晋廷兵权几乎都在他手中。王导的另外几个堂兄弟也身居要职:王虞是荆州刺史,王虞的亲弟王彬是侍中,王敦的胞兄王含是光禄勋。王家的亲朋同族在朝廷内外盘根错节,有一呼百应之势。王导、王敦讲的话,跟晋元帝司马睿的诏书差不多,因此人们都说:"王与马,共天下。"

王导虽官势显赫,但四平八稳。王敦就不同了,朝官中不少有名望的人,被王敦软硬兼施,拖去做幕僚,羊曼和谢鲲都当了他的长史。这两人还是什么事也不问,只是狂饮度日,王敦只要他们的名声给自己增添光彩,也并不稀罕他们插手管事。

王敦曾对坐镇襄阳的梁州刺史周访许下愿,保举他做荆州刺史。但晋元帝下诏后,王敦却又赖账,由于嫉妒周访的威名,他扣压朝命,要求由自己兼任,晋元帝只得顺从他。这件事让周访气得七窍生烟,王敦亲笔写信给周访解释,还送了许多翠滴炫目、光洁可爱的玉环和玉碗去。周访将这些宝物摔在地上,对使者说:"我哪是做买卖的小人?用这些东西岂能收买我?"周访知道王敦霸住荆州不放,一定有阴谋,有野心,他便更着力训练将士,预防不测。可是第二年,周访就病死了,时年六十一。晋元帝失去了防制王敦的一个有力助手,非常悲痛。

周访死的同一年,王敦擅杀了武陵内史向硕。杀太守以上的官吏,原是皇帝的权力,王敦目无皇上,使晋元帝很不高兴。

王家的权势那么大,而皇族的宗室却可怜得很,既没有什么兵力,也没有地盘。晋元帝认为必须改变这种"孤家寡人"的局面,而且,晋元帝在朝政管理上,原本就和王导的见解颇不相同。王导主张"务在清静",对什么事都睁一只眼,闭一只眼。晋元帝却要提倡法治,打算严惩贪官污吏,禁止豪强兼并,"以法御下",削弱王家大族的势力,以图匡救时局。晋元帝即位的当年,就曾连下两个诏书,意在整顿吏治。第二个诏书更是针对太守、刺史等地方官的,要求他们正身明治,抑制豪强,抚恤孤

独,大办农桑;并要他们互相检察,不得损公肥私等等。西晋末年帮助司马睿逃出成都王虎口的宋典,成了晋元帝最亲信的官员之一。后来宋典犯了法,晋元帝罢免了他的官职,将他的司马斩首抵罪。桂阳太守程甫,是王敦的私人党羽,生活奢靡,超逾制度,晋元帝将他明正法典。永康令胡毋崇侵占百姓财产,畏罪逃亡,后又回京自首,晋元帝命令在朱雀门外鞭打二百,削职为民。

晋元帝不能依靠王导,就赐给皇太子《韩非子》,要他熟读遵行,并且开始重用御史中丞侍中刘隗及尚书令刁协,渐渐疏远了王导和王敦。

王敦的哥哥王含骄横不法,他推荐任用的二十多个僚属及官员,大都无才缺德,因之遭到刘隗的弹劾。晋元帝虽然没有深究,但王家的人恨透了刘隗。吏部尚书周𫖮的弟弟周嵩嫁女儿时,其门生行凶砍人,刘隗又加弹劾,免去了周𫖮的官,虽然不久周𫖮又官复原职,但就这样刘隗得罪了不少名门豪族。由于实权仍在王家等大族手中,晋元帝依然不能有什么大的作为,因而虽然当时监狱里关得满满的,官府里常常审讯判刑,但受刑罚者大都仍是被豪强冤屈的黎民百姓。

王导被疏远后,中书郎孔愉认为王导是中兴砥柱,上书要求晋元帝更加重用王导。晋元帝一怒之下,调孔愉为司徒左长史,不让他参与朝廷机密。王导并不在意,但王敦对这些事却极为不满,他经常在酒后高咏曹操《龟虽寿》中的四句诗:"老骥伏枥,志在千里;烈士暮年,壮心不已。"他一边反复吟诵,一边按着节拍,用手中的如意敲打唾壶,壶边上被打得尽是缺口。

王敦上了一个奏疏,满篇是热嘲冷讽的牢骚话。王导是录尚书事,比晋元帝先看到,原封退还。但王敦又派专使直接送入宫内。晋元帝见了更是生气，半夜里召见刘隗、刁协和左将军谯王司马承，拿王敦的奏疏给他们看，并说："王敦的官位已经到了头，但还不满足，现在这么讲话，怎么办？"刘隗出了一个主意，要晋元帝派心腹出任一些地方的都督，抓住兵权，来牵制王敦。没有兵马又怎么办？当时很多从中原逃来的百姓，为了混口饭吃，投身在王公权贵门下做佃客和家奴。刁协献计，要晋元帝下令解除扬州地区这些人的奴隶身份，充当士兵或担任运输军粮的伕役。王公权贵失去了大批廉价的劳动力，就像被抽筋剥皮般地难受，于是十分痛恨刁协。

戴渊和刘隗都被任命为都督，分别坐镇合肥及淮阴。新设的这两个军府，名义上是为了北伐，收复失土，实际上是为了防备王敦。

王敦的一个参军是吴兴的大族沈充，沈充又向王敦推荐同郡人钱凤。他俩成了王敦的心腹，共同策划同晋元帝唱对台戏。王敦上表推荐沈充担任湘州刺史，晋元帝认为湘州地势重要，雄踞湘江上游，顺流到长江，又可扼制王敦把持的荆州和江州，因而另派谯王司马承都督湘州诸军事，为湘州刺史。司马承沿江西上，到长沙去上任，途经武昌（今湖北鄂城）拜访王敦。王敦设宴招待，故意取笑他说："大王素为佳士，但恐非将帅之才吧！"司马承回答道："铅刀虽钝，岂无一割之用吗？"王敦对私党说："司马承鹦鹉学舌，说这么一句壮语（此语原系后汉班超之言），实际上不懂武事，让他去吧！"

戴渊、刘隗、司马承等人对付王敦的阵势一摆开，王敦担心他们的兵力逐渐强大，又怕自己一旦出兵后，湘州的水军会顺流而下，捅他的老窝。他也学晋元帝的办法，虚张声势，说要兴师北伐，征调湘州全部船只。司马承知道他不怀好意，但也无法拒

绝,只得送去半数。湘州的实力减弱,王敦也就放下心来。

王敦对长史谢鲲说:"刘隗和刁协是当今奸贼,朝廷被他们搞得一团糟,我现在要发兵清君侧,扫除这些祸患,你看怎么样?"谢鲲答道:"他俩固然不是好东西,但却是城狐社鼠①。"也就是说,像狐鼠依托于城墙和社庙一样,刘隗和刁协是依托于晋元帝的,要起兵杀他们,便会危及晋元帝,这是使不得的。王敦听了,怒气冲天,说:"你是庸才,不识大体!"

322年(晋元帝永昌元年)正月,王敦终于在武昌发兵,向建康进军,他上疏说:"刘隗擅行威福,弄得怨声载道,臣备位宰辅,不能坐视不问,所以进军讨伐。如果刘隗的脑袋早晨挂到城头上,我的兵马当晚就退走!"接着又上了一个声讨刁协的奏表。

晋元帝一见王敦果真动起手来,又惊又怒,下诏说:"王敦肆行狂逆,是可忍孰不可忍!我亲自率领六军征讨逆贼。有谁能杀王敦,封为五千户侯!"

按惯例,王敦叛逆,他的亲属都要连坐,被抓起来砍头。王导只得带了他的堂兄弟中领军王邃〔shì〕、左卫将军王廙、侍中王侃、王彬及其他同族二十多人,每天一大早到皇宫门外,将泥巴涂在脸上和头上,跪着待罪。尚书左仆射周𫖮上朝,王导颤颤抖抖地喊他:"伯仁(周𫖮字)!王家的一百多条命拜托给你,请你在皇上面前说几句好话!"周𫖮头也不回,不理不睬,自己进宫去了。

王导过去和周𫖮关系不错,有时还彼此开玩笑。一次宴会中,王导拿着琉璃碗说:"这碗空空如也,怎么能说是宝器呢?"周𫖮

---

① 指城墙根下的狐狸,社庙里的老鼠。

王导跪求周颙

知道这话是故意讽刺他,便道:"这碗晶莹清澈,无可比拟,说它是宝器,名副其实。"王导不肯放松,又指着周颛肚子问:"这里面是什么东西?"他答:"空洞无物!"王导得意地笑了。可周颛紧接着又说:"不过,能装下像你这样的数百人。"这就引起哄堂大笑,王导臊得成个大红脸。又有一次,周颛在王导家肆无忌惮地啸歌,王导笑眯眯地奚落他:"你是决心效法嵇康和阮籍,也做竹林一贤吗?"周颛不动声色地说:"眼下的你就很可以学,何必追慕几十年前的死人?"王导反被挖苦了。

过去杜弢起义,周颛正在荆州刺史的任上,他被杜弢打得如丧家之犬,投奔了王敦。王敦留他在身边,却没有用他。王导说:"周颛是不可多得的人才,宽宏雅量,怎么能遗弃呢?"便保荐他为军谘祭酒。可是王导现在命在旦夕,看到周颛不但不伸手拉一把,还摆出那副大架子,王导的兄弟们都暗暗骂他不够朋友。

周颛进宫见了晋元帝,却满口说王导的好话,恳求不要拿王导当做王敦一类来办罪,而且还应该加以重用。晋元帝同意了,还请周颛随同便宴,要周颛喝酒。周颛挺能喝酒,又经常醉酒误事,曾经醉了三天没醒过来,因为他官为仆射,所以人们把他叫做"三日仆射"。据说周颛在洛阳时,就多次同友人狂饮,到江南很少碰到狂饮的对手,因此他常常连续饮酒,难得清醒。只有他的一个姐姐死时,他极为悲痛,又参加办丧事,足足有三天滴酒不沾。以后他姑妈去世,他也有三天不饮酒,因而是清醒的。尚书纪瞻请大臣们赴宴,要自己的爱妾在席间唱歌跳舞,周颛见那爱妾长得美貌,竟动手动脚起来。以后别人告发他缺德,没有大臣体统,要罢他的官,晋元帝还是给予宽恕,周颛却大言不惭地说:"我若万里长江,何能不千里一曲!"

这次周颢在宫内便宴中，又喝得醉醺醺的。出宫时，王导等人还在门口等待，见了他又大声地喊着，要他停下来，想再托他说几句求情的话。

晋元帝和王导过去共同奋起于艰难颠沛之中，周颢一心要晋元帝亲自出面赦免王导，以使他俩良好的君臣关系始终如一。而他又不愿暴露自己救护王导的行动，因此，这时听到王导等人的呼喊，故意装成似乎没带耳朵，昂首阔步地走着，而且和左右的人嬉笑地说："今年杀尽这些叛贼，我就能把斗大的金印挂在胳膊上了！"王导听到，恨极了，牙齿咬得咯咯地响。周颢回家，怕晋元帝还不能赦免王导，又写了奏疏竭力担保和推荐。晋元帝因而决心再起用王导，借以分化瓦解王家的势力。过了一两天，王导被召见，他叩头叩得嘣嘣响，说道："哪一朝哪一代没有乱臣贼子，想不到如今出在我的家族里，罪该万死！"晋元帝宽宏大量地说："茂弘（王导字），你这是什么话？我信任你，还要你辅佐大事！"随即下诏，任命王导为征讨王敦的前锋大都督。

这下，"王与马，共天下"的局势，显然要出现大的变化了！

11 王敦逼京城

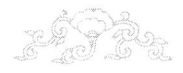

王敦认为坐镇襄阳的梁州刺史甘卓是可以和他共同行动的人，因此在武昌起兵前，派了专使邀同甘卓一块儿进军建康，果然甘卓满口允诺。

可是，等王敦上了战船，整装待发时，甘卓的人马没有到，只派来参军孙双，劝王敦不要发兵。王敦惊叹："甘侯（甘卓为于湖侯）嘴上说得好，怎么又反悔了？无非担心我危害朝廷吧！我是去除掉那几个奸贼，如果成功了，保证甘侯可以晋升为公！"甘卓还是犹疑不决。

王敦又派专使劝说司马承，要他来当自己的军司。司马承把专使囚禁起来，决定出兵征讨王敦。但湘州在西晋末年杜弢的流民起义被镇压后，荒芜不堪，既无兵力更无财力，王敦没把它放在眼里，只派了一支队伍去收拾它。

司马承又派主簿邓骞劝说实力雄厚的甘卓，要他进军武昌，攻打王敦的留守队伍。邓骞对甘卓说："王敦打建康的兵马总共一万多人，留在武昌看家的老弱不会超过五千，将军的部众两倍于他们，顺流而下攻打武昌，就如摧枯拉朽一般。武昌到手，就可以控制荆州和江州，这样，王敦会不战自溃。如果丢下这个必胜的机会，坐待王敦回头再来吃掉你，那就太不知机了。"甘卓还是摇摆不定。

王敦进军的消息传到建康，晋元帝要刘隗及戴渊等火速领兵来保卫京师。刘隗从淮阴领兵到达，文武百官夹道欢迎。他把头巾往额上一抹，神气活现地谈笑风生，似乎王敦根本不在话下。刘隗和刁协晋见元帝，要求逮捕王家在建康的人，一网打尽，元帝下不了手。刘隗开始觉得事情不好办，脸露恐惧之色，说话也没声势了。元帝还派王敦的堂兄弟右卫将军王廙去制止王敦进军。王敦却将王廙留在身边，王廙也就给他出谋划策做帮凶。

王敦兵临建康城下，原想饿虎扑羊，先将死对头刘隗一口吃掉，僚属们劝他说："刘隗和你势不两立，他的部属又死心塌地要和你较量，这样硬拼不上算。不如先攻石头城，周札（右将军，时都督石头水陆军事）对部属极为苛刻，士兵们不愿在他手下卖命，可能不堪一击。"果然王敦包围石头城，还没展开猛攻，周札就大开城门投降。

周札原是江南最强大的士族之一，他为人贪财好色，吝啬得视一钱如命，确实不得人心。但他投降的主要原因，是王敦出兵是以讨伐刘隗、刁协"发奴为兵"为借口，这就获得了不少士族豪强的支持。周札在朝廷"发奴为兵"后，他的许多佃客和家奴也被征为兵，从而吃了大亏。他因而深恨刘隗和刁协，因此在关键时刻不战而降，使王敦得到空前优势，气焰大涨。但王敦又嫉妒周家门宗强盛，一年多后，以捏造的图谋不轨的罪名，杀害了周札及其家族多人。

王敦占领形势险要的石头城后，晋元帝穿着戎装，督促王导、刘隗、戴渊、周顗、刁协等，先后反攻，但都被打垮。刘隗和刁协在兵败后，上气不接下气，入宫拜见元帝。元帝流着泪，给了他们一点兵马和财物，让他们赶快逃命。刁协向东逃到江乘（今江苏句容北），被部属所杀，脑袋也被割下来送给王敦。刘隗逃回淮阴，又带了妻儿家属亲信二百多人投奔石勒。

王敦的士兵在石头城内外大肆抢劫，很多官员吓跑了。晋元帝脱下戎装，穿起朝服，说："王敦要我这个皇位，早点说就是，何必去坑害黎民百姓？"他又派使者告诉王敦："你如果不忘朝廷，就此罢兵，大家还可以平安相处，倘若不行，那我就回到琅琊（元帝即位前的封国）去，这儿就让贤给你吧！"

王敦眼看皇位唾手可得，不料后院起了大火。原来在王敦向建康进军途中，担心甘卓会在背后捣乱，又派参军乐道融去威胁他，一定要他立即发兵到建康。哪知乐道融对王敦的悖逆很不满意，虽然端着王家的饭碗，但一离开王敦就不听王敦的命令，反而劝甘卓说："国家对你恩重如山，你若附和王敦，岂不忘恩负义！你生为逆臣，死为愚鬼，不是永为家族之耻吗！不如以答应王敦之邀为借口，就此发兵攻袭武昌，王敦的将士就会不战自溃，你的巨大功勋也可建立起来了。"甘卓听了这几句话，才下决心发兵，还自我表白地说："这是我的本意。"

武昌内外的士民，听说甘卓的兵马前来，吓得四散奔逃。广州刺史陶侃得到甘卓飞骑的邀请，也发兵北上征讨王敦。朝廷的官员听到这些消息，高兴得齐呼万岁。甘卓立即被任命为镇南大将军、侍中，都督荆、梁二州诸军事，荆州牧，仍兼梁州刺史；陶侃兼领江州刺史。

王敦深知这两路兵马绝不能等闲视之，心里七上八下。他权衡形势，觉得当前形势对自己不利，只得顺着元帝要求罢兵的坡儿滑下来。元帝于是立即下诏以王敦为丞相，都督中外诸军事，录尚书事，江州牧，封武昌郡公。王敦赌气，一个官儿也不要，只是要朝廷派专使，拿着驺虞幡（皇帝特命罢兵的旗帜），命令甘卓和陶侃停止进军。

朝廷专使出发前，王敦早已派了他的参军，同时也是甘卓的侄子甘卬〔áng〕代表他去劝说向武昌进兵的甘卓："你的行动是符合臣节的，我不能责备你！我进军建康也是迫不得已，请你也要谅解！想必你一定会回军襄阳，我们还是和好如初吧！"甘卓从来就是优柔寡断的人，嘴里攻打武昌叫得震天响，但军队驻扎在武昌西面的猪口（夏水入沔水处，在今湖北沔阳附近），几十天没有前进一步。他借口要会集各路兵马总攻，其实是在观望。

这时，经过甘卬劝说，加上朝廷专使带着代表皇权的驺虞幡一到，甘卓更是打退堂鼓了。

王敦知道甘卓不会攻打武昌，他就不着急赶回去，但也不到建康去上朝。元帝不知道他葫芦里卖的什么药，要文武百官到石头城去劝说王敦撤兵，摸摸他的底。王敦威风凛凛地接见百官，其中周颉和戴渊的兵马都和王敦狠狠交过阵，因此，王敦劈头盖脸地问戴渊说："你我前几天打过仗，你是不是还有什么余力？"戴渊原为广陵的世族大家，少年时生性豪爽，游侠江湖，也曾与人合伙抢劫行旅，不过几十年的官场生涯，已把他的棱角都磨光了。这时听到王敦责问，他含蓄地回答："谈不到什么有余，可惜力不足罢了！"王敦又问："我现在的做法，天下人以为如何？"戴渊模棱两可地说："从表面上看，人们认为是叛逆，但能体谅你的人，还可以说是尽忠。"王敦嗤鼻冷笑道："你真是会说话！"

王敦转过头来又问周颉："伯仁，过去你被杜弢打得无处安身，还是我收留保护你，眼下你反而和我顽抗，这还对得起我吗？"周颉胸有成竹，带刺儿地回答："大将军带兵来犯朝廷，下官亲率六军抵抗，不能胜任，致使王师打了败仗，这才是对不起你呢！"王敦对于这种冷嘲热讽的答非所问却也无可奈何。接着百官劝他早日撤兵，那真是瞎子点灯白费蜡。人们纷纷离去，王敦对迟走一步的王导说："当年劝进时，我说这司马睿不会和我们一条心，要另找一个年幼好摆布的，你不听我的话，弄得我们王家几乎灭族！"王导还是正言规劝，王敦见话不投机，只好作罢。

王敦为人狠毒，但对周颉却始终畏惧三分。据说过去在洛阳时，王敦一见周颉，脸上就发热发烫，即使严冬季节，也要以扇遮面或摇扇不止。周颉在王敦刚起兵时，就对朝臣说："皇上不

是尧舜，怎么能没有过错呢？但做臣子的怎么能因此举兵威胁？我们一起推戴当今皇上，至今不过四五年，一旦出现如此局面，怎么不是叛乱呢？处仲（王敦字）刚愎狠忍，狂妄不法，他这样做究竟要干什么，不是明摆着的吗？"王敦在石头城和百官相会后，听人传说这些话，非常恼怒。过后他再回忆起周顗和戴渊对他的挖苦和嘲讽，愈想愈不是滋味，担心他俩今后还会重整旗鼓和他作对，因而决心要杀周顗和戴渊。

晋元帝接见周顗说："近日二宫（指天子和太子）无恙，大臣们也都平安，大将军王敦还副众望吧！"周顗回答道："二宫可以放心，但我和戴渊等人的命运尚未可知。"很多人劝周顗逃跑，周顗从容不迫地回答："我是朝廷大臣，朝廷乱到这个地步，我怎么能逃避责任，草间求活（苟且偷生之意）？更不能如刘隗那样去投敌！"

周顗横下心来，挺着脖子，等待王敦拿他开刀。

12 周顗遇害

王敦要杀害周顗和戴渊，首先要取得他堂弟王导的支持。王敦故意转弯抹角地问王导："周顗和戴渊都是众望所孚，应该叫他俩担任三司（太尉、司徒、司空）的高官吧？"王导还不知道周顗暗下保过自己，只以为他翻脸不认人，这时一腔怒火未熄，因而一听王敦还要重用周顗，脸上就呈现出吓人的难堪。

王敦瞧着这模样,又说:"那么叫他俩做令(中书令、尚书令)仆(尚书仆射)一类的官吧!"王导还是不开口,王敦看他还是满面乌云,自己心里乐开了花,急忙掏出真心话说:"那么就该处死!"王导从来不肯在别人跟前说恶话,所以还是不作声,但是眉头的疙瘩似乎松开了。王敦深知王导已经默许,这三问三不答就决定了周颛和戴渊的命运,他俩被作为刘隗和刁协的余党抓起来绑赴刑场。路过太庙时,周颛大喊道:"贼臣王敦颠覆国家,大乱天下,枉杀忠臣!神祇有灵,速速要他的命!"押解的士兵用长戟直捣他的嘴,一路鲜血淋漓,留下斑斑印迹。周颛神色不变,走向石头城外。王敦为了预防发生意外,在一块人们称为唐岗的巨石边,用步障①围绕起来。周颛和戴渊在唐岗下同时被杀害。

周颛生前,曾有人把他比作西晋时的大臣乐广,他很不以为然地说:"为什么要刻画无盐,唐突西施呢?"西施和无盐都是春秋战国时的后妃,西施很美,无盐很丑。周颛认为自己比乐广强,在他看来,别人将他比作乐广,是贬低了他,就似美化了无盐,冒犯了西施一样。盖棺论定,周颛临危不惧,慷慨就义;乐广在八王之乱中担忧受惊,悒悒而亡。两人一对照,周颛的确是强一些。

晋元帝怕王敦还要滥杀群臣,派侍中王彬(王敦的同族兄弟)去慰劳他,也希望他就此撤兵。王彬原先和周颛是莫逆之交,先到周颛遗体跟前哭吊,再去看王敦。王敦见他泪痕未干,满面悽伤,问他为什么?他说:"刚才去哭周颛,心中悲痛已极!"王敦发怒道:"周颛自己找死,你何必去哀哭?"王彬答:

---

① 古代用来遮蔽风沙或视线的一种屏幕。

"周颢是个长者，在朝也没有和别人结党营私。现在大赦天下，周颢却惨遭极刑，岂不令人心伤？"王彬说得火起，责骂王敦道："你起兵犯上，还要杀害忠良，图谋不轨，大祸就要临门！"他越说越激昂慷慨，声泪俱下。王敦拍案大叫道："你狂妄到这个地步？你以为我不能杀你？"当时王导也在座，竭力相劝，并要王彬谢罪。王彬说："我脚痛不能拜，何况有什么要谢罪的？"王敦怒气冲冲喊道："脚痛何如颈痛（指斩首）！"王彬还是一点不退缩，王导说了不少好话，王敦才刀下留情，不欢而散。

王导日后翻阅朝中的文书档案，才看到周颢在他危难时竭力救护和保荐自己的奏疏，言辞痛切，感人肺腑。王导读完奏疏，想到那三问三不答送了周颢的命，不胜羞愧之极，放声大哭道："我虽不杀伯仁，伯仁却是由我而死！九泉之下，有负这位良友！"

周颢被害后，王敦派人去抄他的家，不料只有五瓮酒、几石米以及几只装着一些旧丝棉的篓子。这件事传开后，人们纷纷赞扬周颢的朴素，从而更加慨叹他的冤死。

周颢的大弟周嵩的脾气暴躁。早先，周颢任吏部尚书时，在官衙内值夜，得了急病，经尚书令刁协极力营救才脱险。第二天清晨，有人转告周嵩，周嵩急忙赶来。一进门，刁协两眼流泪，对他诉说周颢夜间危急情况，周嵩因为平素对刘隗和刁协极端不满，不但不谢刁协，竟举手就打，刁协吓得直退到门边。周嵩几步跨到他哥哥床边，既不询问病情，反而大骂道："你在朝中是有名望的人，怎么去和奸佞小人勾勾搭搭？"说完，头也不回转身就走。周嵩这么恨刁协，所以王敦对他挺有好感。周颢被害后，王敦假意派人到周嵩家中凭吊。周嵩怒气冲天，对来使说："亡兄是天下有义人，被天下不义人所杀，这有什么可以吊祭的呢？"

王导知道周嵩实际上也是在骂自己，他深自愧恨，默不作声。王敦挨了骂，恨透周嵩，又担心杀他更会大失人心，只得暂且忍住，反而任命他为从事中郎。过了一个时期，终于诬加罪名，将周嵩砍头。

周颛兄弟是汝南安成（今河南汝南东南）人，父亲周浚是西晋平吴功臣之一。早年，周浚打猎遇到暴雨，和随行的部属躲入路旁李家避雨。虽然主人不在家，但不到一个时辰，几十个人吃喝的酒肉饭菜源源端出。周浚惊叹不已，溜到后院一瞧，却只有一个俊美的姑娘和一个婢女杀猪宰羊，忙碌地在置办美味佳肴。这姑娘名叫李络秀，后被周浚娶入家门，生下周颛、周嵩、周谟三兄弟。周浚早死，东晋中兴，周颛三兄弟都在朝当官。有一年冬至节，周家举行家宴，李氏给三个儿子举杯赐酒，说："你们都当了贵官，且在我身边，我还有什么可忧的呢？"周嵩起身说："母亲不要太高兴，老大志大才疏，名气很大而见识不高，又好抨击别人的过错，这不是自全之道。我生性耿直，也不能见容于这个世道。只有阿奴（周谟小字）碌碌平庸，尚能长留在老母身边。"不多年后，周颛和周嵩果然死于非命。

王敦排除异己后，踌躇满志，横暴不堪。他勒令各地朝贡的宝物送入自己的私门，任意指派廷臣和地方官吏。他任命西阳王司马羕为太宰，王导为尚书令，王廙为荆州刺史；朝官和方镇大员被罢免调换了一百多人。

甘卓听到周颛和戴渊被害的消息，深知王敦心狠手毒，更是不敢同他对抗，一面还装出顾全大局的姿态说："如果我攻下武昌，王敦可能要走上绝路，劫持天子，四海吏民更要受苦了。我不如回到襄阳去，再看着办吧！"甘卓撤回襄阳，心头局促不安，

举止失常,两眼模模糊糊,照着镜子似乎瞧不到自己的头颅。他抬头望望,自己的脑袋仿佛挂在庭院的大树上。僚属劝他要做好应变的军事准备,他又怕因此会增加王敦的疑忌,甚至发兵来攻打自己,反而分散兵马去屯田。

王敦呆在石头城三个多月,一次也没去朝见晋元帝,他觉得老这样下去,也不是一回事,便撤回武昌。这时长沙也被王敦派去的兵马攻破,司马承被活捉,在押送武昌的途中被害身死。王敦又秘密派人串通襄阳太守周虑谋害甘卓。有一天周虑对甘卓说,城边大湖中出现了大批鱼群,并劝甘卓叫左右侍从都去打鱼。周虑趁机带了几个人闯进甘卓卧室,杀害了他,他的几个儿子也同时遭难。兼领江州刺史的陶侃,也被王敦假称诏命,逼回广州去。

晋元帝眼见好不容易撑起的局面,竟被王敦糟蹋到这个地步,心里又忧又愤得了重病,在王敦起兵后的同年闰十一月里,满怀痛恨地离开了人间。他称晋王一年,在帝位将近五年,死时四十七岁,葬于建康鸡笼山之岗(即今鸡鸣寺一带),按照老祖宗司马懿的遗嘱,其墓不起坟,不植树,因而至今还没被发现。

接替皇位的是皇太子司马绍。晋元帝的皇后虞孟母早死,没有生孩子。以后宫人荀氏得宠,生了司马绍及司马裒〔pōu〕兄弟俩。司马绍从小就很聪明,有一天傍晚,他坐在父亲膝头上玩,长安方面有使者来晋见,元帝随便问他:"太阳近?还是长安近?"司马绍回答:"长安近,因为没有听说有人从太阳来。"在座的人都赞扬这孩子聪明。第二天宴会中,元帝想在大庭广众之下,再展示一下他的智慧,于是又用同样题目提问,他却回答:"太阳近!"元帝大惊道:"你昨天不是这样说的,为什么太阳近?"司马绍抬头笑眯眯地说:"我现在张眼只见到太阳,看不到长安!"人们更为惊叹。

王敦进军建康时,皇太子司马绍曾穿上戎装,坐到战车上,要亲率将士出战,经中庶子温峤苦苦劝阻,抽剑砍断车鞅(套马的皮带),司马绍才停了下来。王敦以后得知这事,想诬加皇太子以不孝之罪而废掉。在会集百官时,王敦大声质问温峤:"皇太子何德可以称道?"温峤回答说:"太子钩深致远(指才学广博精深),我目光浅近,难于度量,但从礼这方面来看,可以说做到了孝。"朝臣们都赞成温峤的见解。王敦找不到废掉太子的借口,只得作罢。因而,在晋元帝去世的第二天,司马绍得以继位,他就是晋明帝,即位时年二十四。

王敦在武昌得悉元帝去世和明帝登基,他对皇位又开始想入非非,立即放出打算入朝辅政的风声,并示意朝廷征召他入京。晋明帝只得亲手写了一个诏书,开头是"孤子绍顿首",下面的大意是:"我担负不了国家重任,内心无限哀忧和惭愧,好似悬在空谷之上,希望你能进京辅佐朝政,得以朝夕咨询,实现靖国安民。"

王敦一接到诏书,就带着兵马,即速动身了。

13 "吾寿几何?"

王敦接到晋明帝的手诏,没有直接到建康,而是从武昌移镇姑孰(今安徽当涂),同时又要朝廷任命自己兼任扬州牧,使京师全在他控制之下。

王敦的堂弟，侍中王彬看他积极准备抢夺皇位，多次苦苦劝阻。王敦发起火来，向左右随从使眼色，要他们把王彬抓起来。王彬义正词严地责备他："你当年杀兄（指王敦在西晋时因私愤杀了堂兄王澄），现在又要杀弟（指自己）吗？"王敦这才摆摆手算了。不久王彬调任豫章太守，王敦让他远离跟前，免得常来嚼舌头。

王敦有一个最宠爱的侄儿叫王允之，王敦外出，常常带着这机警聪明的孩子，两人坐在一辆车上，夜间又睡在一处。有一夜王敦饮酒，王允之推说喝醉了，先去后房睡觉。王敦和他的心腹钱凤乘着酒兴，大谈如何篡夺帝位，王允之听到后大惊。但这孩子心计多，怕他叔叔知道后，会将他弄死灭口，就扼住自己喉咙，大吐特吐。吐后，鼾声大作，装成熟睡。王敦和钱凤谈得兴起，突然想到王允之还在里面，两人不约而同地说："只有杀了他，不能留祸根。"他们进了里屋，看见王允之呼呼噜噜地大睡，身上尽是呕吐出来的脏菜脏饭，认为他什么也没听到，才没下毒手。过了一个时期，王允之的父亲王舒（王敦的堂弟）被拜为廷尉，王允之要求到建康去看看父亲，王敦不在意，让他去了。这孩子将王敦的阴谋一五一十地告诉父亲，王舒又再向王导和晋明帝禀报，他们几个人不露声色，准备对策。

不久，王敦上表要求任命王含为都督扬州、江西诸军事，王舒为荆州刺史，王彬为江州刺史，晋明帝不得不都同意。王敦自认为几个重要方镇的实权都在他王家掌握之中了。

晋明帝即位时，任命太子中庶子温峤为侍中，不久又转为中书令。王敦怕温峤辅政后会使朝廷强盛起来，坚持将温峤调到自己身边担任左司马，晋明帝也无可奈何。温峤到职后，假意对王敦特别效忠，经常投其所好，出谋划策。他特地和王敦的心腹钱凤深相交往，逢人便说钱凤精力充沛，才智超人。钱凤非常高兴，两人打得火热。这时，丹杨尹官位空缺，这丹杨尹和西晋时的河南尹一样，管理京师及附近郡县，是很重要的官职。温峤对王敦说："如果皇上诏书下达，委任旁人，对我们很不利。我们应该推荐一个文武全才的心腹去充任。"王敦连连点头，并要温峤提名。温峤就说，只有钱凤才能担当这个重任，钱凤反过来又推举温峤，温峤假意推辞。这时，王敦已视温峤为心腹，终于上表晋明帝，任命温峤为丹杨尹，他还悄悄托付温峤，暗下监视朝廷的一举一动。

温峤上任前，王敦为他设宴饯行。温峤又怕钱凤反悔阻拦，在酒席上有意多次给钱凤添酒。钱凤没有立即饮下，温峤装作醉酒，用手板把钱凤的头巾打落在地，还故意痴呆地训斥："钱凤你是什么人？我温峤给你劝酒，还不干杯？"两人就此争吵起来。王敦以为温峤真醉，便拉着他劝开了。温峤临行，涕泪交加，辞别王敦，恋恋不舍，接二连三地出而复进，最后才依依而别。温峤走后，钱凤对王敦说："温峤和朝廷的关系很密切，当今皇上是太子时，他就跟随多年，有兵权的左卫将军庾亮和他又是好朋友，温峤此人不能过于相信！"王敦不以为然地说："他昨天醉酒冒犯了你，为什么你就耿耿于怀，要加以谗言！"

温峤进了建康，见到晋明帝，把王敦前后阴谋和盘托出，又跟庾亮谋划如何进讨王敦。王敦知道后，怒骂道："我被这小人欺骗了！"他写信给王导说："温峤才离开几天，就做出这等事来！我要悬赏把他活捉归案，亲自拔掉他的舌头！"王敦哪知道，王导也早已和他背道而驰了！

晋明帝自幼在宫内，就经常喜欢穿着便服出外微行。这时，他准备兴师讨伐王敦，要亲自探探王敦的兵力虚实，便换上普通的戎装，带了随从，骑上骏马，偷偷地到王敦驻地走了一圈。王

敦的士兵瞧见他一脸黄须，非常可疑，当即向正在睡午觉的王敦报告，王敦一听，立即从床上跳起来大叫道："这一定是那个黄须鲜卑奴①来了！赶快给我追！"晋明帝早知此行冒着风险，匆匆视察后就急驰而回。骏马在途中撒下的粪蛋，他还叫人用水浇冷。在大道边的客店里，有一个卖饭的老妇，晋明帝把嵌有高贵珠宝的马鞭交给她，说："后面如有骑兵追来，请将这马鞭给他们看。"果然追兵赶到，老妇推说黄须人骑马过去，已很久了。他们摸摸路上的马粪，都是冷的，就信以为真；追兵拿到珍贵的马鞭后，又相互传递观赏，随即又吵闹争夺。等到后面赶来的将领督催他们再追时，晋明帝已安然回到京师。

324年（晋明帝太宁二年）五月，已居相位的王敦正要进一步施展篡位阴谋时，却得了重病。王敦自己无子，以哥哥王含的儿子王应为嗣子。这时，他假造诏书，任命嗣子王应为武卫将军，作为自己的副手。钱凤问王敦道："万一你有三长两短，后事都由王应接办吗？"王敦答："我们要干的是非常之事，不是常人所能办到的，何况王应年龄太小，哪能完成大业？我死以后，不如解甲息兵，归顺朝廷，保全门户，这是上策。中策是：退回武昌，守卫本土，对朝廷不断贡献礼品。下策是：在我一息尚存之时，孤注一掷，以求侥幸取胜。"钱凤背后对他的私党说："这下策，其实正是上策。"他联络已任吴国内史的沈充，定下计策，等待王敦一死，就发兵叛乱，篡国夺位。

晋明帝决意征讨王敦，命王导为大都督，又召临淮太守苏峻、兖州刺史刘遐、徐州刺史王邃、豫州刺史祖约等，一起出兵攻打王敦。王导听说王敦病重，命在旦夕，便马上率领王家的子

---

① 晋明帝貌似鲜卑，其母荀氏为燕代地区人，可能为鲜卑血统。

弟为王敦发丧，这样，朝野吏民都认为王敦真是死了，更是万众一心，要扑灭王敦的余党。晋明帝下了征讨的诏书，大意是："王敦窥伺帝位，上天不允，所以毙命。而钱凤又煽动叛逆，现在派遣王导等率军并进，朕亲率诸军征讨，有人能斩钱凤之首的，封为五千户侯！王敦任用的文武官员，一律不加追究，切勿猜疑而自取灭亡。王敦的将士远离家室多年，如是独子，都让回家，终身免役，其余都给假三年！"

王敦看到朝廷和王导都把他这个活人当作死人，气得每个毛孔里都如火烧一般。他挣扎着要起床，主持作战，但还是硬撑不起来，且病痛更是严重。他下令全军向建康进发，又叫记室参军郭璞算卦，郭璞极为痛恨王敦叛逆，算卦后说："不能成功！"王敦早已怀疑郭璞不附自己，便对他说："你再算算吾寿几何？"郭璞答道："刚才这卦已算到了，你如果坚持发兵，大祸立即临头；你如果回师武昌，寿长不可估量！"王敦气上加气，大喊道："你算算自己寿命多长？"郭璞从容不迫地答："命尽今日中午！"王敦恶狠狠地下令将他杀了。

郭璞（276-324），河东闻喜（今山西闻喜）人，博学多才，是一个文学家兼训诂学家。他擅长诗赋，其《避仙诗》就是通过对神仙境界的追求，寄托了对现实的不满。其中如"朱门何足荣，未若托蓬莱"，"寻我青云友，永与时人绝"等句，都是深寓超脱之情的。《江赋》是他描绘长江气势之作，"妙不可尽之于言，事不可穷之于笔"，又是见景生情，大有感慨的文句。这首赋是东晋初年的代表作品之一。郭璞在世时，以善于卜筮出名，当时许多大臣都请他预卜吉凶。郭璞凭着他的聪明才智和对事物敏锐的观察，常能说出一些符合现实发展的预言来。人们于是传

说得神乎其神,因而他未卜先知之名大盛。但他为人纵情而刚毅,最后惨死于王敦的毒手。他的墓址在今南京玄武湖环洲北,人称"郭仙墩"。

王敦杀害郭璞后,命令王含带了五万人马,立即攻打建康,但到了秦淮河的南岸,温峤已下令将朱雀航烧掉。晋明帝原来准备亲自迎敌,听到浮桥已烧,大发雷霆。温峤说:"现在京城的兵力薄弱,援军还没有到达,万一被逆贼窜入城中,危害就大了,何必可惜一座桥呢?"王导给王含写了一信说:"王应年轻,乳臭未干,就能接替相位吗?谁都知道你们要篡逆。王导一门大小,平生受到国家厚恩,今日之事,我明目张胆①带领大军征讨!宁为忠臣而死,不为无赖而生!"王含自知理亏,不敢答复。

晋明帝的诏书和王导的信,比十万大军还厉害,涣散了王敦和王含的军心。当王含进军的第二夜,朝廷挑选一千多名勇士,偷渡秦淮河,展开猛攻,王含的队伍一败涂地,难以收拾。

王敦听到败讯,长叹道:"我那哥哥真如老妈子一般不中用!这么一来,我的门户将衰落,大势去矣!"他还想挺起身来指挥队伍,可是胳膊腿儿却不听使唤。王敦知道自己就要撒手而去了,决定断气之后,让余党来一个狗急跳墙。他对僚属们交代:"我死后,王应就立即登基称帝,先封文武百官,而后再埋葬我!"说完不久就断了气。王应怕发丧后全军会顷刻溃散,只是用席子紧裹尸体,涂上厚厚的蜡,埋在大厅里,不敢声张,更不敢称帝封官。

吴国内史沈充,死心塌地来帮助王应,从吴郡带来一万多人

---

① "明目张胆"在这里指无所畏避,后来转义为公开大胆地做坏事。

马,直趋建康,和王含、钱凤会师。朝廷方面,苏峻、刘遐等各路精兵纷纷到达,沈充、钱凤等乘夜来偷袭,却都被打得七零八落,没奈何只得烧掉营寨逃跑。王含、王应父子到了荆州,被刺史王舒抓住,丢在水里活活淹死。钱凤也在中途被杀。

晋明帝早派人劝说吴国内史沈充归顺朝廷,并且封官许愿,给他一个司空的高位,但沈充还是不肯回头。这时,沈充兵败如山倒,他逃得天昏地暗,闯到他的故将吴儒家中。吴儒热情地接待了他,将他藏在复壁里。当通道堵死后,吴儒在外面哈哈大笑道:"朝廷悬赏通缉你,现在,我三千户侯到手了!"他随即召来家人,推倒复壁,压死沈充,又割下脑袋去报功。

王敦虽然病死,朝廷还是下令扒下他的官服给烧了,让他的尸体跪着,砍下了头颅,挂在朱雀航示众。

临淮太守苏峻带来一万精兵,兵器盔甲都是上等的,他在平定王敦之乱中功劳很大,因而调任历阳内史,担负了保卫京师的重任。应该说,苏峻是能挑起这个担子的,但当他的势力和地位逐渐升高后,竟也反其道而行之。

14　勿越雷池一步

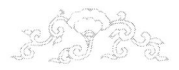

王敦之乱是在324年夏季。战乱平息后,人们盼望着比较果敢明智的晋明帝能有所作为,不料第二年闰八月,他才二十七岁,就得了不治之症去世,在位不到三年。太子司马衍是明帝长

子，继位后改元咸和，他就是晋成帝。

晋成帝只有五岁，由他二十九岁的亲娘，皇太后庾文君临朝称制（行使皇帝权力）。皇太后的哥哥庾亮（289－340）是中书令，总管朝政。录尚书事王导和尚书令卞壶虽然参与辅政，但大权却在庾亮手中。庾亮三十七岁，资望不深，威信不高。过去王导执政，以宽宏大量赢得人心，庾亮却处处以权压人，办事又极为苛刻，所以朝臣们的心里都结下一些疙瘩。

早在王敦之乱开始时，广州刺史陶侃发兵北上，给王敦的压力很大，王敦死后，他被任命为征西大将军，都督荆、雍、益、梁四州军事，任荆州刺史，坐镇江陵。庾亮执政，十分妒忌陶侃，处心积虑压制他。豫州刺史祖约自以为名望和资历都很高，但不能到朝廷做辅政大臣，他推荐人才或兴办事业的奏疏又大都被退了回去，因此积恨日深。特别是晋明帝的遗诏，连一句话也没提及陶侃和祖约，他俩猜测是庾亮在捣鬼。还有一个历阳内史苏峻，手握重兵，驻扎大江北岸，不断招收亡命之徒，队伍日益扩大，朝廷虽源源不断地为他供应军需军粮，但稍不如意，就被苏峻粗野地骂爹骂娘。

庾亮想到苏峻、陶侃和祖约，就好似三把刀子架在颈上。他积极整修加固石头城，防备他们会乘虚而入。他又调任尚书仆射王舒为会稽内史，巩固后方；调任自己的好友温峤为都督江州诸军事、江州刺史，坐镇武昌。这些措施都是对付心头隐患的。

温峤是一个不拘小节的风流人物，他的妻子李氏早死。他有一个远房姑妈，因遇兵乱，家人离散，只有一个女儿在身边，委托温峤给找个婆家。温峤看到这个姑娘姿容窈窕，就想自己娶了，但又不好意思说出口，便转弯抹角地说："要乘龙佳婿不容易，如果找一个像小甥这样的，可以不可以？"他姑妈不懂他的意思，就说："如今兵荒马乱，只要有一口饭吃吃就行！怎么还敢高攀像你这样的人？"过了几天，温峤来说："给你找到女婿了，门户还好，身名官位都不比我差。"并且叫随从送上一个玉制的镜台，他姑妈见了那么贵重的聘礼，满心喜欢，别的什么也不问。举行婚礼那天，新娘到了婆家，行过交拜礼，用扇子把面纱拨开一点，偷偷地望望新郎，拍手大笑道："我原来就怀疑你是为自己牵线搭桥，果如所料！"温峤当时不过三十多岁，虽然其貌不扬，但官运亨通，前程似锦，新娘认为千里姻缘一线牵，也极为乐意。定亲的玉镜台，是温峤早年跟随刘琨深入刘渊所占地区作战时，在并州缴获的一件宝物。元代著名剧作家关汉卿和明代朱鼎曾将这趣闻加以渲染夸张，写成《玉镜台》的杂剧和传奇。

温峤未做大官前，很喜欢赌博，常和扬州客商在船舱里呼卢喝雉（指赌博）。但他老是赌输，愈输愈不甘心。输多了，没法偿还赌债，被人扣留不放。这时，温峤总是托人找好友庾亮送钱来赎他。因此庾亮执政，温峤当然愿意为他效力。

南顿王司马宗（西晋汝南王司马亮的孙子），是和晋元帝先后渡江南下的"五马"之一，现担任左卫将军，统辖禁卫军。庾亮生怕这个喜欢结交江湖侠士的皇室，对司马衍这个娃娃皇帝下毒手，就把他调任骠骑将军，解除他禁卫的兵权。司马宗心中怨恨，不久又被人告发谋反，庾亮派人去抓他。司马宗带领亲兵抵抗而被杀，他的三个儿子也都被废为平民。这满头白发的司马宗原是晋成帝的近亲，过去常常见面。晋成帝不知道他的死，有一次问庾亮道："怎么很久没有看到白头公？他到哪儿去了？"庾亮

告诉他,"白头公"要谋反,已被杀头。晋成帝掉下眼泪说:"舅舅,你说别人谋反就杀人的头,要是有人说你谋反,怎么办呢?"庾亮想不到这六岁的晋成帝说出这样的话,当时吓得目瞪口呆,脸色发白。

庾亮认为苏峻兵力雄厚,又最靠近京城,对他极不放心,想下诏调他入朝,解除兵权。庾亮首先和王导商量,王导担心这么一做,会立即逼反苏峻。庾亮说:"苏峻狼子野心,最后总要作乱。眼下如不肯服从调遣,危害尚浅。再拖几年,更是难以控制了!"朝臣不敢反对,独有卞壸力争说:"苏峻兵强马壮,离建康还不到一天的路程。一旦被迫叛乱,京城不堪设想,要慎而又慎,三思而行!"庾亮还是不听。温峤在江州听到这事,也写了几封信劝阻。整个朝廷都认为这样做不妥,但庾亮还是独断专行,下了征调苏峻入朝的诏书。

苏峻当然不愿解除兵权,派人对庾亮说:"我在外担负了抵御敌人侵略的重任,随便怎么调动我都愿意,但是,朝官我做不了!"庾亮还是不同意,要苏峻入朝任大司农,加散骑常侍,并要他的弟弟苏逸代领部属。苏峻上奏疏说:"当年先帝(指晋明帝)亲自拉住小臣的手,要我北讨敌寇,现在中原还没有收复,我怎么能安心呢?我要求调到青州任何一个荒僻的郡国去,使我能够为恢复中原效鹰犬之力。"庾亮还是不肯。苏峻的参军任让对苏峻说:"你要求去一个荒郡,还不被批准,入朝后肯定没有活路,不如在这儿据兵自守吧!"苏峻就这样把诏令丢在一边,积极准备起兵。

温峤在武昌听到这个消息,准备立即率领水陆大军,顺长江而下,保卫建康。但庾亮火速派人送了一封信给他说:"苏峻虽已叛乱！但我更担心的，是你的西边（指荆州刺史陶侃），请足下勿越雷池一步。"雷池，在今江西九江市北，古时的雷水从黄梅县东流到望江县，积水成池，称为雷池。由于庾亮的紧急命令，温峤只得在这儿整军待命，两眼死盯住陶侃的动静。

坐镇江陵的陶侃手握重兵，威信很高，他精力充沛，对于职权以内的大小事务，无不亲自过问。远近给他的书信，他都亲自答复，决不积压，因而没有一点闲功夫。他常对人说："古代的大禹是圣人，他尚且爱惜每一寸光阴，至于常人，就应当爱惜每一分光阴。"当陶侃发现僚属中有人酗酒、赌博，就没收他们的酒具和赌具，丢在江里，若有明知故犯的人，还要军法从事。他又说："如果整天披头散发，衣冠不整，以为自己超脱人世，或是整日聊天游玩和酗酒，活着无益于人世，死后又默默无闻，这不是太自暴自弃吗？"陶侃的亲友送东西给他，他一定要先问明白是怎么得来的？如果是辛勤合法而得，他就高兴地收下，而且回赠价值数倍的礼品；如果是不合法得来的，他不仅不收，还要怒颜斥责。

有一次陶侃外出，看到有人拿着一把没有成熟的稻禾，陶侃问他："你拿这个干什么？"他答："走过稻田，顺手摘来玩玩！"陶侃大怒说："你自己不种田，怎么还要随便糟蹋庄稼？"立即将这人捆绑起来，用鞭子狠狠抽打一顿。因而在他管辖的地方，虽然常常风云变幻，但百姓却勤于耕作，还能维持生计。

陶侃的水军建造战船，他叫人将竹头木屑都收藏起来，众人不知道干什么用。等到雪花纷飞，道路泥泞，或大地冰封，人畜都不能行走时，将那些木屑铺在路上，就可以通行无阻了。他所贮存的竹头堆积如山，是留着日后造船做竹钉的。还有一次，陶

侃在武昌，走过都尉夏施的家，看到几棵柳树，他问夏施："这几棵柳树，不是西门外驿道上的吗？你为什么假公济私，移到自己家门口？"夏施只得下跪认罪。

陶侃在荆州的种种举动，使他得到了好名声。庾亮担忧陶侃有朝一日会入朝赶跑自己，坐上执政高位，因此要温峤加紧提防。至于苏峻，他却并没有怎么放在眼里。苏峻不肯入朝，他又派人去劝说。苏峻答复道："朝廷讲我要造反，我还能平安地活下去吗？我宁可站在山头望监牢，不愿蹲在监牢里望山头。过去王敦作乱，朝廷危如累卵，就需要我了。现在王敦这些狡兔既死，我这猎狗也该烹了！我就拼一死来回答你庾亮的好主意吧！"

苏峻知道祖约对朝廷也有一肚子怨气，就去联络他一起造反。祖约派侄子祖涣和女婿许柳带兵，参加苏峻向建康的进军。

15　苏峻之乱

庾亮当政，表面上似乎有些魄力，想将苏峻一棍子打下去，但他既无作战经验，又不愿接受别人的意见，一味拒人千里之外。

327年冬，苏峻造反的风声到了朝廷，王导的属官陶回等对王导说："应该在苏峻兵马来到前，赶紧在阜陵（今安徽全椒东南）截断他们的来路，派兵守住长江对岸的当利口（今安徽马鞍山市对岸）。苏峻的兵马不如我们多，一仗就可以取得胜利。如果不先下这着棋,让苏峻先渡过江来,到那时,人心惶惶,就难以作战了!"王导很同意这个建议,但庾亮却不愿采纳。十二月里,苏峻先发制人,派猛将韩晃、张健渡江,打下了姑孰。姑孰是当时水陆转运重要码头,囤积着许多盐和米,都被苏峻夺去了,庾亮这才后悔莫及。

徐州刺史郗鉴要求率部南下,保卫京城。庾亮认为他应该防御北方石勒等强敌,不要他回南方来,却命令左卫将军司马流去抵挡韩晃,司马流是一片树叶掉下来还怕打破头的将军,两军才摆开阵势,他已吓得不知自己的腿长在哪儿了。结果队伍被打垮,他也被杀。

第二年正月,苏峻率领两万人马渡江,在牛渚矶登岸,向建康挺进,朝廷兵马节节败退。二月里,苏峻到了蒋陵覆舟山(又名玄武山,在今南京紫金山一带),要包围建康。陶回对庾亮说:"苏峻知道京城北面的石头城有重兵守卫,他们一定从南边的小丹阳①进攻,最好设下埋伏,在半途打他一个措手不及,那就可以活捉苏峻了!"庾亮又不听从这个计谋。苏峻果然取道小丹阳,因为是夜里行军,迷失了道路,队伍乱不成军,这时如果有伏兵突出,苏峻确实可以束手就擒。事后庾亮听到这个消息,只得埋怨自己,急派卞壶领军抵敌。苏峻整军迎战,杀死杀伤卞壶将士上千,并乘胜攻进建康城,顺风纵火,官府衙门几乎全被烧成一堆瓦砾。

卞壶患了背痈,还没痊愈,就带着兵马浴血奋战,英勇牺

---

① 小丹阳:今南京江宁区西南角丹阳镇,紧临安徽当涂;相传秦始皇南巡时,见此地处处枫叶火红而名之;为了与后世的江苏镇江丹阳县加以区别,民间俗称"小丹阳"。

牲。他的儿子卞胗〔zhēn〕、卞盱看到父亲被杀，豁出命来冲向苏峻阵营，终因寡不敌众，同时阵亡。后人为了纪念他们父子三人的殉难，修建了一座卞壸祠。明朝永乐年间，又于祠内挖了一口井，名为"忠孝泉"。此井水清味甘，久旱时也不干涸（现祠已无存，古井尚在）。

带兵来保卫京城的庐江太守陶瞻（陶侃的儿子）等守卫皇宫的云龙门，都在作战中被杀。庾亮率领将士，在宣阳门摆下阵势，想抵挡苏峻，但队列还没整理完毕，士兵们丢了盔甲刀枪，都溃散了。庾亮急忙带了十几个将士，到大江边下了船，想逃到浔阳（今九江市）去。有些乱兵要上船抢财物，庾亮左右随从拿起弓箭，要射杀这些乱兵，但慌慌张张，却将船上的舵工射死了。随从们大惊失色，怕受罚而想逃跑，庾亮反而镇定起来，叹息地说："这样的箭射在敌人身上，敌人岂不都应弦而倒。"随从们听他这么说，就放了心。幸好又赶来一批救援的将士，才将局面稳定下来，当即换了新舵工，扬帆直使浔阳。

苏峻的士兵冲进宫殿，司徒王导、侍中褚翜〔shà〕和一些大臣护卫着八岁的晋成帝坐在太极殿上。褚翜对士兵大声道："请你们苏将军来朝见当今皇上，众人不得无礼！"士兵们不敢上殿，转身突入内宫，大肆抢劫。在宫外，士兵更是胡作非为，不论是男是女，都被扒光衣服，搜索财物。这时还是早春二月，严寒刺骨，人们只得用旧席和草苫掩盖自己，或用碎土堆在身上抵御寒冷，还是冻得直发抖，号啕大哭的声音响彻宫城内外。无数宫女，甚至皇太后左右的侍从都被掠夺。官员们被赶在一起，光禄勋王彬等大官也被鞭子抽打着肩挑财物送到蒋山大营去。东晋立国已有十一年，积储的絺布有二十万匹、绢数万匹、金银五千斤、钱亿万以上，都被苏峻的军队掠夺一空。晋成帝只靠残留下来的几石米糊口度日。皇太后庾文君不堪逼辱，一个多月后忧愤而死，时年三十二。

苏峻随即代朝廷下了诏书，除庾亮兄弟外，都在大赦之列，他自命为骠骑将军，录尚书事，总管朝政。王导资历深，声望高，仍以本官（司徒）位于苏峻之前，协助执政。祖约被任命为侍中、太尉、尚书令。苏峻还派兵去攻打庾亮的弟弟、吴国内史庾冰。庾冰抵抗不住，单身和一个小卒逃到会稽去。苏峻下了通告悬赏捉拿他，他们到了钱塘江边，小卒搞到一条小船，让庾冰躲在船舱里，上面覆盖着大堆的粗芦席。小卒故意喝得醉醉的，嘴里胡乱地唱着，手里拿了船桨，敲打着芦席，对巡逻的士兵疯疯癫癫地说："你们要抓庾冰吗？庾冰就在我船里！"庾冰在船舱里吓得直打哆嗦。那些巡逻的士兵都认为这船夫是个醉鬼，在说胡话，也不搜查，就让他过江去，庾冰这才脱了险。事平后，庾冰要重重报答救命之恩，小卒只要每天有酒喝就行。庾冰给他造了几间大屋，赏他几个奴婢，使他家中常有一百斛的酒，直到他死为止。

庾亮逃到浔阳和温峤见了面，准备共同讨伐苏峻。他俩互推为盟主，温峤的堂弟温充认为他们总共只有七千兵马，靠这点兵力是不够的，因而对庾亮和温峤说："征西大将军陶侃位重兵强，还是推他为盟主吧！"庾亮原先最妒忌陶侃，这时可也没办法了，只得让温峤派部将王愆期为专使，去联络陶侃。陶侃深知庾亮过去一个劲地防备自己，因而满腹怨气，不愿出兵，只是愤愤地说："我是守卫边界、防御外敌的，不敢超越职权。"温峤无可奈何，只得写信给陶侃说："将军暂且守住疆土，我们就先走一步。"送信的使者走了两天以后，温峤的参军毛宝知道后，对温

峤说:"要举大事必须和天下义士一起干,不能各有各的做法,应该追回使者,重改信件内容,还是要求一块儿进军讨伐。"温峤照办,陶侃总算答应了,派部将龚登带兵和温峤一同进军。温峤和庾亮共推陶侃为盟主,并发出文告,宣布苏峻和祖约的罪状,队伍登上兵船,向建康驶去。

陶侃回头想想,肚子里的怨气又上来了,派人去追龚登回来。温峤痛切地写了一封信给陶侃说:"苏峻、祖约凶逆无道,人人切齿痛恨,现在各路兵马都已在半途中了,这番讨伐苏峻和祖约,犹如以石投卵。你如召回兵马,也会使别人三心二意,几乎成功的事业,就即将面临失败!人们不理解你,会以为你不愿扫除叛逆。这种闲话传开去,怎么能挽回呢?"王愆期又面对陶侃说:"且看苏峻攻入建康后的作为,真是人面兽心的豺狼。他得势后,四海虽然广阔,会有你立足之地吗?"陶侃这才下定决心,换上戎装,登上战船,亲率大军,日夜不停地顺着大江逐波而下。

陶侃和温峤、庾亮在浔阳会师,人们纷纷议论陶侃对庾亮恨之已极,可能要怒斥庾亮逼反苏峻,贻误军机,致使京城失陷、成帝蒙难等,并以这些罪名来杀害庾亮。庾亮听到后,想逃窜,觉得不合适;要去会面,又怕被杀,真是进退两难。温峤深知陶侃一贯吃软不吃硬,就要庾亮主动找陶侃,将过错全揽在自己身上。庾亮听从温峤的话,先去拜见陶侃,跟陶侃一见面,就深深下拜,陶侃没想到庾亮会来这么一下子,惊异中,气就消了一半,立即制止庾亮再拜,但嘴上还是讽刺说:"庾元规(庾亮字)还拜陶士行(陶侃字)吗?"停了一刻,又挖苦道:"你过去整修石头城,是为了防备老子,怎么今天要求老子跟你们一块儿去打石头城?"庾亮一个劲地低声下气,引咎自责,说了不少情恳意切、痛悔交加的话，陶侃也不好意思再多说气话了，随即摆开酒宴，欢庆会师，和众人谈笑风生。

四万大军分水陆两路向建康进军，途中旌旗招展，鼓声响彻云霄。苏峻逼迫晋成帝离开宫殿住到石头城去，庾亮早先为了防备苏峻等而整修加固的石头城，现在反而成为苏峻抗击庾亮的城堡。八岁的晋成帝被迫去石头城，痛哭流涕地上了车，这时正值大雨过后，道路泥泞不堪，车子没法走，苏峻给了他一匹马，他也不敢骑，只是哭鼻子。到了石头城，苏峻让人腾出一间旧仓库给这娃娃皇帝住，苏峻三天两头到他跟前用粗话辱骂，吓得晋成帝整天提心吊胆。

陶侃、庾亮、温峤的征讨大军是从建康西南而来，这是西路军；会稽内史王舒和奋武将军庾冰等率兵一万从建康东南的会稽郡一带，也来讨伐苏峻，这是东路军。

西路军到了建康白石山①南麓，当夜开始修建战垒，拂晓时就造成了一座"白石垒"。庾亮率两千人守垒，苏峻带了一万多步兵骑兵来猛攻，没有攻下。这个白石垒以后就成了建康军事重地②。

徐州刺史郗鉴也带兵前来征讨苏峻，陶侃上表要郗鉴都督扬州八郡诸军事，统领东路军，坐镇京口。陶侃令郗鉴与后将军郭默在曲阿（今江苏丹阳）附近筑了三个战垒，开辟了一个东战场，以分散苏峻的兵势。

整个战线拉得很长，祖约派侄子祖涣去攻打浔阳的湓口，企

---

① 即今南京中央门外幕府山，古代盛产白云石，故以为名。
② 后人在此地筑白下城，还设置过白下县，所以今南京在古代又别称"白下"。

图截断陶侃和江州、荆州的联系。陶侃要亲自去应战,毛宝自告奋勇率军前去拦击。祖涣凭着兵势强大,在途中想顺手牵羊,将谯国内史桓宣在马头山(今安徽潜山县境内)的驻军收拾掉。毛宝闻讯去救援,被祖涣打得大败,一支飞箭穿过毛宝的臀部,刺透马鞍。毛宝面不改色,叫人按住马鞍,将箭拔了出来。鲜血沿着大腿流下,灌满了靴子。他咬住牙关,忍住疼痛,下令反击祖涣,并亲自一马当先,怒砍强敌。将士们看到他那不怕死的猛劲,也都奋勇冲杀,终于转败为胜,杀得祖涣部众四散奔溃,桓宣方才突围而出,和毛宝会师。

这一仗使浔阳附近的威胁解除,而建康附近的战斗却方兴未艾。

16 "高山崩,石自破"

祖涣被毛宝打败,大伤元气。祖约的有些部将看看形势不太好,便去和后赵勾结。328年夏,后赵发兵来攻祖约,祖约将士有的投降,有的溃散。七月间,祖约放弃寿春(今安徽寿县),带了残兵败将向东南逃到大江边的历阳。后赵军掳掠了两万多户,又撤了回去。

祖约损失很大,从此一蹶不振,苏峻好似少了一条胳膊。

苏峻的心腹担心唱独角戏不行,劝苏峻杀死王导等一些大臣,换上一套班子,这样可以拉拢一批人,壮大自己的势力。苏峻一贯很尊重王导，下不了手。王导听到这个情况，生怕凶多吉少，为了脱身免祸，设法潜逃，来到了白石垒。许多朝官也悄悄地从建康溜走。

苏峻分兵和东、西两路军相持，互相攻战，一拖四五个月。苏峻经常派出奇兵袭击，总是得到便宜。朝廷内外人心惶惶不安。有不少从京城逃出来的朝官说："苏峻为人狡猾，又有胆量，他的部属勇猛异常，难得打个败仗。如果上天帮忙，他才会灭亡。如果要以将才、智谋和兵力来较量，他是不容易被灭的。"温峤听了发怒道："你们这些胆小鬼，怎么反而称扬叛贼，这不是长敌人威风，灭自己志气吗？"可是打了几仗，他老是吃亏，温峤内心也胆寒起来。

温峤的粮食不多，将士们束紧裤带，两眼饿得发花，没奈何向陶侃借粮。陶侃气鼓鼓地说："起兵时你说什么一不愁良将，二不愁军粮，只要借我来撑个门面做个主！现在又常打败仗，良将在哪儿？军粮又在何处？我还是仍回荆州去，更谋良策，以后再来平叛，也不算晚。"温峤毫不气馁地回答："眼下的形势犹如骑虎，怎么能半途下来呢？（成语'骑虎难下'就出在这里）你如果违背众人对你的期望，独自撤回去，人心必然涣散。你使大事败坏，讨逆的义旗就将转而指向你了。"竟陵太守李阳也劝陶侃说："当今征讨大事如果不成功，你纵有大批粮食，还有什么用呢？"陶侃思量自己的说法确实不合适，便拨了五万石粮食给温峤。这时，温峤手下的青年猛将毛宝大显身手，他引军偷袭苏峻设在句容及湖孰的粮仓，放了几把大火，将存粮付之一炬，苏峻的队伍反而开始饿肚子混日子。陶侃眼看温峤手下确有良将，也就定下心来。

东路军的大业垒（今江苏丹阳北）由右将军郭默坚守，苏峻的猛将张健包围战垒，展开进攻。守军没有水喝，嘴唇干裂四肢无力，只得闭着眼捏着鼻子，吮着粪汁解渴。郭默留下少数士兵守垒，自己突围出来向陶侃求救。大业如果失陷，京口就难保，陶侃决心去救援，僚属们说："我们只要猛攻石头城，张健必定要回头抢救，大业之围就可解除了！"

陶侃和温峤于是召集三军将士，誓师攻打石头城。温峤在高坛上亲自宣读征讨苏峻的文告，他慷慨激昂泪流满面，坛下将士人人摩拳擦掌，要一鼓作气拿下石头城。陶侃立即带领水军进攻，温峤和庾亮亲率一万精兵从白石垒由南向北呼喊着向苏峻挑战。苏峻带八千将士迎战，他的儿子苏硕和将领匡孝首先冲上去，打了一个胜仗。苏峻欣喜若狂，名为慰劳将士，自己却喝得酩酊大醉。温峤将士又来挑战，苏峻发怒大叫道："匡孝能打胜仗，难道我不如他！"说完，丢下部众，只和几个骑兵冲上阵去，不料他所乘的马被绊倒，陶侃的部将彭世和李千趁机把长矛投掷过去，苏峻中矛落马，将士们猛冲上去，割下他的首级，又将他尸体上的肉一块一块割下来，骨头也给烧了，三军高呼万岁，欢庆胜利。

苏峻的余众推他的弟弟苏逸为主，还是死守石头城。他们发现庾亮父母的坟墓，就挖墓剖棺，拖出尸骨焚烧，算是发泄仇恨。

苏逸坚守石头城三个多月，却放松了对台城的控制。

当年长江江面较宽，江道又流经石头城山麓，因此石头城背山面江，又南临秦淮河入江之口，形势极为险要。台城在石头城之东，是宫廷所在之地①。六朝时，石头城是保卫建康的军事重

---

① 现已无迹可觅，大体在今南京玄武湖南侧、鸡鸣寺一带的城区。

镇，扼守台城的门户之一。

镇守台城的匡术原是苏峻的心腹，现眼见困守孤城没有出路，便向西路军投降。散在各地的文武百官纷纷回到台城。陶侃派毛宝等勇将去加强台城防守，苏逸则派韩晃攻城。毛宝登上城楼，左右开弓，射死数十人。韩晃在城下对毛宝大叫道："你以勇敢果断出名，为什么不出城决斗？"毛宝回答："你是素负众望的健将，为什么不进城攻打？"韩晃知道难以攻破台城，只得领军撤走了。

第二年二月里，各路军队会集，猛攻石头城，苏逸、苏硕等无力抵御，城破被杀。张健和韩晃等裹胁两万多人，带着掠夺来的无数珍宝，乘坐兵船向南往长塘湖（今长荡湖，在江苏金坛和溧阳间）逃窜。忽然遇到一路大军阻击，领头的是一个少年将军。打了几仗后，已成强弩之末的张健和韩晃先后战败被杀。这位小将就是当年王敦叛变前，告发其阴谋的孩子王允之。现在他已是年少英俊的扬烈将军，随着他的父亲会稽内史王舒带兵参战，立了大功。

苏峻之乱发生于晋明帝司马绍死后，那时八九岁的晋成帝落难，常常吃不上饭。苏峻得势时不可一世，最后终于败灭，他的弟弟苏逸不久也被杀。由于"峻"字的意思是山高，苏逸又名苏石，因此民间就苏峻之乱的过程，编了这么一个歌谣："大马死，小马饿；高山崩，石自破。"

苏峻死后，祖约在历阳遭朝廷军队包围攻击，他在夜间带了几百人突围而出，投奔后赵石勒。石勒对祖约的哥哥祖逖非常尊重畏惧，对他却非常轻视。祖约到达后，石勒不接见他。祖约的确不能同祖逖相比。祖逖轻财好义，祖约却是个财迷。

祖约年轻时,有一次正在料理财物,突然有客来访,赶紧把钱财和账册掩盖起来,还有两个小竹箱来不及藏好,只得放在身后,撑开衣袍挡住。来客瞧见他那狼狈相,暗暗好笑,人们把他的丑态当做笑话到处传扬。但祖家是冀州的世家大族,祖约到襄国,远近的亲朋好友都来探望他,天天宾客盈门。有一天,石勒登高远眺,望见祖约门口车水马龙,心里很不乐意,部将程遐又说:"祖约才到,就在附近侵夺土地,引起很多人怨恨。"过了天把,石勒邀请祖约和他的所有家属一起去赴宴,祖约兴高采烈,带了大舅子、小外孙等许多亲属前去,只见程遐领着杀气腾腾的士兵在等待着。祖约知道大祸临头,要了烈酒,喝得醉醺醺的,抱着小外孙,淌着眼泪,被押到刑场上,祖家的亲属一百多人同时被杀。

早在祖逖健在时,身边有一个佣仆叫王安,是胡人,祖逖待他一直很好。东晋和后赵的边境一度相安无事,祖逖便对王安说:"石勒是你的同族,我这儿少了你没关系,你到那儿,可以飞黄腾达!"王安到了襄国,屡建功勋,石勒任命他为左卫将军。这时,祖约及其家属被杀,王安叹息道:"岂可使祖将军断了后嗣!"他为了报答祖逖的大恩,派了许多随从混入刑场人群,瞅准时机,乘乱将祖逖一个十岁的庶子(妾所生的儿子)祖道重救了出来。这小孩先被藏到佛寺,暂且做了小和尚,后来石氏灭亡,重归江南。

苏峻覆没,一切逐渐恢复正常。温峤不愿在朝辅政,还是回武昌去。战船过牛渚矶,滔滔江水浪击峭壁,银花飞溅,气势壮观。僚属对温峤说:"这儿深不可测,传说水底都是怪物。"还有人说,点燃犀角,可以照见水中之物。温峤下令燃起犀角,只见江水深处，有许多奇形怪状的东西，似乎还有穿红衣乘马车者，在水底自由行走。唐代诗人胡曾想象当时情景写诗道："温峤南归辍棹晨，燃犀牛渚照通津，谁知万丈洪流下，更有朱衣跃马人。"温峤在平乱中积劳成疾，当夜又做了许多噩梦，看见红衣人恶狠狠地对他说："我和你阴阳两地，没有关系，为什么要烧犀角来照我？"他原先的牙痛突然加剧，在行军途中找人拔牙时中风，回到武昌后不到十天就死了，时年四十二。迷信的人们竭力渲染温峤因燃犀触怒幽灵，得祸而死，也有人认为不过是与中风巧合，如宋代王安石有诗道："朱衣乘车作官府，掺制生死非无权，阴灵秘怪不欲露，毁犀得祸却偶然。"燃犀照怪虽属无稽之谈，但这个故事千百年来流行民间，至今采石矶的峭壁上，仍然屹立着一座"然犀亭"作为纪念。据有人推测，当年水底下的"怪物"，也可能是江猪。

温峤死后，他所领的江州刺史一职，依据他的遗愿，由他的军司刘胤继任。刘胤过去是有些名声的，王敦没有叛乱时，曾要他任右司马，他不愿去。但他担任独当一面的江州刺史后，就完全变了样，常常狂饮纵乐，任用私党。他蓄积财货，大做买卖，贩卖的商品价值百万。经过苏峻之乱后，国库空空如也，文武百官的俸禄无从开支，只靠江州的漕运来维持生活。可是，刘胤却就此大做投机生意。他的商船在大江里成群结队地往来，但缴粮缴税的大事他却不闻不问。有一次，刘胤到了建康，王导和庾亮特地探望他，哪知道刘胤在船舱里靠着鼓鼓囊囊的大麻袋盘坐着，神色漠然。他们只得略略寒暄几句而告退，登岸后觉得刘胤的举止令人费解，有人说刘胤是个财迷，估计他的大袋里是珍珠宝物。王导回头派人偷偷察看，果然刘胤正在摆弄那些罕见的古玩珠宝，并和一些客商讨价还价。

刘胤回武昌过了几个月，诏书下达，罢了他的官。刘胤不肯服罪，还要申辩。正好，曾参加讨平苏峻的右将军郭默路过武昌，郭默和刘胤原有私怨，趁机落井下石，假造诏书，杀害了刘胤，又将他的女眷与财宝据为己有。重新执政的王导还是那么四平八稳，不敢加罪骁勇难制的郭默，反而任命郭默为江州刺史。王导又将郭默送来报功的刘胤首级高高悬挂在朱雀航的桥头，以示惩戒。

陶侃在平定苏峻之乱中是盟主，因而被任命为侍中、太尉，都督荆、雍等七州诸军事，从江陵移镇到巴陵（今湖南岳阳）。他听到刘胤被杀，郭默反而加官的消息，十分愤慨，于是一边发兵向武昌征讨郭默，一边派人送信给丞相王导说："郭默杀了刺史就当了刺史，如果杀了丞相，是不是就当丞相？"王导收到信，当即放下刘胤的首级，答复陶侃道："郭默地据上游，水军力量雄厚，因而暂时忍住点。把他稳住以后，朝廷就可以调集军队，等足下大军到达，再给以制裁。这不就是所谓'遵养时晦'以成大事的办法吗？"陶侃接到复信后，嗤之以鼻说："这是什么遵养时晦？明明是遵养时贼！"

陶侃大军包围了武昌，郭默的将领宋侯活捉了郭默和他的五个儿子，投降了陶侃。陶侃将郭默父子及同党四十多人，立即就地正法。郭默在西晋永嘉之乱后，以堡坞抵抗石勒，被任为河内郡太守，他多次和石勒作战，果敢勇猛，能够披着盔甲跳越深阔的壕沟，威震敌胆。这时，石勒听说陶侃几乎兵不血刃就镇压了郭默，对陶侃就怕了起来。石勒又收到陶侃送来的一封信，说原属苏峻的一个部将冯铁，杀了陶侃一个儿子，投奔石勒，做了戍将。石勒左思右想，觉得收下冯铁确实不妥当，就下令杀了冯铁。从此，陶侃和后赵之间，暂且保持了平静的局面。

陶侃平定郭默，朝廷下诏要他兼管江州。于是陶侃就都督八州诸军事，兼任荆州和江州的刺史，从巴陵移镇武昌。西阳太守邓岳是陶侃所派率军攻打江州的，乱平后，朝廷任命邓岳为都督交州、广州诸军事，领广州刺史。

17　葛洪炼丹

广州刺史邓岳上任后不久，有个在朝享有盛名的葛洪途经广州，拜访邓岳。葛洪视荣华富贵为行云流水，不愿担任高官厚禄的散骑常侍，却要到偏僻荒凉的交州勾漏当县令，目的是学炼仙丹。

葛洪（283－343），字稚川，丹阳句容（今江苏句容）人。他为人老实忠厚，不善辞令，不爱虚荣名利，闭门谢客，亲友们称他为"抱朴之士"。抱朴是真实朴质的意思，所以他就以"抱朴子"作为自己的外号。他以后最有名的著述，也题为《抱朴子》。

葛洪的祖父葛系做过东吴的大鸿胪，父亲葛悌做过西晋的邵陵太守（郡治在今湖南邵阳市）。葛洪十三岁死了爹，家中生活十分困难。除了读书，他没有什么别的欲望和爱好，棋盘有几

道?赌具叫什么?他全不知道。他家中祖传的书籍,在多次兵祸里都被焚毁或散失,他只得徒步东西奔跑,到处借书阅读。他如果听说什么地方有好的书籍,或是什么人对经书有好的见解,他都会不远千里去借阅请教,就这么他读了近万卷的书,学识十分渊博。起初他背熟书文,记在脑海里,但书太多,记不上,他就上山砍柴,到集市上变卖几个钱,买点纸笔,夜里烧起柴火照明抄写。又因为纸张珍贵,他都用蝇头小楷在每张纸的正反两面都抄得密密麻麻的,除了他自己,别人就难以辨认了。他随身带上这些抄本,在田头和山林劳动休息时仔细阅读和研究。

葛洪的堂祖父葛玄是道教的一个有名人物,被称为"葛仙公",葛玄的得意门生叫郑隐。郑隐年逾八十,原先须发皆白,数年间又转为黑色,他双颊红润,还能拉开强弩,射中百步以外的靶;他捧起酒壶,连饮二斗不醉。据说一天一夜能步行几百里地,登山越岭如履平地,许多年轻力壮的年轻人都自叹不如。葛洪拜郑隐为师,学习各种本领,尤其对炼丹技术,更是孜孜不倦。

西晋末年,石冰在徐州、扬州起义,战争风暴席卷到葛洪的家乡。吴兴太守顾秘起兵参加镇压起义,邀请二十一岁的葛洪做将兵都尉。战事平定,葛洪不要封官和奖赏,却到洛阳读书求学。各地起义的烽火漫山遍野燃起,葛洪打算到南方避难。当时,镇南将军刘弘推荐嵇含(嵇康哥哥嵇喜的孙子)为广州刺史,嵇含请葛洪任参军,并要他做先行官到广州去部署。不幸刘弘病亡,刘弘的参军郭劢作乱,嵇含被杀。葛洪在南方得悉噩耗,异常悲痛。嵇含著有《南方草木状》,是我国现存最早的植

葛洪炼丹

物学文献之一,也是最早的一部地方植物志。嵇含死时年仅四十四岁,他年富力强而死于非命,所以葛洪为之哀叹,说他"有若春华,须臾凋落"。

葛洪受了这个打击,原先逍遥于天地之外的道教思想更根深蒂固了,他不愿再去做官。南海太守上党人鲍玄也是一个虔诚的道教徒,见了葛洪很喜欢,招他为女婿,又传授以道术。从305年(西晋惠帝永兴二年)到317年(西晋末年)的十二年内,葛洪遍游各地名山胜境,一边炼丹修道,一边著书立说,怡然自得。他在杭州西湖边上一个山岭住过,这个山岭被后人称为葛岭。岭上至今还有绘刻他头像的石碑以及他炼丹和饮用过的古井。他的足迹遍布各地,传说北京香山寺附近,也有他炼丹用过的稚川井或称丹井。福建霞浦城南二十里,现有葛洪山及石洞。江西南昌也有葛仙峰,上有葛仙坛、炼丹井、葛仙源等遗迹。

晋元帝即位后,蓄意拉拢江南的世家大族,对过去有过军功的人一一加封,葛洪也被赐爵关内侯,在他的故乡有了二百户的食邑。晋成帝登上皇位,王导请葛洪做他的属官、扬州主簿、司徒咨议参军。不久,有人推荐葛洪有出色的文才,朝廷又任他为散骑常侍(官衔),领大著作(实际职务)。但他听说交趾(今越南)一带出金丹,便要求到那里去做一个县令。散骑常侍是朝内高官,县令是地方小官,两者官级悬殊,所以朝廷不许。葛洪反复诚恳地陈词,自己一意想炼丹药,最后朝廷还是同意了他的要求。

葛洪风尘仆仆来到广州,却被刺史邓岳死拖硬拉地留了下来。邓岳要他当郡太守,他婉言推辞了,却独独看中了广州东面数百里的罗浮山(现在博罗县境内,东江之滨)。那里山岭雄伟峻拔,共有四百三十二个大小峰峦,十八处洞天福地,九百八十多条飞瀑幽泉,层冈积翠,气象万千。葛洪在南麓的麻姑峰下修建了一座一丈多高的炉灶,灶上设置了直径三尺多的大鼎,幻想会炼出仙丹或是金银来。他曾用丹砂、雄黄、硫磺等,炼出水银、砒、硫、铅等,还曾用许多不纯的无机物,制成外表类似金或银的几种合金。他深信物质经过加热炼制,会出现难以想像的奇迹,他曾说:"泥土是容易被冲刷流失的,但烧成瓦片,就可以与天地同长久。砍下的树木是会腐烂的,但锻为木炭,化墨写字,就可以永不衰退。"经过多年的冶炼实践,他记下一些宝贵的经验,从而被后人认为是古代化学的开山始祖之一。

葛洪在罗浮山等地从事冶炼和著作十多年。六十一岁(一说八十一岁)时得了重病,自知在人世不会长久了,便写信给邓岳说:"我要远行寻师,很快就要动身!"邓岳得信后大吃一惊,他知道这信是和他诀别,便赶紧骑马飞奔罗浮山。到了葛洪所往的山洞里,只见老道紧闭双眼,在蒲团上坐定,似乎在熟睡,用手一摸,他的身体已经冰凉,鼻孔里已经没有气了。葛洪生就一副飘飘然的风姿仙骨,当邓岳和葛洪的子侄将他放入棺木时,由于断气不久,面色如生。以后就愈传愈奇,人们说他死后,身体软绵绵的一点不僵硬,轻飘飘的似乎没有一点分量。于是就说葛洪不是死,只是尸解成仙而去。

葛洪留下来的各种著作有数百卷,比汉代的司马迁和班固的著述还多。当时人们对他的评论是:"博学深湛,江南无与伦比。"

葛洪既有愤世嫉俗的儒学异端思想,又有原始道教派生出来的神仙方术思想。他最有名的著作是《抱朴子》,分为内篇与外

篇,共一百一十六篇。内篇记述了神仙方药、鬼怪变化、养生延年、攘邪却祸等荒诞不经的东西,集中了战国以来所有方术妖妄的记载。但其中有一些讲到矿物炼丹,却属于原始化学的范畴,可以作为科学史的参考。外篇是讲人间得失,世事善恶的道理,又常常否定老庄学派,甚至有推翻他自己内篇的言论。总的说来,葛洪的思想学术存在着矛盾倾向,其迷信落后的一面自然是不可取的,而他对物质变化和生命现象的钻研探索,则有值得肯定的地方。

葛洪又是一个医学家,他在医学上也很有成就。他著有《金匮药方》一百卷。当时,天花已从西方流入中国,被称为"虏疮"。葛洪对天花有比较正确的认识和记载,这是世界医学史上最早的。他曾发明用狂犬脑治疯狗病,比法国微生物学家巴斯德(1822－1895)晚年的狂犬接种法要早一千四百年。他还发现瘿(甲状腺块肿)是缺乏碘质造成,从而首创用海藻治疗,这比欧洲也要早一千年左右。葛洪是经受过耕樵劳苦的人,知道在穷乡僻壤中求医求药的困难,因而他治疗一般常见病,把最易采购的最廉价的中草药方记述下来,写成《肘后备急方》四卷,使人们患病时,可以较容易地采集到草药,得到及时的治疗。这些成果成为葛洪为社会炼出的真正的"仙丹"。

葛洪在文学理论方面也是有成就的。他反对在文学上崇古非今。当时,有不少人把古代的好说得天花乱坠,甚至说今山不如古山高,今海不如古海大,今天的太阳没有古代的温暖,今天的月亮没有古代的明朗等。葛洪在著述里批判这种人说:"难道现在有才识的活人,还不如古代已经枯烂了的尸骨?如果只相信听到的,而鄙弃亲眼目睹的,真是哀之莫及!"他既不迷信古人,也不排斥古书。他认为古代作品有如"大厦"、"华屋"、"盛膳"、"嘉味",只有通过今人的努力,才能把它们的作用发挥出来。但葛洪的政治思想却是相当落后反动的。他对道教的祖先张角利用宗教形式领导的农民起义不屑一顾,他没有感受到人们活不下去的痛苦,还指责张角等人不去研究延年益寿的学问,假借妖妄之术鼓动群众造反,是"大逆不道"。

葛洪的著述不仅内容广泛,文笔也颇为生动,他所使用的一些词语,如"口是心非"、"鲁鱼亥豕"①,"麟角凤距"② 等等,都流传后世,引为成语。

葛洪有一个相交很深的好友干宝,喜欢阴阳五行和搜集神奇古怪的故事。干宝最著名的作品,就是《搜神记》。

18 《搜神记》

干宝的父亲干莹曾任丹杨丞,他有一个很宠爱的婢女,干宝的母亲非常妒忌,干莹死后,她将这个婢女推在墓道里,掩盖墓门及堆土时,那婢女撕裂肺腑的惨呼和哭喊,使干宝兄弟们幼小的心灵震撼了好多天,但当时他们不懂得是怎么一回事,等到他们成人后才知道一切。那悽惨的呼号经常在干宝耳边回响不绝,

---

① 指传抄文字时将"鱼"写成"鲁",阅读时将"亥"读成"豕",后世就以此比喻刊印中的错误。

② 比喻不一定用得上的东西,后演变为今天的成语"凤毛麟角"。

他深切地悼念这个婢女,幻想有朝一日她能活着回到人世。

干宝(生卒年月不详),字令升,新蔡(今河南新蔡)人,自幼博览群书,记忆力很强。西晋愍帝即位时,他被任命为佐著作郎。东晋元帝中兴后三年,王导要求设立史官,推荐干宝撰写国史,他编写的《晋记》(西晋历史)二十卷,现除散见于各书摘录的片断外,都已失传。

干宝从小喜欢阴阳五行学说,又嗜好搜集民间神异古怪的传说。当冬季晒太阳,夏季乘风凉,一些白发长须的老人聚集一块时,干宝就插进去,要他们扯谈古老的神怪故事。他还专门走访那些满肚子神话的人,记录下来。后来干宝又慢慢地热衷于自己编造和传扬这些荒诞的东西。他在外乡做官,虚构了这样的故事:他母亲在父亲死后十多年去世了,他照例挖开父亲的墓道,把双亲的棺木放在一起,忽然看到那被活埋陪葬的婢女还趴在父亲的棺木上,不仅面貌如生,而且胸口似乎一息尚存,人们用车载她回家,过了几天,她完全苏醒。那婢女说,记得在墓中,干宝的父亲和她恩爱如旧,虽然少吃缺穿,却也相依为命。干宝还神乎其神地说,这婢女以后还聘嫁于人,而且又生了孩子。

干宝又说,他的哥哥曾经病重气绝,但身体多日不冷不硬,而后又逐渐恢复知觉,活了过来。据他哥哥讲,梦境中曾经周游天地,经历了许多鬼怪神诞的事。

这些轶闻日积月累下来,干宝将他们写成了三十卷的《搜神记》,这是晋代留传下来的一部有名的文学著作。

在国土破碎、民不聊生的时期,有的人感到精神上极为空虚和苦闷,从而致力于追求富有刺激性的荒诞不经的传闻,以发泄胸中的愤懑。谈神说鬼之风风行于士大夫和平民百姓中,志怪小说应运而生。干宝的《搜神记》就是在这种温床中发育成长的，但这部著作到宋代就散失了。后人从其他各书的引录中，搜集汇编成今天的《搜神记》，其中有不少短小有趣的故事。例如有一篇一百零四字的《狗》（或名《司空南阳来季德》），记叙了汉灵帝时，有一个司空叫来艳（字季德）的，死后停丧在家中，还没入土，忽而尸体从祭坛上爬了起来，脸色声音一如生前，对儿孙和媳妇们一一教训，讲得有条有理，而且用鞭子抽打有过失的奴婢。等到他吃饱喝足，又如死去一般躺下了，全家按照礼节，伤心地哀哭。过几天，他又坐起来打人骂人，老老小小这样被他折腾了好几年，又烦又苦，全受不了啦！最后他喝酒喝得过多，显了原形。原来是邻居一家酒店里一条老狗成了精，借尸还魂，作威作福。全家男女老少都恨极了，一齐拥上去，将它乱棍打死。这个寓意深刻的民间传说，加上干宝神来之笔的艺术加工，指着和尚骂贼秃，将官府恶吏的仗势欺人刻画得淋漓尽致。

　　《搜神记》还记载了一个描写人情叵测、鬼也上当的故事：南阳郡有人名叫宋定伯（有的版本作宗定伯）的，夜里走在路上，碰到一个鬼。定伯问对方是谁，对方说是鬼；鬼反问他，他回答也是鬼。交谈后，又都说是到宛城的集市上去。同行几里路，鬼提议，一起步行太慢，不如相互背着走。起初鬼背着定伯说："你太重，不像是鬼！"他答："我是个新鬼，所以体重。"以后定伯背着鬼走，鬼一点没分量。这样轮番背着走了一阵，定伯问道："我是新鬼，不知鬼最畏忌什么？"鬼答："最怕人拿唾沫吐我们！"半途上又遇到一条河，定伯不知深浅，叫鬼在前面先下水渡河。鬼腿走入河水，一点声音也没有。定伯在后面跟着，两腿淌水，声音很大。鬼问："怎么那么大声？"定伯说："我是

新鬼，不习惯渡水，请不要见怪。"上岸后，他们继续走下去，不久靠近宛城集市，定伯把鬼背在肩上，两手抓得紧紧的，鬼要下来，叽叽喳喳直叫，定伯还是不放手。到了集市边，定伯将鬼放下来一看，鬼已变成了一条羊。他怕鬼还会变化，吐了很多唾沫在羊身上，当即把羊卖掉，得了一千五百钱。《搜神记》又讲：搜刮财富出名的石崇听到此事，不禁惊叹说："定伯卖鬼，得钱千五，了不起啊！"

《搜神记》中还有暴露统治者残暴以及描写人民反抗的记载，如《干将莫邪〔yē〕》（又名《三王墓》），大意是这样的：

战国时期，楚国的干将和莫邪夫妇二人为楚王铸造雌雄二剑，三年才成。这时莫邪怀孕，干将对她说："我只送去雌剑，楚王一定要杀我。你生了儿子，待他长大后，告诉他雄剑放在南山巨石上大树背后的洞内，要他拿剑给我报仇。"干将只拿了雌剑去见楚王，楚王果然大怒，杀了他。莫邪生了儿子叫比赤（或作干赤）。长大后，母亲把他父被杀以及藏剑的事告诉他。比赤取剑后，日夜想念着要报父仇。楚王这时梦见一个小孩，两眉之间有尺把宽，大喊着要报仇。醒后重赏千金，要捉拿眉间特宽的少年。比赤只得逃到山里，苦闷得整日哭喊。有一天，一个游客问他为什么这样，他说："我是干将和莫邪的儿子，楚王杀我父，我要报仇。"这人说："听说你的头值千金，请将你的头和剑交给我，我给你去报仇。"比赤立即砍下自己的头颅，和剑一起捧在手里，但尸体僵立不动。游客说："我绝对不会欺骗你！"这样，尸体才向前倒下。楚王看见比赤的头，高兴极了，游客说："这是勇士的头，应该在大镬里煮它几天几夜。"楚王依言煮了三天三夜，可是头颅还不烂，在沸水里一跳一跳的，两眼大睁，怒视楚王。游客又说："必须大王亲自到镬边看着，头才会烂。"楚王刚走到镬边，游客抽剑一砍，楚王的头颅立即落到镬里。游客又挥剑向颈上挥去，把自己的头颅也砍了下来。三个头颅一起在沸水里翻滚，顿时都煮烂了，再也分不清是谁的头。人们把水倒净，将颅骨和烂肉葬在一起，称之为三王墓。这个神话里还煞有介事地说，这墓在汝南郡的北宜春县（今河南汝南县西南六十里）。传说干将、莫邪铸剑的所在，即今浙江莫干山，山上尚有剑池遗址。

《搜神记》中还有很多古代的爱情故事，一面揭露了统治者的荒淫暴虐，一面歌颂了生死不渝的纯洁爱情和坚贞不屈的斗争精神。

干宝的《搜神记》，虽然宣扬了封建迷信思想，但一定程度上还反映了当时兵祸连绵中，人民生活痛苦以及寻求理想寄托的情况。各种复杂的感情，通过神异幻想的形式，表现于志怪小说中。有些故事可以说是"写鬼写妖高人一等，刺贪刺虐入骨三分"。

干宝编写了《晋记》、《搜神记》，他本人曾任佐著作郎、山阴令、始安太守、司徒右长史、散骑常侍；但其生卒年月，已难详考。

19 刘曜耀武关中

再说前赵和后赵立国后，前赵刘曜迁都长安。在东晋王敦之乱的时期，刘曜全力征服秦、雍一带的各族。

刘曜原来的辖境大部被石勒占领,而长安所在的关中地区又为各民族杂居地区。刘曜的部将解虎和尹车联络了巴族的酋长句〔gōu〕徐、库〔shè〕彭等要造反,因不慎而事机泄露,刘曜杀了解虎和尹车,把句徐、库彭等五十几个人都关在阿房城里。光禄大夫游子远劝他道:"首恶必办,别的就从宽发落吧!"刘曜不听,游子远叩头力争,满脸流血,刘曜冒起火来骂他这样做是助逆,把他关在监牢里,又杀了那些酋长,将五十多具尸体放在闹市上示众十天后,才丢到湍急的河水里。这种凶残的做法逼反了巴族百姓,他们公推一个酋长句渠知为首领,国号大秦,年号就叫平赵,表示要把刘曜的前赵踏平。巴族高举义旗,四面八方的氐族、羌族、羯族也都响应,起义队伍号称有三十多万。关中地区形势突变,长安和附近郡县的城门在白天也关得紧紧的。

游子远在监狱中上书规劝刘曜,刘曜撕碎奏疏,又破口大骂道:"这个大荔奴(游子远为戎人,大荔为部落名),不担忧自己命在旦夕,还敢这么做!是不是嫌死得太晚?"于是命令侍从立即去杀他。中山王刘雅和一些朝臣劝刘曜:"游子远身在囹圄〔líng yǔ〕,自己知道迟早要被杀,还敢拼死上书,这是至忠的表现。陛下就算不肯听他的话,也不应杀他。倘若游子远的头颅清晨落地,我们这些人到晚就一起自杀,让世人看看陛下是怎样对待忠臣的!到那时,天下臣民都要离弃陛下,远走高飞,陛下就真正成为孤家寡人了!"刘曜呆了半晌,才回心转意,下令赦免游子远。

这时形势紧张,刘曜宣布内外戒严,准备亲自带兵去征讨句渠知。游子远又出头提意见:"陛下如果能用小臣的计谋,不必亲自出征,一个月里就可以平定。"刘曜平心静气地问:"你有什么好办法?"游子远说:"他们并不是真正想称王称帝,只不过是畏惧陛下的酷刑,图个死里逃生而已。陛下最好是下令大赦,凡因解虎和尹车一案连坐,其亲属被送去当官家奴婢的,都释放回去,让他们恢复家业。他们既得生路,哪会不降?如果还有屯集不散伙的,小臣只要五千老弱残兵就能加以平定了。否则,现在满山遍野都是造反的人,陛下即使亲自出征,也不是一年半载能了结的。"刘曜听了很高兴,当天下了大赦令,一切都按照游子远说的办理,果然立即生效,归顺的人有十多万。游子远被任命为车骑大将军,屯兵雍县(今陕西凤翔西),再进军到安定郡去。造反的部族纷纷闻风投降,只有酋长句氏的亲党五千多户坚守阴密(今甘肃灵台西南),游子远不费多大气力就将他们消灭了。游子远的军队在陇右一带巡逻,有一个名叫虚除权渠的酋长自称秦王,带领氐族、羌族十多万户,不肯投降。游子远与他作战,全战全胜,虚除权渠要想归顺,但他的儿子伊余不服气,对部众大声说:"这不过是一旅偏师,为什么就要投降?"当即率领五万人马到游子远阵前挑战。赵军将士都要求乘胜攻击,游子远赶忙挥手道:"伊余这个人勇悍无敌,兵马又比我们精壮,眼下气势方盛,其锋不可当。我们还是暂缓进攻,等他们气势转衰以后,再去攻击他们。"

伊余看到赵军不敢迎战,还以为游子远胆怯,更是骄气横溢。游子远不动声色,做好进攻的准备。他夜间部署队伍,让部众睡得足足的,吃得饱饱的。在一个漫天风沙的清晨,几步以外看不清人影,他设下埋伏,亲自带领大军,悄悄接近伊余,然后发起猛烈的攻击,伊余的队伍惊惶失措,夸过海口的伊余被活捉,部众全部被俘。虚除权渠更是害怕,按照该族的传统做法,

割破了面孔，披头散发、满脸淌血地投降赵军。游子远经过刘曜同意，不仅不杀，反而封以官爵，将他们的部族连老带小二十多万人都迁到长安居住。原先已经成为死囚的游子远，立下如此大功，被任命为大司徒，录尚书事。

刘曜在一年多后，亲自出征仇池的氐族和羌族。仇池（今甘肃成县西北）是一片山岗，整个山峦好似覆壶一般，上有百顷良田，其间泉流浇灌，有些地方还可以煮土成盐，几万户氐、羌族的百姓都在此安居乐业。仇池山附近四五百里方圆，称为仇池郡，前赵设立南秦州（治所在今成县西北），首领是氐王杨难敌。刘曜进攻仇池，虽然有不少部落投降，但杨难敌却退到仇池山上坚守。仇池四面绝壁百仞，有许多迂回曲折的羊肠小道盘绕其间，一人当关，万夫莫开，刘曜就是长出三头六臂来，也无法攻破。赵军将士又闹起瘟疫来，刘曜也传染上了，没奈何只得退回长安。撤兵前又怕杨难敌乘机攻击，为了笼络他，给杨难敌以六州都督、三州州牧、上大将军、武都王等等称号，总算暂时稳住了杨难敌。

氐、羌和巴族的起义，或被镇压，或分化瓦解。这时，割据秦州、自称刺史的陈安要求面见刘曜，刘曜有病不接见。陈安听说赵军死于瘟疫的很多，以为刘曜已得病身亡，就顺手牵羊，将刘曜掠夺到的财富抢回一批。刘曜病重，狼狈万状，撤军回长安。陈安自称大都督、大将军，雍、凉、秦、梁四州的州牧，再自加凉王的头衔，比杨难敌还要高上一等。

一年半后，陈安被赵军打败，只剩下八千骑兵退保陇城（今甘肃庄浪南）。这时，刘曜治好病，带了兵强马壮的队伍，亲自包围陇城，陈安屡次作战都遭失败，最后突围而逃。前赵将领平先紧追不放，陈安一边飞驰，一边转身射箭阻击敌人。追骑赶到他身旁，他左手挥舞七尺大刀，右手盘旋丈八蛇矛，左劈右刺，五六条壮汉就送了命。但平先也是一员猛将，飞马和陈安交锋。陈安在围城中饥困乏力，又经多次交战，这一碰面，只打了三个回合，丈八蛇矛就被平先夺去了。当时天色近晚，又遇暴雨倾盆而下，陈安和几个随从丢掉马匹，逃窜山林之间，躲在涧水边的岩洞里。刘曜的队伍搜索到拂晓，还是找不到他们的影儿。

天明后，陈安等饿极了，派了部将石容悄悄地走出岩洞侦察军情，不料被前赵辅威将军呼延青人所俘。石容被严刑拷问，至死不肯交代陈安的藏身之所。这时，早已雨过天晴，呼延青人沿着石容走出岩洞的脚迹，终于找到了洞口，将士蜂拥而入，又饥又疲的陈安被乱刀砍死。

陈安是成纪（今甘肃静宁县南）人，世世代代务农。他年少时看到天下大乱，丢下犁耙锄头到长安游学，练就一身骑射作战的好本领，立志做一个猛虎般的武将，因此取字虎侯。他得势以后，能代表汉人、氐人、羌人反抗前赵匈奴的压迫，对部属和百姓极为爱护，因此在他死后，有人为他作了一首《壮士之歌》。歌词说："陇上壮士有陈安，躯干虽小腹中宽。爱养将士同心肝，骢骢①父马铁瑕鞍。七尺大刀奋如湍（急流的水），丈八蛇矛左右盘，十荡十决无当前，战始三交失蛇矛。弃我骢骢窜岩幽，为我外援而悬头；西流之水东流河，一去不返奈子何？"歌谣流传很广，连刘曜也叫宫内的歌舞班子配起曲谱，编起舞蹈来。

刘曜的西面是凉州。坐镇姑臧的张寔控制着这块乐土，他在

---

① 骢骢：音 niè cōng，跑得快的菊花青马。

位六年,被部将阎沙所杀。他的弟弟张茂杀了阎沙及其党羽几百人,重新总管凉州军政大事,自称平西将军、凉州牧。刘曜平定陈安后,率领大军号称有二十八万人马,乘胜到了黄河边上,扬言要一举攻占姑臧。他们沿着黄河立下营寨,连营一百多里,夜间灯火照耀,宛如一条巨龙,白天战鼓齐擂,震天动地,河水似乎也沸腾起来。据说凉州有史以来没见过那么盛大的军势。

前赵的将士们要求刘曜火速下令渡河决战,直捣姑臧。刘曜却胸有成竹地说:"我们军威虽然盛大,但是三分之二是被迫而来的氐、羌之众,而我们自己的主力近年来已打得精疲力竭。现在只要按兵不动,张茂就会吓得低头求和。"

果然,张茂派了专使来表示称藩归服,献了一千五百匹战马、三千头好牛、十万头羊,还有黄金三百八十斤、白银七百斤以及大量珍宝。刘曜对送来的牲畜和财宝照收不误,封张茂为凉王,随即撤军回长安。

刘曜在这几年中,曾经设立太学,选拔十三岁到二十五岁的优秀青少年一千五百人到太学读书。他修筑了一座酆明观,还要造西宫和陵霄台,侍中乔豫与和苞上书劝他说:"如果将这些花费移作军用,不仅可以拿下南方的东晋和蜀地的成汉,连襄国的石勒和青州的曹嶷都可以收拾啦!"刘曜因而停了工。但不久,他又发动六万人,为他的生身父亲(刘渊是他的养父)、母亲和妻子羊氏造陵墓,夜里还点起蜡烛来赶修。游子远极力劝说,刘曜始终不肯听从。三个多月后陵墓完成,刘曜又派部将刘岳带了一万骑兵到太原去迎接灵柩。不料途中染上瘟疫,十人里就有三四个死于非命,以致朝野议论纷纷。

正在这时候,后赵坐镇洛阳的石生出兵新安,攻杀了前赵的河内太守尹平，刘曜要出这口气，立即挥师向东。

20 石勒灭前赵

前赵、后赵立国已近六年，双方经过准备，兵强马壮，争个你死我活的时间终于来临了。

刘曜要报新安之仇，派中山王刘岳带了近两万人攻打后赵的洛阳。后赵当然不甘示弱，由中山公石虎率领步兵骑兵共四万人来应战。前赵的中山王打不过后赵的中山公，刘岳和将佐八十多人以及氐、羌部众三千多人一起被俘并被送到襄国，还有九千多士兵被石虎活埋。刘曜听到败讯，悲痛已极，穿了丧服，在长安郊外哭了七天，又恨又气得了病。前赵和后赵的冤仇就愈积愈深。

三年以后的328年，也就是东晋苏峻之乱的时候，石虎带了四万人马入侵前赵，前赵闻风投降的有五十多个县。后赵军队如秋风扫落叶，打到黄河东岸的蒲坂（今山西风陵渡北）。前赵刘曜亲自率领精锐水陆大军十万人来救蒲坂。石虎眼见寡不敌众，悄悄地撤退。刘曜当然不肯放松，日夜猛追，赶上了石虎，展开一场血战。石虎向东败逃，一路走一路丢下尸体，尸体绵延二百多里，遗弃的物资和兵器价值亿万以上。刘曜得意忘形，丢开石虎不追，两眼盯住洛阳，渡过黄河，围困守着洛阳金镛城的石生，决水灌城，石生死守不降。消息传到襄国，震动了后赵朝野。

石勒决心调集兵员去解救洛阳之围，他的心腹程遐劝阻说：

"刘曜大军不远千里而来,势难持久,但大王也不宜亲自出兵,否则不会有好结果的。"石勒气得拔出剑来,赶他出宫。

　　石勒是靠着谋主①张宾起家的,人称张宾"机不虚发,算无遗策"。张宾之位虽在群臣之上,但他待人谦虚,对人一视同仁,屏绝阿谀逢迎。石勒对他十分尊敬,称他为"右侯"而不直呼他的名字。张宾死于322年(后赵立国后三年),当时石勒流着泪对人说:"莫非老天爷不让我成全大业,为什么这么早夺去我的右侯?"国舅程遐代替张宾为右长史,石勒找他商讨军国大事,他常常对答不上。石勒长叹说:"右侯撒手走了,要我和程遐这种人共事,老天爷对我太残酷了!"因此整天愁闷不堪。

　　在这个紧要关头,程遐又是话不投机。石勒总得找人从长计议,就想起了徐光。徐光是顿丘(今河南清丰西南)人,家庭贫苦,父亲徐聪是牛医。徐光自幼好学,有文才。石勒的骁骑将军王阳攻打顿丘时,俘获了十三岁的徐光。王阳看他伶俐可爱,叫他喂马。但徐光不去铡草拌料,却常常在拴马的木柱和房梁上写诗题赋。王阳气得吊他起来狠打,他整夜哭喊不停。有人报告石勒,石勒叫他到跟前,给了纸笔,他当场写出歌功颂德的诗赋,因而受到赏识,做了官,多年后当上了记室参军。有一次,石勒召见徐光,不巧他喝得沉醉如泥,叫也叫不醒,石勒大怒,降他为牙门将。徐光一贯狂妄自大,降为牙门将后,在石勒身边侍卫,板着脸,还老是摔袖子,两眼望着天不吭声。石勒更加生气,将他及其家属一起关在监牢里。徐光却也泰然自若,在狱中两年多,写了十多万字的经文注解。

---

　　① 谋主:对首席谋士的尊称。

这时,石勒下令从狱中释放徐光,请来重做座上客,并当即和他商量说:"刘曜乘胜围攻洛阳,庸人们都说其锋不可当。如果洛阳失守,刘曜必定席卷北上,我的大事就危险了,如今刘曜带甲十万,攻一城近百日尚未得破,师老卒疲;而我军养精蓄锐出去,一战就可以活捉刘曜。你以为如何?"徐光答道:"刘曜大败石虎后,不趁势进攻襄国,却去攻打洛阳,其无能已可知了。现在大王亲自出征,平定天下在此一举,时机切不可失!"

石勒立即下令内外戒严,如果还有来劝阻出兵的要砍头。他亲自率领四万步兵骑兵进军洛阳。这时正是十一月里,据说到了延津(今河南延津东)渡口,突然天气转寒,黄河在一夜间冰结得厚厚的。大军顷刻履冰而渡,石勒就此改名延津为灵昌津。

石勒对徐光说:"刘曜如果集中军队于成皋①,这是他的上策,其次是在洛水边上阻击。倘若他守在洛阳城边不动,就将束手就缚!"

328年十二月,石勒来到成皋,看不到前赵将士的踪迹,高兴得以手指天,又以手加额,大叫"天也",认为这是天意所在,他即将大功告成了。石勒的各路人马齐集成皋,共有步兵六万,骑兵两万七千。他下令卷甲衔枚,悄悄从小路飞速行军,取道巩县(洛阳东几十里、今巩县西)西南,如利剑般直插洛阳。

刘曜久攻金镛不下,还满不在乎,和一些宠幸的臣子们整天饮酒戏耍,从不去慰问一下将士。倘若有人说几句逆耳的话,就要被他砍头,因而军心日趋涣散。刘曜正要计议如何增兵荥阳阻击石勒时,洛水边上的巡逻兵已经同石勒的前锋打起来了。被俘的后赵士

---

① 在今河南巩县东北,洛阳东,黄河南岸。其地利于攻守。

兵被押送到刘曜跟前,他才知道石勒亲自带领声势浩大的兵马很快就要来到身边。刘曜慌忙撤下围困金镛城的将士,在洛阳城的西面摆列阵营,从南向北绵延十多里路,据称有十多万人马。

石勒观察刘曜的阵势和兵力,愈发得意了。他对左右将吏们说:"现在就可以向我祝贺胜利了!"

当时刘曜队伍守在城门外,阻止石勒入城。石勒派勇士从小道潜至城边,穿了带钉的铁屐,攀登进城,然后打开洛阳西南的宣阳门,石勒大军就此冲杀进城,和原来守城的石生队伍会师。石勒又命令石虎带领三万步兵猛攻刘曜中军;石堪和石聪各带精骑八千扫荡刘曜前锋;石勒亲自带领主力一部,从洛阳西面北头的阊阖门出城,夹击刘曜的队伍。大决战的战场就在宣阳门前。

刘曜一贯好酒,晚年更是嗜酒如命。这次要和石勒一决雌雄,他喝了几大碗酒壮胆。临战前,他常骑的通身红似火焰的高头骏马突然得了病,马腿卷曲不能伸直,马头低垂不能抬高,刘曜没奈何,只得换了一匹坐骑上阵。出营时,他又喝了一大碗酒,到了宣阳门前,摇摇晃晃地指手画脚,指挥队伍。石堪看到刘曜的醉态,立即命令将士们拼死冲击。刘曜酒醉糊涂,稳不住阵脚,只得随着撤退。仓促之间,马蹄陷入石渠河水的冰洞里,把他摔在冰层上。他竭力抵御敌人,全身伤了十几处,身体前后被刺了三个洞,鲜血染红了冰层,终于被石堪活捉。

前赵军队眼见统帅被擒,更是无心抵抗。这场大战中,前赵士兵被斩首者五万多人。石勒最后下令说:"我们要抓的只是刘曜本人,现已俘获,其余将士就给一条生路吧!"后赵从会师成皋到打垮前赵军队,生俘刘曜,不过五天时间。

石勒胜利回师襄国。行军途中,还特地给重伤的刘曜一辆马拉的车，又派随军医生特别照护，慢吞吞地走了十四天。到襄国后，三年前被俘的前赵中山王刘岳等人，穿了华丽的衣服，去见刘曜。刘曜感慨地说："我还以为你们早已尸骨成灰，想不到石王（指石勒）仁厚，你们能活到现在。想起我过去抓到石家的人就杀，真是惭愧！我今天受祸，也是份有应得！"石勒要刘曜写信给他在长安的太子刘熙，命令他们火速投降，但刘曜写道："你们要捍卫社稷，不要因我而动摇决心！"石勒见信恨极了，过了一个时期，就杀了刘曜。

刘熙害怕石勒立即打到长安，带着文武百官逃到秦州上邽，苟延残喘。石虎统领两万骑兵杀到上邽，刘熙等王公将吏及随从共三千多人，都被活捉，又被杀得一个不留。一般文武官员、流民和秦州雍州的大族和家属，共九千多人，被带到襄国安家落户。关中地区的氐族、羌族十五万户，被迁到司州和冀州去开荒种地。在洛阳，刘渊立国时所依赖的匈奴族还有五千多人，都被活埋。自从刘渊在304年（西晋惠帝永兴元年）十月自称汉王，传刘聪、刘粲、刘曜，到329年（东晋成帝咸和四年）九月刘熙被杀，共二十五年而灭亡。

后赵消灭前赵后，中原和关中地区统一。第二年二月，群臣纷纷要求石勒称帝。石勒还谦虚一番，自称大赵天王，实际上按皇帝的身份办事。到了九月里，群臣又再次申请，石勒正式宣告即皇帝之位，改元建平，照例大赦天下。

332年正月，石勒大宴文武官员，一起饮酒狂欢。石勒对中书令徐光说："你看我可以比得上古代哪一个帝王？"徐光回答："陛下神武，富有谋略，赛过汉高祖刘邦，后代再没有人可以比得上！"石勒笑道："人岂无自知之明，你说得太过了！我如遇到汉高祖，

应该对他称臣,与韩信及彭越可以并肩而立。倘若我遇到东汉光武帝刘秀,那就要和他并驾齐驱,争雄于中原,还不知鹿死谁手呢?"他接着又说:"大丈夫做事总要磊磊落落,像日月一般光明。我决不学曹操和司马懿,欺侮孤儿寡妇,厚颜无耻地夺取天下!"

石勒虽然识字不多,但喜欢听别人给他念书讲历史,共同议论古今得失,别人也很钦佩他的独到之见。他曾经叫人读《汉书》,听到郦食其〔lí yì jī〕劝刘邦广立战国诸侯的后裔时,就插嘴大声说:"这个办法坏透了,怎么还能取得天下呢?"接下去,他听到张良终于说服刘邦不这样办,这才平下气来道:"幸好有这么一着!"

石勒相当注意吸取历代统治经验。他嫌晋律太繁杂,不适用于乱世,就命人采录主要内容,制定了五千多字的《辛亥制度》,颁行全国。石勒又任命续咸(曾任刘琨的从事中郎)为律学祭酒。续咸执法如山,但又不用苛刑压人。石勒也常奖励遵守法纪的人。有一天深夜,石勒换上便衣,独自察看宫内禁卫,到了永昌门,故意拿出许多金银财帛给守门官王假,要他私自放行。王假没有认出是石勒,命令士兵捆绑他。幸好石勒的侍从赶到,才制止住。第二天,石勒叫王假上殿。王假忧心忡忡,认为石勒素来暴躁,去了是九死一生。不料,石勒大大表扬他刚直忠勇,升任他为振忠都尉,封为关内侯。

石勒还派使者巡行地方,督促农桑生产。他又命令各州郡普查户口,每户每年出帛二匹、谷二斛,赋税比西晋要轻一些。石勒还严禁酿酒(除了用于祭祀宗庙的甜酒),以节约粮食,后来确实数年之内,无人敢私酿。在用人上,石勒恢复了九品中正制,使高级士族仍有一定的地位,但他也能放手任用出身寒微的人。石勒还在襄国设立太学,在将佐僚属的子弟中选送三百名学生去读书,培养人才。

当时统称北方各民族为胡人,石勒规定胡人为国人,中原地区的汉人就称为晋人。但他又严禁胡人凌辱晋人中的衣冠世族,特别是后赵的官吏中,仍有不少是汉族儒者。不过,由于避讳,石勒不准人们讲"胡"字。有一次,一个胡人喝醉了酒,骑着马闯入宫门,横冲直撞一圈又走了。石勒听到后大发雷霆,把管理宫门的小执法官冯翥〔zhù〕叫去,骂道:"法令有如军令,宫门紧于营门,刚才什么人敢私闯宫廷?你为什么不制止?"冯翥担心军法从事,会被砍头,吓得魂不附体,赶忙回答:"刚才有个醉胡飞马闯进来,我又喊又拦,可是同他说不上话。"话一出口,他才觉得"醉胡"冒犯了忌讳,理当加罪,更是直打哆嗦。石勒却笑眯眯地说:"是呀!同胡人真是难得说上话!"就此原谅了冯翥。还有一次,石勒任命参军樊坦为章武郡(治所在今河北大城)内史,樊坦受宠若惊,进宫辞行。石勒看他穿戴尽是破旧的衣帽,问道:"听说你家穷,怎么穷到这种地步?"樊坦一贯朴实,当时脱口而出,说:"我原本是穷,前几天几个羯贼进了我家,里里外外抢得只落个家徒四壁!"石勒笑着说道:"羯贼竟抢得这样凶啊!这都由我来偿还吧!"樊坦这才想到石勒就是羯人,吓得把头叩得像捣蒜泥一般,冷汗和眼泪直流。石勒劝慰他说:"我的法令是针对那些凡夫俗子的,你老书生随便讲讲,没关系!"随即送给樊坦三百万钱,让他去购置车马衣物。

石勒比较注重政治建设,能鼓励生产,又善于用人,在处理民族关系上,也比刘曜高明一着。因此,终于战胜并兼并了前赵,暂时统一了北方。

21 石勒的继承人

石虎在少年时代就非常残忍,常常用弹弓打伤别人。将士们屡次告状,石勒气极了,要杀他。石勒的母亲却护着这个小孙子,她说:"强壮的牛犊开始拉车时常会碰坏车子,你忍着点吧!"石虎武艺高强,打仗尽往死里冲,将士们对他又敬又怕。但他又生性妒忌,瞧见军中有像他那样骁勇的,常借机暗杀。石虎的暴虐与日俱增,不管是攻占或是投降的城堡,里面居民都不加任何区分,一概屠杀或活埋。自称青州刺史的曹嶷割据广固城,石虎带了四万人马去围攻。曹嶷投降了,但仍被送到襄国杀死,其部众和广固的百姓三万人被活埋,石虎起初打算一条命也不留,石勒指派的青州刺史刘征说:"要我留在这儿,是为了治理老百姓,如果全城空空如也,我还是回襄国去吧!"于是石虎才大发慈悲,留下七百个男女,要刘征坐镇广固。

石虎的残酷,虽经石勒多次诫劝,还是我行我素。但石虎指挥作战所向无敌,立下很多战功,因此,他还是深受石勒宠信。

石勒的世子石兴早年就死了,石勒建立后赵,立次子石弘为世子。石虎东征西战,平定北方,自以为是石勒的当然继承人,因而见到石弘成为世子,心里很不痛快。

右长史程遐是世子石弘的舅舅。消灭前赵前,程遐得罪了石勒，受到斥责，这时又重新得到任用。石勒要在邺城建造行宫，还要石弘坐镇邺城。他和程遐商量这件事，程遐非常赞同。可是石虎一直住在邺城，不愿离开这个军事重镇。修造行宫时，要将邺城的三台重新装潢修饰，石虎的家室不得不搬走。他把一腔怒火都喷向程遐头上，派了几十个贴身卫士假扮成强盗，在夜间闯到程遐家，破门而入，糟蹋了他的妻子和女儿，将衣物家财一扫而空。程遐哑巴吃黄连，一点没办法。

石勒下令石弘坐镇邺城，配备了禁军一万人；原属石虎管辖的五十四营人马也调拨给石弘。石虎心里更是愤恨。

石勒坐上皇帝的宝座，世子石弘成了皇太子。石勒任命另一个儿子石宏为大单于，都督中外诸军事，坐镇邺城。石虎气得团团转，私下对自己的儿子齐王石邃说："自从占领襄国以来二十多年，全是我在战场上出生入死，打下了今天这个大赵天下。大单于的称号，只有我当之无愧，怎么给予那个乳臭未干的石宏？我想起这事就憋气，吃不好饭，睡不好觉。等皇上归天，我定要这些人断宗绝代！"

石勒也觉得太亏待了石虎，特地到邺城石虎家里去看望，安慰他说："我正在邺城建造宫室，等到完工后，马上就给你修建新居，现在你不要因为住得太简陋而悒悒不乐！"石虎心里有气也只得忍住点，照例感谢一番，石勒又甜言蜜语地对他说："这天下是你我共有的，不必多谢了！"

皇太子石弘文质彬彬，尊敬和亲近读书人。石勒对中书令徐光说："大雅（石弘字）文雅平和，很不像将门之子。"徐光回答道："汉高祖以马上取天下，他儿子汉文帝以静默守天下，不是很好吗？"石勒被说得满心喜悦。徐光又劝说石勒，要使皇太子

早日参政，并逐步剥夺石虎的兵权。石勒觉得在理，但没有立即照办。这些话却传到石虎耳里，石虎恨不得将徐光碎尸万段。

右长史程遐在石勒称帝后被任命为右仆射，他也对石勒说："中山王（即石虎）勇悍又多智谋，群臣谁也比不上。除了陛下，谁也不在他眼里。他久为将帅，威振内外，但太残忍凶狠。他的几个儿子年龄不小，也都掌握兵权。陛下在世，他们当然不敢轻举妄动，但今后太子继位，他们决不会安分守己。最好早日除去这后患！"石勒答道："天下还没有安定，大雅年少，应该有坚强的辅佐之臣。中山王是骨肉至亲，功勋大，正是适合担当辅政重任的，不至于像你所说的那么坏吧！你是不是怕你当国舅的到时候不能擅权？不用担心，我会让你参加辅佐幼主的。"程遐掉下泪说："小臣顾虑的是公，陛下认为我是私，真是忠言逆耳！"程遐继续苦苦相劝，石勒还是无动于衷。程遐把这次谈话告诉徐光，徐光忧心忡忡地说："中山王对我们二人切齿痛恨，今后他危害国家，你我以及家族必定首当其冲！"

有一天，徐光看到石勒忧形于色，乘机问道："眼下太平无事，陛下为什么神色不乐？"石勒说："司马氏仍称雄江南，李家还占据巴蜀，我担心后世不会把我看成真命天子！"徐光说："长安、洛阳两个都城，全在你手中，中原地区都归属于你，帝王的正统不在陛下，还在谁呢？可是陛下担心的只是四肢之疾，却不想想心腹之患！中山王石虎父子并据权位，眼里根本没有皇太子。陛下万年之后，还有什么人能管得住他们呢？"石勒默默无言。不久下令要皇太子石弘参与政事，并要中常侍严震辅助，除征伐等大事外，均由严震斟酌处理，严震手中的权力顷刻间大得无比，而石虎那儿顿时门可罗雀，心里气上加气，恨上加恨，只是无可奈何。

第二年六月石勒病重，石虎赶到内宫侍候，凭借手中兵权封锁宫门，又假造诏书，命令任何亲属和臣僚都不准进宫，就是皇太子石弘和中常侍严震也拒于宫门之外。石虎还以石勒的名义，要手握重兵的秦王石宏等人只身回到襄国。石勒病稍好一点，见到石宏，大惊道："我要你们在外率领重兵，就是准备这个非常时期的！是你们自己来的？还是谁要你们来的？如果有人召你们的，马上处死！"石虎吓出一身冷汗，赶忙说："秦王思念父王病重，特地赶来探望。看一眼，他就回邺城！"

这一关蒙混过去，但石虎还是不准石宏回去。石勒昏迷中醒来，追问这件事，石虎谎称："陛下嘱咐后，石宏已动身，现在走在半路上了！"这时，东北一百多里的广阿（今河北隆尧东）发现密集的蝗灾，连青竹叶都被吃完了。石虎要他的儿子冀州刺史石邃带了三千骑兵，名义上到广阿扑灭蝗虫，实际上是在那里等待着，如果石勒一咽气，就可以赶到襄国，共图大事。

几年前，石勒要在邺城大兴土木、修造行宫时，廷尉续咸上书，苦苦劝阻。石勒恨恨地说："不杀这老头子，我的宫殿是没法造了！"下令去逮捕续咸。中书令徐光说："陛下为什么不愿听听忠臣的话呢？这些话，如果可以用就用，不可以用，也应当容忍，怎么能因为说了真心话而杀大臣呢？"石勒长叹道："一个老百姓有了财富，都想另造几间象样的房子，何况我有天下之富、万乘之尊呢！不过，还是暂且停止修造，让直言的大臣舒张正气吧！"随后，暴雨成灾，山洪将一大批木材冲到附近，石勒高兴地对臣僚说："你们知道吗？这不是天灾，是上天要我在邺城修造宫室！"

石勒虽然大造宫室，但临死前，他还是认为朴实节约是立国之本。因而，他在病榻上眼看无法医治时，要人写遗嘱说："我死后三天，就可以埋葬。文武百官在葬后，就可以脱掉丧服；一切婚娶、祭祀、饮酒、吃肉也不再禁忌，各地方的文武长官都不要离开驻地来奔丧。我入葬时，只要穿普通衣服，用平常的车辆送葬。陵墓内不准放置金银财宝。"他的遗嘱还特地说："皇太子及其兄弟们要和睦共处，司马家的皇室相互残杀而致覆没，就是你们的前车之鉴。中山王应该忠心辅政，不要让后世唾骂！"

333年（东晋咸和八年）七月石勒死了，时年六十。九天后的夜间，有十几支送葬的队伍从襄国四面八方，分头抬了十几口棺木出城去，谁也不知道他的尸体究竟葬在哪儿。死后十二天，又备了仪仗，冠冕堂皇地抬了空棺木，虚葬在襄国西南三十里的高平陵，不筑墙，不种树。当时孩子们唱道："一杯食，有两匙，石勒死，人不知。"

石勒征战一生，统一了北方，显示了非凡的军事才能和政治才能。他出身奴隶，在早年备受压榨的生活中，养成了强烈的破坏性和报复性。他的兵锋所至，常常烧杀劫掠，祸害人民。不过，他终于暂时平定了大块土地，比起西晋末年和前赵统治的时期，后赵辖境内的人民获得了相对比较安定的环境；他也尚能"明法禁，崇文学"。这些，又都是值得肯定的。

石勒从319年建立后赵开始，称王称帝共十五年，如果从立足襄国算起，则是二十年，其中石虎的战功确是最大，可是石虎的野心更大。虽然石勒临死时再次谆谆嘱咐，但几句话怎能束缚石虎的手脚？石勒遗下的龙盘虎踞大业，究竟由谁来继承呢？

22 石虎夺位

石勒咽气的消息飞报到广阿,石邃再不管什么蝗灾,立即带了三千精骑,星夜赶回襄国,他们摇身一变,都成了皇宫的宿卫军。文武百官吓得四散躲避,皇太子石弘手足无措,推说自己懦弱无能,要让位给石虎。石虎说:"君主去世,太子继位,这是常制。如果你今后挑不起这个重担,天下自有大义,何必现在多啰嗦!"石弘没法,只得战战兢兢地坐上帝位。一边下令大赦,一边石虎却杀了程遐和徐光两个大臣,拔除了眼中钉。

石虎被任命为丞相、大单于,里里外外的军政大权一手抓。他被封为魏王,以魏郡等十三个郡为魏国,又加九锡。他的儿子石邃当了都督中外诸军事、大将军、录尚书事,其他几个儿子石宣、石韬、石遵、石鉴、石苞等都封了王,分居内外要职。文武百官也来了一个大换班,石勒时期的旧臣,都调任闲散无权的职位,石虎的僚属都充任秘书台、中书省、尚书省等枢纽部门的官吏。原来石勒宫中最美好的宫女、车马、服饰,都被选入丞相府去,供石虎享用。

石勒的刘皇后现在是刘太后,她在石勒生前常常参谋军事。人们说她有如刘邦时的吕后干练,且生性开朗,对人宽容。这时,她看到石虎的作为,极为不满,对石勒的养子彭城王石堪说:"先帝尸骨未寒,丞相就这么肆无忌惮,真是养了老虎害了

自己，怎么办呢？"石堪逃出襄国，打算在外发兵，号召各地反对石虎，被石虎派兵抓回，在炽烈的炭火上活活烧死，再砍了脑袋。刘太后也被处死。

坐镇长安的河东王石生和坐镇洛阳的石朗，先后起兵征讨石虎。石虎亲自率领步兵骑兵七万人攻打洛阳，活捉石朗，先砍断他的双脚，再砍掉脑袋。石虎乘胜西进，他的儿子石挺是前锋大都督，和石生的将军郭权在潼关展开血战。石挺的小命赔上啦，石虎也撤军到渑池，三百多里的道路上丢弃了不少尸体。但是石虎勾结了郭权手下的鲜卑骑兵，绕道攻击屯扎在蒲坂的石生。石生吓得单骑奔回长安，余悸未定，又丢下长安，马不停蹄向西南跑了约一千里，到鸡头山躲了起来，最后还是被部属所杀。石虎胜利回到襄国。郭权逃奔陇右，后也被杀。

第二年冬天，石弘自己捧着皇帝的玺绶送给石虎，要禅位给这位丞相。石虎说："帝王大业，天下自有公论，你自己这么讲，干什么？"石弘预感末日即将来临，回宫对母亲程太后流着眼泪说："先帝不会有亲生子孙留在世间了！"尚书省的官员上疏，要求石虎接受禅让，石虎冷冷地说："什么禅让不禅让？石弘昏庸无能，应该废掉！"他叫尚书右仆射郭殷入宫，宣布废石弘为海阳王。石弘面色自若，慢步走上车子，退出宫去。他对送行的臣僚说："我愚昧昏庸，本来就不该承嗣大位，现在更无话可说了。"臣僚们的泪珠夺眶而出，宫人无不放声大哭。

石虎暂时还不称帝，只是自称赵天王，这时是334年（东晋咸和九年）。不久，他杀害了石弘、石宏、石恢等兄弟。次年，石虎迁国都到邺城。337年正月，石虎自称大赵天王，石邃成了天王皇太子。

石勒在世时，已于襄国和邺城建筑了富丽堂皇的宫室，石虎觉得它们还不够宏大，又在襄国造起太武殿，在邺城造东宫、西宫等宫殿，都是用金的柱子、银的楹梁、白玉的墙壁、珍珠的帘子。邺城大殿前还有一条大金龙，举行宴会时，龙口里可以源源不断地吐出美酒，龙口下的大金樽，能装下五十斛的酒。为了供给宫内及王公贵族的穿戴，石虎专门设立了许多织锦署，每署都有几百名心灵手巧的工匠，能够织出几十种名目的彩锦。

　　太武殿前，石虎又建了一座四十丈的高楼，结珠为帘，挂上各色的玉珮。清风徐来，珠珮摇曳，其声铿锵悦耳。盛夏之夜，石虎与后妃妾侍们登楼，极目眺望，纳凉消暑。高楼上金石丝竹之乐，日以继夜。石虎拿异香与杂宝舂成碎屑，使数百人在楼上吹散，粉屑随风飘落，名为"芳尘"。有时风沙猝至，石虎又命众人在高楼漱酒，酒液随风吹散，却似云雾一般，用以清尘。因此这个楼台又名"粘雨台"。

　　石虎宫内的浴室周围，用黄铜及玉石为壁，琥珀做水罐，用绤纱盛着香料泡在水中。冬季水结冰，便将数十条每条重数十斤的弯曲铜龙烧得通红，不断投入水中，使池水保持恒温，名为"焦龙温池"。浴后，池水放泄，流于宫外，称为"温香渠"。

　　邺城的三台是曹魏时所建，石勒修筑一新，石虎还要锦上添花。金凤台和铜爵台上起了几层楼阁，各有一两百间屋子。冰井台满贮冰块，三伏天里供给皇宫及大臣避暑降温。这三个台相隔各六十步，石虎命人造起浮桥似的阁道，阁道的无数部件都用纯金的搭扣联结。

　　石虎又下令拆下洛阳的铜驼、铜钟等古物，运到邺城安置。铜驼有两只，据说长一丈，高一丈，尾巴也有三尺长；铜钟有四

个,据说高有二丈八尺,底面是一丈三尺的直径,上端也有七尺直径。这些东西远途运送,劳民伤财。一个大钟在黄河中不慎落水,于是招募三百个水性极好的人,潜水下去找到这口钟,用竹编的绳子紧紧拴住。在岸上用一百头牛,转动极大的辘轳,才把钟拖了出来。又特地造了可以容纳一万斛的大船,运送这些东西,渡过黄河,再装在特制的大车上,送到邺城。石虎还打算在邺城南面一百多里的黄河上架设一座飞桥。可是运来大量石块投掷于水中,立即被急流冲走,花费了无数财力,飞桥还是没有建成。

石虎出宫时,有一千个女伎骑着高头大马,作为仪仗队。她们穿了光彩夺目的五彩衣裤,飘着金银缕带,脚上是华贵的长靴,手里拿着皇家的羽仪,吹吹打打,前呼后拥。

石虎这样浪费财富,加上连年大旱,粮食如同珍宝,二斗小米要值一斤黄金,老百姓怎么过日子?石虎别出心裁,要地方官员带了青壮年,到山里打橡实,到水里捕鱼蚌,给老弱充饥。石虎又下令,分配受灾户到富人家里去吃饭,还要公卿官吏拿出谷米赈灾。但有的人根本不办,有的人还要从中侵夺,在饥民的骨头里熬油。石虎自以为做了好事,但老百姓还是活不下去。

石虎自己过的是赛似神仙的日子,他瞧瞧皇太子和他一般骁勇非凡,心想这个王朝可以千年万代传下去了。他因而常常怡然自得,对百官说:"司马家父子兄弟自相残杀,才使我今天能有天下。你们看,像我这样,怎能去杀阿铁(太子石邃的小名)?"可惜此话说得早了点。

石虎穷极奢侈,沉湎于酒色之中,光宫女就有一万多人。石邃可是更变本加厉,他经常深夜闯到臣僚家里,强奸他们的妻女。他又喜欢奸污美貌的尼姑，而后把她们杀了，和牛羊肉掺在一起烧吃。他最得意的一手，是将玩弄厌了的美女，打扮得如天仙一般，然后砍下头来，洗尽血迹，装在盘子里，给宾客们观赏，再将其尸体上的肉煨烂，硬逼众人吃下去。

　　石虎暴虐成性，喜怒无常。有时石邃向他请示，他气呼呼地喊道："这些小事，你还要来找麻烦！"但有时并不怎么重大的事没告诉他，他又大声疾呼，责怪石邃："为什么不来禀报一下？"甚至破口大骂或是动手鞭打，每月总有那么几次。石邃受不了这窝囊气，私下对中庶子李颜等说："这个天子实在难伺候，我要学学汉初的匈奴冒顿（冒顿杀掉自己的亲生爹），你们能跟从我吗？"李颜等吓得灵魂出了窍，趴在地上，簌簌抖得不敢吭声。

　　石虎在他的儿子们中，又很喜欢河间公石宣和东安公石韬，因而石邃对他俩嫉之如仇。石虎多次发脾气，石邃气得假说有病，不管事了。有一天，石邃偷偷带了亲近的官属和侍卫五百多人，骑马到李颜的一个庄园里去喝酒。当大家都喝得酩酊大醉时，石邃大喊道："我要到信都①去杀河间公，谁要是不去，就砍头！"这个队伍才走了几里路，人全都溜走了。李颜趴在地上，头叩得咚咚响，硬把昏醉的皇太子拖回东宫。郑后是他的亲娘，听到这件事，派人去谴责他，这个人却被石邃一刀两段。

　　石虎还蒙在鼓里，还以为皇太子是真病，要去探望。别人劝他不要去，他就派一个亲信的女尚书去问病情，被石邃用剑刺伤，逃了回来。石虎大怒，抓住李颜等三十多人，打破砂锅问到底，于是一切底细都摊出来啦。这批人首先被杀，石邃则被幽禁

---

　　① 信都：今河北冀县，时为冀州治所，在邺城东北数百里，石宣当时任刺史。

在东宫。过了几天，石虎又赦免了他。石邃还是不肯低头认罪，见了石虎，气鼓鼓地站了一会儿，回头就走。石虎派人叫他回来，他置若罔闻。石虎气得眼珠子几乎要爆出来，立即下诏，废他为平民，当夜又抓住这个亲生儿子及全家男男女女二十六人，全部杀死，尸体都塞在一口特制的大棺木里。石邃亲信的臣僚二百多人，也都被砍了头。石虎另立河间公石宣为天王皇太子。

同年（337年，东晋咸康三年，石虎即位后三年），北方鲜卑族慕容皝派扬烈将军宋回拜见石虎，表示愿意作为藩属，要求共同出兵，去征讨段辽，石虎有几年不打仗，手也痒啦，当即答允于第二年发兵。

23　前燕的兴起

319年（东晋太兴二年）棘城一战之后，鲜卑的慕容部、段部、宇文部之间，虽仍常有兵刃相见，但局势变化不大。过了十多年，在333年（东晋咸和八年），慕容部的统治者慕容廆去世，时年六十五，在位四十九年。他的世子慕容皝（297－348）承袭辽东公，行平州刺史事。

慕容皝刚上台，办事严厉，动不动就抓人杀人，引起人们不安。他的同父异母哥哥建威将军慕容翰，和同母所生的弟弟征虏将军慕容仁，过去屡立战功，威望很高。慕容皝对他俩很妒忌，言语之间不免流露出不欢之色。慕容翰害怕有朝一日会大祸临头，带了几个儿子投奔段部，段部的首领段辽早已听说他有雄才大略，热烈地欢迎他。

慕容仁没有逃，他的驻地在平郭（今辽宁盖县南），手中有兵，他立即造反，打败慕容皝派来镇压的队伍，占领了整个辽东郡。慕容皝小字万年，慕容仁小字千年。慕容仁也自称辽东公、平州刺史。这亲兄弟俩竟结下不共戴天之仇。

段辽派自己的弟弟段兰和慕容翰一起带兵攻打慕容皝的柳城（今辽宁朝阳西南，在慕容部的都城棘城西），没有打下。慕容皝派来了救兵，在柳城城北的牛尾谷打了一个遭遇战。段兰一战获胜，他想撇开柳城，乘胜追击，打到棘城去。慕容翰还是留恋自己的部落，他害怕段兰这一追击，很可能会灭了慕容部，就劝阻段兰说："为将之道，非万全不可动，我们孤军深入，寡不敌众，这是很危险的。"段兰一眼看透了他的心事，开门见山说："你是怕灭亡你的国家吧！杀了万年，我们扶立千年，你放心吧！"慕容翰还是不肯追赶，令自己的部属退兵，段兰没办法，也只得撤军。

慕容皝虽然暂时没有遭到没顶之祸，还是四面受敌，他下决心首先统一内部，于是要先吃掉弟弟慕容仁。官为司马的高诩〔xǔ〕说："我们南面的海（即辽东湾）从来没有冰冻过，自从慕容仁背叛以后，每逢严冬，连续冰冻有三年了。他专在陆路防备我们进攻，看来老天爷是要我们从冰冻的海面偷偷摸过去干掉他！"将士们害怕走在冰层上，这是多么冒险啊！万一冰层破裂怎么办？慕容皝却竭力赞同这个计谋。这时，正值数九寒天，他亲自率军，从昌黎郡以南下海，带着干粮和水壶，在冰上日夜不停地走了三百多里，到了历林口（即辽口，今营口市）登陆后，丢下辎重，轻装向南直插平郭。离城七里，才被慕容仁的巡逻骑

兵发现。慕容仁仓促应战，他起初还以为只是一支突击队来骚扰，没想到慕容皝亲自来了。两军一对阵，才知道大事不妙。慕容皝发动猛攻，慕容仁呆若木鸡，部属全吓破了胆，不是投降就是逃跑，慕容仁被活捉，后又被迫自杀。辽东郡重新归慕容皝所有。

慕容皝统一了内部，又打退了段部和宇文部的几次进攻。337年十月，他自称燕王，将世子慕容儁（319－360）立为王太子。慕容皝建立的政权，历史上称为前燕。

慕容皝称王后，要征服同族的段部和宇文部。段部地处后赵的北面，常常发兵南侵，掠夺后赵的财富。于是慕容皝低头去做石虎的属国，要求石虎发兵北上，共同消灭段辽。

石虎招募了特别骁勇的壮士三万人跟随自己北伐，又派桃豹为横海将军，王华为渡辽将军，带了十万水军，从冀州渤海郡入海，渡过渤海湾，登陆向令支（今河北遵化东南）挺进。石虎再派支雄为龙骧大将军，带领步兵骑兵七万为前锋，从陆路长驱直入，到了蓟城。石虎亲自带了三万壮士，随后跟进。

慕容皝在北面同时发动攻势，段辽派弟弟段兰去迎战。慕容皝设下埋伏，杀了段部一千多人，又俘虏了五千多户和牛羊万头，回到棘城去。

段辽所属的四十多城都投降了石虎，他自己也不敢交战，带了家小和豪酋一千多家，向西逃到密云山（今北京市密云县山区）。石虎派轻骑两万紧追不放，除段辽等几个人逃脱外，其他三千多男女老小都被屠杀。段辽派他的儿子乞特真带了降表及名马来见石虎，石虎接受投降后，进入令支城，将段辽所属的两万多户百姓，迁到司州、雍州、兖州、徐州一带。

石虎征服段辽，就如雷公打豆腐一般。他打仗的瘾上来了，又把矛头转向自己的同盟，给慕容皝加一个"不来会师，只管抢掠"的罪名，大军继续北上，要打下棘城，把前燕顺带着一锅端。

石虎大军压境，又派人招降，前燕有三十六城向石虎投降。慕容皝瞧瞧形势，害怕棘城守不住，想逃亡。部将慕舆根劝他说："赵强我弱，大王如果一走，就什么都完了。不如固守城池，还可以坚持一个时期。为什么望风逃跑，自陷于必亡之地呢？"慕容皝觉得很对，打消了逃亡的主意，但还是心惊肉跳，坐立不安。玄菟①太守刘佩又劝他说："现存强敌兵临城下，大事成败就在大王一个人身上。大王应该振作精神，鼓励将士。小臣愿意伺机出城，攻击敌人，即使打不了大胜仗，也可以安定军心。"于是，刘佩带了几百名骑兵敢死队去冲击赵军，所向披靡，带着斩下来的首级回城，全军欢欣鼓舞，士气大振。这时，还有人劝慕容皝投降，他大声地回答："我正打算拿天下，怎么谈到投降呢？"

石虎猛攻了十多天，还是打不下棘城，军粮接不上，没奈何只得撤军。慕容皝派自己的儿子慕容恪带了二千精骑追击。石虎归心似箭，似乎瞧见棘城的四门都有追兵出来，如乌云般地密集赶来，当即不敢恋战，一败涂地，被杀了三万多人。号称几十万的大军，也丢盔弃甲，撤回邺城。石虎北伐以惨败收场，他认为主要原因是缺粮，于是在回邺城后，又派青州军队渡海北上，屯扎在沿海小岛上，运粮三百万斛作为贮备。又运三十万斛粮食到

---

① 玄菟：音 xuán tú。玄菟郡为汉武帝时设立，当时疆域大约是今北朝鲜咸镜南道、咸镜北道以及中国辽宁、吉林省西部一带，郡治大体在咸镜南道境内。但其疆域后来屡屡因为战争及行政重组有所改变。238 年司马懿设高句丽、高显、辽阳、望平四郡于玄菟郡；东晋十六国时归慕容垂；404 年为高句丽所灭。

高句丽，再派一万多将士，在滨海屯田生产粮食，准备等待时机重新发动攻势。

在后赵北伐中逃脱的段辽，又派人正式投降石虎，要求带着剩余的部属南下归附。石虎高兴地派征东将军麻秋带三万人马接应，并且交代说："受降如受敌，不能够疏忽！"可是，段辽转眼又和慕容皝联合起来，设下埋伏，打得麻秋七零八落，杀了后赵约两万将士。

石虎大征各州兵员，合邺城原有士兵，号称五十万。又用一万条战船运送一千一百万斛谷子，从黄河入海，经过渤海湾，囤积在乐安（今河北乐亭北），他还强征马匹四万多，做好进攻前燕的准备。慕容皝料到石虎重兵驻扎乐安，估计蓟城一带兵力薄弱，就乘虚攻入幽州，到高阳一带掳掠三万多户，回到棘城去。

石虎先后损失八万多人的消息传到建康，东晋朝野奔走相告，认为后赵的衰败开始了。慕容皝在几次胜利后，迁都龙城（今辽宁朝阳），距宇文部的都城紫蒙川也更近了，他决心要征服这个同族的大部落。

慕容皝的兄弟慕容翰在段辽失败时，投奔了宇文部，但宇文部的首领逸豆归不肯重用他。慕容翰怕逸豆归加害他，便假装发狂，拼命喝酒，醉倒后把粪便都屙在身上，整天疯疯癫癫，常常躺在街上，睡在阴沟里。有时又披头散发，大呼大叫，见了人又跪又拜，伸手讨酒喝，要饭吃。宇文部的人都当他半死的疯子，谁也不愿看他一眼，随他到处流浪。这样，他把宇文部的山川地形默默记在心里。

在一次集市上，慕容翰正在川流不息的人群里装疯卖傻，突然瞧见一张熟悉的面孔，他陡地想起那是故国的商人王车。王车同时发现了他，脸上浮起喜悦和惊奇的神色。慕容翰的反应很快，料想是自己弟弟的燕王慕容皝派王车来找他回国。他立即做手势，暗示王车不要声张，自己又摸摸胸口点点头。王车回去回报燕王，燕王断定他是决心要回国，估计是因为没有顺手的武器，要逃出宇文部不是那么便当，便特地制造了他过去一贯使用的三石重的巨弓，以及特别长大的利箭，再派王车带着弓箭去看他。两人见面，还是不敢讲话。王车把弓箭埋在路旁，并且秘密地告诉他，鼓励他寻找时机，早日回国。

340年二月，慕容翰偷了宇文逸豆归的骏马，带着自己的两个儿子，到路边挖出弓箭，飞奔回燕。宇文部派了一百多骑兵追赶。慕容翰回身说："我在你们国内住了几年，和大家还是有感情的，我不忍心杀你们！你们在一百步外插一把刀，先瞧瞧我的箭术吧！"果然，慕容翰拉开那吓人的大弓，一箭就中刀环。那些人慌忙回头就逃。

慕容翰回国后，燕王慕容皝高兴极了，任命他为建威将军。两年后，慕容皝利用慕容翰对宇文部人事和地理的了如指掌，发兵出征。经过血战，打败了宇文部，攻下了紫蒙川，宇文逸豆归逃到沙漠里死了。燕王俘获宇文部的全部牲畜和财产，将他们的部众五千多户迁到昌黎，燕国的领土又扩充了一千多里。

慕容翰在同宇文部作战时中了流矢，回来卧病床上，长期不能起身。他体力稍稍恢复，在家园中试着骑马，溜了几圈，被人看到，告到燕王那儿，说他假装生病，偷偷在家里骑马练武，可能要叛变。燕王是靠着慕容翰灭了宇文部的，但内心却深忌他的英武。这时，到了"狡兔死，走狗烹"的时候，就下令赐他一死。慕容翰长叹说："我过去逃亡出去，早该死了！只恨石虎跨

据中原,大丈夫不能为国扫荡强敌,真是遗恨无穷!"说完,喝了毒药,一命归天。

敢于跨冰海冒险的慕容皝统一了鲜卑部族,但他的燕王头衔还没有受到东晋皇朝的正式册封。早在消灭宇文部的前几年,前燕派长史刘翔到建康,为一再击败石虎报功请封,他还希望与东晋共同定期出师,讨伐中原的石虎。

24 "丰年玉"和"荒年谷"

前燕专使刘翔到了建康,东晋朝廷翻来覆去讨论,拖拖拉拉,过了一年多,才任命慕容皝为使持节、大将军、都督河北(黄河以北)诸军事、幽州牧、大单于、燕王。这件册封的事就这么难办,联合出兵攻打石虎的事,就更不必提啦!刘翔冷眼旁观,看出东晋士大夫和朝臣都在酗酒纵欲,骄奢成风,安于现状。他对熟识的官员说:"自从刘渊起兵后,中原大乱,到现在已经三十六年了。国土沦落,黎民涂炭,但是你们还以奢靡为荣,以傲诞为贤,听不到逆耳之言,看不到杀敌之功,这样怎么能做到尊天子、济万民呢?"这些官员惭愧得无言可答。

刘翔要回前燕,东晋公卿们设宴送行。刘翔又不客气地说:"田地里有了杂草,都应该及早清除,何况国家存在着敌人呢?王师即使不能平定北方的石虎,也应该讨伐成汉。石虎一旦先期吞并了巴蜀,就将如虎添翼,那就更难抵抗了!"许多大臣点头称是。谈到北伐，人们自然地想到了实力最强的荆州重镇。

东晋所有的州，算荆州最大，下辖三十个郡（包括今湖南、湖北以及河南、陕西、广西、贵州的一部分），户口百万。荆州地处长江上游，北对中原的后赵，西邻巴蜀的成汉。东晋开国以来，担任都督荆州诸军事和荆州刺史的方镇大臣，同时又兼都督附近几个州的军事，因此都手握重兵，权势很大。它是建康西边的对敌屏障，人们都把保卫国家、进军北伐的希望都寄托在这个上游重镇上。如果荆州用人得当，东晋就可以稳如泰山；倘若用人不妥，就会灾祸连年。

最初掌管上游重镇的王敦辜负了朝野的期望，反而把矛头转向建康，企图篡国夺位。王敦病死和苏峻之乱后，陶侃因功被任命为都督八州诸军事，荆、江二州刺史。这时东晋的国力在内乱中消耗很大，陶侃只能同后赵、成汉等维持对峙局面。他在荆州励精图治九年，辖境内比较安定，经济状况也有好转。陶侃七十多岁后，屡次要告老，幕僚们苦苦挽留。到七十六岁那一年，得了重病，他派左长史殷羡到建康去要求辞职，将自己所有官印和官服都送归朝廷。同时，他还把所有军资装备和牛马船只一律造了清册，亲自给仓库上了锁，贴上封条，委托右司马王愆期暂且管理，等待移交。陶侃自己上船，回到长沙的封邑去。王愆期等送他，他说："我这么老态龙钟，手脚也不灵便了，这都是你们多次苦留，害了老子！"船离开武昌的第二天，陶侃就病死在途中。

陶侃在荆州的承平时期，不像在广州时那样，朝朝暮暮搬运砖头，锻炼意志了，他也趋于享乐，家中的珍财奇宝无数，家僮有一千多人，妾侍有几十个，妻妾给他生了十七个儿子。不过，陶侃在军内干了四十一年，临死前秉公移交，还是难能可贵的。尚书梅陶评赞说："陶公机智明察如曹操，忠顺勤劳如诸葛亮，孙吴时的陆抗等人是望尘莫及的。"

陶侃死后半个月，晋成帝派了他的舅舅平西将军庾亮坐镇武昌，官为都督六州诸军事，领江州、豫州、荆州的刺史。这样，东晋一半国土上的军政大权，都交给庾亮了。

朝廷内还是中兴元勋王导当政。王氏和庾氏是不相融洽的两大势力。庾亮对朝政屡有干涉，由于他势力大，趋炎附势的人不少，王导着实不乐意。当西风刮起，尘埃满天时，王导常常拿着扇子挡住脸，笑着说："元规（庾亮字）那儿飞来的尘土，可真污人啦！"武昌和建康相距千里，庾亮脚边的尘土怎么也吹不到王导脸上，谁也听得出王导是话中有话的。

晋成帝因为王导是三朝元老，自己五岁登基，依靠王导辅政，因此对王导特别敬重。成帝幼小时，见了王导常常下拜，成年后，在正月初一行礼时，也特别为之起身。成帝到王导家中也曾拜见过王导的妻子曹夫人。他的诏书送给王导看时，要写上"敬问"，亲笔写条子给王导，还要添上"惶恐言"，这几乎成了规矩。此外还给了王导舆车入殿的特殊礼遇。王导为政宽纵，庾亮主张法治，因而对王导很看不惯，说王导"上无所忌，下无所惮"，是"大奸"。他写信给太尉郗鉴，要求共同起兵把王导赶出朝廷，郗鉴没有同意。

陶侃的儿子陶称是庾亮手下的南蛮校尉，他建议庾亮发兵建康，其目的自然在对付王导。有人劝王导早做准备，王导一贯会做表面文章，他说："我和庾亮休戚相关。这些道听途说，不应出于君子之口啊！即使庾亮果真发兵来，我就脱下官袍，回到乌衣巷（当时王、谢等大臣们家居之地）去，有什么可怕的呢？"王导又写信给陶称说："庾亮是皇上的舅舅，你应该好好侍奉他。"庾亮听到这些话，对王导不便动手。这样，谗言和挑拨离间就不起作用了。

后赵的石虎向南游猎，到了长江边才回去。他有十几个巡逻的骑兵，顺便到历阳（今安徽和县）转了一下。历阳太守袁耽吓得慌忙上报朝廷，只说石虎南下，没讲清来干什么，来了多少人。整个东晋朝廷乱成一团糟，王导自告奋勇领兵迎战，被任命为大司马、都督征讨诸军事。晋成帝亲自在建康北首的广莫门检阅大军，紧急调动队伍，部署对敌作战。不久，得知真情，轻妄虚报的袁耽被撤职，一场虚惊才告结束。

庾亮坐镇武昌，派出部属在长江和沔水（今汉江）一带布防，想在几年以内训练将士，进军中原。他将自己担任的豫州刺史职位让给辅国将军毛宝，要毛宝带领精兵一万渡过长江，进驻北岸的邾城（今湖北黄冈县北）。庾亮自己带领十万大军，要求朝廷允许他进屯武昌西北的石城，作为准备北伐的据点。朝廷虽然有王导赞同，但却受到太尉郗鉴和太常蔡谟的反对，他们认为准备还不够充裕。这个北伐大计又就此搁下了。

339年（咸康五年）七月，王导得病而死，时年六十四。王导晚年很少过问政事，他曾自叹说："别人都说我糊涂，但后世人们会理解我这种糊涂的。"王导在处理政事上糊涂毕竟是错误的。有这么一件事例：石头城国家粮库里的米被几个贪婪的将领偷盗了一百万斛，王导不敢深究，将罪责推给管理粮食的仓督监，糊里糊涂地将仓督监拷打致死。但总的说来，王导对东晋立国以及缓和南北望族之间的关系是有功的。之后在王敦、苏峻之

乱中，使朝廷度过几次难关，稳定局势，他也作出了贡献。

王导死后，晋成帝要庾亮继任丞相之位，庾亮还想致力北伐，上疏苦苦地推辞。朝廷只得任命其弟庾冰为中书监、扬州刺史、录尚书事，让他主持朝政。

庾亮派毛宝在邾城插上一脚，使石虎非常恼怒，他派了夔安为大都督，领兵五万，侵入荆州和扬州北面的边境，分兵两万围攻邾城。毛宝求救，庾亮认为邾城城墙巩固、军粮充裕，没有及时派出援兵。不久城陷，被杀被俘五千余人，毛宝投江自尽，尸体在十多天后才被找到。庾亮北伐大志未能兑现，就如此损兵折将，心中闷闷不乐得了病，几个月后，病重不治而死。庾亮的死离王导的去世不过半年，时年五十二。

庾亮有一匹额上有白色斑点，被叫做"的卢"的马，据说这是一种不吉祥的马，兵士乘骑很快就要死，当官的乘骑后，也要遭杀头之祸。庾亮生前，有人劝他卖掉这匹马。庾亮说："有卖的，一定有买的；如果此话当真，那么它的新主人也要遭到厄运，何必将自己的祸害转嫁于人呢？"还有一次，庾亮在秋夜中登上武昌南楼，他的僚属都在饮酒畅谈，见他上楼，都纷纷退避。庾亮大声说："一轮明月当空，诸位为何不赏此景？老子很想和你们一块儿唠叨，再坐一会儿吧！"就这么一起畅谈到拂晓。庾亮虽然在军事韬略上缺乏高明的见解和决断，但在这些日常细节上，还是被人们称道的。

庾亮死后，朝廷派他的弟弟庾翼接替他的职务。庾翼这时才三十六岁，不少人怕他挑不起荆州重镇这副担子，但他却在几年以内治理得很好，公私的收入都大有增加，受到吏民的敬仰，黄河以南的敌区，都有归附的要求。石虎的汝南太守戴开带了几千人马来投降。庾翼还派出专使，到辽东和凉州商讨共同出兵平赵灭蜀，并且积极训练兵马，准备收复失地。当时杜乂和殷浩是才名冠世的清谈家，但庾翼却说："这样的人，在眼下应该束之高阁，等天下太平后，再讨论他们的任用吧！"

当时人们赞扬这兄弟俩：庾亮好似丰年玉，庾翼有如荒年谷。意思是说二人各有千秋，都是有用的人才。当然，这主要是世族圈子里的称誉之词，未免言过其实。庾翼比较奋发有为，但成就不大。至于庾亮，虽然也有恢复中原之志，但正如古人指出的"才高识寡"，"智小谋大"，不仅北伐受挫，而且他嫉贤忌能，难与人共事，以至在他当权时期，政局每况愈下。

342年六月，晋成帝得病死了，时年二十二，在位十八年。他生前比较注意节约。他十二岁时，左右侍者用米饭喂养大熊，他认为太浪费粮食，派人打死大熊，将熊肉分给大家吃；又下诏说，各地都不准养这些禽兽。

晋成帝死后，皇位由其同胞弟弟司马岳（322－344）继承，他就是晋康帝。两年多后，晋康帝又病死了，时年二十三。他的儿子，两岁的司马聃〔dān〕由皇太后诸氏抱着坐上皇位，是为晋穆帝。皇帝年幼，太后临朝称制。三个月后庾冰去世，庾翼仍是一个劲地修造军械，囤积粮食，准备北伐。第二年七月，庾翼发背疽，接着病亡，临死前上表要求任命他的儿子庾爰之为荆州刺史。这时庾家兄弟们相继去世，庾家独霸上游重镇的时代也应该结束了，朝廷便调派徐州刺史桓温去接替庾翼的职务。

桓温北伐的雄心壮志更大，条件也更成熟了。但他棋出高招，首先要去平定巴蜀的成汉。

25 桓温伐蜀

西晋末期,在各地割据势力互相攻战,自顾不暇的时期,李雄自称成都王,以后又称帝,建立大成国,和巴山蜀水间的吏民们比较安定地渡过了三十个年头。334年(东晋咸和九年),李雄六十一岁得病死去。他在世时因为自己的十几个儿子都是嫔妃所生,所以将自己哥哥李荡的儿子李班立为太子。李雄过去血战沙场,身上创伤很多,病重时,那些旧创大都化脓溃疡。李雄的儿子们嫌脏嫌臭,全捂着鼻子避得远远的,只有太子李班不论白天还是黑夜,衣不解带地侍候他。疮疽脓肿疼痛,李班忍住阵阵恶心,用嘴把脓吸了出来。

李雄去世,李班继位,李雄的有些儿子阴谋篡夺大位。三个多月后,李雄尸体还没下葬,车骑将军李越和他弟弟安东将军李期便闯入宫内杀死李班,李班时年四十七。第二天,李期登上皇位,李越为相国。李雄的旧臣都被排斥,换上他们的一批心腹。尚书田褒没有一点才能,只因为曾劝过李雄立李期为太子,因而得到李期的宠用。从此,成国的政治日渐腐败,不可收拾。

李期骄狂暴虐,经常无缘无故地杀戮臣僚,掠夺被杀者的家财和妇女。李期在位三年后,坐镇涪城(今四川绵阳东)的梁州刺史,汉王李寿(李骧的儿子,曾经辅佐过李雄)凭着他的威望,带着一万多人马攻打成都。他的世子、翊军校尉李势在内大开城门。李寿大摇大摆进了成都，捕杀李期的心腹将臣，废李期为邛都（今四川西昌东南）县公。李期说："一个堂堂的天子转眼成为小小的县公，不如一死吧！"他就投环自尽（指上吊自杀）了，时年二十五。

有的臣僚劝李寿向东晋称藩，有的劝他自立为帝。李寿很迷信，叫人算卦，算卦的人随口说一句："可以当几年的天子！"将军解思明说："几年天子怎么比得上百年诸侯呢？应该称藩！"李寿的妹夫任调不以为然地说："当一天皇帝就心满意足了，何况能当上几年！"李寿的心中也是这个主意，立即顺着坡儿，引用了一句古话："朝闻道，夕死可矣！"他就坐上皇位，把大成的国号改为汉，改元汉兴。因此，历史上将李氏割据巴蜀这一时期称为成汉。

李寿自以为这是改朝换代，比李期做得更绝，不仅在朝廷中，就是州郡官吏，也都换上自己的人。凡是李雄、李期的旧臣和近亲，以及当年从秦雍六郡来到巴蜀的流民首领，以及立国的一些功臣，都遭疏远。不久，李寿担心李雄其余的十几个儿子觊觎皇位，一股脑儿都给杀了。

李寿听说后赵国都邺城富丽堂皇，军令政令说一不二，原因是在于石虎动不动就杀人，吏民只得唯命是从。李寿羡慕已极，竭力效仿石虎，如果什么人有点过错，立即下令砍头，以显示自己威风。他迫令郡县里人丁兴旺的住户移居成都，随着就大兴土木，修造宫殿，征收掠夺奇珍异宝。这么一来，李雄苦苦经营了三十多年的巴蜀被搞得荒凉不堪，民怨沸腾。343年八月，李寿在位六年而死，时年四十四。

李寿的长子李势继位。李势身材高大，长得脑满肠肥，腰部粗壮有十四围（两手拇指和食指相合的约略长度），但还能俯仰

自如。李势没有儿子,他的弟弟大将军、汉王李广要求做皇太弟。李势不但不允许,还怀疑他和勇将马当及解思明相互勾结,阴谋篡位。李势下令杀了马当和解思明,灭三族,又派兵到涪城去攻打李广,逼迫李广自杀了。马当等人是帮助他父亲李寿起兵,能秉公办事的僚属,威望很高。他们被残杀后,人们对李势更是绝望了。李势是个财迷,又是一个色鬼,常常因为掠夺财富和美女而杀人。加上饥荒连年,在他统治下,百业萧条,人人自危。

成汉被它的几个统治者连续荒暴胡为,搞得暗无天日。因此,东晋新上任的荆州刺史桓温跃跃欲试,要进军巴蜀。

桓温(312-373)字元子,谯国龙亢(今安徽怀远县西北)人。其父桓彝在渡江后,曾任散骑常侍、宣城内史。当桓温还没满周岁时,温峤看到,说:"这娃娃长得一副奇骨。"孩子哭声洪亮,温峤又夸奖道:"真是天生的英物!"由于得到温峤赏识,因而就取名为桓温。他长大后确实风姿雄伟,一脸络腮胡子,更显得威武。也有人说,桓温长得很像孙权和司马懿。

桓温接替上游重镇的第二年,就计划出师平蜀。他的将佐们都认为蜀道险阻遥远,不容易攻克,只有官为江夏(郡治在今湖北安陆南)相的袁乔力排众议说:"要干一件大事,往往出乎常情。智者胸有成竹,不必等待人人都说好才去做。李势无道,臣民不附,他自恃蜀道天险,不修战备。我们完全可以一战而擒获他。石虎看到我们万里远征,必然以为我们还有重兵留守,一定不敢贸然入侵,即使他蠢蠢欲动,我们沿江的军队也可以抵挡,不用发愁。"桓温听后很高兴,346年(东晋穆帝永和二年)十一月,带了益州刺史周抚等将士一万人,从江陵誓师出发。袁乔率领二千精兵作为前锋。

朝廷听到桓温出师，也都忧心忡忡，认为他的兵力不多，要跑那么多路，平定那么大地方，是很困难的。唯独丹杨尹刘惔〔tán〕认为桓温一定能成功。他说："桓温是个善博的人，他没有看准前，绝对不会下赌注。怕只怕平定巴蜀以后，他就要飞扬跋扈，转而压制朝廷了。"

桓温进军成汉的战船早已建造，船钉都是陶侃当年有意积贮起来的竹头做的。桓温的水军沿着七百里的三峡，从长江逆流而上。两岸山峰连绵，重岩叠峰，猿声不绝。有一个将领驶船靠岸，抓到一只小猿，母猿跟着船队，沿着山岸奔跑，哀号之声惨不忍闻。这母猿跑了一百多里，从高峰上跳到系着小猿的船上，立即就死了，有人剖开它的肚子，肠子已寸寸断裂。这事传到桓温跟前，他气得七窍冒烟，当即贬黜了那个将领。人们因此传唱说："巴东三峡巫峡长，猿鸣一声泪湿裳。"通过这个事件，桓温所部在进军中的纪律更严整了。

晋军经过三峡，从江阳郡（治所在今四川泸州）到僰〔bó〕道（今四川宜宾市西）进入青衣水，直达成都南面一百多里的彭模（今彭山），一路没有什么阻挡。

桓温的僚属劝桓温兵分两路进军成都，但袁乔却说："现在我们孤军深入，胜则大功可立，一旦打败了，一个活着的人也回不去。因此应该齐力奋进，力争战胜。如果兵分两路，则众心不一，万一其中一路打败，大事就完了！"桓温采纳了这个主张，留下病弱的士兵看守辎重行装，要全军只带三天口粮，表示只能胜利前进的决心。他们直奔成都，遇到李权（李势的堂兄）的军队，三战三胜，李权的残兵逃回成都。早先李势派去迎战桓温的大军摸不清桓温从哪条路进攻，再回头时，桓温已经到了成都城

郊。成汉的这路大军原来早就军无斗志，都怕丢脑袋，这时听说晋军如此神速勇猛，顿时就溃散逃跑了。

李势城内的兵马倾巢而出，同桓温在城西南的笮〔zuó〕桥（又名夷桥）狠狠地打了起来。桓温的将士疲乏不堪，对付不了养精蓄锐的李势侍卫队伍，参军龚护战死。成汉军万箭齐射晋军，桓温的马头上也中了一箭。将士们胆寒，要撤退。桓温身边的鼓吏吓昏了，没有听清楚命令，稀里糊涂地擂起进军鼓来。一鼓声起，众鼓齐擂，震天的鼓声反而使垂败的晋军突然振作起来。

说时迟，那时快，只见前锋袁乔紧跟鼓声驰马高处，拔出佩剑，高喊着催督士卒奋力冲杀。晋军将士都被他喊得热血沸腾，拼死冲向敌阵，人人奋战，终于击溃了李势的队伍。桓温乘势指挥追击，放火烧毁城门。成汉士兵纷纷逃命，李势带了几个随从从成都东门逃出去，日夜不停，向东北跑了数百多里，到了葭萌（今四川广元南），他眼见众叛亲离，螳臂挡不住大车，只得送降书给桓温。桓温派兵将李势及其宗室十余人送到建康，他自己在成都住了三十天，整顿队伍，凯旋江陵。

自从李特在301年带领流民起义，经李雄称王称帝，建立大成国，到347年春夏之交被桓温所灭，共历四十六年。

桓温灭蜀的私人收获之一，是纳李势的妹妹为妾。他的妻子南康长公主（晋明帝女）知道后，带了几十个婢女，拔刀露刃要去杀她。李氏正在梳头，长长的青丝拖在地上，肤色如同白玉一般。她见了杀气腾腾的一伙人，脸不变色地说："国破家亡，今天如果能被你们所杀，这正是我的本愿！"那凄婉忧伤的音调，使人恻隐之心陡然而生。南康长公主丢下佩剑，紧紧抱住她说："我见了你还怜爱，别说那老奴才了！"

原先东征西战，杀人不眨眼的石虎，对桓温消灭成汉置若罔闻。他正恣意享受宫廷奢靡之乐，而且又开始热衷于信奉佛教来了。

26 石氏崇佛

佛教是公元前六到五世纪在印度由释迦牟尼创立的。约在公元67年，东汉明帝派人到印度去求佛取经，并请了两名僧人来中国传教，在洛阳建立了白马寺。从三国鼎立到两晋时代，战祸连绵，西域和印度有不少高僧先后到中原传教。人们要寻求精神上的寄托，佛教的一些教义因此深入人心，如：有因必有果，行善作恶都有报应，慈悲为怀，不能杀害生命等，特别是寄希望于所谓的"来生"，以使人忍受眼下的痛苦。统治者们发现佛教可以麻痹人的意志，使人们忍受奴役，杀人如麻的石勒和石虎，也逐渐懂得这个窍门，于是大力支持佛教的传播。

早在310年（西晋永嘉四年），印度僧人佛图澄到了洛阳，他自称有一百多岁，能够背诵数百万字的佛经，并精通文义。他见识广博，惯于体察人情，能揣测事态发展变化，并就此假托未卜先知，吹嘘能从佛寺的铃声中听出未来的吉凶。他会变魔术，骗得人们心悦诚服；会医治疾病，人们都当他是活神仙。

佛图澄起初要在洛阳建筑佛寺，但当时西晋统治摇摇欲坠，不久洛阳沦陷，他原先自吹自擂预知吉凶，这就如自己打自己耳光一样。但他并不灰心,在洛阳近郊隐蔽在老百姓中,观察各部军队的特点。他知道和石勒一块儿起兵的"十八骑"之一大将军郭黑略信奉佛教,便前去投奔。佛图澄凭着自己的智慧和对军情的了解,暗下常为郭黑略预言战斗的胜负,而且常能料事如神。石勒惊异地问郭黑略:"咱们一块儿起兵,从没觉得你智谋出众,怎么现在你常常能预料胜败呢?"郭黑略回答说:"我身边有一个高僧,他老早就说将军你会打下天下,我前前后后向你禀报的,都是他说的。"

石勒原先不信佛教,他打仗时杀人成性,尤其是当和尚的更受其害。郭黑略这么一说,他特意召来佛图澄,要试试这和尚的能耐。佛图澄取来一钵清水,烧香念咒,不一会儿,钵中就长出了青色莲花。这类魔术在当时是极为神奇的事,石勒看得目瞪口呆,认为这和尚真是活佛再世。石勒几次要再试佛图澄,有一次还想加害于他,都被佛图澄识破而未果,因此更显示了他的"神机妙算"。佛图澄还费尽心机,制造出很多他能预知吉凶的假象,特别是在石勒定居襄国前后,他确实为石勒贡献过不少计谋,终于获得了石勒的信任。

石勒的爱子石斌得了急病,突然窒息,石勒以为他死了。佛图澄深知医术,暗暗用了一些推拿按摩的办法,使石斌逐渐苏醒,他还装神弄鬼地拿了杨柳枝条,沾着水洒在地上,口中念念有词,瞧着石斌可以睁开眼时,他一把抓住石斌的手,扶坐起来说:"可以回到人世间来了!"

佛图澄能起死回生的神话就此传扬开来。石勒于是大兴佛事,建造寺庙。他的一些儿子都被送到佛图澄跟前抚养。

石勒病死后,用暴力篡位的石虎更是把佛图澄捧得高高的,借以征服人心。石虎送给他的僧衣都是高贵的锦绫细缎，轿子也是异常富丽堂皇。石虎上朝时，经常请佛图澄坐到正殿上。这时，常侍以下的大官就要帮助抬轿子，皇太子和王公们前呼后拥地护着他。"大和尚驾到"的呼声一起，文武百官肃立致敬，佛图澄真够威风啦！

有一次，石虎和东晋小有接触，受到损失，石虎大怒道："我这么诚心诚意地奉佛供僧，却来了晋寇，要佛干什么用？"佛图澄对他说："你前生是个大商人，曾在西方佛寺举行大会，参加会的有六十尊罗汉，我就是其中之一。会中有一个得道的人曾经预言你这位大施主转世，要在中原做帝王！现在不是很灵验吗？这也是你前身奉佛供僧得到的好报！"石虎听了这一套鬼话很喜欢，他的帝业又得到宗教的依据，什么怨言都消散了。

由于石虎的提倡，各地有钱有势的官员和豪强也纷纷修造起寺院来。出家当和尚的，可以免服兵役和劳役。人们不愿为石虎当兵，平白送死，也不愿遭受九死一生的劳役，于是争先恐后到寺庙里去做和尚，给寺主（也就是大地主）垦种土地。

这个时期，石虎的兵役和劳役变本加厉。他在邺城修造宫殿四十四处，从襄国到邺城二百多里，每四十里就有一座行宫。他还要营建长安、洛阳的宫殿，参加这劳役的，有四五十万人。石虎还下令，要黄河以南的四个州准备南下讨伐东晋，西边的四个州准备平定凉州的张骏，青州、冀州和幽州要北上去进攻前燕。石虎严格规定，每户如有三个壮丁，就要抽两个去当兵，五丁就要征发三人。石虎又从各州强征五十多万人来制造兵甲，十七万人充当船夫。石虎还常常穿了便服去察看进度，官吏们更是没命地催督。这背井离乡的几十万苦力，在深山老林里常被虎狼吞食，

在湍急的河流里常被洪水淹死。被征从军和服劳役的人大批大批地死亡，单是十七万船夫，就有三分之一死于非命。石虎还不准私人养马，强迫缴公的马有四万多匹作为军用。加上公侯和地方官员还要从中肥私，因此老百姓十家里就有七户失去生计。

不久石虎又装模作样地要立即"荡平江南"，规定出征的士兵每五人要出一辆战车、两头牛、十五斛米、十匹绢，如果不能办到，就要杀头。老百姓要送儿子送丈夫去拼命，还要准备那么多的物资，有几家能出得起？有的卖老婆卖儿女去顶账，还是没办法满足暴君的欲望。人们只得逃到寺庙里去当和尚，或是到路边的大树下去上吊。过路人一眼望去，沿途尽是挂着的尸体。

准备分兵三路征讨的人马共有一百多万，全都汇集到邺城附近。可是吏民百姓都不愿意打仗。344年正月里的一天，石虎在邺城太武殿上宴请群臣，看到宫廷内马道上停着一百多只白雁，太史令（兼管天文历法的史官）赵揽私下向石虎进言说："白雁集庭，是宫室将空的恶兆，这种时刻不宜出征远方。"石虎原先征伐的决心就不很牢固，于是就借了这个台阶，在国都举行了一个威武庞大的阅兵式，命令各州人马回去，暂且罢兵。

石虎在黄河上造桥也失败了。过去兵下洛阳，俘虏刘曜，是在灵昌津渡河的。石虎认为这个渡口是吉祥的地方，要在这里造桥，准备南下伐晋。但这时正是发大水的季节，千辛万苦开采、运送、丢下河的石块，无论多大，都被河水冲走了。花了五百多万个工，还是一无所成。石虎又气又恨，杀了一批工匠，才停歇下来。

石虎这么横征暴敛，后赵的人逃避到寺院去做和尚的更多了。他感到很为难，要臣僚们讨论怎么办？有人说："佛，是外国的神。汉代只准西域来的人立寺拜佛，汉人都不出家。魏朝继承汉制，同样办理。现在可以规定：不准赵人烧香拜佛。凡赵人已经出家的，一律还俗。"这种主张当然受到佛图澄和寺主们的反对。石虎权衡轻重，下令说："我不是汉族人，现在做了中原的皇帝。因此，外来的神还是应该供奉的。不论哪一族的百姓，要信佛要当和尚的，一概听便。"佛教就此更发展起来。

石虎还专用檀木造了四轮大车，宽一丈多，长二丈四尺，车上放了一尊金制的佛像，边上有九龙吐水，冲洗佛像身上的尘土。佛像边上有个木制的和尚，以手抚摩金佛的心腹之间。车上还有十多个木制的和尚，高约二尺多，披着袈裟，来回绕着金佛走，走到金佛身前时，就作揖为礼，手里还拿着香，插到香炉里去。这个檀车行走时，木和尚就开始走，九龙就开始吐水。车子一停，它们也全部都停下来。石虎吹嘘这种能工巧匠的制作是真佛下凡。据记载，制作檀车的，是一个名叫解飞的人。

石虎虽然这样拜佛信佛，但他却从来不像传说中的佛那样去普度众生。他的残暴使自己的子侄家族耳濡目染，习以为常，什么佛都不在他们眼里。因此，皇太子阿铁（石邃）死了十年以后，第二个"阿铁"又跳了出来。

27 "天崩地陷"

337年，石虎杀了太子石邃，另立石宣为天王皇太子，而后又任命石韬为太尉，要石宣、石韬兄弟俩轮番管理朝政，行使赏

赐及刑杀的大权。司徒申钟认为让石韬同太子平起平坐,这是过于宠他了,于是劝石虎说:"宠爱不由正道,会乱国害亲,请陛下考虑不要这样做。"石虎充耳不闻。

石虎下令征发二十岁以下、十三岁以上的民女三万人,充任宫廷和公侯府中的"女官"。石宣和石韬又私自加码,再添上一万人。各地官员为了巴结朝廷,到处找美女。征发来的女子中,有九千多人是已经结婚,由于貌美而被抢来的。其中还有三千多,是杀掉或逼死其丈夫被强迫来的,其他家人自杀及妻离子散的,更是不计其数。几万美女被送到邺城,石虎逐一过目,挑选一些最美貌的放在自己宫内,其他都分给石宣、石韬等七十个多公侯,作为"女官"。石虎还征发各州二十六万劳力修造洛阳宫殿,强夺民家的牛两万头,配给官家的牧场。各地怨声载道,百姓往往整族、整村地逃亡,以至不少地方没有人烟。五十多个郡的太守,被石虎扣上不会治理百姓的罪名而砍头。

金紫光禄大夫逯明是和石勒一块儿起兵的"十八骑"之一,他劝石虎不要这样胡作非为,石虎下令让力士将他打断筋骨,活活处死。石虎又下令,不准私下议论朝政。从此文武百官都三缄其口,上朝时彼此望望,相互点点头,拿着俸禄混混日子。

石虎国库里的金帛珠玉堆积得数不清,但他贪心不足,还要到处发掘历代帝王和名人的陵墓,搜罗陪葬的财宝。在邯郸西面发现了古代赵简子①的陵墓。石虎命人发掘,开始有一丈多深的木炭,再往下又有一尺厚的整木板和八尺厚的碎木板,随后都是冷刺骨髓的泉水。石虎叫人在地上搭了吊杆,用牛皮囊放下去打

---

① 即赵鞅,春秋末年晋国内讧中,他打败范氏和中行氏,奠定建立赵国的基础。

水。打了一个多月，地下的泉水还是源源不断地流着。棺椁的影子一点也见不到，只得就此作罢。石虎还曾派人发掘秦始皇的陵墓，挖出了大铜柱，加以熔化后，改制为一般的铜器。

石虎最爱打猎，但多年养尊处优，他愈长愈胖，骑马极不方便。他下令制作了一千辆高大的猎车，专供打猎之用。自己还嫌坐车太颠，又特制了一种很大的猎辇，即专供打猎用的轿子，由二十人抬着，可以随意向着四周转动，哪个方向有野兽，就可以转到哪里，让他射箭。从灵昌津南到荥阳（今郑州市西北），东到阳都（今山东沂南县南），千把里路内，都是他经常打猎的地方。这块大猎区内的野兽不许任何人去侵犯，如有人违反，就要被杀头。那些监察御史趁机敲诈勒索，谁家有美女或有骏马壮牛，就伸手去要，如果不给，就加一个"犯兽"的罪名，因此而被斩首示众的，有一百多人。

347年九月，石虎命令太子石宣到司州、兖州、豫州的一些名山名川，去祈祷和游猎。石宣率领十八万人马，浩浩荡荡地从邺城出发。石虎登上陵霄观眺望，高兴得大笑说："我家父子如此威风，除非天崩地陷，还会有什么愁呢？今后就是抱子弄孙，饱享天伦之乐罢了！"

石宣游猎所到的地方，人马排成长长的包围圈，四面都有一百里左右。包围圈逐渐缩小，树丛和山洞里的飞禽走兽，都被驱赶出来，压缩到十几里路方圆以内。然后，不论文官武官，都要拿着火把，参加围狩禽兽的行列。石宣与他的姬妾、女官们，坐在高大的猎车上观赏。百余名精骑来往奔驰，射杀野兽。如果野兽拼命逃出重围，守卫在那些地方的人员就要受到处分：有爵位的，要夺去坐骑，被驱赶步行一天；无爵位的，要受鞭打一百

下。参加游猎的士兵,受累挨饿而死的有一万多人。石宣走过的十五个郡,为了供应这么多人吃喝玩乐,多年积贮的粮食和财富都被花完了。

石虎又命令石韬也带了大军去祈祷和游猎。石韬一路直到秦州、雍州,这些地方也像遭遇洪水一样,被冲荡得空空如也。

石宣看到石韬和自己同等待遇,心里很不高兴。有一次石宣惹怒了石虎,石虎说:"悔不该当初立你为太子,还是立石韬好!"石宣害怕他老子真的会废掉他另立石韬,杀石韬的决心油然而生。石韬得知石虎说这些话,更是狂妄自大,在自己的太尉府里造一座宣光殿,横梁长有九丈。石宣知道后大怒,亲自跑去杀了几个工匠,截断横梁,掉头就走。石韬也气极了,新制横梁又增到十丈。石宣对他的心腹杨杯、牟成和赵生说:"这个混蛋如此胆大妄为,就是因为父王庇护他。量小非君子,无毒不丈夫。你们如果先杀掉石韬,父王一定来奔丧,我要乘机干掉这老家伙。这桩大事一定能成功,到那时我把石韬封邑分赏给你们。"

348年八月,石韬和僚属们在邺城的东明观里宴会,夜里就宿在佛徒修行的精舍里。石宣眼见机不可失,命令杨杯等人用一种小而长的,叫做猕猴梯的高梯,像猴子似的爬进精舍去,将石韬杀死,杀人的刀剑放在血肉模糊的尸体边。第二天,石宣去禀报石虎:"弟弟死了!"石虎如雷轰头顶,面色刷地变白,接着四肢冰冷而昏厥。经过众人七手八脚急救,才苏醒过来。他赶着要去奔丧,司空李农劝他说:"下毒手的不知是什么人,肯定还在京城中,陛下不能轻易出去!"石虎听了李农的话,才没有去。

石虎杀子哀孙

　　石宣大模大样地去吊唁，一点没哭，只是打哈哈。他叫人揭开盖尸的衾被，仔细瞧瞧，大笑而走。石虎因而怀疑是石宣杀的，派人假说石宣的生母过于悲哀快死了，要他进宫，就此将他扣押起来。知道这事经过的人向石虎告密，杨杯和牟成逃得没影儿了，只抓住了赵生，赵生一五一十全都透了底。石虎又怒又气又悲，取来杀石韬用的刀剑，要石宣舔干上面的血迹，又用铁环穿过石宣的下颌，锁在柱子上，石宣痛得高声呼叫，呼声震动整个宫殿。石虎叫石韬的心腹宦官郝稚和刘霸一绺一绺拔下石宣的头发，拖出石宣的舌头割掉。又让人在邺城北面堆起干柴，从小梯牵着石宣上了干柴堆，郝稚用绳子扣住石宣下颌，用辘轳将他吊上高杆。刘霸砍下石宣的手脚，挖出眼睛，将肚肠扯得四散，和石韬死时一样。石宣被吊上了高杆，下边的干柴也被点燃，顿时熊熊大火，烈焰冲天。石虎和后宫嫔妃数千人登上铜爵台观看。火灭以后，石宣的骨灰被撒在宫内要道上，让人们来回往返地践踏。

　　东宫的僚属三百人和宦官五十人都被斩断四肢，连骨节也被一段一段地砍下来，四分五裂的尸体丢到邺城边的漳水里。原本金碧辉煌的东宫被毁坏，作为猪栏牛棚。石宣的生母杜后被废为平民，石宣的妻子和儿子九人一起被杀死。石宣最小的儿子才几岁，平时最受石虎宠爱，这时紧抱石虎，号啕大哭。石虎见这个小孙子哭得死去活来，也流出眼泪，心想下令赦免这孩子，但石韬的心腹报仇心切，硬要从石虎手中夺下来。那孩子拖住石虎衣服拼命呼救，喊声嘶哑，仍被一刀砍下了脑袋。杀人如麻的石虎，也被这一幕一幕"天崩地陷"的事变弄得心撕肺裂，从此患了病。

28 举起长柄大斧造反

石邃和石宣先后被杀,石虎必须再立太子,朝臣议论纷纷。太尉张举说:"燕公石斌有武略,彭城公石遵有文德,陛下就在他俩中选一个做太子吧!"戎昭将军张豺说:"燕公石斌的生母出身低微。前几年,石斌因为要杀征北将军张贺度,曾被陛下怒责三百鞭,一度撤掉一切职务。彭城公石遵和前太子石邃则是同母所生。因此,燕公和彭城公对陛下恐怕都不免记恨,万一再发生同石邃、石宣那样的祸事,那还了得!希望陛下深思熟虑!"

二十年前,石虎灭前赵,张豺俘获了刘曜的幼女安定公主,这姑娘才十二岁,已长得天姿绝色。张豺把她献给石虎,她立即受到异常的宠爱,后来给石虎生了一个儿子叫石世,这时已十岁。张豺对石虎说:"陛下再立太子,应该选择生母高贵而自身又很孝顺的儿子。"石虎点头称是,说:"对啊!你不必再说下去,我心中有数了。"

第二天,石虎对群臣讲:"我要用纯灰三斛,好好地洗洗我的肠子!我怎么老是生下这些孽子来?他们一旦年逾二十,就要杀我。现在只有十岁的石世还可以,等他二十岁时,我可能已老死了,就立石世为太子吧!"于是立石世为太子。

石虎建筑的宫门,最高大壮丽的要算凤阳门,在它上面矗立着五层城楼。城楼的顶端离地据说有三十丈高,顶端还装饰着

两只展翅欲飞的金凤凰。在石宣被杀的混乱中,那金凤凰不知被什么人偷走一只,而且还散布谣言说,这只金凤凰是自己飞到邺城边的漳水里去了,有时还可以看到它在五彩十色的晚霞里迎风翱翔呢!石虎半信半疑,他舍不得另一只再飞走,用铁钉牢牢地钉住它的脚,还用铁锁把它锁在城门上。邺城里有首儿歌唱道:"凤阳门南天一半(意思是说门的高大),上有金凤相呼唤,欲去不去着锁绊!"

石虎自称赵天王已经十五年,眼看宫廷事态剧烈变化,他的病情有增无减。349年正月,石虎戴上皇冠,穿上龙袍,正式宣称即皇帝之位,皇亲国戚原来称公的都改称王,同时改元太宁,大赦天下。

石宣被杀前,其东宫卫士号称有十几万。其中选拔出的一万多人,个个都是虎背熊腰的力士,被称为高力。石宣死后,这十几万卫士被发配到凉州金城郡去守边疆。一万多高力首先出发,中途屯扎在雍城(今陕西凤翔南)。

石虎称帝后,对敢于惹祸生非的石宣还是一肚子的火。因此虽然大赦天下,但这一万多高力却在不赦之列,还下令要雍州刺史张茂亲自去押送和严加管理。这些力士的兵器盔甲早已被收缴,张茂看到他们还有不少人骑着马,就没收马匹,发了一笔横财,又命令他们推着独轮车到秦州的武都郡去,满载粮食再向西北,远往金城戍所。

石虎父子兄弟自相残杀,却硬逼着这一万多人充军千里以外,又不知何年何月才能回乡和家人团聚?他们在风沙中愈走愈觉得心烦意乱。高力督将梁犊是定阳郡(郡治在今山西吉县)人,他暗下鼓动众人,掉过头来打回老家去,大家情绪激动,齐声呼喊着造起反来。他们没有武器，沿途搜集了民间劈柴用的大斧，装上一丈多长的树木做柄。这样的长柄大斧，又当棍棒又当斧头，抡使起来，旋风般地飞舞。他们转眼就攻下了武都郡的治所下辩（今甘肃成县西）。梁犊自称是东晋的征东大将军，将押解他们的雍州刺史张茂载在一匹马拖拉的轻便车里，说他是大都督、大司马，是领头的。安西将军刘宁从北面的安定郡带兵来镇压他们，但是不堪一击，夹着尾巴逃回去了。他们东归路过的城池，没有一个不被打下的，那些为虎作伥的官儿都被处死。过去发配到边境的士兵，以及被暴虐的石虎重重压迫的秦、雍百姓，都赶来参加起义军。这支队伍走了六百里路，到长安附近时，已经有了十万人。

乐平王石苞坐镇长安，曾征发民工十六万人修造长安的未央宫，民工怨声载道，将士离心。他集中精锐部队迎战梁犊，可是那一万多力士勇猛异常，一人顶十几个，石苞军顷刻被打败，只得紧闭城门。起义军并不想占领长安，他们思家心切，继续闯过潼关，向东进军。

石虎听到败讯，派李农为大都督，带了十万人马去镇压。在潼关东面的新安（今河南新安西）两军相遇，李农战败。梁犊紧追不放，追到洛阳，又打一仗，李农还是失利，于是再退一百多里，固守成皋。梁犊乘势占领荥阳郡和陈留郡。重病的石虎不免胆寒起来，他所赖以起家的骁勇善战的羯人成为统治阶级后，已经在纸醉金迷的享乐生活中蜕化了，打起仗来贪生怕死。石虎当年驰骋四方、威震中原的气概，也在奢靡腐化和自相残杀中丧失殆尽，而今他不得不借重氐、羌等族来为他镇压梁犊。他随即任命他的儿子石斌为都督中外诸军事，统率羌族的首领姚弋〔yì〕仲、氐族的首领蒲洪和他们的部族，还有其他各路人马共十万大

军,前去迎战。

姚弋仲(280-352)原是南安赤亭(今甘肃陇西县西)人,西晋末年,他率领羌族各部东迁四五百里到榆眉(今陕西千阳东)。他为人英勇果断、耿直朴实,颇能关怀穷苦人民,因而各族百姓投靠他的络绎不绝,不久聚集了几万人。姚弋仲自称西羌校尉、雍州刺史,先后依附刘曜和石勒。以后石虎又听从他的劝告,迁秦、雍豪杰到中原。姚弋仲率领部众驻扎在清河郡的滠〔shè〕头(今河北枣强东北)。当石虎凌杀石弘,自立为赵天王时,姚弋仲推说有病,不到邺城朝贺。石虎多次召见他,他不得已上朝,见了石虎,义正辞严地责问道:"先帝去世,把臂付托于你,你为什么反过来夺位呢?"石虎听了当然很不高兴,但姚弋仲的部族强盛,没敢加害他,还特意任命他为十郡六夷大都督、冠军大将军。

姚弋仲收到石虎下令出师的诏书,立即带领部众八千多人上邺城。石虎病势沉重,没有接见他,只是派人送去自己吃的好酒好菜。姚弋仲滴酒不沾,对使者发怒道:"我岂是为吃而来的?皇上既然下令出征,应该面授机宜,我没有亲眼见到皇上,哪知他是死是活?"石虎没奈何,只得抱病接见,姚弋仲当面数落他说:"瞧你愁眉不展,这是被几个没出息的孽子逼出来的病吧?你不派好人辅育他们,以致他们相互残杀,死了活该!你眼下卧病不起,所立太子年岁太小,万一你的病好不了,天下必定大乱,这才是你要担心的。西边梁犊区区的小乱有什么了不起?他们不过是思念家乡要回来,且看我老羌为你一举消灭他们!"姚弋仲秉性犷直,不管什么人都是直呼你我,现在对着大赵皇帝,也是直呼为"你",石虎深知他的脾气,也不加责备,立即授他侍中、征西大将军的官衔,又送给他一副上等的铠甲和一匹战马。姚弋仲披甲上马，在庭院中跑了几个小圈，大声对石虎说："你看我老羌能不能立即消灭梁犊！"说完，他也不下马告辞，狠抽几鞭，战马高嘶，四蹄飞奔，出了邺城，顷刻带领部众，急赴洛阳。

蒲洪（285-350），字广孟，略阳郡临渭县（今甘肃天水东）人，永嘉之乱时，他轻财好义，招收豪杰和流民，独霸一方，氐族各部公推他为首领。他以后也投靠刘曜和石虎，被任命为龙骧将军、流人都督，迁部族到枋头（今河南淇县东南）。蒲洪对石虎也常常直言不讳，这时石虎也下令要他带领部属去镇压梁犊。

梁犊的十万人马确实没有什么雄心大志。一万多高力不过是怀念家乡，想打回来看看家乡和亲人，后来参加的其他戍卒也是这个心思。至于在长安附近入伍的秦、雍百姓，进入中原地区后，不愿离开本土，先后逃归。高力和戍卒们到了洛阳附近，很多人分赴家乡，各走各的路，长柄大斧也都丢弃了。留下的队伍，经不起羌、氐精骑狠狠地冲杀，在荥阳东面被打得落花流水，梁犊在纷乱中被杀。这场起义很快就烟消云散，总共才两三个月时间。

梁犊起义虽然被镇压下去，但它却导致后赵王朝迅速崩溃。

29　石虎病亡前后

349年，梁犊起义虽然被镇压下去，但石虎的病情更重了。他任命镇守幽州的彭城王石遵为大将军，调去镇守潼关以西的地

方,又任命燕王石斌为丞相、录尚书事,张豺为镇卫大将军、领军将军、吏部尚书,准备让这三人在他死后辅佐石世管理内外大事。领军将军是掌握兵权的,吏部尚书是任免官员的,因此实权都落在张豺手里。

石斌是石虎的第九个儿子,长得雄伟而且很有才智,但是喜欢打猎,嗜酒如命,往往因此误事。刘皇后怕他今后辅政会篡夺石世的皇位,就和张豺商量要除掉这个心腹之患。张豺深知石斌的脾气,故意悄悄对他说:"皇上的病已好多了,这儿我给你包着,你如果要喝酒和打猎,放心去玩吧!"石斌求之不得,对张豺感激不尽,白天任性地去打猎,晚上把猎获的野味烧得香喷喷的来佐酒,不喝到天亮不肯放下杯子。刘皇后和张豺却到处宣扬他的放纵无度,一边又假造了石虎的诏书,谴责石斌在父王病重时还游猎纵酒,这样的不孝决不能胜任大臣之职,因而免去石斌一切官职,只留下燕王的爵位。张豺又叫他的弟弟张雄带了五百名骁勇的禁卫军看管石斌,石斌纵有天大的才能,也无法反抗。

过了几天,石遵从幽州赶到邺城,张豺不让他去见石虎,配给三万兵马,叫他赶快到潼关去。当天,石虎在深宫感到病体稍好些,就问石遵从幽州回来了没有。左右侍从也被张豺收买,当即回答说:"已经回来,但马上出发去潼关,走了多天了。"石虎迷迷糊糊,算不清日子,只恨自己病重,父子没有相见。他又勉强起床,到寝宫外面透透新鲜空气,忽然一两百禁卫军蜂拥而来,一齐跪拜在他跟前。石虎问道:"你们有什么要求?"他们说:"我们都是十多年前跟随陛下远征鲜卑的老兵,我们一心希望国家永葆兴旺。陛下龙体欠佳,最好请燕王(石斌)担任宿卫,掌握兵权。"还有人说:"最好册封燕王为皇太子,今后可以继承大位。"石虎对这批跟随自己多年的随从一往情深,觉得他们说的全是肺腑之言,当即感动地问:"燕王不是在宫内吗?叫他快些来!"左右的随从还是欺骗石虎道:"燕王喝酒喝多了,生了病,不能来!"石虎愤愤地说:"用车子把他拉来,我要把传国宝玺交给他!"随从们拖拖拉拉地没有去。石虎随即感到昏眩不堪,赶紧回到卧室又陷入沉睡状态。张豺先下手为强,假造诏书,杀死石斌。过了三天,刘皇后又再声称石虎下令,任命张豺为太保、都督中外诸军事,录尚书事。第二日,石虎紧闭双眼,一命呜呼,时年五十五。

石虎死后,十一岁的太子石世即位,刘皇后成了刘太后,临朝称制,任命张豺为丞相。张豺自知名望浅薄而推辞,要求任命彭城王石遵和义阳王石鉴为左右丞相,先给他们一些甜头。

司空李农是很有势力的,张豺对他很不放心,便和太尉张举商量,想加以杀害。但张举和李农素来很有交往,背后偷偷地告知了李农。李农借了一个机会,逃出邺城,直奔东北二百多里的广宗(今河北威县东),那儿有几十年前从并州流亡来的几万户乞活,屯居在附近的上白城,李农带领他们,不服朝廷管辖。刘太后不知底细,又叫张举带了禁卫军去围攻李农。张举正中下怀,同李农明来暗往,并不执行刘太后的旨意。

到潼关去的彭城王石遵走到洛阳北面的河内郡,听到石虎病死的消息,就屯扎下来。这时镇压了梁犊起义要回邺城的姚弋仲、蒲洪及征虏将军石闵等,也到了这儿。他们劝石遵说:"殿下贤名远扬,先帝过去也有意立你为嗣,只是被张豺蒙蔽了。现在上白城相持不下,京师邺城空虚,殿下声讨张豺的罪恶,还有谁不大开城门,倒戈相迎呢?"

石遵怎么能错过这大好时机呢?马上发出征讨张豺的檄文,进军到了荡阴,号称有九万人马,任命石闵为前锋。张豺在邺城心惊肉跳,他一边下令围攻上白的禁卫军撤回来,一边统领邺城的队伍,准务守城迎战。但石遵带领的三万禁卫军的家都在附近,此外镇压梁犊胜利而回的队伍这时已是无敌之师,还有什么人敢去抵抗呢?邺城内的元老、将吏和羯族的士兵们说:"石遵是先帝的儿子,他来奔丧,我们理应相迎,怎么能替张豺守城不让他来呢?"张豺砍了不少人头,止不住人们逃出城去。张离才被张豺任命为镇军大将军,监中外诸军事,是张豺的助手,他也带了两千禁卫军,杀掉看守城门的将士,出城迎接石遵和石闵的大军。

刘太后心急如焚,一把眼泪一把鼻涕地对张豺说:"这如何是好?再把石遵加官晋爵吧,不知能不能消除灾祸?"张豺张口结舌,不知所措,只是说:"好!好!"于是刘太后下了诏书,任命石遵为丞相,领大司马、大都督,督中外诸军事,加九锡,还增加封邑十个郡,要他总管内外大事。石遵大军开到安阳,张豺心惊胆战,走了几十里路去迎接,立即被抓了起来。随即,石遵的队伍旌旗招展地开进邺城。石遵到石虎灵堂吊唁后,就把张豺斩首示众,并夷三族。转眼他又假造刘太后的命令说:"当今皇嗣太年幼,而且又是先帝受骗所立的。皇位至重,石世担当不了,还是应该由石遵继承。"

石遵冠冕堂皇地坐上大赵皇帝的宝座。石世在位总共二十二天,他下台后被封为谯王,刘太后被废为刘太妃,不久母子俩又被杀死。石遵再次下令大赦,解除上白之围后,李农回朝当他的司空。石闵的功劳最大,被任命为都督中外诸军事、辅国大将军。

石虎的另一个儿子沛王石冲坐镇蓟城,他听到石遵废杀石世,自立为帝,就对僚属说:"石世是受先帝之命而立的,石遵竟加废杀,真是莫大之罪,我要去亲自征讨。"他带领五万人马向南进军,同时向各地发出声讨石遵的檄文。檄文发出后,各郡将士风卷云涌而来,到了常山郡已有了十多万人。可是石冲优柔寡断,却又后悔起来,说:"石世、石遵都是我的兄弟,已经死了的不能复生,活着的何必自相残杀呢?"他想撤军,可是部将不答允,只得继续南下。石遵派石闵和李农带领十万精锐兵马迎敌。石冲大败,被活捉后又被迫自杀。他的士卒有三万多人被活埋。

石虎的又一个儿子乐平王石苞也想争夺皇位,在长安要发兵进攻邺城。僚属们劝他不要冒险,他不听,杀死左长史石光等一百多人。雍州等地的豪杰知道石苞为人贪婪,没有谋略,成不了什么大事,就派出使者联络东晋的梁州刺史司马勋。梁州治所(今陕西汉中)离长安不过五百多里路,司马勋是个急性子,来不及等待石苞倾巢而出往攻邺城时乘虚而进,就立即发兵来包围长安。附近的豪杰杀死当地的郡太守和县令,响应司马勋的有五十多个坞壁,共约五万人。石苞不得不放下攻打邺城的计划,全力对抗司马勋。在邺城的石遵听到消息,派车骑将军王朗带领两万精骑,名义上是来和东晋作战,但第一步先把石苞劫持到邺城去,解除了他的兵权,第二步占领了关中地区,彻底清除了石苞势力。司马勋害怕王朗的队伍勇猛难敌,退回梁州。

早在石虎生前,蒲洪参加镇压梁犊有功,石虎任命他为都督雍州、秦州诸军事,雍州刺史。这时他还没有去就职,照理应该

立即走马上任,坐镇长安。但石闵对石遵说:"蒲洪是当代人杰,如果让他坐镇关中,以后秦、雍之地就不会再属陛下了!"石遵就下诏免去蒲洪都督之职。这一下激怒了蒲洪,他立即率领部族回到枋头。枋头在黄河以北,离邺城只有二三百里。蒲洪深知后赵统治力量薄弱,他竟派出使者,到一两千里外的建康,归附东晋。

司马勋出兵的同时,荆州刺史桓温从江陵向东北进军,屯兵在长江北岸江夏郡的安陆(今湖北云梦),分派将吏向北稳扎稳打,逐步扩张。在长江下游,坐镇寿春的后赵扬州刺史王浃〔jiā〕也向建康投降。东晋派西中郎将陈逵进据寿春,收复了大块淮南土地。

后赵局势十分动荡不安,似乎对于东晋非常有利。征北大将军褚裒〔póu〕心潮澎湃,热血沸腾,上表要求出师北征。

30 褚裒北伐受挫

晋穆帝两岁即位,皇太后(康帝的皇后)褚蒜子临朝称制。褚蒜子的父亲褚裒(303-349),也就是穆帝的外祖父,这时刚四十岁出头,担任徐州、兖州刺史,坐镇京口。朝廷征召褚裒入朝担任录尚书事,他竭力推辞,说会稽王(司马昱)德高望重,应该辅政。他的谦让受到朝野的赞扬。于是会稽王被任命为录尚书事,总管朝政。

褚裒一贯沉默寡言，更不公开评论别人的好坏。早在荆州刺史庾亮在世时，褚裒途经武昌去拜访。庾亮盛筵招待，褚裒酒酣耳热，问道："听说你有一个州从事孟嘉很有才干，今日在座吗？"庾亮点点头，笑眯眯地说："你自己瞧瞧，谁是孟嘉？"褚裒站起来端详众人，左顾右盼片刻，就指着孟嘉说："这一位神采与众不同，大约就是他吧！"来客们欢然大笑，赞叹褚裒能够识人。从此人们传说，褚裒虽然嘴上不议论长短，但他看人能瞧到骨节里去，肚子里对人自有一本清账。古人都以《春秋》作为评议是非和褒贬善恶的范本，所以有人就说褚裒是"皮里春秋"①。

褚裒年轻时曾任章安县（今浙江临海东南）的县令，以后调任太尉参军，官位虽不高，但名声已很大了。他不喜欢抛头露面，因而认识他的人很少。有一次，他出去送几个老朋友，一直送到钱塘县（今浙江杭州西南）的钱塘江边。褚裒送走客人，独自寄宿在官办的寓亭里。亭吏不认识褚裒，凑巧钱塘的沈县令也送客过江，亭吏赶紧巴结县令，赶他到牛棚里去住，把正屋让给县令，褚裒默不作声。半夜里潮水到了，轰隆隆地怪吓人。县令起身观赏大潮，亭吏低头哈腰地跟在后面。县令发现牛棚里有人住着，就问那是什么人，亭吏鄙弃地回答，是个伧夫。县令酒兴尚浓，老远地高喊道："那个伧夫要吃点饼吗？你姓什么啊？过来谈谈吧！"褚裒走出牛棚举手作礼，回答道："在下河南褚季野（褚裒字季野）。"

县令一听此名，大吃一惊，又不好意思再请褚裒回正屋，赶

---

① 以后东晋简文帝即位，其母名郑阿春，晋人为了避讳，这个成语改为皮里阳秋。

紧自己也钻进牛棚去，摆酒设食，当面鞭打亭吏，表示歉意，褚裒随便与县令饮酒谈笑，好像刚才什么事也没有发生。

某日，褚裒去吴郡游玩，一人走到阊门边有名的金昌亭。亭内有吴郡的豪族们会宴，大家吃着茶点谈笑。褚裒也去坐在席边，在座者都不认识他，叫侍者多给他茶水，少送蜜渍的瓜果。侍者更不重视这位不速之客，虽然不断给他冲茶，却不送一点蜜饯去，旁人相视窃笑。褚裒心中有数，喝茶后，慢慢向众人拱手说："褚季野谢谢诸位！"四座豪族听到他的名字，顿时惊慌失措，狼狈不堪。

晋康帝在位时，褚裒就是国丈，朝廷多次请他到朝中辅政，他为了避开姻亲的嫌疑，还是坚决做地方官。他做过几年江州刺史和兖州刺史，两州都是面对强敌的地方。兖州早已全部沦陷于后赵，刺史侨居在京口、广陵或盱眙等地。褚裒的生活非常节俭，虽然位居方镇之长，平时还叫僮仆们外出打柴，自给自足。

褚太后临朝称制，褚裒再三推辞，不愿去管朝政，朝廷给他加上一个征北大将军的头衔。顾名思义，褚裒更要把北伐的大事时刻挂在心上。349年（晋穆帝永和五年）石虎病亡，后赵一片混乱之际，褚裒上表要求出征，并迫不及待地即日全军戒严，从京口出发，进军二百多里，到了泗口（今江苏淮阴西南）。朝廷议论，认为褚裒位高身贵，叫他不要亲自深入敌境，最好派遣偏师先行。他答复道："前锋已经兵临彭城，另一路人马又进据下邳，眼下必须大军急速前进，造成压倒敌人的声势。"七月间，朝廷任命他为征讨大都督，督青、扬、徐、兖、豫五州诸军事。褚裒率领三万人马直赴彭城。北方士民听说东晋北伐大军到来，每天都有一千左右的人前来投军，褚裒热情地接待安置，将士们同仇敌忾，士气高涨。

褚裒三天两头送好消息到建康，朝野人士喜笑颜开，以为收复中原的日期屈指可数。独有光禄大夫蔡谟私下对他亲近的人说："当今的将帅志大才疏，就是能打下几个郡县，也只得划地而守，结果百姓疲惫，财力枯竭，成为朝廷的大忧。"

进军北伐的褚裒意气风发，又派督护王龛进取沛县。王龛活捉后赵的沛郡太守支重，还有两千多人前来投降。后赵的鲁郡（治所在今山东曲阜）也有五百多户举起义旗，并派人要求褚裒给予支援。褚裒派王龛带领精兵三千去迎接他们。

王龛在沛县打了胜仗，轻敌麻痹，没有听从褚裒速去速返的要求，在中途的代陂（今山东滕县）暂时停留了天把。不料后赵石遵派出的南讨大都督李农率领两万骑兵，风驰电掣赶来迎战。王龛的三千人马万万没有想到一下就遭遇到如此强大的敌人。他们被围歼时，虽奋勇抗击，终于因寡不敌众，死伤殆尽。代陂的田野上，横七竖八躺着晋军的尸体，王龛本人也在战斗中牺牲。

褚裒虽然名声不小，在政治风度、待人接物等方面也确有可以称道之处，但在军事方面却非所长，也没有见过大风大浪。他经过这次挫折，就不敢再和后赵的李农对阵，而是偃旗息鼓，撤回广陵。早先进据寿春的西中郎将陈逵也吓得将军粮和财富付之一炬，平毁了寿春城墙，仓皇逃归建康。

心神不定的褚裒认为代陂之役的失败，主要是他用人不当和部署不严，造成损兵折将，影响朝廷威望，因而自己要求撤掉征北大将军的官衔，但仍要求以征北将军名义留镇广陵，待机再次北上。诏书答复说，这是偏师举止失措，褚裒不必引咎自责，只

30 褚裒北伐受挫

是要他回驻京口，解除征讨大都督的职务。一场震天动地的北伐锣鼓，就此草草收场。

奉命撤回京口的褚裒还没进城，就听得一片哀哭，入城后，大街小巷里都有披麻戴孝的人，在烧纸钱和叫魂。他惊异地问道："为什么到处是哭声？"随从回答说："他们的父子兄弟都在代陂之役中遭了难！"褚裒更是愧恨交加，忧心忡忡，从此得了重病。

褚裒的"皮里春秋"毕竟不够高明，他对自己兵势估计太高，对后赵实力预测过低，以致开始是冒冒失失地出师，最后是慌慌张张地撤退。他病重后，听说正在他挥师北上的时候，黄河以北有二十多万西晋的遗民纷纷渡河前来投奔，可是褚裒自己却逃回长江以南来啦！这是多么可耻、多么可恼啊！那些遗民找不到主儿，只得忍饥挨饿，四处流亡。① 褚裒似乎听到他们的痛哭流涕和怨恨的骂声。虽然他当时只有四十七岁，正年富力强之际，但是禁不住忧悒的重压，几个月后就病死了。

31　高鼻多须者遭殃

后赵虽然在代陂一役中打败了晋军，但几个月以后，宫廷里却又风雷滚滚而来。

---

① 随后几年，这些遗民在后赵、前燕的内乱外祸中，大都被杀戮掳掠而丧生。

当初，彭城王石遵起兵征讨张豺时，拍拍前锋石闵（？－352）的肩头，斩钉截铁地说："好好打仗！大事倘告成功，立你为太子！"可是石遵坐上皇位后却立燕王石斌的儿子石衍为太子。石闵万分气恼，他知道自己仅仅是石虎的义孙，原是晋人，不是真正的石家人和羯族人，因而他虽然为石遵豁出命来夺天下，石遵还是决不会把皇位传给他的。

早年，在石勒攻打乞活军陈午的当儿，俘虏中有一个浓眉大眼的十二岁孩子，名叫冉瞻，是魏郡内黄（今河南内黄西）人。年幼的冉瞻已经有了一身好武艺，石勒十分赏识，就让石虎收为养子，改姓为石。过几年石瞻长得身材粗壮，悍勇异常，哪儿打仗激烈，他就往那儿一个劲地冲杀，而且能左右开弓，箭无虚发。石瞻的儿子石闵，小字棘奴，从小就很聪明果敢，石虎很喜欢他，当他如亲孙一般看待。石闵长大后，身高八尺，比他老子更是英勇能战，又善于谋略，立下不少军功，被任命为北中郎将。石虎进军东北，征讨慕容皝，昌黎一战，全军大败，各部都受到很大损失，独有石闵所部全师而归，因此英名大显。随后，石闵参加镇压梁犊起义，虽然主力是氐、羌各部，但石闵奋勇作战，使姚弋仲、蒲洪这些老将也甘拜下风。

石闵对他养祖石虎在世时残酷地压迫晋人心中愤愤不平。石虎曾听信一个和尚吴进的胡言乱语："胡运将衰，晋朝要复兴，应该对晋人（即汉人）加以苦役，才能破坏他们的气运。"石虎因此下令，征发附近各州郡的晋人，共约壮男壮女十六万人，以及十万辆车，到邺城修造华林苑，供他游玩。园中又挖了一个天泉池，池边的千金堤上，有两条大的铜龙，面对面地喷水，注入池中。石虎还命令这些民工在华林苑周围造起几十里的高墙。有

些臣属劝他宽容些,他大怒说:"如果苑墙早晨建成,晚上我石虎归天,也在所不惜。"他下令在夜晚烧起千万支火把,拼命赶造。接连几天狂风暴雨,石虎还是不准稍停。因此,在崇山峻岭中采运石块的人,在陡峭河岸上拉纤运船的人,在工地上劳累过度的人,死于非命的有好几万。

石虎的太子石宣生前身边有一个詹事孙珍(羯族),眼睛有病,问侍中崔约(原晋人)有什么药可以治疗,崔约对他开玩笑说:"撒尿眼中,就会痊愈了!"孙珍问:"眼里怎么能撒尿?"崔约笑着说:"你的眼深深地凹下去,像个小酒碗,正好装尿!"孙珍气极了,将这事讲给石宣听。石宣的眼睛凹得比谁都深,以为崔约是在骂他,怒火一起,就砍了崔约及其儿子的头。这样,各族官吏之间的裂痕也就愈来愈深。晋人在羯族皇室和贵族的压迫下,积下了深仇大恨,宛如一触即发的火山。

石闵没有当上皇太子,但他官为都督中外诸军事,总掌内外兵权。他还想插手朝政,石遵不同意。一些大臣劝石遵削去石闵的部分兵权,石闵更是气鼓鼓的。石遵看在眼里,记在心上。349年十一月间,石遵召集石鉴、石苞等几个同姓王在一块儿商议,要杀害石闵。石鉴等都赞同,但郑太后说:"你们起兵进邺,要是没有棘奴,怎么能有今天?他不过恃功骄妄,暂且忍着点吧!何必马上杀他?"这事议而不决,只得暂搁几天。不料,石鉴口头同意杀石闵,心中却是想利用石闵夺取皇位。他出宫后,就派人密告石闵。石闵怒火冲天,当即发兵三千,到宫内捉拿石遵。石遵正在和嫔妃们玩乐,一见是石闵的部下闯了进来,知道难于逃脱被杀的厄运了,但他还追问带头的将军周成:"是谁叫你们造反?"周成答非所问说:"义阳王石鉴应该立为皇帝!"石

遵叹气道："我尚且落得如此下场，我那兄弟能坐几天皇位？"周成不再和他搭话，手起刀落杀了他。石遵在皇位上不过待了一百八十三天。郑太后、张皇后、太子石衍以及石遵的心腹臣子，都同时被杀。

石鉴登上皇位，任命石闵为大将军，李农为大司马、录尚书事。但是石鉴对他俩是不放心的，过了几天，就要乐平王石苞等人在黑夜里去攻杀石闵和李农。石闵早有防备，双方立即展开血战。石鉴眼见石苞等打不过石闵，又装腔作势地下令，怒责石苞等胡作非为，把他们抓起来杀掉，以讨好石闵和李农。

龙骧将军孙伏都等带了羯族的三千猛士，要攻杀石闵和李农。石鉴问他们干什么，他们说："我们要带卫士去征讨这两个乱国大奸，特地先来禀报皇上。"石鉴说："你们是功臣，要为国效忠，马到成功后，一定给你们厚厚的封赏！"但是，孙伏都又打了败仗，石鉴知道了，又怕石闵和李农来杀自己，召他俩入宫说："孙伏都造反，你们应该快去征讨！"于是，他俩攻杀了孙伏都，将其部族和家属全都杀死，城内横尸遍地，血流成渠。由统治者制造的民族仇恨的导火线，终于爆发成弥天大祸。

石闵宣布命令说："除晋人外，凡是其他各族人手拿兵器的，都要杀！"各族的将士和百姓纷纷逃出邺城。石闵又下令说："孙伏都的党羽都已伏法，其他人一律不问。和朝廷同心的可以留下，不同心的，可以随便到什么地方去！城门大开，进出不禁。"于是邺城周围一百里以内的晋人全都进到城里，城内其他各族的人，扶老携幼，全都拥出城去。进进出出的人们，挤得城门水泄不通。

石闵知道羯族是后赵的"国人"，决不会被自己所用。他随即下令各地："凡是斩下一个羯人的脑袋，送到邺城凤阳门，文官可以进位三等，武官可以任为牙门将。"石闵亲自带领将士去搜捕屠杀，只要是羯人，不问当官不当官，不问男女老少，一律杀死，一天里就有几万羯人被杀。尸体丢在野外，全被野狗和豺狼吃掉。石闵还专门写了许多书信，分发给各地军队中原为晋人的首领，要他们杀尽羯人。

因为一般羯人的鼻梁高，一脸络腮胡子，因而汉人中凡是高鼻梁、多胡须的，也大都当成羯人被杀死。几天以内，邺城和各地共杀了二十多万人。

在这场大屠杀中，武卫将军张季等大臣和将士约共一万多人死里逃生，从邺城投奔据守襄国的新兴王石祗；还有汝阴王石琨逃到冀州。石祗和石琨都是石虎的儿子，加上后赵所属的段氏鲜卑、氐、羌等族，各有数万人马，都不肯附从石闵。就在离邺城几十里路以内，还有后赵的卫军将军张贺度和抚军将军张沈，分别占据了滏口和石渎，也各有几万兵力，对邺城的威胁很大。

350年（东晋永和六年）正月，石闵改后赵国号为卫，暂时还要石鉴做个傀儡皇帝。冀州石琨配合襄国石祗共派出七万人马攻打邺城，石闵只带了一千多骑兵到城北迎战，马蹄到处所向披靡，石琨的队伍被斩杀者三千多人，大败而逃。接着石闵和李农带了三万骑兵，进攻据守石渎的张贺度。

邺城里的石鉴派了宦官送信给滏口的张沈，要他利用石闵往攻石渎的机会，乘虚抢占邺城。不料那个宦官却把信送给石闵。石闵和李农当即赶回邺城，并废杀了石鉴。石鉴在皇位上坐了一百零三天。石虎的二十八个孙子也被斩草除根，杀得一个不留。后赵从319年（东晋太兴二年）立国，到这时共历三十一年而亡。

司徒申钟等要求石闵即帝位,石闵让给李农,李农当然不敢。石闵又说:"我们原来都是晋人,现在去迎接晋天子还都洛阳,怎么样?"尚书胡睦说:"陛下圣德应天,应该登上大位。晋室衰微,又远逃江南,怎么能统帅群雄,统一天下呢?"石闵当即赞扬道:"胡尚书真是识时势,知天命啊!"

350年闰二月,石闵即皇帝之位,建国号为大魏,改元永兴。他宣布恢复本来的姓,所以历史上称他为冉闵。李农被任命为太宰,领太尉,录尚书事,封齐王。冉闵又派出使者,去赦免过去不附从他的各地势力,但各地还是不愿意驯服。如果这些势力都联合起来征讨冉闵,冉闵是对付不了的。可是他们却各有各的打算,谁也不肯听别人的,都想雄踞一方。

32 苻健取关中

当石虎的儿子们相互残杀时,原从秦州、雍州被迫迁来中原的吏民趁机纷纷逃回家乡去。他们经过枋头,暂时歇歇脚,愈聚愈多,到了十多万人,一起公推氐族的首领蒲洪做盟主。当时石鉴在位,看到蒲洪兵势那么大,慌忙给他晋官,任命他为都督关中诸军事、征西大将军、雍州牧,领秦州刺史,希望他早点到关中去,免得在身边闹起事来没法治。

蒲洪召集僚属们,商议要不要接受这些官职。主簿程朴建议

让蒲洪的统辖地区"如列国分境而治",作为后赵的一个属国。蒲洪发怒说:"我就不能做天子?胡说什么列国!"他一气之下,竟杀了程朴。

蒲洪和坐镇清河的羌族首领姚弋仲都想在混乱中抢夺地盘,称王称霸。姚弋仲派他的儿子姚襄带领五万人马去攻打蒲洪。蒲洪加以迎头痛击,杀了三万多人,他打了胜仗非常得意。

蒲洪很迷信,这时有人劝他称尊号,他也因为谶文(一种迷信的预言)有"艹付应王"的话,而且他的孙子蒲坚背上似乎出现了"艹付"二字,所以他以为这是上天所命,于是就改姓为苻,蒲洪成了苻洪,蒲坚成了苻坚(338-385)。苻洪同时自称大都督、大将军、大单于、三秦王。这是冉闵自立为帝同月里的事。

不久,苻洪的部将麻秋对他说:"冉闵和石祗在中原相持不下,我们还是早点到关中去。待基业打得稳固些,再回到东面来争夺中原,那时就可以无敌于天下了!"苻洪觉得这个主意很好,加紧准备出发。

麻秋是石勒、石虎时期的猛将,曾经横扫西北,屡建战功。后赵覆没,他从长安赶来,原想投奔冉闵,却被苻洪拦截俘获,任命为军师将军。麻秋表面上对苻洪忠心耿耿,内里却不怀好心。一次酒宴中,他偷偷地给苻洪喝了毒酒,苻洪痛得满地打滚。原来麻秋想把他毒死,自己代为主帅,到关中去独霸一方。苻洪的长子和次子老早被石虎派人暗杀掉,但是三子苻健(317-355)却是不好惹的,他当即活捉麻秋,把他处死。苻洪临死对苻健说:"我没有老早打回关中去,是想等待机会先拿下中原。不料什么事也没办成,却被麻秋这小子下了毒手。中原不是你们兄弟能打得下来的,还是赶紧去占领长安吧!"

苻洪死后，苻健继领部众。这时，镇守襄国的石祗自称后赵皇帝，任命苻健为镇南大将军、兖州牧。苻健并不稀罕这些官爵，只想遵照父亲遗嘱一心向西进军。可是消息传来，京兆人杜洪捷足先登，占领了长安，并自称是东晋的征北将军、雍州刺史，受到附近各族吏民的拥护。

苻健又气又恨，暗下决心，还要去争夺长安，但又不能让杜洪预先知道。他没奈何，只得表面上接受石祗的封官，在枋头大兴土木，修造官府，三令五申要将士和吏民广种麦子。有人知道苻健是想借此麻痹杜洪，就不愿拿大把大把的麦粒白白撒到地里去。苻健以违抗军令为名把那些人抓了几个，斩首示众。于是，枋头里里外外，闹哄哄地造房子和种麦子。这些情况传到长安，杜洪信以为真，认为苻健是铁了心留在枋头，于是对他不做任何防备。

西征的一切准备就绪，苻健摇身一变，又宣称自己是晋的征西大将军、都督关中诸军事、雍州刺史，全部人马向西开拔。苻健的侄子苻菁带七千兵马，从黄河北岸的轵关（今河南济源西）打到长安去。苻健的弟弟苻雄带五千兵马，渡过黄河，从南岸的潼关进入关中地区。苻健亲自带领大军，随着苻雄走南路。他和苻菁分手时说："如果进军失败，你死在黄河以北，我死在河南，咱们叔侄俩不能再相见了。咱们一定要狠狠地打，拼死也要拿下长安。"

苻健和苻雄兄弟俩带着军队渡过黄河，立即烧毁浮桥，表示誓死不回头的决心。杜洪得到情报，写信给苻健，大骂他的虚诈，又轻慢地讥笑一通，派了一万三千人马去抵敌。两军在潼关以北打了一仗，杜军大败。苻健打了胜仗，还写了阿谀逢迎的书信，派人带着名马和珍宝，送给杜洪，声明一切都是误会，自己

只是特地到长安向杜洪劝进的。杜洪又气又怒地说:"这些贵重的礼品和甜言蜜语,都是要引诱我上当的,我决不会那么傻。"他下令要关中各地的将士都来保卫长安。

苻健过了华阴,又派苻雄去平定渭水以北各郡。那些地方有氐、羌部落各几万,他们杀了杜洪来调兵马的使者,归附了苻健。黄河以北,苻菁的一路兵马也处处得手,沿途城邑闻风投降。这一年(350年,东晋永和六年)十月,苻健长驱直入,攻进长安,杜洪弃城逃跑。苻健深知民心思晋,特别公开宣告派参军杜山伯专程到建康去报捷,他又派出专使去联络东晋坐镇江陵的桓温。有了东晋这块大牌子,关中各族吏民纷纷归附苻健。

351年正月,苻健的僚属提出要上表东晋,请求封他为秦王。苻健这时有了地盘有了实力,这个王位不在他眼下了。他发怒说:"我哪能只做秦王?"暗下他又指使僚属们劝进立国,自己又装模作样,再三推辞,最后宣称即天王、大单于之位,国号大秦,历史上称为前秦或苻秦。苻健立国后,分遣一批使者到各地探问民间疾苦,减轻苛重的赋税,废除过去行之不便的法令。他又提倡节俭,不准穿着奢侈的奇装异服,不准摆设无用的珍器宝物,确有一番开国的新气象。过了一年,苻健又宣称即皇帝之位。

冉闵坐上皇位后,猜疑李农要来夺位,就杀了李农及他的三个儿子和一批大臣。邺城外,张贺度等反对冉闵的力量在昌城(今河南南乐西北)会师,攻打冉闵。冉闵独自带兵迎战,杀死张贺度所部两万八千人。张贺度等逃跑了,余众全部被俘。冉闵胜利回师邺城,将士三十多万,沿途旌旗飞扬,征鼓震耳欲聋,不亚于当年石勒、石虎的极盛时期。冉闵在任官方面能量才任职,不少有才学的儒生被破格重用,于是人们将这种情况比之于魏、晋开国时的新貌。

襄国的石祗随即被冉闵带了十五万大军围困一百多天，城外堆起了比城墙还高的土山，城边挖了地道通向城内，又在城郊建筑房屋，分兵耕种土地，似乎要长久待下去。石祗危在旦夕，只得去掉皇帝尊号，改称赵王，派人分头求救。姚弋仲派兵两万八千，前燕派兵三万，加上石琨人马共有十多万，来解襄国之围。冉闵骄傲轻敌，来了一个硬拼。襄国城内城外几路夹攻，冉闵全军覆没，他自己只和十几名随从飞马逃回邺城，邺城内的兵力还很强，冉闵仍图征服石祗。

这几年，司州、冀州没有一个月不打仗，又连遇荒年，树皮草根都挖完，到了人吃人的地步，几百万各族人民流离失所。逃向本土的人，在途中又相互抢掠冲突，加上饥饿和瘟疫，能回到家乡的只有十之二三。田地里全长满了荒草，无人耕种。

石祗又派部将刘显带了七万人马来攻打邺城，冉闵奋力迎战，刘显大败，向东逃到了阳平（今山东莘县），所部被杀三万多人，冉闵还紧追不放。刘显派密使要求投降，并且许愿要去杀石祗做见面礼，冉闵这才歇手，回师邺城。刘显返回襄国，果然杀掉石祗及十几个大臣，于是冉闵任命他为冀州牧，坐镇襄国。不久，刘显又举兵叛变，被冉闵攻杀。

羌族首领姚弋仲，在当年是和苻洪一起驰骋沙场，并肩作战的，现在已是七十三岁的高龄。他眼看晚辈苻健在长安称帝，心中闷闷不乐，得了重病。他有四十二个儿子，都叫到病榻跟前，对他们说："石勒和石虎待我是厚道的，我也决心尽力报效，但现在他们的子孙都死尽，没有办法了。我去世后，你们还是归顺晋朝，不要做不义的事。"

姚弋仲死前半年，已派专使到建康投诚，东晋拜他为六夷（胡、羯、氐、羌、段氏鲜卑、巴蛮）大都督，督河北（黄河以北）诸军事、车骑大将军等；又任命他的第五个儿子姚襄（331－357）为都督并州诸军事、并州刺史。姚弋仲一死，姚襄对前秦憋了一肚子气，暂不发丧，先带了六万户部属，南渡黄河，想和前秦拼一拼。哪知照面打了一仗，就伤亡潜逃了三万多户。到了荥阳，只得给姚弋仲发丧。姚襄在灵前捶胸顿足，痛哭一番后，又鼓着气同秦将高昌和李历去交战。这一仗败得更惨，姚襄的坐骑中了流矢倒地而死，他好不容易才脱险突围。没奈何，姚襄只得带了余众投奔东晋，东晋诏书下达，要他驻扎在谯城（今安徽亳县）。

中原地区十分混乱之际，在冉闵大屠杀的个把月后，前燕大军就从东北乘机挥师南下，他们利用冉闵和石祇等对峙的混战时机，图谋占领整个北方。

33　冉闵之死

燕主慕容儁统一了关外的平州地区，真是做到了"拓地三千里，增民十万户"。他采纳记室参军封裕的谏言，发布了一个诏令，指出"君王有黎民百姓才能立国，黎民百姓以谷为命"，因而"农者，国之本也"。并宣布将帝王打猎游乐的苑囿土地分配给无地百姓，全无产业的贫者各赐牛一头，借官牛以耕官田者所纳官租也酌予减轻。慕容皝颇有文才，他亲自到国学讲课，当面考试学生。他的这些措施，俨然有一番开国英主的气象。

348年（东晋永和四年）九月，慕容皝病死，时年五十二。他的第二个儿子慕容儁（319－360）继承王位。慕容儁身材魁伟，博览群书。他即位后，石虎的几个儿子在邺城相互攻杀，前燕的将臣们纷纷要求出兵中原，慕容儁犹疑不决。折冲将军慕舆根说："这个局面千载难逢，机不可失。自武宣王（指慕容儁的祖父慕容廆）以来，务农训兵，正是等待像今天这样的时机。"慕容儁被臣僚们说得喜从心起，决定挑选精兵二十多万，积极做好进军的准备，两眼紧紧盯住中原的大好河山。

一年多后又发生冉闵的大屠杀事件，南下的时机更成熟了。350年（东晋永和六年）二月，慕容儁亲自率领大军南下，前锋都督慕容霸直扑后赵的乐安城（今河北乐亭县北）。乐安是早年石虎北伐时设立的一个据点，城堡坚固，兵强粮足，慕容儁担心这块硬骨头啃不动。可是慕容霸早就预料到，镇守乐安的后赵镇军将军邓恒虽然立志坚守，但将士们却思念战乱中的家乡，个个归心似箭，一定不堪一击。果然，当燕军急速逼近乐安时，邓恒发现军无斗志，慌忙烧毁仓库，弃城逃跑。慕容霸收罗兵员和财粮后，和慕容儁会师。他们又继续南下，攻下了蓟城。慕容儁立即从龙城迁都蓟城（今北京城西南），附近郡县相继投降归顺。

前燕兵马开到范阳（郡治在今河北涿县），太守李产要凭城抵抗，但将士们早已厌恶石祇、冉闵等的混战，因而都不愿服从守城的命令。李产鉴于众心难违，就带领范阳郡所属八个县的县令和守将向慕容儁投降，他还是被任命为范阳太守。

原先镇守乐安的邓恒向西逃了八百多里，坚守鲁口（今河北

饶阳）。慕容儁又从范阳向南压下来,邓恒的部将鹿勃早带了几千人马乘夜偷袭燕营,杀向前锋慕容霸的帐幕。慕容霸从睡梦中惊起,奋勇抗击,杀了十几个人,鹿勃早就不敢前进了。燕军赶紧整顿队伍,慕舆根带了几百名精兵,从帅营直攻鹿勃早,内史李洪又从营外带领骑兵夹击,鹿勃早的士兵死亡殆尽,只有他独身逃归鲁口。慕容儁虽然得到胜利,但损失也很大,他知道邓恒的兵力还不弱,暂且又撤到蓟城。

前燕整休半年后,再南下冀州,占领了章武、河间、渤海等几个郡国。渤海有个曾在后赵为殿中督的贾坚,在冉闵夺权后,弃官回乡,带了部曲(私人军队)几千户保卫家园。前燕辅弼将军慕容评打到渤海,几次派使去招降贾坚,他始终不肯低头。慕容评领兵进攻,把他活捉。慕容儁很爱贾坚的才干,又听说他善于射箭,看他年纪大,就在一百步以外放了一头牛,叫他试射。从来只听说百步穿杨,很少叫人百步射牛的,六十多岁的贾坚见了这光景,嘴角挂着微笑说:"我年轻时还有点本领,现在年老力衰,恐怕不行了,试着来两下吧!"他弯弓搭箭,等待那牛低下头时,一箭从牛背上擦拂而过;当那牛昂首时,又一箭从牛肚下摩拭而去。人们仔细一瞧,两条箭痕贴着牛皮,射掉一长道的牛毛,牛背牛肚一模一样,一点没伤着牛身。观看的人齐声喝彩,慕容儁更为惊叹,立即任命他为乐陵太守。

渤海还有一个据众自保的逄〔páng〕约,他归附冉闵被任命为渤海太守。慕容儁要足智多谋的相国、渤海人封奕前去征讨,封奕派人对逄约说:"我们都是老乡,隔绝已有三十多年啦!人各有主,都有自己的想法,这些不必多说了!相见的机会难得啊!希望我们能够单独碰面,畅谈乡里之情。"逄约素来很看重封奕的名声，立即同意。两人叫随从的骑兵向后撤退，封奕只留一名徒手供差遣的随从名叫张安的，侍立在近旁。张安勇力出众，是封奕有意带来的。接着，两人就在逄约的军营门口骑在马上单独交谈。首先相互寒暄一番，再谈谈平生情况，封奕有意顺口溜出一些大道理来，无非是讲前燕力量强大，人心归附，冉闵滥行杀戮，伤天害理，劝逄约早日弃暗投明等等。逄约听后怅然若失，默不作声。这时，张安突然从封奕身后飞奔而出，牵住逄约的马络头，一跃上马，用力夹住逄约的身体，飞快驰回燕军营中。封奕对被俘的逄约说："刚才瞧你犹疑不决，特意帮助你下了决心，我绝不是抓你去报功，而是保护你的安全，并使百姓免遭战祸。"

逄约只得暂且归燕，慕容儁任命他为参军，因为他是受到计诱而来的，所以自己改逄约的名为逄钓。逄钓对封奕这么钓他上钩，内心始终不服，不久又逃回渤海，召集旧有部众，背离前燕。这时，那射落牛毛、一心归燕的乐陵太守贾坚，却劝告那些渤海老乡不要三心二意，逄钓的有些部众就溃散了。逄钓眼看大事不成，就逃到建康投降东晋。

贾坚对前燕却是一片忠诚，几年后他调任泰山太守，坐镇山茌（今济南市南），被东晋徐、兖二州刺史荀羡包围。城临破时，贾坚策马站在护城河的桥上，左右开弓，晋军无不应弦而倒。荀羡的士兵偷偷摸下河去，砍断桥柱，贾坚连人带马掉下河去，于是被俘。荀羡（时年三十七）劝他投降，白发苍苍的贾坚拼死不愿，反骂道："你这小子怎么来教训你老爷爷？"荀羡大怒，捆住他的手脚，在雨中淋了几天。贾坚又气又恼，终于死了。贾坚之死已在358年。下面回头再说燕军南下的事。

352年（东晋永和八年）四月，前燕派辅国将军慕容恪进攻

冉闵。冉闵的僚属劝他说:"鲜卑乘胜前来,锐不可当,而且敌众我寡,还是暂且回避一下吧!等到燕军骄横疲惰时,再调兵遣将给予攻击也不迟。"冉闵生气地说:"你们别说我的人马太少,我还准备让他们去平定幽州,斩慕容儁之首呢!今天遇到慕容恪就要退避三舍,那不是笑话吗?"

在魏昌(今河北无极东北),两军对阵,交战十次,燕军都被打败。冉闵打仗就是狠,他的将士虽然不多,但非常勇猛,燕军人人胆寒。慕容恪发现这个情况,骑着马巡视各营,不断地给部下打气说:"冉闵的士兵连日奋战,粮食缺乏,饱一顿饿一顿的,眼下又饥又累,再有几天就没法逞能了!"燕军士气才高涨起来。

冉闵的将士大多是步兵,前燕却全是骑兵,冉闵想让自己的队伍进入丛林,以使前燕的骑兵发挥不了驰突的长处。前燕的参军高开对慕容恪说:"如果冉闵的队伍拉到丛林,我们的骑兵就没法制伏他们了。最好派少数轻骑引诱冉闵到平原上,便可加以包围消灭。"慕容恪非常赞同。他知道冉闵骄傲轻敌,便派出一支队伍装作节节败退。冉闵果然上钩,穷追不放,转眼到了空旷的平地上。慕容恪早把燕军分为三部,亲自带了主力作为中军,挑选五千名善射的骑兵,用铁锁把马匹连结起来,排成一个方阵,迎向冲过来的冉闵军队。

冉闵的坐骑是一匹通身红似火焰的高头大马,名叫朱龙,据说能日行千里。他骑上朱龙宝马,左手飞舞两刃长矛,右手运起带钩利戟,望见方阵里帅旗飘扬,知道慕容恪身在其中,于是奋力冲入阵中,左刺右杀,臂不稍停,一连斩死燕军三百多人。但是这个铁锁连马阵却仍是纹丝不动。这时,前燕的左右二军按照慕容恪的预先安排,紧紧地包围上来。冉闵的将士被杀得七零八落，阵亡者七千多人。燕军里三层外三层，围住冉闵及其随从。冉闵使尽吃奶的劲头杀出重围，向东跑了二十多里。不料，他胯下的朱龙宝马由于不停蹄地血战了过长的时间，再也不能龙腾虎跃地瞬息百里了。冉闵狠命鞭打，刹那间，朱龙宝马颓然倒地而死。燕军追兵蜂拥而至，终于活捉了冉闵。

慕容儁祖祖辈辈是鲜卑的贵族，他知道冉闵的先辈是低级的军吏，因而当冉闵被押到蓟城时，慕容儁责骂道："你是奴仆下才，怎么妄称天子？"冉闵厉声抗言："天下大乱，你们夷狄之人还图篡夺皇位，我是一世英雄，为什么不可作帝王？"慕容儁气极，命人狠狠地抽了冉闵三百皮鞭，派人押他到龙城宗庙去告捷，不久就加以杀害。

冉闵建立的魏国，不到三年就灭亡了，历史上称之为冉魏。冉闵死后恰巧遇到蝗灾，从八月到十二月又是五个月不下雨，前燕境内大旱，慕容儁很迷信，以为是冉闵的幽灵在作怪，就派人遥遥祭祀，又追谥他为武悼天王。

冉闵的儿子冉智在冉闵被俘后，仍坚守邺城。这城里还有一件宝物，是慕容儁梦寐以求的。

34 计取传国宝玺

秦始皇称帝，用方圆四寸的稀世玉石刻了一颗传国宝玺。印钮是五条张牙舞爪的飞龙，玺上的字是丞相李斯写的篆文"受命

于天,既寿永昌"。玉玺成为历朝皇帝世世代代相传的宝物,它意味着统治国家的至高无上的皇权。西晋立国,晋武帝从魏帝曹奂手里接受了这颗传国宝玺。永嘉之乱,刘曜攻破洛阳,俘虏了晋怀帝,宝玺被送到平阳,成为刘聪立国的信物。以后它又成为石氏后赵和冉魏的国宝。

东晋偏安江南,由于没有这颗宝玺,中原人士对初年的几个皇帝就称之为"白版天子"。东晋官吏听到这种带刺儿的称呼,不免臊得脸上热乎乎的。

早先后赵石祗困守襄国,曾派太尉张举向前燕求救。襄国穷困已极,没有什么珍宝做礼品。张举凭空编造谎言,说传国宝玺在石祗身边,又对慕容儁许愿,如果襄国之围解除,一定把宝玺奉献前燕。冉魏得悉前燕计划救赵,也派从事中郎常炜出使燕国。慕容儁已被张举诓骗得迷迷糊糊,不肯亲自接见常炜,只派河间太守封裕做代表。封裕问:"听说冉闵刚刚坐上皇位,要给自己铸一个金像,以预卜成败,但金像始终没有铸成,这件事是真的吗?"常炜回答:"从来没听说过。"封裕又说:"南边来的人都这么讲,你又何必隐瞒呢?"常炜紧接着说:"奸诈的人常常假借天命符瑞,给自己装潢门面。但是我大魏皇帝占有中原,而且有了传国宝玺,为什么还要去搞那些铸金象的鬼把戏呢?这样的谣言何必听信!"

封裕一听到传国宝玺,心里陡地一惊,赶忙追问:"你说它在邺城,怎么张举却说在襄国?"常炜冷笑道:"他们是来讨救兵的,狗急跳墙,什么鬼话都能说出来。他们如果不说宝玺在襄国,怎么能诱骗燕王出兵去解围呢?"

慕容儁"先入为主",还是相信张举。他又想逼迫常炜证实,就叫人堆积木柴在常炜身边。封裕对常炜说:"你还是从实说了吧,免得受皮肉受苦,落得焦炭一团。"常炜面不改色,说:"过去石虎亲率大军攻伐燕都,虽然大败而回,但他多年来在乐安积聚军粮兵器,志在吞灭你们。石虎子孙是你们的世仇,我大魏皇帝虽然不是为了燕国而消灭他们,但你们应该兴高采烈和我们合作啊!怎么反而责备我方,这不太奇怪吗?你快快多加点木柴,把火烧起来,让我早些上西天诉于天帝,这就算是你给我的恩惠吧!"

前燕的臣僚要求赶紧杀死常炜,慕容儁说:"这个人敢于杀身为君,是一个忠臣。冉闵虽然罪大恶极,但两国交兵不杀来使,让他留一条命吧!"

慕容儁还是一个心眼儿要探问出传国宝玺的下落,安顿常炜住宿后,又派他的老乡赵瞻去探望和威胁说:"听说燕王又改变主意,要丢你到东边海里去,你为什么那么固执不化,还是说了实话吧!"常炜道:"我从年轻时与人交往,即使对平民百姓也没欺骗过一个人,怎么会对大王说谎呢?我的生性就是不做曲意苟合的事,即使把我丢到东海里去喂鱼虾,我也只有直情尽言,没有二话。"说完,转身面朝墙壁躺着,再也不肯搭理赵瞻了。

慕容儁还是半信半疑,他是昌黎(今辽宁义县)人,和常炜家乡广宁(今河北涿鹿)同属幽州,加上这点乡里之情,就没有立即杀害常炜,把他押解到故都龙城,关在牢里。以后慕容儁出兵襄国,再经多方查核,才知道传国宝玺确实不在襄国而在邺城,说谎的张举立即被杀,同时释放了宁死不讲假话的常炜。常炜的四个儿子和两个女儿散失在中山郡,慕容儁派人找到他们,送到龙城去和常炜团聚。

中原战祸连绵,东晋想乘机收复失土。当年被庾翼认为要

"束之高阁"的殷浩,已任扬州刺史多年并参与朝政,此时上表要求出师北伐。352年(东晋穆帝永和八年)二月,诏书下达,要坐镇寿春的安西将军谢尚(308-357)和坐镇京口的北中郎将荀羡做殷浩的督统,作为他的左右两个拳头,准备一齐打向北方。但是北伐的锣鼓还没敲响,原来向谢尚投降的冉魏豫州牧张遇,认为谢尚瞧不起他,就在驻地许昌叛变,并且派兵进据洛阳。这一下就截断了东晋北伐的路线,打乱了殷浩的北伐计划,北伐大军只得暂且偃旗息鼓。

殷浩北伐中止后不久,中原又起了一个大变化,这就是前已讲到的冉闵在四月间战败,被前燕所俘,当时冉闵的太子冉智幼小,由大将军蒋干护卫着坚守邺城。慕容儁带了一万人马要拿下这个城。城里早就断粮,能下肚的树皮草根也都难找到啦!原属后赵宫内的宫女,几乎都被杀掉充饥。蒋干再无别法,赶紧派出侍中缪嵩带了降表和求救书到谢尚跟前去。慕容儁知道后,立即增兵两万加紧攻打邺城,一定要抢先把传国宝玺夺到手里。缪嵩到了半途,被坐镇仓垣的东晋濮阳太守戴施得知,他截住缪嵩,不提任何要求,只是一口咬定要传国宝玺。缪嵩没法,只得回邺城向蒋干请示。蒋干担心谢尚和戴施无力解救邺城之围,心里七上八下打不定主意。不久,戴施亲自带了一百多个壮士闯过重围,进了邺城。他说得头头是道,欺骗蒋干道:"现在敌人包围重重,道路不通,不便送宝玺到建康去,但是你最好把它交付给我,我立即派人上报天子。天子知道宝玺已在我手里,相信你是诚心诚意归顺,一定会多发兵粮来救你们!"这一番话说得蒋干心悦诚服,就把传国宝玺珍重地托付给戴施。

戴施又声称,谢尚送来救急的粮食很快到达,要委派督护何融带兵出城去迎接。蒋干亲自率领五千人马保护何融，杀出重围，其中四千将士因而丧生。蒋干好不容易逃回城内，他却不知道何融怀里偷偷揣着传国宝玺，带出了邺城。谢尚听说宝玺已到，派了三百精骑迎接，转眼又马不停蹄把宝玺送到建康。

邺城又坚守了个把月，城内的长水校尉马愿等人开了城门，迎接燕军进城。戴施和蒋干从城头悬绳而下，逃回到戴施原来的驻地仓垣。

冉闵的太子冉智、皇后董氏和一批大臣被俘，但是传国宝玺却没有一点影踪。燕军费尽心机，还是落了一场空。慕容儁仍不甘心，散布谣言说："董皇后已经献出了宝玺。"因此还特地封她一个奉玺君的美衔。

352年十一月，慕容儁在蓟城自称皇帝，而且还打肿脸充胖子说，他因为得到了传国宝玺，所以改年号为元玺。这时正巧东晋的使者到达蓟城，慕容儁说："你回去告诉你们天子吧！中原没有君王，我已被吏民推戴为皇帝了！"原先，前燕名义上还是隶属东晋，这么着，就平起平坐了。

慕容儁坐上皇帝宝座，追尊其祖慕容廆为高祖武宣皇帝，其父慕容皝为太祖文明皇帝，又为其父的一匹坐骑铸了铜像。因为当初石虎北伐棘城时，慕容皝要想暂时撤退避难，但是他最心爱的坐骑悲鸣不止，不论谁要靠近它，它就猛踢后蹄，或是举首狂咬。慕容皝说："这匹马在先父手中就屡立奇功。我骑着它，也脱险几次。它不愿离开，大概是神使鬼差吧！"以后石虎缺粮，自行撤走，这匹马被人们尊敬崇拜。到慕容儁称帝，它已四十九岁，奔跑起来还不减当年雄姿。慕容儁下令给它铸了铜象，矗立于蓟城的东掖门。不久，这匹马老病而死。

东晋获得传国宝玺,君臣的乐劲儿别提啦!兴师北伐的呼声又高了起来,将士们雄心壮志不小,要先去收复洛阳,再图席卷长安。

35 "咄咄怪事"

东晋朝廷早在350年冉魏立国时,就任命扬州刺史殷浩为中军将军,都督扬、豫、兖、徐、青五州诸军事,准备北伐中原。

殷浩(?-356)字渊源,陈郡长平(今河南西华县东北)人。他父亲殷羡赴豫章郡(今江西南昌一带)做太守时,朝中官员托他顺便捎带一百多封书信,到了离南昌不远的石头渚,他把那些书信都丢在江水里,说:"沉者自沉,浮者自浮,殷洪乔(殷羡字)不给你们做送信人。"后人因此称不可靠的带信者为"洪乔",又以为这事很风趣,就称石头渚为投书浦或投书渚(在今南昌市昌北车站西北约一公里的蛟桥附近)。殷羡以后调任长沙郡太守,肆无忌惮地搜刮民脂民膏,在荆州二十多个郡中臭名远扬。殷浩虽然是他的儿子,却从小爱好清谈,没有做官前,名声就很大,人们甚至比之为春秋初期的大政治家管仲。有人问殷浩说:"人们都讲,做梦梦见了棺木就会升官,见了大粪就会发财,这是什么理由?"殷浩笑着答道:"官就像尸体那么腐臭,所以升官前,可能梦见棺木;钱财原来就和粪土一般,因而发财时,就会梦见污脏。"这个回答被众人作为美言,四处传播。

殷浩早年视官位和钱财如腐尸和粪土，所以迟迟不愿意做官。他在祖先墓地上隐居将近十年，只是和一些清谈的名流有些来往。殷浩的两片嘴皮子从不饶人，能够和他旗鼓相当而辩论的，是秘书监、太原人孙盛（字安国）。有一次，他俩一边辩论，一边用麈尾相互用力指划和掷舞，两人顾不得吃饭，一刻不歇地吵嚷，麈尾上很多尾毛也脱落在席间的茶盏酒杯和饭菜里。家人把酒饭热了又冷，冷了又热。到了天黑，两人还是不吃不喝，面红耳赤，争个不休。殷浩饥肠辘辘，大声地对孙盛说："你不要做强口马（意指强词夺理），套住马嚼还要咬人，当心我拿你的鼻子穿起来。"孙盛肚子里也早饿空了，还是滴水不漏，紧接着茬儿说："你就像条决鼻（即穿鼻）牛，野性子挣不断牛绳，自己鼻梁要拉断啦！当心别人穿住你的两颊。"

荆州刺史桓温的势力一天比一天大，总掌朝政的会稽王司马昱一定要殷浩出来担任扬州刺史，辅佐朝政，以使大江上游下游保持平衡。殷浩没法推辞，只得出来做官。原先，桓温和殷浩在少年时的名声就并驾齐驱，但又相互瞧不起。有一次，桓温见了殷浩问道："你比得上我吗？"殷浩答道："我和你相处不是一天两天了，我想想我还是宁愿做殷浩，不肯做桓温！"

桓温知道朝廷依仗殷浩来对付自己，但又认为殷浩干不了什么大事，所以暂且相安无事。但桓温在平蜀后可不同啦，他都督军事的八个州（荆、司、雍、益、梁、宁、交、广），人力物力都不让朝廷插手，一时气焰极盛。桓温屡次要求北伐，朝廷怕他胜利后更难制服，一味推托，最后把他惹恼了，他一边再次送出要求北伐的奏疏，一边带了四五万兵马，从江陵沿江顺流到了武昌。朝廷内外都认为桓温会像王敦一样，马上要闹到建康来，殷

浩也吓得赶紧要引退暂避。吏部尚书王彪之和抚军司马高崧劝会稽王先写一封推诚置腹的书信给桓温。桓温陈兵武昌，原来不过是一气之下装腔作势吓人，他没有什么进军建康的借口，不敢冒天下之大不韪。会稽王的书信一到，桓温就此回师江陵。

殷浩为了压倒桓温，在后赵和冉魏相继覆没的有利时机，自己要求出师北伐。352年九月，他率军北上，直达泗口，这里曾是三年前褚裒筹划北伐的驻地。殷浩派出队伍进占仓垣和许昌，又派河南郡太守戴施渡过黄河，声势比当年褚裒的北进要大得多哩！

殷浩声言要占领故都洛阳，修复西晋几位皇帝的陵庙，同时图谋直捣长安，平定前秦。他暗下派人去收买引诱苻健的右长史、洛阳人梁安和大司马雷弱儿。雷弱儿是羌族人，殷浩认为他和苻健赖以立国的氐族人不很协调，肯定是会叛变的。雷弱儿假意答允，表示要和梁安伺机谋杀苻健。殷浩许下愿，等他们事成后，把潼关以西的地方交给他俩。

张遇叛变东晋，投降前秦，苻健任命他豫州牧，后又任司空。张遇的继母韩氏姿色动人，被苻健看中，纳入宫中为昭仪，苻健几次在大庭广众之下面对张遇说："你，是我的假子①。"这"父子"二人年龄相差不大，叫张遇臊得脸往哪儿搁？他于是联络长安附近的豪杰，打算杀尽苻家的人，不料没有成功，反而被杀。于是他所联络的豪杰在附近不少郡县相继自行举义，他们的部众有几万人，而且各派使者到殷浩和桓温跟前要求派兵去支援他们。

长安的形势紧张，坐镇洛阳的前秦辅国将军苻黄眉（苻健的

---

① 古时称呼义子或不是亲生的儿子为假子。

侄子）带兵撤离洛阳，西救长安。殷浩满以为是梁安和雷弱儿已经杀害了苻健。这时他已由泗口进驻寿春，便立即率领七万人马，要打到洛阳去。

殷浩下令要姚襄做前锋，可是殷浩姚襄他俩在近年来闹得不可开交。姚襄自从归附东晋后，被任命为平北将军、并州刺史，坐镇谯城，就在附近屯田和训练将士。殷浩对他很不放心，几次派刺客去暗杀他，但刺客对姚襄反而推诚相告，殷浩又派部众去攻打姚襄，结果偷鸡不着蚀把米，五千人马全被姚襄俘虏。

姚襄派参军权翼到殷浩跟前评理，殷浩一味谴责姚襄。权翼道："将军听信谣言，因而两家结下怨仇。"殷浩说："姚襄随意杀戮，还纵容部属抢夺我的马群，成何体统？"权翼辩护道："奸诈横蛮的人，王法不容，杀是应该的。"殷浩追问："那么抢马又是什么理由？"权翼老老实实地回答："听说将军决意消灭我们，抢马是为了自卫！"殷浩无可奈何，只得打哈哈道："不至于那么严重吧！"

在这次谈话前，殷浩已调派龙骧将军刘启镇守谯城，上表要求任命姚襄为梁国内史。殷浩正式誓师发兵，派姚襄打头阵，逢山开路，遇水搭桥。姚襄向北开拔后，就派人谎报部众逃跑。殷浩赶紧率领大军追赶，在寿春以北二百多里的山桑（今安徽蒙城北）遭到姚襄伏击，被杀被俘一万多人。殷浩逃向北边刘启据守的谯城，辎重和粮食全都丢下，被姚襄所得。殷浩咬牙切齿，又派刘启等将带兵去报复，殷浩的长史江逌〔yòu〕随军而行。江逌看到敌营势众，防备严密，下令要部下抓了几百只鸡，用长绳拴住鸡腿，绳的另一端扎上一个小火把。火把点燃后，鸡群吓得直扑姚襄营寨。营寨着火，烈焰冲天，江逌乘着敌人慌乱发动进

攻，得到一点小胜利。姚襄定神细细察看，发觉原来是微不足道的一回事，立即部署反攻，大败晋军，刘启被杀。江逌溜得快，还算保住命。这个巧计虽然收获不大，但还是被传为茶余饭后的佳话，美其名为"江逌大摆火鸡阵"。

姚襄大胜，南渡淮水，屯兵盱眙，又在流民中招兵买马，发展到七万多人。他委派附近郡县的太守和县令在百姓中大力扶助农垦和蚕桑，似乎要长期扎下根来；同时又派专使到建康告殷浩的状，也说了几句请罪的话。懦弱的东晋朝廷对他无可奈何，哭笑不得。

殷浩的北伐还没有和真正的敌人见面，就以惨败而告终。原先，他为了筹办北伐粮饷，停办太学，遣散太学生。北伐失败，他受到了朝野吏民的咒骂。桓温抓住时机，落井下石，上奏要求严厉查办的殷浩失职。朝廷没奈何，只得废殷浩为平民，流放到东阳的信安县（今浙江衢州）。从此，朝廷内外没有人能和桓温抗衡了，实权都落在他手中。桓温乐滋滋地对人说："幼年时，我常和殷浩一块骑竹马玩，我丢弃的竹马，他拾回来玩，可见他不如我。"

殷浩被流放后，还是一个劲地醉心清谈，但却不如以前有很多人经常拜访和奉承他了。他心灰意懒，一头栽进佛经里钻研起来，内心却是极不平静的。他回想起担任扬州刺史八年以来的争夺倾轧，直至身败名裂，不禁思绪万千。每当心烦意乱时，他总是用手在空中比划着。有人留心观察，发现他每次都是愤愤地写着四个字："咄咄怪事！"

殷浩有一个外甥叫韩伯（字康伯），也是很能清谈的。殷浩虽夸奖过这个外甥，但还认为韩伯没有真正学到自己的辩才，因而常说："康伯未得我牙后慧！"成语"拾人牙慧"就来源于此。

殷浩咄咄书空

韩伯陪着殷浩在信安住了一年多,两人分离时,殷浩长声叹息,吟哦了两句古诗:"富贵他人合,贫贱亲戚离。"眼泪就如断了线的珍珠,不停地掉下来。

桓温对他的僚属郗超说:"殷浩还是有才干的人,让他辅助朝政是称职的,叫他带兵打仗,那就行不通了。朝廷用人不能发挥特长啊!"这话传到殷浩耳中,不免对桓温有了好感。不久,桓温推荐他为尚书令,另外桓温又写了一封私信,告诉殷浩。殷浩见信,受宠若惊,赶紧执笔复信,表示感谢。他诚惶诚恐,生怕写错一个字,信写好,装入函中,又拿出来再看,看了又放入函中,再拿出来,这样反反复复好多遍。但这封复信到了桓温手中,拆开一瞧,信封内什么也没有。原来殷浩慌手慌脚,到最后,信纸掉在地上,他精神恍惚,没有发觉就派人送出去了。桓温拿到空函,以为殷浩故意嘲弄自己,大骂他不识抬举,立即宣布和他绝交。殷浩弄巧成拙,当尚书令的事就此作罢,他自己哑巴吃黄连,万念俱息。从此郁郁寡欢,过了两年就病死了。

殷浩北伐失败,该由桓温大显身手了。

36 不渡灞水

桓温少年时喜欢赌博,原来并不富裕的家产,被他赌得几乎全输尽了。桓温母亲患病,要吃羊肉,但是家无分文买不起。他只得拿幼小的弟弟桓冲(328-384)做人质,去赊一条羊。羊主很有钱,见了桓冲,不但慷慨地给了羊,还说:"我就养着这买德郎(桓冲的小名),不要做人质!"桓温还是继续赌博,又输上几百斛谷子,可是一粒米也拿不出来。债主紧紧逼迫,桓温才决心戒赌,重振家业。不过,首先要还清这笔赌债,怎么办呢?他想起了好朋友袁耽。

袁耽是陈郡夏阳袁家大族的人,身材魁梧,性格爽朗,年轻时赌钱的本领特别高强,十拿九稳会赢。他和桓温非常投合。袁耽原有两个妹妹,大妹袁女皇嫁给殷浩,小妹袁女在嫁给谢尚。袁耽对桓温说:"恨我娘没多生一个妹妹,否则一定请你做妹夫。"这时桓温有难,焦急地盼望这个生死之交来助他一臂之力。不巧袁耽死了亲人,正在披麻戴孝。按规矩,丧期中是不能娱乐或赌博的。桓温无路可走,只得硬着头皮去找他。袁耽知道那债主不认识自己,一口答允给桓温帮忙。他立即脱下孝服,把孝帽藏在怀里,两人一起找到债主,要求开赌。债主不知道这个陌生的不速之客就是袁耽,但又深知袁耽善赌之名,冷笑说:"你有多大能耐?就是袁耽来,我也不怕他!"双方拿起筹码,十万一掷,直上百万。桓温在边上大喊大叫助威,顷刻间,桓温的旧债一笔勾销,反赢了几百万。年少气盛的袁耽得意忘形,突然拿出孝帽,丢在地上,对债主大呼:"瞧你还能胜过我袁耽!"

桓温的狠毒是有名的,他父亲桓彝原任宣城太守,在苏峻之乱中被泾县(今安徽泾县西北)县令江播出卖,被敌人杀死。桓温当时只有十五岁,立志要报仇。过了三年,江播病死,他的儿子江彪等三人守灵还拿着刀剑,防备桓温报复。桓温化装成吊孝的宾客,混入灵堂,亲手杀死江彪。江彪的两个弟弟抵敌不住,没命逃跑,桓温紧追不放,又杀了他俩。

散骑常侍颜含有一个女儿长得很美,桓温托人去求婚,颜含认为他太盛气凌人,没有答允。不久,桓温却娶了南康长公主,做了晋成帝的驸马,被任命为驸马都尉,从此官运亨通,扶摇直上。

桓温担任荆州刺史,一变故态,要以德化来收服人心。有一次,他官府内的令史犯法,按例应罚打军棍。桓温的第三个儿子桓歆进屋对桓温说:"刚才看到外面在打犯法的人,那棍子举得高高地似乎要碰到云霄,打下来轻轻地好像在扫拂地面。"这话的意思是讥诮这种打法算不上什么刑罚。桓温回答说:"现在这么打人,我还认为他们打得太重呢!"毕竟待人宽和是人们喜欢的,因此荆州吏民都很赞扬桓温。

桓温平定巴蜀后,早就想在北伐上露一手。354年(东晋永和十年)二月,经过朝廷同意,他带了步兵骑兵共四万人,浩浩荡荡从江陵出发,打下武关(今陕西商县东南),再向西北攻入上洛(今商县),迫近长安。他又要梁州刺史司马勋从汉中出兵,向子午道①进发。司马勋经这条兵家必争之路,到长安西边骚扰前秦,接应桓温的进军。

苻健派了他的太子苻苌和儿子苻生带了五万人马迎敌。苻生作战非常英勇,独自在晋军营内进进出出地冲杀,杀死杀伤不少将士。但是桓温亲自监督晋军,奋力打仗,终于大败秦军。桓温早年要带去赊羊的弟弟桓冲,这时是宁朔将军,也打败了前秦丞相苻雄的队伍。这样,东晋大军转战前进,屯扎在长安以东几十里的灞上。苻健和六千多老弱残兵,固守长安内城。前秦另有三

---

① 古时有一条从关中到汉中地区的通道,北起今西安市,跨越秦岭,南至今安康县境。古人以"子"为北,以"午"为南,因而就称这条路为子午道。

万精兵，苻健命令大司马雷弱儿和苻苌、苻生带领，抵抗桓温。

长安附近的郡县官吏争先恐后归降晋军，百姓更是欢欣鼓舞，杀猪宰羊，又送来成坛的美酒慰劳将士。从西晋覆亡、长安失陷到这时，已三十七年了，很多人从没看到过晋军，男女老少都挤着来观望。长白胡子的父老拉着将士的手，如同见了多年失散的亲人一样，泪珠儿簌簌地落个不停。他们连声说："想不到我们活着还能看到王师来收复国土！"

晋军营前热闹了一阵子，转眼又变得冷冷清清，桓温不知道是什么原因。有一天，一个穿粗布衣服的书生要拜见桓温，桓温当即接待。这个书生名叫王猛（325－375），原是北海剧县（今山东寿光南）人，家中很贫苦，依靠贩卖簸箕为生。他从小喜欢读书，特别喜欢兵法，曾隐居在长安东面二三百里的华阴山中。王猛见了桓温，不跪不拜，只是作了长揖，就坐在一旁，敞开衣服，一边捉虱子，一边侃侃而谈，旁若无人。桓温听了他的谈吐，觉得他学识广博，很为惊奇。两人说了一会后，桓温问道："我奉天子之命，带了大军来驱除敌人，为什么关中豪杰到现在还没有什么人来看我？这几天老百姓也很少来了，这是怎么一回事？"王猛回答道："将军从几千里以外深入敌境，现在长安就在咫尺之内，但是大军至今不渡灞水，人们不知道将军究竟打的什么主意，所以不来了！"这几句话点到了桓温的心事，他哑口无言，片刻后，才慢条斯理地说："江南那么大地方，却没有你这么出色的人才啊！"随后他挽留王猛，任命为军咨祭酒。

桓温用兵，跟他上赌场一般，要以最小的赌注，获得最大的赢利。他逼近敌人国都，企图兵临城下，使敌人望风生畏，以致引起内部叛乱而投降。这样既可避免损兵折将，坐收全胜，回头又

可凭借功业和实力镇服朝野。可是，这一次他这一着棋下错了。

桓温迫近长安时，正是麦收季节。他原来打算可以坐收其成，作为军粮。不料，苻健听说桓温发兵，早就下令抢割麦子，田地里光秃秃的一片，来了一个坚壁清野。晋军没有一点吃的，加上桓温迟迟不进攻长安，士气趋于消沉。秦军乘机猛烈反攻，展开一场血战，杀死晋军一万多人。桓温如果再待下去，饥饿疲乏的将士将被苻健今天一千，明天一万地收拾完。于是晋军只得带了关中三千多户居民向东撤退，早先在灞城举兵反秦的一万多人马，也随着逃跑。

前秦太子苻苌带了将士追击桓温，一路走一路打，桓温总是吃败仗，开小差的也很多，到了潼关又损失万把人。桓温临行时提拔王猛为"高官督护"（比一般督护地位高），晋军撤到华阴山附近时，王猛进山向老师辞行，老师劝他不必跟桓温走。王猛想想桓温的作为，感到他的确不是一个能做大事的人，王猛也就一去不复返了。直到桓温撤回襄阳，仍然不见王猛的归来。

人们望眼欲穿，盼着收复失地，统一全国，因此对于过去深入敌后英勇作战的刘琨和祖逖无不顶礼膜拜。桓温也特别标榜自己长得像刘琨。从长安回军的途中，有人找到了过去曾在刘琨身边当过歌舞伎的一位老妇。这老妇见了桓温，悲伤得泪下如雨，别人问她为什么，她答："将军太像司空（即刘琨）！"桓温非常高兴。过了天把，桓温将自己的衣冠穿戴得端端正正，再请这老妇来，要她说说哪些地方像刘琨。老妇端详了半天，说："嘴唇很相似，只恨薄了些！眼睛很相似，只恨小了些！胡须很相似，只恨红了些！体形很相似，只恨矮了些！声音很相似，只恨细了些！"桓温听到这样的评头品足，满腔欢喜化为乌有，摔了帽子，脱了衣服，闷闷不乐，睡了几天。

桓温屯军灞上时，顺阳太守薛珍也曾劝他趁热打铁，火速进军长安，他坚决不肯。薛珍偷偷带领部属渡过灞水，打了几个胜仗。桓温全军撤退，薛珍逢人就夸耀自己勇敢，责怪统帅过于持重。这些话传到桓温耳中，他生怕引起公众议论是非，立即杀了薛珍。

苻健击退桓温，关中其他地方的反秦起兵也先后被平定，可是，他自己却在第二年得了重病。

37 独眼暴君

355年（东晋永和十一年）六月，苻健的病势十分沉重。他的太子苻苌在和桓温作战时被流矢所中，几个月后，箭创复发而死，苻健第三子苻生做了太子。苻健的侄子苻菁很不服气，他自以为当年叔侄两路从黄河两岸共同进军，攻下长安，自己功劳巨大，皇位应该由他来继承。苻菁知道苻健命在旦夕，便发兵攻打东宫，要杀掉太子苻生。但闯进东宫，找不到苻生。侍从说，不久前太子匆匆地到西宫去了。苻菁听到太子赶往西宫，以为苻健死了，于是立即转身攻打西宫的东掖门。苻健病已垂危，还尽力支撑着登上城楼。将士们看到苻健还活着，丢下兵器，四下逃跑。苻菁束手就擒，又被痛骂一通后处斩。

苻健随即任命大司马苻安接替苻菁为都督中外诸军事，又要

太师鱼遵、丞相雷弱儿、太傅毛贵、尚书令梁楞、左仆射梁安、右仆射段纯等大臣，到病榻边受遗诏辅政。苻健临死，对太子苻生说："不论哪个掌权的大臣或六夷的酋帅，如果不听你的号令，你就一个一个地杀掉！"苻健安排了后事就死去了，时年三十九。苻生随即继位。

苻生在幼年时，一个眼是瞎的，性情非常粗暴。他的祖父苻洪生前对他开玩笑问："听说瞎一个眼的人，掉眼泪只有一行，是吗？"苻生很生气，当即拔出佩刀，用刀尖把自己的瞎眼刺出血来说："这不也是一行泪吗？"他祖父大惊失色，叫人拿起鞭子抽打他。苻生大声反抗道："我生性不怕刀砍剑刺，但绝不愿忍受鞭抽棍打。"他祖父说："你要再这么狠，我就让你去当奴隶！"苻生道："那不就像石勒年少时一样？"当时苻洪投靠石勒，害怕有人会把苻生的胡说八道传给石勒，赶紧从座位上赤着脚，跑下来捂住他的嘴。过后，苻洪对苻健讲："你生下的这个孽子太狂妄了，早些杀掉，免得今后害人匪浅！"苻健奉了父命，要杀苻生。苻生的叔叔苻雄说："他长大后自会改过，何必杀呢？"这样，才留下苻生一条命。苻生成年后，力大无穷，勇猛非凡，空手可以同猛兽格斗，人们形容他能力举千钧，而且奔跑起来赛过骏马，般般武艺都超人一等。

苻生即位，下令大赦，当即改元为寿光。臣僚们说："先帝去世，要第二年才改元。现在这么做，不合礼法。"苻生一想，自己刚坐上皇位，就让人议论是非，这还了得！但一下子不能杀很多人，追查出右仆射段纯最先说这话，就拿他开刀。中书监胡文、中书令王鱼借用星象，劝苻生说："从星占看，三年内会有大丧，还要死一批大臣，请陛下多积德，消除这些灾难。"苻生道:"什么积德?皇后和我同在尊位,她死就是大丧!毛贵、梁安、梁楞这些大臣也该死了!何必等三年?"他随即下令杀死皇后和三个大臣,吓得臣僚都不敢讲话。

苻生任命心腹赵韶为左仆射,董荣为右仆射。丞相雷弱儿看不惯他俩乱政,见了他俩总是恨得咬牙切齿。苻生知道后,下令杀了雷弱儿和他的九个儿子、二十七个孙子。雷弱儿是羌族的酋帅,他的冤死使前秦境内羌族的人心都离散了。司空王堕也很刚强,对董荣等人嫉之如仇,从不愿和他们说话,还对人讲:"董荣这些人不过是鸡狗而已。"由于董荣的报复陷害,苻生下令杀死王堕。刑场上,董荣对王堕骄气横溢地说:"瞧你还敢拿我董荣比作鸡狗吗?"王堕两眼瞪得像铜铃一般,至死骂不绝口。

接见朝臣时,苻生的佩刀经常拉出鞘外,手里挽着弓箭。他还要左右侍从带了锤、钳、锯、凿等,当作残害人的工具。从后妃、公卿到奴仆,苻生只要一不高兴就杀,他即位不久,就杀了五百多人。至于截去脚胫,敲断肋骨,锯脖子,挖胎儿等,更是不计其数。有一次,他举行盛大宴会,叫尚书令辛牢劝酒。苻生酒酣耳热,突然大骂辛牢道:"你怎么不强迫众人喝酒,为什么不给他们灌得七倒八歪,让他们还坐着?"说完拿起弓箭,辛牢吓得魂不附体,竟被一箭射死。在座的文武百官目睹惨状,莫不毛骨悚然,赶紧往自己嘴里灌酒,于是大殿上醉得横三竖四,呕吐出来的酒菜臭气熏天,人人披头散发,衣服帽子丢得满地都是。苻生瞅着,捧腹大笑不止。

苻生即位的次年,长安曾刮起了一次龙卷风,一些树木和房屋被卷到空中去。人人传说是敌人打进城来,家家门户紧闭。五天后,没有什么动静了,才逐渐恢复原状。苻生追查造谣的人,气得把被控者的心都挖了出来。左光禄大夫强平劝苻生要爱护百姓，减轻刑罚，苻生竟将他的头颅凿破而死。强平是苻生亲娘强太后的弟弟，在他被捕时，卫将军苻黄眉、前将军苻飞和建节将军邓羌一齐跪下来，头叩得嘣嘣响，要求免他一死。苻生一气，原想同时也杀死这三个将军，由于以往他们作战骁勇，才算发了慈悲，将他们调出长安，去任郡太守。强太后因此又恨又忧，得病而死。

苻生接着下了一个诏书，大意说："我受皇天之命，继承祖业，做了什么不好的事？诽谤的话儿就那么满天飞？我杀人还没过千，为什么说我太暴虐？你们看看，走路的人还是肩碰着肩，少了几个？我还要大杀大罚，瞧你们拿我怎么办！"当时，长安到潼关一带，虎狼为患，苻生即位后，虎狼一年多里吃了七百多人。老百姓不敢下田耕种，而是聚居在一起，田地都荒芜了。苻生说："虎狼肚子饿，怎么不吃人？它们饱了，就不会再害人！因为犯罪的人太多，它们是来帮我杀罪犯的。"光禄大夫牛夷害怕有朝一日也会被杀，要求到上洛去做荆州刺史。苻生不同意，调他做中军将军，引见时对他开玩笑说："牛性迟钝，能拉大车，虽无千里马的疾蹄，但能负一百石的重量！"牛夷深感"伴君如伴虎"，还想离开长安，于是回答道："虽然拖了大车，还没有走过悬崖绝壁，愿意载重负远，立下丰功伟绩！"苻生对他笑笑道："你回答多么快呀！你嫌责任太轻？你不愿在我身边？那就等着吧！"苻生的笑声似是几支利箭射入牛夷心窝，他回家后，愈想愈害怕，就自杀了。

苻生不分昼夜地酗酒，甚至整月不出深宫。向他请示的事，一拖再拖。有时他却又酒醉糊涂地瞎批复。他左右的宠臣以他的名义浑水摸鱼，干的全是倒行逆施的勾当。

古时对名字是避讳的，苻生因为自己瞎了一只眼，所以对"不足、不具、少、缺、伤、残、毁、偏、只"等字，也避讳不准讲，凡是违犯者，就要被杀戮。他曾要太医令程延配制安胎药，询问药里的人参好不好，够不够？程延没有留意，回答道："小有不具，但还可以用。"这话里提到"不具"，苻生认为是有意讥笑自己缺一目，当即下令挖出程延双眼，而后再砍头。

苻生还喜欢活剥猪、牛、羊、驴、马的皮，又喜欢用滚烫的水浇鸡、鹅、鸭，拔下它们的毛，然后再将这些家禽家畜成群地放在大殿前，瞅着它们挣扎在痛苦和垂亡中，引以为乐。苻生还剥掉人的面皮，再叫他们唱歌跳舞来助酒兴。

苻生问左右侍从说："自从我即位后，你们在外面听到人们说什么？"有人答道："圣明治世，赏罚确当，天下唯歌颂太平。"苻生认为这是阿谀献媚，拖出去就杀。有人答道："陛下刑罚稍重些。"苻生认为这是怨恨诽谤，当场砍下他脑袋。

在苻生这样疯狂的残害和屠杀中，皇亲国戚多被杀戮，有的假称有病，告退回家，闭户不出。臣僚更是朝不保夕，能活下一天好似度过十年。有人私自逃到郊外野地，就算是虎口余生了！

姚襄在淮南屯兵一年多，他的部属大都是关西的羌人，他们听说苻生杀害羌族首领雷弱儿一家老小，长安附近羌族部落纷纷叛散，要求姚襄打回老家去。姚襄领军从许昌北上。这时，洛阳被冉闵故将周成占领，他曾投降东晋，后又叛变，在这历代故都独树一帜。姚襄打算攻下洛阳，也可称雄一时，可是打了一个多月，仍未得手。他的长史王亮劝他说："将军英名盖世，兵强民附，现在屯兵城下，力屈威挫。如果有人趁机来攻打我们，就很危险啊！还是丢下它，走吧！"但姚襄一贯好胜，放不下这个面子，还是企图攻破洛阳。

这时，东晋的桓温也看中了洛阳，上表要求再次北伐，收复故都。

38 桓温的心事

桓温要求让他北伐去收复洛阳，并提出希望将京城从建康迁回故都。奏疏一个接一个地送上去，连着送了十几个，朝廷还是不同意迁都，只是任命桓温为征讨大都督，督司州、冀州诸军事，要他去讨伐姚襄。

356年（东晋穆帝永和十二年）七月，桓温从江陵出发，派遣督护高武占据鲁阳（今河南鲁山），又命辅国将军戴施屯兵在靠近洛阳的黄河边上，他亲自率领水军，会同其他步兵骑兵，向北进军。

桓温在大兵船的高楼上，远眺一望无际的荒凉原野，长叹道："神州陆沉，百年丘墟。当年王衍这些大臣只尚清谈，不问国事，而致战祸四起，他们是有罪责的！"给桓温掌管文牍的记室袁宏插话："国运有兴有废，岂必王衍等人的过错？"桓温听得很不高兴，因为袁宏负有盛名，不便加罪，只是气呼呼地说了这么一个小故事："听说东汉末年，占有荆州的刘表喂着一条千斤重的大牛，吃起草料来比普通的牛要多上十倍，但负重致远却及不上一条瘦弱的母牛。曹操进荆州，说它没有用，就杀以享军（慰劳将士）。"桓温的弦外之音，是说袁宏徒有虚名而无实用，和千斤大牛差不多，如果不知天高地厚，胆敢再顶撞自己，当心会落个"杀以享军"的下场。在座的人听了，无不心惊肉跳，为袁宏担忧。

袁宏的祖父当过侍中，父亲当过县令。袁宏少年时，家境衰落，他曾经被雇做船工。虽然他以运租米为业，途中仍不忘攻读，吟咏诗赋。有一次，运船夜宿采石矶，月明星稀，凉风袭人，夜色中，他伫立船头，高吟自己咏史的诗篇。恰巧坐镇历阳的西中郎将、豫州刺史谢尚也在附近泛舟赏月，听到他口齿清楚，文词优美，十分赞赏，当即移船相邀，倾谈达旦，真是相见恨晚。谢尚不久就请他当了参军（以后再转到桓温手下）。谢尚赏识袁宏的故事被后人传为佳话，唐代诗人李白以为自己空有抱负，却无谢尚这样的人赏识他，因而写了一首题为《夜泊牛渚怀古》的诗："牛渚西江夜，青天无片云，登舟望秋月，空忆谢将军。余亦能高咏，斯人不可闻，明朝洞庭去，枫叶落纷纷。"现在采石矶上有一座古色古香的怀谢亭，就是取意于这个典故的。

桓温的大军到了洛阳南面的伊水之滨，姚襄赶紧撤下包围洛阳的兵力，在伊水北岸的密林里隐藏了精锐的队伍，另外派了使者对桓温说："承蒙大帅亲自率领王师前来，姚襄不敢抗拒，愿意奉身归命，但望三军稍退，定当拜伏请罪。"桓温回答道："我来为了收复中原，祭扫皇陵，没有你的事！你要来就来，近在咫尺，何必还要麻烦使者呢？"姚襄计谋落空，只得背水一战。桓温披上盔甲，亲自指挥晋军强渡伊水，一决雌雄。姚襄不敌，被杀数千人，带了余部几千个骑兵，逃到洛阳北面的芒砀山。

姚襄平时对部属和各族百姓比较关心。过去，虽然打了败仗，但民心还是向着他的，当他们知道姚襄落脚在什么地方，经常扶老携幼去探望。这次，他从洛阳和伊水撤走，有五千多青壮年告别亲人，背井离乡跟随他走了。桓温军中谣传姚襄负了伤，又说不久因伤重而死。被晋军俘获的一些妇孺都向北痴望，伤心哭泣。可是姚襄并没有死，也没有负伤，他率领部众继续向西，渡过黄河，向北攻下了前秦的平阳郡，再向西闯了数百里，到了杏城（今陕西洛川西南）。他派人到长安附近各郡招纳羌族部落，其他各族也多归附，共有五万多户，这就成了前秦的心腹大患。前秦派卫大将军苻黄眉、龙骧将军苻坚、建节将军邓羌，带了一万五千精兵去攻打，姚襄就是不肯应战。邓羌知道他的性格，使用激将法，派了三千骑兵到营门破口大骂，姚襄被惹怒了，带着所有的队伍冲了出来。秦军佯败，落荒而走，姚襄向西南直追了一百多里，反被包围在三原（今陕西耀县西），最后战败，被秦兵所杀，时年二十七。他的弟弟姚苌带了残部投降前秦，被任命为扬武将军。

姚襄的父亲姚弋仲死了已五年，其灵柩随军带着，准备日后落叶归根，安葬家乡。前秦为了笼络境内的羌族，以王礼葬姚弋仲，以公礼葬姚襄。

苻黄眉胜利回到长安，没有听到苻生任何好言好语，反而在众目睽睽之下，常常受到责骂。这叫苻黄眉怎么能忍受？他想谋杀苻生，不料事发反而被害，又牵连了一批王公贵戚一起送命。

桓温赶走姚襄，继续进军洛阳，城里的周成不敢螳臂当车，闻风而降。晋军进了故都，立即修复皇家的陵园。桓温留下颍川太守毛穆之等两千将士守卫洛阳，自己带着大军凯旋江陵。他还是要雄踞荆州，以便有朝一日顺流而下，指向建康。

桓温在军营中翻来覆去睡不着时，对他的亲信僚属说："人生就这么寂寂一世吗？以后我到了九泉之下，将要被景帝、文帝（即司马师、司马昭）嗤笑。"言下之意是，他为什么不像司马氏篡魏那样来篡夺司马氏的天下呢？僚属听了这样的话，既不敢附和，也不敢反对。桓温又抚枕而起说："如果不能流芳百世，为什么不可以遗臭万年呢？"早年，别人拿前几任的荆州刺史王敦等和他相比，他非常不高兴。这时，桓温走过王敦的墓，呆望着墓碑感叹道："可人！可人！"随从们知道他是在赞赏王敦敢于陈兵建康，逼迫朝廷。

桓温听说益州有一个星家①，特地请他到江陵。在一个满天星斗的夜里，桓温亲切地握住星家的手，问道："你看看星象，算算晋代的国运有多长？"星家原本是看风使舵，一意逢迎的人，现在这位方镇大帅亲自牵手相询，受宠若惊，立即答复："世代正长哩！"桓温怀疑星家不敢说真话，就拐弯抹角地说："如果像你说的那么好，岂止是我个人的向往，这是黎民百姓的幸福。但你一定要仔细瞧瞧，有什么就说什么，即使不久有小小的厄运，你也不妨直说。"星家听了前面的话，更是把大局的稳定说得斩钉截铁，但他的感觉很灵敏，听到后半句，似乎有点什么味儿，立即转过话头说："眼前暂时没有值得忧虑的，五十年以后就难说了！"这原是自欺欺人的鬼话，五十年以后，桓温和星家都已死了，谁找谁去对老账？但桓温挺迷信，听了星家的预言，心烦意乱，五十年内不会发生大事，他的皇帝梦不就成泡影了？

过了几天，桓温派人送了一匹绢和五千文钱给星家。星家回

---

① 星家是指古时专门观察星象预言世上祸福的人。

想起那夜和桓温对话后的情形，吓得浑身发抖。他赶紧去见桓温的西曹主簿习凿齿，说："我家在千里以外，奉命远远来到江陵，现在受令要我自杀，尸骨回不到乡里去了。听说主簿待人仁厚，恳请你给我写一块墓碑吧！"习凿齿问他为什么这样，他一五一十地讲述经过，最后局促不安地说："这一匹绢，明明是要我用它上吊，五千文钱正好买一口棺木。"习凿齿笑道："你幸好遇到我，否则差一点误死。这一匹绢是酬谢你的，钱是给你的路费。这是说，你现在可以回家去了。你就放心地走吧！"星家大喜过望，第二天到桓温跟前辞行，又把习凿齿的话再说了一遍。桓温大笑道："他担忧你会误死，看来你实在是误活了！你读了三十年的书，还不如到习主簿那儿跑一趟！"这几句话闪烁其辞，谁也摸不透桓温送星家绢和钱是什么意思。反正，桓温不敢明目张胆杀害星家一类的人物。星家也是乖巧的人，告退后拔脚就溜，速回益州。

习凿齿字彦威，襄阳人，桓温对他的才学非常欣赏。他一年中连续升官三级，做了荆州的治中。一次，他奉命上建康去办事，回到江陵后，桓温问他见了在朝执政的会稽王司马昱，觉得这人怎么样？习凿齿激动地回答："生平没有见过这样的人！"桓温自以为比会稽王胜百倍，听了这话很不舒服，随即把习凿齿降为户曹参军，不久又调出江陵，任荥阳太守。

习凿齿知道桓温的心事，特地著述了一部五十四卷的《汉晋春秋》，记述东汉光武帝到西晋愍帝的历史。他以蜀汉为正统，指责曹魏虽受禅让，仍为篡逆。习凿齿希望以此警诫桓温不要觊觎皇位，真是书生气十足。习凿齿是东汉襄阳侯习郁的后代，《汉晋春秋》是在他家祖传的园池上完成的。这园池也就是西晋山简经常醉酒的高阳池。负有盛名的"习家池"至今尚存，在湖北襄樊市南十里，是个游览胜地。

39 东山再起

桓温攻克洛阳，上表朝廷，要求派镇西将军谢尚为都督司州诸军事，坐镇洛阳。这故都在当时不是好玩的地方，随时都可能遭敌人包围，谢尚有病没去。不久谢尚又晋为都督豫、冀、幽、并四州（侨州①）诸军事，可是病更重了。朝廷要他回建康任卫将军，加散骑常侍，他还没动身就死在历阳，时年五十。

谢尚是陈国阳夏（今河南太康）谢家大族的人。他的父亲谢鲲是中兴名士，王敦引为长史。谢鲲因为不愿支持王敦凌驾朝廷，被调为豫章太守，死后，又被朝廷追赠为太常。谢家从此兴盛起来。

谢尚虽然长年生活于戎马军旅之中，但他却是一个音乐舞蹈家。东晋中兴，朝廷乐器很不具备。谢尚搜罗乐工，制造石磬等乐器，供朝廷演奏之用。他年轻时，有一次在王导的宴会上，受嘱演《鸲鹆舞》，众人拍着掌，为他打节拍。谢尚翩翩起舞，俯仰自如，旁若无人。桓温在一次酒宴中请他弹筝，他边弹边唱《秋风歌》，意气动人。桓温对人说："你们不要小看任祖（谢尚字），他踮起脚跟，在北窗下弹起琵琶来，确实像是得道成仙的人在天际逍遥。"以后，谢尚被拜为尚书仆射，出任豫州刺史。

---

① 侨州：东晋朝廷为收容和安置北方各州南下士民，在长江南北多处设立的专门地域之统称，详见223页。

在豫州治所历阳的城楼上,他曾弹着琵琶,唱起他自编的《大道曲》:"青阳二三月,柳青桃复红,车马不相识,音落黄埃中。"围观他且弹且唱的路人,不知他是身居高位的长官。

在谢家大族中,谢尚算是一个文武双全的人才了。他死后,堂弟谢奕被任为安西将军,豫州刺史。谢奕任职一年又两个月就病死了。执政的司马昱想要建武将军桓云(桓温的弟弟)去接任豫州刺史,仆射王彪之劝阻说:"桓温在长江上游已据有一半国土,如果桓云再任豫州刺史,兵权都集于他一家之手了,这样对国家有害无益。"司马昱点头称是,于是仍到谢家去物色,看中了谢奕的弟弟谢万。

谢万清高自在,他和司徒蔡谟的儿子蔡系有一次辩论不休,被蔡系从座位上推倒在地,帽子也掉了下来。他不慌不忙站起来,拂拂灰尘,整整衣冠,神色自若地对蔡系说:"你几乎伤了我的脸皮。"蔡系笑着答:"我从来就没想到要顾全你的面子。"两人哈哈大笑了事。司马昱任抚军将军时,谢万曾任他的从事中郎,这时被任命为西中郎将,监司、豫、冀、并四州诸军事,豫州刺史,坐镇历阳。

359年(东晋穆帝升平三年)秋,前燕的军队从冀州进犯兖州的东阿(今山东东阿西南),坐镇下邳的徐、兖两州刺史郗昙奉命迎敌。朝廷又令谢万向北进军,接应郗昙。谢万准备即日兴师北上。

谢万平时只知吟诗咏赋,打仗是门外汉,他对治军根本不闻不问,不当一回事。他的哥哥谢安(320 - 385)却是一个深有韬略又不愿做官的人。谢安看到这位老弟对打仗漫不经心,不免十分担忧,特地赶到军营,循循善诱地对他说:"你身为统帅,责任重大,应该和部将常常交谈,使他们拥护你,和你同舟共济。

你如果眼皮不向下，什么事也办不成！"谢万感谢哥哥的一片诚意，立即召集所有将领到跟前。他想来想去，还是没有什么话可说，手中拿着如意，指着四座的将领，夸奖似的说："各位将领确实不愧是劲卒！"当时军队中把将领称为兵卒，比挨耳光还恼人，因而这些将领反更恨谢万看不起他们。

谢安的名声比他弟弟要大得多，虽然他没有做官，但文武百官都很尊重他。谢安料到谢万的部将很可能会出乱子，便一个一个地拜访他们，嘱咐他们无论如何不要和谢万为难。

谢万带领大军进入涡水、颍水流域，准备和郗昙相互呼应，抗击燕军。但是郗昙因为身患重病，退到彭城。这个情报送到谢万跟前，他以为郗昙是由于燕军兵势盛大而退却的，立即自作聪明，独断独行，下了撤退的命令。士兵们惊慌失措，溃不成军。一些将领打算乘机杀害谢万，想起临行前谢安的嘱咐，才让他单枪匹马、狼狈不堪地逃回建康。未见敌人一兵一卒，而致如此丧师辱国，朝野人士无不异常愤慨。不久诏书下达，废谢万为平民，郗昙也降号为建武将军。许昌、颍川、谯郡、沛郡，也就是今河南东部、安徽西北部这一大片土地，被燕军不费吹灰之力而占领了。

早先，谢安侨居会稽，游山玩水，自得其乐。朝廷和郡县多次催逼他出来做官，他一概婉言推辞。庾冰当政时，谢安不得已进了官府，个把月后又回家了。因他多次被召，始终不愿应命，有人提出要对他施以"禁锢终身"（一辈子不准做官）的处罚，他也不管，更是逍遥自在。谢尚、谢奕、谢万先后做了大官，谢家一时车水马龙，随从如云，乡邻都跑来观望，挤得水泄不通。谢安的夫人对他说："大丈夫不当如此吗？"谢安嗤之以鼻，答道："我是无官一身轻，此乐无穷。只怕我好景不长，免不了跟

他们一模一样。"

几年过后，谢尚、谢奕先后病亡，谢万又太不争气。这样，谢家就没有人做大官，面临门户中衰的危险，而如果谢家的政治经济特权没有保障，既得利益也会被人侵夺。于是，四十多岁的谢安不得不出来做官。用不着他开口，知道他心迹的人立即替他说话。桓温抓住时机，请谢安当自己的司马。谢安闲居时，经常高卧东山（今浙江上虞西南四十五里），因为他过去多少在官场呆过几天，这次出任就被人们称为"东山再起"。

谢安经过建康，到姑孰桓温的帅府去上任。朝廷百官和至亲好友为他在新亭设宴饯行。中丞高崧多喝了几杯美酒，兴致勃勃地指着谢安说："卿屡违朝旨，高卧东山，诸人每相与言，安石（谢安字）不肯出，将知苍生（百姓）何！苍生今亦将如卿何！"言下之意是说："你山居时名望极高，似乎天下百姓都寄希望于你，现在你出山当官了，怕也盛名之下，其实难副。"谢安知道高崧是借酒醉奚落他，装聋作哑，笑而不言。桓温迎接谢安，非常高兴，摆了洗尘的酒宴。正好有人给桓温送来了一批药草，其中有一种叫"远志"。桓温说："听说这远志还有一个名儿叫小草，为什么一物却有二名？"其实远志的叶子才叫小草，即使一物二名，也并非绝无仅有。可是，在座的征西参军郝隆却偏要借题发挥，取笑谢安。

郝隆是喜欢打趣的人。每年七月初七，一般风俗要把家中的东西都搬到强烈的阳光下曝晒。到了那天，郝隆袒着肚子，朝天躺在阳光下。别人问他干什么？他说："我是在晒肚中的书！"这一个含蓄而又自夸的笑话就使郝隆出了名。郝隆嘴快如刀，常好挖苦别人。这时桓温问到"远志"，他立即插嘴说："这个问题不难解答。我听人说过，生长在山野里就叫远志，出了山就称小草。"谢安一听,脸刷地红到脖子根。幸好有人给他解围说:"管他叫远志还是叫小草,反正它能安神化痰,药到病除。我们国家如人得病,正需要这种良药来医治哩!"

谢安的情绪恢复正常,滔滔不绝地谈古论今。桓温能以谢安为僚属,更是得意非凡。谢安告辞后,桓温对左右的人说:"你们瞧瞧,过去我有过这样的客人吗?"

谢安当了官,把自己的几十个门生推荐给桓温属下的田曹中郎赵悦之,赵悦之将此事呈报桓温。桓温说:"暂且先录用一半吧!"可是赵悦之却全部任用了这几十个门生。他说:"当年谢安隐居,诸臣敦劝他出山,唯恐他不当官。现在他自己出来了,又能荐举这些人,为什么反而不能满足他呢?"

桓温的主簿王珣〔xún〕,是琅琊临沂王家大族的人。他的祖父就是东晋开国元勋王导。桓温军中的机要事务都由王珣办理,他记忆力很强,桓温所属文武官员和将士有几万人,他只要见过面就能记住对方的姓名。参军郗超是高平金乡(今山东金乡北)郗家大族的人,他也是桓温的得力助手。王珣的个子矮小,郗超长得一脸络腮胡子,因而桓府的人说:"髯①参军,短主簿,能令公喜,能令公怒。"

桓温收罗很多世家大族的人做自己的僚属。长史王坦之,又是太原王家大族的人。王坦之的父亲王述曾任会稽内史、扬州刺史。王述脾气急躁,有一次,他用筷子去夹熟鸡蛋,老是夹不住,他一恨,将鸡蛋丢在地上,蛋壳没破,还是滴溜溜地转,他又用木拖鞋去踩,还是踩不着。王述气得眼珠突出,弯腰抓起鸡

---

① 髯:音rán。古代指浓密的胡须,例如称三国时期的关羽为"美髯公"。

蛋，咬得粉碎，又把它吐掉。王述日后当了散骑常侍、尚书令，他十分疼爱儿子王坦之，虽然王坦之已经成家立业，生男育女，王述见了他，还是要抱他在膝上亲热。有一次王坦之回家，偎在王述耳边讲，桓温要求和王家联姻。王述陡地怒气冲天，撒手推王坦之在地上，骂道："你痴了吗？王家怎么能和武夫结亲？"事后王坦之见了桓温，瞒下王述的话，胡扯了一些别的理由。桓温心中有数，笑着说："这是尊君不肯答允罢了！"

桓温的僚属中，还有很多当代的名士，如太原中都（今山西平遥西南）孙氏大族的孙盛，还有曾在庾亮手下任事，曾被褚裒赏识的孟嘉，也成为桓温的参军。有一年重阳佳节，桓温与僚属们在秋高气爽中，到江陵西北十五里的龙山游览。大家席地而坐，谈论天下大事。这时刮起一阵狂风，孟嘉的帽子被吹落身后，他自己起初还不知觉，上厕所时才捡了起来。桓温立即要孙盛写了一篇嘲笑的短文，放在孟嘉坐处。孟嘉回座看到后，随即提笔作答，文辞超卓幽默，四座看了大为惊叹。这座山岗，后世就称为落帽台，至今还是一个名胜之地。

40　兰亭序

当豫州刺史谢万要带兵打仗时，曾任会稽内史的王羲之写信给桓温说："谢万是有才能的，放在朝廷是后起之秀。但要他去边境带兵打仗，那是用非其才。"桓温没有采纳这个意见。王羲之又写信给谢万说:"你的性格豪放不羁,但去从事军务,就不容易了。不过,有识之士正应当善于适应不同环境。食不二味,居不重席,是古人传为美谈的,望你能和士兵同甘共苦,那就好了。"可是谢万根本听不进这些话,最后失败回来后,写信给王羲之说:"我辜负了你的期望和劝告,很惭愧啊!"谢万虽然身败名裂,总算还能归咎自责。他被罢官几年后,又被朝廷任命为散骑常侍,可是还没重新穿上官袍,就因重病去世。

王羲之给桓温的信和对谢万的劝告反映出他是一个很有见识的人。这位王羲之,就是驰名古今中外的大书法家。他曾任右军将军,因而人称王右军。

王羲之(303-361)字逸少,琅琊临沂(今属山东)人。祖父王正,任过尚书郎。父亲王旷,曾任淮南太守。王羲之幼年时曾患癫病一两年,又不善于讲话,七岁开始练习写字,也没有特异的表现,看不出是一个天才。十一岁那年,他在父亲的枕边看到几本古人谈论书法的书,爱不释手。王旷问他道:"你为什么老是跑到我床头来?"王羲之笑着不肯回答。王旷说:"你要是想练习书法,等你长大后,我再教你吧!"王羲之着急了,拉着父亲苦苦哀求道:"如果等我成年再学,这几年的时间,不就白白浪费了吗?"王旷又高兴又惊奇,就开始传授于他,不多时,王羲之的书法便大有长进。

王羲之十三岁时,其书法已被大臣周𫖮所赏识。周𫖮府内"座上客常满,樽中酒不空"。有一次盛宴,一盆炙牛心端了上来,这在当时是极为名贵的佳肴。周𫖮割下一块,首先敬给坐在末座的少年王羲之。这个举动,震惊了所有在座的贵宾,王羲之也就开始出名。他十六岁时,书法和绘画的才能进一步表现出

来，他的叔父王廙赞扬他在书画方面过目便会，很愿意教他，并说："我平生没有什么可以称道的，但书画还值得效法。"王廙画了孔子十个弟子的象，题了赞言，专门送给王羲之，悉心教导和鼓励他认真学习书画。

太尉郗鉴有一个女儿叫郗璿（字子房），才貌双全，他要门生到王导家物色一个女婿，王导叫这个门生到东厢房去挑选。东厢房是王家子弟读书和休息的地方，门生看到这些公子哥儿个个长得不错。书生们听说有人来挑女婿，全都露出又拘谨又做作的神气，只有一个人若无其事地躺在东头床上，袒露着肚子，嘴里还啃着麻饼。门生回去，告诉郗鉴这个情景，郗鉴说："这个人正是佳婿！"以后一问，原来是王羲之。郗鉴早已听说过这个年轻人品学出众，立刻就把女儿许给王导的这个侄子。王羲之日后成名，这个挑女婿的事也成了典故，因此后世称女婿为"东床"，尊称别人女婿为"令坦"。

西晋时期卫瓘和卫恒父子二人都是有名的书法家，他家的书法代代相传，卓有盛名。王羲之曾跟卫恒的侄女卫铄学习过，卫夫人眼见他的书法突飞猛进，异常感慨地说："这孩子今后的书名，一定会盖过我。"王羲之成年后，遍游名山大川，看到秦汉书法家李斯、蔡邕、钟繇、张芝、张昶等的字碑，更是如饥似渴地学习，并且融会贯通，形成自己的独特风格。他特别推重张芝和钟繇的书法，曾对人说："我与钟繇相比，可以和他并肩抗行；但与张芝的草书相比，只能雁行般地落在他后面。"

王羲之喜欢邀游山水名胜，古松的巍梧苍劲，岩峰的嶙峋奇耸，瀑布的一泻千丈，大鹰的振翅翱翔，都被他出神地揣摩，作为笔法变化的借鉴。特别是雪白的鹅群游嬉追逐于碧波之上时，更使王羲之凝视不舍。那鹅颈一伸一屈的千姿百态，成为他挥毫疾书的一种灵感。有一个孤居的老太太，养着一只很会鸣叫的大鹅，别人出高价购买，她不肯。王羲之听说后，特地邀请几个亲朋去观赏。那老太太听到鼎鼎大名的王羲之要上她家来，想想没有什么可以招待的，一狠心，把心爱的大鹅杀了，煨得香喷喷地，等待贵客。王羲之一到，知道鹅已杀了，长叹惋惜不止。以后，他听说山阴坛酿村有一个道士养了一群好鹅，王羲之又兴冲冲地去参观，一见鹅群，果然名不虚传。他愈看愈爱，乐而忘返，硬是要道士把鹅卖给他。道士说："我要请人抄写《道德经》，绢缣都已准备好了，但没有找到人。你的书法高妙，如果能给我抄两章，这一群鹅全部可以奉送。"王羲之高兴极了，立即拿起笔来给他抄了半天，而后挑了两笼鹅，欢天喜地回家。唐代著名诗人李白曾作诗描述这个故事："右军本清真，潇洒出风尘。山阴遇羽客（指道士），爱此好鹅宾。扫素（素指写字用的绢缣）写《道德》，笔精妙入神。书罢笼鹅去，何曾别主人？"

有一年，朝廷在北郊覆舟山祭祀，祭前要更换祝版上的祭文。版上旧有的祝词是王羲之写的，当工人削去这些字迹时，发现墨迹透入木层有数分之深。因而王羲之的笔力惊绝，更为人们所传扬，后来比喻说话、写文章刻划深刻，都称为"入木三分"。

有一次，王羲之看到一个姥姥在卖竹扇，每把只要几个小钱还没人买。他见那姥姥面呈菜色，愁苦不堪，动了恻隐之心，就在每把扇子上写了五个字。姥姥不认识他，见他在扇上写了字又不买，于是一脸不高兴地责怪道："我还靠卖这些扇子换米下锅呢！"王羲之说："不要发愁，你到大街上说这是王羲之写的，每把至少可以卖一百钱。"姥姥半信半疑地去叫卖，立即被抢购一

空。现在浙江绍兴（东晋会稽郡治所）城内，有一座"题扇桥"，相传就是王羲之题扇的地方。

早先庾翼的书法也是很有名的，他曾有家传珍藏的汉代张芝草书十页，在永嘉之乱中散失了。庾翼因而常常慨叹，以为永远看不到这样好的书法杰作了。有一天，在他哥哥庾亮那儿瞧到王羲之写的一封信，那字正如龙跃天门，虎卧凤阁，庾翼惊叹不止，立即当作珍宝般地放在案头，时刻欣赏观摩，直至去世。

王羲之的书法，在当代到了登峰造极的地步，被后世奉为"书圣"。唐太宗亲自为《晋书·王羲之传》作传赞，无比钦佩地说，考察古今的书法，"尽善尽美，其惟王逸少乎"！还有人赞扬他"总百家之功，极众体之妙"，"博精群法，特善行楷，古今无二"，"力屈万夫，韵高千古"等等。

会稽郡的山水景色是使人陶醉的，很多世家大族寓居那里，经常相互来往，游赏美景，吟诗作赋。353 年（东晋永和九年），谢安、孙绰和王羲之父子等四十二位名流以及地方官员在兰亭（今浙江绍兴西南兰渚上）聚会。这一天正是三月初三，他们会同修禊，在水边嬉游。大家坐在环曲的溪流边，把装满美酒的木觞放在上游，让它顺流而下，停在谁的面前，谁就取觞饮酒，这叫做"流觞"。在风和日暖、桃李争艳中，众人诗兴勃发，有十一个人各写了两首诗，十五个人各写一首，还有十五个是没有多大文才的官儿，写不出诗来，每人被罚酒三大觞。王羲之的幼子王献之才九岁，也没写出诗来。

王羲之吟哦那些诗篇，觉得美不胜收，他醉眼朦胧，一时兴起，写了一篇序文，记述了兰亭山水的美景和聚会的欢乐之情。他当场铺开蚕茧制作的纸张，手挥老鼠胡须做的毛笔，刷刷地把那三百余字的《兰亭序》写了出来。其中相同的字，写得各具风格。如序文里，有二十多个"之"字，却无一类似，各有千秋。以后王羲之又重复抄写了许多本，但都没有那次酒醉时的本子写得好。他自己也很诧异，因而特别宝藏这个珍本。会稽的兰亭，由于《兰亭序》而闻名遐迩。现在浙江绍兴尚有流觞亭、鹅池、右军祠等名胜古迹，可供游赏。

王羲之的《兰亭序》，历代誉为"法帖第一"，王家更是奉为传家之宝。到王家第七代的一个子孙，削发为僧，法号智永禅师。智永死后，《兰亭序》的真迹由他弟子辨才宝藏着，这时已是唐太宗在位时期。唐太宗酷爱王羲之的书法作品，他打听到《兰亭序》在辨才手里，便邀辨才入宫，优礼相待，而辨才一口咬定，几经丧乱之后，《兰亭序》真迹已不知去向。于是唐太宗特派监察御史萧翼扮成潦倒书生，来到会稽辨才寺院，终于设计把《兰亭序》骗到了手。唐太宗对兰亭真迹极为珍赏，临终嘱咐殉葬，真迹从此湮没。萧翼计赚《兰亭序》，究竟有无其事，后世众说纷纭，这已成了书法史上一件有趣的公案。由于这是唐代的事，这里就不细说了。

王羲之的《兰亭序》及所有其他真迹，至今已散失殆尽，流传下来的手迹摹本，也已寥寥无几。我们现在能看到的王羲之书法作品，大部分是经过摹刻入石（个别的为木刻）的拓本，其中最著名的，除《兰亭序》外，还有《十七帖》、《圣教序》（这是集王字而成的）以及收入宋代著名汇帖的《淳化阁帖》、《大观帖》（即《太清楼帖》）中的一批书帖。王羲之精于各种书法体，而对楷书和行书的确立更作出了划时代的贡献。他的书法创作足为百代楷模，他的书法作品是我国艺术宝库中一块极其可贵的瑰宝。

41 "二王"

大书法家王羲之走上仕途时,王导、庾亮、殷浩、庾翼等都还在世。他先任秘书郎,又被庾亮请去做参军,升为长史。由于庾亮临死曾上疏向朝廷极力推荐,王羲之升调为江州刺史。公卿们深爱王羲之才华出众,因而朝廷多次征召他入京任侍中、吏部尚书,他都苦苦推辞。以后殷浩参政,写信劝他接受护军将军的任命,王羲之复信道:"我素来没有担任朝廷要职的想法,过去王丞相(指王导)屡次要我入朝为官,我立誓不去,手书尚存,可以为证。"他要求当宣城郡(郡治在今安徽宣城)太守,朝廷没同意,不久任命他为右军将军、会稽内史,他推却未成,只得赴任。

会稽郡不仅常年闹饥荒,而且赋役繁多,民不聊生。王羲之到职后,上疏据理力争,取得朝廷同意,一再减轻百姓的负担。王羲之还经常开仓赈贷,使黎民稍得休养生息,各安其业。他又建议禁止酿酒,这样会稽一郡全年就可以节约粮食一百余万斛,但始终得不到上级批准。朝廷各部门下达的文书如雨一般,有的还颠倒是非,错谬百出,影响又很大。王羲之要求朝廷简易从事,奏折却如石沉大海,毫无反应。当时,各地管理官仓的官吏监守自盗,大量官米被窃,单是会稽所属余姚一县,被盗官米就有十万斛之多。王羲之想杀一儆百,但遇到阻力而未果。几次北伐所征发的人，死亡和逃散者很多，朝廷严令其家属及同伍去搜捕，搜捕不到，家属和同伍担心加罪于己，又都相偕逃亡。因而百姓流散，户口日减。这些情况使王羲之很头痛，他提出一解决办法，朝廷多未采纳，致使他常常独自呆坐，惘然若失，不知怎么办才好。他感叹担任会稽内史一职是舍逸就劳，悔恨莫及。

王羲之又看到朝廷和有些州郡虐待北来的百姓，竟致被判刑的人遍布大道之上，几乎和秦时的酷政一般，因而担心如陈胜、吴广的起义会爆发起来。

但是许多达官名士们还是醉心清谈，不问国事。有一次，王羲之和谢安登高远瞩，谢安悠然吟哦，神态十分高雅。王羲之愁闷满怀地说："夏禹治水，日夜辛勤，手脚长满老茧。周文王处理政务，自晨至暮，劳累不歇，没有时间吃饭。现在各地烽烟连天，人人应该想到如何报效国家，而虚谈荒废政务，浮文妨碍要事，恐非当今所宜。"谢安却强辩道："秦代统一天下，不过二世而亡，岂是清谈所致？"由于谢安常在这里观赏景色，他俩又在此有过辩论，这块高地后来被称为谢安墩。墩虽以谢安命名，但王羲之的忧国忧民却更为后人所称道。唐代诗人李白遥念此情，在《登金陵冶城西北谢安墩》一诗中，感叹地写道："想像东山姿，缅怀右军言，梧桐识嘉树，蕙草留芳根……地古云物在，台倾禾黍繁。"

王羲之原来就无意做官，当了会稽内史，关怀民间疾苦的衷心和热忱又受到种种阻挠，心中极为愤慨。他任职四年多后，又遇到更不痛快的事。

琅琊王氏大族的王羲之和太原王氏大族的王述，名气都很大，但却相互看不惯。王述先任会稽内史，因为母亲病故，离职

在家守丧三年。王羲之继任内史，只去王述家礼节性地吊丧一次。此后王羲之出府巡游，王述以为他会专程或顺路来拜访，赶忙要家僮洒扫以待，但三四年悠忽而逝，王羲之总是过门不入，从未光临。他曾对宾客说："王述可以当个尚书，晚年还可升任仆射。居丧期满后，如再要回会稽，那就邈然不可能了。"不料，王述居丧期满后，却荣任扬州刺史，成了王羲之的顶头上司。王述赴任前，遍访会稽的亲友，独独不去找王羲之，只在临行之际到内史官府向他例行公事地告别一下。王羲之虽然之前也并没有高升的欲望，但却耻于做王述的下属，便派僚佐到建康请求朝廷将会稽郡从扬州划出来，另设一个越州。但事情没有成功，反被群臣所嗤笑，这使王羲之很难堪。他对几个儿子说："我不比王述差，但职位却如此悬殊，这是由于你们都不及王坦之（王述之子，时为桓温长史）吧！"以后王述巡视到会稽郡，检查刑政，郡内主持刑政的官员不能很好回答他提出的问题。王羲之以为王述故意刁难，愧恨不止，于是推托有病，辞去官职。355 年（永和十一年）三月，他特地到父母墓前，起誓永不为官。誓言最后几句的大意是：我今后如果还要苟且为官，就是不孝之子，为天地所不容！

王羲之辞官后，远游沧海烟湖，曾在庐山住过一个时期。他的庐山住宅（现为归宗寺）附近有瀑布从一百多尺的悬崖飞下，溅珠飞玉，常见彩虹。潭边有石洞（现称羲之洞），外有石屋及石拱桥，是他读书练字的地方。离洞顺溪东行，还有他的养鹅池（现有石刻"羲之鹅池"）。

王羲之于五十九岁去世，过去庾亮曾称扬他为"国举"（国人共同推举的特殊人才），因此人们为他立碑，称之为"拔萃国

王献之练字

举"。王羲之有七个儿子和一个女儿,均为他妻子郗氏所生。他死后,朝廷追赠他为金紫光禄大夫,其儿女遵照他再不愿为官的遗愿,坚决不肯接受。

王羲之的七个儿子都擅长书法,以幼子王献之(344—386)最为突出。王献之七八岁,一次练字时,王羲之突然在身后掣拔这孩子手中的毛笔,但没有拔掉,足见王献之执笔有劲,王羲之赞叹道:"这孩子以后在书法方面当有大名。"有一次王羲之不在家,王献之看到家中有一堵新近粉刷的白墙,便拿起扫帚,沾满泥浆,在墙上写了一丈见方的大字,气势雄伟,神采斐然。闻讯赶来观摩的人群如同闹市一般。王羲之回家,问是谁写的,别人回答:"就是你家七郎!"他高兴地写信给亲友说:"子敬(王献之字)的书法大有长进!"

王羲之对幼子传授书法,特别着重于刻苦练习。一次,王献之把写好的字页送给父亲批阅,他父亲顺手在一个"大"字下加了一点。王献之再三请教加点的意思,他父亲仍是一言不发。过后他母亲仔细看了他的字页,说道:"只有太字的一点,像你父亲的笔法。"王献之才知道自己的功夫还远远不够。王献之有一次上街闲逛,看到一个老太太在烙饼,背后放着箩筐。老太太烙好一个,就用竹片挑起,往后一撩,那饼不偏不倚落在筐里,而且一个压一个,叠得非常整齐。王献之问她为何撩得那么准,老太太回答:"这就如王羲之写字,熟能生巧罢了!"王献之听了,受到很大启发。

父亲刻苦习书的身教言教,极大地激励着王献之。不过,他在勤奋练字的同时,总还想得到什么捷径。一次,他悄悄地问父亲还有什么秘诀?王羲之大声地回答:"有!有!在后院水缸里!"王献之兴冲冲地跑到后院,望着十几缸满满的清水,百思不解。第二天,他取水磨墨时,方才悟出父亲的用意,那缸里的水就是磨墨写字用的,能用完这些水,功夫也到家了。王羲之知道父亲还是教育他刻苦练习,就再也不追求捷径了,后来终于达到了父子相互媲美的程度,后世并称为"二王"。人称王羲之为"书圣",也有称王献之为"小圣"的。

王羲之父子俩,最爱在榧木上写字。香榧树的质地坚韧,是造船的好料,它耐水,墨汁滴在上面不渗。写在榧木上的字,特别明灼耀目。有一次,王羲之到一个门生家去,看到有一只榧木做的新茶几,滑净可爱。他顺手挥毫,一行行书、一行草书,写得龙飞凤舞,煞是好看。那门生受宠若惊,王羲之告别时,他送了一程又一程,表示无限感谢。不料门生转回家时,那茶几上的字已被他不懂书法的父亲全都刮去,虽然字迹"入木三分",依然可辨,但还是难以复原了。那门生顿时懊丧不已。

尚书谢奉是会稽谢家大族(谢安的别族)的人。他为祖先造庙都用榧木,王羲之到他家,看见那么多刨得光溜溜的木板,兴致勃勃,就在上面举笔挥洒起来。谢奉舍不得用这些木板盖庙,把它们像宝物一般地珍藏起来。随后,谢奉得悉王献之也要来他家,于是连夜准备了几十块光洁的榧板。王献之来了,果然书兴大发,在所有榧木上写得满满的。谢奉将父子俩所写的榧板当作传家宝。到他孙子谢履手中,奉献一半给当时执政的桓玄,因而被任命为扬州主簿。

在榧木上写字究竟是个别情况,当时的书写材料,除了纸,还用素色的绢缣,那是比较讲究的。有一个好事的少年,故意缝制了一件精白绸衣,穿了去拜访王献之。见面后,脱下衣服,要求他在上面挥毫。王献之慨然答允,就在前襟、后襟及两袖上,

写了许多草书和正楷。因为他感到新鲜和高兴，这些字写得特别好，自叹是多年来写得最出色的。这时，少年发觉左右观者的目光都露出妒忌和意欲凌夺的神色，赶忙卷起衣服，急辞而行。左右的人立即跟踪追赶，一到大门外，七手八脚，你抢我夺，把这件绸衣撕得四分五裂。最后，少年只留得一袖，怏怏而去。

王献之担任吴兴郡太守时，走访乌程（即吴兴郡治所，今浙江湖州）县令。他听说县令有一个十五六岁的儿子羊欣字写得很好，就径自步入书斋。羊欣正在午睡，穿了一身崭新的白绢衣裳，洁净可爱。王献之一时兴起，就在衣幅上下、甚至衣带上都大书特书。羊欣醒后，得知是王献之所书，异常欢欣。他珍藏这套衣裳，视为法帖，朝夕临摹，从此书法大进。

王羲之的子孙后代大都勤练书法，而且成绩卓著，书家辈出，其中最出名的，就是前面讲到过的带着《兰亭序》出家的陈、隋时期名僧，人称"永禅师"的智永。

二王书法是中国书法史上的丰碑。王羲之精于各种书法，传世作品较多，对后代书法的发展起了十分巨大的影响作用。王献之勇于创新，在改变古法方面表现了卓越的才识。他们为书法这一中华民族所独创的艺术的发展，作出了划时代的贡献。

42 庚戌土断

王羲之从离职到去世的数年，悠哉闲哉游山玩水。这个时期，东晋、前秦、前燕间却屡有战事，特别是前秦的统治，起了

很大的变化。

早先长安吏民因为苻生太残暴，都期望他的堂弟苻坚能成为君主。东海王苻坚博学多才，声望很高，他的王府在洛门东头。有一首民谣唱道："东海大鱼化为龙，男便为王女为公，问在何所洛门东。"歌谣传到苻生耳中，他没有怀疑这大鱼是指苻坚，以为是指太师、录尚书事鱼遵。他担心鱼遵权大，可能会篡位，竟把鱼遵及其七子十孙都杀死了。

苻生虐杀了很多皇室成员，但因为苻坚的父亲苻雄早年救过自己的命，所以对苻坚兄弟们特别宽容。有人劝苻坚说："苻生猜忌残酷，内外离心，你如不先下手，就会遭殃！"尚书吕婆楼和御史中丞梁平老也劝苻坚早日除去暴君，但苻坚害怕苻生凶猛，不敢贸然动手。

苻坚的哥哥名叫苻法。有一个晚上，喝醉了的苻生对身边的宫女说："阿法兄弟俩不可靠，明天我要杀他们！"宫女连夜悄悄告诉苻坚兄弟俩。他俩只得豁出命来，和梁平老、吕婆楼等带了几百壮士打进内宫，宫内守卫将士纷纷缴械投降。苻生在醉卧中被惊醒，问道："什么人吵闹？"侍从说："要来杀你的！"苻生迷迷糊糊地又问："你们怎么不下拜？"士兵们听他说得不三不四，都笑了。苻生更是得意地说："快拜！快拜！不拜就斩！"苻坚把苻生囚禁起来，先废为越王，随后杀死。苻生在位整整两年，死时二十三岁，临死前还喝酒数斗，昏醉得不知脑袋怎么掉下来的。

357年（东晋升平元年）六月，苻坚即位，他不用皇帝尊号，称大秦天王。苻法被任命为都督中外诸军事、丞相、录尚书事。他俩不同母（苻法为庶母所生），苻坚的亲娘苟太后看到苻法门前车水马龙，担心以后发生兄弟相残的祸事，下令要苻法自杀。

苻坚废除了苻生的暴政，任用得人，政事大有起色，前秦的统治日益巩固起来。

苻坚即秦王之位的同年，前燕慕容儁已经占领幽、冀和青州一带，慕容儁从蓟城迁都于邺城。邺城原先是石赵的国都，慕容儁老是想起石虎未死前的暴虐，有一个夜里就梦见石虎来咬他的手臂。他醒后十分恼怒，派人去挖掘石虎的陵墓，不料里头却空空如也。慕容儁悬赏一百斤黄金要找到石虎的尸体。后来根据一个知情的妇女李菟〔tú〕所告，在东明观下把屋基几乎全翻个了遍，当十年前的尸体被挖掘出来时，虽已变得干巴巴的，但还没有腐烂。慕容儁狠狠地一边践踏尸体一边骂道："你这死鬼，还敢来吓唬我活天子吗？"接着，他又数落石虎当年暴虐的罪状，拿鞭子抽打尸体。最后，将尸体丢到漳水里，尸体顺水流到紫陌浮桥，被桥柱挡着就停住了。邺城里人山人海去观看，讥笑地说这是"一柱殿下"。

358年（东晋升平二年）十二月，慕容儁雄心勃勃，打算张开虎口吞下东晋和苻秦。他下令各地查实户口，要求每户只留一个壮丁，其余一律出来当兵，计划扩大兵员到一百五十万，于来春出征。武邑人刘贵上书道："民生凋敝不堪，过去哪有这样的调兵？恐怕会引起祸乱！"慕容儁幡然悔悟，改为三丁抽一，五丁抽二，规定第二年冬天齐集邺城。360年（东晋升平四年）正月，慕容儁病重垂危，还是硬撑着检阅了大军，死灰色的脸上露出微笑，第二天就一命呜呼，时年四十二。他的第三个儿子、十一岁的慕容暐继位，慕容儁的弟弟、太宰慕容恪总管朝政。太傅慕容评、太保阳鹜、太师慕舆根共同辅佐。

太师慕舆根自以为屡有战功，嫉妒慕容恪总揽朝政，打算伺机作乱。他故意对慕容恪说:"皇上年幼,太后干政,这不好。先皇去世,兄亡弟及,还是请你登位吧!"慕容恪回答:"你喝醉了吗?怎么说出这种胡话?"慕舆根立即认错告退。他转眼又对皇太后和慕容㬢说:"太宰慕容恪要图谋不轨!"还怂恿说要返都龙城。这样,他就暴露了两面三刀的真面目,被慕容恪发兵杀了全家。慕容恪在动乱中面无忧色,只带了一个卫士进进出出。别人都劝他要加强防卫,他说:"何必自相惊扰呢?"慕容恪兢兢业业地治理朝政,事事和调任司徒的慕容评商量后才决定,从不独断独行。他虚心礼贤下士,量才录用。这样,虽然幼主在位,但由于慕容恪主持有方,前燕的政治仍比较稳定。

东晋朝廷听到慕容儁的死讯,继位的又是一个娃娃,都以为强敌南下的威胁解除,而且可以趁机北上,收复失地。但桓温却说:"慕容恪还健在,担忧的事还在后头呢!"

361年(东晋升平五年)五月,东晋穆帝司马聃病死,时年十九。成帝的长子司马丕(341-365)继位,年号隆和,他就是晋哀帝。过了一年,朝廷给桓温加官为大司马、都督中外诸军、录尚书事,以后又命他领扬州牧。365年,桓温移镇姑孰(今安徽当涂),离建康一百多里。这时桓温的弟弟桓豁任荆州刺史,桓冲任江州刺史,大江上下全地桓家的天下。桓温的权势虽然显赫已极,但他如果不在北伐中立下丰功伟绩,还是不能使人心归服。可是要大举北伐,军费和军粮都难以筹办。

东晋立国后,北方士民纷纷南下,朝廷为了笼络世家大族,保留他们高贵的身份,便在大江南北设立侨州侨郡侨县,同时可以安置南下百姓,防止发生西晋后期那样的流民起义。在徐州地区就设有兖州、幽州、冀州、青州、并州的许多郡县,在现在江

苏常州附近，就有十五六个侨郡和六十多个侨县，并且都设有官府和官吏。国家对侨户和侨人免去一切兵役和赋税。于是，一二十年里约有九十万人如潮涌般地来到东晋，占北方总人口的八分之一还多。这些侨户寓居今江苏地区最多，约二十六万，寓居今安徽的约十七万。东晋总人口中有六分之一是北方侨户，他们不当兵、不服役、不缴租、不纳税，朝廷收入就大受影响。除此之外，王公贵族的奴婢、部曲和佃客，对政府更不承担任何义务。这样的人有多少，谁也没有底。早在328年（东晋咸和三年）苏峻之乱中，旧有户籍册已付之一炬，因而在330年（东晋咸和五年），晋成帝下诏清丈土地，登记田亩，强迫侨户按居住地改属新的籍贯，以所居住的土地为断，这就是"土断"一词的由来。土断的目的在于清查藏户，取消原来免除租役的优待。余姚（今属浙江）令山遐严格执行土断法，半年里就清查出二千多户、一万多人。名士虞喜，朝廷多次要他去做官，他都推说有病不能去，但他在家乡却私藏许多逃亡户。山遐依法办理，要处以死刑。世家大族对山遐恨得咬牙切齿，纷纷为虞喜开脱，山遐不肯迁就，那些人硬是给山遐扣上擅修县衙的罪名，要罢他的官。山遐写信给上级说："再让我留任一百天，我要把藏户全都清查出来，到那时砍下我的头，死而无恨！"毕竟胳膊扭不过大腿，山遐还是立即被撤职。

339年（东晋成帝咸康五年）庾冰执政，曾核定一些地方户口，查出隐户一万多人，因而增加了国家收入，在军费开支上也不无小补。341年（东晋成帝咸康七年），朝廷又下诏要土断。原先登记户籍用的纸，是经过染色，不会被虫蛀的黄纸，因而称为"黄籍"。这时，北方来的侨户全部另外立册，则称为"白籍"。

这相隔十年的两次土断，都是雷声大雨点小，没有做出多少成绩，但庾冰和山遐砍向藏户的几斧头，却给桓温留下深刻的印象。要做到国富民强，北伐有本钱，就应该彻底土断。

364年（东晋哀帝兴宁二年）是东晋开国后的四十七年，桓温第一次北伐后的八年，在他主持下，朝廷下诏严格检查核实户口，不准任何人隐藏私户。彭城王司马玄偷偷地私匿五户，经桓温上表朝廷，被押送给廷尉问罪。因而权贵们只得听从法令，把藏户多多少少拿了出来。这次土断声势大，执行严厉，由于诏书是三月庚戌（初一）下达的，所以被称为"庚戌土断"。这次土断，许多世家大族失去了直接役使的大量奴属，而那些原来不担负赋役的侨户也套上了租役的枷锁，因而都极恨桓温。穆帝最后几年的年号是升平，升平五年，穆帝死了，哀帝的年号是隆和，一年后又改元兴宁。庚戌土断是在兴宁二年，那些怨恨桓温的人诅咒他，又推测他一定会很快篡位，皇帝会落得赤脚逃跑的下场，因而编造出这么一个歌谣："升平不满斗（斗，指十年），隆和哪得久，桓公入石头（指建康），陛下徒跣①走！"

东晋的土断虽然遇到层层阻力，但财源究竟增加了。前燕看得眼热，也要照办。原先，前燕的王公贵族私占许多户口，国家正式编户的总数还少于私家的荫户，因而国库里空空荡荡的。尚书左仆射悦绾〔wǎn〕上书说："燕、晋、秦三足鼎立，都想把别家吃掉。我们现在的官俸常常发不出，将士吃不饱，朝廷借粮借帛来度日，老是寅吃卯粮，这样下去，国将不治。应该把王公贵戚的藏户全都划归郡县，缴粮服役，没有例外。"燕帝慕容暐批

---

① 跣：音 xiǎn，赤脚的意思。

准他去主办这件大事,悦绾带病亲自检查核实户口,雷厉风行地清出二十多万户,以每户五人计,就增加编户二百多万人,占全国总人口十分之一。前燕的达官贵人恨透了悦绾,最后司徒慕容评派人杀了他。但由于清出大量荫户,这些人从此向官府缴纳租赋,国家财政拮据的情况因而有所改变。东晋和前燕都做好了作战的财政准备,到了相互较量实力的时候了。

43 枋头之役

  桓温在356年(永和十二年)攻下洛阳,只留两千人守卫这座孤城。前燕派了一支军队来攻打,桓温增派援军三千,趁机对朝廷又拿出过去那一招,大叫大嚷,要求还都洛阳,还提出要把永嘉之乱以后流亡到长江以南的人都迁回中原地区。

  北来的世家大族已在江南买田置地,建立了大庄园,经营了约有五十年,他们不赞成还都,但又害怕桓温的威势,不敢当面辩论。独有散骑常侍孙绰上疏说:"元帝中兴,全凭着万里长江,划江而守。中原已成一片废墟,士民流落南方,到现在子辈已老,孙辈都已成人,死去的父老的坟墓已排列成行。人们虽然怀念北方,但更关心目前。现在应该先派有威望的将帅坐镇洛阳,收复附近郡县,肃清黄河以南的敌人。等到中原恢复元气,才能议论还都。如果现在匆匆忙忙地干这件大事,是把国家的安危作孤注一掷!"

  孙绰年轻时就名声卓著,桓温早有所闻。荆楚一带,每年十二月初八的腊日，许多人都喜欢敲着腰鼓，带着假面具，扮成金刚力士，到各处装神弄鬼，说是驱逐瘟疫。一次，有些人敲锣打鼓来到桓温家，其中一个青年谈吐非凡，桓温猜想是孙绰，一查问，果真是他。孙绰长大后，文才横溢，温峤、王导、郗鉴、庾亮等去世，家属都请他撰写碑文。孙绰曾写了一篇《天台山赋》，文辞优美，声调铿锵。他自鸣得意，对好友范荣期说："你试着掷这赋于地，那声音就会如清脆悦耳的金石①一般。"从此，"掷地作金石声"就作为赞扬诗文优美的比喻。

桓温看到孙绰反对还都的奏本，没有理由反驳，他生气地对人说："顺便捎话给兴公（孙绰的字），还是多读读他少年时写的《遂初赋》（此赋抒发清高知足之情），少管国家大事吧！"

朝廷对桓温的嚣张和喧嚷颇感忧惧。扬州刺史王述说："桓温不过虚张声势，威逼朝廷而已。只要顺着他，他也不会有什么行动的。"朝廷接着下了诏书，对桓温要亲率三军廓清中原大大夸奖了一番，并表示北伐一举，还得依仗他的"高算"。桓温接到同意他北伐的诏书后，果然什么事也没做出来，跟他十二年前陈兵武昌、空喊北伐时差不多。

晋哀帝信奉道教，桓温专权，他更懒于过问国事，一味和道士打交道，居然不吃烟火之食，只吃一些丹药，要想长生不老，实际上却是醉生梦死。他最后因服丹药中毒不能起床。365年（东晋兴宁三年）二月，晋哀帝司马丕在位不到整四年就一命呜呼。皇位继承者是他的同母弟弟琅琊王司马奕（342－386），史称晋废帝或海西公，年号太和。这时，慕容恪带领燕军攻克洛

---

① 金石在这里指古时钟、磐一类的乐器。

阳。367年，桓温望而生畏的慕容恪病死，临终，他向燕帝慕容㬉推荐说，慕容垂可以担当朝政。但燕帝很软弱，实权被贪婪而又多疑的慕容评所掌握，慕容垂还是不能被重用。桓温以为收复中原的时机来到，在369年（东晋太和四年）四月，带领步兵骑兵五万，从姑孰出发兴师北伐。

郗愔〔yīn〕是徐州、兖州（都是侨州）的刺史，坐镇京口。桓温常常说："京口的酒很香醇，兵很勇猛。"他老想把京口的兵权拿到自己手心里。郗愔不知此情，北伐前还特地写信给桓温，要求并肩进军黄河。郗愔的儿子郗超是桓温的参军，首先看到这封信，他看他父亲表示要领兵共进，这正犯了桓温企图独掌北伐兵权的忌，就将这封信扯成碎片，另劝他父亲重新写了一封信说："我没有将帅的才能，且年老多病，要求大帅亲自统领京口的兵。"桓温看了很高兴，就兼任徐州、兖州刺史，调郗愔为会稽内史。

桓温去接收京口的兵权，顺路到建康北面的金城转了一下。二十八年前，他任琅琊（侨郡）太守，就呆在这儿，而今旧地重游，感慨万千。特别是看到当年亲手栽插的柳枝，现在已长成十围的大树，真是感到沧海桑田，变化很大，时光流速，树木尚且长得这么粗壮了，人的前途又应该怎么样呢？想到这里，桓温长叹道："木犹如此，人何以堪！"

桓温出师前，照例要发布文告，过去都由记室参军、大才子袁宏执笔。但袁宏在不久前因事被责罢官，不过仍留在军中。这时找不到这样的人才，只得又令他前来起草。袁宏站在即将出发的战马前，略加思索，提起笔来就写，刷刷地一连写了七张纸，文辞激昂慷慨。桓温的主簿王珣和周围的僚属们读了，惊叹不止。后人就用"倚马"或"倚马可待"的词语，来比喻文思敏捷。

桓温经过原来的兖州地区（今山东东南部）北上，郗超说："这条路太远了，而且水道年久失修，运输军粮很困难！"但桓温不肯改道。六月间到了金乡，这里骄阳似火，久旱不雨，河流大都干涸。桓温派冠军将军毛虎生领了人马和伕役到巨野（今山东巨野西南），利用旧有河道，重新开拓了一条自南向北的人工河道，长有三百里，后人称为桓公渎，或称桓河（现已湮没）。桓温大军登上庞大的船队，首尾相衔几十里，络绎不绝，经桓公渎入清水，又从四渎口（今山东长清西南）驶入黄河。桓温洋洋得意，郗超劝他说："水路迂回曲折，道远又逆水，运粮难如登天。万一敌人守城不战，我们没有吃的，那就很危险了。"桓温还是听不进去。郗超要求直捣邺城决战，桓温认为太冒失。郗超劝他屯兵在黄河和济水间，等到粮食储备充足，来年夏天再进军，桓温又怕时间拖久了，燕军准备停当，难以战胜，也没有采纳。

在巨野登船前，桓温又分派队伍自陆路进军，占领湖陆（今山东鱼台东南）和黄墟（今河南开封市东），连续打了几个胜仗，他自己屯兵于黄河北岸的东武阳（今山东莘县西南），再前进到枋头，威胁邺城。

燕帝慕容㬂和太傅慕容评胆战心惊，打算逃跑，回到东北故都龙城去。但吴王慕容垂说："我去和桓温拼一下，假如打不赢，再走也不晚。"于是带了五万大军，南下到枋头会战。前燕又派人到秦王苻坚跟前讨救兵，并且答允打退晋军后，把虎牢以西包括洛阳在内都割让给前秦。

苻坚令群僚商量对策，大家都说："十五年前，桓温攻秦，打到灞上，燕兵不来援助我们，现在我们为什么要去救他们？"当年不随桓温去东晋的王猛，经苻坚的亲信吕婆楼推荐，得到苻

坚的信任和重用，这时他对苻坚说："燕军貌似强大，但慕容评不是桓温的对手。如果晋军赶走他们，再回头对付我们，则大势去矣！我们还是要帮助燕军去打退桓温。等桓温退时，燕军也打得疲敝了，我们可乘其敝而攻取它，这不是很好吗？"苻坚心领神会，派了两万人马到许昌，摆开了援燕的架势。

前燕的朝臣议论战局，司徒左长史申胤说："桓温的声势似乎不小，我看他是不会成功的。桓温在朝擅权，百官和他未必同心同德，他们不愿桓温得志，一定会暗中捣鬼使他失败。桓温骄横不可一世，不会随机应变，他在应该领军直趋邺城之际却在中途逍遥，要想一拖再拖，等待我们自己逃跑。等到他粮尽援绝，军情变化时，就要不战自败了。"

桓温在发兵时，要豫州刺史袁真从寿春出师，占领谯郡和梁郡，打下荥阳北面的石门（后称汴口），开辟一条运粮到黄河的通道。可是，袁真占领了两个郡，却攻不下石门。前燕又派五千人马，去加强石门的防卫，再添上五千步兵，截断桓温的粮道，晋军一粒米也别想捞到啦！

吴王慕容垂派范阳王慕容德带一万骑兵和桓温交战。范阳王部将慕容宙率骑兵一千做先锋。他用二百骑兵做钓饵，把晋军引到埋伏处，一声呼啸，伏军四起，许多晋军做了无头鬼。桓温的弟弟桓冲被燕军紧紧包围。恰巧，桓冲的侄子桓石虔赶到帅营，桓温对他说："你叔叔陷在敌阵，你知道吗？"桓石虔翻身上马，带了部属一路杀去。他在敌阵内披坚斩锐，竟把桓冲救了出来，双方将士全都惊叹不止，从此桓石虔的名字就在大河上下传开了。桓石虔小字镇恶，据说民间有患疟疾的孩子，只要一喊"镇恶郎来了"，就会霍然而愈。

晋燕几次作战，桓温都吃了亏，仅有的军粮也都吃完了。前秦的援军又从许昌打到枋头来。桓温只得"三十六计，走为上计"。晋军渡过黄河，把战船烧毁，辎重和铠甲都丢在波涛汹涌的黄河里，从陆路向南撤兵。

桓温经过东燕向仓垣撤走，这一带是汴水和济水流域，晋军担心前燕在上游施放毒药，一路上只得掘井而饮。燕军诸将来了劲，摩拳擦掌要追上桓温，杀他一个尸横千里。慕容垂说："桓温不是傻瓜，一定留精锐的队伍在最后，以抗击追兵，现在去袭击，赚不到便宜，还是等等瞧。"他带了八千骑兵悄悄地尾随晋军。桓温夜以继日地撤退，过了几天，步行七百多里后，以为没有追兵，人马也跑得精疲力竭，行军也就松松垮垮。到了襄邑（今河南睢县）附近，燕军似乎突然从天而降，前后夹攻。原来范阳王慕容德早已带了劲骑四千，绕道到襄邑东边的涧沟里埋伏。这时慕容垂的追兵也已到达，同时发动进攻。晋军措手不及，被杀三万多人，余众逃向谯郡；再被从许昌出来的前秦援军横腰拦击，又死了一万多人。桓温向东跑到山阳（今江苏淮安），收罗残兵败将，这才安定下来。

桓温的这次北伐使东晋大为出丑，也丢尽了他自己的脸。可是，他把打败的责任一股脑儿推给豫州刺史袁真，说他没有打下石门，因而军粮接应不上，遭到惨败。桓温上了一个奏本，废袁真为平民。袁真不服气，也数落桓温指挥的错误，向朝廷告状。可是朝廷哪敢去责罚桓温，袁真也不明大义，他的官司打不赢，竟霸占寿春，可耻地向前燕投降。

桓温还担心燕军会乘胜南下，于是征发徐、兖两州百姓，在广陵大筑城墙。这时连年兵役不停，加上瘟疫流行，筑城的民工又饿又病，十个就有四五个死在工地上，弄得怨声载道。

秘书监孙盛正在著述《晋春秋》，照实记载当年的军政大事。桓温看到后怒形于色，对孙盛的儿子孙潜和孙放说："枋头一役虽然失利，但也没有像你父亲写的那么糟！如果这部书公之于世，这可是关系到你家门的事啊！"孙盛的儿孙们听到要灭门的警告，吓得都跪到孙盛跟前，磕着响头，哭着喊着，苦苦哀求他为全家一百多口老小着想，动手改一改。孙盛铁骨铮铮，不肯修改一个字。儿孙们没法，只得瞒住他偷偷地删改了有关的史实。可是孙盛还有一份初稿早已传出去了。据说几十年后，在辽东发现。这样，《晋春秋》就有两种本子，可惜现在都已失传。

44　王猛辅前秦

前秦出兵帮助前燕抵御东晋，又在谯郡阻击败退的晋军取得大胜。桓温撤兵后，秦燕就此交好，信使常来常往，苻坚很高兴，对献计出兵的王猛更为信任。王猛辅秦的史实，这里来着重谈一下。

前秦国都长安附近的始平，住着很多老功臣，他们自恃对建国有汗马功劳而横行不法。苻坚即位后不久，派王猛去任始平令，看他怎么管理这块地方。王猛一上任，严格执行法令，使豪强毛骨悚然。县衙内有一个官吏，穷凶极恶地敲诈平民百姓，王猛将他抓起来，狠狠用鞭抽打，一百、二百，那恶吏还呼喊挣扎，没打上三百下，就断了气。

始平的恶霸们抓住这个题目大做文章，向苻坚告状。苻坚要廷尉把王猛关在囚车里，送到长安，当面责问他说："父母官必须做到以德服人，你下车伊始，怎么就滥抓滥杀？多么残酷！"王猛答道："我才杀了一个奸吏，这样的货色还有许多，我还要一一去清算，如果陛下以为我太懦弱，没有火速肃清这些不法之徒，那我确是辜负圣望，甘愿认罪受罚。如果说我残酷，我是不心服的。"苻坚转眼对臣僚们说："景略（王猛的字）确是能干的忠臣！"立即赦免了他。

苻坚到各个官衙走走，在尚书省看到积压的文牍堆积如山，尚书左丞程卓懒洋洋地敷衍塞责。苻坚立即把他撤职，派王猛充任尚书左丞。王猛到职后整顿吏职，推举贤才，设立学校，抚恤贫民，提倡农桑，气象骤然一新，吏民额手相庆。

有一年，前秦遇到大旱，王猛劝苻坚与百姓同甘苦，开源节流，停止娱乐，将宫内的金玉财宝和锦绣服饰分赏给将士，后妃以下不准穿华丽的罗绸，衣裙不能拖到地上。同时砍伐山岭中的树木，捕捞河湖中的水产，公私共利。苻坚又偃甲息兵，因此大旱之年没有出现饿殍〔piǎo〕遍野和四散逃荒的惨象，人称"旱不为灾"。

王猛从一个平民成为高官，愈来愈受苻坚的宠信。对此，原来氐族部落里声势显赫的豪酋非常妒忌。姑臧侯樊世是开国老前辈，素来目中无人，有意要和王猛斗一下。他对王猛说："我们这些人跟着先帝立下丰功伟绩，你一无汗马之劳，却来担当大任。我们辛勤耕种，你凭什么坐享其成？"王猛冷笑道："我还要你们烧饭做菜给我吃，岂止下田耕种？"樊世万万想不到反而遭到当头一闷棍，当即火冒三丈，大叫道："你的脑袋不挂在长安

城楼上,我就不活在人世间了!"王猛把这场争吵告诉苻坚,苻坚大怒道:"不杀掉这老氐,文武百官的风气永远不会好!"几天以后,王猛和樊世又在朝中斗起嘴来。樊世圆瞪双眼,唾沫横飞,什么丑话都骂出来,一边又卷起袖口,要对王猛饱以老拳。苻坚忽然从皇位上跳起来,拔出剑对樊世怒吼道:"你这老混账东西,胆敢咆哮皇廷!"马上命令卫士们把樊世拖到西边的马棚里斩首。一些氐帅还吵闹着责备王猛,苻坚气得大骂他们,拖了几个出来,用鞭抽打,从此臣僚们见了王猛,都不敢喘大气。

王猛再被提升为侍中、中书令,领京兆尹,于是参与朝政,并直接管辖京城。光禄大夫强德是强太后(原为苻健皇后)的弟弟,经常酗酒,凭借权势掠夺财宝和民女,在长安城内算得上是个大恶霸。王猛把真凭实据收集齐全,派人逮捕了他。苻坚听到,赶紧派出专使,飞马赶去要赦免他,但强德的脑袋和身体已经分家,地面上的鲜血还在淌着。

御史中丞邓羌打仗不怕死,对付那些豪强,也是一个敢顶敢撞的铁脑袋。王猛和他狠狠地整顿了长安的治安,原先横行不法的权贵豪戚,在个把月里,被杀被判刑的有二十多人,一时震动了京城内外。于是凶残奸猾的官吏销声匿迹,大街上可以夜不闭户,路不拾遗。苻坚早晨下一个命令,不等天晚就很好地贯彻下去了。苻坚慨叹道:"到今天我才真正知道有法律才能治世,做天子有这么尊严!"因此,对王猛的话更是言听计从。王猛派出使者,巡视郡县地方及各族聚居的部落,察访民间疾苦,对于刑赏不当或贪贿不法的官吏,加以严肃处理。

王猛从尚书左丞调任咸阳内史,又升中书令、兼领京兆尹,又升吏部尚书;再升尚书左仆射;更为辅国将军、司隶校尉,同时仍兼任仆射、侍中、中书令等,一年中连升五次,人们称之为"岁中五迁"。王猛当年三十六岁,权倾内外。如果有谁说王猛的坏话,苻坚就要判谁的罪。

自从西晋覆没,长安城内到处是废墟荒草,读书人颠沛流离或惨遭杀害,经史书籍几经散失或销毁无存,读书声也难以听到了。王猛对于恢复太学尽了很大努力。苻坚也非常关心教育,规定公卿以下官员的子弟必须入学,他自己每月三次亲自到太学查看,有时还对学生加以面试,甚至问得一些博士也张口结舌答不上来。学生中经过经学的考试,成绩上等者即提拔当官,计有八十三人。各郡县有学识的人都被推举出来受到重用或赞扬,读书上进的气氛愈来愈浓厚了。

博士卢壶对苻坚说:"这几年太学初具规模,五经的各种本子和注释搜罗了不少,也有了一批老师。独独《周官》① 这门课,至今还没有人能讲授。太常韦逞的老母宋氏传其父业,通《周官》音义。她年已八十,视力、听力都很正常。除了她,无人可以讲授了。"

古代没有什么印刷设备,更没有多少课本和讲义,学生受课主要靠老师耳提面命。如果一部经典失传,这门学问就濒临失传的命运。这个宋老太太是书香门第,世世代代对儒学,特别在《周官》方面很有研究。宋氏从小失去母亲,她父亲视她为掌上明珠,两人相依为命,也把《周官》之学传授给她。以后宋氏父亲去世,她跟着丈夫到处避难,推着粗笨简陋的独轮车,带着行李和祖传的书简到了冀州。胶东的一个富豪程安寿收养了他们,

---

① 即《周礼》,记载周代及战国时期各国政治制度及理论的著作。

给了一间茅屋作为安身之所。当时韦逞还很小,宋氏白天上山打柴为生,夜间教他读书识字。韦逞学成后,举家投奔长安,他在前秦做了太常的官。

苻坚和王猛知道这个情况后,在宋氏家中设立讲堂,挑选一百二十个学生做她的弟子,她隔着绛红色的纱幔给学生上课。宋氏还被封为宣文君,赏赐十个婢女侍候她。从此《周官》之学才流传下来,八十老太讲学的佳话,也就不胫而走,传扬四方。

苻坚即位后七年,苻生的弟弟汝南公苻腾要给他哥哥报仇,阴谋造反,被发觉后伏法。这时苻生还有五个弟弟,王猛对苻坚说:"如果不除去这五个公,后患无穷!"苻坚并不在意。过了年把,他到北方去巡视边境,五公之一的淮南公苻幼在杏城发兵,想乘虚袭击长安,兵败被杀。当时的并州牧晋公苻柳和秦州刺史赵公苻双都和苻幼通谋。苻坚以为苻柳是苻健生前最宠爱的儿子,苻双是自己的同胞兄弟,就没有追查。不料,他俩串通洛州刺史魏公苻廋〔sōu〕和雍州刺史燕公苻武(这俩人均为苻生的弟弟)一起造起反来。苻坚派使者对他们说:"我待你们恩至义尽,何苦造反?皇亲叛离,国家就衰弱了,正如梨肉脆嫩会被人吃掉。现在使者带一个我亲口咬过的脆梨来,作为绝不问罪的信物,请你们一律罢兵,那么你们的一切官爵和待遇都和过去一样。"但这四个人都不肯听从。苻廋还以陕城(今河南三门峡市西)投降前燕,请求派兵接应。燕军纷纷要求趁机攻打长安,消灭苻坚,太傅慕容评不愿惹是生非,按兵不动。

苻坚派将帅带领劲骑去征讨叛乱,苻双、苻武兵败被杀。王猛和邓羌攻克蒲阪,杀了苻柳一家,又会师打下陕城,俘虏苻廋送到长安,四个公都完蛋了。

王猛在平叛中显示了他在军事上也是有才能的，因而威望更高。王猛辅政十多年，前秦的百姓安居乐业，工商贸易发达，国库充裕，人才辈出，各地学校书声琅琅。从长安到各州都修建了宽广的驿路，槐柳夹道，每二十里就有茶亭饭铺，每四十里就有客栈集镇，长安的百姓心驰神往地唱着："长安大街，夹树杨槐。下走朱轮，上有鸾栖。英彦云集，诲我萌黎。"①

在王猛辅政下，前秦内部的统治日益稳定，它和前燕的关系虽然一度和好，而北方的两雄终究不能长期并存。两国决战的时候即将到来，决战中的前秦主帅就由王猛担任。

45 卖水的统帅

慕容垂在枋头和襄邑大败桓温，威名大振。太傅慕容评很妒忌，和皇太后可足浑氏勾结，打算暗害他。

纸是包不住火的，这阴谋被一些皇亲国戚知道后，有人劝慕容垂先发制人，他却说："骨肉相残的事我是不忍心做的，如果没法挽救，我宁可逃避出去。"慕容垂把这事揣在心里，世子慕容令瞧他满脸愁容，问道："皇上年幼，太傅妒贤，大人功高望重，是不是因为受到猜忌而烦恼？"慕容垂点点头，于是慕容令提出逃到祖先的发迹地龙城去暂避一下。

---

① 朱轮：王侯坐的红色车辆。鸾：如凤凰一类的鸟，据说天下太平才能出现。萌黎：即黎民。

　　369年十一月，慕容垂假说出去打猎，带了心腹将士和全家向北逃跑到了邯郸。谁知他平时最讨厌的幼子慕容麟贪恋繁华，惧怕坚苦的逃亡生涯，竟私下奔回邺城告密。燕廷派了精骑直追，正要追上时，天色已晚，双方都歇下营来。慕容令说："这些催命鬼紧紧盯住，没法走了。秦王苻坚正在招揽人才，不如去投奔他吧！"慕容垂想想除此以外，无路可走，只得化整为零，隐蔽行迹，两三个人一块儿，沿着中山国、常山郡的山谷间悄悄地南行，躲藏在邺城附近，准备伺机再逃向长安。不料忽而有几百名燕军骑兵呼啦啦地赶来，转眼就要狭路相逢。慕容垂吓得目瞪口呆，如果抵抗，将众寡不敌，只能作刀下之鬼；若要躲避，又上天无路，入地无门。突然，天上啪啪地一阵乱响，许多猎鹰转换方向飞走，那些骑兵转眼也都跑啦！原来他们是来打猎，跟着猎鹰去追赶野兽了。慕容垂认为这是上天保佑他，当即杀了白马祭天，将马血涂在同伙的嘴上，表明有祸同当，有福同享的决心。

　　慕容令要求乘虚偷回邺城，杀死慕容评，慕容垂说："事成，诚为大福；事败，悔之不及。还是西奔长安才是万全之计！"于是他们转身逃到洛阳，和子侄家属奔向长安，投靠苻坚。苻坚在慕容恪死后对前燕已垂涎三尺，只是听说慕容垂打得桓温落花流水，才不敢鲁莽行事。这时，慕容垂自己来归顺，真是喜得非同小可，赶紧亲自出城欢迎，任命他为冠军将军，封宾徒侯。

　　桓温撤退以后，前燕几乎占有整个中原地区，它统治下的人口比东晋和前秦加起来还要多，可是官吏贪赃枉法，民不聊生。邺城皇宫里，光宫女就有四千余人，僮仆和奴婢更十倍于此，每天要耗费资财万金以上。为了皇宫和官吏的吃喝玩乐，老百姓的负担年年增加，军费和军饷层层克扣。国库里空空如也，对有功的将士，要赏赐一件短褂子都拿不出来。太傅慕容评更是贪得无厌，别人贿赂的金银珠宝如江河一般流入他的私囊。

前燕曾派廷臣梁琛出使前秦，他在长安逗留一个多月，回到邺城，对慕容评说："秦廷经常检阅军队，在它的东头陕城一带囤积军粮，看样子秦、燕和平的日子长不了。如今慕容垂又投奔长安，苻坚如虎添翼，他对我们的虚实已了如指掌。我们应该早作准备啊！"慕容评不以为然地说："苻坚哪能跟我们撕破脸皮？"接着他又问梁琛："苻坚和王猛为人怎么样？"梁琛答道："苻坚英明善断，王猛名不虚传。"慕容评趾高气扬，却认为他们都是不屑一顾的。有的大臣要求在洛阳、太原、壶关增设重兵防卫，慕容评说："秦国小而弱，苻坚又有多大能耐？我们如果自己惊扰，反而受人耻笑。"因此，前燕镇守洛阳的将士只有三百人而已。

秦、燕联兵抵挡桓温时，前燕允诺在胜利后把虎牢（在洛阳东，今河南荥阳县氾水镇）以西的地方，让给前秦。可是晋军退走，前燕又认为这样太便宜了秦军，派人到长安说："原来的使者允许割地是他自作主张，言语失辞，我们不能承认。友好的邻邦遇到天灾人祸，相互救助一下是理所当然的。以后贵国有什么困难，我们一定全力以赴。"

苻坚正要拿前燕开刀，有了这么一个把柄，就兴师东征，铮铮有理地要求按照原约割地。370年正月，王猛率领三万将士伐燕，首先进攻洛阳。他给守卫金镛城的前燕荆州刺史慕容筑写了一封信说："秦王亲领百万雄师要直取你们的京师邺城，你外无救援，三百名老弱残兵如何坚守洛阳？"慕容筑当即投降，王猛火速进军，不费吹灰之力就占领了洛阳以及虎牢以西的土地。苻坚下令，晋升王猛为司徒，录尚书事。王猛坚决推辞道："眼下才得

一城，就受到如此恩赏，如果平定了燕、晋，还拿什么来加官呢？"

慕容垂父子们投顺前秦，受到苻坚重用。王猛却横添了一桩心事，觉得收用他们是养虎贻患。伐燕前，他任命慕容令为参军，做向导。临行时，王猛向慕容垂辞行，一边喝酒，一边装作依依不舍地说："马上要远离了，你送我什么东西？让我可以睹物思人，以免悬念！"慕容垂毫不思索，解下随身佩带的宝刀送给王猛。王猛特地不让慕容令知道这件事。

秦军占领洛阳后，王猛贿赂了慕容垂所亲近的金熙，叫他假作慕容垂从长安派来的使者，带了宝刀，去对慕容令说："我父子到长安避难，但王猛嫉人如仇，老是说我们的坏话。秦王表面上对我们很好，可是知人知面不知心啊！万一有个三长两短，岂不为人耻笑？听说燕廷最近相互埋怨，后悔当初那么对待我们。我现在已动身回邺城去，你也速速走吧！"慕容令踌躇不决，但金熙带来的宝刀确是他父亲的信物，因而他带着从前燕一起逃出来的人马，装作外出打猎，逃到坐镇石门的乐安王慕容臧那里。王猛立即把慕容令叛逃的消息飞报长安，慕容垂听到，心神不定，他不知道王猛玩了鬼把戏，生怕儿子的叛逃会连累自己，赶紧私自逃跑。没走几十里，被追兵抓回长安。

苻坚对慕容垂和和气气地说："人各有志，你儿子心不忘本，无可深责。只怕他自投虎口，难免惨遭不幸。况且父子兄弟如有罪，应该自己负责，你又何必恐惧而狼狈出走呢！"苻坚待他还和过去一样。前燕听到慕容垂仍在前秦享受高官厚禄，以为他儿子逃回是另有阴谋，就把慕容令流放到故都龙城东北六百里的沙城。慕容令害怕有朝一日要被杀害，煽动镇守边境的几千士兵造反，结果被诈降的守将偷袭而死，一场风波暂且告终。

王猛攻下洛阳后曾回长安，同年六月间再次出征。苻坚亲自送行，到了灞上，说："这次东征你先破壶关，拿下上党郡就可以长驱直取邺城，这就是所谓迅雷不及掩耳之势。我将亲自率领大军，披星戴月随后跟进，军粮运输水陆并行，你不必有后顾之忧。"王猛说："陛下神机妙算，这次去荡平燕国，宛如秋风扫落叶。但愿不烦大驾亲征，只希望朝廷早日准备住所，安置鲜卑俘虏。"

前燕太傅慕容评率领号称三十万的精兵迎战，王猛攻下了壶关和晋阳，双方在潞川（今山西潞城北浊漳河）一带对峙。慕容评想以持久战来拖垮秦军。

王猛派将军徐成侦察敌情，规定中午回营，但徐成却到黄昏后才复命。王猛大怒，要把他斩首示众。邓羌说情道："两军就要决战，徐成是大将，就饶他这一遭吧！"王猛说："如果不杀他，军法不成了空话？"邓羌拍拍胸膛道："我担保和他一起立功赎罪！"王猛还是不同意，邓羌生气地回营，整好队伍，擂起战鼓，要来攻打王猛。王猛无可奈何，只得饶恕徐成。事后，王猛拉住邓羌的手说："这是我试试你的！将军对一位有用的将才尚且如此关切，对国家更不必说了！日后将军临阵奋勇杀敌，我就无忧虑了。"

慕容评虽然是前燕的执政大臣和统帅，但他不论何时何地都伸长了手要钱财。两军相持，燕军水源不多，慕容评居然霸占了溪流和水塘，三十万燕军的吃水都要到他手里去买，一匹绢只能换到两石水（一石水相当于现在四十多斤）。他敲诈得到的钱绢堆得和山岗一般，前燕将士们的恼恨就如要爆发的火山。

王猛听到这消息，大笑道："慕容评真是一个无用奴才，他这样胡作非为，即使手下有亿万人马也不堪一击，何况只有几十万呢？"

王猛派了五千人,黑夜中从小道潜至燕军军营后面,放火焚烧燕军的辎重粮草。潞川地势高,夜间的火光照亮了半个天空,连远在邺城的前燕吏民都看到了大火,人心惶恐不安。燕王慕容暐又听到慕容评卖水的丑闻,派了侍中兰伊到潞川责备他说:"你是高祖(指慕容廆)之子,应当以国家社稷为重。你又是三十万大军统帅,国家存亡都在你身上,怎么不顾大敌当前,一味搜刮钱财?国库的珍宝财物,你我共同所有,你还怕没钱花吗?万一国破家亡,你拿了那么多财富,有什么用?皮之不存,毛将焉附?把钱财都散发给将士吧!眼前,要把消灭敌人放在第一位!"慕容评确实理亏胆寒,但又舍不得拿出一文钱来,只得令燕军进攻王猛,妄想打一个大胜仗,以掩盖自己的一切劣行。

十月里两军决战。王猛齐集秦军,宣誓说:"决死杀敌,有进无退,共立大功,以报国家!"将士们踊跃从命,把饭锅都砸破,粮食都丢掉,拼命冲锋陷阵。

交兵前,王猛看到燕军几倍于秦军,对邓羌说:"今日非将军不能破敌,成败在此一举,望将军奋勉力战!"邓羌在这紧要关头却要挟道:"如果能任命我为司隶校尉,这一仗包在我身上!"王猛说:"这个官我是无权任免的,我保你当上大郡安定郡的太守,并封万户侯!"邓羌板着脸走了。两军接仗后杀声震天,王猛下令邓羌进军,他却按兵不动。王猛无可奈何,飞马来到邓羌营内,答允极力推举他做司隶校尉。邓羌打开几坛子酒,和张蚝、徐成等勇将仰着脖子喝了一个痛快,才翻身上马,舞起长矛,杀入敌阵,进出多次,旁若无人,杀死杀伤燕军几百人,秦军士气大盛。燕军恨透了卖水的统帅慕容评,不愿给他卖命,到了中午,燕军大败而退,被俘被杀的有五万多人。秦军乘胜追击，燕军投降和被杀的又有十几万人，慕容评匹马逃回邺城。

王猛飞快地包围邺城，火速送捷报去长安，说："臣大歼燕军，使燕境六州士民瞬息换了主人。我执行陛下命令，除违命顽抗者外，秋毫无犯。"苻坚答复道："将军出师不到三个月，几乎全歼凶敌，功勋巨大，自古少有。眼下暂且让将士休养，待我亲率大军到来，然后拿下邺城。"

原先邺城周围公开地抢劫掠夺，百姓白天还紧闭门窗。秦军到达，王猛号令严明，执法如山，人们能各安其业。百姓奔走相告道："想不到今天又能见到太原王慕容恪活着时那样的世面！"王猛听到后感叹道："慕容恪真是一个了不起的人物！"

十一月间，苻坚亲率十万大军从长安出发，七天就到了邺城南边几十里的安阳。王猛悄悄地离开邺城前线，到苻坚跟前说："邺城里垂死的敌人好似釜中的鱼一般，有什么过虑呢？长安只有年幼的太子留守，万一出点纰漏，后悔无及，陛下怎么忘了灞上临别时小臣的劝告呢？"

前燕的散骑侍郎余蔚带了扶余、高句丽等地的质子五百多人，在夜间开了邺城北门，把秦军引入城内。慕容暐等向东北龙城逃跑，他们才离宫时，还有千余名卫士骑马跟着，等出了城门，只有十几个人了。秦将郭庆紧紧追赶，跑了七八百里，到了高阳（今河北高阳东）终于追上。郭庆的部将巨武用绳子将慕容暐捆绑起来，这个落魄皇帝还摆起架子训斥："你是什么人，敢来冒犯天子？"巨武冷笑道："我受诏追贼，什么天子不天子！"

苻坚进了邺城，见了被押送来的慕容暐，责问他为什么逃跑？他说："狐狸被猎人打伤，临死还要把头向着狐窟所在的山丘，我的北归，是想死在自己祖先坟墓所在的地方！"苻坚看他说得

怪可怜的，就释放他，要他回到宫内，率领前燕文武官员，正式向前秦投降。

前燕从慕容儁改元称帝，传给慕容暐，共十九年而亡。如果打从慕容廆称大单于算起，传了四世，共八十五年。

前燕版图内的州郡都向前秦投降，共一百五十七个郡、二百四十六万户、九百九十九万口，差一万就是一千万人口了。苻坚任命王猛为都督关东六州诸军事、冀州牧，坐镇邺城。这时，邺城内粮荒严重，连喂马的草料都难以找到，只得把松木砍削成薄薄的碎片，放到马槽里。苻坚则带领大军，逼迫前燕的后妃、王公、百官以及鲜卑等部族四万多人，火速撤回长安。

前秦统一了北方，桓温北伐的企图顿成泡影。可是，他挖空心思，还想干点惊天动地的事出来。

46　海西公

一个深夜里，人们都已进入梦乡，独有桓温和他的心腹参军郗超还在促膝密谈。

桓温自从344年担任荆州刺史以来，凭借独当一面的权势，其不臣之心日益滋长。可是，二十多年内，三次北伐都没有大增他的威望。尤其是枋头一败，反而名声顿挫。现在前秦消灭了前燕，称霸北方，桓温再要兴师北伐，即使掏尽老本，也将败得不可收拾。那么，怎么才能使自己大振威望呢？桓温烦躁不安，郗超也为他十分担忧。

二人密谈中，郗超说："明公对国家大事是不是有所考虑？"桓温道："你想说些什么？说吧！"郗超说："明公身当天下重任，不料六十岁却遭到枋头大败。如果不赶紧做一番世人所不敢作为的事，就不能威镇四海了！"桓温只是摇头叹息道："你瞧怎么办呢？"郗超又说："北伐是不可能了，对内还是可以干点不平常的事的！"桓温心里也早有这种想法，于是两人悄悄地商量，定下了大计。

不久建康的街头巷尾都传说着当今皇上有痿疾，不能生孩子，但现在宫内田美人和孟美人（美人是嫔妃的一种称号）却生了三个男孩，这是皇上把几个美俊少年藏在宫内，和一些嫔妃私下往来而生的。因此，人们议论着，如果立了皇太子，大晋江山就不是司马家的了！谣言指名道姓，故事惟妙惟肖，特别说到第一个皇子，其实是皇帝左右一个叫向龙的人同宫内嫔侍所生的，因而流传了这样一首童谣："凤凰生一雏（指得一皇子），天下莫不喜。本言是马驹（指司马氏之子），定当成龙子（指实为向龙之子）。"

谣言比长翅膀还飞得快，通过各种渠道传到了各州郡，不论官府还是民间的茶余饭后，都把它作为话题，愈传愈活龙活现。这个皇上平时老老实实，从来没有什么闲话被人议论，现在这些宫闱秘事，谁也搞不清是真是假？

371年（东晋咸安元年）十一月，桓温从广陵回姑孰，途经建康。他拿出为民请命的姿态，要褚太后废掉司马奕，另立时为丞相的会稽王司马昱为皇帝。桓温还代褚太后起草了一个废立的诏令，请内侍送进宫去。褚太后正在佛屋内烧香念经，内侍送上奏折，她起身靠着门户，看了几行说："我原来就怀疑这些事情。"

迫于桓温的权势和压力,她没读到一半,就拿笔加写了几句:"未亡人遭遇到这种不幸,想想活着的和已去世的,心如刀割一般。"

隔了一天,桓温召集文武百官,宣读了褚太后的诏令,把司马奕废为东海王①。他的三个儿子,都被送到宫外宽阔的御道上,在高大的杨树下,用马缰活活勒死,因而又有一首童谣流传道:"青青御路杨,白马紫游缰,汝非皇太子,哪得甘露浆?"

宣布废帝时,桓温又率领百官迎接会稽王司马昱入宫即皇帝之位,他就是简文帝。登基时,桓温带入宫内的士兵屯守中堂,吹起警角来。御史中丞、谯王司马恬上奏说:"这是对新皇的大不敬,应该判桓温的罪。"桓温看到这敢于摸老虎屁股的奏疏,说:"这小子这么大胆,竟敢弹劾我,却是有点后生可畏啊!"他知道司马恬没有后台,没有实力,也没放在心上。

简文帝随即召见桓温,听说他的腿有点病痛,还叫侍从用轿把他抬上殿来。简文帝想到皇家的命运竟落在权臣手中,一阵心酸,顿时泪下如雨。桓温满以为简文帝必然笑脸相迎,嘉奖他的扶持,不料却见到一个泪人儿,当即手足无措,原来准备讲一大堆为什么废立的道理,这时半句也说不出来了。

武陵王司马晞是晋元帝第四个儿子,他和书本没有缘分,只喜欢和刀枪弓箭打交道。早在穆帝时,他官为镇军大将军,后进为太宰。武陵王以为自己是皇室长辈,反而手中无权,常常牢骚满腹,还企图暗杀桓温。他平时又搜罗一些游侠,整天一起舞刀弄棍。桓温担心他会聚众闹事,抢先上表告发说:"武陵王没有大臣的风度,藏匿了一批亡命之徒,世子司马综也狂暴成性。过

---

① 司马奕以后又被降封为海西县公,迁居到吴县,历史上就称他为海西公。

去袁真在寿春叛变,和他们父子俩有牵连,都应该罢官。"桓温说一不二,简文帝只得免去武陵王父子的官职,保留爵位。

桓温一不作二不休,派人逼迫新蔡王司马晃诬称:他曾和武陵王父子及著作郎殷涓(殷浩的儿子)等人谋反。于是,这些人都被抓起来,桓温对武陵王一定要置之死地而后快。简文帝不忍心,桓温上表说:"陛下应从皇室的长远打算,割弃私情,如果除掉武陵王父子,就无后顾之忧了!"简文帝回答道:"这种事根本不忍说它,更何况言过其实呢?"桓温还再上表,坚持要杀武陵王,简文帝又答道:"如果大晋皇朝命运告终,我就让贤吧!"桓温没办法,才废武陵王父子为平民,其他被告一律族诛。

东晋开国老臣庾冰(已死)的儿子庾柔和庾倩被牵累在内,也要被灭族。他俩的哥哥庾蕴是广州刺史,在广州听到这个消息,喝了毒酒自杀。他们的大哥庾希是吴国内史,弟弟庾邈原为会稽王的参军,一起逃到海陵(今江苏泰州市)的荒野里藏身避难。

庾家的老三庾友,当时官为东阳郡(治所在今浙江金华)太守,他的家属还在建康,长子庾宣的夫人是桓温弟弟桓豁的女儿桓女幼。当别人告诉她要灭族后,她来不及穿鞋子,跌跌撞撞冲到桓温官府。门卫加以拦阻,她怒斥道:"你们是什么小人?我去见我的伯父,你们敢挡道?"她大哭大闹,跑到桓温跟前,上气不接下气地说:"我的公公是个老实人,从不走东家串西家,从不跟人说三道四。别人都说他脚短三寸,舌差三分,这样的人还能叛乱吗?"桓温瞧瞧侄女这般狼狈相,笑着说:"我知道了,别担心!"于是庾友一家才留下命来。

不久,庾希、庾邈在海滨聚集了一些部属,抢了一批渔船,在夜里悄悄驶到京口,打进城去,守城官吏四散逃跑。庾希把监狱

里几百个囚犯放出来,发给刀枪,又在城内外招兵买马。他们假说有海西公的密诏,要扑灭逆贼桓温。但毕竟孤掌难鸣,终于被镇压下去,庾希等都被俘杀害。庾亮、庾冰曾先后在朝执政,庾翼也曾叱咤风云,经过这次重大打击,显赫一时的庾家从此一蹶不振。

桓温实行废立以后,把庾家和殷家几乎一扫而空,他的威势确实不可一世,人们望而生畏。有一天,吏部尚书、中护军谢安遥遥望见桓温就下拜,而不像过去那样只是作揖为礼。桓温大惊道:"安石(谢安字)为什么这样?"谢安答:"听说皇上见了你早就下拜了,我拜你还太迟了呢!"

侨置在晋陵(郡治在京口,今镇江)的彭城郡,有一个叫卢悚的人,会使弄一点魔术,自称是大道祭酒,附近有八九百户百姓认他为神仙降世,建康宫内的殿中监许龙也做了他的弟子。卢悚派许龙到吴县,清晨进了海西公的大门,对海西公说:"奉太后密诏,要迎你复位。"海西公打从心底乐了起来,但他的保母①不让走,对他讲了不少道理。许龙大喝道:"大事就要告成,哪能听婆娘的话!"海西公接受了保母的劝说,摇摇头道:"我是有罪的人,幸而受到宽恕,岂敢轻举妄动!况且如果是太后召唤,应该派大臣带了诏书来,怎么马马虎虎捎个口信呢?你一定不是好人!"说完,大声呼喊身边的人去抓许龙,许龙只得逃跑了。

卢悚劝不动海西公,便带了男女信徒三百多人,从建康宫的云龙门冲入皇廷,嘴里大喊着:"海西公回来了!"他们打破武库的门,抢了盔甲和刀枪,值班守卫宫廷的官吏和兵士吓得一筹莫展。游击将军毛安之首先率部冲入宫内,左卫将军殷康等随后也

---

① 古代君王姬侍中专事抚养子女的人。

领军赶到，合力攻打卢悚，卢悚逃跑，大部同党被杀。

　　海西公虽然没有受到牵累，但他总是害怕横祸会从天而降，从此整天和妻妾们醉酒嬉闹，为了迎合不会生育的谣言，生了子女，也让他们饿死冻死。海西公曾为皇帝，所以他居住吴县后，当地百姓仍将他家大门称为"白门"（建康宫城南面的宣阳门），门口的路也称为御路。卢悚事件后，海西公断绝和外界一切往来，百姓在他门口的道路和场院上，都种了麦子。因而有一首童谣唱道："犁牛耕御路，白门种小麦。"桓温认为海西公这么安于屈辱的生活，就不把他当一回事。海西公这样过了十四年，活到四十五岁，总算寿终正寝。

　　桓温废立的事传到长安，秦帝苻坚对臣僚们说："桓温先败于灞上，后败于枋头，怎么不闭门思过，向老百姓请罪？反而自得其乐，废立君主。六十多岁的老头子，竟作出这种糊涂事来，怎么能自容于天下呢？俗话说：在老婆那儿受了气，却到老子的头上去发作。桓温就是这样的人吧！"

　　桓温挟持的简文帝，虽然坐在皇位上，还是整天提心吊胆地过日子。

47　新亭宴

　　早在晋元帝去世前，他下诏封最宠爱的幼子，两岁的司马昱为琅琊王。封王的当年，元帝去世。五十年后，海西公下台，司

马昱即位，他就是简文帝。

司马昱七岁时被改封为会稽王，官拜散骑常侍。十六岁任右将军，加侍中。345年（穆帝永和元年），他二十四岁，为录尚书事，以后辅理朝政二十多年，办起事来非常慎重，动作缓慢。桓温嫌他拖拖拉拉，催促他办得快些。他总是不慌不忙地回答："日理万机，哪能快呢？"早先，桓温陪同几个皇族出城去玩，故意密令随从突然敲起战鼓，吹起号角，侍卫的队伍立刻来往奔驰，如临大敌，其他皇族都吓破了胆，独有司马昱脸不变色心不跳，说话的声调也安然如常，桓温对他有点心服。司马昱虽然名为执政，实权还是紧紧握在桓温手中。他坐上皇位后，仍然无所作为。桓温要怎么办，他一般都是拱手默许，心里还担忧有朝一日会被桓温废掉。

简文帝即位前，曾任抚军大将军。多年前，郗超做过他的僚属，彼此比较熟悉。这时，郗超已成了桓温的心腹，简文帝私下问他道："寿命的长短，难以预计。可是，会不会再发生像海西公那样的事？"郗超答："大司马（即桓温）正在着力内振朝纲，外御强敌，不会再有这种事了。我可以用全家百口的性命来担保。"不久郗超请假回去看望他的父亲郗愔，简文帝说："请代向令尊问好，家国之事就是这个模样了，惭愧的是我的无能，还有什么话可说呢？"随着又念了两句别人写的诗："志士痛朝（指朝廷）危，忠臣哀主辱。"一边说着，一边泪下沾襟。

简文帝容貌清秀，风姿潇洒，喜欢读书。他对生活琐事和摆设极不在意，案几上常常积满灰尘，厚厚的积尘上布满老鼠的足印，他看了却很高兴。他为人也厚道，有一次，在野外看到绿油油的一片，他问别人："这是什么草？"左右侍从告诉他，这就是稻子。他羞愧地说："人们依赖它活着，我却不认识它的本来面目。"回宫后，他整整三天没脸出宫门。谢安评论简文帝，认为他对国事没有主张，生活缺乏常识，似乎和西晋的惠帝差不多，不过在清淡方面略胜一筹。这种估价未免太低了些，从简文帝某些举止看来，他绝不是白痴。不过，他纵有宏志远识，在权臣的操纵下，也磨损殆尽了！

简文帝即位半年多，心情忧郁，得了重病，他知道在人世不会再有几日了，一天一夜下了四道诏书，要坐镇姑孰的桓温入朝辅政，桓温却一味推辞，不肯到建康来。

简文帝为会稽王时，有过五个儿子，不是因病夭折，就是有罪被废而死。以后十多年，除徐贵人生了一女外，后宫嫔妃都没有再生儿育女。他请了看相算命的术士，要在侍妾和婢女中物色一个会生孩子的人，术士乱点鸳鸯谱，找到织坊中一个宫女李陵容。李陵容个子高大，皮肤黝黑，别人给取一个绰号叫"崑崙"。真是无巧不成书，她进了会稽王府，就给司马昱连续生了两个儿子，一个叫昌明，一个叫道子。372年七月，简文帝病危时，司马昌明已经十岁，赶紧立为皇太子，司马道子同时被封为琅琊王。

简文帝叫侍从写了一个遗诏："大司马桓温依古代周公摄政故事，总管朝政。"又加上一句蜀汉刘备临死时嘱咐诸葛亮的话："你对年幼的皇太子，如认为可以辅助，就辅助他，如不可辅时，你就自己坐上皇位吧！"侍中王坦之看到这个诏书，拿到简文帝跟前，把它撕得粉碎。简文帝说："这天下不过是傥〔tǎng〕来之物①，你何必这么认真呢？"王坦之答道："这天下是宣帝（指

---

① 傥来之物：无意中得到的或非本分应得的财物。

司马懿）辛辛苦苦创业，元帝兢兢业业中兴而得来的！陛下怎么能自行其是？"简文帝这才要王坦之重新写了诏书："国家大事都由大司马桓温负责，像过去诸葛亮和王导一样。"当天简文帝就咽了气，在位九个月，时年五十三。

文武百官不敢马上立皇太子为皇帝，想等桓温从姑孰到建康后再说。尚书仆射王彪之板着脸大声道："天子驾崩，太子当立，大司马还能有异议吗？如果这还要向他请示，反而会被他责骂的！"这样，太子司马昌明才即皇位，次年（373年）改年号宁康，376年又改元太元，历史上称为孝武帝。褚太后又下了诏令，大意是皇上才十岁，不懂什么事，要桓温按照古代周公居摄的故事办。王彪之又说："这是非常大事，大司马一定要坚持推辞。这样，大大小小的国事都要停顿下来。我们做大臣的不敢奉命，只得把诏书奉还。"

桓温原来期望简文帝临终会禅位给他，至少也来一个摄政治国，不料都没有如愿。他怨气冲天，以致不肯到京城祝贺新皇即位。他写信给弟弟桓冲，气呼呼地说："遗诏只叫我依诸葛亮和王导的成例去辅政。"谢安和王坦之是简文帝生前的左右助手，桓温猜疑这遗诏是他俩干的，存心要加以报复。

孝武帝登基后半年，桓温才从姑孰来上朝。谢安、王坦之和百官在新亭夹道欢迎。建康城内风传，说桓温这次入朝，要先杀谢安和王坦之，而后篡位。王坦之提心吊胆地问谢安："怎么办呢？"谢安若无其事地答道："存亡在此一行，桓温我是了解的，要硬着头皮对付他。"

桓温到了新亭，他的侍卫剑拔弩张，气势汹汹，文武百官吓得都跪拜在道旁。有名望的大臣更是战栗失色，似乎脑袋已没长在颈上。王坦之冷汗直冒,浑身哆嗦,连手版也拿倒了。只有谢安仍是神色自若,比平时更是随随便便地拜见桓温。寒暄以后,就摆开为桓温接风的酒宴。

过去西晋洛阳故都的书生,念书和吟诗都有一种特别的带有官腔的格调。谢安是陈国(今河南淮阳)人,说起这种腔调来别有风味。他的鼻子有点毛病,经常不通气,音色比较沉浊一点。大臣和名士都学着他的声调,学不像的人又故意捏着鼻子说话。这时,桓温身边都站着满面杀气的侍卫,气氛十分紧张,谢安面对滚滚大江,用他特有的调子,慢条斯理地吟起古诗古赋来,顿时局面就缓和下来。

谢安转脸对桓温说:"我听说古代有名的诸侯,都是认真守卫疆土,保卫国家,明公何必在我们这些手无寸铁的书生中间,安排那么多雄纠纠的武士呢?"桓温笑着答道:"我也是不得已才这样的!"随即,他就令武士全都退下去,放怀和百官饮酒,畅谈古往今来,转眼日头就西斜了。

其实,王、谢两家势力很大,桓温对他们素有戒心,过去有人问他:"谢安和王坦之谁好谁坏?"桓温想大讲一番,但话到嘴边又咽了下去,只是说:"你们这些人喜欢搬弄是非,我不啰嗦了!"桓温认为兵权在握,谢安和王坦之等人决不敢排斥桓家,但如果要杀掉他们,就会失去天下人心。因而桓温只想借机威吓他们一下,却不敢冒天下之大不韪,无故杀害他俩。因此,新亭之宴就以双方和好而告终。

郗超为桓温策划废立之计后,更成了他无事不询的心腹。桓温和别的大臣谈论重要问题,常要郗超躲在幕后偷听,而后再为桓温出谋划策。有一次,他俩议定了罢免一大批官员。第二天,

桓温要谢安和王坦之来，给他们看名单。谢安没有表态，王坦之连声直叫："太多！太多！"桓温拿笔将要删略，躲在帷幕后的郗超忍不住大呼："还少！还少！"王坦之吓出一身冷汗，谢安却笑着说："郗参军可真是入幕之宾啊！"郗超字嘉宾，谢安的话是一语双关，但主要是说郗超是躲在幕后策划机要的人。这事成了典故，以后就泛称幕僚为"入幕宾"或"幕宾"了。

过了几天，谢安和王坦之又到郗超那儿去商讨国事。郗超炙手可热，掌握生杀大权，因而门庭若市，就是谢安等这么尊贵的大臣，等到天色将晚，还没被接见。王坦之耐不住，转身要走，谢安劝他说："忍着点，再等片刻吧！我俩的老命还拎在他手里呢！"

孝武帝登基不到一年，六十二岁的桓温得了重病，眼见就要呜呼哀哉。郗超知道他的心事，赶紧嘱咐一些官员上表要求给桓温加九锡，幻想在桓温临死前，演出一场禅让的戏来。朝廷议论要袁宏起草加九锡的诏书，袁宏写好，王彪之看后，连连称赞文辞优美超绝，但谢安看了他的草稿，却三番五次要他修改，就这么拖了十几天。袁宏很奇怪，便去问王彪之（他的好友），王彪之附着他耳朵说："听说桓温的病一天比一天严重，活不了几天了，你不妨磨磨蹭蹭算了！"果然，桓温等不到加九锡好梦成真，就断了气。这时是373年（东晋宁康元年）七月。

郗超在几年以后患了重病，死前把一个锁好的小箱交给门生说："我活了四十二岁够啦，只是担心老父悲痛过度得了病，可就糟啦！到那时你们把这小箱送去，准能治好他的病。"郗超平时结交的都是名士和显宦，为他死后作诔①的有四十多人。郗愔

---

① 诔：音 lěi。叙述死者生前事迹，表示哀悼，即致悼辞。

平时最疼爱这个儿子，这老头一贯以淡泊和谦让出名，暗下却大事聚敛，有钱数千万。有一次，郗超问及此事，郗愔说："你想花钱，自己去拿吧！"于是，开库一天，任凭郗超取用，以为最多花费数百万。不料，郗超将钱散发给亲戚故旧，一天之内几乎将几千万钱全部送人了。郗愔心痛已极，但也没责怪儿子。郗超死时，郗愔已六十五岁，他平时以为自己一定要比儿子先死，想不到"红梅不落青梅落"，果然哀悼成疾，茶饭不进，夜不成寐，眼看也要瞑目而逝。门生赶紧将郗超嘱交的小箱送去，郗愔以为里面装着什么灵丹妙药，打开一瞧，尽是郗超和桓温企图篡国夺权的来往密信。郗愔对朝廷忠心耿耿，从不知道他儿子暗下干了这些勾当，立即大发雷霆，骂道："这小子死得太晚了！"他从此再不想念郗超，病痛也就霍然而愈。以后活到七十二岁，才得病而死。

东晋简文帝和桓温虽然先后死了，前秦的苻坚因为长江天险难以逾越，还是不敢贸然南下。他权衡轻重，决心先去消灭被张氏割据已经七十多年的凉州政权。

48 七十五年和十天

西晋末年，张轨、张寔父子在群雄纷起中割据凉州。但朝廷有难时，他们还能出兵出粮救助，略表忠诚。东晋立国的第四年，张寔被人谋杀，其弟张茂被推为凉州刺史、西平公，在位五年，四十八岁（324年）得病而死。他临终时说："我的官不是

大晋皇朝封的，说不上什么光荣。殡殓入棺时让我穿平民的衣服，以表我的心迹！"

张茂没有儿子，由他的侄子张骏继位，时年十八。当时前赵被后赵所灭，张骏趁机整顿内部，民富兵强，又派军西征，西域各国都归附。在姑臧，人们经常可以看到这些国家的使节来进贡的奇珍异宝，前后不下二百种，有烈火烧不坏的火烷布（石棉）、背高如峰的大封牛、被称为天马的大宛汗血马等。尤其是罕见的孔雀和巨象到达时，真是万人空巷。

张骏自称大都督、大将军、假凉王。由于此后还出现几个凉国，因此历史上把张氏割据凉州的时期统称为前凉。张骏在位二十二年，四十岁（346年）病死，他的儿子张重华（十六岁）继位。当时，石虎趁机发兵凉州，打算一口吞下这块大肥肉，不料谢艾（原为主簿，后升为左长史，都督征讨诸军事）带兵抗拒，后赵几次进攻都吃了败仗。最后石虎又派十二万兵马入侵，还是被谢艾打退。石虎听到败讯后，长叹道："过去我派出偏师，一个接一个打下中原九州，而今把九州的力量都用上，还攻不下一个凉州！暂且算了吧！"张重华在位十一年，二十七岁（353年）死了。张骏和张重华父子二人统治凉州的三十三年，是前凉的全盛时期。

张重华死后，他的儿子张曜灵（十岁）即位，由张重华庶母所生的哥哥张祚辅政。个把月后，这个做伯伯的张祚废去侄子，自立为凉王。

张祚荒淫暴虐。第二年，河州刺史张瓘起兵想要废掉张祚，再立张曜灵。张祚派人把张曜灵拳打脚踢，最后打断腰椎骨而死，尸体草草埋在沙坑里。张瓘的弟弟张琚在姑臧城内招募了几百个勇士，扬言道："我哥哥的大军已经到了城东，如果还有谁敢于反抗的，灭三族！"张祚失去人心，众叛亲离。宫廷的领军赵长开了宫门，迎接叛军。将士们冲入宫内，高兴得大喊万岁。张祚还以为赵长得胜回宫，出来慰劳他。赵长迎头就是一槊，张祚血流满面逃入内宫，被遇见的厨师徐黑用菜刀砍死，头颅传示各地，尸体丢在路边没人问。张瓘进入姑臧，立张曜灵的弟弟张玄靓（五岁）为凉王，他自己为都督中外诸军事、尚书令、凉州牧，主持朝政。

前秦派征东参军阎负和梁殊出使到姑臧，张瓘接见他俩说："凉州一贯是晋臣，做臣子的不能和国外自相来往。如果你我通使，上违先君的素愿，下损士民的气节，这就不太好吧！"使者道："你我土地接邻，相互修好，有什么可怪呢？东晋在江南苟且偷安，自顾不暇，你们先君也曾向前赵、后赵归附，他们多么识时务！现在我大秦威镇四方，你们再要独霸河西，不是我们的对手。如果你们以小事大，那就应该舍远就近，绝晋投秦才对！"张瓘又问："你们既然无敌于天下，为什么不先去打下江南？"使者答道："江南必须用武力去征服，对你们只要讲清道理就行。如果你们不愿归顺，那么江南还能多拖几年，而河西马上就不是你们的乐土了！"张瓘又说："凉州将士有十万之众，征东伐西足足有余，何况守土自卫呢？"使者答道："你们如果不服气，一百万秦兵擂着战鼓，就要来了！"张瓘不免大惊，但嘴上却推脱说："这样的大事，我不能决策，要由凉王定主意。"使者又道："凉王年龄太小，国家安危全在你身上。"张瓘无言可对，只得派出使者，称藩于前秦。

张瓘专权约四年，觉得自己好似超乎寻常的圣人，处处以个人的爱憎来决定赏罚。有人规劝他，他却说："老虎生下来三天就知道吃肉，不必别人去教导它！"这一句话，就拒人于千里之

外,他愈来愈不得人心。359年,辅国将军宋混发难,杀了张瓘,并请张玄靓去掉凉王称号,仍称凉州牧。宋混执政三年死了,由他的弟弟宋澄为领军将军,辅政。

几个月后,右司马张邕起兵杀了宋澄,张玄靓任命他为中护军,又任命叔父张天锡(十六岁)为中领军,共同辅政。张邕手握大权,荒淫不堪,又树立私党,经常残杀异己,横暴不可一世,以致民怨沸腾。张天锡的亲信刘肃私下对他说:"国家还是不太平。瞧张邕的一举一动,就和当年张祚一般。"张天锡大惊道:"我也很怀疑,但不敢说出口来。你有什么好办法吗?"刘肃答:"溃烂的痈疮要赶紧排除脓毒。"张天锡又问:"靠谁呢?"刘肃把胸脯拍得嘣嘣响,说道:"我刘肃不就是这样的人吗?"张天锡叹口气说:"你没满二十岁,太年轻了,要再找几个好帮手!"刘肃又说:"赵白驹和我二人就够啦!"不久,他俩和张邕狭路相逢,刘肃抡刀砍向张邕,被张邕躲过。赵白驹又上去行刺,还是不得手。张邕逃跑得快,转眼带了三百多个披甲的士兵攻打宫廷,要捕杀刘肃、赵白驹和张天锡等。张天锡爬到屋顶上大喊道:"张邕凶逆无道,现在只要他一个人的脑袋,其他人一律不问!"张邕早失人心,那三百多人听了都四散而走,留下孤零零的张邕,只得伏剑自杀。于是,张玄靓任命张天锡为冠军大将军,都督中外诸军事,辅政。第三年,即363年,张天锡叫刘肃带兵入宫,杀了张玄靓(在位共九年),假说他是暴病而死,张天锡自称凉州牧。

前秦平定前燕时,前凉和前秦绝交已有五年。苻坚写信给张天锡说:"秦军的威力可以使江河(指长江、黄河)的水倒流。燕已灭亡,我们就要移兵河西,凉州有多少兵马能抗得住?不要使代代相传的勋业毁于一旦!"张天锡禁不住这一恐吓,当即派了专使向前秦谢罪称藩。张天锡得过且过地混了几年，逐渐酗酒纵欲，不问政事。他的堂弟张宪决心死谏，叫人抬了棺材跟在他后面去劝阻，他一句话也听不进去。

凉州的西平郡（治所在今青海西宁）在五十天里地震十次，土房都倒坍啦！张天锡愁出病来，威逼宠爱的阎姬、薛姬说："我死后你们还想再嫁人吗？"她俩无可奈何地说："我们一定死在你头里！"张天锡病势沉重，她俩只得自杀。转眼，张天锡又逐渐痊愈，追尊她俩为夫人。

376年（东晋太元元年）五月。苻坚宣称："张天锡虽然称藩，但对大秦没有尽到做臣子的本分。"他派了武卫将军苟苌等带了十三万将士出征凉州。二十年前，曾经说服张瓘附秦的使者阎负和梁殊还健在。苻坚先礼后兵，要他俩再到姑臧跑一趟，用三寸不烂之舌，叫张天锡到长安称臣。张天锡召集官属商讨对策，他说："如果到长安入朝，一定有去无回；倘若不去，秦军接着就兵临城下，怎么办？"朝臣席仂〔lè〕说道："过去有先例，送爱子做人质，送重宝为贿赂，大丈夫能屈能伸，暂用缓兵之计，有何不可？"但多数臣僚认为齐集精兵，凭恃黄河天险，再请西域各国出兵相助，一定可以战胜苻坚。张天锡挺起腰杆拍着案几大叫道："我决定死战到底，谁再劝说投降，就斩首示众。"

张天锡叫人问前秦的使者阎负和梁殊："要活着回去？还是死了回去？"他俩知道口吐莲花也没用，豁出命来，痛骂张天锡反复无常。张天锡发怒，把他俩捆绑在军营门口，命令士兵们射箭，并且下令说："要是射而不中，就不是和我同心！"两个使者乱箭中身，血流遍地而死。

张天锡以为凉州的将士，还像过去抗击后赵一般，能奋力作战，打退入侵的秦军。可是，这几十年来，凉州统治者你杀我

夺,早使吏民们失去信心。苻坚大军听说使者被杀,即以雷霆万钧之势,渡过黄河天险,一路上如秋风扫落叶,打败前凉十万兵马,包围了姑臧。张天锡登城一看,只见密密层层的秦军,阵势严整,有一个统帅身穿绿色锦袍,威风凛凛,指挥屯营扎寨。张天锡的侍从告诉他此人就是苟苌。他眼见秦军兵势强盛,吓得心惊肉跳,回到城内打了一个瞌睡,梦见一条绿色的大狗跳上城墙,向自己恶狠狠地扑来。张天锡惊醒,全身冷汗淋漓,嘴里不断叨唠着:"绿色狗,绿袍苟,我完蛋了!"他早先杀使者的狠劲早已烟消云散,只得下令投降。

凉州从张轨 301 年任刺史开始,传了九个主人,共七十五年。376 年八月间,前秦的苟苌率军从渡河到进入姑臧只不过十天时间,就灭了前凉。

49 逆婿逆侄和逆子

前秦轻而易举地平定了前凉,但苻坚的胃口并没有满足,随即兴师北伐,要去吞并代国。

拓跋鲜卑的代国,自从猗卢被杀后一度衰落。东晋中兴后,代国由拓跋郁律为代王,又强盛起来。他在位四年后在内部争权中被杀,一起死的,还有亲信的各部大人几十个。他的几个儿子逃跑了。有一个儿子什翼犍还在襁褓中,母亲王氏把他藏匿在自己宽大的裤子中,嘴里默默地祷念着:"上天保佑,你忍着点,要是哭一声出来，就活不成啦？"什翼犍幸好没哭，这才逃出命来。

过了八年，什翼犍的哥哥翳〔yì〕槐被拥立为代王，翳槐把九岁的弟弟什翼犍送到后赵做人质，和后赵交好。翳槐在位十年，病危时，嘱咐各部大人要迎接什翼犍回国继承王位。他咽气后，大人们以为什翼犍远在邺城，后赵又不一定肯放他回来，即使能回来，时间耽搁太长，国内又可能发生动乱，因此准备另立翳槐的其他兄弟。而次弟拓跋屈虽然刚强勇猛，但为人奸诈，不如另一个弟弟拓跋孤厚道。大人们杀了拓跋屈，要立拓跋孤，但拓跋孤宁死不愿登位，而是跑到邺城去，要求作为人质，替换什翼犍回来做代王。当时后赵未亡，石虎还在世，石虎虽然平时杀人不眨眼，但对拓跋孤的义气十分赞赏，把他俩都放回代国。什翼犍即代王之位，把代国的一半分给拓跋孤。

什翼犍在邺城做了十年人质，在那儿学了不少中原的典章制度，他英武强悍，有远见，多智谋，回国后设置百官，励精图治。他以燕凤为长史，许谦为郎中令。以后许谦偷盗了两匹绢，什翼犍知道了也没有声张，并且对燕凤说："你也不必泄露这件事，如果许谦惭愧而自杀，别人还以为我是因财杀士！"什翼犍制定法律，号令严明，办事干净利落，他最厌恶把人关押起来迟迟不判决，更不愿牵丝攀藤，株连很多人。因此，远近百姓都来归附拥护他。当时代国的领土东接高句丽，南到阴山，北尽沙漠，有部众几十万人。

什翼犍在盛乐（今内蒙和林格尔北）建造了宫室，逐步定居下来。360年，他的王妃病死，各部族的大人到盛乐参加会葬。匈奴族的刘卫辰趁机求婚，什翼犍把一个女儿嫁给他。刘卫辰虽然成了什翼犍的女婿，还是反复无常，一下投降前秦，一下又归附代国，把老丈人惹火了，什翼犍便带兵去攻打叛逆的女婿，要

把他赶跑。战斗中，什翼犍的眼睛中了流矢，之后抓到了射箭的人，将士们要把这个人一寸一寸地割下肉来泄恨，什翼犍说："打仗时，彼此拼死搏斗，他有什么罪呢？"就下令释放了他。

过了两年，丈人和女婿再次交战，什翼犍要渡河去追赶刘卫辰。这时虽然已进入冬季，黄河两岸的水浅处都结了冰，但河的中间还湍流不息。什翼犍命令把大批芦苇丢在冰水里，两岸的冰很快在中间结合起来，但人马走在上面还是摇摇晃晃的。他又命令将更大量的芦苇丢在要渡河的地方，芦苇挡住流水，顷刻就成了一条冰草相结的大道，宛如一座结实的浮桥，代军飞渡而过。刘卫辰没想到他丈人带了这么多人马，征服了黄河天险，转眼大军压境，只得带着家族落荒而逃。所属的部落十分之六七被什翼犍俘获，带回盛乐。

371年，代国的将领长孙斤突然要行刺什翼犍，什翼犍的世子拓跋寔奋起保卫，同长孙斤格斗，胁下被刺伤，但还是咬紧牙关，奋勇拼杀，抓住长孙斤，砍下头来。不久拓跋寔伤势严重而死，什翼犍伤心至极，一时不愿再立世子。约两个月后，拓跋寔的遗腹子诞生，什翼犍十分欣慰，并且下令大赦。他的这个小孙子，就是此后建立北魏王朝的拓跋珪。

刘卫辰被丈人赶得无法安身，又去投靠前秦。苻坚这时已平定前燕和前凉，正想顺手牵羊消灭代国，就派幽州刺史、行唐公苻洛为北讨大都督，带领幽州、冀州的十万大军，向盛乐进军。

早先在苻苌征凉时，另派扬武将军马晖带了八千骑兵向恩宿（今甘肃永昌南）前进，目的是要截断张天锡逃向西域的去路，但他们在大草原中行军，遇到遍地的大水，途中不便行走，因而耽误了到姑藏会师的日期，论军法应该问斩。苻坚说："这不能完全责怪他们，大草原上的水流，冬春干涸枯竭，秋夏陡然猛涨，苟苌对这个情况了解不够，指挥不当，也有责任的，还是让他们戴罪立功，去攻打代国吧！"臣僚们认为调动这支队伍，往返有数千里之遥，不合乎"兵贵神速"的要求。苻坚又说："马晖等人知道赦免一死，都很高兴，一定勇往直前，不能如同平时那样估计他们的斗志。"果然，这支队伍视死如归，风餐露宿，日夜行军，还是赶到盛乐城边，参加了征服代国的战斗。

苻坚同时还调派并州刺史俱难、镇军将军邓羌等，带领各自的部属共二十万，打从各自的驻地出发。东头从龙城、西头从上郡（今陕西榆林南），几路齐头奔向盛乐，都归苻洛指挥，就如撒下大网，逐渐收紧网口，又叫刘卫辰做向导，去攻打他自己的老丈人。

376年（东晋太元元年）十一月，两军接仗。什翼犍面临大敌，派了白部和独孤部两个部族去抵抗，都没取胜。又派他的外甥，南部大人刘库仁带了十万骑兵迎战，又大败而回。什翼犍生了病，不能亲自出马，只得带了部族向阴山以北逃跑。不久，什翼犍听说秦军撤走，命令代军赶着牛羊又回到云中（今内蒙呼和浩特西南）。

拓跋孤是什翼犍的好兄弟，他死后，原先分给他的一半国土还是归入代国，但他的儿子拓跋斤失去了继承权，怨恨不止。这时什翼犍的继嗣还没定下来，拓跋斤便到什翼犍庶出的长子拓跋寔君跟前挑拨道："听说大王要将慕容妃生的儿子立为世子，而且要先杀掉你。所以这几天夜里，他们全副武装，带了兵马，绕着庐帐打转转，等待机会下手。"

拓跋寔君将信将疑，半夜三更偷偷外出瞧瞧，果然夜色朦胧中，黑影接二连三地出现。其实，这是因为前秦兵马还屯扎在云中南面一百多里的君子津，各营都在加紧巡逻防备。拓跋寔君疑心生暗鬼，竟把拓跋斤的造谣当作真言，立即发兵杀了他的兄弟

们，竟连他的老子什翼犍也顺手砍了。

什翼犍二十岁即代王之位，在大漠南北叱咤风云三十八年，遭逆婿屡次叛变，带着秦军入侵；他更没想到逆侄竟唆使逆子屠杀家室，自己五十八岁的老命最终送在自己儿子手中。什翼犍生前大力提倡汉化，做出了很大贡献。他的死，实际上是新旧势力复杂斗争所产生的悲剧。

这一夜，被杀者的家属和亲信披星戴月，投奔驻君子津的秦军，秦军乘机席卷云中和盛乐，代国部族不是被俘就是溃逃。

苻坚在取得全胜后，召见原代国长史燕凤，问他为什么代国会突然四分五裂而崩溃？燕凤将拓跋寔君堂兄弟相互勾结的经过说了一遍，苻坚气愤地说道："天下的坏人，都是被人们所憎恶的！"随即把这两个堂兄弟抓起来，在长安砍断手脚，最后再斩下头颅，百姓无不拍手称快。

什翼犍的世孙拓跋珪逃奔贺兰部，苻坚打算迁他到长安来，燕凤再三请求说："代王才死，部族散亡，遗孙太小，没有什么作用。代国原有两个有权有势的大人，一个是乌桓独孤部的刘库仁，是什翼犍的外甥，智勇双全；一个是匈奴铁弗部的刘卫辰，是什翼犍的女婿，狡诈多变。不如把代地一分为二，由他俩分别统领，这二人不共戴天，永世不能和睦，陛下可以居高临下，分而治之。等到拓跋珪长大，在部族内有威望后，陛下可再立他为王，他们就会成为不会入侵也不会叛变的属国了。"

苻坚听从了这个建议，把黄河以东交给刘库仁，黄河以西交给刘卫辰，代国就此名存实亡。刘库仁确是什翼犍的好外甥，他对幼小的拓跋珪仍似对待什翼犍那样尊重。

什翼犍的儿子们被拓跋寔君所杀时，有一个叫窟咄的儿子不在军营，幸免于祸，以后投降苻坚。苻坚要他到长安太学去读书。有一次，苻坚到太学去视察，看到窟咄，问道："你觉得读书好吗？"他答道："当然好！否则陛下为什么叫我来呢？"苻坚听了很高兴，又问道："你们部族中有能做将帅的人吗？我要召来，使他们为国效劳！"窟咄答："沙漠附近的人只会随着水草的兴旺而游牧，哪有能为将帅的人呢？"苻坚听了信以为真，其实游牧民族怎么没有人才呢？只是窟咄不愿推举出来为秦所用罢了。

苻坚在376年（东晋太元元年）一年内，连续平定了前凉和代国，收降人口一百万。北方统一后，苻坚雄心勃勃，打算挥戈南下，去征服东晋。

50 夫人城

苻坚灭凉灭代以前，王猛已得了重病而去世。

王猛坐镇邺城两年，苻坚仍要他入朝辅政，任命为丞相、中书监、尚书令、太子太傅、司隶校尉，又加都督中外诸军事，真是军政要职齐集一身。王猛坚决推辞，苻坚说："我正要统一四海，除了你，没有别人能担当这些职务，你不能辞丞相，正如我不能辞天下一样。"王猛担当重任，日夜操劳。他赏罚分明，对尸位素餐的人，坚决罢免；对怀才不遇的人，大胆提拔。做官的必当其职，判刑的必有其罪。他竭力提倡农桑事业，整训军队，大办教育，前秦愈发国富兵强。苻坚高兴地对王猛说："我遇见你，正如古时的周文王得到姜太公。"王猛答道："我怎么能和古

人相比呢?"苻坚又说:"我看太公还不如你!"苻坚对太子苻宏、长乐公苻丕等人说:"你们侍奉王公,就应如侍奉我一般!"

掌权后的王猛,凡自己落魄时别人对他有过一点好处的,他都以恩报恩;但是过去和他翻过脸、吵过嘴的,他也以怨报怨。因而人们说他在这一点上,气量未免太小了些。

王猛返京执政三年后得了重病,苻坚焦急极了,亲自到城郊和宗庙祈祷,又派专人到黄河各地及西岳华山去求神保佑。王猛的病稍有好转,苻坚欢欣万分,为此特下了大赦令,但最后还是救不了他的命。这时王猛已觉察到前秦骄妄和奢侈的风气在滋长。他上疏道:"臣对陛下报答恩德最好的办法是知无不言。古代的先哲和帝王,认识到功业来之不易,常常战战兢兢去保全它,犹如走在悬崖绝壁上。盼望陛下能追随圣贤,这就是天下的大幸了!"苻坚读后,感动得掉下了热泪。王猛临死,又语重心长地对苻坚说:"晋虽偏安江南,但立国已一百多年,被人视为正统的皇朝。眼前他们上下平安无事,希望陛下不要贪图去征服他们。现在我们内部,鲜卑和西羌口服心不服,才是真正的心腹大患,陛下千万不能忽视。"

王猛下葬,苻坚极为悲痛,大哭了三次,他对太子苻宏说:"老天难道不要我统一天下吗?为什么这么快把我的王猛抢走了?"王猛是讲究现实的,平生最厌恶说神弄鬼,苻坚为了告慰王猛的在天之灵,下令尊重儒教,严禁老、庄等虚无的学说,不许耍弄图谶之类的东西①,规定如有违犯,立即杀头。尚书郎王佩不识好歹,还要学这些歪门邪道,就被处死,因此图谶在前秦

---

① 图谶是巫师、方士们制作的隐语,作为吉凶的征兆。

一度销声匿迹。苻坚还规定文武百官的子孙必须上学,凡是长期入值宫中的宿卫将士也都要受学,二十个人配备一个老师。王宫内也办了学馆,内侍以及聪明的宫女也都要诵读经书。

过去前秦一切军政要务都靠王猛一副铁肩膀挑着,因此苻坚常说:"当帝王多么轻松快活!"可是王猛一死,大大小小国事都要他亲自操心,半年多后,胡须头发就有一半变白了。苻坚想起王猛,心里悲痛不止,禁不住掉泪。虽然苻坚对王猛是这么怀念和器重,但在统一北方以后,他没有全力以赴地整顿内部,仍是急急忙忙地企图吞并东晋,而这是同王猛的遗愿背道而驰的。

东晋自从桓温死后,内部渐趋稳定。桓温的部属分为三个部分:其弟桓冲为主,官居中军将军,都督扬州、豫州、江州诸军事,领扬、豫二州刺史,坐镇姑孰;另一弟桓豁是征西将军,都督五个州诸军事,荆州刺史;桓豁的儿子桓百秀做了江州刺史,坐镇浔阳。桓冲在桓温死后,对朝廷却是忠心耿耿。过去桓温在世,恣意弄权,要杀人就杀,桓冲可不那样,先要呈报朝廷,等待批准后再杀。有人劝他把谢家和王家都清除掉,独揽大权,桓冲却有自知之明,认为桓温生前都不敢对他们下手,他就更不存妄想了。

谢安提出孝武帝年少,要请崇德太后(康帝的皇后庾氏)临朝摄政。其实,孝武帝已十多岁了,崇德太后不过是他的堂嫂,这样的做法自古罕见。但谢安的用意,是让太后随时询问左右大臣,他就可以借此操纵政局,排斥桓冲。

桓冲不是呆瓜,并非看不出这"摄政"里头大有文章。他却以大局为重,还提出要照顾谢安的名望,把大权让给谢安,很多桓家的人劝他无论如何不能拱手让权,但他还是坚持向朝廷表态。朝廷巴不得削弱桓家势力,立即调他为徐州刺史,坐镇京口,谢安

就此担任扬州刺史。孝武帝十四岁时亲自执政,又给谢安加官为中书监、录尚书事。桓豁死后,桓冲被任命为都督七州诸军事,领荆州刺史。原在桓豁手下任司马的谢玄(谢安的侄子)被任命为兖州刺史,领广陵相,监江北(长江以北)诸军事,谢安以尚书仆射兼任都督扬州等五州诸军事,谢家就此逐步取代桓家地位。

早在苏峻之乱中,建康的宫室被烧成断垣残壁,以后简单地修建了一些宫殿。到378年(孝武帝太元三年)已五十年了,在谢安主持下,大兴土木,翻造了建康宫殿。他规定每个官员都要上缴两千钱作为助建费,每天动用六千名工匠,半年建成大小殿堂三千五百间,太极殿是正殿,十二开间,代表十二个月,两侧有东西两堂。正殿是皇帝接受朝见、举行宴会、处理日常政务的地方。新殿的修建,似乎显出一种太平盛世的新气象。

长江以北的秦军虎视眈眈。坐镇江陵的桓冲认为南岸的上明(今湖北松滋北)北枕大江,西接三峡,地势险要,于是在此地赶筑一座新城作为荆州的州治。他自己也移镇于上明。

378年二月,正当建康开始修建新宫时,苻坚果然派尚书令苻丕、武卫将军苟苌等,带了步兵骑兵七万人进攻襄阳,另外还有三路兵马共十万人参加会攻。前秦大军压境,驻于沔水北岸。坐镇襄阳的东晋梁州(侨州)刺史朱序早把沿江的船只全部搜罗到南岸,他以为苻丕没有水军没有渡船,单凭这条沔水就如十万大军,可以防守襄阳了。四月里,正在朱序高枕无忧时,秦军恰似从天而降,占领了襄阳外城。

原来打从鲁阳关出师的一万骑兵,由前秦征虏将军石越率领,分出一半兵力跃马波涛之中,渡过沔水,攻占襄阳外城,又俘获了一百多船只。苻丕大军利用这些船只,源源渡运,如铁桶般地包围了中城。

朱序率领晋军坚守襄阳中城。他的老母韩氏已六十多岁，她曾经跟随朱序的父亲朱焘（曾任西蛮校尉、益州刺史）出生入死，熟悉军事知识和攻守经验。韩氏到城垣上瞧瞧光景，发现西北角是个防御弱点，而秦军攻城队伍又是最精锐凶猛的。这时晋军将士和城内壮汉都在分头守城，无人可用，于是韩氏把府库和家里的财宝作为犒赏，带了一百多个婢女，动员了城内所有的妇女，挑土夯土，只花了一天一夜，就在城西北内角斜着筑了一道二十多丈长的新城。

新城刚筑成，西北的旧城被攻破，坍倒了好几丈。秦军一拥而入，不料迎面却是巍然屹立的、更为雄伟坚实的新城，不禁呆若木鸡。晋军见了这般情景，士气更为高涨。苻丕硬攻不下，只得暂且休歇。全城钦佩韩老夫人的预见和魄力，赞扬妇女们筑城的艰辛，就称这道新城墙为"夫人城"①。

在襄阳南面四五百里，坐镇上明的桓冲虽然拥兵七万，但害怕秦军势盛，不敢前来救援。朝廷诏书下达，要冠军将军、南郡相刘波带领八千人马去解襄阳之围，他也不敢前进。

秦军兵力十倍于守城将士，城外粮食如山般堆积，苻丕和苟苌满以为襄阳没有外援，等到城中粮尽力竭时，晋军定会举手投降。但围城将近一年，朱序还是咬紧牙关，束紧裤带，死守孤城。当年十二月，前秦御史中丞李柔上疏说："苻丕以十万之众，围攻小小一个襄阳城，每天军费要耗万金以上，这么长时间还不能攻下，应该拿苻丕问罪。"苻坚道："劳而无功，应该贬杀。但

---

① 夫人城遗址今尚在，1982年当地政府曾拨专款重修，现为省级重点保护单位，旅游胜地。

出师那么久，不能空手而回，让他们戴罪立功吧！"苻坚派了黄门侍郎韦华送了一把宝剑给苻丕，并且责备他说："你倘若不能在来春送捷报来，就用这剑自杀吧！用不着再来见我了！"

苻丕这才着急起来，下令各军兵马猛力攻城。朱序顽强抵御，不仅守住襄阳，还屡出奇兵，攻击秦军。苻丕稍稍后退，朱序却骄傲自满起来，放松了戒备，没有料到内部出了叛贼，他联络秦军作为内应，开了北门，放进敌军。朱序不知底细，只得肉搏抗敌。他看到督护李伯护策马前来，赶忙打招呼共同血战。哪知李伯护到了跟前，手起剑落，砍伤了朱序的马腿，朱序颠仆倒地，被人捆绑起来，送交秦军。原来这内奸就是李伯护。朱序被押到长安，苻坚赞赏他在十多万大军包围下仍临危不惧，坚守襄阳，任命他为度支尚书。苻坚对于卖主求荣的李伯护却视若蛇蝎，下令推出斩首。不久，朱序潜逃，向东跑到宜阳（今河南宜阳西），在夏揆家中隐藏，等待机会南逃。苻坚派人跟踪追查，怀疑夏揆窝藏，逮捕了他。朱序不愿好友为自己丧命，不得已自首。苻坚称扬他俩有义气，都没有论罪，还是任命朱序为尚书。

襄阳城破，朱序的老母带了婢女和几百名将士从西门冲出重围，又凭着她的智谋和勇敢，绕道东归晋土，不失一位猛将老夫人的本色。

51　璇玑图诗

东晋丢失襄阳，荆州刺史恒冲心里很难受，要想收复是不大

可能了，他总想伺机袭击，使前秦不得安宁。

苻坚夺下襄阳，任命中垒将军梁成为荆州刺史，带了一万将士坐镇襄阳。梁成是个勇将，经常东征西战。第二年冬，左将军都贵调来，替代梁成为荆州刺史。桓冲认为时机已到，于382年（东晋太元七年）秋派扬威将军朱绰率军乘虚进攻襄阳。不料城防坚固，无法攻破。城外，沔北的屯田上，成熟的庄稼正是前秦快到口的军粮，晋军看不顺眼，一把大火烧得一干二净。骑兵们赌着气飞奔各处，纵横践踏，没有成熟的农作物也被糟蹋殆尽，并且掠走百姓六百多户。苻坚得报后，气冲斗牛。这时，他已暗中策划全力南下攻打建康，担心桓冲再来骚扰，决心加强襄阳的防守。可是要选择一个文武双全的将领，百里挑一，还是不得其人。几个月后的一晚，苻坚心血来潮，陡然想起了被罢官流放的秦州刺史窦滔。

窦滔，字连波，他的祖父窦于爽做过右将军。窦滔身材魁梧，仪表堂堂，能文能武，精通经史，苻坚视其为干练的能臣。窦滔的妻子苏蕙是陈留县令苏道贤的第三个女儿，字若兰，始平郡武功（今陕西武功西）人，结婚时十六岁。苏蕙从小在家读书，琴棋书画都很出色，那瓜子脸盘儿长得秀丽动人，身材窈窕可爱。两口子的日子过得挺惬意。

可是不久，窦滔对苏蕙的宠爱却被能歌善舞的侍妾赵阳台夺走了。这赵阳台的歌声如黄莺般清脆悦耳，跳起舞来又如杨柳拂水，使人赞叹不已。古代的大官娶上几个小老婆，不算一回事。但窦滔知道苏蕙会吃醋，就把赵阳台悄悄隐藏在别处。世上没有不透风的墙，苏蕙知道这件事后怒气冲天，领了一帮老妈子和小丫环，居然找到了金屋藏娇之处，一言不发就大打出手，里里外外的家具和摆设都砸得稀巴烂，赵阳台也被打得鼻青脸肿。

窦滔知道后，对苏蕙这样的肆无忌惮深感气愤，对赵阳台却非常同情。赵阳台更是撒娇撒痴，她平时就有心搜罗苏蕙的短处，一一记在心上，这刻儿添油加醋，跟窦滔哭诉。窦滔对苏蕙深感痛恨，回去骂得狗血喷头，几乎要送苏蕙回娘家去。

窦滔心里不愉快，岂知祸不单行，不知道他什么时候讲了什么话得罪了苻坚，诏书下达，将他撤职，流放到敦煌的流沙地方。敦煌离秦州治所冀县有两千多里，他光杆子上路，离别时全家老小伤心万分，苏蕙和赵阳台更是哭得如泪人一般。

襄阳受到晋军意外袭击后，苻坚想起窦滔的文才武略，认为他足以担负守卫襄阳的任务，就下令赦免窦滔，任命他为安南将军，镇守襄阳。

窦滔喜气洋洋地从敦煌回到冀县，带上家眷，敲锣打鼓去襄阳上任。可是苏蕙对窦滔的痛骂记忆犹新，心中闷闷不乐，不愿跟窦滔到襄阳去。窦滔只带着赵阳台一起走，并且断绝了和苏蕙的音信。苏蕙年正二十三岁，独守空房，悔恨交加，埋怨自己太任性，太不知情义。每当夜深人静不能入睡时，苏蕙常常默诵苏伯玉妻子写的《盘中诗》。

长安是前秦的政治文化中心。早先，长安的官吏苏伯玉出使巴蜀，久久不归。他的妻子日夜想念，最后写了一首《盘中诗》以抒情怀，其中有几句是这样的：

> 山树高，鸟鸣悲；泉水深，鲤鱼肥。空仓雀，常苦饥；吏人妇，会夫稀。出门望，见白衣；谓当是，而更非；还入门，中心悲。……长叹息，当语谁？君有行，妾念之；出有日，还无期。结巾带，长相思。……家居长安身在蜀，何惜马蹄归不数；羊肉千斤酒百斛，令君马肥麦与粟。……

《盘中诗》是怨妇思夫之作，感情真挚，情意缠绵。全诗共四十九句、二百零七字。诗写在盘中，成圆形图（也有人作方形图），从中心开始作环行旋转，如珠走盘，向外圈读。因此，这诗的最后几句是："与其书，不能读，当从中央周四角。"

《盘中诗》的体裁被称为回文诗。这是晋代诗赋在追求词藻华丽、掺杂老庄玄学的同时，出现的一种可以反复回旋或倒读的杂体诗。西晋司隶校尉傅咸作有回文反复诗，东晋骠骑将军温峤作有回文虚言诗（均失传）。这种诗体在晋末更为流行，直到唐宋仍间或有之，唐皮日休、宋王安石都曾写过回文诗。

苏蕙对回文诗也很有兴趣，但她觉得自己的复杂心情，像《盘中诗》那么几十句远远不能表达。她决心驰骋自己的才华，写一首上下左右排列成文，回环反复都可以诵读的长篇回文诗，借以吐露复杂深蕴的感情。

璇玑，是古代的一种天文仪器，苏蕙以《璇玑图诗》为名，意为千变万化和深奥莫测。她没日没夜、苦心孤诣地编拟诗稿，以"璇玑图"三字作为中心，排列左右上下各二十九排，写成八百四十一字的《璇玑图诗》，无论横读、竖读、兜圈子读，都可以读出四、五、六或七言诗来，其中有不少倒过来念也是成章、合理、押韵的诗。诗句大都表示自己对窦滔坚贞不渝的感情，例如"始终知物贞，松凋识岁寒"，反过来念就是"寒岁识凋松，贞物知终始"。此外，也有少数谴责赵阳台的句子，例如"海佞奸凶，害我忠贞；祸因所恃，滋极骄盈"（反过来也可以念）等。

苏蕙写完诗稿，依凭自己的心灵手巧，织了一块八寸见方的锦，再用五色丝线把八百多字绣在上面，光彩夺目，晶莹入神。颜色不同的字，按照色别又可依单独顺序念出诗章来。古代妇女

琴	清	流	楚	激	弦	商	秦	曲	发	声	悲	摧	藏	音	和	咏	思	惟	空	堂	心	忧	增	慕	怀	惨	伤	仁	智	怀	德	圣	虞	唐
芳	廊	东	步	阶	西	游	王	姿	淑	窕	伯	邵	南	周	风	兴	自	后	妃	荒	淫	经	高	所	怀	叹	嗟	情	圣	贤
兰	休	桃	林	阴	翳	桑	怀	归	思	广	河	女	卫	郑	楚	樊	厉	节	中	闱	淫	清	旷	路	伤	中	无	家	妙	显	华
涧	桃	飞	燕	巢	双	鸠	土	逝	其	人	硕	兴	齐	商	双	发	歌	我	衣	想	华	帏	房	君	无	家	明	重	华
茂	流	泉	水	激	扬	土	卷	顾	蕞	翠	荣	曜	流	华	冶	容	为	谁	美	英	飾	珠	光	纷	葩	为	荣	章
熙	长	君	思	悲	好	仇	旧	蕞	悲	感	情	徵	宮	羽	同	声	相	追	多	思	感	谁	为	荣	臣	贤
阳	愁	允	发	容	摧	伤	乡	苦	艰	生	患	多	殷	忧	缠	情	将	如	何	钦	苍	穹	誓	终	笃	志	贞
春	方	殊	离	仁	君	荣	身	怀	忧	是	嬰	藻	文	繁	虎	龙	宁	自	感	思	岑	形	荧	城	荣	明	庭	妙
墙	禽	心	滨	均	深	身	加	愁	思	何	漫	漫	荣	曜	华	雕	顾	孜	孜	伤	情	幽	嵒	峻	未	犹	倾	苟	闱	显
面	伯	改	汉	物	日	我	兼	苦	艰	是	丁	丽	状	观	飾	容	侧	君	在	时	岩	嵯	峨	深	在	炎	在	不	受	乱
殊	在	者	之	品	润	歲	悴	我	生	何	冤	充	颜	曜	绣	衣	梦	想	劳	形	峨	深	幽	盛	兴	后	姬	源	祸
意	诚	感	故	云	浸	集	悴	少	章	时	桑	诗	端	无	终	始	诗	仁	颜	贞	寒	渊	重	涯	网
感	故	昵	飘	施	殃	仁	精	徵	盛	翳	风	兴	平	始	璇	情	贤	喪	物	歲	察	远	大	班	弊	女	因	奸	佞	害
故	遗	亲	飘	尘	天	德	辜	神	恨	昭	感	鳴	作	苏	玑	明	别	改	知	识	深	渊	松	伐	氏	好	飞	辞	姿	我	忠
新	旧	闻	离	天	罪	积	何	退	微	业	孟	鹿	平	氏	诗	怨	士	容	始	愿	居	松	祸	用	飞	燕	姘	辞	极	我	配
霜	废	远	思	地	遗	因	愿	怀	亡	孟	宣	鸣	理	兴	辞	愿	年	衰	念	是	旧	悠	网	云	昭	青	实	汉	骄	忠	英
冰	故	离	废	微	其	贵	乔	居	倾	悼	思	伤	义	往	感	悲	远	劳	情	谁	为	独	居	叹	罗	林	滋	愚	谦	退	休	孝	慈	皇
齐	君	殊	我	木	平	根	尝	离	鳳	叹	永	成	悲	日	思	忧	殊	叹	时	贱	女	怀	叹	潜	阳	光	蒙	疑	危	家	和	雍	伦
洁	子	惟	同	谁	均	难	苦	凤	麟	沙	流	颍	逝	异	浮	沉	华	英	翳	曜	电	流	疑	休	远	淑	飘	匹
志	惟	新	衾	阴	匀	寻	辛	龙	驰	若	不	盈	逝	條	必	盛	有	衰	无	白	日	西	移	陟	迤	电	逝	节	敦	贞	浮	江
纯	贞	志	一	专	所	当	明	神	昭	亏	不	无	条	盈	一	戒	意	志	殊	愤	激	何	施	与	推	持	贞	记	自	恭	湘
志	谁	清	微	精	感	通	德	神	轻	飞	文	遗	忠	容	仰	俯	荣	华	丽	飾	身	将	通	神	祗	从	是	敬	孝	为	基
清	思	想	云	浮	辉	寄	光	飾	粲	殊	妾	遗	孤	怀	圣	辞	成	者	作	体	下	遗	封	差	以	桑	山	殊	塞	隔	河	津
纯	怀	所	群	散	离	妾	哀	声	殊	乖	分	圣	皇	房	幽	处	己	悯	微	身	长	路	悲	旷	感	生	民	梁

苏蕙璇玑图

能呕心沥血写出这样的作品来,确实难能可贵。图上所绣的一笔一画都非常清楚,没有错漏,这又凝结着多少不眠之夜的相思,真是针密意浓,线长情更长啊!

当然,其中的诗句,很多是怪异拗口、含义不清的。苏蕙在绣锦时,别人就说:"有些句子,我们怎么念不通也弄不懂呢?"她笑着说:"这诗婉转徘徊,自成言语。不是我的丈夫,就不能透彻地揣测其中的奥妙和意义。"

苏蕙打发老家人专程送这幅宝贵的《璇玑图诗》到襄阳。窦滔反复诵读,对苏蕙思绪万千的情意心领神会,勾起缱绻绸缪的旧情。他想起过去苏蕙妒忌成性固然不好,但自己偏听一面之词,对待这么一个才华横溢的美妻确实也太粗暴。他于是下了决心,说服赵阳台,给了她一大笔安家费,送她到长安去,同时派专人到秦州,迎接苏蕙到襄阳。当苏蕙将要到达时,窦滔出了城门,把骏马和毡车①排列于沔水之滨,自己策马高地,远盼苏蕙的来临。两人一相见,诉不完的离情,立即重归于好,恩爱重于往昔。

苏蕙的《璇玑图诗》在回文诗中规模最大,内容也最复杂,在民间流传很广。到了唐朝,武则天读到这幅图诗,深感苏蕙多才多情,对窦滔的幡然悔悟也颇赞许,于是写了一篇《璇玑图诗》的序文,这样就使他俩的故事传为千古佳话。武则天从八百余字中,得诗二百余首,唐人申诚曾作释文(失传)。宋、元间,僧起宗研究《璇玑图诗》,分为十图,反复推求,共得诗三千七百五十二首。明代康万民增定一图,著有《璇玑图诗读法》一书,得诗达四千二百零六首。

---

① 毡车:以毛毡为篷的车子。

我国著名的小说《镜花缘》,以《璇玑图诗》的素材,加以渲染,编写出一回《观奇图喜遇佳文》的传奇故事。元代戏剧家关汉卿也以《璇玑图诗》的来历创造了杂剧《窦滔妻织锦回文》(失传),这些都使《璇玑图诗》的传说更为深入人心。

璇玑图的故事发生在北方,与此大体上同时,在南方出现的梁祝故事,在后世流传得更广。

52 梁祝化蝶的传说

尚书仆射兼扬州刺史谢安执秉朝政,有一天,会稽郡上报了一件梁山伯与祝英台的奇事。谢安阅后,十分感动,当即表奏晋孝武帝,给祝英台立了"义妇冢"。

梁山伯是会稽人,敦厚朴实,好学上进。他在外出游学的途中,遇到了一位天资聪颖、温文尔雅的同伴——上虞人祝英台。梁山伯做梦也没有想到,祝英台竟是女扮男装的衩裙。

游学在当时比较普遍,一些儒生孜孜不倦追求学识,常常远离家乡,走访名师名士,登门求教。承平时期,人们对长安、洛阳的石经(经书刻于碑石之上)趋之若鹜,千里迢迢去观摩钻研。战火弥漫中,很多人裹足不前。但在比较安定的地区,游学之风一如既往。

西晋十六国时代,妇女读书并不稀罕。后赵石虎曾设女尚书,又增设女官二十四等,多至数万人,虽然大都有名无实,或即为妾媵的代称,但这些人不少是识字能文的。祝英台自幼读书,极其羡慕汉代的班昭、蔡文姬那样学识精湛、文笔出众的大才女。她熟知发生于几十年前"洛阳纸贵"的故事,使她更为激动的,是《三都赋》作者左思的妹妹左芬,也是个才学卓著的女子。她认为自己也应像她们一样深知诗书经史,能写出锦绣文章。祝英台在家求学,手不释卷,但所得学识毕竟有限,因而她决定外出游学,寻求更渊博的知识。

祝英台虽然是一个文弱闺秀,但她又极敬佩驰骋沙场的巾帼英雄。西晋末年,宁州被围,刺史李毅病死,他的女儿李秀自告奋勇披甲执剑,指挥守城。宛城被围时,守将荀崧的十三岁女儿荀灌敢于驰马冲出重围到襄城求救。李秀、荀灌等的英勇形象和她们的豪迈性格,鼓舞着祝英台,她终于暂时告别家庭,走上了乔妆游学之路。

祝英台结识了志同道合的梁山伯,两人在求学中经常探讨疑难问题。少女的心底,对这位忠厚好学的同伴萌发了爱慕之情。但古代的封建礼教紧紧束缚住青年男女的自由往来,祝英台隐瞒了自己的庐山真面目。后来她告别了梁山伯,先行回到自己的家乡。

梁山伯继续在外求学,两年后返回会稽。他兴冲冲地跋山涉水,到上虞去拜访学友祝英台。但询问了很多人,都不知道祝英台是什么人。几天后,一个老叟对濒于绝望的梁山伯说:"如果是姓祝,而又知书达理的人,这里没有这样一个男子,除非祝家的九妹,但她是一个闺女。"梁山伯听了惊疑参半,不相信这会是真事。他鼓足勇气去登门造访。当祝英台以罗扇遮面,羞答答地走到客厅时,梁山伯惊讶万分,过去和自己共同游学的英俊儿郎竟是一位红粉佳人。

这一次重晤，虽然只能寒暄一番，但却使他俩更是情深意连。游学中的件件往事翻腾而起，过去的友情顷刻燃烧起来，成为爱情的炽烈狂焰。但是当时难以公开率直地表露，只能中心藏之，惘然而别。

梁山伯回到会稽家中，相思之苦使他废寝忘食，怅然若失。他坐也不安，睡也不宁，捣枕槌衾，难以入梦，只得苦苦央求父母，托人到上虞祝家去说婚。

可是，事与愿违。这个时期里，祝英台的父亲已将她许配给鄮城（今浙江鄞县东）的马家。梁山伯和祝英台这一对心心相印的情侣受到这严重的打击，宛如雷轰头顶，他俩缔结终身的愿望顿成泡影。

不久，梁山伯由于学识卓著被会稽郡推举为贤良，由朝廷任命为鄞县县令。他和祝英台仍是相互暗暗思慕不已，真是"人居两地，月共一轮；两处相思，一般泪零"。

梁山伯眼见理想中的美满姻缘却成一堆灰烬，真如利刃刺心，万箭穿胸。他满怀悲愤，肝肠寸断，终于积忧成疾，郁郁而死。当时会稽郡所属十个县，人口总共三万余户。鄞县与鄮城是邻近的两个县，梁山伯的遗体，按照他的遗言葬于鄮城西面的甬江之滨。

事隔一年以后，祝英台迫于父命，不得不出嫁鄮城马家。离开上虞前，她已得知梁山伯为情而殁的噩耗，心中万分悲痛，茶饭不进，气息奄奄。当送行的船只经过梁墓所在地时，正巧风雨大作，祝英台借口梁山伯阴魂不散，停船登岸，到梁墓前祭奠。她想到日夜思念的梁山伯已无踪可觅，只留下黄土一抔。往事如烟，一切已成千古之恨，于是悲从中来，捶胸顿足，号啕大哭之下，痛不欲生。

传说祝英台哭灵之际，雷电闪鸣，突然一声霹雳巨响，坟墓裂开，祝英台跃身而入，墓又并合如旧。霎时间风止雨歇，天气晴朗，从墓中飞出一对特别大的花蝴蝶，翩翩翔舞而去。人们煞有介事地说，这是梁祝幽灵所化的。这个带有神话色彩的奇闻，立即遐迩皆知。马家不信，报官要求开棺验尸，却又巧遇巨蟒盘踞坟上。人们申言这是天神保佑，派巨蟒护坟，致使官府不敢动手破墓。

这个故事得到人们的同情，不胫而走，传遍民间。许多地方剧种及鼓书、弹词等说唱，愈传愈多，使它更为生动，真是妇孺皆知。在历史资料中，较早的如南北朝梁元帝萧绎的《金楼子》里，已略述梁祝其事（此书已散佚）。唐中宗时梁载言的《十道四蕃志》内，也说"义妇祝英台与梁山伯同冢"。晚唐张读的《宣室志》有一百多字的梁祝佳话。"谢安表其墓曰义妇冢"，就是其中所记载的。

宋元以后，特别明清间，更多文人编了梁山伯还魂、显灵、重新投胎、立功杀敌、晋爵封王等等荒诞之说。宋人李茂诚曾写下一篇《义忠王庙记》，其中叙述道：梁山伯，字处仁，生于东晋穆帝永和八年（352年）三月一日，死于孝武帝宁康元年（373年）八月十六日辰时，时年二十二；祝英台，名贞，字信斋。"哭灵"，"坟裂"，"并埋"等，是在宁康三年（375年）四月初一。这个庙记可说是查无实据。至于有些县志及说唱将梁祝说成是武则天时期的人或五代后梁时期的人，显然更不能成立。

梁山伯庙现仍存在于浙江宁波高桥，西北两面江水环流。庙西曾有墓，并有明代所立《晋封义妇冢》的石碑。当地有句谚语说："若要夫妻同到老，梁山伯庙到一到。"特别是清明时节，往往游客络绎不绝,双双对对搀扶而至。

后代有些志书和笔记中,还记有不少梁祝遗迹。如江苏宜兴有祝英台的读书处,名碧鲜庵,现尚存于宜兴名胜善卷洞边。山东嘉祥和曲阜、甘肃清水、安徽宣城、河北河间、江苏江都等地,也有梁祝的墓或庙。这些也许全是假托,但也可见梁祝故事影响的深广。

梁祝故事哀切动人,不过绝大部分是出于传说。下面,还是讲讲为祝英台上表立墓的谢安的事迹吧!

53 北府兵

谢安身居相位,老练沉着,又有长远筹划之才,威望一天比一天高起来。

谢安有一个老乡,在中宿县(今广东清远西北)罢官后,回到建康。谢安问他:"你离任后,带了什么财物回来?"他回答:"岭南凋敝,没有什么货物可带,我只随船运来五万把蒲扇。但由于路上耽搁,到了京城,秋风已起,不是时令货了。眼下只卖掉几百把,如何是好?"谢安若无其事地说:"不难!不难!"

过去王导执政时,曾有这么一个故事:苏峻之乱以后,国库空空荡荡,只存下几千匹绨①,想卖出去没人要。王导要朝臣们

---

① 音 shū,粗丝织品。

都用绢做了衣服，穿着招摇过市。于是朝野吏民争先恐后买绢作衣料，绢价因此飞涨，藏绢的库底顷刻间朝了天。谢安听到蒲扇没销路时，想起这段往事，心里有了盘算。

几天后，吏部郎袁宏出任东阳（今浙江省东阳市）太守，谢安设宴送行。袁宏聪明机灵，两片嘴皮很会说。临别，谢安送他一把蒲扇，并说："这扇送你做个纪念吧！"袁宏拿扇摇了几下，随口答道："我一定带着你仁慈的和风，安抚东阳的黎民。"这两句话，获得送行的人们齐声赞扬，并且立即传播京城内外，就连蒲扇也出了名。人们还传说，谢安早就不摇羽毛扇，都是用的岭南蒲扇。这样，蒲扇顿时奇货可居，身价陡增数倍，店铺和集市上万头攒拥，抢购一空。原来愁眉苦脸的老乡欢天喜地成了暴发户。

有一次，一些文人雅士在一起畅谈庄子《渔父》篇的心得。几个名流侃侃而谈，都有精辟独到的见解。众人觉得没有什么可以再发挥时，谢安才打开话匣子，讲的都是别人没有提到过的，而且言辞动人，滔滔不绝，旁座者简直无法插嘴。怪不得人们都把谢安比作王导，而且说他比王导文雅得多。

谢安为政也常效法王导，很重视南方的世家大族，他身边的主簿陆逯就是东吴陆逊的后代。谢安还常常到这些大族家做客。有一次，他去拜访吏部尚书陆纳，陆纳一贯朴素，只用普通茶点招待。陆纳的侄子陆俶见是当朝丞相光临，私自赶做了丰盛的酒菜端了出来。谢安走后，陆纳大骂侄子："你不能为叔叔增光，反而玷污了我的素名！"还打了陆俶四十大棍。谢安为此深感愧疚。

谢安为了抗击北方敌人的入侵，下令把侨居淮北的居民迁移到淮南，实行坚壁清野。这个时期，当兵的开小差的不少，当奴仆的逃亡也很多，他们大都在建康、京口和广陵附近打短工或做

小买卖,没有房子住,就四处流浪,或寄宿在大江小河边的船舶上。有人提出要彻底追捕这些人,谢安认为,大敌当前,不要搞得人心惶惶。他说:"如果建康附近不能容纳他们,怎么能称得上京都呢?"其实,谢安胸有成竹,不过是在等待时机。

原来,谢安鉴于过去王敦、苏峻、桓温等权臣兵逼朝廷的教训,感到为了巩固执政者和谢家的势力,必须建立一支崭新的武装。当谢玄被任命为兖州刺史、监江北(长江以北)诸军事,谢家手中有了兵权后,就在京口招兵买马,把那些流民和亡命之徒全都收罗下来。这批人本身或其祖先大都遭受过民族压迫和四处流亡的痛苦,战斗意志顽强,骁勇非凡。加上庚戌土断后,财政收入大大增加,这支军队的物力又有充分保证。京口地处建康北面,是长江下游的军事重镇,被人称为北府,因而这一支被精心培训、装备齐全的队伍,就被称为北府兵。

北府兵的主帅谢玄在年幼时就被叔叔谢安所器重。谢安的子侄有一次会集,天南海北地谈论。谢安问道:"父兄为什么要使子弟成为良才?"这原是极为普通的问题,但大多数人都期期艾艾,一时答不上来。独有谢玄不假思索地说:"好的子弟就像芝兰玉树生长在堂前一样,可以光耀门第。"后世就以"芝兰玉树"来比喻很有出息的子弟。谢玄年轻时喜欢佩带紫色丝罗织成的香料袋,但谢安一门心思要培养他成为良将,而不愿他沾染纨袴子弟的恶习,故意以打赌为名,赢得了谢玄的紫罗香囊,当面烧掉。谢玄领悟了叔叔的心意,从此埋头练武,学习兵法,成了一名出色的将领。

谢玄在桓温手下做过幕僚,又在征西将军桓豁身边做过司马。曾和谢玄共事的人,都称赞他能带兵打仗,会量才用人,能发挥每个将士的特长。谢玄安排军务深入细致,连一些常人不注意的小事，也都安置得十分妥善。因此当谢安推荐他到长江以北独当一面时，大多数朝臣都很信服。但街头巷尾不了解谢玄的上民们，也有怀疑的。侍中韩康伯（殷浩的外甥）非常肥胖，人们叫他"肉鸭"，他和谢玄的脾气不太相合，这时说："谢玄很喜欢出名，所以他倒一定能打仗。"谢玄听后，很是气愤，在大庭广众之下说："大丈夫为了尽忠报国，带兵出生入死，这能说是为了个人扬名吗？"

北府兵将领中的重要骨干是参军刘牢之，字道坚，彭城（今江苏徐州）人。他家世代都是勇猛武将。刘牢之满脸紫赤色，两眼炯炯，浓眉多须，打仗骁勇而又沉毅多智谋。北府兵里，还有几个智勇双全的将领，如东海人何谦、安丘人戴遯〔dūn〕、西河人田洛、晋陵人孙无终等。

襄阳被占前后，秦军在淮南同时发动攻势。苻坚接受兖州刺史彭超的建议，由他领军包围彭城，另遣后将军俱难等率军七万进攻淮南其他地区。

在彭城，晋的沛郡太守戴遯坚守抵敌。379年春，谢玄带了一万多北府兵去援救，驻扎在泗口。由于泗水两岸全是秦军营寨，北府兵中一员小将田泓自愿取道泗水去联络彭城晋军。他时而在偏僻的河岸小道上前进，时而潜入水底绕过秦军的据点和哨所。可是到了彭城城畔，还是被截获了。秦军给田泓很多财物，叫他对守城的晋军喊话，假称援军都被打垮，要戴遯速速投降，田泓一口答允。不料，他望见城头晋军就高喊道："救兵马上到了，我奉命来报军情，不幸被敌人捉住，你们一定要坚守彭城！"呼声未落，被秦军一刀砍死。彭超的如意算盘被田泓的赤胆忠心打得粉碎。他气急败坏，下令尽力攻城。守城的北府兵为田泓杀

身成仁的精神所鼓舞，更是奋勇抵敌，杀伤了许多攻城秦军。

正当彭超焦急万状的时候，忽然传来谢玄大军已去攻打留城（在彭城西北约一百里）的消息。那儿是秦军囤积辎重的地方，彭超赶紧撤下围城的兵力，匆匆赶往，可是到了留城，连一个晋军的影儿也没见到。原来，谢玄看到秦军众多，兵力很强，硬拼不是办法，就扬言要攻留城。等彭超被牵着鼻子撤离彭城，晋军便飞速插入，招呼戴逯带了城内的北府兵，一起回到谢玄跟前。彭超恶狠狠地赶回，只得了一座空城，于是又气势汹汹地转向东南，攻陷了盱眙和淮阴。

当时襄阳已落秦军之手，苻坚即从襄阳拨兵二万，会同俱难、彭超再向淮南进攻，东晋右卫将军毛安之率领四万人马守卫棠邑（今江苏南京六合县北）。当年毛安之在建康宫城内镇压卢悚起义何等凶狠，这时在秦军面前却成了逃跑将军，四万晋军不战自溃。棠邑在建康的长江北岸，离江不过几十里路，朝野吏民吓得纷纷打算避难。晋军的兵马都排列于长江南岸，征虏将军谢石带了水师屯扎在涂中（今安徽滁县、全椒一带），准备迎敌。

声势浩大的秦军又以六万之众围困幽州（侨置）刺史田洛于三阿（今江苏高邮西北），谢玄毫无畏惧地自率大军去解三阿之围。秦军连战连败，逐渐成了强弩之末。谢玄和田洛会师，共有北府兵五万，追击彭超到了淮阴。秦军的浮桥和战船都被烧毁，除了几个将领飞马逃脱外，其他全被歼灭。苻坚下令，将彭超关在囚车里，押送长安。彭超没脸坐到木笼子里，拿刀在脖子上一抹，就死在路旁。

北府兵首战告捷，初露锋芒。但苻坚认为，只要作好充分准备，由他亲自出马，定能征服东晋。

54 投鞭断流

前秦统一了北方,与东晋形成南北对峙的形势。苻坚蓄意统一天下,东晋却只图守土抗御,偏安江南。

前秦虽然占领了襄阳,但在淮南之役中却吃亏不小。苻坚不敢贸然去进攻东晋,双方都在准备力量。光阴如箭,两三年很快就过去了。

这个时期里,苻坚身边出现了一个善于用唱歌进行劝谏的人,他就是黄门侍郎赵整。苻坚相当信任他,在某些问题上,还能接受他的谏言。

前秦在王猛死后,法制逐渐废弛,苻坚也热衷于追求享受和奢侈,讲究修造宫室和陈设古玩,连车船和兵器都要用金银做出精巧的装饰。皇宫的正殿上挂了成排的珍珠帘幕,接见朝臣时,似乎更显得富丽和尊严。苻坚晚年奢侈又好色,影响政事,赵整就在他跟前高歌一曲,歌词说:"昔闻孟津河,千里作一曲;此水本是清,是谁乱使浊?"苻坚笑笑说:"大约就是我吧!"另外也有官员劝他保持节俭本色,苻坚才下令撤去了珠帘。

苻坚好酒,每逢酒宴,一定要与宴的臣僚喝得横七竖八,醉卧地上,他才高兴。赵整又唱了一首《酒德之歌》:"地列酒泉,天垂酒池。杜康妙识,仪狄先知①。纣丧殷邦,桀倾夏国。由此

---

① 杜康:中国粮食酿酒的鼻祖,后作为美酒代称。仪狄:相传是我国最早的酿酒人,女性。

言之,前危后则①。"苻坚听了很高兴,把它作为酒戒,此后宴会饮酒,只是作为礼节而已。苻坚好色,不顾君王体统,慕容垂的夫人段氏长得很美,他就经常和她不三不四地胡闹。有一次两人并肩同坐一辆车在后园游玩。赵整看到又唱道:"不见雀来入燕室,但见浮云蔽白日!"苻坚赶忙叫段氏下车。

氐族是前秦赖以立国和占有统治地位的民族,绝大部分居住在长安附近。苻坚又让氐族分散居住到晋阳、洛阳、蒲坂以及凉州的袍罕(今甘肃临夏东北)等军事重镇,增强前秦对各地的统治。分配到各地散住的氐人,有一万五千多户。

苻坚的这种做法,引起一些大臣的忧虑,他们担心氐族分散后,万一长安有点风吹草动,朝廷就要被鲜卑等族倾覆。冀州牧苻丕带了三千氐户去上任,苻坚亲自从长安送到灞上,氐人子弟的亲属相互分别,不知何日才能重逢,告别时一片哀哭,叫人伤心。赵整在宴会上弹琴唱歌,歌词说到一种叫伯劳的鸟,有所寓意地说它"尾长翼短不能飞",最后明显地唱出本意:"远徙种人留鲜卑,一旦缓急当语谁?"苻坚听了,只是笑笑,没有说话。

苻坚把氐族分散各地,自以为国内没有问题了,开始着手准备南征东晋。隔了一年,幽州发生大蝗灾,苻坚怕它蔓延到青州、冀州、并州去,发动四个州的百姓扑灭蝗虫,虽然灭蝗的效果不太好,但蝗灾造成的损失仅限于幽州境内。说也奇怪,其他各州都获得史无前例的大丰收。粮食充裕,苻坚认为发兵南下的条件成熟了。

同年(即382年,东晋太元七年)十月,苻坚召集文武大臣

---

① 前人之危,后人可从中取得教训。

在太极殿里商讨出师征伐东晋的大事。苻坚说:"我即位已有二十六年了,平定了东西南北,眼下只有东南一隅还是别人的。我们的兵力有九十七万之多,我准备亲自挂帅出征,诸臣以为如何?"秘书监朱彤立即说:"陛下亲自对晋执行惩罚,只要出师征讨,兵不血刃就可以直捣建康。晋主如不衔璧投降,也要逃窜江海,死于非命。灭晋以后,让南渡的中原子孙回到家乡。陛下也可回舆东巡,祭泰山以告功成。这个千载一逢的大好机会不可错过!"苻坚听了这几句捧场话,打从心底乐起,笑容可掬地说:"这正是我生平大志!"

尚书左仆射权翼说:"古代商纣无道。周武王大会诸侯于孟津(今河南孟县西南),八百多诸侯都劝武王立即伐纣,但武王认为商廷还有微子、箕子、比干三位忠臣,伐纣的时机还不成熟,因而下令撤军。现在晋廷虽然微弱,但没有倒行逆施,像谢安、桓冲都是江南威望卓著的人物,他们君臣和睦,内外同心。依我看来,现在不是灭晋之时。"这几句话似乎给苻坚兜头泼了一盆冷水,他沉默好久,才闷闷不乐地说:"诸君都谈谈自己的看法吧!"

太子左卫率石越应声说道:"晋有大江天险,百姓都愿意效命守卫国土,现在去征伐,的确不是时候。"苻坚哈哈大笑说:"春秋时期的吴王夫差、三国鼎立中的东吴孙皓,都据有江湖之险,还是免不了灭亡。眼下我的军队这么多,投鞭于江,足断其流!"① 石越又说:"夫差和孙皓淫虐无道,因此消灭他们易于拾遗。现在讨晋如果大举不捷,国威一落千丈,财力倾洗一空,得不偿失。愿陛下按兵积谷,等待可乘的空隙,再行出师征讨。"

---

① 后人即以"投鞭断流"形容兵马众多。

　　群臣们七嘴八舌地争论，公说公有理，婆说婆有理。苻坚摇摇头说："这正如在大路边造房子，过路人说长论短没个完，什么时候能修成呢？还是让我再深思熟虑吧！"

　　群臣鱼贯而出，苻坚独独留下阳平公苻融，说："自古以来定下大事的，不过一两个大臣而已。如今众说纷纭，何所适从？我决定和你二人来做出决策。"苻融答道："最近晋国无隙可乘，而我们平凉州、攻襄阳，特别是兵败淮南后，军疲民惧，有厌战之心。主张不伐晋的都是忠臣，愿陛下听从他们的金玉良言。"苻坚厉声说："你也这样，我还能指望谁？我们有强兵百万，军械军粮堆积如山，正可以一鼓作气，把那垂亡的国家拿下来！为什么要留着这心头的忧患？"苻融掉着眼泪说："我内心忧虑的，不仅仅是胜利不可靠，而是陛下对鲜卑、羌、羯各族的首领太宽太宠，这些部族布满京城内外，他们的国家被灭，记下了深仇大恨。一旦大军远出千里之外，只留下太子和老弱兵马在这儿，万一不测之祸出于腹心肘腋之间，就没法对付了！王猛是一代英杰，陛下常常把他比作诸葛亮，他临死的忠告，陛下为什么都撂在脑后了？"苻坚还是听不进去，不欢而散。

　　群臣经过争论，大都倾向于暂不兴师南下，而且不断地劝谏苻坚，他苦恼地说："秦强晋弱，相差多大啊！我们要是发兵，就如疾风扫落叶一般！但朝廷内外那么多人反对伐晋，我真是难以理解！"太子苻宏也不同意伐晋，他说："晋君无罪，师出无名。"苻坚驳斥道："过去秦灭六国，难道那六国的君王都是暴虐的人？"苻坚最宠爱的张夫人也劝他不要轻举妄动，她说道："朝野的人都说晋不可伐，陛下为什么一意孤行？"苻坚生气地说："出兵打仗的事，用不着妇道人家来干预！"苻坚平时最喜欢的小

逃奔途中的苻坚

儿子苻诜也赶来劝谏:"臣闻国家兴亡的关键,在于对贤臣是重用还是舍弃,阳平公(即苻融)是我国的谋主,陛下为什么不肯采纳他的话?"苻坚带理不睬,骂道:"天下大事,小孩子懂得什么?不必多来饶舌!"

冠军将军、京兆尹慕容垂却顺着苻坚的意愿说:"陛下有百万雄师,满朝良将,为什么还将小小的晋国留给子孙去讨伐?这件事,陛下英明决断就行,何必广泛询问朝臣!晋武帝平吴,依仗决策的人,也不过张华、杜预等少数几个臣子。如果他当时顺从朝臣,就不会统一天下了!"苻坚一听,高兴得就如已经将东晋踢到海里去似的,立即对慕容垂说:"和我共定天下的,就只有你了!"

苻坚专心谋划进攻东晋,每天不到天亮就醒了,无法再入睡。苻融劝他说:"《老子》上讲到,知道满足,就不会遭到侮辱;知道适可而止,就不会遇到危险。自古以来,穷兵黩武的人,未有不败亡的。而且晋廷是中华正统,天意必不会使之灭绝。"苻坚答道:"帝王命运,岂有定数?刘禅是汉的后裔,算是正统吧,最终还是被魏所灭。你所以不如我,病根就在于拘泥而不懂变通之道。"

早先前秦攻占襄阳,高僧释道安以及曾在桓温身边任过别驾的习凿齿没有撤走,苻坚请他们到长安。习凿齿害脚病跛了腿,因而苻坚对人说:"往年晋平吴国,得到陆机、陆云两大才子,现在我打下襄阳请来的名士只有一个半人。"① 释道安本姓卫,常山郡人,十二岁出家。他长得丑,但很聪明。苻坚称赞释道安,说他佛学臻于至境,德望为世所尊。文武百官因为苻坚这么看重释道安,都托付他说:"皇上要发兵东南,芸芸众生要大受其难,

---

① "一人"是指释道安,"半人"则指跛腿的习凿齿。

你出家人慈悲为怀,为百姓们多多劝他吧!"有一次,苻坚和释道安坐在一辆车上,观赏东苑的景物。苻坚说:"我将和你南游吴越,泛长江,临沧海,这该多么快活啊!"释道安乘机回答道:"陛下身居长安,控制四方,励精图治,自能达到尧、舜时那样的兴隆盛世,何必栉风沐雨,去征伐边远的穷乡僻壤呢!"苻坚说:"照你这么讲,古代帝王都没有征战了!"释道安不敢过多抗辩,只说:"必不得已要出征,陛下就在洛阳发号施令,何必亲涉江淮之险?"苻坚嘴上不置可否,心中却不以为然。

苻融及尚书原绍、石越等人,先后上了几十本劝谏的奏疏,苻坚都束之高阁。

55 草木皆兵

383年(东晋太元八年)五月,苻坚尚未发兵,襄阳又传来警报:东晋桓冲领兵十万,图谋收复这个军事要地。苻坚派了五万步骑兵去救援。夜幕降临,秦军慕容垂所率秦军前锋在沔水以北,每人点燃十个火炬扎在树桠上。桓冲远远瞧到火光冲天,以为前秦有几十万援军来到,赶紧撤回上明。

一个小小的障眼法就取得了胜利,苻坚更认为晋军软弱可欺,立即下诏,要定期誓师南下,公私马匹一律征为军用,十个壮丁要有一个当兵。此外,二十岁以下的世家子弟略通武艺者,都拜为羽林郎(皇帝侍卫军的官职)。于是,骑马报到的良家青少年有三万多人。苻坚任命秦州的主簿赵统之为少年都统。

朝臣们还是不愿苻坚兴师动众，只有慕容垂（鲜卑族）、姚苌（羌族）和三万血气方刚的膏粱子弟竭力鼓动苻坚发兵。阳平公苻融再次对苻坚说："慕容垂和姚苌都是有亡国之仇的人，他们唯恐天下不乱，大喊大叫附和伐晋，其实是不怀好意。至于那些富家少年，根本不知道打仗是怎么一回事，只知说些谄媚的话逢迎陛下。陛下对这些人信任重用，只怕今后大事不成，后患无穷。"苻坚不理，骄狂地下令说："我打建康不必成年累月，不久就能把司马昌明（即东晋孝武帝）和谢安等君臣带回长安，我要任命司马昌明为尚书左仆射，谢安为吏部尚书，桓冲为侍中。你们赶快建造他们的府第！"

383年（东晋太元八年）八月初二，前秦的前锋部队从长安出发。苻融督领后将军张蚝〔hāo〕、冠军将军慕容垂，带着步兵骑兵共号称二十五万大军，经洛阳攻打寿阳（今安徽寿县）。其中慕容垂率领三万人马，经襄阳进驻郧城（今湖北安陆），防备桓冲水陆两路东下救建康。八月初八，苻坚亲自率领大军从长安开拔，宣称总共有步兵六十万和骑兵二十七万，南下伐晋。一路上鼓声不停，战旗相连，前后长达一千多里。九月里，苻坚到了项县（今河南项城东南），幽州和冀州的兵马到达彭城，但他征发的凉州兵马才抵达咸阳（今属陕西）一带，巴蜀的水军也才开始顺流而下。全国东西两头万里之内，水陆并进，还有一万多条运送军粮的船舶从黄河进入淮水和泗水流域，源源不断驶向淮南。前锋苻融的队伍沿着颍水而下，到了与淮水相交的颍口。

东晋派尚书仆射谢石为征讨大都督，以徐州、兖州刺史谢玄为前锋都督，和辅国将军谢琰（谢安的儿子）、西中郎将桓伊等，带了八万北府兵去抵抗，连同原在淮南各地的晋军，共有十多万人。

秦军的来势那么浩大凶猛，京城的君臣和士民都像受到泰山压顶般的威胁，人心惶恐不安。谢玄临行前也有些提心吊胆，特地去向谢安请示应战谋略。谢安内紧外松，心里虽然担忧，但表面十分坦然，只是说了一句"早已都有部署"，就闭目养神，默不作声了。随后，谢安又命令准备车马，和谢玄等人到城外的别墅去玩，并且邀请了许多亲友共游。谢安和谢玄下棋，他俩的别墅很多，就拿一座别墅作为赌注。平时，他俩棋艺悬殊，谢玄稳操胜券。这时，谢玄满肚子心事，七上八下，没有着落，最后将别墅输给谢安，谢安又转送外甥羊昙。他们再和众人一块儿游山玩水，一字不提打仗的事，直到入夜，才兴尽而返。京城的吏民听说谢安如此镇静，纷纷传说他曾闭门读破万卷书，胸中自有百万兵，也就逐渐平静下来。

长江上游的桓冲得知苻坚要经淮南大举进攻建康，非常忧虑，赶紧挑选三千精兵来保卫京城。谢安却派人对他说："朝廷已安排停当，京城中兵马粮食都不缺；西边的门户不能大意，要加紧防守！"桓冲叹息道："谢安主持朝政确有经国之才，但打仗却是门外汉呀！眼下强敌即将压境，他还闲游清谈，派那些未经世事的少年，带着少而又弱的队伍去螳臂当车，大势已危，我们恐怕马上要穿上外族人的衣服（指亡国）了！"

前秦的苻融在十月初占领了寿阳。东晋胡彬的五千水军经淮水逆流而上，中途得悉秦军占领寿阳，就退守硖石（今安徽寿县西北），不久即被秦军包围。秦军抓住胡彬派往谢石处的使者，搜出的密信中，有这几句话："敌势盛大，我已粮尽，恐怕见不到大军了！"苻融诧异地问："你们阵营内，天天黄沙飞扬，不

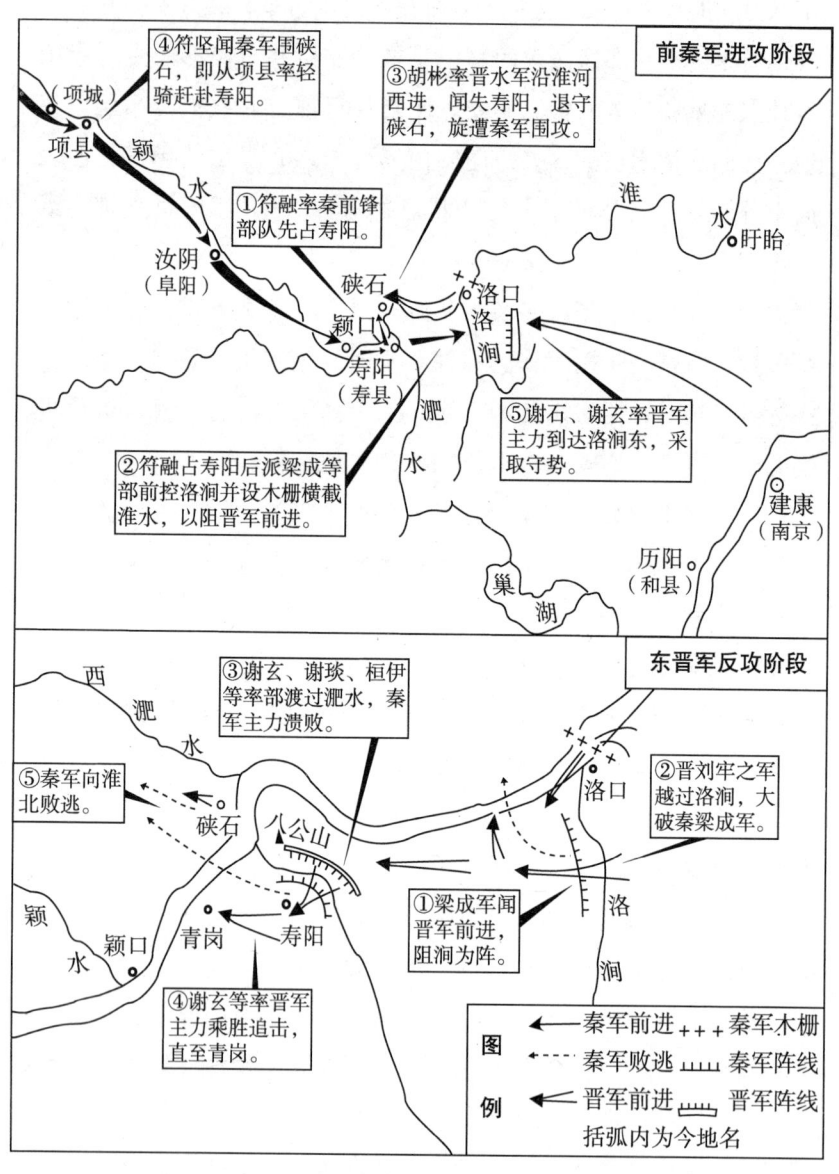

淝水之战形势图

是千军万马在认真操练和扬晒稻谷吗?"使者被逼,无奈招认:"那是有意大扬黄沙,故弄玄虚,迷惑你们的。"苻融错认胡彬一支队伍的窘困为东晋全军的虚慑,高兴得立即飞报苻坚说:"敌人微弱已极,容易击破,只怕他们突围逃走,希望陛下急速进军,一鼓作气,全歼晋军!"苻坚以为大功垂成,就让大军留在项县,自己只带了八千轻骑,日夜不停,跑了四百多里,直达寿阳。行军中三申五令:如果有谁走漏我赴寿阳的风声,割去舌头!因此,晋军一点也不知道苻坚来到了寿阳城。

前秦军为了拦阻晋军前来抗击,派卫将军梁成、扬州刺史王显、弋阳太守王泳带了五万人马,东进到了洛涧(淮河的支流,在寿阳东),在涧西布阵,又在淮水中设置了木栅。东晋方面,谢玄的北府兵建立已有六年,如今正是大显身手的时刻。他们从东向西前进,在洛涧东面二十五里驻扎下来。北府兵的广陵相刘牢之在伸手不见五指的黑夜里,奉命领兵五千,越过洛涧,直插梁成帅营。顿时杀声四起,火光冲天,秦军措手不及,四散溃逃,烂醉如泥的梁成被杀,王显、王泳等十个将领,不是丧命,就是被俘,成群的士兵争着向北面的淮水逃奔。但是可以撤退的渡口早被晋军分兵占领,并隐蔽了船只,秦军只得赴水抢渡,被杀和淹死者一万五千余人,全部军用物资和武器都被晋军缴获。洛涧之战,北府兵首告大捷,大灭秦军威风,大涨晋军士气。

谢玄、谢琰和桓伊率晋军乘胜前进,到了寿阳城东的淝水东岸,扎下营寨。秦军主力在淝水西岸摆列阵营。两军隔河相望,大战有一触即发之势。

淝水发源于合肥西南紫蓬山,向北流二十里后分为二水,其

一流入巢湖，另一往西北流二百里，至寿阳注入淮水。秦晋在这儿会战后，淝水从此成了古今闻名的战场。

苻坚和苻融登上寿阳城楼，眺望淝水东岸晋军的阵容。只见旌旗猎猎，战马萧萧，干戈矛戟闪闪发光，一眼望不到边；将士生气勃勃，阵势雄伟严整，显然是一支训练有素的劲旅。遥望北面的八公山上，似乎已也布满了晋军。苻坚胆寒地说："这真是棋逢敌手，怎么能说软弱可欺呢？"其实，八公山上全是入冬以来落尽残叶的树木，枝杈东伸西张，远远望去，仿佛都是手持刀枪的队伍。苻坚从骄狂转而泄气，只因这样的错觉，后世传为"草木皆兵"，以形容疑神疑鬼、惊恐万状。

苻坚派了尚书朱序去做说客，要他以正在奔赴淮南而来的、号称百万的大军作为威胁，迫使晋军不战而降。朱序在襄阳被俘后，身在秦营心在晋。他见了谢石，献谋划策说："如果秦的百万人马都到淮南，那么，八万晋军即使是天兵天将也难以抵敌。眼前，必须在他们没有完全集结前，打垮其前锋，狠狠给苻坚一个下马威，挫伤秦军士气，也许就此可以获胜。"谢石这才知道苻坚已在寿阳，心凉了一半，打算拖一天算一天，幻想以此消磨秦军的斗志，待他们粮尽兵疲自己撤退。可是谢玄、谢琰等竭力要求采纳朱序的主张，谢石终于同意改变战略，主动求战。

秦军紧靠淝水西岸列下兵阵，晋军没法渡河，谢玄派出使者对苻融说："将军率领将士深入晋地，紧靠淝水布阵，这是持久作战的办法，不是速战速决的打算。如果你把战阵稍稍向后撤一点，让我军渡过淝水，一决胜负，不是很好吗？"秦将都说："我们兵多，晋军人少，不让渡河过岸，才能万无一失。"

原先，谢玄从朱序的通风报信中，知道苻坚赶来的目的是企图一举歼灭晋军，所以他们仍然装成不知苻坚已到，只与苻融打交道，并且使用了这个激将法。苻坚上了当，骄气又上升起来，他过高估计自己力量，以为正好将计就计，因而哈哈大笑道："队伍稍退一些怕什么？兵不厌诈嘛！等他渡过一半人马，我们的铁骑猛烈反扑，紧压夹击，还愁不能杀他个片甲不留！"

苻坚会来一个"半渡反击"，谢玄不是没有想到。但两军对阵，谁先退，谁就可能失败。而且，北府兵多数为两淮本地人，熟悉当地山川地形，对淝水哪里浅，可以涉水而过；什么地方狭，可以飞架浮桥，都一清二楚。秦军这边，苻坚惯于保密，只有几个主将知道撤退是虚假的，不少将士在洛涧之战中已尝过北府兵的厉害，心里怀着三分惧怕。十月二十清晨，苻坚的撤退令一下，广大秦军不知底细，顿时气丧胆夺而逃，无法制止。晋军早有准备，经过精心挑选的八千勇士如同离弦快箭，飞速抢渡淝水，猛虎般地全力冲击溃退的秦军。这时，"说客"朱序早回秦营，分配一批志同道合的晋人散布各处大叫："秦军打败了，快逃命啊！"真是一呼百应，十多万后撤的秦军更加乱了套。苻融骑着战马去阻拦逃跑的将士，却被乱军挤翻落地，为晋军所杀。主将的头颅高悬竿头，秦军见了，更如要被宰杀的猪羊，没命逃窜。晋军跨过寿阳，向西追杀三十里，到了淮水边的青岗。秦军抢渡淮水，被杀或自相踩死踏伤者满山遍野，落水淹死的尸体堵塞了河流。侥幸渡河逃生的士兵远远望见高山上的枯树，又以为是晋军的阻击队伍，赶紧绕道而行；就是听到风声鹤唳，也当作晋军的骑兵追来，更是日夜不歇地逃跑。大路小道不敢行，只是落荒而走，尽往草丛里溜。夜里跑得累极了，不敢到村落里去投

宿，就在山沟或洼地里躺一会儿。后人就以"风声鹤唳"形容狼狈逃窜，又以"草行露宿"比喻旅行的急迫和艰苦。

苻坚老早认为击败晋军不过是摧枯拉朽，不料秦军一溃，却似山倒河决，死伤的就有十之七八。他乘坐的金镶玉嵌的云母御车也被晋军缴获，其余文武百官的朝服以及辎重和珍宝堆积如山，牛、马、驴、骡等就被俘获十多万头。被晋军所俘虏的士兵，战后都分配到各作坊中，从事生产劳动，六年后才予以遣散，给了一百天的粮食，并在淮南及襄阳等地区有肥沃土地之处，各设一个县，让他们安家落户。

淝水之战中，苻坚身上也中了一支流矢，敷药包扎后，他带着张夫人和几个随从狼狈地逃向淮水以北。饿极了的时候，老百姓送上大米饭和燉猪蹄，他狼吞虎咽吃得美极了，随即叫侍从赏给送饭的人十匹麻布和十斤丝棉。但回答却是："陛下现在遭到如此困境，是自讨苦吃。陛下是百姓的父母，子女敬奉落难中的爹娘，哪有要报酬的？"转身就走了。苻坚感动得流下热泪，对陪同出征的张夫人说："今后，我还有什么面目去治理天下呢？"

晋军大胜的驿报送到谢安家中，他正和客人下围棋，匆匆一看就折叠起来，放在座位边，脸上并无一丝笑容。客人问他驿书上讲些什么，他才慢条斯理地答道："小儿辈已经打垮了苻坚！"可是客人告退后，他究竟忍不住心中无比的喜悦，急忙回内室去，竟忘了脚下还有门槛，木屐底下的木齿也被撞断了。

原先就不很巩固的前秦政汉，在淝水惨败后从此进入分裂和崩溃状态。

马舒 编写

东昔  故事新编 下

56 飞鹰闻风而起

苻坚逃到淮北，不久就收罗了千把残兵败将，往洛阳方向撤退。途中突然望见一排排威武凛凛的军营，他们余悸未定，以为是晋军拦截，禁不住心惊肉跳起来。

苻坚派人去侦察，方知是慕容垂带领三万人马从郧城赶来参战。原先，淮北还有多路秦军开往前线，但一听到淝水惨败，就溃散或撤退了。独有慕容垂治军严整，所部秩序井然。慕容垂的僚属听说苻坚到来，都认为这是个难得的机会，世子慕容宝等劝他乘机杀掉苻坚。他们说："过去苻坚并吞了燕国，燕人之心仍归属父亲，以前没办法，只得忍辱偷生。现在时来运转，复国的好机会到了！"慕容垂说："过去我在燕国遭受迫害，苻坚把我当贵宾一般重用。王猛设计陷害我，那时我跳到黄河里也洗不清，苻坚还是袒护我。如今我怎么能乘人之危去害人呢？以后再待机行事吧，这样不辜负旧恩，也可以义气取天下！"

慕容垂不仅没有落井下石，还将兵权交给苻坚。他们继续往西撤，一路上，溃散的秦军不断归队，到了洛阳，又有十多万人马了。文武百官和仪仗也粗具规模。

慕容垂的另一个儿子慕容农，认为父亲这样做是符合情理的，但觉得再追随苻坚回长安去，那就不妥了，应该早日另起炉灶，图谋中兴燕国。因此他劝慕容垂道："父亲大义感动天地，很了不起！没有成熟的果子不能摘，但如熟透再不动手，它就会腐烂了。时不再来，机不可失。"慕容垂对这几句话心领神会，在苻坚继续撤向长安的途中，他向苻坚提出："我族在北方有些部落，听说王师南征不利，蠢蠢欲动，我请求带着诏书去安抚，顺路到邺城拜谒祖先的陵庙。"苻坚当即答允。尚书左仆射权翼暗下对苻坚说："慕容垂正如飞鹰一般，肚子饿了，就归附于人；一旦狂风卷起，它就要飞向九霄之上了。这时应该加固它的牢笼，紧紧拴住它腿上的绳子，怎么能把它放走呢？"苻坚认为这些话很在理，但自己一言既出，驷马难追，还是让慕容垂走了，自己率领秦军继续撤向长安。

权翼不愿眼看着放虎归山，决心杀害出走的慕容垂。他派了一些穿便衣的将士，抢先到了洛阳孟津浮桥，埋伏在南头的空仓库一带。慕容垂和随从要过桥时，一声呼哨，伏兵四起，慕容垂虽然不能渡河，却飞马逃跑了。这逃跑的慕容垂是假的，是他的僚属程同穿了他的衣服，骑了他的马，假扮了他的模样。真的慕容垂早在桥西几里路外的凉马台挖出历年拴马的木桩，又搓了许多草绳，扎成筏排，偷偷渡过黄河先走了。

慕容垂到了邺城南边的安阳，派参军田山送信给坐镇邺城的长乐公苻丕。苻丕虽怕慕容垂到来凶多吉少，但还是亲自去欢迎。有人劝慕容垂乘机杀了苻丕，占据邺城，起兵反秦，但他下不了这一手。苻丕身边也有人提议，就此包围杀害慕容垂，但侍郎姜让说："慕容垂要造反，可还没有现出原形来。你如果擅自杀他，在道义上是说不过去的，最好是以上宾之礼招待，暗里警备森严，然后飞报长安，等诏书下达，再要他的命也不迟。"苻丕就这么安置了慕容垂。

丁零，是居住在贝加尔湖以南的一个古老民族。东汉时，有一部分南迁。苻坚灭燕，把以翟斌为首的丁零部族迁到新安（今安徽省徽州境内）。前秦在淝水大败后，翟斌趁机而起，登高一呼，就招来了数千人马，去攻打坐镇洛阳的平原公苻晖。苻坚从长安发来诏书，要苻丕安排慕容垂去讨伐翟斌。骁骑将军石越对苻丕说："王师新败，民心不安，亡命之徒都想趁机作乱。慕容垂原是燕国有名望的人物，听说早就想复国创业，要是给了他兵马，不是为虎添翼吗？"苻丕答道："他在邺城，就如睡卧的猛虎凶蛟一样，我整天害怕会有飞来横祸。"苻丕领会诏书的用意，所以又说："让他去和翟斌两虎相斗，我坐山观望，待机而动，这不是上策吗？"

苻丕给了慕容垂二千名老弱残兵，他们手中的刀枪不是长锈，就是缺了口，另派广武将军苻飞龙率领一千个精锐的氐族骑兵，作为支援队伍。苻丕暗下交代苻飞龙说："你是王室的肺腑，又是制服慕容垂的铁拳头。没事，你要防微杜渐；有乱，你要出奇制胜，责任重大啊！"

慕容垂临行前，要去邺城拜谒祖庙。苻丕生怕横生枝节，没有同意。慕容垂改穿便服，悄悄入城，被守城亭吏发现阻止。他怒从胆边生，一刀杀了亭吏，又放火烧了城亭，不告而别。石越再次对苻丕说："慕容垂无法无天，反形已露，应该就此把他抓起来杀掉！"苻丕还是不忍心，答道："他在淝水惨败后，对皇上是赤胆忠心的，这个大功不能抹杀。"石越又说："慕容垂过去投奔我们，已不忠于自己的燕国，难道还能一辈子忠于秦国吗？现在不对他下手，后悔无及了！"苻丕仍然无动于衷。

慕容垂进军到了安阳，听人密告说，苻飞龙是负有特殊任务的。他趁机在将士中散布道："我多么忠于苻家，可是苻丕却处

处要加害于我。我怎么做，都不能使苻丕称心如意，怎么办呀？"队伍到了河内郡怀县（今河南武陟西南）后，慕容垂声称兵士太少，停了下来，就地招兵买马，十多天内居然会集了八千多人。

坐镇洛阳的苻晖催促慕容垂赶紧进军，打算会师后一举消灭包围洛阳的翟斌。慕容垂对苻飞龙说："我们要出其不意地攻击敌人，应该白天睡大觉，夜里急行军，神不知鬼不觉靠近洛阳，你以为如何？"苻飞龙大为赞扬这个计谋，于是当即由慕容宝做前锋，慕容垂殿后，苻飞龙率氐族骑兵走在中间。正在黑夜行军中，突然一片鼓声响起，慕容垂父子的一万兵马前后夹击，消灭了苻飞龙及其一千骑兵。这是在淝水之战两个多月后发生的事。

前燕的宗室慕容凤带了部属，早就投奔了翟斌，苻晖派猛将毛当出洛阳城去攻击，毛当兵败被杀。慕容凤趁机攻入城西的陵云台，这儿是前秦的兵器库，他们缴获了可供一万多人使用的盔甲和刀枪。

慕容垂消灭苻飞龙后，附近有不少兵马陆续投奔他，达到三万之众。他们南渡黄河，烧掉浮桥，以阻拦苻丕的追兵。慕容垂另派人潜回邺城，通知他的儿子慕容农和侄子慕容楷、慕容绍，要他们逃出邺城，起兵响应。当夜，慕容绍带人悄悄出城，偷盗了苻丕的战马几百匹。第二天近晚，慕容农等几十人化装成平民，先后出城骑上骏马，逃奔东北一百多里的列人（今河北肥乡东北）。过了两天，正好是大年初一（384年，东晋太元九年），苻丕在邺城大摆宴席，却没见慕容农兄弟，一查才知道出了大问题。

慕容农到了列人，寄宿在乌桓人鲁利的家中。鲁利用酒肉招待他，但这位客人只是笑着，既不举杯也不动筷。鲁利以为酒菜不好，一边埋怨妻子，一边赔不是。鲁利的妻子却很乖巧，悄悄对丈夫说:"贵人不是为吃喝而来的,一定有什么大事!"果然,慕容农问鲁利:"我打算在列人起兵,你能跟从我吗?"鲁利斩钉截铁道:"赴汤蹈火,在所不辞,无论是生是死,跟着你走!"于是慕容农兄弟广泛联络故将旧部及各族百姓,准备待机起兵。

攻入洛阳陵云台的慕容凤在慕容垂和翟斌之间牵线搭桥,劝说共同联合起来,并推慕容垂为盟主。但慕容垂对翟斌却不放心。有人劝他说:"你认为翟斌没有雄才大略吧!但你怎么不想想,眼下凭借丁零族的力量,正可以帮助你成大事呢?"慕容垂这才和翟斌结盟联兵。但他认为洛阳是四面受敌之地,不如去占据邺城,翟斌也很赞成。于是,他们撤围向东,带兵到了荥阳。僚属们接二连三地要慕容垂称王称帝,384年正月,他就在荥阳即燕王之位,历史上称为后燕。这时各地投奔而来的队伍已达到二十多万。

慕容垂称王的消息传到列人,慕容农大为宣扬,鼓动居民起兵响应。他们砍下桑树榆树做兵器,扯破长袍短褂做战旗,分头说服附近屠各、东夷、乌桓的部族,各有几千人来参加。没有刀枪怎么办?他们攻破馆陶(今山东馆陶),缴获了大批武器和军用物资。没有战马怎么办?列人东面几十里路,在平恩县的康台泽那里,有前秦的牧场,他们牵来几千匹牧马,这样声势就浩大了。慕容农被公推为都督河北诸军事、骠骑大将军。他派使者联络各地的前燕故臣,要他们起兵响应,接着又打下了顿丘,部众达到十多万。慕容农纪律严整,赏罚分明,士民们都很拥护他。

苻丕派猛将石越带一万多人马去征讨慕容农。慕容农说:"石越身经百战,威望卓著,不到南边去和我父亲作战,却到这儿来,分明是怕我老子而不把我放在眼里。既然他目中无人,那我就可以用巧计取胜。"僚属劝他修治列人的城墙,他说:"善于用兵的人,最重要的是获得将士们内心拥戴。眼下我们起义,目

的是歼灭敌人，大好河山就是我们的天然防地，何必劳民伤财去修治城池呢？"两军交锋，石越遭受小挫。慕容农又说："石越的装备是上等的，兵器闪闪发亮似乎吓人，但他们耀武扬威，盔甲在外；我们勇于打仗，盔甲在心。要是在白天打仗，有些士兵看到他们的外表会感到胆怯；如果在天黑以后攻击，一定可以取得全胜。"石越喘过气来，忙着安营立寨，慕容农道："石越兵精人多，不乘锐连续和我们打仗，却砍伐树木建寨立栅，真是庸人自扰！"牙门将刘木要求带头进攻，慕容农鼓励说："面前有鲜美的食品，谁都想先尝为快。你确实勇猛可嘉，先锋就让你当吧！"夜幕降临，刘木带着四百名壮士从石越营栅翻腾而入，冲杀前秦队伍。慕容农亲率大军，紧跟着杀入大营。秦军惨败，石越在混战中被杀。毛当和石越是苻坚手下有名的猛将，苻坚在慕容垂北上时特地派他俩分别到洛阳和邺城加强城防，他俩先后阵亡，前秦军心大为震动。

慕容垂率领丁零及乌桓兵马共二十多万，搭了浮桥，渡过黄河，进围邺城，慕容农的队伍十多万从列人去会师，后燕的实力就大为增强了。

风云乍起，多少飞鹰高翔于云霄！鲜卑慕容部王室中乘机而起者，又何止慕容垂父子！

57　阿房城的凤凰

前燕亡国之君慕容㬮被前秦封为新兴侯，留在长安，他的两

个弟弟慕容泓和慕容冲在外地做官。慕容垂起兵的消息传到关中，这些鲜卑族的首领们都想复国立业，摆脱前秦的统治。

原任北地郡长史的慕容泓逃到潼关以东，招集了鲜卑几千人，回头占领华阴，打败秦军，兵势一天比一天盛大。384年三月，他自称都督陕西诸军事、大将军、雍州牧、济北王。慕容泓不承认叔叔慕容垂为燕王——慕容部的最高统治者，只推奉慕容垂为丞相、都督陕东诸军事，领大司马、冀州牧、吴王。他要和叔叔平起平坐，也来一个"分陕向治"。

苻坚对权翼说："以前没有听从你的话，致使鲜卑人如此猖狂，关东地方，我不跟他们去争夺，但是不能让慕容泓在我身边称王称霸！"他任命苻睿为都督中外诸军事，录尚书事，带五万人马去征讨慕容泓。

慕容暐的另一个弟弟慕容冲原是前秦平阳郡太守，他带领两万人马，在平阳起兵进攻蒲坂，苻坚派左将军窦冲带兵去征讨。

慕容泓听到苻睿的兵马将到，心里很害怕，打算逃到关东去。苻睿粗猛轻敌，准备派兵去阻击，他的司马龙骧将军姚苌劝他说："鲜卑人都想回到故地去，因而起兵作乱。如果抓住一只小鼠的尾巴，它还要转过头来咬你一口。慕容泓这伙人狗急跳墙，必然要和我们死拼，万一失利，就悔之莫及！我们只要擂起战鼓，装出紧紧追赶的模样，实际上却网开一面，让他们逃奔关东去吧！"

苻坚消灭前燕，把四万多户鲜卑人迁移到长安及其附近地方，大部分人陷于被奴役的悲惨境地，如慕容廆的重孙慕容永夫妻俩常常在集市上卖靴为生。这几万人都热切地盼望回邺城、蓟城甚至龙城去。但是苻睿不用姚苌的计谋，硬是把他们包围在华

阴的沼泽地区，打算斩草除根，杀得一个不留。慕容泓的部众豁出命来战斗，大败秦军。苻睿来不及逃跑，反被杀死。

慕容泓打了大胜仗，慕容冲在黄河东岸却被秦军打得落花流水，带了八千骑兵投奔慕容泓。远近各族百姓也纷纷前来参加，队伍达到十多万人。慕容泓派人送信给苻坚说："请将家兄（即慕容暐）送还我们，我立即带着关中的燕人保护他回邺城去。今后我们两国以虎牢（洛阳以东）为界，永远作为友好的邻邦。"原来打算不跟燕人争夺关东的苻坚，这时却勃然大怒。他把慕容暐召到跟前，责备道："慕容泓的书信在这儿。你要回去，我可以资助。为什么王师在淝水小小挫败，你的家族就这么猖獗？真是人面兽心！"慕容暐只是叩头谢罪，头皮破裂，血流满面。苻坚叹息道："这是他们三个畜生（指慕容垂、慕容泓、慕容冲）的罪孽，不是你的过错。"苻坚优待慕容暐如往常一样，但命他写信招降这三个人。慕容暐暗地派出使者对慕容泓说："我是牢笼中的人，不能再回来了，你要努力重建大业。如果听到我的死讯，你就即位吧！"慕容泓立即向长安进军，高兴得似乎已经坐上了皇位，并且建元燕兴，意思是说燕的中兴时刻到了。这又是一个燕国的开始，历史上为了有所区别，称之为西燕。

但是，慕容泓兴高采烈没几天，左右谋臣高盖等认为他的德望不如慕容冲，而且执法太严苛，因而把他杀死，立慕容冲为皇太弟，暂且行使皇帝的权力。慕容冲设置文武百官，任命高盖为尚书令，接着继续向长安进军。

苻坚任命苻晖为都督中外诸军事、录尚书事，率领五万人马去抵敌。两军在郑城（今陕西华县）西面展开大战。秦军只见慕容冲阵后尘土飞扬，遮天蔽日，鼓声和喊杀声震天动地，战旗四处招展，不知有多少燕军杀来。苻晖军无斗志，大败而回。原来，慕容冲命令许多妇女骑着牛马，揭竿为旗，带着装满尘土的口袋隐蔽在队伍后面；交战时擂鼓扬尘，似乎千军万马奔腾而来，竟把苻晖吓跑了。

慕容冲打到灞上，苻坚的第五个儿子河间公苻琳和尚书姜宇带了三万人马迎敌。姜宇，字子居，天水人，少年时在陈不识家放羊，每夜专心读书，他用绳子扎住自己的头发，绳的另一头拴在房梁上。读书读得困乏了，脑袋搭拉下来，但头发被绳子吊住，于是在一阵疼痛中又惊醒过来，继续攻读，直到第二天拂晓。陈不识很赏识他的苦读，要招他做女婿。但陈老夫人嫌他是个放牛娃，一个劲儿地反对。陈不识摆了酒菜招待姜宇，叫女儿偷偷地相女婿。女儿既看中姜宇眉清目秀，又钦佩他刻苦上进的志气，十分愿意嫁他，老夫人也只得答应了。姜宇以后做官，很快荣升京兆尹、御史中丞、尚书。这时秦燕两军交战，秦军又大败，姜宇不幸死在战场上，苻琳中流矢逃回长安。慕容冲占领了长安城西的阿房城（今西安市西阿房村），紧逼长安。

苻坚登上城楼，观望西燕阵势，看见慕容冲骑着高头大马，东驰西驱，指挥攻城，不禁感慨万分。十四年前，苻坚灭燕，慕容冲的亲姐姐，十四岁的清河公主，一个绝代佳人，被苻坚收入后宫。慕容冲当时才十二岁，长得和姐姐一般美貌，也被苻坚所玩弄。姐弟二人得宠的消息传开，长安街头流传了几句童谣说："一雌复一雄，双飞入紫宫。"当时王猛还在世，竭力劝谏，苻坚才放慕容冲出宫。如今这小娃儿已长成二十六岁的堂堂汉子，带领大军连败前秦的精锐队伍，兵临长安城下，要把苻坚置于死地而后快。苻坚叹息道："这小子从哪儿脱胎换骨，能够这般无敌

于天下？"但他还是在城楼上居高临下，大模大样地责备说："你这奴才，为什么到这儿来送死？"慕容冲扯开嗓门回答："奴才就是嫌做奴太苦，要来取你而代之！"苻坚派人送慕容冲一件珍贵的锦袍，并附去诏书说："你远来长安，太辛苦了，今送你一袍，表示慰问！我过去对你恩重如山，你为什么一下子就变得如此无情无义？"慕容冲也叫人带来自称皇太弟（燕皇之弟）的命令："我现在决心夺取天下，哪能理会这种小恩小惠。你们如果知道天命，君臣赶紧束手投降，送回我大燕皇帝（指慕容暐），那么以后对苻家还可宽宏大量些。"苻坚气得七窍冒烟道："我后悔没听王猛和苻融的话，致使这些白虏（对鲜卑人的蔑称）竟敢如此放肆！"

鲜卑族在长安城内还有一千多人，慕容暐派人联络他们，准备发动叛乱。他自己去邀请苻坚参加他儿子的婚礼，打算在酒宴中伏兵齐发，杀死苻坚。不巧这一天下起大雨来，苻坚没有去赴宴，这桩阴谋也随即被察觉。慕容暐父子及宗室，连同城内的鲜卑人，不论男女老少，被杀得一干二净。这是384年十二月的事。

慕容冲听到慕容暐的死讯，即于385年正月在阿房城登基，自称大燕皇帝，改元更始。该地原是秦始皇的阿房宫，宫被项羽放火烧毁，后人又在这里造了一座阿房城。城中，秦初留下夯土的台基高约七米，长约千米（现尚存）。苻坚在台基上种了密密的梧桐和青竹，景色更为动人。古代传说凤凰一定要栖息在梧桐林和竹丛中，慕容冲小字就叫凤凰，因此他在阿房城称帝，更是得意非凡。长安的孩子们也不停地唱着："凤凰凤凰止阿房！"

苻坚和慕容冲多次交战，互有胜负。有一回，苻坚遭燕军包围追击，他从最心爱的黄嘴黑马背上摔到山涧里，那马徘徊涧边，垂下缰绳，他伸手还是抓不到。那马跪了下来，苻坚才拉住缰绳，上了岸。这时，他的殿中将军邓迈等人披了野兽的皮，挺矛直冲慕容冲的追兵，追兵们吓得四散溃逃，才把苻坚救了出来。

西燕尚书令高盖夜袭长安，攻陷南门，冲入南城。前秦左将军窦冲带领人马奋勇打退高盖，杀死燕军八百多人。这时长安城内的粮食和能下肚的东西都吃光了，到了人相食的地步，燕军丢下的尸体都被秦军狼吞虎咽地吃掉了。几天后，两军又在城西大战，苻坚获胜，追击到阿房城，秦将都要求乘胜攻到城里去，苻坚望着那密不通风的竹林和梧桐，害怕中埋伏，于是收兵回长安。

苻晖常常被燕军打败，苻坚怒斥他道："你是我最有才干的儿子，带着大军同鲜卑小儿打仗，却老是吃败仗，你还活着干什么？"苻坚原来以为用这种激将法可以使苻晖决一死战，不料苻晖又气又恨，手持利剑自刺心窝，一命呜呼！

前秦的领军将军杨定在和慕容冲交战中取得大胜，俘虏了一万多鲜卑人，苻坚下令全部活埋。西燕为了复仇，更猛烈地攻打长安城。苻坚亲自督战，身上中了不少流矢，遍体鲜血淋漓。慕容冲纵容部下大肆抢劫，关中老百姓流离失所，几百里内交通断绝，炊烟不起。

北方人民在苻坚的统治下，过了二十多个太平年头，如今前秦统治摇摇欲坠，却频频遭受兵祸和灾难。冯翊郡有三十多个堡坞，共推平远将军赵敖为盟主，冒着千难万险，运送粮食接济苻坚，但大都被慕容冲阻截抢走，人也死了很多。被西燕俘获的长安城郊居民秘密派人要求苻坚发兵去攻燕营，他们可以乘机作为内应。苻坚担心他们事败被杀，不忍心去袭击。来人再三请求

说："我们坚决为国牺牲，死而无恨。"苻坚只得派了七百名骑兵前去，但寡不敌众而失败。纵火内应的人，也死了十之七八。苻坚祭奠亡灵道："有忠有灵，来就此庭，归汝先父，勿为妖形。"他悲痛已极，泣不成声，残存的将士们感动地说："皇上如此痛惜百姓。我们一定同生共死，决无二心。"

苻坚在长安同慕容冲血战近一整年，但孤城一座，粮尽援绝，难以坚守。385年五月，苻坚亲自带了数百骑兵冲出重围，到外地去收罗兵力、筹集粮食。他留太子苻宏在长安，谆谆嘱咐他只要死守，不能出战。个把月后，苻宏就守不住了，带了家属和残留的几千人马，向西跑了七百多里，到了下辨。慕容冲进了长安，大抢大杀，死难者不计其数。苻宏从下辨假道武都，向东晋投降，被安置在江州。

当年威武不可一世的苻坚已到了穷途末路，唐代诗人周昙曾为诗感叹道："百万南征几马归？叛亡如猬亦可悲！"

58　缺角的城

慕容泓起兵后不久，苻睿不听姚苌的劝告，在华阴战败身死后，姚苌派专使向苻坚回报军情。苻坚得知儿子死去，悲痛得肝胆欲裂，他的怒火无处发泄，竟将使者杀了。

姚苌因此不敢回长安，带了部属，向西绕道到了渭水以北的马牧（今陕西兴平县西南二十里）。渭北是羌族聚居的地方，姚苌是羌族名将姚弋仲的第二十四个儿子，投降前秦以后屡立战功，曾任刺史和步兵校尉。这时，羌族的豪酋眼见遍地燃起战火，他们统率族众五万余户，公推姚苌起兵反秦。384年四月，姚苌自称万年秦王，建元白雀，历史上称为后秦。

姚苌北上占领北地郡（治所在今陕西耀县），附近各地包括羌族在内的少数民族，前来归附者十万多人。慕容冲攻打长安，姚苌把儿子姚嵩送去做人质，嘴上讲要共同消灭苻坚，心里却另有一番打算。他对亲近的僚属说："燕人造反是为了思念故国，他们攻打苻坚得手以后，不会在关中久留。我先去征服北边一带，厉兵秣马，做好一切准备。等到秦亡燕走之后，我就可以拱手取得长安，多么称心如意！"

早在石虎末年，新平郡（治所在今陕西彬县）的太守清河人崔悦被新平本地人所杀。后来，崔悦的儿子崔液在前秦官为尚书郎。崔液因为父仇无法报，烦恼得六神不安。他请求回到冀州故乡去，认为离新平远些，心里可以稍许舒坦些。苻坚赞许他的孝意，一面劝慰挽留他，一面下令不准新平人到朝中做官。新平城的东南角是横亘在山上的，苻坚派人拆除这一段城墙，使这座缺角的城给新平人出丑，让他们记住杀害无辜的父母官是耻辱的。新平的豪杰贤士瞧到这缺角的城，非常难受，总想干些忠义的事，来洗涮这样的羞耻。

姚苌带了后秦将士攻打新平，新平太守、南安（今福建省南安市）的氐人苟辅想投降，而当地士民竭力反对，他们说："苻坚虽然衰败，但城头上高竖秦旗的州郡还有一百多座，连起来有整整一大片，为什么闻风丧胆呢？"苟辅拍拍胸膛道："大家都愿意和新平共存亡，我哪是贪生怕死的人？"于是，军民共同备战，

誓死抗御姚苌。

姚苌在城外堆起比城高的土山，嗖嗖地往城内射箭，苟辅堆起更高的土山，和姚苌对射。姚苌占不到便宜，又挖地道，想通到城里；苟辅也掘地沟相迎，双方就在地下肉搏。新平人同仇敌忾，斗志昂扬，后秦进攻的队伍死了一万多人。苟辅又使了一个诈降计，声言粮食吃尽了，不得不降。姚苌将要走到城门时，发现情况不对头，赶紧往后缩。苟辅的伏兵急起拦截，又杀了一万多，姚苌自己也险些被抓到。

姚苌智穷力竭，留下一些将士监视新平，自己带领大军上西北打下了安定郡，逼降了附近许多城池，回头又来攻打新平。新平被围半年多，粮尽援绝，将士们背着的箭袋也早空啦！姚苌乘机派人对苟辅说："我是以义取天下的，你对苻坚那么忠心，我打心底里钦佩。你可以率领城内的男女老少出城，到长安去跟从苻坚，留下这个空城给我，两得其便，何乐而不为呢？"苟辅没有别的好办法，只得带了大大小小五千余人，走出城门。可是姚苌却是婆婆嘴恶狼心，立即把他们包围起来，早已饿得有气无力的军民，除一人逃脱外，竟惨遭姚苌全部活埋。新平百姓的血泪仇，哪儿去哭诉？

苻坚从长安出奔到五将山（今陕西岐山县北），渭水以北几乎全部被姚苌占领，他再也没有什么活动的余地了。而后秦的将士到处在搜索追捕。最后，姚苌的部将吴忠发现了他，带兵包围，加以俘获。苻坚的部属全逃散了，只有张夫人和儿子苻诜、女儿苻宝、苻锦，以及十几个随从在身边。吴忠把他们送到新平。苻坚神色自若，但一看到新平城墙的缺角，想起新平士民的坚决抗敌和最后的悲惨命运，满腔的愤恨和愧疚交织在一起，痛不欲生。

姚苌把苻坚关在新平佛寺里,派人向他要传国宝玺,来人说:"姚苌已是万年秦王了,你如今落得国破家亡,不妨顺水推舟,献出国玺做个人情吧!"苻坚的两眼瞪得几乎要爆出来,怒骂道:"小小的羌人竟敢来逼迫天子,国玺早已有人送往晋国去了,你们别白日做梦!"姚苌又派右司马尹纬去说服苻坚,要他正式禅让,苻坚答道:"禅让是圣贤之事,姚苌是叛贼,休想!"

苻坚在尹纬的谈吐中发现他很有才能,问道:"你在我的朝廷中担当什么官?"尹纬答:"尚书令史。"尚书令史是尚书省僚属,有十八人,是俸禄二百石的一般官吏。因而苻坚叹息道:"你是如同王猛一般的人物,有丞相之才,我过去高高在上,一点不知道,难怪要自取灭亡。"

尹纬是天水人。早年,苻坚因为尹氏家族有人投降姚襄,所以不准其同族人做官,因此尹纬晚年才被推荐为尚书令史。他为人豪迈,连一些上级官员也对他退让三分。苻坚末年,风云突变,尹纬的好友桓识看到尹纬一忽儿向天长拜,一忽儿又流泪长叹,十分奇怪,问他干什么?他答道:"这个时期正是英雄称王称霸之秋,也是我们这些人大显身手之时,但知己难遇,我的才志恐怕还是难以伸展,因此又高兴又悲叹。"当姚苌避难到渭北马牧,尹纬参加了推戴盟主的行列,成为后秦的一位开国元勋。

苻坚自以为平生对姚苌恩重如山,例如自己称帝前的官号是龙骧将军,登基后二十多年,没有把这封号赐给任何人,最后还是给了姚苌。苻坚从没料到姚苌如今步步紧逼,毫无情义,因而在新平佛寺里,常常高声咒骂姚苌,以求早死。他又怕姚苌糟蹋自己的两个女儿,先动手把她俩杀了。几天以后,也就是385年(东晋太元十年)七月二十六,姚苌派人用绳子活活勒死了苻坚。

张夫人和儿子苻诜随着自杀。

苻坚死时四十八岁，在位二十九年，离淝水之战不到两整年。这位曾经统一北方的风云人物，就这么结束了一生。后秦的许多将士为他伤心落泪。新平城在泾水之滨，"泾渭分明"的成语，是说泾水比渭水清，而在两水合流时，清浊还是分得很清楚。苻坚死后，附近的百姓看到泾水默默地流着，似乎也在呜咽不止，就传布了一首民谣道："河水清复清，苻坚死新城。"但后代也有不少人认为苻坚穷兵黩武，自取灭亡，于是加以嘲讽或哀叹。如明代张金度《苻坚墓诗》写道："茅茨深处有苻坚，鹤唳风声异昔年；倘恨泾河流不住，还应努力去投鞭！"

前秦的秘书侍郎赵整过去曾多次吟诗作歌劝谏苻坚，深受苻坚信任。他曾作诗自赞道："北固有一树，布叶垂重阴，外虽多棘刺，内实有赤心。"苻坚死后，赵整出家做了和尚，法号道整，从事翻译和研究佛经工作，他出家时，作了这样一首自颂诗："我生何以晚？泥洹〔huán〕一何旦①？归命释迦文，今来受大道。"以后寿终于襄阳，享年六十余岁。

在长安西边一千里外，洮〔táo〕水流域的陇西地方，也有许多鲜卑部族聚居着，被称为陇西鲜卑。乞伏部是其中的统治部落，首领叫乞伏国仁，驻于勇士川（一称苑川，今甘肃榆中北）。苻坚南下伐晋时，要他当前将军，淝水之战还没展开，乞伏国仁的叔父乞伏步颓在陇西叛变。苻坚生怕后院起火，命他回去平乱。他叔父和同族高兴极了，列队欢迎他的归来。乞伏国仁在酒宴上大言不惭地说："苻坚因石赵内乱，乘机称王。境内安宁以

---

① 泥洹：意即圆寂成佛，返真归本。旦：神明。

后，本应抚之以德，而他却一意孤行，连年征战，民怨沸腾。他的末日快到了，我们就在这儿独霸一方吧！"苻坚败归长安，乞伏国仁更是踌躇满志，兼并附近部族，拉了十几万人马。苻坚被杀害后，他对豪酋们说："这么一个英雄人物，竟败于乌合之众，落得如此下场！英豪之举确实应该见机而作，我虽然没有什么才干，也不能失去成就大业的好机会。"于是，他自称大都督、大将军、大单于，领秦、河二州牧，建元建义。设左相、右相、左辅、右辅和文武百官，下设十二个郡。乞伏国仁在勇士川筑勇士城作为都城。他建立的这个地方政权，史称西秦。

苻坚败亡前后，北方落入混战深渊，晋人纷纷南逃，他们满以为东晋会张开双臂热烈地欢迎他们，不料却遭遇到掠夺和残杀。长安附近有一千多户晋人，历尽艰险向南逃入东晋境内，他们见了镇守边境的将士，无不欢跃万状。但那些横蛮贪婪的戍将，却硬说他们是流寇，把男子全部杀害，把妇女和孩子掳为己有。京兆杜陵人张崇等五个壮汉，被套上脚铐，要他们挖坑，每坑相距二十步，挖到半人深，就逼迫他们齐腰埋在坑里，准备第二天驰马射箭当活靶子。张崇在挖坑时，暗暗把镣铐打松。夜里，他挣脱镣铐，爬出土坑，解救了其他几个同伴逃出虎口，辗转投奔建康，到朝廷鸣冤叫屈。晋孝武帝为他们昭雪，对已被掠夺或转卖的家属，也都转为国家户口。

遭难的百姓何止这一千多户。淝水之战中建立功勋的北府兵也向流民敲诈勒索。他们的统帅谢玄坐镇京口，不闻不问，长史殷仲堪看不惯，致书谢玄说："最近军队中抄掠来的汉了，多为饥饿所逼的流民，他们都是南逃的中原黎民。年老病危的双亲，嗷嗷待哺的婴儿，望眼欲穿，等待他们回家。如此生离死别，岂不令人心伤。希望将军下令边界将士，不能贪小利而失大义，严禁横暴不法，救百姓于涂炭。"谢玄虽然表示同情，但还是禁止不住这种暴行。

59 进军流沙

早在淝水之战以前，苻坚雄心勃勃，不仅要以倾国之众踏平东晋，而且又向西踩去一脚，派骁骑将军吕光（338－399）率领一支队伍，去征伐西域各国。

吕光，是略阳（今甘肃庄浪西南）氐族的世袭首领。他的父亲吕婆楼是苻坚即位时的谋臣，后任太尉。吕光幼年和伙伴做游戏，总是高踞于帝王之位上指挥作战，长大后时刻不离骏马和猎鹰，喜怒不形于色，一般人不理解他，唯有王猛看出他有非常之才，并推荐给苻坚。吕光先当地方官，后来领兵作战，一再得胜，从而崭露头角。

382年九月，吕光受命远征，他带领七万五千人马从长安到高昌（今新疆吐鲁番东南）就走了半年多时间。这支队伍出了玉门关，进入流沙地区，常常遇到漫天遍野的风沙扑面而来，白日里几步以外就难辨人形。刮风沙前，老骆驼已有预感，嘴里哼着，聚集在一堆，把口鼻埋在泥沙里。将士们也赶紧靠拢，用毡毯裹着嘴巴和鼻孔。否则，风沙吹入口鼻，会被活活憋死。

风沙只是不速之客，暂时吃一下苦还撑得住，可是那三百多里路的流沙中，没有一点一滴水，那才使人难熬。将士们干渴得如火烧一般，内心更为焦急。吕光无可奈何地鼓励说："不要忧愁，上天会保佑我们的！"正巧，遇到多年未有的大雨，他们相互庆贺洪福齐天。大军历尽艰险，走出流沙，望到葱郁的树木，狂饮甜凉沁腑的流水，更是无比欢跃，很快就到了焉耆国（今属新疆）。

焉耆是一个盆地，四面有大山，道路险隘，居民会种田、捕鱼和畜牧。晋武帝时，焉耆国王龙安曾送儿子到洛阳做质子。龙安的世子叫龙会，他在娘肚里怀孕十二个月，剖腹而生。长大后，英勇善战，富有谋略。龙安病重临死时对他说："我曾被龟〔qiū〕兹王白山所侮辱，今世未能报仇，死不瞑目，你如能给我雪耻，才是我真正的儿子！"龙会继位后，出兵消灭白山，占领龟兹，称霸西域。他自恃力大无穷，武艺高强，在外住宿没设警戒，被龟兹勇士罗云暗杀。

前凉的张骏曾派军出征西域，焉耆国王龙熙屡战屡败，于是在焉耆城南铁门关设下埋伏。铁门关在一条三十里长的峡谷险要处，陡峰危石，深谷急流，岸壁如削，仿佛鬼斧神工。前凉先锋张植观察地形，将计就计，以少数精骑鼓噪而进。当龙熙猝然杀出时，悄悄后随的凉军立即猛攻，进入铁门关的前锋队伍也杀了回马枪，龙熙大败，只得和部族光着膀子，自己捆绑向张植投降。

这次，吕光事先得知当年那次战役详情，一面步步为营，一面宣扬军威。焉耆国王龙熙慑于军威，一矢未发，就率众投降。依附于焉耆的一些小邦也闻风归顺。

吕光再向龟兹国（今新疆库车）前进。龟兹的疆土在现在的轮台和阿克苏之间，居民务农兼放牧。国王白纯把都城外面的百

姓都赶到城内，紧闭城门，抵抗吕光。吕光屯军于城南，绕城每隔五里即设一个军营，挖掘深沟，筑起高垒，又做了许多木头人，穿了盔甲，手持武器，星罗棋布于所有战垒上，显示兵力众多。

龟兹城被围困前，白纯送了许多财宝给西边的狯胡国，狯胡国王派了号称二十多万的骑兵，又引了其他各国人马，吹嘘为七十万之众，来解龟兹之围。西域骑兵弓马娴熟，耍起长矛就如使弄拨火棍那么顺当。更吓人的是他们的套马索，这个放牧工具本来用于制服烈性野马，可是套到吕光将士脖子上，就是九死一生，侥幸活下命来，也只有当俘虏。吕光各个兵营环环相连，并派出最精锐的骑兵做机动队伍，专门应援薄弱的环节。

决战前，满天刮起大风沙，吕光叫人四出散布谣言说，有人夜里看到黑龙出现，大得好似断了的江河堤坝，又说自己得梦，有一只闪闪发光的大金象从龟兹城内飞走了。这些谣言的意思，是说佛神已走，龟兹必定要灭亡了。因此，龟兹守军和各国救兵人心惶惶，抵抗不力。吕光挖掘地道，又使用大批云梯攻城。他的部将洛阳人窦苟从云梯上摔下来，昏而复苏，再爬上城去。全军奋勇跟进，终于攻破龟兹城，砍杀守军有一万多。白纯把宫内财宝席卷一空，逃之夭夭。参战的三十多小国的君主纷纷投降。龟兹有外、中、内三城，秦军意气风发地进入内城，城内有一千多寺庙和佛塔，宫室和长安相似，吕光立白纯的弟弟白震为国王。

龟兹城内人人会酿酒，有些大户人家的地窖里，收藏葡萄美酒在一千斛以上。吕光的将士受到慰劳，天天喝得足足的，吃得饱饱的。西域的音乐自古有名，龟兹又是首屈一指。每一个乐队里都有箜篌〔kōng hóu〕、琵琶、笙、笛、觱栗〔bì lì〕，又名筚管〕等十多种乐器,单是鼓就有毛圆鼓、都答拉鼓、腰鼓、羯鼓、鸡娄鼓、铜鼓等多种。龟兹的歌曲舞蹈是很迷人的,特别是男女互相对答的炽热情歌,以及龟兹姑娘千姿百态、旋转如飞的"胡旋"舞。这些都使秦军乐而忘返。

吕光被派到西域的另一个任务,是要把闻名四海的高僧鸠摩罗什请到长安去。鸠摩罗什的祖先世世代代是天竺(古印度名)一个国家的丞相,他的父亲鸠摩罗炎出家做了和尚,曾跨越葱岭(旧时帕米尔高原和喀喇昆仑山的总称)东游。龟兹国王听到他的名声,远道相迎,奉为国师。国王有一个二十多岁的妹妹,聪明绝世,许多附近王侯重金相聘,她一个也瞧不上,可是一见鸠摩罗炎,秀丽的脸上就泛起了红晕。国王心中有数,硬逼国师做了妹夫。一年后,鸠摩罗什出世,到七岁时,和母亲一同出家,但聪明却超越父母。他跟随师父背诵佛经,表现出特异的才能,每天能接受一千篇佛偈〔jì,歌颂的唱词〕,每偈有三十二字。他从早到晚把三万二千字过目,就懂得所有偈的含意。鸠摩罗什十二岁时与母亲周游列国,二十岁返回,龟兹国王亲自到几百多里外去欢迎,特地为他制作了金狮子座,将锦褥铺在宫内的路上。他讲解佛经,没有人能和他抗衡。遇到盛大节日,西域各国君王跪在讲坛前面,鸠摩罗什踩在他们背上,登坛讲经,这威风就别提啦!

吕光在龟兹经常和鸠摩罗什在一起。有一次他俩随军外出,夜宿群山之中。高僧观看了风向、天色和地形后,对吕光说:"不能在这儿过夜,否则大祸临头。"这时将士们鼾声四起,吕光不愿再迁移。三更时分,大雨倾盆而下,山洪暴发,营地水深数丈,淹死数千人。从此鸠摩罗什被人们说成是未卜先知的神仙。

吕光在龟兹坐享荣华富贵,打算永远做西域的王中之王,但

鸠摩罗什劝他道:"这里是恶天凶地,说不定哪天大风暴会刮来大量流沙,一切人间乐园都将被埋葬得无影无踪。"385年三月,吕光齐集文武官员,议论去留问题,谁也不愿葬于异国流沙,都想早日重见故乡和亲人。于是,回师的大计就定了下来。

西域各国听说吕光要回中原,纷纷送来贵重礼品,各种名贵骏马就有一万匹,骆驼两万多头,满载珍宝和财物,以及途经流沙要喝的泉水,还有一两千个木笼,装着异禽怪兽,鸠摩罗什和一支庞大的龟兹乐队和舞队也结伴随行。这时离吕光从长安出征已两年半了。

凉州和各地交通不便,消息隔绝。吕光在西域时,不知道各地战云滚滚。就是坐镇姑臧的前秦凉州刺史梁熙也不知道长安已陷,苻坚已死。有人劝梁熙说:"吕光征服西域回来,兵强气锐。他若得知中原大乱,一定会有异图,最好派出强兵,坚守流沙出口,让他们在流沙中又渴又困,就可以凭你摆布了。"梁熙麻木不仁,不当一回事。当吕光顺利地渡过流沙到达玉门关时,梁熙才发出檄文,谴责他擅自回师,派了五万人马到酒泉去拦阻。吕光听说关中慕容冲和姚苌起兵,也发出檄文,怒骂梁熙不去长安奔赴国难,反而阻挡归国的兵马。

两军交战,梁熙大败,被部属活捉,投降吕光。吕光毫不迟疑地将他斩首示众。385年九月,吕光进入姑臧,自称凉州刺史,各郡县闻风归顺。凉州比较平静,西域带回的财富使他纸醉金迷,享受不尽,这时要去长安效忠报国,他却裹足不前了。第二年九月,吕光才得知苻坚被姚苌所害(已死一年多了),下令全军穿上白衣白帽,服丧哀悼,然后于同年十二月,自称凉州牧,这就是后凉的开始。

60 苻丕的败灭

后燕慕容垂下定决心，要把前燕故都邺城拿下来做自己的都城。但是前秦的苻丕拼死守住。慕容垂硬攻不下，便挖开漳水的堤岸，用水灌城，苻丕虽然困难重重，但还是不投降。慕容垂早已攻破外城，但中城和内城仍坚如磐石。他没奈何，经常打猎消遣，常在华林园痛饮美酒，大嚼野味。不料秦军得讯，出城包抄突击。顿时矢如雨下，慕容垂身边的不少随从中箭身亡。包围圈越缩越小，看来这位燕王不成刀下鬼，也要做阶下之囚了。幸好他的儿子冠军大将军慕容隆带着骑兵冲来，杀开重围，才把他救了出去。随后，慕容垂调兵遣将，加紧攻打邺城。

384年七月，和慕容垂联兵的丁零族阴谋叛变，被燕军镇压，为首的翟斌被杀，他的侄子翟真带着部众流窜骚扰。慕容垂撤了邺城之围，去征讨丁零，幻想守城的苻丕会乘机撤回关中老家，后燕就可以唾手得到邺城。哪知四个多月后，苻丕还是不走，慕容垂怕他去东晋讨救兵，只得又回头包围邺城，城西没有部署兵力，这是诱逼苻丕向西逃跑。

同年，东晋太保谢安上了奏疏，要趁苻氏倾败、秦燕纷争的好机会，去收复中原地区。前锋都督谢玄占领了彭城和鄄〔juàn〕城（今山东省荷泽市鄄城县），黄河以南的城堡闻风归降。谢安还要求自己北征，朝廷任命他为都督十五州诸军事。晋军向北挺

进,渡过黄河,占领黎阳(今河南浚县东北)。

苻丕焦急不安,确实想求救于谢玄,派了堂弟苻就和参军焦逵出使,带了书信给谢玄道:"我打算向西回关中去,请你大力援助粮食,如果西边的援军接上头,我就把邺城让给你。倘若去长安的路走不通,请允许我留守邺城。"焦逵拿着这封信,和另一个参军姜让秘密地对苻丕的小舅子杨膺说:"如今我们已焦头烂额,要是卑躬屈膝去要点粮食和援助,恐怕别人还不愿给!苻丕仍是摆出好大的架子,说话不三不四的,这样什么也捞不到。不如把书信改为奏表,答允晋师到达邺城,我方就归降于晋。如果苻丕届时还不肯低头,我们便把他捆起来送给晋军。"杨膺自以为他的势力足以制服苻丕,于是将给谢玄的信改写为表,派焦逵送去。

谢玄进军后,黄河以南许多郡县争先归附,朝廷额手相庆,给他加上都督七州诸军事的头衔。谢玄收到署名苻丕的假信,更为高兴,派龙骧将军刘牢之带两万人马,长驱直入救邺城,并且水陆两路运米两千斛给苻丕。次年二月,苻丕发现了杨膺和姜让的图谋,先发制人,把他俩杀了。刘牢之占领枋头,停留两个月,再向邺城进军,慕容垂围城的燕军打了败仗,往北撤走。刘牢之不跟苻丕打招呼,紧追不放。苻丕也带兵随后追赶。

慕容垂说:"眼下秦晋两家根本不是同心同德,好似屋顶的瓦片,挨着放在一起看起来紧密无间,实际上并不巩固。要是砸碎几块,其他的就没用啦!现在必须在他们没有会合的时候,打他一个措手不及!"燕军在肥乡北面的五桥泽乱丢辎重在路旁,仿佛逃得狼狈不堪,溃不成军。晋军日夜不停,已追了二百多里,看到满地财富,人人眼红,争抢不休。慕容垂伏兵突发,斩杀晋军几千人。刘牢之慌忙逃奔，幸好苻丕的秦军赶到，追击的燕军才掉头走了。

刘牢之和苻丕在对慕容垂作战中结上了交情，谢玄接济的军粮陆续运到枋头，苻丕带了饿得两眼发花的秦军到枋头吃饭，邺城就让给刘牢之。可是晋廷以为刘牢之这一仗败得太丢人，把他调回黄河以南。苻丕的三万部众在枋头吃得饱饱的，几个月后养得人强马肥，又整军返回邺城。留守的晋军进行阻挡，一战败走，苻丕重新入城。虽然这一仗打得并不怎么激烈，但由于苻丕如此忘恩负义，秦晋就由盟友转眼成了仇敌。苻丕也感到这一着棋走得太失策，今后如果继续留在邺城，挡不住燕军和晋军不断进攻，便带了男男女女六万多人，向西北走了六七百里，经过潞川，到了晋阳。这时西边传来消息：长安失守，苻坚被害，太子苻宏已投东晋。苻丕是苻坚的庶长子，385年九月，他在晋阳堂而皇之地宣告即大秦皇帝之位，改元大安。

慕容垂北撤，正逢幽州和冀州遇到大灾荒，颗粒无收，将士饿死很多。他下令禁止养蚕，以桑椹为军粮。随即重新恢复幽州、冀州原来燕国的土地。这时慕容垂也不愿去邺城了，他以中山（今河北定县）作为国都，于386年正月即大燕皇帝之位，改元建兴。不久，翟辽和张愿叛晋，北方又骚动起来。第二年，慕容垂乘机南下，又占领了青州、兖州、徐州一带。

再说西燕慕容冲进了长安，手下的鲜卑族男女老少四十多万人，总想叶落归根，都要回到中原或辽东去，但是慕容冲不愿去归附慕容垂，他在长安皇宫中享受行乐，不愿走了。左将军韩延看到慕容冲违背众心，就率军杀了他，另立燕将段随为燕王。慕容冲死后，人们哀叹这"阿房城的凤凰"道："凤凰！凤凰！何

不高飞回故乡？无故在此取灭亡！"

段随坐上燕王之位不到一个月，仆射慕容恒等又杀了段随，请出慕容𫖮登基。四十多万人归心似箭，丢下长安，拖儿带女，牵牛赶羊，向东开拔。他们才走了二百里，到了临晋（今陕西大荔），慕容𫖮被杀，慕容冲的儿子慕容瑶被立为帝。几天后，这个新主又脑袋落地，慕容忠登上皇位。几十万人到了闻喜，听到慕容垂已宣告称帝，慕容忠更不愿向东走了，就停了下来。半年以后，刁云等又把他杀了，推慕容永为河东王，向慕容垂称藩。

慕容永还想往东走，可是上党和长子一带都是前秦皇帝苻丕的地盘，他们此时已成了不共戴天的冤家，借道当然行不通，两军就在襄陵（今山西临汾东南）展开大战。秦军大败，苻丕带了几千个残兵败将向南逃到了东垣（今河南新安），想打下洛阳作为安身之地。但是东晋荆州刺史桓石民却在这个地区活动，秦晋的关系因为过去苻丕重占邺城而遭破裂，桓石民当然不肯放过痛打落水狗的机会，派扬威将军冯该从陕县赶去拦截，一仗就杀了苻丕，苻丕称帝共一年又三个月。

慕容永打了大胜仗，昂首阔步占领长子（今山西长治）。他觉得自己力量强大，不肯去投奔慕容垂，就以长子为都城，坐上皇帝宝座。转战千里的西燕，这才稳定下来。从384年六月到386年十月，不到两年半时间，从慕容泓被杀至慕容永上台，西燕就换了七个君王。

当四十万户鲜卑人刚离开长安时，屯军于安定的姚苌远在数百里外，不知道这个情况。长安附近的芦水胡部族首领郝奴，带了部众四千户乘虚而入，居然在长安又封丞相又称帝。姚苌早已伸长颈子等待这个时机，赶忙率军急驰而来，郝奴只得投降。姚苌迫不及待地进了皇宫，坐上皇帝宝座，正式宣告国号大秦（史称后秦），改元建初。宫内摆开酒宴，姚苌和百官都喝得醉醺醺的。姚苌说："我和诸位以前都是苻坚的臣子。现在你们是我的臣子了，你们感到耻辱吗？"臣僚们答道："你是当今天子，上天把你当做儿子不感到耻辱，我们作为你的臣子有什么耻辱？"醉汉们一起哈哈大笑。

感到耻辱的是前秦的宗室和忠于苻坚的故臣，苻丕未死时，族子苻登在枹罕氐族聚居的地方被推为首领，率领五万人马东征，要向姚苌讨回血债。姚苌和他的弟弟姚硕德带兵和苻登大战，后秦大败，被杀两万多人，姚苌也中箭受了重伤，回到上邽（今甘肃省天水市）。当时，这些地方连年大旱，饿得皮包骨头而死在路边的人比比皆是。苻登恨透姚苌，命令部属杀了敌人，就煮了当饭吃，称为"熟食"。他对士兵说："你们白天打仗，晚上就可以饱餐，在这荒年里，不会饿肚子了！"姚苌听到，赶紧要姚硕德撤回，他道："假如不回军，一定要被苻登吃尽啦！"

苻丕的死讯传到苻登队伍，将士把苻登推上皇位，改元太初，苻登报仇雪耻的决心更大了。

61　打哭仗

前秦苻坚极盛之际，几乎席卷大江以北，号称拥有百万大军，这时苻登只有陇西一点地方和几万人马。但老虎虽然遍体鳞

伤,却还有一副百兽之王的架子,当年驰骋四方的氐族勇士,打起仗来还是不饶人的。

苻登在军中为苻坚立了一块灵牌,放在庄严贵重的车上,四周有人拿着黄旗青盖,还有三百个熊腰虎背的禁军守卫着,似乎苻坚就坐在里面一般。凡是有军国大事,苻登亲自到灵前,装神弄鬼地请示报告,其部下士气旺盛高昂。他带兵五万,东征姚苌,将士的头盔铠甲上,都刻着"死"和"休"二字,表示一死方休,定要把姚苌碎尸万段。这支复仇大军个个摩拳擦掌,向东前进,打起仗来不用监督,人人各自为战,一时所向披靡。

早在慕容冲围困长安时,前秦的中垒将军徐嵩和屯骑校尉胡空各自带领部属五千人,在新平西边占据险要山岭,筑了堡坞,名为徐嵩堡和胡空堡。姚苌起兵,徐嵩和胡空以为姚苌会去攻击慕容冲,就接受了他的官职。姚苌杀死苻坚,将其遗体以王礼埋葬在两堡之间。苻登发难,徐嵩和胡空随之举旗响应。徐嵩被任命为雍州刺史,胡空为京兆尹。苻登到了他俩的堡坞,用天子之礼改葬苻坚,随即屯兵于胡空堡,各族百姓归附的有十多万人。

徐嵩在苻坚手下曾任长安令,为官清正,他对犯法的王公贵戚的子弟铁面无私,执法如山,谁要来为这些人说情,到他手里就没门没路了。苻坚很器重他,提升他为始平郡太守。这时,他独自坚守徐嵩堡,姚苌派部将姚方成攻陷堡坞,抓住徐嵩,责备他为什么反复无常。徐嵩破口大骂道:"姚苌才是罪该万死!先帝(指苻坚)待他恩重如山,他却不如犬马,恩将仇报,杀害先帝。你们这一伙都是不能以常理相待的,为什么不快杀我!"姚方成被骂,怒火中烧,把徐嵩先斩脚,后斩腰,再砍头,又用漆涂遍他的头颅骨,作为尿壶,又将俘虏的士卒全部活埋,妇女和儿童分赏后秦将士。姚苌接着亲自来到，命人扒开苻坚的墓，挖出尸体，用鞭子狠狠抽打，最后把衣服剥尽，再用荆棘裹起来，在荒无人迹的山野里草草地挖了一个坑，埋在里面。但后世人们还是给苻坚修造了一座陵墓，东西长七米，南北二十一米，东高三米，西高二米，呈角锥形，人们称它为长角冢，在今陕西彬县西十五公里的水同镇西头。

姚苌和苻登就在新平和安定一带拉锯作战，互有胜负，谁也打不垮对方。388年（东晋太元十三年）十月，新平附近的粮食丰收，苻登把军队开去就食，他望见新平城的缺角，想起苻坚不仅惨死，遗尸还受到非人的摧残和侮辱，不禁悲愤交加，一时怒起，带了一万多骑兵，飞驰了一百多里，到安定包围了姚苌的军营。但姚苌防备严密，无隙可乘。苻登又愁又恨，心肠绞痛，禁不住抽泣起来。身边的侍从鼻子一酸，也都掉下眼泪。全军受到感染，悲痛不止，号啕大哭。后秦兵营听到四面的哭声，十分奇怪。姚苌估猜这是苻登在新平触景生情，哀悼苻坚，如果让秦军这么哭下去，一定会引起后秦将士同情，丧失战斗力。姚苌和僚属们商议后，也命令全军痛哭。他们哭的，是过去被苻登打死而尸体又被充饥的弟兄；他们哀悼的，是近年来在作战中死亡的将士。这样，后秦阵营内，也响起一片哀天动地的哭声。打仗，原来都是刀对刀，枪对枪的，而姚苌对苻登竟来了一个打哭仗，搞得苻登莫名奇妙。他瞧瞧全军太伤心，担忧有人哭坏了身体，就下令撤围退走。

此后，苻登常常窥测姚苌派军外出时，突然发起攻击，屡战屡胜。人们传说，这都是苻坚在天之灵冥冥之中鼎力相助。姚苌为了稳定军心，也在后秦军中立了苻坚的神像，并向它大声祈祷:"三十多年前,我的五哥姚襄被陛下打败杀害。四年前的新平之祸,是他的阴魂不散要我干的,这并非我的本意。苻登是陛下远亲,还这么迫切报仇,我和姚襄是同胞手足,怎么能不听他的号令?淝水之战前,陛下以创业时的龙骧将军称号赐给我,叫我好好干。这不是明明白白地要我继承你的事业,我怎么能违抗?现在我为陛下立像致敬,请陛下原谅我的过失!"这些话,表面上是对苻坚神像告白,实际上是向将士们辩解他杀苻坚的行动,同时标榜自己是继承大秦江山的正统。

苻登听说姚苌立了苻坚的像,又气又好笑,在阵前大骂姚苌:"你这个杀君王的叛贼!想想当年你为什么下毒手?今天你还敢立像要先帝保佑吗?你有种,就亲自出来,我俩面对面拼个你死我活!"

姚苌被骂得不敢露面,也不敢打大仗,个把月里小仗不少,总是失败。后秦兵营里,被苻登骂得理亏,谣言更多了。有些一贯拜神信鬼的士兵,常常被噩梦惊醒大叫,似乎苻坚真的显灵,闹得全军六神不安,姚苌一气之下,又把苻坚像的头砍下来,派人送给苻登。

389年(东晋太元十四年)八月,苻登再次逼近安定,后秦的将领们劝姚苌赶紧和前秦军队决一死战。姚苌说:"和穷凶极恶的敌人交手,是兵家素来忌讳的,我要用计谋取胜。"不久他带了三万骑兵,在夜间去偷袭安定和新平之间的大界(苻登的辎重储存地)。姚苌和苻登打了几年仗,摸透苻登一贯只重进攻,不善防守,因此轻而易举地攻入大界。守军中有一个女将弯弓骑马,左右射箭,矢无虚发。几百名壮士跟着她浴血迎战,杀死后秦士兵七百多人,最后因寡不敌众而被俘。这女将原来是苻登的皇后毛氏，姚苌见她貌美，要把她纳入后宫，毛氏披头散发，一边痛哭，一边大骂道："皇天在上，后土在下！你们瞧姚苌这个逆贼，前几年杀害先帝，现在还要侮辱皇后！"姚苌被她指着鼻子骂，恨极了，下令把她和一起被俘的苻尚（苻登的儿子）同时砍头。姚苌这一仗，还俘虏了前秦将领几十人，驱赶了大界的居民男男女女五万多口，满载辎重，凯旋而回。后秦将士又要姚苌乘胜对苻登发动总攻，姚苌说："别以为苻登就吓破了胆，他们正在气头上，不是可以轻易对付的。"

苻登急着要和姚苌死拼，但大界被袭，大伤元气，没奈何，先撤回胡空堡，派人到黄河两岸去调兵遣将，准备到长安会师，打算把姚苌一锅端。

个把月后，把守安定东门的后秦将军任瓫〔pén〕派人到前秦军联络投降，要求苻登攻城，他可以立即大开城门，作为内应。苻登喜出望外，下了密令，准备立即发兵，满以为可以马上活捉姚苌，剖膛挖肚，祭告苻坚、苻尚和毛后。这时，苻登的征东将军雷恶地在外听到了这个消息，赶紧策马急驰而来，一见苻登就说："姚苌这老狐狸，一贯会使狡诈的手段，千万不能上当！"苻登冷静地思量后，就此作罢。

姚苌得悉雷恶地飞马求见苻登，就对左右臣僚说："这个羌人足智多谋，我们要任瓫诈降的计谋一定吹啦！"但他还不死心，亲自到城门边，耐心等待苻登自投罗网。苻登事后知道这些情况，惊叹道："雷恶地真像是个圣人，料事如神。如果不是他，我可能已经身首异处了！"

雷恶地不仅智谋过人，勇猛也是数一数二的。苻登虽然表面很赞扬他，但暗下却非常妒忌和害怕，雷恶地得知这种情况，担

心苻登会杀害他,就投降了后秦。姚苌非常高兴,任命他为镇军将军。

姚苌回到长安,苻登不久也进逼长安。前秦的镇东将军魏揭飞不听苻登指挥,于390年四月自称冲天王。这个王的矛头还是针对姚苌的,他带着数万人攻打后秦的杏城。雷恶地也趁机响应,脱离后秦,攻打姚苌的李润堡。

姚苌丢开身边的强敌苻登,却要到远在几百里外的李润堡和杏城去讨伐雷恶地和魏揭飞,他的臣僚和将领们都困惑不解。

62 六十里和六百里

姚苌虽然吃了不少败仗,但他的谋略却是愈战愈有长进。

苻登进攻长安,屯兵新丰(今陕西临潼东北)的千户固,千户固在长安以东六十里。魏揭飞和雷恶地攻打后秦的李润堡和杏城,两地都在长安的东北,姚苌去征讨他们,从长安到李润堡,再到杏城,有六百里之遥。臣僚们问姚苌道:"凶猛如虎的苻登近在六十里,陛下不担忧,对六百里外的几条豺狼就沉不住气,这是什么原因?"姚苌答:"苻登不是马上可以消灭的,长安城固若磐石,他也不可能轻快地拿下。但是雷恶地智谋非凡,如果他用甜言蜜语拉拢魏揭飞和北地郡的董城(屠各族),那么,长安东北的大块土地就不属我们了。"姚苌随即率领一千六百名精锐的骑兵,星夜赶赴李润堡和杏城。

雷恶地听说姚苌亲自带兵来对付他们，撤离李润堡，靠拢攻打杏城的魏揭飞。他俩一会师就有几万人，支援他俩的各族部落从四面八方陆续地赶来参战。姚苌并不着急马上发动进攻，而是站在营垒的高地上，远远瞭望，看到三百五百援军进入敌营，他面露喜色；瞧见一千、二千地往里走，他高兴得直鼓掌。臣僚们惊奇地问他为什么，他说："这些人同属恶类，但平时聚不到一块儿。如果我过早进攻，只能吃掉一些为首的，那么多党羽，何日能扫平？现在他们像乌鸦般群集起来，我正可以一网打尽。"

雷恶地和魏揭飞看到后秦人马很少，又按兵不动，以为姚苌胆怯，他们兴高采烈，发狂般冲向后秦兵营。姚苌只是固守不战，表面上似乎确实害怕他们，暗下却派他的儿子，中军将军姚崇带了几百个骑兵摸到敌后，突然猛攻。正在魏揭飞被打得晕头转向时，姚苌的主力又开了寨门，从正面奋勇出击，魏揭飞及其将士被杀万余人。姚苌是早有盘算的，他集中兵力消灭了较弱的魏揭飞，震惊了较强的雷恶地。雷恶地只得厚着脸皮再次投降，姚苌还是像过去一样地宽待他。这一下雷恶地算是心悦诚服，到处对人说："我自以为智勇过人，但遇到姚苌这老头子，就没办法了，只有乖乖地认输！"

姚苌命令杏城的守将姚当成拆除他来解围时的临时营栅，要他们拔掉栅木，在每个栅孔里栽上一棵树，作为这次大胜的纪念地。一年多后，姚苌问姚当成："树栽得如何？"姚当成答："树木要长大，原来的营地太小，已经把它扩大了！"姚苌十分惋惜地说："我成年后，带兵打仗到现在，就算这仗打得最痛快，一千多骑兵就打败了三万敌人。原来的营地小，才能显示出这一仗打得奇，把它扩大了，还有什么意义呢？"

姚苌解决了六百里外的问题，又回来同六十里外的苻登较量。情况还是如姚苌所预料的，谁也打不垮对方。他俩始终在长安和安定之间打来打去。

后秦的豫州刺史苟曜有一万兵马，他暗地派人联络苻登，自愿充作攻打姚苌的内应。苻登接报大喜，随即进军到长安城东的马头原，和姚苌打了一仗，杀了后秦的右将军吴忠。这吴忠就是在五将山包围擒获苻坚的将领。苻登杀了吴忠，算是稍稍出了一口气。姚苌在这一战后，收罗溃败的将士，又要立即袭击苻登。他弟弟姚硕德问道："陛下一贯不轻易打硬仗，常常要用计取胜。现在刚刚战败，气还没喘过来，又要冒险进攻，是什么道理？"姚苌说："苻登用兵一贯迟缓，这次他轻骑突进占领马头原，一定是我们内部出了叛贼，给他做内应，八成是苟曜跟他沟通了。如果我们手脚慢些，他们就要会合起来，闹大乱子。因此必须在他们两军没有联合时，就狠狠把苻登赶跑。"苻登取胜后，没提防姚苌马上杀了个回马枪，一败涂地，退渡渭水，屯兵于郿县（今陕西眉县东）。

苻登随即又去攻打安定，姚苌率军赶去对敌。临行，他嘱咐留守长安的太子姚兴说："我在长安，苟曜贼胆心虚，不敢来见我。他听到我北上去和苻登打仗，一定会来见你，要趁机作乱，你不能手软，要及早把他抓起来杀掉！"姚苌走后，苟曜果然进了长安，求见姚兴，姚兴叫左仆射尹纬严厉谴责他勾结苻登的罪行，逮捕起来处死，除去了心腹之患。

姚苌在安定打败苻登，摆了酒宴欢庆胜利。他的将领们说："如果魏武王（姚苌称帝后给他哥哥姚襄追奉的尊称）遇到苻登这个对手，决不会让他活到今天，陛下真是太稳重了！"姚苌大笑道："你们说得很对，我不如亡兄的地方太多了。一是他相貌堂堂，高大的个子，使人望而生畏；二是他带了十万大军争夺天下，一贯勇往直前；三是他能文能武，温故知今，手下人才济济；四是他善于抚下，部属们个个自愿以死报效。但是，我为什么还能带领你们这些贤臣勇将建国立业呢？只不过打起仗来，能讲究点谋略罢了！"

姚苌不久得了重病，苻登喜从心起，在苻坚的灵牌前祭告道："我起兵已经六年了，靠着上天和先主保佑，胜多败少。现在姚苌受到天罚，得病受灾，看来将一蹶不振。我要替天行道，早点把这孽障除掉。"随即，又下诏大赦，官吏全部晋位二等，把马喂得饱饱地，粮带得足足地，进军逼近安定。离城还有九十多里时，只见迎面扎着一座座后秦兵营，战鼓齐天响起，营寨大开，一员大将被前拥后簇而出，苻登一瞧正是传说病重的姚苌。苻登丈二和尚摸不着头脑，自己的后军又喧闹起来。原来姚苌早已派了安南将军姚熙迂回到苻登背后发起猛攻。苻登以为这姚苌压根儿没病，病重的谣言是引他上钩的，因此赶紧收兵，扎营不战。

第二天清晨，部属来报，对面敌阵里人去营空，苻登大惊失色，期期艾艾地说道："姚苌是个什么样的人呀？说他病得只有一口气了，他却骑马来迎战挑战！说他是来和我拼一死战，他又跑得无影无踪！他怎么来的，我不知；上哪儿去了，我又不晓！和这个老羌同在世间，多么危险！"原先苻登乘兴鼓气而来，现在败兴泄气，撤到雍城。姚苌病重不假，只不过苻登来时，他稍好一点，穿上盔甲，勉强出阵督战。当夜，他估计苻登要撤，又转移到苻登归途中，准备来一个伏击，不料自己的病势又沉重起来，只得从另途撤回安定。姚苌的病，拖到第二年十月，眼见没

法治愈，赶紧回长安去。

姚苌在途中病重发高烧的噩梦中，看到苻坚带了无数天兵天将和恶鬼向他索命，他胡言乱语道："小臣姚苌不敢，杀陛下的是家兄姚襄，别冤枉我啊！"姚苌回到长安，脑子又清醒了。393年十二月的一天，他召见尚书左仆射尹纬、右仆射姚晃、尚书狄伯支等大臣到病榻边，又对太子姚兴说："背后说坏话的人太多了，今后如果有人诽谤这几位大臣，你千万不要听信。希望你即位后，对骨肉之亲要仁爱，对左右大臣要礼敬，待人接物要有信义，对黎民百姓要施以恩惠。能做到这四条，我在九泉之下也就无忧了！"

姚苌在托付后事的第二天就闭目长逝，时年六十四，在位八年。姚兴却把死讯隐瞒下来，他这样瞒天过海，想干什么？

63　前秦亡国

姚苌对姚兴很信得过。姚苌刚在马牧自称万年秦王时，姚兴还在长安苻坚身边。他历尽千难万险逃出长安，跋山涉水，来到父亲身边。

姚苌还没立世子时，对自己的几个儿子说："我有一件稀世之宝，谁的本领强，能在兄弟中取胜，我就赏赐给他！"那几个儿子都叫随从牵来最好的马匹，拿出最好的弓箭刀枪，要在老头子跟前露一手。在众兄弟喧嚷声中，唯独姚兴一人盘腿坐在案边，动也没动一下。姚苌认为他见利不争，沉着老练，确实是个好样儿的，这才宣布正式立姚兴为世子，这稀世之宝就是指王位。以后姚苌占领长安，东征西讨，又让姚兴坐镇都城，姚兴更是功威卓著。当时虽然是战乱时期，他仍频频和臣僚讲授和讨论经书文籍，百官都很佩服。

姚苌称帝，立姚兴为太子。姚苌在安定病重，派人召唤在长安的姚兴。征南将军姚方成对这位太子说："苻登还很凶狠，皇上又病危。王统等将领是苻家的旧臣，现在他们都有兵权，恐怕会成后患，不如早日除去。"姚兴认为很对，就把王统、王广、苻胤、徐成、毛盛等勇将，都设计杀了。姚苌知道后大怒道："王统兄弟们都是我的老乡，徐成等都是前朝名将，是我所依赖的，为什么杀害他们？"这类人命关天的大事，按理说，要把主谋者追出来严办。可是姚苌心里赞赏太子这一手干得泼辣出色，所以就这么轻飘飘地说了几句，算完事了。

姚苌临死，右仆射姚晃泣不成声地问道："苻登还神乎其神地在咋呼着要报仇雪耻，怎么才能把他扑灭呢？"姚苌不耐烦地答道："这件大事，快到成功的时刻了，姚兴的才智足足可以承办，他也很能用人，你就不必多问了！"

姚苌咽了气，姚兴没把他的死讯公布，是想稳定军心。他自称大将军，以尹纬为长史、狄伯支为司马，率领将士去攻打苻登。苻登的耳朵怪长，却已得到姚苌死讯的密报，高兴得拍案大笑道："姚兴这小子能当什么家？能打什么仗？瞧我先拿棍棒揍他一顿屁股，好好教训他一下！"随即，下令全军出动迎敌。

苻登经过六陌（今陕西乾县东），向东边的废桥进发，哪知后秦的尹纬已抢先占领，垄断了一切水源。这时正值夏日炎炎之

际,苻登的军队到了这儿,干渴得嗓子里要冒烟,四处乱窜,找不到一点一滴水。尹纬全力坚守废桥,苻登拼命进攻,要抢水而未果,军中十个人就有两三人因渴而死。

姚兴派狄伯支赶到尹纬跟前,对他说:"苻登成了穷寇,你要稳重些,才能挫败他。"尹纬道:"先帝才去世,虽然秘而不宣,但是纸是包不住火的,眼下人人议论,惶惶不安。要是不竭尽全力打垮敌人,大势就不好了!"苻登的将士又渴又累,说什么也打不过以逸待劳的尹纬生力军。到了夜色降临,苻登军营里谁也管不住谁,全都溃散啦!苻登光杆儿骑着骏马,向西逃跑。尹纬就是苻坚在新平佛寺临死前,称赞他是有王猛一般才能的人,他是后秦开国功臣,秉性耿直。姚苌才死,这一仗就使苻登败得不可收拾。

原先苻登进军时,要他的太子苻崇留守胡空堡,要司徒、安成王苻广留守雍县。这两人听说废桥大败,丢下城堡就逃跑了。苻登找不到归宿,转向西北,逃到平凉,收集残兵败将,上了险峻高耸的马毛山(一名马髦岭,在今甘肃固原南)。

姚兴得到大胜的捷报,等不得回长安,就在驻地槐里(今陕西兴平东南)的渭水之滨,草草搭了礼坛,祭告天地,发布姚苌死讯,自己坐上后秦皇座,改元为皇初。随即马不停蹄紧追苻登,决心要砍下他的脑袋,才回长安。

陇西鲜卑的乞伏国仁在勇士川割据称雄,在位四年死了。他的弟弟乞伏乾归被推继位,改元太初,迁都金城(今甘肃兰州西)。苻登早就认为这是一支可以利用的力量,任命乞伏乾归为大将军、大单于、金城王。苻登兴师讨伐姚兴前,更是加紧拉拢他,拜为左丞相、河南王,领秦、梁、益、凉、沙州等牧,又加九锡。现在苻登遇到没顶之灾，连一根漂浮的稻草都要紧紧抓住，又何况这么一个身兼五州牧的左丞相呢？苻登在马毛山上派出使者，晋封乞伏乾归为梁王，把他的妹妹嫁给乞伏乾归当了梁王王后，又把自己的儿子苻宗送去做质子，要乞伏乾归赶紧派兵来救援。两家成了亲眷，这点面子还是要给的，乞伏乾归就派了一万骑兵，不慌不忙地赶到马毛山来。

苻登等待救兵，心里烦躁不安，亲自带兵下了马毛山，去迎接他们。不料姚兴大军正从安定经泾阳而来，姚兴如果要搜山攻岭去打苻登，那还是非常吃力的。想不到苻登这块肥肉，竟自己投到虎口来。394年七月，两军在山南遭遇，展开血战，苻登寡不敌众，被活捉后杀死。他的余部被姚兴遣散，解甲归田。苻登死时五十二岁，他在位九年，几乎没一天不和后秦交战。他没有惨败在足智多谋、强悍善战的姚苌手里，却败死在他认为乳臭未干的姚兴手里。乞伏乾归的一万救兵，听说苻登战败被杀，转身就回去了。

苻登的太子苻崇带领部属向西逃跑了一千多里，一直到了湟中地区（今青海省湟水流域的西宁市及湟中一带）。他还是竖起大秦旗帜，改元延初，称起皇帝来。这时，乞伏乾归可不客气了，派兵去征伐他。苻崇无力对抗，打一阵，逃一程，最后逃到陇西王杨定跟前。

杨定原是苻坚手下的猛将，又是他的女婿，氐族人。苻坚和慕容冲血战时，杨定被慕容冲的尚书令高盖活捉，高盖非常赏识他的勇敢，不仅不杀，反而认他为义子。以后高盖被后秦打败投降，杨定逃回仇池故土，收集原有的氐族部众，自称仇池公。苻坚死后，杨定对继位的苻丕表示效忠，另一头也归顺东晋，趁机北上，打下紧邻的天水郡和略阳郡，占领秦州治所上邽，自称秦州刺史、陇西王。苻丕死后，苻登任命杨定为左丞相、上大将军、都督中外诸军事。杨定也曾出军和后秦打过几仗。

后秦最棘手的对头是苻登、雷恶地和杨定，现在苻登已死，雷恶地投降，只剩下杨定了。杨定与前秦的苻坚、苻丕、苻登、苻崇四世都有往来，如今铁了心要保苻崇，何况乞伏乾归紧靠他的西北，与他是势不两立的敌人。

杨定有步兵骑兵两万多人，和苻崇在一起，跟乞伏乾归对抗。乞伏乾归派了乞伏轲弹（凉州牧）和乞伏益州（秦州牧），以及立义将军诘归，率领各自的部属共三万骑兵去迎战。杨定边战边走，把他们引到东南的平川（今四川巴中东），同乞伏益州狠狠打了一仗。乞伏益州吃了败仗要撤退，他同来的两支军队不动一刀一枪也要回头。乞伏轲弹的司马翟瑥〔wēn〕拔出剑来，对乞伏轲弹大喝道："主上开拓王业以来，东征西战威名四扬。而今乞伏益州受点挫折，其他两军还没见血，怎么不去救助，反而掉头逃跑？你们有脸回去见主上吗？我虽然官位不高，管不到你们，但也能随机应变，砍下你们几个胆小将军的脑袋！"乞伏轲弹当即转了口气说："刚才我不知众心所归，所以下令撤退，如果弟兄们都和你一样，我怎么不敢冲锋陷阵呢？"随即整顿队伍，杀回平川，乞伏益州和诘归也紧紧相随。几个主将同仇敌忾，将士们雄赳赳气昂昂投入战斗，个个都如下山的猛虎，一战大胜，斩敌一万七千人，杨定和苻崇都在战斗中送命。于是陇西郡（治所在今宁夏陇西）和巴西郡（治所在今四川阆中）一带，都属乞伏乾归所有。

前秦自从苻健建元称帝，传了六世，到394年（东晋太元十九年），共四十二年而亡。乞伏乾归自认为苻崇死在他手中，大秦天下应该由他义不容辞地继承，随即自称秦王。这就是十六国中的西秦，但立国年代还是从385年（东晋太元十年）乞伏国仁割据陇西开始算起。

前秦、后秦、西秦为了争做秦帝正统，相互残杀，打了多少年的仗。而前燕、后燕和西燕也是一样，此时前燕已亡，后燕和西燕则到了水火不相容的阶段。

64　哭祭参合陂

后燕慕容垂决心要消灭西燕慕容永。将领们都认为连年征战，士兵疲于奔命，应该暂缓。只有范阳王慕容德说："慕容永是原先燕国的皇族之一，他篡位称王，很能迷惑人们的耳目。天下不能有两个燕国，应该早日除掉他，才能统一民心！"慕容垂神情焕发地说："我虽然老了，但凭我这点智慧和兵力，足以打败他们。不能把这祸根留给子孙！"慕容垂派出七万步兵骑兵去攻打西燕，随后亲自到了邺城，部署各路人马，做出似乎要多头并进的架势。西燕只得分兵把口，准备抵敌。

巍巍的太行山脉，横亘在今河北平原和山西高地之间，它从东北面的拒马河（今北京市西南的涿县和蔚县间）河谷开始，向西南伸到山西、河南边境的黄河北岸。因而后燕要从邺城攻入西燕都城长子，虽然相距不过三四百里，但这海拔一千到二千公尺的太行山脉，却似一条天然屏障，给后燕的进攻带来很大的困难。山脉东陡西缓，自古受到河流切割，东西之间形成八个交通要道，人称"太行八陉〔háng〕"。

后燕慕容垂在邺城个把月没前进一步，西燕慕容永摸不透他的主力究竟要从哪一条道儿打进来。慕容垂一贯以足智多谋闻名，慕容永估猜靠近邺城的几条通道路面宽大，慕容垂不会冒险进军，很可能他奇兵突出，从南面三百多里的轵〔zhǐ〕关陉（今河南济源西）小道入侵，于是便把自己的主力悄悄地集中在这儿，堵死轵关陉的入口；另有重兵一万多人，守卫着屯粮的台壁（今山西黎城南）。

慕容永一切部署就绪，不料慕容垂的大军却从邺城北面几十里的滏〔fǔ〕口陉闯进了太行山区，另一路人马又在轵关陉北的天井关侵入西燕国土。他的目标不是都城长子，却是屯粮的台壁。慕容永慌忙调回主力，亲自带领五万将士来抵敌，交锋不久就击败慕容垂，并穷追不放。原来，慕容垂是伪作战败，以引诱西燕兵马进入伏击圈。后燕骁骑将军慕容国的一千精骑，早埋伏在山涧边的树丛中。西燕受到包围和反攻，死了八千多人。慕容永败退长子，又被慕容垂发兵围困。

西燕将领伐勤叛变，开了城门，后燕将士蜂拥而入，抓住慕容永，砍了他的头。西燕从384年（东晋太元九年）慕容泓立国到394年（太元十九年）八月而亡，共历七个国主，计十年。西燕统属的八个郡、七万多人并入后燕。西燕初年曾攻入长安，掳掠了前秦苻坚宫殿里的珍宝，这时都归后燕所有。

后燕灭了西燕不到一年，又向北面的魏国进军。魏国建立的经过是这样的：

64 哭祭参合陂

代王什翼犍在376年（东晋太元元年）被苻坚所灭。苻坚死后，前秦四分五裂。386年（太元十一年），什翼犍的长孙拓跋珪在牛川（今内蒙集宁市东）召开部落大会，并即代王之位。几个月后拓跋珪改称魏王，迁都于盛乐（今内蒙和林格尔北）。他要一部分游牧民族定居下来种庄稼，屯田于河套以北的地方（今内蒙五原县到包头市一带）。这儿面积大，土质肥，灌溉方便，收获量大，人民安居乐业，国家富强起来。

拓跋珪和慕容垂之间起初是友好的，慕容垂曾经几次帮助拓跋珪镇压了内乱。拓跋珪年年送一批战马给后燕，后燕把丝帛粮食运往魏国，有来有往，和好相处。可是在慕容垂眼中，拓跋珪不过是臣属而已，他格外开恩，任命拓跋珪为西单于、上谷王。不料拓跋珪羽毛丰满，不肯低声下气受封。后燕不但版图大，而且富庶得多，拓跋珪十分眼红，派他的叔叔拓跋仪到后燕探听虚实。拓跋仪回来说："慕容垂是老了，等他一死，肯定会有内乱，但眼下我们还要忍住点。"拓跋珪又派他弟弟拓跋觚出使后燕，却被后燕扣留，威胁要拿大批战马来交换。拓跋珪忍不下这口气，从此断绝往来，结下深仇。

西燕慕容永未亡前，曾派专使分头到东晋和魏国求救，两家都发了救兵。拓跋珪的五万骑兵已经到了秀容（今山西原平西南），可是离长子还有千里之遥，远水救不了近火。获悉西燕灭亡后，拓跋珪顺势逐步南侵，惹恼了后燕慕容垂。395年（东晋太元二十年）五月，后燕太子慕容宝带了辽西王慕容农、赵王慕容麟等八万将士，北上讨伐拓跋珪，还有范阳王慕容德领着一万八千步兵骑兵，作为后备。

后燕在并吞西燕以后，气焰不可一世。他们横冲直撞进了魏

343

国五原的屯田地区,俘获鲜卑三万多户,但拓跋珪的主力和直辖部族的一个人、一匹马、一头牛、一只羊都没见到。原来拓跋珪知道硬拼要吃亏,便渡过河套,向西南转移了一千多里。这时已是盛夏,田地里的穄①已经成熟,燕军乘机收割,拿到一百多万斛,着实捞了一把。后燕有了粮食,又到黄河边上采伐木材,修造船只,准备渡河追击魏军。但当他们正在训练将士水战时,突然西北风平地卷起,把几十只战船吹向南岸。正好拓跋珪调集了兵力,准备反攻,前锋到达黄河边上,活捉了燕船上的三百多将士。这些俘虏以为转眼要被活埋,没想到魏军却释放他们,并说:"你们大王(指慕容垂)年老病重,在中山已经归天,太子为什么还不回去即位?你们将士也该早些回家团聚啦!"

这三百多人把慕容垂已死的假消息带回北岸,一传十,十传百,军心大乱。当初,后燕大军出发时,慕容垂确已有病。太子慕容宝进入魏土,但帅营和中山来往的使者都被拓跋珪派人在中途拦截住了。太子几个月都没听到中山的消息,因此魏军放出的谣言特别蛊惑人心。拓跋珪又命令被抓住的中山使者,在黄河南岸对慕容宝大叫大嚷道:"你老子已经死啦!为什么还不早早回去?"慕容宝和后燕将士更为震动。赵王慕容麟的部将慕舆嵩认定慕容垂已死,阴谋袭杀太子,拥立赵王。这事虽然没有成功,慕舆嵩事泄被杀,但太子和赵王相互猜疑,这日子更不好过了。拖到将近十一月,严冬即临,慕容宝下令烧毁所有船只,连夜撤军。他们估计拓跋珪没法渡河追赶,一点没有防备,几天里走了几百里,到了参合陂(今内蒙凉城东岱海的南坡),燕军结营在

---

① 穄:jì,形似麦,性不粘。

蟠羊山南的沃水边上，这儿有山有水，形势险要，慕容宝有心好好休息几天再走。

后燕撤军后的第七天，北方强大寒流骤然南下，大小河流顷刻冰冻封结。拓跋珪抓住这个有利时机，率领两万多精骑，在冰上跨渡黄河，夜不停蹄，昼不憩鞍，风驰电掣般地追赶燕军。西北风把他们疾驰卷起的尘土吹到参合陂。后燕有些将士怀疑追兵来了，劝太子加紧防范。赵王对太子不满，冷嘲热讽地说："太子威名远扬，谁敢到他头上搔痒！谁要扰乱军心，军法从事！"太子派赵王带了三万骑兵做迎敌准备，赵王一则认定魏军不可能追来，二则赌气，让这三万人马四散打猎，连哨兵也不派。太子慕容宝又派出一支骑兵队伍去侦察敌情，但他们才走了十几里路，便解开马鞍，放下兵器，就地酣睡起来。

拓跋珪连续追了六个昼夜，将近参合陂时，俘获了正在梦乡中的燕骑，知道慕容宝大军就在陂东休息。拓跋珪大喜，他出生于参合陂以北，对这儿的地形非常熟悉，于是立即部署魏军衔枚而进，连夜分头登上四周山峰。第二天，也即395年十一月初十，太阳刚刚出山，一无所知的慕容宝下令准备启程回国，突然满山遍野的魏军如泰山压顶而下，后燕将士大惊失色，四处逃窜。这时寒流已过，无数山涧已开始解冻，仓皇逃命的燕军不是相互碰撞摔死压死，就是跌入冰层中淹死冻死，一万多尸体填满河涧，四五万将士解开盔甲，丢弃刀枪，坐在地上束手就缚。右仆射陈留王慕容绍被杀，桂林王慕容道成（慕容垂的侄子）以下数千名文武将吏被活捉，漏网逃出重围的只有几千将士，太子慕容宝、赵王慕容麟等人单骑逃出命来。

拓跋珪打算释放这几万俘虏，他手下的中部大人王建说：

"燕军强悍,这次倾国而来,我们侥幸获得大胜,不如杀绝这些壮汉,燕国死了这么多人,国家也就空虚衰竭起来,我们以后去占领他们的国土,不就方便得多吗?"于是,拓跋珪同意并实行了这场大屠杀。

燕王慕容垂得知这次惨败,下令召集全国各地队伍,准备次年开春报仇雪耻。过了新年,高阳王慕容隆带着东北老家龙城的队伍到达中山,军容严整,后燕的士气才又高涨起来。396年三月里,慕容垂下令封锁消息,率领大军悄悄离开中山,在没有人烟的层峦叠嶂之中凿岩开路,穿过怪岩矗立的天门关(在今河北涿鹿县东南),到了猎岭(在今山西浑源县附近),十七天后,人不知鬼不晓地出现于平城。魏陈留王拓跋虔带领了部族三万多户镇守平城,他做梦没想到后燕大军会翻山越岭而来,猝不及防,奋战而死,部众都被燕军俘获。魏军各部听到拓跋虔的死,失去了抵抗的信心,拓跋珪手足无措,打算溜走。

慕容垂继续向盛乐挺进,途中经过参合陂。这大陂上下,涧流里外,遍地都是人马尸体,有的已被鸟兽争食,残骸累累。慕容垂看到这情景,悲恸欲绝,吊祭亡灵。几万将士想起自己生龙活虎的父兄,而今都成了难以辨认的野尸,无不捶胸顿足,放声痛哭。哭声此起彼落,连续不绝。七十一岁高龄的慕容垂,面对这惨绝人寰的屠杀场地,耳里又尽是撕裂肝肠的痛哭,心里又气愤、又惭愧。他只觉得胸间胀闷不堪,好似有什么东西在内翻滚,接着就大口吐喷鲜血,就此卧病不起。

燕军回到平城住了十天,慕容垂病势更重,只得沿着桑乾河向东撤退,走了五百多里,到了上谷的沮阳(在今河北怀来县东南),年老病危的慕容垂禁不起旅途颠簸,死在军营之中,在位十三年。慕容垂幼时原名慕容霸，打猎时掉下马来，撞断了大门牙，改名慕容䧆（即"缺"字）；长大后又改为慕容垂。他立国前后，几乎没有一天不打仗，人们因而诅咒道："慕容䧆，生当灭；若不灭，百姓绝。"慕容垂死后，太子慕容宝率领全军回到国都中山，随即发丧继位。

65 醉皇帝和醉丞相

淝水之战以后，北方连年混战不休，东晋凭着战胜前秦的威望，在江南偏安一隅，士大夫们高枕无忧，但朝廷内部并不平静。

东晋孝武帝司马曜（363－396），字昌明，十岁登基，由王坦之和谢安辅政。王坦之去世，谢安掌握了大权。淝水之战，谢安因功被任命为都督十五州诸军事，谢家到了最显赫的时期。曾经讽刺谢玄的韩康伯这时又老又病，挂了拐杖在庭院散步，看到谢家门口熙熙攘攘，来往车马轰轰隆隆，整日不绝。他叹息道："这不正如王莽生前一般吗？"

可是谢家好景不长。孝武帝唯一的胞弟琅琊王司马道子（364－396），十三岁被任命为散骑常侍、中军将军，十七岁当了司徒，二十岁录尚书事。司马道子参掌朝政后，得寸进尺，谢安一天比一天受到排挤。就是淝水之战的功劳，司马道子也不让谢安独占，他吹嘘说：大战还没打响时，是他琅琊王亲自带着仪仗，吹吹打打到钟山去祈祷，并送上相国的封号，山神才到寿春

去显灵,因而苻坚看见八公山上的一草一木,都成为望而生畏的晋军,秦兵这才一败涂地,溃不成军。

原是"东山再起"的谢安,此时还是想回东山去。但他已身居重任,不能离朝,只得在建康南面的土山上仿照会稽的东山旧居,新建一座别墅。这座土山就此被称为东山,此后山脚边的集镇也被命名为东山镇(今江苏南京江宁区政府所在地)。但是司马道子及其亲信们还是不让谢安得到安宁,谢安没法,又在长江以北广陵的步丘,造了一座新城(即今扬州邵伯埭),全家都迁往新居,名义上说是镇守疆土,兴师北伐,实际上是回避司马道子。谢安既然身不在朝,便有更多的人趁机对司马道子阿谀逢迎,对谢安诬蔑攻击。

淝水之战中的功臣桓伊,官为都督豫州诸军事、豫州刺史。他到京城来朝见孝武帝,朝廷设宴招待,并请谢安陪坐。

桓伊喜欢音乐,吹笛更是名闻天下,他的笛子,据说是汉末文学家、书法家蔡邕(132-182)留传下来的柯亭宝笛。蔡邕生前避难经过柯亭(今浙江绍兴西南),仰望竹子做的椽子,从竹椽的脚,看出东间第十六根竹子的质量异常,便找人换取下来做了竹笛,果然音色绝妙,称之为"柯亭笛"。因为这笛是蔡邕看到竹椽的脚,知道是良材而做的,故又名"睹脚笛"。后人有赋道:"柯亭之观,以竹为椽;邕取为笛,奇声独绝。"王徽之(王羲之的一个儿子)在世时,有一次,泊舟于建康的青溪边,桓伊坐车从岸边走过。他俩素不相识,王徽之得知赶路的人是桓伊,赶忙要随从上岸,对他说:"听说你的笛声高妙非凡,能否吹奏一曲,以满足平生素望!"桓伊当时也已显贵,但听说是名士王徽之邀请,就拿起笛子吹了几个曲子,吹罢就赶车走了。自始至终，两人没有说一句话。

再说这次朝廷宴会，孝武帝要桓伊即席吹奏一曲，桓伊毫不推辞，拿起柯亭笛，吹起他自己编曲的《梅花三弄》。乐曲描绘了梅花在严寒中独傲霜雪，风姿凛凛，暗香泛溢，俏不争春的意境。

桓伊吹罢一曲，又毛遂自荐说："小臣弹筝不如吹笛，但自弹自唱尚能合拍动听。"孝武帝见桓伊自愿为宴会助兴，马上叫人在皇家乐队里，找一个善于吹笛的美女伴奏。桓伊又请求说："皇家笛声高雅，但不如我的家奴配合默契。"孝武帝正在兴头上，认为桓伊豪放直爽，立即同意。这个家奴名硕，没有姓。孝武帝当即赐姓为张，还给了一个将军头衔，引上殿来。张硕受宠若惊，过分紧张，但也很快和桓伊的筝声吹奏合调。

当清脆嘹亮的笛声再度响起，桓伊抚弹着筝弦，引吭高歌道："为君既不易，为臣良独难。忠信事不显，乃见有疑患。周旦佐文武，《金滕〔téng〕》功不刊。① 推心辅王政，二叔（管叔、蔡叔）反流言。"

谢安在酒席上听到桓伊的歌唱，知道他是在借古喻今，为自己申雪受到的非难，感动得老泪纵横，胸前衣襟湿了一大块，两腿不由自主地站起，迈步走到桓伊身边，捋着长须叹道："使君多才多艺，真是不平凡啊！"

虽然谢安和桓伊都没有把心里的话直通通地掏出来，孝武帝却一板一眼、一字一语地领会了，内心惭愧地低下了头。可是他的皇权已被司马道子侵夺，殊难挽回局势。

孝武帝深居宫禁之内，不谙世事，连驴子也从未见过。谢安

---

① 武王有病，周公旦作书祈请代死，密藏于金匮。这两句诗是说周公辅佐功劳很大，但祈请代死之事当时未为人知。

曾问："陛下可以揣测一下，驴子像什么东西？"孝武帝掩口而笑道："它的头大约像猪吧！"谢安和桓伊虽能指挥晋军，击退苻坚气势汹汹的南侵，但对于如此昏庸无能的皇帝和朝廷，却是没法使之振作起来。

不久，谢安就在惆怅和苦闷中与世长辞，时年六十六。死后的第四天，司马道子又被任命为都督中外诸军事，军政大权都落入这位皇弟手里。

这亲兄弟俩，一个是皇帝，一个是丞相，从小就喜欢一块儿饮酒作乐，从此更是整日整夜泡在酒中。朝臣如果能参加酒宴，特别是受到皇上的一顾一盼和一言一语，那更是得意非凡。掌管国史的著作郎伏滔有一次参加官宴后回家，车还没停，人还没下，就高声对站在家门口的儿子伏系之喊道："百把人的宴会，天子先问一下伏滔在座没有？你父亲多么光荣啊！"

孝武帝喜欢炫耀自己的才能，常给侍臣们写诗题词，酒醉糊涂中，经常写出一些淫秽不堪和乌七八糟的东西，很多人拿着这样的御笔诗文，到处为自己标榜宣扬。独有侍中谢邈（谢安堂弟谢石的孙子）和散骑常侍徐邈，常常把这种丑诗丑文烧毁，或是收罗起来重新删改，再经孝武帝阅后重写。有一次徐邈因事去丞相府，那些宾客们喝得东倒西歪，高声调笑，见了他都举杯要他喝，徐邈一一回绝。司马道子对他说："你这一辈子还没尝过畅醉的快活吧？"徐邈答道："我是一个穷书生，只知道节俭度日和修身养性才是人间最大的乐趣！"

司马道子有一夜酣醉时，突然感叹万里长空的月明星稀，骠骑长史谢重说："如果再有几片浮云点缀一下，就更好了！"司马道子圆瞪着眼，故意吓唬他道："你居心不良，竟想玷污太空！"

随着又酒醉舌头粗地高呼侍中王爽说："你这小子说说，这话还在理？"王爽不买他的账，也装作醉醺醺地反问说："我已归天的祖父（王濛）是简文帝自幼的知交，我已去世的姑妈和姐姐都是皇后（他亲姑王穆之是晋哀帝皇后，亲姐王法慧是孝武帝皇后），我是什么小子？"

司马道子如此年轻，手握生杀赏罚大权，什么事也做得出来。他信奉佛教，不仅勾引美貌的和尚尼姑，还把这些人和奶妈、家僮都被封官，他们的许多亲戚朋友，也都给予高官厚禄，当了郡太守或县令。这批新贵成群结队地在宫内进进出出，打打闹闹，而且在朝廷里狐假虎威，随便对人发号施令。谁要在这些问题上对司马道子议长论短，就要被抓进监牢去，并且一吃上官司，几年没人过问。狱吏个个都如牛头马面般的恶鬼，虐待囚犯令人发指。司马道子的主簿戴良夫只是说了几句劝谏的话，就被司马道子投入监牢，送了命。

丞相府戏班子里有一个狡猾的赵牙，还有原在钱塘县里当过差役的茹千秋，他俩花了很多钱财，削尖了脑袋，钻到司马道子身边，成了亲信。随后赵牙官为魏郡太守，茹千秋当了咨议参军。他俩放手卖官鬻爵，搜刮了亿万财富。赵牙又给司马道子扩造住宅，挖了极大的园池，修造了一座人工的灵秀山。司马道子叫家人在边上开设酒铺，做买卖玩儿。他和那些小尼小厮坐着船在湖里醉酒游荡。孝武帝有一次亲临丞相府，游览后说道："你家中有湖有山，登山能高瞻远瞩，游湖能陶冶性情，可是修饰得似乎太奢侈了些！"司马道子无话可对，只得唯唯诺诺，应付一番。孝武帝走后，司马道子对赵牙说："皇上要是知道这灵秀山是一锹一镐用人工堆起来的，那你的脑袋就要搬家了。"赵牙满

不在乎地答道："只要你会稽王①在，我赵牙就死不了。"不管皇上怎么说，赵牙变本加厉地为司马道子置办服饰古玩。朝官和郡县官吏也都肆无忌惮，耗费国家财富，征发百姓建造府第，搜刮钱财大饱私囊。因而淝水之战后十多年下来，虽然没打什么大仗，国库却空空荡荡。古代承平的年代里，百姓的劳役较少，但这个时期服役，有人每年连三天休息还摊不到。黎民的负担这么重，生了儿子不愿养育，死了丈夫或妻子的，不敢再婚嫁，有的还故意剁手截足，让身体残废，或是剃光了头出家做和尚尼姑，用种种方法逃避劳役。

有些朝臣看不惯司马道子的所作所为，写了奏疏告发。孝武帝酒醒时想到这些，心中十分苦恼，于是兄弟相互之间渐渐有了隔阂。但孝武帝不敢得罪、更不敢罢免他的弟弟，司马道子对他哥哥也不敢取而代之，兄弟俩仍是酒醉糊涂过日子。有一个晚上，孝武帝在华林园赏月，一颗彗星掠过，他端起酒杯，遥对飞越上空的彗星，长叹道："敬你一杯酒吧！自古以来做皇帝的也跟你一个样，转眼化为乌有。人人整天叫万岁万岁！世上哪有真的万岁天子！"

66 人面狗心

司马道子最信任的人是王国宝，他是王坦之的第三个儿子。

---

① 司马道子于咸安二年（372年）受封琅玡王，太元十七年（392年）徙封会稽王。

当谢安和王坦之共同辅政时，谢安把一个女儿嫁给了王国宝。随后，发现这个女婿却是一个不学无术、只知吹吹拍拍、反复无常的浪荡子。王坦之死得早些，谢安对王国宝看不入眼，不让他担当重任。

王国宝对谢安这个老丈人恨之入骨，不久他另外找到一条青云直上的捷径。他的一个堂妹是司马道子的王妃，靠着这点裙带关系，王国宝施展出看家本领，把司马道子巴结得晕头转向，因而受到重用。他先当上了秘书丞，不久又做了侍中，升任中书令、中领军。谢安死后，他更成为朝中红人，而且荒荡不堪，家中姬妾就有数百人之多。王国宝的舅舅是中书郎范宁，很讨厌他，劝孝武帝罢他的官。孝武帝回到内宫，皇太子司马德宗的生母淑媛（嫔妃名）陈归女一个劲地说王国宝怎么怎么好，劝孝武帝加以重用。范宁和陈归女说得正好相反，哪一个说的是真话？孝武帝问陈妇女："你深居宫内，怎么知道王国宝的好坏？"回答是："支妙音带来书信，大讲王国宝的忠心和贤能。"

支妙音是一个尼姑，受到孝武帝和司马道子的尊敬和供奉。司马道子特地为她盖起了一座简静寺。支妙音能够一手通天，趋炎附势的人尽围着她打转转，经常有一百多辆车马来往或停留于简静寺门前。这座寺的财富在建康数一数二，支妙音权倾朝廷内外。

孝武帝顺藤摸瓜，要问清究竟是谁讲王国宝好，以及究竟好在哪里？支妙音支支吾吾，说不清楚，最后抖出底来，原来是司马道子的亲信袁悦之托支妙音讲的。孝武帝又派人追查到袁悦之身上，他推三拉四，无法解开疑团，最后只得老老实实交代，是王国宝指使自己的，于是真相大白。单是这件事还不算，袁悦之

还常劝司马道子独揽朝政,被孝武帝的大舅子王恭得知而告发,孝武帝怒上加怒,但他不便得罪司马道子和他的心腹王国宝,过了几个月,就借了别的事由杀了袁悦之。

王国宝眼见袁悦之一命归天,知道自己的私谋露了馅,他认为起因都是舅舅范宁的告发,就怂恿司马道子诋毁范宁。范宁天天听到指桑骂槐的冷言冷语,有时还被指着鼻子受到谴责,他这个硬脖子在朝中住不下去了。正好豫章郡前几个太守都死在任内,别人不敢去担任此职,范宁上了奏疏,要求派自己去豫章,就这么离开了京城。他虽离朝千里以外,还是接二连三地上书议论朝政,针砭时弊,得罪了更多的权贵。他在郡内用自己的俸禄办学校,被人妒忌加罪而免官。范宁多年患有眼病,听说中书侍郎张湛精于医道,特去求教。张湛笑眯眯地说:"我治眼病的药是家传万代的秘方,用六味这样的药:一是少读书;二不要忧虑重重;三是只管自己;四是少问外面的事;五是清晨迟迟而起;六是天黑早早入睡。长期做到这样,不仅能治眼病,而且又能使视力穿透墙壁,看清万物,而且还能延年益寿。"范宁几经打击,头上的棱角也被磨掉了。张湛的话,原是古代清心养身之道,这时却为范宁乐于接受。他从此在家闲居,再不过问世事。

前秦四分五裂时,苻坚的侄子、青州刺史苻朗向东晋投降,被任命为员外散骑侍郎。他是一个手不释卷的书生,常和名士学者谈玄论虚,不知日之将夕;喜欢成天游山玩水,不知老之将至。苻朗愤世嫉俗,真正投机的知心朋友很少。有人问他:"你见到过王国宝兄弟俩吗?"王国宝有三个兄弟,王恺和王愉是他的异母哥哥,但是一贯相互看不惯,素不往来。王忱是他同母所生的弟弟,人们习惯上只说他兄弟两人。王忱是司马道子的骁骑长史，长得很丑，但很有真才实学，心眼不坏。而做哥哥的王国宝却截然不同，模样儿怪俊，肚子里却没有什么能拿得出来，又喜欢干些损人利己的缺德事儿。如今有人问苻朗有没有见过这两兄弟，他随口答道："这兄弟俩，不是一个狗面人心，一个人面狗心吗？"这话引起哄堂大笑，传扬到了王国宝和王忱耳里，他俩恨得要活剥苻朗的皮。

王国宝背靠司马道子这座大山，有了生杀大权，就无中生有，给苻朗加上几条罪状，把他抓起来杀了。当时，王忱已被任命为荆州刺史，特地亲赴法场，看到苻朗人头落地，解了心头之恨，才到荆州去上任。

荆州刺史王忱又是都督荆、益、宁三州诸军事，建武将军。他跟随醉丞相几年，也成了一个有名的醉鬼，常常喝得个把月醒不过来。他曾说如果三天不饮酒，自己的灵魂就要和躯壳分离了。有一次王忱的老丈人因家中死了亲人，号啕大哭，王忱和十几个酒肉朋友喝得酩酊大醉，披头散发，一丝不挂，相互搀着臂膀，围着老丈人，乱嚷嚷地走了三圈，一哄而散。王忱这么酗酒，把身体糟蹋坏了，在荆州三年多，得病死在任上。

王忱一死，有人说王国宝将被派去担当荆州重任。他的一个主簿听到风就当是雨，连夜报告说："荆州的事已这么定下来了！"王国宝欣喜欲狂，当夜把大门二门都开得大大的，等待报喜。他眉飞色舞，唾沫四溅，对左右高谈阔论，虽然没有明显说到自己要去荆州，但人人都知大喜将临。可是等到天色大明，还是没有什么消息。他派人四处打听，才知道司马道子确是有意让他出任荆州，但孝武帝诏书下达，任命太子中庶子殷仲堪去接替王忱留下的职务。

王国宝不仅荆州之任成为泡影,又因为胞弟王忱去世,还必须去江陵奔丧,并把亲娘接回建康。按照旧例,他首先要上表辞去官职。可是王国宝片刻也舍不得离开中书令的高位,因而一拖再拖,以致被御史中丞褚粲所奏劾。王国宝束手无策,只有向司马道子求援,可是他被检举的丑名已经传开,如果再公开求见司马道子开脱,又要被人多加一条罪责。不凑巧,那几天相府内连日连夜摆了不散的筵席,王国宝急得真如热锅上的蚂蚁。

晚宴上,半醉的司马道子正在频频向宾客劝酒,突然随从来报,王家有一个婢女有要事面禀。司马道子听说这婢女长得很美,当即起了邪念,亲自到书房接见。不料这婢女却是王国宝,他为了掩人耳目,男扮女妆而来,求司马道子为他说情。司马道子又生气又好笑,只得答允,为他在孝武帝跟前掩饰,什么罪过都大事化小,小事化了。

司马道子的参军王徽宴请同僚,王国宝醉得迷糊糊的,忽然听到旁席上,似乎有人冷一勺子热一勺子在讥笑他。他怒从心起,张眼抓不到讲话的人,就拣软的欺。尚书左丞祖台之一贯老老实实,王国宝卷起衣袖暴跳如雷,拿起席上的碗盏盆碟,夺过乐师手里的笙箫管笛,劈劈啪啪向祖台之掷过去,祖台之顿时被砸得皮破血流、鼻青脸肿,却仍是敢怒不敢言。这件事又惹恼了御史中丞褚粲,再参了王国宝一本。可是诏书下达说:王国宝太放肆,祖台之太懦弱,都不成大臣体统,一块儿罢官。这个朝廷真可笑,如果祖台之对王国宝饱以老拳,恐怕就该升官了!

不久王国宝的后台司马道子又让他官复原职,他就更骄横不法了,甚至修建家中的书斋也极其讲究,就如同皇宫新起的清暑殿一般。这个可以算得上大逆不道和穷极奢侈的把柄,又给别人拿到了。王国宝灵机一动，想到孝武帝不太满意司马道子，他就钻到皇上跟前，吹吹拍拍，说司马道子的坏话，揭司马道子的老底。因而，孝武帝不仅赦免了王国宝的一切罪责，还夸奖他忠心耿耿。

司马道子做梦也没想到王国宝会做出这种过河拆桥的事来，恨得五脏六腑犹如火灼一般，亲自到中书省找他算账，破口大骂他忘恩负义。王国宝魂飞胆惊，转身逃跑，司马道子掣出佩剑向他掷去，没有投中。否则，这人面狗心的王国宝就送命啦。

司马道子兼任太子太傅，而太子少傅的官儿空着，人们都认为侍中王珣是最适合的人选。一天，王珣为自己儿子娶媳妇，热闹非凡。忽而传说有诏书下达，任命太子左卫率王雅为太子少傅。大小官员习惯于趋炎附势，全都丢下张灯结衫的婚礼，一窝蜂地到王雅家去祝贺，王珣也只得悻悻随去。当正要宣读朝命时，突然下起雨来，有人要打起雨伞，王珣大声阻止，说打伞对皇命是不尊敬，大家只得淋得像落汤鸡似的参加任命的仪式。王雅知道王珣有意为难，但他一贯不得罪人，反而更在孝武帝跟前推荐王珣的才能。

晚上，孝武帝和王雅、王国宝饮酒时，王雅把王珣的才能称颂得天花乱坠。孝武帝一时兴起，下令要把王珣找来共饮。王国宝害怕王珣一旦得宠，他自己就要相形见绌而被疏远，赶紧跪下说："王珣是当世名流，在这种酒色场合里把他召来，不适合他的身份吧！"于是，孝武帝始终只以君臣关系礼待王珣，而把王国宝作为忠实的贴心人。

不过，孝武帝心里明白，王国宝不是什么栋梁之材，他还想物色和任用能经世济国的人才。

67　雕塑家

孝武帝并不是真心不过问政事，只是因为大权已为司马道子侵夺，而母亲李太后又尽袒护弟弟。孝武帝心里不舒坦，着意物色能和司马道子抗衡的人。他对太子少傅王雅和侍中王珣是信得过的，但这两人都不敢同司马道子作对。国舅王恭和王爽兄弟有时还敢于顶撞司马道子。王恭是太原王家的人，虽是王国宝的侄子，但却很看不惯王国宝。王恭恃才傲物，最初被任命为佐著作郎，推说有病不肯到职，并大言不惭地说："做官要是不在相位，才志怎么能发挥出来！"以后历任秘书丞、吏部郎、丹杨尹，升为中书令。孝武帝打算在方镇中安排一些力量，任命他为都督兖、青、幽、并、徐等州诸军事，兖、青二州刺史，坐镇京口。

荆州刺史殷仲堪也是一个官宦世家，擅长文辞，更爱老庄之学，喜欢清谈。他说："要是三天不读《道德经》，舌头就僵硬了。"殷仲堪曾任谢玄的参军、晋陵郡的太守，颇有理政之才。他入朝后，不去阿谀司马道子，因而也受到孝武帝的宠信。王国宝的异母哥哥王恺是侍中，领右卫将军，孝武帝一直很信赖。还有经常修改御笔诗文的徐邈，被任为前卫率，虽然本职不是太子的老师，但也教授太子经书，同时又经常参议朝政，也是孝武帝准备破格重用的人。

可是孝武帝倚为左右手的这批佼佼者并没有多大的作为。王恺没有什么魄力，王恭、殷仲堪、王珣、徐邈的名声虽高，但要成为敢于力挽狂澜的擎天柱，那就够不上了。徐邈在帝、相之间做和事佬，劝孝武帝要"外为国家大计，内慰太后之心"，对司马道子宽大为怀。

朝野对这些人物，也是很有议论的。当荆州刺史王忱还没死时，京城中就流传了这么一首讽刺朝廷、反映民愿的《云中诗》，大意为：

> 丞相会稽王酒醉不醒，
> 轻率地发布教诫和命令。
> 捕贼小吏茹千秋，
> 竟让他干预国政。
> 王恺墨守成规，
> 王国宝是无孔不入的小人。
> 名声很高的荆州王忱，
> 举止多么荒诞不经。
> 德高望重的名流，
> 有法护（即王珣）和王宁（即王恭），
> 殷仲堪和徐仙民（即徐邈）；
> 清谈吟咏，尚堪聆听。
> 独有隐居东山的戴安道，
> 抗志励操，高尚其情，
> 为什么不把他请来，
> 整治这杂乱无章的朝政？

这诗中的戴安道就是戴逵（约329－395），谯郡铚县（今安徽宿县西）人，自幼居住在会稽郡的剡县。他博学多才，写起诗文来笔生莲花；在书法、绘画、音乐上都很有造诣。他对当时社会看不惯，因而不愿为官。

戴逵的老家就是魏末晋初"竹林七贤"中嵇康的家乡。他曾写了一篇《竹林七贤论》，赞扬七贤的才华洋溢和不阿权贵。他认为七贤酗酒放纵是形势所迫，情有可原，但后人模仿那样的疯疯癫癫，就成了东施效颦，不仅毫无意义而且必须反对。

戴逵对于饱食终日、无所用心的权贵和不问民间疾苦、只图争权夺利的朝臣，是极其痛恨的。太宰武陵王司马晞还没死时，听说他琴弹得特别好，特地派人来请他。戴逵当着使者的面，把自己最心爱的琴砸在地上，又用力踩得粉碎，说："我戴安道就是杀头，也不做任凭王门贵戚使唤的伶人！"那使者被他那么大火气吓回去了。武陵王碰了这一鼻子灰，虽然恼怒得很，但因为戴逵名气大而无可奈何，只是再派人去请戴逵的哥哥戴述，戴述喜得抱了琴，立即动身。

戴逵在十多岁时就在建康佛寺中学画，当年名士王濛（后为司徒左长史，晋哀帝皇后王穆之的父亲）看到后，惊叹道："这少年画得真不错啊，今后一定会一鸣惊人，可惜届时我已长眠地下，看不到了！"

在豫章曾有一个博学的隐士范宣，戴逵不远千里去求教。范宣读书，他也读书；范宣抄书，他也抄书。戴逵十分勤奋，好学不倦。可是戴逵常常提笔作画，范宣认为他学画是白白浪费时间和精力。

早在东汉光武帝刘秀（前6－后57）中兴时，因他发迹于南阳（今属河南），即以其地为南都。汉末桓帝（132－167）时，朝廷议论要废南都，张衡（78－139）作《南都赋》，大大赞扬南阳。范宣特别喜欢这首赋，常常摇头晃脑地朗诵。戴逵拿起画笔，把《南都赋》用图画表现出来。赋中的佳句如"客赋醉言归，主称露未晞（干燥之意）"，"弹筝吹笙，更为新声；寡妇悲吟，鹍〔kūn〕鸡①哀鸣"等，都在纸上栩栩如生。范宣看图后，爱不释手，从此对作画由厌恶转为喜爱，还把自己的侄女嫁给戴逵为妻。

戴逵进入中年，对画人物的兴趣增大。他和百姓联系较多，因此他笔下的佛像和人像更接近于民间现实人物，生活气息浓厚，可是却遭到自命高雅的达官贵人反对。中领军庾和（庾亮的小儿子）看到戴逵画的一幅《行像（奉佛像出行）图》，煞有介事地教训他道："你画的佛像太俗气了，这是由于你凡情太重，不能超脱人世！"戴逵立即反唇相讥道："有史以来，恐怕只有古代夏朝的务光，才不被你这位贵人责备！"

务光是夏末商初的高士，喜欢弹琴为乐，只吃野生的菖蒲和韭根。夏桀暴虐无道，商汤联合各族去讨伐。出师前，向务光求教进军大计，他说："这不是我的事。"商汤消灭夏桀，要把天下让给务光，他说："在不讲道理的时代里，作为贤人，决不踏上这样的国土，怎么还能接受你的让位？"随后怀抱大石头，自沉到大河里。务光不过是一个自绝于世的狂人，戴逵以他的典故去回敬庾和的责难，也就是对那种自炫超凡入圣的浊流挑战。

---

① 鹍鸡：鸟名，鸣声细碎而伤悴。

　　让戴逵名垂不朽的是他的雕塑。中国从汉代佛教传入后，就开始雕塑佛像，但戴逵的作品才真正体现了艺术的成就。他的佛像在形象上没有毫厘的失调，肤色和衣着的浓淡又是恰到好处，且构思巧妙，手法别致，点采、刻形、镂法都是当代独一无二的。他的精雕细刻煞费苦心，极为严谨。戴逵在山阴地方的灵宝寺里，曾用巨木雕塑一丈六尺的无量寿佛和左右侍立的两尊菩萨。没有旁人时，他埋头刻划，游客众多时，他隐身幕后，静听人们的评论。而后，反复加以修饰。这样，用了整整三年苦功，慈严轩昂的佛像终于出现在香雾缭绕中，生趣盎然，使人肃然起敬。以后，他又在建康新建的瓦官寺铸成五尊铜制的"五世佛"，成为一百多年中寺内的"三绝"① 之一。

　　我国的漆器起源于四千多年前的虞夏时代，历史悠久。从西周到汉代的漆器，种类已很繁多。晋时，涂漆工艺被创造性地运用于雕塑上。根据现有的最早记载，戴逵曾建筑了一座招隐寺，亲手制作了五尊干漆造像，当时称为"夹纻像"。到唐代由鉴真法师传入日本。"夹纻像"一般采用脱活式，即最初用土塑成大致的轮廓，贴上多层的纻麻布，施加漆料，有的甚至"以布及漆重十三返"。最后将土制模型取出，放木架于内支撑。对手指、脚趾、耳、鼻、衣纹等，填入漆调的沉香末。这种干漆造像光彩夺目，经久不剥落不变质，宜于搬运移送。1963年鉴真法师逝世1200周年，其塑像从日本回国"探亲"，就是这种夹纻像。究根探源，雕塑家戴逵是有功绩的。

　　戴逵的绘画，特别是雕塑的独特风格，探索和开创了一条新

---

① 另两绝为：顾恺之的壁画《维摩诘居士像》；从狮子国（即今斯里兰卡）运送十年才到达建康的一尊玉佛，高四尺二寸。

的艺术道路。当代的民间艺人和能工巧匠，都以学他为荣，对后世的影响很大。

戴逵的学识极为渊博，谢安生前，起初不了解他，不把他放在眼中，见面只略略谈及音乐和书法。戴逵知道谢安在门缝里瞧人，把他看扁了。他毫不在意，滔滔不绝地谈古论今，使谢安对他的见识和气量深为钦佩。

艺术上的卓越成就和人品上的高风亮节，使人们对戴逵赞颂备至，《云中诗》更表达了黎民的意愿。孝武帝多次派人请他到朝中任散骑常侍、国子祭酒，他所在的郡、县多次催逼他去报到上任，他一边婉言相拒，一边到处逃避。387年六月，孝武帝又派专人带了束帛和车辆要他入朝为官。当时会稽内史是谢玄，怕他为朝命所逼而远走他乡，上了奏疏说："戴逵年垂耳顺（指六十岁），常常卧病不起，圣恩浩荡，还是让他身名并存吧！"孝武帝这才收回成命，戴逵方始逍遥自得。

戴逵在隐居和艺术生涯中，获得了极大的安慰和欢畅，他的弟弟戴逯〔dùn〕却是醉心于仕途。戴逯在北府兵中，参加淝水之战有功，被封为广信侯，又做了大司农的官。谢安曾问戴逯："你们兄弟间的性格和志趣怎么相距那么大？"他答道："只有天晓得！下官不堪其忧，家兄不改其乐。"

朝野的名士大多和戴逵有交往。王羲之的儿子王徽之住在山阴时，在一个严冬晚上，大雪初停，月光皎洁，四野和天空连成一片。他忽然想起戴逵，于是冒着刺骨的寒冷，坐上小船，驶向郯县。第二天清晨到了戴逵家门，王徽之既不叩门，更不打招呼，就转身返船而回。艄公问他为什么，他说："我乘兴而来，此刻兴尽而返，何必一定要见戴逵！"戴逵和王徽之脾气对路，

日后成了莫逆之交。

395年（太元二十年），戴逵年近七十，司马道子和王雅等又上疏要求孝武帝请他出来做官，辅导太子。诏命还未下达，戴逵就与世长辞了。

68 所谓"兴晋阳之甲"

孝武帝即位后八年，皇后王法慧病死。以后陈淑媛得宠，皇太子司马德宗和琅琊王司马德文就是她生的。390年（太元十五年）陈淑媛死后，孝武帝又宠爱上了张贵人。张贵人生性心狠手辣，什么丑话都骂得出口，什么恶事都做得出手，后宫内人人见她都害怕，不敢得罪她。孝武帝整日在宫内饮酒，朝欢暮乐，游宴昏醉的时间多，处理国事的功夫少，臣子们难得见到他的面。396年（太元二十一年）九月二十夜里，孝武帝眯着醉眼对张贵人开玩笑道："你年近三十，青春年华一去不复返，应该废退了，我的心里早另有天香国色的二八佳人哩！"张贵人信以为真，憋了一肚子气，脸上强作欢笑。等孝武帝大醉熟睡，她把宦官都灌醉遣散，叫几个宫女用被子蒙在孝武帝头上，使劲将他闷死。孝武帝时年三十五，在位二十四年。张贵人又贿赂左右侍从，要她们异口同声说：孝武帝是在睡梦中遇见可怕的事物而呻吟惊叫，最后气窒心悸、神色错乱而死。

皇太子司马德宗这时十五岁，是一个白痴，比西晋的惠帝更糟。他咿咿唔唔连话也讲不清楚，天冷天热他感觉不到，肚饱肚饿他也不知道，吃饭睡觉全要别人侍候。幸好他的同胞弟弟琅琊王司马德文性情温和朴实，常在他身边细心照料。

对于孝武帝的暴毙，皇太子根本不闻不问。执政的司马道子昏头醉脑，认为做皇帝的哥哥死了，皇太子是白痴，即位后他更加可以肆无忌惮了。因此，他也不准别人刨根究底，凶手就此逍遥法外。

孝武帝暴毙的消息传到宫外，王国宝兴冲冲地连夜要闯进宫去，想趁混乱之际代写遗诏，把大权一下都捞过来。护卫在宫门的侍中王爽见他一脸恬不知耻的奸笑，当即洞若观火，毫不客气地挡住他说："皇上才去世，太子还没到，谁敢进宫就要斩首，你来干什么？"王国宝被问得瞠目结舌，只得垂头丧气而返。

第二天太子司马德宗登基，他就是晋安帝，年号隆安。诏书下达，内外大小事儿都要禀报司马道子，一切由他点头才能办。王国宝眼看大势不好，他反正有奶便是娘，便厚颜无耻又去投靠司马道子。司马道子又被王国宝迷惑住了，重新收为心腹，让他参管朝政。王国宝有了权，想起当夜自己要入宫而被王爽拦阻的狼狈相，当即罢了王爽的官。

王爽的哥哥，坐镇京口的青、兖二州刺史王恭，进京参加孝武帝的葬礼，祝贺晋安帝登基。他常常正襟危坐，板着脸，说话直愣愣，司马道子对他有三分害怕。王恭下朝后对人说："当年东周的大夫行经镐京（故址在今陕西长安县西南），看到故国的宗庙和皇宫都已毁坏，遍地长了禾黍，因而感慨万千地写了《黍离》的诗篇。当今屋梁虽是崭新的（指安帝即位），可是从眼下朝政的模样看来，很快也要作《黍离》之叹了！"

王国宝重新得势,让堂弟王绪做了琅琊内史。这兄弟俩有恃无恐,朋比为奸,大肆贪污纳贿,穷奢极乐。

王恭回京口,向司马道子辞行,说:"当今皇上年幼不懂事,愿大王以国家为重,多听逆耳的直谏,疏远奸诈的小人!"王国宝和王绪听到后又恨又害怕,他俩不断地劝司马道子削减或解除王恭和荆州刺史殷仲堪的兵权。消息传开以后,人们担心内乱又要发生,普遍惴惴不安。王恭和殷仲堪也都修缮盔甲兵器,日夜操练人马,上表要求北伐。谁都知道他们说北伐是假,意图进军建康是真。于是朝廷下诏说:"盛夏时节兴师动众,要误农时,一律解除打仗的准备。"

王恭派专人到江陵和殷仲堪商量联合发兵讨伐王国宝,殷仲堪下不了决心。闲居在家的南郡公桓玄听到这消息,登门说服他出兵。

桓玄(369-404)是谯国龙亢人,字敬道,一名灵宝。他是桓温的小老婆马氏所生的儿子,才出娘胎就很像父亲,因而受到特别宠爱。桓温死时,他才四岁,遗嘱由他继承南郡公的爵位。桓玄长大后,身材魁梧,相貌堂堂,博学多才,自命不凡,常常流露气吞山河的雄心大志,人们都有点怕他。朝廷对他也有些疑惧,迟迟没有重用。桓玄二十三岁被任命为太子洗马,去拜见司马道子。司马道子张开布满血丝的醉眼对宾客们说:"桓温临死前还想叛逆篡国,是不是?"桓玄只得趴在地上,周身冷汗淋漓,从此对司马道子恨之入骨。

同年桓玄被调任义兴太守,他登上高山,望着和太湖连接的几个湖泊,只见波涛万顷,浩瀚如海。桓玄一点不感到心旷神怡,只觉得满目荒凉和一肚子的失意,郁郁不得志地长叹道:

"父为九州伯(桓温身兼将相又受遗诏辅政),儿为五湖长!"心中一怒,把官帽、官服、官印放在官衙内,自己回到江陵封邑,写了一个满腹牢骚的奏疏说:"先父平定巴蜀,多次北伐,勋绩卓著。先帝登基,随后陛下得以继位,这不都是先父功劳吗?但是对他的流言蜚语却那么多,连小臣兄弟们都遭到牵累和非难。如果我们一家真是罪人,请陛下废除南郡公的封爵,把我们绑赴闹市斩首,也可早日去追随先父和先帝!"奏疏送到朝廷,如石沉大海,桓玄只得在家吃闲饭。殷仲堪到荆州上任以后,因为桓家的势力和影响很大,对他又尊敬又惧怕。

殷仲堪对出兵建康犹疑不决,桓玄看到形势很有利,想借用殷仲堪的地位和兵力达到他个人的目的,就劝道:"王国宝这小子同你们早有积怨,现在又和王绪表里为奸,翻手为云,覆手为雨。王恭是皇亲国戚,他们未必敢加害。如果一旦诏书下达,要南蛮校尉殷𫖮接替你的官职,要你到朝中任中书令,把你摆在他们手掌之中,你怎么办呢?"殷仲堪愁眉苦脸地说:"我心中担忧已久,你有什么好计谋呢?"桓玄说:"春秋战国时,晋国的赵鞅兴晋阳(今山西太原西南)之甲,清除君侧,奠定了三家分晋的局面。王恭对王国宝早已深恶痛绝,你们也该兴晋阳之甲,清除君侧。我桓玄虽然没有什么大用,仍可以率领荆楚地方的英雄豪杰,作为你的前锋,打到龙潭虎穴去!"

殷仲堪被桓玄一把火烧得热烘烘地,当即派出使者去联络坐镇襄阳的雍州刺史郗恢,共同商议举事。同时又和在江陵的南郡相江绩,以及自己的堂兄南蛮校尉殷𫖮商讨大计。殷𫖮坚决反对,殷仲堪硬要逼他参加,他怒气冲天说:"我进不敢同,退不敢异。"江绩也竭力主张不能发兵,殷𫖮怕他堂弟拿江绩开刀,做

个和事佬，劝他们不要争吵。江绩心领殷颛好意，但仍是昂着头说："大丈夫就是不怕死，我江绩年已六十，就在等死了！"殷仲堪见江绩正气凛然，却也无可奈何。隔了几天，要杨佺期代为南郡相。朝廷知道后，下诏要江绩到朝中任御史中丞，也是给殷仲堪当头一棍。

殷颛知道和他堂弟势难和合，宣称自己因服用寒食散得了病，辞去南蛮校尉的官职。殷仲堪去探望他，说："兄长的病令人担忧啊！"殷颛趁机说："我的病治不好，最多赔上这条命！你老弟的病发展下去，是要灭门的，还是多自爱点吧！"正好派到襄阳去的使者也回来了，郗恢也不同意兴兵。殷仲堪举棋不定，王恭的使者多次催问他，他没奈何，只得勉强同意起兵。王恭高兴之至，397年（晋安帝即位半年多后）四月上表，列举了王国宝乱政的罪状，从京口发兵讨伐。

王国宝惶惶然不知怎么办才好，派了几百个兵士到建康东北三十多里的竹里去守卫。竹里地势险峻，长长的深涧流贯其间，高岸壁立，路途难行，人们又称这个地方为"翻车岘"。王国宝自以为在竹里一夫当关，万夫莫敌，但这数百名守卒对司马道子的酗酒和王国宝的无耻厌恶已极，不愿为他们卖命，因此趁着当夜风雨交加，各自跑散回城。王绪却还镇定地劝王国宝："王恭叛变，有各地守军阻挡。再说这石头城也不是豆腐做的，不必担心，怕只怕京城里会有内应。尚书令王珣和丹阳尹车胤是最不可靠的。你应该借用会稽王名义召见他们，随即杀掉，而后挟持皇上和会稽王，讨伐王恭和殷仲堪。"

王珣在晋安帝即位、朝廷权力都被司马道子和王国宝抓去后，只得袖手旁观。王恭起兵，王珣就担心王国宝会借故杀害自己，常将毒酒放在厅堂上，并要随从俞翼守在大门口，如果有朝廷的差役要来逮捕他，俞翼便可立即端毒酒给他喝，以免受辱而死。这一天俞翼果然神色慌张，捧着毒酒，进了王珣卧室，王珣问："是不是廷尉派人来抓我？"俞翼再去探问，回头禀报说，是司马道子和王国宝派了亲信，请王珣和车胤去商量大事。

王珣和车胤来见王国宝，还是忧心忡忡。王国宝内心也非常惊恐，怕杀了他们的后果不堪设想，于是不敢加害，反而向他俩请教怎么能使王恭退兵。王珣说："王恭和殷仲堪同你并没有不共戴天之仇，不过是权势之争。"王国宝愁容满面地答道："你的意思是要我交权给王恭，让我做魏末的曹爽。到头来，还要被灭三族哩！"王珣又说："这是什么话？即使你有曹爽那么大的罪，王恭也绝不是宣帝（即司马懿）那样的人！"车胤又打起边鼓说："你如果要调集人马，去围攻京口，王恭一定要坚守。倘若京口打不下，江陵大军又顺流而下，你怎么收场？"他俩一唱一和，王国宝更是害怕，只得上了奏疏，要求解除职务，坐待论罪。过了天把，他又反悔了，再写了假诏书，恢复自己的一切官职。

司马道子只图姑息求和，既然王恭上表讨伐的是王国宝，就把一切罪责都推在他身上。于是派人逮捕王国宝，押送廷尉，随即诏书下达，赐他一死。王国宝虽然登龙有术，左右逢源，当了七年中书令和四个月仆射，但这时什么狡诈刁猾的手段都没有用了，这个"不倒翁"只得乖乖地饮下毒酒，做了司马道子擅权的牺牲品。王绪和王国宝是拴在一根线上的两只蚂蚱，同时被送闹市，斩首示众。司马道子又派专使到王恭军前，说了一通过去被王家小人所误，而今幡然悔悟，必当重整朝纲的话。"晋阳之甲"也就返回京口。殷仲堪原本不打算真正出兵，听到王国宝已死，

才虚张声势派出兵马,显示伸张正义,等司马道子发出书信阻止,当即班师江陵。

东晋开国元勋王导的另一个孙子王廞,原来官为司徒左长史,因为母亲死了,服丧在吴郡。王恭起兵,给他一个吴国内史的头衔,要他起兵攻建康。王廞立即招兵买马一万多人,还杀了不少郡内不同意发兵的将吏。这时王国宝死了,王恭又要王廞解散兵卒,回家再去服丧。王廞的仇人横添了不少,还没捞到一官半职。他想起过去祖父王导在世时的显赫,如今却落得如此地步,不免百感交集。王廞写了一首《长史变歌》,其中有几句是这样的:

出侬吴昌门,清水碧绿色;
徘徊戎马间,求罢不能得。
日和狂风扇,心故清白节;
朱门前世荣,千载表忠烈。

王廞寄诗给司马道子,表示自己对朝廷的忠心,又上书告发王恭的罪责。司马道子正要讨好王恭,把书信照转。王恭看了大怒,派司马刘牢之带兵五千去打王廞,攻杀了王廞的儿子王泰。王廞又任命自己的女儿为贞烈将军,其官属都以妇女充任,司马由顾和(曾任司空)的孙媳孔氏担当。但不论王廞耍出什么招数来,这些人终究是乌合之众,怎么打得过训练有素的北府兵,所以在曲阿(今江苏丹阳)一触即垮。王廞逃到茅山之巅,想起当初挡不住王恭的情面,参加"晋阳之甲",结果反而要死在王恭手中,不禁号啕大哭道:"琅琊王伯舆(王廞字),终当为情死!"

他单骑逃亡，以后不知所终。

69 拓跋珪大举伐燕

东晋王恭的所谓"兴晋阳之师"，不过是一点小风浪而已。这时在黄河以北，却掀起了战争巨澜。

慕容垂生前曾打算整顿户口，增加国家收入，想不到伐魏未成身先死。慕容宝继位后，一要实现父志，二要刷新政治，把这事全面铺开。过去的私人佃客和将士家属，免除一切租税劳役，现在将他们全部划归郡县，作为正式编户，要缴租纳税和服役。整顿户口原是使国家富强的一项重要措施，但慕容宝登基伊始，又在连续战败以后，将吏的实际利益受到很大影响，因而怨言四起，人心动荡不安。

慕容宝派他的异母兄弟辽西王慕容农为都督并、雍等六州诸军事，并州刺史，坐镇晋阳。并州地方连年灾荒，这一年（396年）寒霜下得早，摧残了仅余的庄稼。慕容农带了几万燕军到达，首先张嘴要粮，老百姓的日子更难过了。他们忍无可忍，派人去见魏王拓跋珪，希望他发兵前来，赶走慕容农。拓跋珪大喜，派出四十万大军，准备将慕容农、慕容宝一起收拾，一口吞下中原地区。

魏军从马邑（今山西朔县）南下，旌旗招展，鼓声喧天，前后两千多里，络绎不绝。再从阳曲向南，绕着晋阳城，齐声呐喊

走了一圈，守城的几万燕军吓破了胆。慕容农硬着头皮钻出城来，打了一仗，大败而回，没想到留守的将士叛变，把城门关得紧紧的，不让他进城。慕容农只得带了几千骑兵东逃。魏军追到潞川，他的老婆孩子都被俘，全军覆没。慕容农身带创伤，只有三个随从护着他，飞马逃奔中山。

拓跋珪进了晋阳，随即占领了整个并州。他开始建立台、省等中枢机构，设置百官，封拜公侯、将军和刺史、太守等地方官。朝廷中自尚书郎以下官员都以文人担任。这样一来，士大夫纷纷投奔拓跋珪，不论是须发皆白的老头，还是初出茅庐的年轻人，来一个，拓跋珪接见一个。人人都可以在他跟前把心里话掏出来，并且受到恳切的安慰和鼓励。这些事儿立即传遍黄河南北，不满后燕统治的人们，都踮着脚跟，伸长脖子，等待魏军的到来。

慕容宝听说四十万魏军大张旗鼓地入侵，立即在东堂大殿上召集大臣讨论怎么对抗。中山尹苻漠说："敌人气势汹汹而来，如果让他们到了平原上，就难以抗拒，最好立即堵住他们东进的门户。"中书令睦邃说："魏军大都是骑兵，行动迅速，但马背上带的粮食最多能维持十天，我们应该聚集百姓，千家为一堡，围以深沟高垒。敌人找不到什么吃的，最多熬上两个月，就要撤走了。"尚书封懿不同意坚壁清野，他说："几十万魏军要攻下这样的堡垒，还不是轻而易举吗？我们把民力、兵力和粮食屯在一块儿，白白地送给人，多么傻！而且这种做法，一开头就要动摇民心！"

众人七嘴八舌，最后还是皇叔慕容麟一锤定音，他说："魏军乘胜而来，锐不可当，我们还是抢时间集中兵力坚守中山，等他们兵疲气衰,就可以一举歼敌。"于是慕容宝下令抢修城墙,囤积粮食,准备死守中山。

拓跋珪的先锋部队两万人,由晋阳向东进军,从井陉穿越太行山,燕军节节败退。拓跋珪听说后燕的高阳太守崔宏是个很有才干的人,已逃去海岛,就派人专门去寻找,请他来做魏的黄门侍郎。崔宏与原来的给事黄门侍郎张衮共同掌握魏国的机要,逐步为拓跋珪建立各种制度。后燕的博陵令屈遵投降了魏军,拓跋珪任命他为中书令。后燕的将吏们听说这些事,军心涣散,士气低落,不是投降就是逃跑。偌大的后燕国土除北边的幽州、平州外,尽被魏军占领,只留下三座孤城:慕容宝亲自守卫的都城中山;范阳王慕容德镇守的邺城;宜都王慕容凤镇守的信都。

拓跋珪亲自指挥魏军攻打中山城,损失几千人。他说:"中山城非常坚固。硬攻,必然要死伤很多;久围,也太费粮食。不如先打下邺城和信都,再来解决它。"

拓跋珪南下屯于鲁口。一天夜里,突然帅营惊呼喧闹起来,全都高喊:"燕军来偷营了!"拓跋珪在睡梦中惊醒,逃到营外。他回头瞧瞧听听,发现敌人为数不过一两百,赶紧下令反击。敌人不敢恋战,腰间和马背上挂满了偷营时砍下的人头,飞驰逃跑了。事后才知道领头偷营的原来是自己部族里的一个首领,名叫没根。没根打仗英勇,天不怕地不怕,但不愿受人管束。他被拓跋珪板着脸数落过几次,还威吓他再不幡然悔改,就要砍他的脑袋。没根怕被杀,便带了几十个亲兵投降后燕。慕容宝立即任命他为镇东大将军、雁门公。没根要求去偷袭魏营,报答恩典,慕容宝担心上当受骗,只给他一百多个骑兵。没根熟悉魏军号令,熟门熟路,摸进帅营,只因兵力不多,被魏军内卫发现,立即被

击退，否则拓跋珪的命也没啦！慕容宝后悔自己太谨慎从事，否则，这次偷袭如获大胜，也许就可以扭转战局了。

包围邺城的魏军是由东平公拓跋仪和辽西公贺赖卢率领的。贺赖卢认为自己是拓跋珪的舅舅，不愿接受拓跋仪的指挥，两人中间有了疙瘩。拓跋仪的司马丁建跟围城中的慕容德挂上了钩，又在这两人中火上加油，挑拨是非。397 年（东晋隆安元年）正月，怒号的西北风刮来满天尘土，贺赖卢营中有人生火取暖，不慎把军营烧着了。丁建又到拓跋仪跟前无事生非地说："贺赖卢放火烧营，准是要叛变。"拓跋仪信以为真，三十六计走为上计，立即撤军。贺赖卢不知真情，也莫名其妙地跟着撤走。丁建却留在原地，带着部属投降后燕，并且献计道："魏军军无斗志，最好去追杀一阵子！"七千燕骑风驰电掣赶去，撤退的魏军被杀得七零八落。

拓跋珪接到情报，没想到将帅们那么不争气。围攻信都的冠军将军王建打了六十多天，死伤了许多将士，也还是一无进展。拓跋珪又气又恨，亲自带了几万主力去攻打信都，正月二十二到了城边；正月二十四，守城的慕容凤弃城逃往中山，信都立即投降。

慕容宝听说拓跋珪去攻信都，便从中山进军东南一百多里，以图牵制魏军。但刚到滹沱河北岸，信都已失陷。慕容宝料想拓跋珪一定要杀回马枪，准备立即迎敌。可是魏军却派来求和的使者，还送来拓跋珪的一个弟弟做人质，慕容宝被搞得丈二和尚摸不着头脑。他打发专使住下，一边派人四处探听消息，才知道偷营的没根有个侄子丑提，是魏的并州监军，丑提听说叔父投降后燕，怕拓跋珪拿他顶罪出气，便带了部族回到家乡叛乱。拓跋珪因后院起火，打算北上滹沱河，再经太行山的井陉回国去。

慕容宝知道了这个底细，腰板子就硬了起来，说什么也不同意议和。他摆起架子不接见使者，派人对着使者破口大骂拓跋珪。同时集中中山和信都的将士，号称步兵十二万、骑兵三万七千，向东开拔，打算截断急于回国的魏军归路。

穿割太行山的滹沱河，携带着黄土高原的大量泥沙浊流，翻滚向东，奔腾而去。慕容宝想在柏肆（今河北藁城县北）附近截杀拓跋珪的大军，使他们都葬身于滹沱河里，洗涮一年多前参合陂大败的奇耻大辱。

燕军还没渡河南下，魏军已到达了河的南岸，两边隔河相峙。当夜魏军兵营内突然失火，火势加上风声，还有劫营者的喊杀声，煞是吓人。拓跋珪以为又是不怕死的没根来拼命，来不及穿上皮袍和长靴，赤着脚骑上骏马奔逃出营。有一些逃得快的骑兵昼夜不停地一直跑回国去，还一路瞎说："柏肆一仗，打得一败涂地，拓跋珪下落不明。"这时后方空虚，有些部落还谣传拓跋珪已被俘遇害，就在阴馆（今山西代县西北）一带发动叛乱。

拓跋珪在被偷袭时，确实没命地逃了一阵。以后听听没有追兵，回头望望营内，只见火光之下，那些偷营的人自相残杀起来。拓跋珪赶紧下令擂起战鼓，逃跑的将士们闻声集中。他又要人到处烧起冲天火堆，自己一马当先，杀回营去。一万多偷营的人不堪一击，逃得比兔子还快。原先，慕容宝带着大军已渡过河来，摆开阵势，接应劫寨。这时也不敢和魏军交锋，转眼全都渡河，撤回北岸。

在这次偷袭中，拓跋珪怎么一下会化凶为吉呢？原来，慕容宝在上次没根夜袭中尝到甜头，随后拿出中山宫殿里的珍宝财物，招募了一万多亡命之徒，要他们参加这次偷营。当夜偷渡成功，袭营也很顺利。攻下帅营后，这批乌合之众见财眼红，抢夺不均，相互厮打起来，因而一经拓跋珪反攻，又各自逃命。慕容宝原以为这样押宝孤注一掷，是稳操胜券，不料却反胜为败，军心大乱。

次日清晨，天才麻麻亮，魏军抓紧时机乘胜渡河，阵容严整，杀声震天。燕军士气低落，只得撤回中山，拓跋珪全力追击，打一仗胜一仗。慕容宝带着两万骑兵，马不停蹄地狂奔。他对十多万步兵下令说："只要能逃出命来，战袍、兵器都可以丢掉。"不巧，天公又不作美，这时正是早春二月的中旬，突然北风怒号，大雪纷飞，沿途都有冻死的燕军尸体，被俘与投降的将士，更是成千上万。侥幸逃回中山的步兵，也都成了手无寸铁的光杆子。拓跋珪早听说后燕的秘书监崔逞很有才能，这一仗打下来，俘获了崔逞，立即任命为尚书，要他总管尚书省三十六曹的事务。

拓跋珪打了大胜仗，就想趁热打铁，攻下燕都中山。他打消了回国的计划，只是派部将带了一万精骑去阴馆一带，陆续镇压了所有的叛乱。

70　军民死守中山

慕容宝从参合陂到滹沱河，屡遭惨败，声望一蹶不振，兵力大为减弱，只得撤回中山。尚书郎慕舆皓想谋杀慕容宝，另立慕

容麟为国主，被人告发。慕舆皓得到消息，带了亲党数十人冲杀出城，投奔拓跋珪。慕容麟留在城中，心里很不自在，他对慕容宝已经貌合神离，但慕容宝对他还是言听计从。

魏军围困中山，从头年入冬开始，到这时已是春暖花开。城里燕军将士憋得只想拼死决战，赶走敌人。征北大将军慕容隆（慕容宝的异母兄弟）对慕容宝说："敌人虽然屡获小胜，但在城外呆久了，气焰没有刚来时那么嚣张了，他们的人马死伤也不少，将士们都在思念家乡亲人，有几个部落已经东奔西散，我们全城同仇敌忾，反攻的良机就在眼前，如果还持重不决，走一步望三下，将士们的锐气都要付之东流了！"慕容宝以为说得很对，但他是个软耳朵，经不起心存异端的慕容麟多次横加阻拦。往往慕容隆指挥部属整好出击的队列，就被慕容宝下令解散回营。

慕容宝被困日久，无计可施，反过来向魏军低头求和。他提出：送还扣留的魏王弟弟拓跋觚，割让常山郡以西的土地。拓跋珪一口允诺，但慕容宝反复无常，转眼又后悔了。拓跋珪也不跟他多啰嗦，把中山包围得更紧了。

后燕将士几千人，自发地向慕容宝请愿："我们屡次要求出城，决一死战，陛下老是不让去，这不是坐以待毙吗？敌强我弱，悬殊很大，敌人决不会自行退走。事情已经到了这个地步，坚决和他们拼一下，也许能闯出一条路来！"慕容宝点头同意了。慕容隆立即部署兵马，慷慨激昂地对僚属说："敌军内侵，这是臣子的耻辱，我们义不顾生，决死一战。如果幸而打了胜仗，可以一块儿庆贺一番。万一遭到不幸，我的志向已经实现，你们有能回到老家的，见了我的母亲，就请代为致意吧！"

　　几千健儿披上盔甲，在城门边跃马横枪，只等一声号令，就冲杀出去。可是慕容麟又费尽口舌劝阻了慕容宝，那些摆出猛虎扑羊架势的将士，怨气冲天，又解散回营。慕容隆更是痛苦不堪，洒泪而归。当天晚上，慕容麟发动了兵变，抓住禁卫军的首领北地王慕容精，要他带头入宫杀害慕容宝。北地王忠义自誓，抵死不从，被慕容麟所杀。慕容麟知道宫禁森严，不易攻入，只得带了部族冲出中山城，杀开魏军的包围，逃往西北二百多里的狼山、常山一带。

　　这件突然事变给中山城带来异常的震撼。慕容宝不知道慕容麟远走高飞到哪儿去了。清河王慕容会的军队正从龙城南下，慕容宝担心慕容麟会去夺取清河王的兵权，抢先占据龙城称霸。他把慕容隆和骠骑大将军慕容农召到跟前，商量怎么办。慕容隆眼泪汪汪地说："先帝（即慕容垂）出生入死十几年，完成了中兴大业，他去世不到一年，就成了这么一个烂摊子。现在既有外敌，更有内乱，骨肉成为仇家，人心背离。眼下只有早日北迁，返归旧都这条路了。到龙城休养生息，等待兵强马壮后再打回来。即使没法再进中原，就凭着那儿的险要，也可永葆基业。"慕容宝一个劲儿点头说："讲得在理，都依你讲的办吧！"

　　慕容隆的多数僚属却不愿北撤，他们劝他留下来，待机行事，让慕容宝独自撤走。但慕容隆说："国有大难，皇上蒙尘。我的老母也在北边，如能北上而死，决无怨恨。你们愿走就走，愿留就留，我不勉强任何一个人。"最后，只有他的司马和参军二人愿意跟着走，其余将吏宁愿留在中山。

　　慕容农回营后，他的部将谷会归劝他说："拓跋珪在参合陂的大屠杀，人人记忆犹新。中山城里的将士，谁没有父兄子弟惨遭杀害？他们天天要想报仇，眼里都哭出血来了。眼下国都北迁，人们议论着说：只要有一个慕容皇室的人留下来，就跟从他与魏军血战到底，虽死无恨。希望大王能留在中山，不要辜负众望。今后打退了敌人，重新恢复国土，再把皇上迎回来，不失忠臣本色。"慕容农一口拒绝说："如果要这样分道扬镳去求生路，还不如死在一起。"

几天后的一个黑夜里，慕容宝、太子慕容策，以及慕容隆、慕容农等，带了一万多骑兵冲杀出城。跑了几十里路后，慕容宝等才发现异母弟弟慕容熙、慕容朗、慕容鉴，没有随着走。这几个小兄弟年龄不大，没有人护卫着，不敢杀出来。慕容隆又率领部属杀回城去，驾着车把他们抢救出城，回到北上的队伍里。其实拓跋珪不会那么傻，魏军也不是那么无用，让他们杀进又杀出，如入无人之境。拓跋珪估猜他们要北逃龙城，特意网开一面，使他们早日让出中山和大片的幽、冀土地。

中山似乎都跑空了，城的东门大开着。拓跋珪要魏军连夜进城，冠军将军王建说："黑夜里，士兵们要抢财物，塞到自己腰包里去，谁也看不到。还是等到天明进城吧！"王建是想白天入城，他可以选择稀世珍宝，归于私囊。王建是拓跋珪的姨父，他的计谋常被采纳。这次，拓跋珪哪知道他的鬼心思，就下令全军休息，准备次日进城。第二天东方欲晓，魏军兴高采烈地要进城时，城门却都关得紧紧的。城墙上旌旗飞舞、戒备森严，似乎夜里根本没有人马撤走。原来，后燕的开封公慕容详临走时迟了一步，留城的军民见到他，如获至宝，拥他为主，万众一心，坚守中山。拓跋珪以为城中守敌不过是强弩之末，不料猛攻数天，中山却固若金汤。

拓跋珪有一种"巢车",它的下面有八个轮子,上面竖了高高的竿子,竿顶安了辘轳,用绳子把板屋升到半空,就可以鸟瞰城中。板屋方有四尺,高达五尺,周围有十二个瞭望孔,远远看去就如大鸟巢一般。巢车可进可退,它绕城走着,车上士兵向城内喊话:"慕容宝把你们丢下,自己逃命啦!你们为谁守城?干吗要自找死路?"守城的人异口同声地回答:"我们小小士兵和百姓只有一条命,只怕参合陂的大祸落到我们头上。我们守城一天,多活一天也是好的!"

拓跋珪在城边,听后百感交集,不禁联想到:中山又成为一座久攻不下的铁城,是当夜不乘虚进占的结果;而当夜不进城,是王建出的馊主意;守城吏民所以能同仇敌忾,是惧怕参合陂的屠杀重演,而那次屠杀又是王建竭力主张的。拓跋珪想到这些,不禁十分痛恨王建。他一回头,正好看到王建那张贪婪残暴的脸上还挂着一丝狞笑,拓跋珪心里又恼怒又异常厌恶,当即咳了一口浓痰,狠狠地吐在王建脸上。周围的将士知道拓跋珪为什么大发脾气,默默地赞许道:"该唾他的脸!"

重新围城个把月后,魏军的粮食吃尽了,只得分散到各地去征粮,可是附近地方连年颗粒不收。拓跋珪跟臣僚们商量怎么办?尚书崔逞说:"桑椹可以当粮食吃,《诗经》里讲过:猫头鹰叫得多么难听,但吃了桑椹后,鸣声就悦耳了。"拓跋珪当即下令,百姓可以用桑椹抵缴军粮。但因崔逞原是晋人,似乎是引用猫头鹰来嘲弄魏人。过了一个时期,拓跋珪借了别的事由,怒斥崔逞,逼迫他自杀而死。

慕容详眼见魏军用桑椹充饥,还填不饱肚子,以为有机可乘,派出六千步兵出城袭击魏军。不料魏军有备,燕军反而被杀五千余人,被俘七百多人。拓跋珪下令,对于俘虏不准动一根毫毛,把他们立即放回去。他要用实际行动,挽回参合陂屠杀造成的坏影响。

逃向龙城的慕容宝听说慕容详被人拥立而坚守中山,就派西河公库傉官骥带了三千人马来帮助守城。可是慕容详和库傉官骥却各有野心,互不相容,竟火并起来。慕容详杀了库傉官骥及其家族,中山城里的军民厌恶统治者自相残杀,他们自己联络结盟,各自为战,继续死守中山城。

拓跋珪眼见强攻不是上策,干脆向东撤到二百多里外,在粮食充裕的河间郡休整,催粮聚粮,养精蓄锐。中山城里的慕容详这一下可得意啦,自以为魏军是他打退的,不问天多高、地多厚,就宣称即燕帝之位,改元为建始。拓跋珪的弟弟拓跋觚自从被燕留作人质,别人都不敢杀害,以作为准备议和的押宝,慕容详却自以为是,为了表明和拓跋珪决不妥协,竟下令杀死拓跋觚。

71 父子火并龙城

当慕容详在中山称孤道寡时,撤回龙城故都去的慕容宝,其父子叔伯之间闹翻了天。

慕容宝撤离中山,北上四百多里,到了蓟城。他的儿子清河王慕容会带着两万将士迎接他们。清河王长得威武雄俊又非常聪

明，他爷爷慕容垂生前最疼爱这个孙子。慕容宝早年伐魏时，慕容垂要这个孙子管理东宫的事，总录朝政。慕容垂伐魏，又叫他坐镇龙城，任命他为征北大将军，幽、平二州牧，挑选名望最大的文武官员做他的僚属，北边的方镇重任就托付给他。慕容垂临死特地嘱咐即将继位的慕容宝，要立清河王为太子。但慕容宝并不喜欢他，慕容垂咽气后，却立十一岁的慕容策为太子。

慕容垂的遗体从中山还葬龙城，是章武王慕容宙护送去的。清河王没有当上太子，心里充满怨气。诏书要他遣送一批人去中山，他就是顶牛，留那些人在身边。清河王对他父亲派来的人都非常厌恶，横不是眼睛，竖不是鼻子，做什么事都蓄意刁难。人们从这些蛛丝马迹中，看出清河王心中另有盘算，迟早要走上背叛的道路。

中山城被魏军所围时，清河王不得不装模作样发兵救父，派出征南将军库傉官伟和建威将军余崇带了五千人马南下。这支救兵走了三个月，还在龙城西南四百多里的卢龙（今属河北）附近，趑趄不前。山林中没有粮食，他们宰杀牛马充饥，根本不打算远赴中山。慕容宝几次派专使催清河王火速进军，他们还是拖拖拉拉，又混了个把月。当库傉官伟命令轻装行军，打通西行之路时，部将都很胆怯，不敢应命。余崇对于诸将的畏缩深感不满，他说："敌人势盛，中山危急，匹夫都要为国捐躯献身，各位为什么苟且偷生呢？你们就呆在这儿吧！我余崇即使粉身碎骨，也要奋戈而进。"他带了五百名步兵骑兵做先锋，在渔阳附近同一千多魏军骑兵遭遇。余崇说："敌众我寡，不主动进攻，就免不了全军覆没。"他带头呼喊，向前杀去，亲手砍死砍伤十几个敌人，他的队伍也齐声奋勇杀敌，赶跑魏军。他们带着敌军的头颅和俘虏回到大营，宣称魏军实力也不过如此，军心才振作起来。清河王不久也率军赶来，屯兵于蓟城。

慕容宝到蓟城后，父子俩在大难中相逢，理应共叙天伦，欢欣庆幸，但清河王因为父亲不立他为太子，怨恨在心，见了面还是带理不睬的。慕容宝瞧着他那不死不活的模样，心里也不是滋味，和慕容隆、慕容农商量，怎么对付清河王。他俩都说："这孩子年少，又让他爷爷娇生惯养，不会闹什么大事吧！我们做叔叔的再好好开导开导他。"

慕容宝从中山撤出的一万多骑兵，在中途死的死、逃的逃，最后只留下慕容隆、慕容农等皇室成员和少数官吏以及几百个骑兵。慕容宝下诏要清河王把兵权移交给慕容隆，慕容隆死不肯受。而后，慕容宝调出清河王的一部分兵力，让慕容隆和慕容农兄弟俩统率。

慕容宝休息了两夜，第三天，全军向北撤退。屯守渔阳的魏军紧跟追赶，在蓟城北面两百多里的地方追上了。慕容宝不愿意交战，清河王却想露一手，说："孙子兵法上说：要回本土去的队伍，不应阻击。兵法又说：要置之死地而后生。我们现在被逼得走投无路，奋起一战，还能不打胜仗？"慕容宝同意他去迎战。清河王拉开队伍，同魏军厮杀，他的两个叔叔又在南边带着骑兵夹击，打得魏军大败而逃。燕军追杀一百多里，斩敌首级数千，回来报功。

清河王带头打败魏军，更是骄横不可一世。两个叔叔老是教训和劝诫他，他哪受得了？他想这两个叔叔都是曾经坐镇龙城的长辈，官儿大，名望高，如果回到龙城，自己更要受制于人，说话不响亮了。他千怨万恨，认为根子都在没有当上太子，否则，哪有这么窝囊？他认为重新废立太子没有一丝希望，打算回龙城

71 父子火并龙城

前就发动叛变。

不久，有一些士兵向慕容宝请愿："清河王多么英勇，多么有智谋，我们愿意和他共生同死。希望陛下、太子和各位王爷留在蓟城，我们跟随清河王南下，去解除中山之围，打退魏军，回头再迎接大驾返归中山城！"

慕容宝犹豫不决，他左右的人都很厌恶清河王，劝他说："清河王没有当上太子，肚子里就如埋着一团火球。他的才能和武力不同常人，而且又很会笼络人心。如果陛下让他领军南下，恐怕中山解围以后，他会自立为帝而拒绝陛下回去。"慕容宝沉思再三，对请愿的将士说："清河王年少，才能不及他的两个叔叔，怎么能独当一面去对付强敌？目前我正亲统六军，依仗清河王为羽翼，怎么能让他离开我的身边？"这些人怏怏不乐而退。

慕容宝的亲信随从又劝他早日除掉清河王。侍御史仇尼归是清河王的心腹，听到这消息，飞快报信，劝清河王道："大王所依靠的，该是父亲，可是他另立太子；大王所凭仗的，是士兵，可是他们大部被划归别人。不如早下决心，杀掉两个叔叔，废太子，你自居东宫（指居太子之位），兼任将相，这才是上策！"清河王没有马上点头。

慕容宝忧心忡忡，认为清河王迟早要出问题，打算先声夺人。慕容隆和慕容农劝他说："外有强敌，国家危如累卵。清河王威名远扬，罪状未露而杀他，不仅从父子之情上说不过去，恐怕还要大损陛下威望。"慕容宝紧锁双眉，闷闷不乐地说："你们仁慈为怀，自负所见正确。我担心这畜生一旦动手，先要杀害你们几个叔父，而后遭殃的才是我。到那时，你们就要后悔太自负了！"

这一支队伍行军到了广都（今辽宁建昌）。清河王派了二十多个刺客,悄悄混到他两个叔叔的营帐里行刺。慕容隆被刺,当场身死;慕容农受伤不轻,还是尽力支撑着,指挥随从拼命格斗,虽然抓住了带领刺客的仇尼归,但一时搞不清周围形势起了什么变化,和几个随从逃到深山老林中暂且躲避。清河王知道仇尼归被俘,生怕阴谋要泄露,当即来了一个恶人先告状,连夜到父亲处回报:"两个叔叔叛变,小儿已派人镇压!"慕容宝早已胸有成竹,知道他是贼喊捉贼,假意赞扬道:"这两个家伙,我怀疑很久了,你能除害灭乱,功劳很大!"这一颗定心丸稳住了清河王。

第二天清晨,隐蔽在山林里的慕容农打听到慕容宝健在,就投归帅营。不料慕容宝圆瞪两眼,对他怒骂道:"你太自负了吧!"慕容农领会,慕容宝是拿前几天的私话谴责他,可是,慕容农马上又被五花大绑,捆了起来。队伍出发,走了十多里后,慕容宝召集僚属和各部将领一块儿吃早饭,并且声言要审判慕容农叛变的罪行,清河王当然兴冲冲地前去参加。慕容宝在他不防备时,对卫军将军慕舆腾使了一个眼色。慕舆腾突然跳起来,挥刀砍向清河王脑袋,不料砍偏了些,未中要害,清河王鲜血淋漓,逃回本营。慕容宝立即释放了慕容农,宣布事实真相。他们预料清河王必定要带兵来复仇,急忙率领几百个亲信骑兵,飞也似的跑了二百多里,在夜色降临前进了龙城,立即紧闭所有城门。

仇尼归也在混乱中逃了出来,做了清河王的先锋。第二天,兵临龙城,展开进攻。清河王派了使者去见慕容宝,要求杀死左右说他坏话的人,立他为太子,慕容宝一口回绝。清河王把他老子丢在途中的御用器物、车舆、服装都收归已有,后官的嫔姬侍女都分给将领,自称皇太子、录尚书事,大封百官,并且引兵包

围龙城,以讨伐砍他一刀的慕舆腾为名,全力攻城。

慕容宝赶到西门城头上,和清河王面对面相互责骂。毕竟儿子背叛老子,理亏三分;老子怒斥儿子,名正言顺。清河王斗不过嘴,下令士兵们耀武扬威地齐声呐喊喧哗。城内将士气得个个暴跳如雷,好不容易等到天色将晚,慕容宝才下令出击,清河王的队伍抵挡不住,死伤了一大半。当夜幕降临,清河王把残兵败将收罗齐集时,又有一支敢死队杀出城来。这是侍御郎高云带领一百多勇士猛扑清河王。清河王的队伍已如惊弓之鸟,黑暗中以为又来了千军万马,赶忙四散逃窜。清河王自己只带了十余名亲信,没日没夜,南逃一千五六百里,到了中山城投奔慕容详。不料慕容详没说二话,就下令统统捆住他们,一刀一个全砍了头。

在龙城,慕容宝杀死清河王的母亲和三个儿子,然后下令大赦,凡和清河王同谋者一律免罪,官复原职。有功的将士都被提升和奖赏,封侯的有几百人。辽西王慕容农被刺受伤,头骨破裂,慕容宝亲自给他裹伤医治,并且任命他为司空,领尚书令。夜袭清河王、取得大胜的高云,被任命为建成将军、夕阳公,慕容宝爱他勇冠三军,又认他为义子。

72 反战怒火

在中山城的慕容详,杀了从龙城逃奔来的清河王慕容会,更感到自己有魄力,能生杀予夺,因而睥睨一切。

慕容详奢靡淫乐,特别喜欢喝酒,天天醉得东倒西歪,他性子一发就要杀人,从尚书令可足浑潭杀起,两个多月就杀了五百多人。中山城里粮食没有了,百姓要求出城去收采野果野禾、捕捉野味来充饥,慕容详却把城门关得紧紧的,因而街头巷尾到处是饿死的尸体。吏民们议论着,赵王慕容麟逃避在常山,不如迎他回来,取代慕容详。恰巧慕容详派了五千多人马到常山去催缴租谷,回城时带来了一些粮食,赵王慕容麟也随着来了。他在中山吏民拥护下,杀了才即位两个多月的慕容详,做了燕帝。常山带来的粮食不太多,慕容麟准许百姓出城,快饿死的人才获得一线生机。

魏军虽然没有饿肚子,却染上了瘟疫,人和马接连不断地死去了一半。活着的将士思念故乡,不想扬帆,只图落篷。拓跋珪却坚持着要打下中山城,征服后燕。

中山城里的燕军,吃完了城郊的野果、野禾、野味和树皮草根,还是饿肚子。慕容麟带了两万多人,到西南一百里左右的新市(今河北新乐县南)去找粮食,拓跋珪乘机包围,发动总攻。这一天是397年九月的甲子日,太史令晁宗说:"甲子是兵家的忌日,一定不能打仗。古代的殷纣王就是在这一天战败自杀的。"拓跋珪大笑道:"什么忌不忌!纣王这一天灭亡,但他的对手周武王,不是这一天大胜吗?"惯于花言巧语的太史令顿时哑口无言。双方血战十一天后,慕容麟大败,被杀九千多人,他和几十个随从逃向邺城,投奔慕容德。拓跋珪苦攻中山几乎一年,这时乘胜进城,后燕公卿和将士投降者两万多人,缴获了无数珍宝和图籍。慕容详的坟墓被挖开,拖出尸体来,再砍上几刀。

慕容麟自称燕帝不到半年,知趣地自动下台,仍用旧有的赵王封号，他去见叔父慕容德说："魏军打下中山，一定要来进攻邺城。这里虽然军粮军械积蓄不少，但是人心惶惶，难以固守。不如过黄河到滑台（今河南滑县东，在黄河之南），魏军追来，也能和他们隔河对峙。"

慕容德从邺城带了各族百姓四万多户，用两万七千辆车子装了细软行李和粮食，向东南走了两百多里渡过黄河，到滑台后，慕容麟把叔父慕容德捧为燕王，这时是398年（晋安帝隆安二年）正月，就是历史上称为南燕的开始。慕容麟被封为司空，领尚书令，过了几天，他企图叛变，被慕容德发觉而处死。

拓跋珪占领了黄河以北、太行山以东的大片土地，他亲自来到邺城，登上三台，游览宫室，打算定都在这个地方。可是他手下的部族首领却都留恋故土和旧有的风俗习惯，拓跋珪只得要卫王拓跋仪坐镇中山，自己带领大军回到代地去。拓跋珪从南下到胜利，花了一年半时间。这次凯旋非同小可，一万多人修建一条宽直的大道，逢山开路，遇水搭桥。拓跋珪又强迫各族百姓十多万人随同迁移，以充实代地。398年春，他返回代地，实施"计口授田"，贷给耕牛，逐步改变鲜卑族的游牧生活。十二月，魏王拓跋珪定都平城，即皇帝之位。

当拓跋珪刚回代地时，南燕慕容德派了侍郎李延千里迢迢赶到龙城，告诉慕容宝说："拓跋珪已经回老家去了，黄河以北空虚，赶紧回来收复故土吧！"慕容宝大喜，立即召集各路人马准备南下，他的叔叔慕容农和儿子慕容盛劝他说："眼下士兵们太疲劳了，力量又很薄弱，魏军还有留守队伍，不可掉以轻心。还是再等一个时期吧！"抚军将军慕舆腾竭力反对说："将士们都已会集了，时机难得，陛下要圣心独断，乘机进取！"慕容宝被这么一激,下决心说:"一定要誓师出征,敢再谏阻者斩!"他命令慕容盛留守龙城,大军开始南征。慕舆腾是前军,慕容农是中军,慕容宝自率后军。这三军共三万人马,各相隔三十里,连头加尾,行军队伍前后相距一百里。

后燕连年打仗,而且老是打败仗,队伍一天比一天少,将士们得不到休息,一天比一天瘦。他们听说还要远离家乡南下打仗,谁都提不起劲来。当时,禁卫军一般都是轮流值班的,不轮班的贴身卫士就叫做长上。慕容宝身边长上段速骨、宋赤眉等登高一呼,后军中厌战的兵士都哄闹起来,他们恨极了那些好战的王公贵族,把司空、乐浪王慕容宙砍死,对其他王室权贵见一个杀一个。段速骨是高阳王慕容隆(已死)的旧部,他们拥立慕容隆的儿子慕容崇为主。慕容宝逃出一条命来,只有十几个骑兵跟着他,逃到中军慕容农的兵营里,再派专人叫前军慕舆腾火速回军,企图共同扑灭反战的怒火。

前军和中军会合去征讨后军,可是这两路军的士兵也厌恶打仗,尤其是去跟自己的亲友厮杀,谁也不愿意。进军鼓刚响起,他们就把盔甲兵器丢掉,都溃散了。段速骨大举进攻,慕容宝和慕容农飞马跑回龙城,要不是慕容盛出城迎接得快,他俩的命就没啦!

慕容宝认为太平无事的龙城也动乱起来了。尚书顿丘王兰汗是他父亲慕容垂的舅舅,又是他儿子慕容盛的老丈人,这亲上加亲的亲家却和段速骨勾结上了,率领部属叛出了龙城东门。城里没有多少守军,慕容盛逼迫城内城外的百姓出来当兵,拼拼凑凑有万把人。

段速骨的队伍擂着战鼓,齐声呐喊攻城。城上万箭齐发,顿

时射死射伤几百人。守城的人们齐声欢呼,士气高涨,准备冲杀出来。不料,段速骨的一簇人马拥着一个骑着高头大马的大帅出阵,守城的将士一见,都吓呆了。原来这大帅就是辽西王慕容农,他在战斗前夕,害怕龙城守不住,又被尚书兰汗派人引诱,偷偷溜出城去,投降了段速骨。辽西王在后燕朝廷中威望是最高的,守城将士把他当成主心骨,谁也想不到他竟在城下出现。这一来,城上的人谁还肯打仗拼死呢?

段速骨带着辽西王绕着龙城走了一圈,守城的将士全放下武器逃跑了。慕容宝、慕容盛父子和慕舆腾等几个光杆子飞马出城,向南奔逃。龙城城门大开,攻城者蜂拥冲入,城内乱成一团。段速骨拿辽西王只是作为招摇的幌子,一进城再也不把他放在眼中,反而将他幽禁在宫殿里。段速骨的谋主阿交罗却不同意,他认为慕容崇年幼庸弱,提出要改立辽西王为主。慕容崇的亲信得知,立即把这些人和辽西王一起杀了。段速骨反过来又杀了这帮凶手,反战的队伍内部出现了裂痕。

段速骨进城七天后,兰汗找他商量大事。两人才谈了几句,只见兰汗一声令下,他的侍从们破门而入,刀枪齐下,杀死了段速骨。兰汗的部下分头捕杀了起义的骨干,兼并了起义的队伍,一场轰轰烈烈的反战怒火,竟被投机钻入内部的贵族野心家所扑灭。兰汗废掉慕容崇,捧出原来的太子慕容策,又派人去迎接逃到蓟城的慕容宝回来。慕容宝喜从天降,打算立即上路,他儿子慕容盛等说:"兰汗究竟是忠还是奸?谁也不摸底!万一他有坏心眼儿,我们上门送死,到那时悔之无及!不如向南到滑台,和范阳王慕容德合兵去收复冀州,如果打不下中山,再回龙城也不迟啊!"慕容宝感到这几句话是真知灼见,就带领众人向南到了黄河边。

　　黄河北边是黎阳，过河就是滑台。慕容宝学乖了，先派中黄门令赵思过河，和北地王慕容钟联络，要北地王转报慕容德来迎接他。北地王是积极劝堂兄慕容德坐上燕王之位的人，他听说慕容宝来了，立即把来使赵思抓起来关在监牢里，如实向慕容德报告。

　　慕容德对群臣说："我登位，不过暂时使人心有所归向。现在皇上既然到来，我一边请罪，一边迎驾就得啦！"他的臣僚们可着急了，七嘴八舌地一起反对。黄门侍郎张华说："天下大乱，不是雄才大略，怎么能救苦救难？嗣帝（指慕容宝）太懦弱，把先帝大业白白送了，还能再让他上台？"猛将慕舆护说："嗣帝丢弃国都，自取灭亡，你做叔叔的何必再向他谦让？而且赵思说的情况不知是真是假，我要求渡河北去看个明白！"

　　慕容德知道慕舆护这一去，看情况是借口，杀害慕容宝却是真实目的，不得不装模作样流了几滴眼泪，挥手让他走了。慕舆护带了几百壮士，把监牢里的赵思放出来，叫他带路，扬言去欢迎慕容宝，他们北渡黄河，却见不到慕容宝的影儿。原来慕容宝派走赵思后，遇到打柴的樵夫，听说他叔叔慕容德已自称燕王，知道大事不妙，和同伙们拔腿就溜，撤回北方去了。慕舆护扑了一个空，怒气冲天，捆住赵思，五花大绑，带回滑台。慕容德想叫赵思在南燕做官，赵思说："犬马尚知留恋故主，我虽然是一个宦者，还是要求回北边去。"慕容德硬是不让他走，赵思破口大骂慕容德是叛逆，被杀时还是骂不绝口。

73　慕容盛复仇

从黄河边逃返北方的慕容宝，首先要扩充实力，便派他儿子慕容盛和猛将慕舆腾先在冀州收罗旧部，招募新兵。

慕容盛是慕容宝的庶长子，从小聪明沉着，富有谋略。在西燕慕容冲称帝时，他才十二岁，看到慕容冲赏罚不均，政令不明，就对叔父慕容柔说："中山王（即慕容冲）没有出众的才能，也没有做什么好事，就这么蛮横自大，很可能不久就要失败。"慕容冲日后被杀，他又对叔父说："眼下正是动乱之际，这里呆不下去了，应该像鸿鹄高飞，鹏程万里，不要等待罗网套上来，束手待毙！"于是他们叔侄兄弟数人，共同离开西燕投奔后燕。途中遇到拦路行劫的强盗，年少的慕容盛面不改色说："你们有胆量，敢和我比试武艺吗？你们在百步以外竖一支箭，如果我射不中，甘愿给你们做奴隶；如果射中了，小心你们的脑袋！"他果然一箭就中，强盗们吓得跪拜于地，有的头目对慕容盛说："我们哪敢欺侮你，瞧你模样就是贵人出身，刚才见面时，是逗你玩的。"

慕容盛到后燕，跟随他的祖父慕容垂，一年多后，从西燕传来消息，慕容㒞和慕容垂的子孙都被屠杀殆尽，他们要是不早逃离，也要成为断头鬼了。慕容垂询问西燕军情，慕容盛在地上画起山川关塞，说得一清二楚。慕容垂对这个小孙子赞不绝口，立即封为长乐公。慕容垂死后慕容宝即位，他又晋爵为王。

　　慕容盛和慕舆腾在冀州募兵，慕舆腾一贯骄横暴虐，民愤很大，豪杰大族观望不前。慕容盛这时已成年，英明果敢，担心慕舆腾乘机叛乱，就找一个借口杀了他。巨鹿、长乐一带的地方豪杰听说慕舆腾伏法，都愿意发兵跟从慕容宝父子。慕容宝得知兰汗在龙城祭祀皇室宗庙，似乎还是赤胆忠心，就想回龙城去，不愿流落冀州。他们走到令支（今河北迁安县西）北边的建安，慕容盛劝他老子暂且逗留一下，瞧瞧兰汗到底是什么心肠，同时派人先到龙城去摸摸情况。

　　兰汗听说慕容宝要回龙城，派了左将军苏超迎驾。苏超见了慕容宝，大夸兰汗忠心耿耿，讲得天花乱坠。慕容宝被甜言蜜语灌得满心喜欢，急着要和苏超回龙城去。慕容盛认为兰汗虽是自己的岳父，但在段速骨攻占龙城的紧要关头却叛离皇室，反复无常，眼下似乎转变很快，总觉得他居心叵测，自己必须谨慎行事。因此他哭劝慕容宝慢点走，可是无法拦住。慕容宝也不勉强宗室僚属一块儿走，叫慕容盛殿后，算是留下一条后路。

　　慕容宝和苏超到了离龙城四十里的索莫汗陉。龙城的吏民听说慕容宝回来，家家挂灯结彩，人人喜气洋洋。慕容宝更是得意忘形，他预料兰汗会亲自迎接，但来的却是兰汗的弟弟兰加难和五百个骑兵。颍阴公余崇悄悄对慕容宝说："瞧兰加难那副嘴脸，不像是来欢迎的，假惺惺的笑容里带着杀气。陛下三思而行，还能避免灾祸。"慕容宝不肯听从，跟着奔向龙城。才走几里路，兰加难就把余崇先捆绑起来，余崇大骂道："你们兰家是什么皇亲国戚？天地都不容许你们篡逆！我只恨此生不能用刀一丝一丝割下你们的肉来！"兰加难没等他骂完，一刀送了他的命。慕容

宝悔之无及，无可奈何，被他们押到龙城外邸，也被杀害，时年四十四。慕容宝即位两年多中，南逃北窜没个停歇，丢掉了大半国土，闯过了多少鬼门关，却这么轻易地受骗上当，在亲家的毒手下结束了一生。

兰汗随即撕下了假面具，把太子慕容策和其他一百多个王公贵卿一起斩首。他自称大都督、大将军、大单于、昌黎王，改元青龙。

慕容盛听到父亲和弟兄们的噩耗，悲伤万分，放声痛哭，骑上骏马，要冒死去龙城奔丧。别人不让他去，他却胸有成竹地道："兰汗是我的老丈人，不见得就会杀我。只要有几个月时间，我就可以报家仇，雪国耻！"

慕容盛确实不是莽撞之徒，他经过一番周密思考后，派自己的王妃兰氏先进龙城。兰氏见了他父亲兰汗，一个劲地哭着为慕容盛求情，又到众叔伯跟前痛哭不停，逐个地叩头哀求，眼泪湿透了衣裳，又流到地面上。她终于哭软了兰汗的心，他下令要自己的儿子兰穆去迎接慕容盛回到龙城，并任命为侍中、左光禄大夫。兰汗的哥哥兰堤、弟弟兰加难虽然觉得侄女兰妃很可怜，但非常怀疑这个侄女婿，多次劝兰汗杀掉慕容盛，兰汗没有同意。慕容盛终于在兰汗身边站稳了脚跟，实现了他暗地定下的第一步复仇计划。

慕蓉盛随后眼观四方，耳听八面，深入细致地了解兰汗内部情况，不久他得知兰堤骄狠荒淫，有时对兰汗也不买账，于是有意煽风点火，从中挑拨，促使这两兄弟相互猜疑和仇恨起来。

慕容盛又不断在暗里制造兵变和乱事，借此分化削弱兰汗的实力。太原王慕容奇由于是兰汗的外孙，在兰汗大杀慕容宗室时也被留下命来，任命为征南将军。慕容盛和他挂上了钩，怂恿他逃出龙城，到建安发动慕容宝原先的部属几千人，举起反对兰汗的旗帜。

兰汗派兰堤去平定叛乱，慕容盛乘机对兰汗说："慕容奇是小孩子，不会独个儿办这种大事，在朝内一定另有指使者，要提防京城内外的灾祸一块儿爆发。太尉（指兰堤）太骄狂，不宜让他带领那么多将士。"这几句话的弦外之音，是说慕容奇的后台就是兰堤。兰汗原已多疑，加上慕容盛烧上这把火，就撤换了兰堤，兰堤对兰汗更是恨上加恨。

这一时期龙城大旱，几个月没飘一滴雨点。兰汗以为是慕容宝的冤魂在作怪，天天到宗庙里去祈祷，还竖起慕容宝的牌位，跪拜着说："是我弟弟兰加难杀害你的，你要报仇，找他一个人吧！"

兰汗如此行事，使兰堤和兰加难怒不可遏。他俩怕被兰汗杀害，立即带兵叛变。这时征讨慕容奇的兵权不在兰堤之手，因而随从叛乱的将士不多，兰汗却以为慕容盛有先见之明，能防患未然，于是更为信赖他。

兰汗的儿子兰穆一向以勇敢善战著称，被派去镇压两个叔伯的叛军。出师前，兰穆劝兰汗道："慕容盛是我家的仇敌，一定和慕容奇暗暗串通，应该清除掉！"兰汗犹豫不决，打算召慕容盛入宫，察言观色，如果确实不对头，就杀他。兰妃知道后，赶忙出宫，秘密地告诉她丈夫慕容盛注意防范。这样，兰汗派人叫慕容盛进宫，他就推说病重，躲在被窝里装着打哆嗦，兰汗信以为真，也就不追究了。慕容盛知道这一关虽然暂时躲过，倘若不早日趁机下手，难免被兰汗父子所杀，于是他加紧联络旧部，准备发难。

英勇善战的兰穆出师，果然打败了他的伯伯兰堤和叔叔兰加难。兰汗趾高气扬，用大酒大肉慰劳将士，他父子俩喝得醉醺醺地回宫。值夜的几个将领都是慕容盛旧部，慕容盛眼见时机已到，带人从厕所边上爬过墙头，悄悄进入东宫，动手杀了醉梦中的兰穆。其他将领看到慕容盛手提兰穆头颅出来，齐声欢呼。兰穆剽悍超人，如今身首异处，兰汗也就无所依靠了。于是他们带着士兵攻入西宫，西宫侍卫看见兰穆的脑袋，更是不敢抵敌。慕容盛等如入无人之境，乱刀砍死兰汗，报了杀父之仇，也给死难的一百多王公贵卿泄了怨气。

兰汗死后，各地将士纷纷响应慕容盛，兰堤和兰加难慌忙逃亡，也被抓到杀掉。龙城内外吏民欢欣鼓舞，共同庆贺清除兰氏的胜利。

太原王慕容奇原先打的旗号，是要声讨篡位的兰汗，因此各族人民都很拥护他。兰汗派侄子兰全前去讨伐，慕容奇奋起反击，兰全全军覆没，连一匹马也没逃回去，慕容奇就自以为了不起。兰汗被消灭，他却不愿听从慕容盛的号令，并且带了三万大军开到龙城十里外的横沟，要和慕容盛争个高低。

慕容盛的威望原先就很高，这次单身进城才三四个月，就消灭了不可一世的兰汗，事迹顷刻传扬各地，人人称道。慕容奇乳臭未干，那三万人马怎么肯顺从他去攻打慕容盛？两军才一交锋，队伍就不战自溃，慕容奇被活捉，受命自杀。他的亲党一百多人同时被杀。

臣僚们多次劝慕容盛登基，他便正式宣告即燕王之位。

慕容盛的伯伯慕容令早死，遗孀丁氏被尊为献庄皇后，兰妃一直侍候她体贴入微，丁后十分感激。兰妃之父兰汗被杀，慕容盛下令将兰家满门抄斩，连兰妃也被逼令自杀。愤怒的丁后指着慕容盛的鼻子骂道："当时要不是兰妃的眼泪，哪还有你这条命？你今天哪能登上皇位？你不报答她的恩情，还要她死于非命！你怎么算得上是慕容家的人？"这样兰妃才被赦免，但慕容盛恨极了兰家篡逆，始终没让兰妃当皇后，兰妃的眼泪只得往肚里流。

后燕的版图只有关内关外的幽州和平州的一部分。段速骨领导反战队伍掀起的巨涛狂澜虽然被镇压下去，但也逼使慕容盛不敢再动干戈南下扩张领土。因此拓跋珪征服了大片土地，虽然留守的兵力不多，却也安安稳稳度过了许多年头。

东晋为什么不趁机大兴北伐之师呢？原来建康的朝廷和方镇之间，这个方镇和那个方镇之间，都在兵戎相见，自顾不暇。

74 "黄头小人"

会稽王司马道子经常酒醉糊涂，而他的世子司马元显却能说会道，有些才干。司马元显十六岁官为侍中，似乎这根嫩竹扁担还能挑起重任。一天，他对会稽王说："兖、青二州刺史王恭和荆州刺史殷仲堪终将成为朝廷大患，我们应该悄悄地早做准备。"会稽王看他竟有如此胆识，就任命他为镇虏将军，还把将军府的文武官员和士兵都配备得足足的。

会稽王父子认为皇室中的人，只有谯王司马尚之及其弟司马休之还有点才略，便把他俩看作心腹。这兄弟俩劝会稽王说：

"现在方镇太强盛,丞相的权反而轻了。最好安排一些自己人在朝外,可以保护朝廷。"会稽王点头称是,任命自己的司马王愉为江州刺史,都督江州及豫州四个郡诸军事。

豫州刺史庾楷本来和王国宝一个鼻孔出气,站在会稽王一边。他没料到会稽王竟从他手下划了四个郡的军事让给新任江州刺史王愉去管,这就像割了他一块心头肉。他上表申诉,朝廷不理睬。庾楷恼火起来,派了他儿子庾鸿到王恭跟前煽风点火说:"谯王兄弟在朝抓权,比王国宝还坏,他们要逐步夺取方镇实力,今天砍了我一条腿(指四个郡),明天就要动到老兄头上,以后的祸事就没完没了,不如先下手为强!"王恭认为庾楷说得很对,随即派专使去联络殷仲堪和桓玄。

上一年桓玄虽然伙同殷仲堪配合王恭闹了一阵子,但他自己仍然没有捞到一官半职,感到老是寄人篱下,心里不踏实,要求朝廷让他到广州去。会稽王巴不得他走远一些,赶紧任命他为都督交州、广州诸军事,广州刺史。桓玄拜官的诰命到手,却不去上任,仍是赖在江陵,可是身份就不大相同了。殷桓二人接到专使带来的讯息后,他们推戴王恭为盟主,准备共同进兵建康。这时风声紧急,各地渡口和要道日日夜夜都有巡逻的人马。殷仲堪小心翼翼将复信写在丝绢上,然后又把丝绢塞在一根挖空的箭杆里,装上箭头,又用漆涂上几遍。这个密件是经庾楷转送王恭的。当王恭收到,取出一瞧时,字迹已难以辨认。去年殷仲堪假意出兵,王恭上了一次当,他以为今年老戏重演,殷仲堪一定不会来,因而决定单独行动,提前举兵。

王恭的司马刘牢之劝他说:"将军是威望卓著的国舅,会稽王也是当今天子的叔父。去年他已对你低声下气,你不能屡兴晋阳之甲,否则,将军是要大失人心的。"王恭听不进去,上表要求讨伐王愉和谯王兄弟俩。

会稽王派人对庾楷说:"过去我待你亲如骨肉,现在你被王恭拉拢,怎么就抛弃旧交了?王恭一旦得志,在他眼中,你还是反复无常的小人,届时你的脑袋怕也保不住,怎么还谈得上富贵?"庾楷对使者发怒道:"去年会稽王不能抗拒王恭,反而杀害自己的心腹王国宝和王绪,谁敢再为朝廷尽力呢?我庾楷发誓,绝不让百口之家被会稽王屠灭!"庾楷积极配合王恭,在各地招兵买马。消息传到建康,朝廷大为忧虑,立即发布戒严的命令。

会稽王在这样危机四伏之际,还是一天到晚手持好酒往肚里灌,军国大事都交给十七岁的世子司马元显。这位少年大臣在谯王兄弟的谋划帮助下,毫不胆怯,内外部署得有条不紊。

殷仲堪听说王恭已经行动,要南郡相杨佺期带了五千水军做先锋,桓玄为中军,他自己带了两万人马殿后,随着滚滚长江顺流而下。杨佺期到了江州的治所湓〔pén〕口(在今江西九江东北),江州刺史王愉仓促逃跑,被桓玄派人抓到。

398年九月,司马元显被任命为征讨都督,谯王司马尚之奉命到牛渚矶去攻击庾楷。豫州的队伍不堪一击,被打得落花流水,庾楷光杆儿坐了小艇逃跑。这时,桓玄却在巢县的白石打了大胜仗,和杨佺期共同进军,到了与牛渚隔江的横江。庾楷渡过长江,投到桓玄手下保命。谯王旗开得胜,被任命为豫州刺史,他的三个弟弟也被任命为太守或内史。但他们都顶不住桓玄和杨佺期的进攻,节节败退。

身为盟主的王恭,风度仪表落落大方,人们称扬为"濯濯如春月柳"。有一个冬日,他披着鹤氅裘(鹤羽制成的裘袍),飘飘

然走在雪地上,有人夸赞道:"真如神仙下凡。"王恭素来恃才傲物,尤其去年兴晋阳之师,司马道子被迫杀了王国宝后,更是自认为威震天下,当代的许多名士都不在他眼中。他曾经挖苦地说:"当今名士不必什么奇才,只要喝酒有海量,加上会背诵几句屈原的《离骚》就行了。"王恭统辖着战无不胜的北府兵,但自己却不会用兵,不会打仗。虽然那些将领特别是刘牢之出生入死,立了许多战功,但在王恭眼里,这批沙场英雄只不过是行伍出身、胸无点墨的粗人。当时的风俗重文轻武,刘牢之自认为才干无人可比,看到王恭这么轻蔑地对待他,憋了一肚子气。这情况被司马元显知道了,暗下叫北府兵的另一个将领庐江太守高素去拉拢刘牢之,劝他反戈一击,允诺事成以后,把王恭的官位都让给他。

　　刘牢之和自己的儿子刘敬宣商议后,决心顺从朝廷的意愿。但是王恭的参军何澹之探听到了这事,就一五一十地告诉了王恭。何澹之和刘牢之原先就有解不开的疙瘩,王恭以为何澹之见风就是雨,瞎咋呼,不相信刘牢之敢造自己的反。他认为这正是"养兵千日、用兵一时"的关键时候,对刘牢之必须大大笼络。

　　王恭摆了盛大的酒宴,在众目睽睽之下和刘牢之结拜为兄弟,称刘牢之为兄,又把北府兵内精锐的将士和上等的装备都拨给刘牢之。可是这一切异乎往常的做法,却没打动刘牢之的心。刘牢之在向建康进军的半途中,斩了同行的先锋官王恭的帐下督颜延,命令儿子刘敬宣和女婿东莞太守高雅之回军攻击王恭。王恭正在京口城外检阅兵马,受到突然袭击,将士都溃逃了。王恭准备回城躲避,不料高雅之抢先一步占领了京口,紧闭了城门。王恭骑了骏马向南跑了几十里,到了曲阿。他素来不习惯骑马,这样的奔波竟使他的股部和大腿擦伤化脓。王恭在曲阿，遇到了他过去的参军殷确，殷确将他藏在小船中的芦席下面，想带他从水路逃到桓玄那儿去。可是船行到长塘湖，碰到同殷确有怨仇的商人钱强，钱强一眼看出了底细，报告了驻军。王恭当即被抓起来，押送建康。会稽王原本只想当面教训他一番，给他一个难堪，并不一定要杀他。可是桓玄的军队已逼近石头城，朝廷担心局势变化莫测，就下令在建康东北的倪塘将王恭斩首。

王恭临刑，背诵着佛经，头发胡须抹得整整齐齐的，神色自若地说："我对人过于信任（意指军权全交刘牢之），竟至身首异处，全家也要跟着遭殃。可是我的本心忠于国家，但愿几百年后，人们还会理解我王恭这个人。"他的五个儿子、弟弟王爽、侄子王和，以及一些亲党陆续被抓到，都被砍了头。

王恭的头颅送到建康，挂在城东浮桥边示众。会稽王司马道子亲自去观看，他凝视良久后说："你为什么老是和我过不去，一定要我的老命，瞧你自己落得如此下场！"

王恭刚被捕时，在押送建康的路上途经湖孰，县令是他过去的僚属戴耆之，他悄悄地对戴耆之说："我还有一个小儿子，养在奶妈家里，请你代我送到桓玄那儿去。"戴耆之事后照办，才给王恭留下一条根。王恭死后没有什么家财，只留下许多书籍，不少人为他惋惜。王恭平时为人过于高傲，不能体恤下情，尤其他笃信佛教，征发工役修建了许多华丽的寺院，劳民伤财，引起百姓的怨恨。王恭当初起兵讨伐恶贯满盈的王国宝，博得人们赞扬，但他接连又要进军建康，不断地"清君侧"，就受到不少人反对和讥骂。因此王恭死后，童谣唱道："黄头小人欲做贼，阿公在城，下指缚得。"又唱道："黄头小人欲作乱，赖得金刀作藩杆。""黄头"指恭字的上半部,"小人"指恭字的下半部,连起来即指王恭。"阿公"是指会稽王司马道子,"金刀"是指刘牢之①。这些童谣的大意是说:王恭造反,司马道子依赖刘牢之的倒戈,活捉了王恭,维护了朝廷的安全。

刘牢之立了大功,从一个都督府的参军,一跃而成为都督兖、青、冀、幽、并、徐及扬州晋陵诸军事,权势炙手可热。朝廷一下子把刘牢之捧得高入云霄,目的是想靠他去对抗桓玄和殷仲堪。

75 咄咄逼人

早年,桓玄弃官,寓居江陵,他家几代都曾称霸荆州,他自己又很横蛮,所以荆州刺史殷仲堪和吏民们都很怕他。有一次,桓玄在殷仲堪的庭院里奔马练武闹着玩,他手举长矛,假意要刺杀这个荆州刺史。参军刘迈对他这种无礼的举动很看不过去,强作笑容说:"将军武艺娴熟,使人钦佩。但要说登峰造极,似乎还差一点。"桓玄立即板下了脸,转身策马跑出大门去了。殷仲堪的脸唰地发白,对刘迈说:"你发疯了吗?今夜他肯定要来刺杀你,我怎么能救你呢?"接着他叫刘迈赶紧出城逃避。桓玄果然派人去追杀,刘迈跑得快,才算逃出命来。

---

① 繁体字"劉"中,有"金"及"刀"。

殷仲堪、桓玄和参军顾恺之等人经常在一起吟诗作戏。有一次比试谁说的事最危险。桓玄是舞枪弄刀的，第一个说："矛头淅米（淘米）剑头炊。"殷仲堪跟着说："百岁老翁攀枯枝。"顾恺之接上去，吟了一句："井上辘轳卧婴儿。"随后另一个参军插上来说："盲人骑瞎马，夜半临深池。"他说得比前几位都好。可是，殷仲堪是瞎了一只眼的，未免有故意挖苦之嫌。参军无心说出了口，难以收回，反正是一块儿闹着玩的，相互也不在意，只是一阵哈哈大笑。殷仲堪一眼看到桓玄对自己露出恶意的狞笑，不觉一阵恶心，嘴里随即道："太咄咄逼人了！"别人还以为殷仲堪没奈何地责怪那个参军，还是笑个不停。

殷仲堪为什么瞎一只眼呢？原来他年轻时，父亲殷师得了重病，听到的声音总是很大，甚至床下有蚂蚁爬行，他父亲还认为身边有牛群在角斗。殷仲堪很孝顺，衣不解带，亲自服侍。他自己还钻研医术，常常掉着泪为他父亲采药、抓药、熬药。有的草药有毒，不慎误入他的一个眼中，以致一目失明。

殷仲堪虽然手握长江上游军政大权，但他并不怎么懂军事，配合王恭进军建康时，却把军事指挥权交给南郡相杨佺期。杨佺期是弘农郡华阴（今陕西华阴东）人，据说他是汉朝太尉杨震的后代，九世以来都以才德出名，他父亲杨亮当过梁州刺史。杨佺期自以为这个门第在江南数一数二，但他家过江较晚，是武将出身，杨亮和杨佺期的夫人，又都不是世家大族的闺秀，因而遭到排挤。杨佺期只捞到一个郡国的官儿，心里愤愤不平，他决心要在天下纷乱中大显身手，因而积极地支持殷仲堪向建康进军。

盟主王恭虽然兵败被杀，桓玄和杨佺期的水军却已到了石头城下，殷仲堪也抵达芜湖。刘牢之带了北府兵驻扎在新亭，旌旗

招展，军容整肃。桓玄和杨佺期一见，暗暗吃惊，赶紧命令队伍撤到蔡洲（即今南京市西南，长江中的江心洲）。不过，朝廷不知对方虚实，但见殷仲堪拥众几万，充斥京城西边一带。因而建康朝野都胆战心惊，害怕西军（即指荆州来的队伍）的强盛。有一次，朝廷所属的军队中，有一匹惊马疯狂地奔跑，士兵们乱成一团。有些将士以为敌人偷袭，慌乱万状地逃窜，落入大江中被淹死的也有不少。

左卫将军桓脩（桓冲的第三子）向会稽王出谋划策道："如果以重利引诱桓玄及杨佺期，桓玄就能压倒殷仲堪，杨佺期甚至可以反戈一击。"几天以后，殷仲堪的叔叔太常殷茂带了诏书到西军宣布朝命："任命桓玄为江州刺史，杨佺期为雍州刺史，殷仲堪为广州刺史，桓脩为荆州刺史。西军即刻班师，各回原来驻地。"

殷仲堪得知朝廷贬调自己到边远的广州去，气得鼻孔冒火，催促桓玄和杨佺期急速向建康进军。但他俩听到朝廷有新的任命，想接受朝命而犹豫不前。殷仲堪知道攻打建康已成泡影，下令全军回去，保全荆州，并直接通知驻蔡洲的桓玄说："你们如果不马上回去，我到了江陵，便将你们的家属全部斩尽杀绝。"这一下真是杀手锏，杨佺期的部将刘系带了两千士兵转头就走，桓玄和杨佺期赶紧跟着撤军，狼狈地追赶殷仲堪，到了浔阳才追上。

殷仲堪失去荆州刺史的官职，要依赖桓玄和杨佺期撑门面。桓杨二人没有实力，要借重殷仲堪的将士做本钱。所以双方矛盾虽然很大，但暂时还不得不继续合作。他们相互交换子弟作为人质，在浔阳结盟，共推桓玄为盟主。他们不接受朝廷的诏命，并且联名上表，为王恭鸣冤喊屈，要求法办刘牢之和谯王；同时又声明殷仲堪是无罪的，责问为什么要降调广州。

这一着棋挽回了西军的崩溃，朝廷反而六神无主，只得下诏免去桓脩的荆州刺史，让殷仲堪官复原职。这样，西军的三大巨头都成了方镇大臣。荆州刺史殷仲堪仍坐镇江陵，雍州刺史杨佺期坐镇襄阳，江州刺史桓玄坐镇浔阳，各有比较满意的地盘，兵祸暂时停歇。

桓玄看不起杨佺期，常常压制他，杨佺期内心也恨透了桓玄，偷偷和殷仲堪商量要攻杀桓玄，他俩因此结成亲家，相互依赖。桓玄开始有了实力，不怕他们，又派人到建康和执政的司马元显拉交情。司马元显本来就希望他们自相火并，因此和桓玄一拍即合。不久，诏书下达："荆州刺史殷仲堪所属的长沙、衡阳、湘东、零陵四个郡诸军事，划交桓玄都督。桓伟（桓玄的哥哥）代替杨广（杨佺期的哥哥），任南蛮校尉。"这样，在他们三人的明争暗斗中，又烧上了一把火。

殷仲堪估计，有朝一日朝廷会叫桓玄代替自己统辖荆州，他也到建康去找保护人，派人送了许多珠宝财物贿赂会稽王的左右，甚至收买了一批常常出入王府的和尚尼姑。因而会稽王耳根边，全是对桓玄的攻击和对殷仲堪的赞扬。桓玄知道这些情况后，决心要早日消灭殷仲堪。

这年（399年）荆州发大水，有的地方平地一片汪洋，灾民没有任何东西下肚，殷仲堪只得开仓赈济，灾民几乎吃空了仓库。桓玄乘人之危，从江州发兵西上，他先发信给殷仲堪说："洛阳是雍州所属，雍州刺史杨佺期把它丢给鲜卑人，让先皇陵墓遭受耻辱。如果你我是一条心，我们应当共同去讨伐杨佺期，

否则我要进军江陵了!"桓玄又送密信给他自己的哥哥,新任南蛮校尉桓伟,叫他在江陵城里做内应。桓伟却是个老实头,拿到密信不知所措,将它送给殷仲堪。殷仲堪瞧了信,吓出一身冷汗。但他不动声色,冷笑几声,下令扣押桓伟做人质,又逼他写信给桓玄,要桓玄赶快罢兵。桓玄视若无睹地说:"殷仲堪肚里肠子有多长,我全有数。他优柔寡断,做不出什么大事来。我的哥哥绝对不会被害。我放心得很!"

咄咄逼人的桓玄放手发动进攻,不多天就占领了零口(灵溪入长江处),离江陵只有二十里了。殷仲堪赶紧派出专使,要他的亲家杨佺期全力以赴来救援。杨佺期答复道:"荆州闹大水,江陵城里已经没有粮食,你们已把仓库底里的芝麻也掏出来填肚子了,我的大军开来,你拿什么应付这上万张嘴巴?不如你们撤过来,共同守卫襄阳吧!"殷仲堪早料到杨佺期会说这般话,他怎肯丢弃偌大的荆州?因而使者拿出预先准备好的假话:"最近到各地搜集粮食,仓库里又装得满满的,保证几万人能放开肚皮吃它一百天。"杨佺期信以为真,带了八千名步兵骑兵,开拔到江陵。殷仲堪好不容易做了一顿干饭慰劳他们,第二天的粮食还不知在哪儿呢,杨佺期气得直跺脚。可是,这时已骑虎难下,他赌气不去见亲家,就和桓玄打开了。杨佺期得到一点小胜利,就昂首天外,不料桓玄接连反攻,转败为胜,杨佺期带了残兵败将逃回襄阳,被桓玄部将冯该追上,砍了脑袋。殷仲堪逃得比谁都快,过了襄阳投向长安,也被冯该追上抓到。当他被押回江陵北面二十多里的柞溪时,咄咄逼人的桓玄要殷仲堪自杀的命令传到,他只得在桥边的凉亭上自缢而死。

殷仲堪崇奉天师道,喜欢摆道场,请鬼神,但真正办起大事来,他还是被桓玄玩弄于股掌之上。早先江陵有很多人说,殷仲堪的眼睛似乎被什么蒙住了,日后他总要被桓玄打败,捆绑着送上刑场。因而,有一首童谣唱着:"芒笼目,绳缚腹;殷当败,桓当复。"

当殷仲堪从江陵出走时,咨议参军罗企生跟着他。经过罗家门口,他弟弟罗遵生赶出来,流着眼泪说:"生离死别,亲兄弟俩握一下手吧!"罗企生掉转马头,伸出手来,他弟弟一把将他拖下马来,哭着说:"家中还有老母,你走到哪儿去?"罗企生答道:"我只有一死报主,你在家奉养老母吧!我忠你孝,没有遗憾了!"他愈要上马,他弟弟愈是把他抱得紧紧的。殷仲堪瞧见这情景,知道罗企生不能脱身,就丢下他,自己策马奔走了。桓玄进了江陵,很多知名人士都去求见,罗企生独独不去,他说:"殷侯待我以国士,我不能和他共死,还有什么面目去求生?"桓玄原先和他有交情,派人对他说:"如果到我这儿谢罪,就可以饶恕你!"他坚决不愿低头,桓玄逮捕了他,问他临死有什么要求。他说:"希望留着我的弟弟,让他奉养老母。"桓玄杀了罗企生,赦免了他的弟弟。罗家老母听说长子被杀,拣出桓玄早年送她的一件羔羊袍子,当众烧毁,表示断绝往来。

桓玄占领了江陵和襄阳,杀了殷仲堪和杨佺期,荆州和雍州都成了他的势力范围,朝廷一无对策,反而下诏任命他都督荆、司、雍、秦、梁、益、宁七州诸军事,领荆州刺史。他舍不得江州这块大肥肉,要求仍领江州。朝廷拗他不过,命他都督八州诸军事,兼领荆州、江州刺史。桓玄得寸进尺,又要求任命他的哥哥桓伟为雍州刺史,侄子桓振为淮南太守。朝廷只得委曲求全,桓家的叔伯子弟就霸占了长江中上游一带。

76 顾痴三绝

殷仲堪当了七年荆州刺史,死于桓玄之手。他在方镇斗争中,是没有什么突出表现的一般人物,而他的参军顾恺之却是魏晋时期最有名的一个画家。

多才多艺的顾恺之(345-406),字长康,晋陵无锡(今属江苏)人。他写过许多诗赋,如《筝赋》、《凤赋》、《冰赋》、《雷电赋》、《观涛赋》、《湘中赋》、《湘江赋》等。他的《神情诗》(或称《四时诗》)写道:"春水满四泽,夏云多奇峰;秋月扬明辉,冬岭秀孤松。"这简单的二十个字,就以四季不同的突出形象,描绘出使人沉醉迷恋的自然景色。

桓玄的父亲桓温在世时,顾恺之曾经当过他的参军。有一次桓温偕同许多慕僚和宾客来到城南的江津。桓温问顾恺之能不能望到江陵,他随口答道:"遥望层城,丹楼如霞。"同行者大为赞扬。桓温对顾恺之十分亲近和关心,桓温死后,他去桓温的墓前凭吊,百感交集,当即吟诗道:"山崩溟海竭,鱼鸟将何依?"虽然对桓温称颂不当,但却刻画出惋伤悼念的心情。顾恺之从墓地回来,有人问他:"你对桓公如此想念,一定哭得很悲痛吧!"他毫不掩饰地回答道:"声如震雷破山,泪如倾河注海。"

随后,殷仲堪请顾恺之任参军,对他也是爱护备至。当时,麻布的风帆非常贵重,顾恺之因事回家乡,执意要求借用,殷仲堪将最好的风帆借给他。顾恺之途经华容县的破冢洲附近，遇到了吓人的风浪，险遭不测。过后他给殷仲堪写信道："地名破冢，真是破冢而出。行人安稳，布帆无恙。"顾恺之回荆州后，有人问他："你这次畅游会稽，那儿景色如何？"顾恺之摇头晃脑，啧啧称道："千岩竞秀，万壑争流。草木蒙笼其上，若云兴霞蔚。"他脱口而出的四句简单词语，就将会稽的万水千山绘声绘色地介绍给别人。顾恺之在书法上的造诣也很深，并写过评论书法的《书赞》。

顾恺之在绘画方面表现的天才，是最使人们感到惊奇的。

364年（东晋兴宁二年），皇家的陶官①迁到淮水以北，朝廷把旧址赐给慧力和尚，他决心改建一座瓦官寺②，寺僧募集经费，皇室权贵和世家大族纷纷捐款求福，但都没有超过十万钱的。二十岁的顾恺之却独独在化缘簿上，豪爽地写了一百万。寺僧向他索取款项，他要寺僧在大殿上准备一堵白墙，他关起门来，专心画了一百多天，《维摩诘像》就此问世。维摩诘是与佛教创始人释迦牟尼同时代的一个居士③，相传他有极高的智慧和辩才，有大慈大悲、救苦救难的胸怀，但他的吃喝嫖赌和放荡的行为也极其惊人。维摩诘是被门阀世族和其他腐朽的寄生者所神化了的人物，因此特别受到魏晋之间名士的崇敬。

顾恺之在《维摩诘像》画成以后，通知寺僧，要他们请人参观，并捐助现款。第一天，每人出钱十万；第二天，出钱五万；第三天，任意布施。许多官宦富豪闻名而来，先睹为快。五丈多

---

① 或称"甄官"，是生产建筑材料的作坊。
② 在今南京西南角的花露岗上，原寺在唐时已毁。
③ 居士是信仰佛教而没有出家的人的统称。

高（合今三丈六尺多）、清瘦聪慧的居士图像，光彩焕发地显现在殿墙上，居士的面容似乎有病，凭依着案几凝神沉思，使整个寺院的气象更为庄严和高雅。深受感染的人们纷纷解囊捐款，三天里就捐了几百万钱。唐代大诗人杜甫称扬这幅画说："虎头金粟影，神妙独难忘。"①

顾恺之常年生活在朝廷和方镇的幕府中，和冠冕人物朝夕相处，所以对当代人物能画得惟妙惟肖。他曾画过《中兴帝相列像》，别人赞为"妙极一时"。他画笔下的桓温、桓玄、谢安、刘牢之等，都栩栩如生。他画谢鲲的像，用岩石、丘壑做背景，更衬托出谢鲲的清高。顾恺之曾画西晋惠帝时中书令裴楷的像，裴楷面颊上长了三根毫毛，一般人画时，忌讳省略，但他却用爽利的笔法画了出来，使人一见图像，就感到裴楷要从画中跃然而出。从此人们就用"颊上添毫"来比喻生动的叙述和描绘。殷仲堪生前，顾恺之要给他画像，他生怕自己的一只瞎眼让顾恺之不留情地描绘出来，就一味推辞。顾恺之一语道破说："你是不愿把病眼画出来！我一定画得很真实，而且使你非常满意。"那只瞎眼果然照实画出，但顾恺之又用带墨很少的干笔，在上面轻轻扫过，那眼就如薄云遮住的明月一般，其美妙使殷仲堪和同僚们齐声叫绝。

顾恺之和殷仲堪一样，是天师道徒，他的《画云台山记》是以宗教故事为内容的一幅山水画记叙，也是一篇关于绘画的理论文章。云台山在今四川苍溪县东南三十五里，相传汉末张道陵天师在此修道，要弟子王长、赵升投身于悬崖峭壁中取仙桃，他俩

---

① 虎头是顾恺之的小字，金粟如来是维摩诘的外号。

顾恺之妙笔绘神象

在七次考验后得道,一同白日升天。这篇文章对于绘画的构思、布局、境界、光度、色彩、倒影等,都提出了细致的要求。顾恺之还绘有《云雾画五老峰图》等,说明我国山水画的发展在公元四世纪时,已达到相当成熟的阶段。

顾恺之是我国最早的绘画理论家,除《画云台山记》外,还有《论画》、《魏晋胜流画赞》等著作,留传至今。他绘画理论的中心点是"传神",提倡重视描绘形象的同时,偏重于表达心理状态。他认为只有这样才能画得生动,使人感到真实。顾恺之画人物,总是最后才画眼睛。有一次,他给人在扇面上画了嵇康和阮籍的像,没有画眼珠。扇子的主人问他为什么,他开玩笑地说:"如果画上眼珠,他俩就要说话,变成活人了!"其实,顾恺之在没有把握画出眼睛的神韵时,宁可搁笔数年。他认为把手脚或胸背画得美一点或丑一点,都没有什么关系,他归结说:"传神写照,正在阿堵①中。"他很喜欢嵇康的一首四言诗,并且以此诗内容作为绘画题材。他说:"诗句中的'手挥五弦'容易画,而'目送飞鸿'的眼神,就非常难画了。"

顾恺之的画早已失传,现存的《洛神赋图》、《女史箴图》、《斲〔zhuó〕琴图》、《列女仁智图》,都是唐宋时临摹下来的,还保留一些原有的风格和特色。人们称赞他的画如"春蚕吐丝",如"春云浮空,流水行地"。许多人细细观赏、慢慢品尝他的画,愈看愈有味,终日不倦,不愿离去。谢安在世时,盛赞他的画是"有苍生以来,未之有也"。

顾恺之喜欢卖弄聪明,吹嘘才能。别人常常故意给他戴高帽

---

① 阿堵是当时的口语,意为"那个";在这句话里是指眼睛。

子，拿他开心，他也毫不在意。顾恺之和桓玄是有交情的，有一次他长期外出，将一柜子珍藏的作品存放在桓玄家里，柜门加锁，并且贴上封条。桓玄最爱他的画，暗下把柜背的木板撬开，取出全部绘画据为己有，又把柜板恢复原状。顾恺之取柜回来后，发现全部画帙不翼而飞，他不以为怪地讲："听说人能修道成仙，白日升天，我的画太好了，一定通灵而飞去了！"比他小二十四岁的桓玄老是设法戏弄他，有一次拿了几片柳叶骗他说："这是仙山上夏蝉遮掩自己的叶子，把它放在身上，别人就看不到你了。"顾恺之信以为真，试着去探问别人，他的邻近亲友受到桓玄的特别关照，都说看不见他，他十分欣喜。第二天桓玄进了顾家庭院，顾恺之又把柳叶放在身上，桓玄故意装作看不见他，走到他身边撒尿。顾恺之被淋了一身尿，还认为这几片枯柳叶真有隐身魔力，更是视为珍宝。

顾恺之六十一岁时，被任命为散骑常侍。有一个晚上他和谢瞻共同值夜。谢瞻六岁就能作文，也是才华横溢的人。他俩在月光下吟诗，约定到天明不睡觉。谢瞻知道他脾气，不时赞扬他几句。顾恺之听到吹捧，倦意消失，愈吟兴致愈高，他只要谢瞻称赞，不问谢瞻吟不吟。到了深夜，谢瞻忍不住要入睡，就叫给自己捶腿的随从做替身，每隔一会儿，代他赞扬顾恺之几句。顾恺之得意忘形，大吟特吟，直到天色破晓，才发觉谢瞻在弄虚作假。

在很多事上，顾恺之的想法和做法和常人不一样，例如吃甘蔗，别人先吃根部后吃末梢，他却反过来，从末梢吃到根部。别人问他为什么，他说这样愈吃愈甜，是"渐入佳境"。以后人们常拿这个成语比喻兴味逐渐浓厚或情况逐渐好转。

顾恺之在酷暑或严寒中,不愿下笔作画;暴风雨降临之际,他更束手休息。在晴朗、温和、凉爽的天气里,顾恺之登上高楼,抽去活动的楼梯,没日没夜地绘画,茶饭由家人定时送上去,妻子儿女都很少见面。

顾恺之六十二岁得病死了。因他平时异乎常人的性格,对于才能的自负和专心,以及常受别人的欺骗戏弄,因而被称为"痴绝"。又因他能诗能文,才气纵横,而且能出口成章,词语动人,也被人称为"才绝"。特别是他在绘画上表现了非凡的天才,开创了绘画理论,同时又被称为"画绝"。

顾恺之的一生,就以这样的三绝——才绝、画绝、痴绝,著称于世。

顾恺之去世前后,南方的东晋王朝开始走入没落阶段。北方呢?除了拓跋氏的魏国愈来愈强大,别的政权也好景不长,下面先来叙谈一番后凉的情况。

77 乘龙上天

吕光建立后凉,有从西域凯旋的大军,还有两万多头骆驼驮返的财富。有了如此雄厚的兵力和财力,统治比较稳固。前凉灭亡后的王室和将领多次叛乱,都被镇压下去。

吕光平定凉州有一个得力助手,那是随同他出征西域的将军杜进。吕光得势,任命他为辅国将军、武威太守,权力很大。吕光的外甥石聪从关中投奔姑臧，看到杜进的侍卫和仪仗跟吕光差不多，心里很不舒服。吕光问他："关中人士对我如何议论？"石聪添油加醋说："在那儿，只听说凉州有杜进，很少人知道有舅舅。"吕光听后闷闷不乐，不久，给杜进扣上一个谋反的罪名，杀了他。

吕光从凉州刺史改称凉州牧，又自称三河王，六十岁时（396年，东晋太元二十一年）宣告登上天王之位，改元龙飞，国号大凉。史书上记载后凉开国时期，一般仍从他十年前（386年12月）割据凉州算起。

399年（东晋隆安三年）十二月，六十三岁的吕光患了重病，他立太子吕绍为天王，自称太上皇帝。吕绍是吕光的正夫人所生，但不是长子。长子是嫔妃所生的太原公吕纂，吕光任命他为太尉，另一个儿子常山公吕弘为司徒。

吕光知道命在旦夕，把吕绍、吕纂、吕弘等兄弟叫到病榻边，对吕绍说："我归天以后，吕纂统率六军，吕弘管理朝政，你依靠这两个哥哥，日子就可以过得去。但如果相互猜忌，后果就不堪设想了。"吕光又对吕纂、吕弘说："永业（吕绍字）没有拨乱反正的魄力和才能，只因为立嫡是制度之常，故据元首之位。你们弟兄要和睦相处，千秋万代可以国泰民安。假如要自争长短，那不要多久，大祸就会临头！"吕光特地拉住吕纂的手，劝诫道："你的性格很粗暴，我深深担忧，望你好好辅佐永业，不要听信别人的挑拨！"

吕光自称太上皇帝还不到一天，就闭目长逝。吕绍打算万事就绪后，再行发表，吕纂却不管他那一套，撞开宫门，到吕光遗体前大哭一番。吕绍见他有意和自己为难，十分恐惧，立即对他说："大哥你功高年长，应该继承大位！"吕纂回答道："你已经

是天王了。你是嫡生,小臣是小娘养的,怎么敢干预大位!"吕绍一再谦让,吕纂头也不回就走了。他们的堂弟骠骑将军吕超对呆若木鸡的吕绍说:"吕纂带兵多年了,权势很大,结党营私也非一朝一夕了。你瞧他哭丧时,叫闹得似乎震撼宫室,可是没有多少眼泪。你瞧他走路那副模样,眼珠子仿佛长在额角顶上,大摇大摆,旁若无人。你听他讲的几句话,又粗鲁又带刺儿。他肚子里肯定有了坏主意,应该早点干掉他。"吕绍说:"先帝的劝告还在耳边回响,即使他做大哥的图谋不轨,我也视死如归,决不做违背父教、杀害亲兄之事!"

司徒吕弘虽然在吕光临死叮嘱时不断点头称善,但实际上也没有好心肠,他派人怂恿吕纂说:"现在这个主上(指吕绍)愚昧懦弱,怎么能担当一国之事?大哥,谁不知你勇猛超人,威望齐天,你应该为国家前途而登上大位,不要拘泥小节。"

这姑臧城原是汉时匈奴所建,南北长、东西短,因而又称卧龙城。前凉时,又在东南西北增筑四城。东城和北城较大,好似鸟的两翼,故又名鸟城。这四城由担负重任的王室分居。吕纂和吕弘密约,在夜间一起动手。至时,吕弘从东城发难,带了将士齐奔中宫,用斧头劈开洪范门。吕纂从北城率领数百壮士,攻破了广夏门。左卫将军齐从在黑暗中大声质问:"什么人?"吕纂的随从答道:"太原公。"齐从大怒道:"先帝才去世,新天王刚继位,太原公夜闯禁城,是叛乱吗?"他边说边抽宝剑,直向吕纂刺去,吕纂没提防这一着,额边划了一个口子。左右随从蜂拥而上,活捉了齐从。吕纂要收揽人心,不让随从杀他,还夸奖他忠勇有义气。

吕绍和吕超听到兵乱,赶紧下令禁军和部属奋起抵敌。但是这些将士平素就害怕吕纂的勇猛，都丢下武器逃跑了。吕纂打进谦光殿，坐上天王的宝座。这谦光殿是前凉时修造的，由于张轨父子割据凉州，对晋又奉守臣节，这殿名是既谦虚又光荣的喻意。吕纂在灯烛辉煌中，一点没有感到自己这个做大哥的，既不谦虚也不光荣。他下令把吕绍和吕超抓来问罪。不久消息传来，吕绍自杀，吕超逃出城去。

吕纂和吕弘共庆胜利。吕纂假惺惺地要让吕弘做天王，吕弘当然不敢侵夺大哥的王位，吕纂就叫他帮着自己，当众宣告："先帝临终，就是要吕纂继承天王之位。"谁不知道这是睁了眼睛说瞎话，吕纂管不得那么多，掩耳盗铃正式登基，改元咸宁，任命吕弘为都督中外诸军事，录尚书事。

吕超逃出姑臧，到了广武（今甘肃永登南），投奔叔父征东将军吕方。吕纂即位后，派人对吕方说："吕超是大大的忠臣，他的义勇可敬可佩！可惜他不识大体，不识时务。国家需要他抵御外来侵略，请你好好说服他，我是不咎既往、不念旧恶的。"吕超不得已，写了谢罪的奏疏，吕纂任命他为番禾（今甘肃永昌）太守，要他守卫北方的边境。

吕绍和吕超，一个死一个降。但才到第二年三月，吕纂和吕弘兄弟俩，却又互相猜疑，打了起来。吕弘带了东城的部属抵抗吕纂，经不住吕纂一击，就垮了台，逃出姑臧。吕纂的将士攻入东城，肆意抢掠，瓜分财物和妇女。吕纂自鸣得意，向僚属夸耀："今天这一仗打得真痛快，你们以为如何？"侍中房晷〔guǐ〕答道："先帝去世不久，弟兄们就连续残杀。今天的兵祸，虽然吕弘有责任，但陛下也该宽宏大量些，老百姓有什么罪过，要被烧杀抢掠？妇女们又有什么过错，而如此遭殃？吕弘的夫人是陛下的弟妇,她的女儿又是陛下的侄女,怎么能让她们给人当婢妾呢?天地神明怎么能忍心见到这种局面!"吕纂虽然凶狠,也被他说得脸臊,赶紧找到吕弘的家属,收养在宫内。

逃跑的吕弘路过广武,也去拜访他的叔父吕方。两人一见面,吕方大哭道:"天下这么大,你为什么偏要走到这儿来?如果收留你或是放走你,我怎么向天王交代?"说完,叫人把吕弘抓起来,关在监牢里。吕纂得知,派人去探望他。吕弘听说他的家属已受到优待,以为吕纂念他拥立有功,因而回心转意饶恕他。不料,来人却是凶煞神似的大力士,他受到吕纂密令,伸出熊掌般的双拳,将他活活打死。

吕纂继位后,一喜酗酒,二爱打猎,天大的国家要事都没有他的酒杯和猎狗重要。太尉杨颖劝他说:"陛下应该兢兢业业,以扩大先帝的伟绩,不能再沉湎于游猎之中了!"吕纂称赞他讲得很对,但行为却依然如故。

被吕纂安置在番禾守边的吕超却是有心眼的,他看到吕纂叛乱,转眼自称天王,犹如乘龙上天,即位后又嬉乐无常,非常看不惯,暗下慢慢扩充实力。吕超伺机攻击鲜卑思盘的部族,企图吞并他的人力和物力。思盘派他的弟弟乞珍上诉吕纂,吕纂想做个和事佬,使双方言归于好,下令吕超、思盘二人入朝。

401年二月,吕超来到姑臧,他进宫前,先到殿中监杜尚那儿跑了一趟,送了很多珍宝;又到他亲哥哥中领军吕隆那儿转了一下。这些事儿做得人不知鬼不晓。

吕纂在内殿摆开酒宴,请吕超、思盘和一些大臣饮酒。吕纂是个酒鬼,自以为黄汤进肚,什么仇恨都可以化为乌有,要他俩尽弃前怨。吕隆事先与吕超已有密约,别有用心地歌颂天王,一个劲地劝酒敬酒,吕纂照例喝得东倒西歪,还不肯放下酒杯。

筵席散后,思盘和几个大臣先后告辞,只剩下吕纂、吕超、吕隆兄弟三人以及侍卫天王的贴身亲将窦川和骆腾。吕纂兴致勃勃,让两个堂兄弟同游内宫。宫中的御车是用人拉的,吕纂坐在车上,别人跟在车后,一路上尽是吹捧,把他乐得更是晕头转向。到了琨华堂东边的小门,车子推不上门槛。窦川和骆腾解下佩在身上的宝剑,靠在墙壁上,合力把车抬过小门。说时迟,那时快,吕超一个箭步抢过两把剑,左右开弓杀向车上的吕纂。吕纂的酒吓醒了,跳下车来拼死搏斗,赤手空拳怎么敌得过锋利的双剑,他前胸被剑锋刺进,直透后背;两个亲将徒手对抗,也被吕超杀死。王后杨氏在内屋听到惨叫,赶紧呼喊禁军捉拿凶手,但殿中监杜尚也已赶到,按照原先私下商议的部署,命令禁军缴械投降,杨后声嘶力竭地狂叫一点没用。吕隆又奔出宫外,引入等候已久的将士。将军魏益多走向倒在血泊中的吕纂,狠狠踢他两脚,又用刀割下他的头颅,杨后哭着说:"天王已经死了,跟泥土和石头一般,什么也不知道了,何忍再使尸体支离破碎呢?"魏益多转身大骂道:"你这婆娘休要多嘴,吕纂违抗先帝遗诏,杀太子,夺帝位,在位不过一年多一点,就这么荒淫暴虐。番禾太守吕超顺应民心,除害安国,凡我官民一齐庆祝,有什么忍心不忍心?"

吕纂的叔叔巴西公吕佗和弟弟陇西公吕纬,都屯兵在北城。有人对吕纬说:"吕隆和吕超叛逆,你是吕纂的亲弟弟,应该仗义声讨。城里有的是自己人,一定能成功。"吕纬集合人马,又派使者邀请吕佗共同出兵。吕佗的妻子梁氏劝吕佗说:"吕纬、吕隆和吕超都是你的侄子,你为什么帮着一边,去打另一边?再

说宫城固如磐石,你们要去攻打,势如飞蛾扑火,何必自取灭亡?"于是吕佗就对吕纬说:"吕超、吕隆发难已成,占据着宫城和武库,勇将精兵都在他们手下,我这个叔叔太老朽了,无能为力啦!"

吕超有个亲弟弟吕邈在吕纬身边为将,而且一直被吕纬宠信。吕邈是帮衬他亲哥哥的,眼见有机可乘,灵机一动,就诓骗吕纬说:"现在王室之中,排起年岁来,数你是老大了!吕纂以前杀了吕绍和吕弘,人心不服。现在吕隆等杀了他,听说是要扶立你为天王,人们也这样期望,毋可置疑。"吕纬信以为真,把杀兄之仇丢在脑后,先派吕邈当联络员,去和吕隆、吕超结成同盟。他随后不带兵马,堂堂皇皇地单骑入宫,打算实现做天王的美梦。不料,立即被吕超抓起来杀了。

吕超在事变中虽然是主谋者,但吕纂过去夺位,就因为他是长兄,因而吕超竭力让位给他的哥哥吕隆。吕隆不愿意,吕超大声说:"你现在正如乘龙上天一样,已经离开了地面,怎么还能在半空中下来呢?"吕隆见他弟弟确有一番诚意,就坐上后凉的王位,改元为神鼎。吕超被任命为都督中外诸军事、录尚书事,军政实权都在他手里。

新王进宫,吕纂的王后杨氏就要出宫。吕超怕她把宫中的珍宝挟带出去,要禁军当面搜查。杨氏说:"你们兄弟不念手足之情,相互屠杀,这样的世道我一无所恋,还要这些身外之物干什么?"杨氏长得很美,吕超又想收作后房,于是对她的父亲右仆射杨桓说:"杨氏要是自杀,唯你是问,你将遭灭宗之祸。"杨桓不得已,对杨氏直说。杨氏怨怒道:"父亲贪图富贵,把女儿卖给这些残害兄弟的狂人,一次就够了,还能再来第二次吗?"随即乘人不备而自尽。杨桓怕吕超找他要人，悄悄出城逃跑了。

78 南凉、北凉和西凉

后凉在吕光死前，国内就日趋分裂。

西晋初年秃发树机能的反晋起义虽然失败，部族却并没有全部被消灭，他的四世孙秃发乌孤（？－398或399）担任部帅后，在凉州的广武郡（治所在今甘肃永登南）励精图治，威名远扬。早年，吕光任命他为冠军大将军、河西鲜卑大都统。秃发乌孤和将领们商议要不要接受封号，很多人说："我们兵马很多，为什么要听命于人？"只有石真若留认为："我们的根基还不巩固，羽毛还不丰满，吕光正在强盛时期，他如果要致我们于死地，我们也无力抗拒。不如暂且接受他的官职，让他骄妄以后，内部有了变化，我们再翻身还不迟。"秃发乌孤认为他知己知彼，说得有理，就此做了吕光的藩属。以后秃发乌孤出征湟水流域，在廉川（今青海乐都东）建筑了新的城堡作为都城。吕光才觉察到秃发乌孤野心勃勃，要分庭抗礼，赶紧任命他为征南大将军、益州牧、左贤王。这明明是要秃发乌孤往南发展，打到巴蜀去，不要蹲在附近挖自己的墙脚。秃发乌孤翅膀硬了，拒绝接受这些官爵，对使者说："吕光的几个儿子贪淫无度，几个外甥大肆暴虐，民怨沸腾，我怎么能接受不义的封爵呢？我顺天应人，为什么不能自成帝王大业？"

397年（东晋隆安元年）正月，秃发乌孤自称西平王，年号太初。第二年他又改称武威王。武威郡的治所就是吕光的都城姑臧，秃发乌孤改称武威王，是表明决心要取而代之。不久，他向西迁都于乐都（今属青海）。还叫自己的弟弟秃发利鹿孤（？-402）坐镇西平，任命为凉州牧，这等于声明整个凉州是在他隶属之下的。他广泛收罗各族有文武才干的人，不少凉州有德望的豪杰，中原的知名学者，关中的世家大族，都在他身边和所属郡县里担任要职，真是盛极一时。

秃发乌孤正图实现称霸的计划时，有一天，他喝醉了酒，兴高采烈，驰马飞奔，不慎从马背上摔下来，跌断了几根肋骨，他捂住胸脯，忍着剧烈的疼痛，强作欢笑地说："幸好脑袋没有开花，否则吕光爷儿们幸灾乐祸，把嘴巴都要笑裂啦！"可是过不了几天，秃发乌孤因伤重不治而死。他弟弟秃发利鹿孤继位，改称河西王，三年后又死了。另一个弟弟秃发傉檀（365-415）于402年继位，改元弘昌，自称凉王。这个政权，历史上称为南凉，但立国的时间，还是从秃发乌孤397年在廉川割据算起。

当秃发乌孤在后凉南部称雄时，后凉西北部也开始起了变化。

在凉州的西平郡（今青海西宁一带）有一条卢水，西汉时，这里住着一些少数民族，就称卢水胡，这些人以后散居到今甘肃、陕西、山西一带。在凉州张掖南面一百多里的临松附近，有一支卢水胡的部族，其祖先曾任匈奴左沮渠的官，因此就把沮渠作为姓氏。后凉立国，这个部族跟从吕光建立了功勋，沮渠罗仇世袭为部帅，做了吕光的尚书，他的弟弟沮渠曲弥做了三河太守。他俩跟随吕光出征西秦，前锋打了败仗，弟弟说："吕光年纪大了，逐渐昏聩骄妄，几个儿子又各自结党，相互倾轧。眼下打了败仗，说不定要彼此埋怨，推卸责任。吕光老觉得我俩不顺眼，很可能这次要被冤杀。不如早点带了部族打出去，另起炉灶，继承祖先的大业。"但是做哥哥的一贯很老实，他说："你讲得都不错，但我们一家世世代代以忠孝而为人称道，宁可人负我，不可我负人。"不久吕光果然听信别人的挑拨，无缘无故地将打败仗的罪名加在他们头上，杀了他兄弟俩。

他俩有一个侄子沮渠蒙逊（368－433）能文能武，足智多谋，熟悉史书，通晓天文。吕光很赞赏他，但又妒忌他的才能。沮渠蒙逊生怕遭到陷害，一味酗酒狂乐，装成胸无大志的样子。两个伯父被冤杀后，他沉痛地带着遗体回到临松去下葬。卢水胡的部族和亲友纷纷从四面八方赶来吊唁，男女老少竟汇集到一万多人。当受冤被杀的真情传开以后，愤怒的火焰立即狂烧起来。沮渠蒙逊哭着说："吕光昏虐无道，我的两位伯父无辜被害，含恨于九泉之下，我们决不能这样忍气吞声！我立志和父老兄弟们，去洗雪两位伯父的不白之冤，恢复祖先的大业，各位以为如何？"一万多人痛哭流涕，对他的豪言壮语极为赞许，感动得高呼"万岁"，喊声如同山洪爆发。怒火冲天的卢水胡，立即杀向吕光设在临松的官署，抓住盘剥百姓的官员，杀祭亡灵。随后，沮渠蒙逊和他的堂兄晋昌郡（今甘肃安西县东南）太守沮渠男成共推建康郡（今甘肃酒泉东南）太守段业为凉州牧，改元神玺，这是397年五月的事。

段业是长安人，曾任吕光的参军。吕光统治凉州时，用法严竣，施行高压手段以慑服人心，段业多次劝他宽大为怀，以仁义为治，因而凉州百姓对他都有好感。

段业上台，任命沮渠蒙逊为镇西将军，沮渠男成为辅国将军。不久，沮渠蒙逊攻下后凉的西郡（今甘肃永昌西北），接着晋昌、敦煌二郡投降。段业又占领张掖（今甘肃张掖西北）作为都城。后凉在张掖的守军撤退，段业打算追赶，沮渠蒙逊劝他说："穷寇勿追，这是兵法上再三说到的。"段业不听，结果被伏兵打得气咻咻地逃回来，幸好沮渠蒙逊率军接应，打退了追兵，段业才算没赔上老命。段业又要在张掖东面设置西安郡，任命将军臧莫孩为西安太守，要他兴建一座西安城。沮渠蒙逊又劝说道："臧将军有勇无谋，打起仗来知进不知退，他哪能当太守？他要筑起城墙来，不久就要死在其中，就像筑他的坟墓一般！"段业还是不理睬，不久臧莫孩在敌人进攻下打了大败仗，幸亏沮渠蒙逊早给他敲了警钟，及时撤退，西安城才没有成为他的坟墓。

段业的地盘扩大后，399年（东晋隆安三年）二月改元天玺，自称凉王，历史上称它为北凉，其立国时期，还是从397年五月建元神玺时算起。

两年多以后，段业眼瞅着扶他上台的沮渠蒙逊又英勇又多谋，害怕他有朝一日也来图谋王位。沮渠蒙逊也有所察觉，暗下对沮渠男成说："段王没有英明果断的才能，不是大有作为的君主。小弟有意将他清除，将王位让给大哥，你看怎么样？"沮渠男成不愿意。沮渠蒙逊又向段业请求，到张掖东南二百里外的西安郡去当太守，段业巴不得他走得远远的，就同意了。

沮渠蒙逊到了西安郡，不久又邀请沮渠男成到删丹（今陕西山丹）的兰门山去祭山，同时他又派人密报段业说："家兄要在休假日叛乱。如果届时他要求去兰门山祭山，那就是他的阴谋要爆发了！"沮渠男成在临行前，果然去向段业告辞。段业板下脸，命令左右侍从把他抓起来，逼他自杀。沮渠男成估猜到是沮渠蒙逊在耍手腕，就对段业说："家弟原先邀我谋反，我碍于兄弟之情，没有告发。他因为有我在世，部众就不肯听他的，故而借刀杀人。我恳请大王，假意宣布已杀了我，家弟一定立即发动叛变。而后，我再兴师讨伐，一定能打败他。"段业以为这些话是沮渠男成反噬和缓兵之计，不分青红皂白就把他杀了。

沮渠蒙逊眼见段业上了钩，便召集部众，捶胸顿足，边哭边说："我哥哥对段王赤胆忠诚，而段王却无缘无故地杀害他。各位愿意跟我去报仇雪恨吗？"沮渠男成生前很得人心，众人听说他被段业所害，愤怒地随着沮渠蒙逊杀向张掖。途中归附的人马超过一万，各族百姓也都举兵响应。段业派去迎战的将士先后投降，最后连左右的侍从都跑散了。

沮渠蒙逊不费吹灰之力抓住了段业，段业哀求道："我原来就是被你家兄弟推上王位的。我的家还在长安，留下我这条命，让我回去和妻子儿女们团聚吧！"沮渠蒙逊一言不答，把他一刀砍死。北凉的将士和僚属们共推沮渠蒙逊为主，他在当年，即401年六月，自称凉州牧、张掖公，改元永安。沮渠蒙逊虽然和段业是两家人，但都是北凉之主，段业作为开国者，在位四年。沮渠蒙逊算是第二代。

北凉的段业没有被杀前，他的辖境内又冒出一个西凉来。

北凉的沙州刺史兼敦煌太守孟敏死了，敦煌护军郭谦和沙州治中索仙，怕新官来后，他俩要被排斥，不如自己拥立一个首领，有了功劳，又会有权有势。他俩看中了效谷县（今甘肃安西县西南）县令李暠（即"皓"）。

东晋故事新编

李暠,字玄盛。出身于陇西狄道(今甘肃临洮)的世家大族,传说西汉时射箭入石的飞将军李广是他的十六世祖。他的高祖和曾祖都在西晋当过太守。李暠少年时好学不倦,以后眼瞧乱世里没有武艺就要受欺,于是开始背诵孙子兵法,整日使刀舞枪,骑马射箭。他有一个同母异父的弟弟宋繇,二人志同道合,比同胞兄弟还亲。

李暠才被推戴出来时,顾虑很多,不肯当出头椽子。他的弟弟宋繇在北凉官为中散常侍,正好有事回敦煌来,悄悄劝他乘机干一番事业。李暠才答允下来,但还要报请北凉任命,北凉也只得顺水推舟,任命李暠为敦煌太守。

不多天后又有北凉使者到来传达诏命,另派右卫将军索嗣来代替李暠。新太守带领五百人马,离敦煌只有二十四里了,要李暠赶紧去欢迎和移交。李暠将信将疑,这索嗣又是自己的刎颈之交,不能使他难堪,只得脱下官袍官帽,准备出城相迎。宋繇劝道:"眼下正是英雄豪杰出头的日子,将军已经拿到太守大权,为什么拱手让人?听说这次朝令夕改全是索嗣在背后捣鬼。他自以为是敦煌本地人,人心会向着他,更想不到将军会突然抗拒,如果给他一个下马威,那五百人马是不堪一击的。"

李暠派宋繇先去拜见索嗣探个虚实,宋繇蓄意奉承了一番,索嗣乐得心花怒放。宋繇回城对李暠说:"此人志骄兵弱,是容易击败的。"李暠立即部署队伍发动进攻,打得索嗣屁滚尿流,逃回张掖。

几个月后,北凉的晋昌太守唐瑶叛变,向附近的郡县发出檄文,推李暠为凉公。于是敦煌、酒泉、晋昌、凉兴、建康、祁连等六个郡都成了李暠的势力范围。李暠于400年(东晋隆安四年）冬改元庚子，历史上称它为西凉。

李暠又派军队出了玉门关，向西扩张。西域的鄯善、龟兹等国都成了他的藩属。

从此，四个凉国（后凉、南凉、北凉、西凉）并存，他们都想唯我独尊，凌驾别人之上。后秦与西秦又常想到凉州来做霸主。这块土地上烽烟不绝，老百姓的苦日子，几时能熬出头！

79　逼上长安

在几个凉国相互争雄之际，不共戴天的后秦同西秦，也掀起了你死我活的斗争。

后秦的姚兴在394年（东晋太元十九年）继位后，代替前秦称雄于洛阳以西的黄河两岸。他强盛的时期，北到今河套南岸，东南伸展到今河南地区。在长安，姚兴的宫殿里经常很热闹。宫内的常客有几个银发长须、德高望重的儒者，姚兴经常请他们入宫谈论学问。这些老翁各有门生数百人，还有不远千里来讨教的读书人，有时多到一万数千人。于是，读书好学在后秦蔚然成风。

姚兴宫内的常客还有不少是披着袈裟的和尚，进进出出达七八百人。有一年姚兴邀请的高僧鸠摩罗什到达长安，姚兴给予极大的崇奉和照顾。过去流传到中国的佛经，经过多次辗转翻译，错误百出。鸠摩罗什熟悉古印度的梵语，又精通汉语，他能手持

梵语佛经,同时用汉语进行口译和讲解,而不背离原意。于是在姚兴亲自主持下,由鸠摩罗什负责译经。有时鸠摩罗什拿着古代佛经原本,姚兴亲自查阅旧的汉译佛经,他们念一句,对一句,改一句,大大改进了汉译的质量。古本佛经已是凤毛麟角,经过鸠摩罗什呕心沥血翻译校改过的佛经以及他的论述一共有三百多卷,都成了珍贵的佛学文献。

姚兴在长安建造了不少寺院,远道闻名而来的和尚有五千多人,他还在宫中修筑了供佛的般若台,在台中坐禅修行的僧人经常有千人。姚兴既然这样提倡佛教,公卿和僚属们趋之若鹜,州郡地方上受其影响,十户里就有九家信佛,他们一年到头烧香念经。

姚兴在思想文化上倡导兴佛,在政治上力图澄清吏治。他提倡节约,自己的车马没有金玉的装饰,禁止百姓织造锦绣,奖励清廉和严惩贪污。姚兴还在长安设立律学(法律学校),召集郡县官吏学习法律,选拔优良者回郡县管理刑法。地方的疑案都上报廷尉裁决,有时姚兴还亲自过问。

姚兴励精图治,后秦出现了一片太平气象。京兆人韦华等,带了襄阳地区一万多流民涌向长安,姚兴亲自接见一些头面人物,任命韦华为中书令。

后秦的东北是新兴的拓跋魏,南边是老牌的东晋,实力都比较雄厚。姚兴和他们总是笑脸相对,后秦的西南是西秦、后凉、南凉、北凉和西凉等几个小国,姚兴就要拿他们逐个开刀。

后秦和西秦是史书上的称呼,意在使两个秦国不致混淆。其实,姚兴称秦王,乞伏乾归也自称秦王,两个秦国不能并存,大鱼吃小鱼,后秦要并吞西秦,姚兴认为这是天经地义的事。400年五月,姚兴派他的叔叔,征西大将军姚硕德率领五万人马进攻西秦，乞伏乾归带领六万步兵骑兵迎击。姚兴亲自带兵增援，乞伏乾归又连夜仓促调动队伍，不料在大风与昏雾中迷路。第二天两军血战，西秦大败，三万六千人马投降后秦，姚兴进占枹罕。

乞伏乾归带了几百个骑兵逃回金城，对鲜卑同族的一些豪帅说："我这个秦王当了十三年，从未遭受到如此惨败，眼下再无力对抗强敌，只得南逃，去寄人篱下。你们还是留在这儿吧！如果今后能恢复旧业，到那时再相见吧！"他大哭着和豪帅们告别，投奔南凉。南凉接待他跟上宾一般，让他暂且住在晋兴（今甘肃乐都东南）。有人说："乞伏乾归原来是我们鲜卑的一个支族，他趁天下大乱，霸据一方，现在被姚兴打得势穷力竭，才来避难，不如安置他到遥远荒僻的乙弗部落（在今青海湖以北）去，让他难以死灰复燃！"但这时南凉正在强盛期间，企图以信义收服人心，对穷途末路、特别前来投靠的人，一律热情接待，以招徕更多的归附者。因而乞伏乾归还是受到优厚的礼遇，让他臣属于南凉。

进攻金城的后秦军队听说乞伏乾归逃奔南凉，他们既不要西秦的金城，也不杀西秦的人，只是带了三万六千名降卒，收缴了号称六万匹披着铠甲的战马，撤退到枹罕。姚兴对西秦境内的百姓一律视同秦民，也就是后秦自己的百姓，不准部属私自抢掠。姚兴又大大慰劳赏赐自己的队伍，从将领到士卒无一遗漏，而后凯旋长安。

后秦队伍撤走以后，乞伏乾归的旧部派人到晋兴，要求他回金城去。南凉知道了这件事，认为乞伏乾归决不能说来就来，说去就去，便派了三千骑兵守住晋兴东南的扪天岭，阻断乞伏乾归的归路。乞伏乾归束手无策，伤心地对他儿子乞伏炽盘说："如今，这里也不是我久留之地，姚兴那么强大，我暂且到长安去安身吧！如果我们全家都走，扣天岭上的骑兵不会就此罢休。眼下只得将你母亲和你们兄弟做人质，他们就不会再怀疑我了。以后我投奔姚兴，姚氏强大，他们是不敢加害于你们的。"

400年八月，乞伏乾归逃奔枹罕，投降后秦。姚兴十分高兴，任命他为都督河南（指金城河以南）诸军事、河州刺史、归义侯。半年以后，姚兴以为乞伏乾归是真心诚意归附，便放他回去坐镇苑川，让他统率旧部。第二年，乞伏炽盘也从西平逃归苑川，南凉蓄意拉拢他们父子，还把他们的眷属全都送回。

乞伏乾归父子不仅在姚兴的命令下，配合后秦出征，常获大胜，也逐渐打败四邻部族，四五年后，他们重新强盛起来。这样就引起了姚兴的猜忌和不安，姚兴害怕日后难以再制服他们，便在乞伏乾归入朝的时候，任命他为主客尚书，留在长安，管理国内异族和国外联络事务；又任命乞伏炽盘为西夷校尉，统率他们的部属。这样，姚兴实际上是以老的当人质，替后秦办事；以儿子带军队，跟他东征西讨。乞伏乾归没奈何，只得强作欢笑，留在长安。他也另有打算，反正自己的儿子和实力都在苑川，"留得青山在，不怕没柴烧"。他想：曾经统一北方的苻坚，最后尚且被缢杀于新平佛寺，看你姚兴能逞威到几时？

姚兴正在强盛的时期，后凉紧跟西秦，也成为它的属国。事情经过是这样的：后凉宫廷几次变乱，兄弟相互残杀，众叛亲离。吕隆即位不久，各地又闹饥荒，百姓饿死的几乎达到半数。401年，姚兴乘机派出六万人马攻入后凉，包围姑臧几个月。后凉的臣僚要求吕隆议和，捧他坐上王位的吕超也劝说道："国库粮仓全都空了，王室和百姓都嗷嗷待哺，现在只要写一个低声下气的信，就可以暂救倒悬之急。"吕隆没法，只得向后秦投降，姚兴任命他为镇西大将军、凉州刺史、建康公。吕隆又送子弟及旧臣五十多户去长安，作为人质。

正当姚兴极盛之际，已立国称帝的拓跋珪派了北部大人贺狄干，带了一千匹马作为聘礼，要求和姚兴联姻，娶他的女儿做新娘。姚兴能和一个强国的帝王结亲，觉得很满意，但他很快得悉拓跋珪已立慕容宝的幼女（打下中山时俘获的）为皇后，就转喜为怒了。他不愿自己的女儿去做嫔妃，就扣留了贺狄干，拒绝了和亲。魏军以牙还牙，侵袭了邻近的几个后秦属地。于是，秦、魏不仅成不了礼尚往来的亲家，反而转为兵戎相见的冤家了。

姚兴以为魏国也如西秦、后凉那么不难对付，但他的算盘打错了。

80 柴壁鏖战

402年（东晋元兴元年①）伊始，汾水下游的平阳郡一带，形势很紧张。

拓跋珪检阅兵马，令并州各郡囤积军粮于平阳郡治以南不远的乾壁，准备同后秦打仗。拓跋珪声东击西，又派常山王拓跋遵打到后秦的高平（今宁夏固原）。这一枪没有虚晃，后秦高平公

---

① 晋安帝曾用过四个年号：1. 隆安：397－401年；2. 元兴：402－404年；3. 大亨：402年三月－十二月；4. 义熙：405－418年

没奕干带着几千名骑兵逃回上邽。魏军做得很绝,把高平的牧马四万余匹、杂畜九万多头以及其他财富全都带走了。姚兴积极整训将士,准备报复。臣僚劝他不要和钢牙利爪的拓跋珪再结不解之仇,姚兴当头挨了魏军这一棍,什么话也听不进去。几个月后,他得知魏军屯集粮食于乾壁,就派弟弟姚平、尚书右仆射狄伯支等,带领步兵骑兵四万人,做伐魏先锋,经过几十天血战,占领了乾壁。

拓跋珪派毗陵王拓跋顺、豫州刺史长孙肥带了六万骑兵做先锋,他亲率大军屯扎在永安(今山西霍县北),要和秦军决战。姚平派了两百名精骑试探了一下,被长孙肥包围,干净利落地全部活捉。姚平知道魏军来势很猛,赶紧沿着汾水向南撤到几十里外的柴壁。拓跋珪接踵而至,紧紧包围姚平。姚兴又带了四万七千多的人马来救援姚平。

汾水在柴壁西边,从北向南奔腾而下。姚兴的先锋队伍原来打算占领河西的天渡,便于抢运粮食接济姚平,但天渡却被魏军捷足先登。拓跋珪在河东,围着柴壁修筑了无数战垒和几道沟渠,在包围圈里的姚平跳不出来。姚兴的大军如果到达,也没法打进去。魏军的广武将军安同又向拓跋珪献计道:"柴壁的东头,还有一个叫蒙坑的深谷,东西三百余里,密林丛生,连一条小路也难以找到。姚兴的援军一来,必然要从汾水之西直攻柴壁。如果姚平突围进入蒙坑,和姚兴东西呼应,我们虽有几层重围,不仅没法消灭他们,可能还要被他们包围。我们应该横跨汾水造起浮桥来,在汾水西岸再安营立寨,筑起重围,以后姚兴来了,只能远望柴壁,再也没有用武之地了。"

拓跋珪听从他的计议,在汾水上下筑起南北两座浮桥,作为水路上的两道坚固防线。有了浮桥，魏军又可以在两岸往来自如。在河的西岸，以天渡为中心，筑起沟垒和营栅，把柴壁紧箍得如铁桶一般。不论姚兴从水路还是从陆路来救姚平，都无隙可乘。

姚兴统率的秦军到了蒲坂，害怕拓跋珪军势强盛，不敢贸然前进。他侦察到魏军的周密部署后，知道难以向柴壁靠拢，就派了一支军队从蒲坂附近渡过汾水，想从蒙坑打进去。可是拓跋珪亲自带了三万人马，在蒙坑南面迎敌。当秦军逼近蒙坑还没安营时，魏军就如层层乌云般地压了过来。拓跋顺的骑兵风驰电掣到了跟前，秦军惊慌失措，被杀一千多人，带甲的秦骑也被俘几百人，秦军后退四十多里。姚平龟缩在柴壁，不敢出击会合，只是乘机放火，魏军的营寨被烧了不少。

柴壁四周险要的地方都有魏军重兵把守，拓跋珪沿着汾水两岸，随着丘陵起伏，又扎下营寨几十里。姚兴只得远离汾水西岸屯兵，依凭沟壑修起战垒。他下令在汾水上游，砍下几千棵松柏，扎成一捆一捆的，顺着急流冲放下来。眼瞧着魏军的浮桥将被这些树捆撞得四分五裂，魏军的防线即可打开，但半途中无数魏军飞也似的赶到，在两岸伸出许多长钩，七手八脚一阵子，这些树捆都被钩上岸去，一捆也没冲着浮桥。秦军日夜砍伐扎下的许多树捆，却平白地送给魏军做了木柴。

拓跋珪预计姚兴要乘夜偷袭西岸工事，下令把壕沟挖深加宽。夜幕降临后，姚兴果然发动猛攻，但是所带的木梯太短，既不能作为过沟的小桥，更不能作为上下爬沟的工具。秦军望着又深又宽的壕沟，再望着柴壁方向那黑黝黝一片急待救援的姚平营垒，只能跺脚叹气干着急。最后，只得恨恨地丢下那些木梯在沟里，无可奈何地撤走。

姚兴又用尽各种办法派人偷渡汾水，但拓跋珪防守严密，无计可逞。即使有零散的秦军越过千难万险到了河流里，也被魏军从水中拦截掩杀，死在激流里。因而姚兴和姚平两军，始终只能隔水远远相望，没法取得联络。姚兴又气又恨，白天吃不下饭，晚上睡不好觉，脸都瘦得尖削起来。

姚平困守柴壁两个多月后，粮尽矢竭。十月间，只得在一个夜间，豁出命来向西南突围。姚兴在汾水西岸的重围外面烧起一堆一堆的烽火，敲着战鼓，挥舞起刀枪，齐声呐喊，展开强攻，接应姚平。拓跋珪又抽调精锐队伍，加强西岸和南岸的防守，姚兴攻不破魏军防线，眼巴巴地盼望姚平能突围杀出来。姚平督促将士奋战，但魏军密密麻麻的许多层包围工事无比坚固，矢石势如暴雨，一点缺口也打不开，死伤却难以数计，只得痴想着姚兴能攻破重围，接应自己。

姚兴和姚平的队伍都不能前进一步，姚平计尽力竭，先逼两妾投水而死，自己带了亲信侍卫三十多人，也跳河自尽。姚平直属的部族四千多人，一边列队，一边呼号着，先后跳入汾水打算殉难。但这时拓跋珪已命令善于泅水的魏军，用钩树捆的长钩，把他们一个一个钩起来做了俘虏。其他还有三万多将士垂头丧气坐在地上，放下刀枪，束手就擒，其中有四十多个四品以上的将军，包括尚书右仆射狄伯支、越骑校尉唐小方、积弩将军姚梁国，以及姚兴的侄子姚伯禽等。拓跋珪接受参合陂的教训，对所俘将士不加杀害。

在外围的姚兴援军于烽火连天中，看到姚平投水自杀，几万将士被俘，他们想到自己不远千里而来救柴壁，却只能眼睁睁地看到父子兄弟败亡，又担心魏军转眼要屠杀俘虏，将士们又愁又恨，失声痛哭。哭声此起彼伏，山谷回声齐响，更是伤感人心，几天都停不下来。

姚兴几次派人要求议和罢兵，拓跋珪不肯答允，乘胜挥师南下，进攻蒲坂。秦军的晋公姚绪守城不战，拓跋珪无可奈何。这时，魏军后方传来北方柔然部族大举入侵的消息，拓跋珪才撤军回国。从魏军南下到凯旋，总共三四个月时间。自从柴壁一战之后，姚兴再不敢对拓跋珪等闲视之了。

姚兴在拓跋珪跟前吃了大亏，转眼要到后凉吕隆方面得到补偿。这个时期里，后凉和南凉、北凉之间战争频繁，姑臧谷价飞涨，一斗值五千钱，大街小巷随处可见饿死者的尸体。后秦的臣僚们认为姑臧一带形势险要，土地肥沃，不如乘吕隆危急之际，吞并后凉。于是姚兴先下令要后凉的顶梁柱吕超到长安做官，吕隆不得不让走。他想想自己留在姑臧，好似摆在南凉和北凉嘴边的肉，说不定哪天就会被他们吞下肚去，于是索性要求姚兴也让他到长安去。这一来正符合姚兴的心愿，当即派尚书右仆射齐难等带了四万秦军，去迎接吕隆。吕隆带了王室的老老小小，随军迁往长安。过去曾追随吕光平定西域、建立后凉有功勋的僚属、将士，还有百姓共一万多户，也跟着一块儿走。

吕隆离开姑臧前，领着族人到吕光的陵庙辞行说："陛下开建国家，德被苍生，威振远方，可是你的子孙太不争气，相互残杀，把大好河山都断送了！眼下南北二虏（指南凉、北凉）天天趁火打劫，这日子怎么能过？儿孙们只得到长安去偷生，特地来向陛下告别。"有的人泣不成声，有的人号啕大哭。后凉自从吕光于385年（东晋太元十年）割据凉州，到403年（东晋元兴二年）八月吕隆去长安，共十八年而亡。

81 献马羊，得姑臧

后秦灭了后凉，由王尚担当凉州刺史职务，率领三千士兵，坐镇姑臧。但城内百姓也不过三千多户，这是因为姑臧屡遭兵祸和灾荒，死的死，走的走，人口骤减。

姑臧终究是河套以西的名城，地处河西走廊的要冲，从三国到两晋，一直是凉州的州治兼武威郡的郡治。前凉、后凉都以它为国都。因此谁占有姑臧，意味着谁就是凉州的主人。早在南凉秃发乌孤自称武威王时，他就谋划着两年攻下姑臧，称霸凉州，但是没有实现。秃发傉檀继称凉王，这个美梦一直萦绕心间，对姑臧馋涎欲滴。后凉未灭时，秃发傉檀曾在其主力远出之际，乘虚袭击，一度抢占姑臧的朱明门，他在城楼上摆设酒宴，和诸将欢饮，命令士兵将钟鼓敲得齐天响，表示狂乐和威风。随着又整列队伍，耀武扬威，走过青阳门前。最后自知确实无力破城，才于附近掳掠了八千多户居民，撤了回去。

北凉也曾紧紧包围姑臧，后凉派出使者到南凉讨救兵。有人对秃发傉檀说："姑臧连年饥荒，树皮草根也被吃完了。北凉千里行军，军粮难以源源接济。让他们二虎相争，我们伺机而动。如果北凉拿下姑臧，也无法久守，我们正好用武力去接收。眼下不宜派兵去解围。"秃发傉檀说："你们只知其一，不知其二。姑臧虽然空虚凋敝，但地位极其重要，决不能让北凉捷足先登。

于是他带了一万骑兵去解救姑臧。北凉听说南凉派出援兵，估计姑臧难以攻破，就撤围走了。秃发傉檀到了城南几十里的地方，不愿空手返回，顺手牵羊，裹胁了五百多户居民，班师回归。

南凉是向后秦称藩的。后秦拿下姑臧后，由于此城离长安两千里以上，鞭长莫及，难于统治。因此邻近的南凉和北凉都虎视眈眈，盯住这块大肥肉。秃发傉檀更是暗下决心，不占姑臧誓不罢休。他知道姚兴强盛，倘若用武力去侵夺，那是万万办不到的，硬的不成，不如用软的手段。

秃发傉檀为了达到这个目的，特别向姚兴献忠诚。他因此取消凉王称号以及南凉弘昌的纪元，改用后秦弘始的年号；南凉原有的尚书丞、尚书郎这些官位，也都罢去，以符合作为臣属的身份。姚兴还是不太满意，质问南凉使者关尚说："车骑将军（后秦给秃发傉檀的官衔）既然一心做我的藩篱，为什么还要兴师动众，修造坚固而又庞大的乐都城呢？"关尚不慌不忙地答道："有史以来，诸侯都在形势险要之地修城筑垒，借以守卫封土。车骑将军身处遥远的藩邦，周围尽是强敌，沮渠蒙逊更是跋扈异常。将军筑城也是为陛下设防，想不到竟遭圣上责怪！"姚兴听了，连声赞许。

秃发傉檀又派出军队，讨伐附近不肯附从的各族，取得很大的胜利，就此向姚兴上表告捷，表示他有足够的武力为后秦守卫凉州，并要求姚兴任命他为凉州刺史。姚兴没有同意，只加他一个散骑常侍的头衔，并增封邑二千户。

秃发傉檀并不因此泄气，反而进一步显示自己的兵势和忠心，亲自率军攻打北凉，包围沮渠蒙逊于氐池（今甘肃民乐）。北凉凭城固守，不肯出战。南凉割掉正在生长的禾苗，掳获了很多牲畜，并派专人驱赶骏马三千匹、肥羊三万头，到长安献给姚兴。

姚兴坐获这么多的骏马肥羊,非常高兴,认为秃发傉檀确实兵力强盛,能打得北凉不敢应战,而且送上大批牲畜,真是一片赤胆忠心。于是立即要凉州刺史王尚回长安来,另外任命秃发傉檀为都督河右诸军事、凉州刺史,叫他去坐镇姑臧。过去后凉的国土,就这么慷慨地送给了秃发傉檀,以答谢他献马献羊的诚意。姑臧的大族们竭力反对,派了专人到长安见姚兴说:"陛下为什么以我们百姓去换牛羊?如果军用需要马匹,早晨金口一开,傍晚我们每户可以各献一匹,这不轻而易举吗?你让秃发傉檀进入姑臧,我们将生灵涂炭,恐怕陛下也不得安宁了!"姚兴一听认为在理,赶紧派人飞马奔驰姑臧,收回成命,制止王尚返回长安。但是秃发傉檀早已预感到夜长梦多,必须抢先下手。当第二个专使奔驰于途中时,南凉的三万人马已到了姑臧城边。王尚不知姚兴改变主意,就赶紧启程。他的后脚才跨离城东的青阳门,撤向长安,南凉队伍的前脚就从城南的凉风门拥入姑臧。生米煮成熟饭,姚兴只得作罢。

　　秃发傉檀占领了渴望已久的姑臧,得意非凡,派遣西曹从事史暠为使者,到长安去见姚兴。姚兴问史暠:"车骑将军坐定凉州天下,衣锦进入姑臧,对我非常感恩颂德吧!"史暠不亢不卑地回答:"车骑将军表输忠诚于遥远边疆,几年来文治武功的成就,数也数不清。陛下让他治理凉州,正是以才任人,量功授职,这是理之常情。"姚兴似乎生气地说:"如果我不以凉州赐予,他怎么能得到姑臧呢?"史暠又答道:"吕光父子霸占凉州,由于车骑将军兄弟们首举义旗,才动摇了他们的根基,使他们颠沛流离,狼狈不堪。陛下虽然威服关中,但凉州还在恢恢天网之外。过去陛下对吕氏用兵十年,财力竭尽,才使吕氏归顺。随后王尚孤军守住姑臧,仍被群狄(指北凉沮渠蒙逊)所逼,朝不保夕。现在陛下只是以凉州刺史的虚名赐人,但租税财富的实利仍归长安,这不也是神机妙算吗?"原来姚兴内心里确有这点意思,被史暠一语道破。姚兴认为他很有才干,立即拜他为骑都尉。

秃发傉檀庆贺占有姑臧城,在宫内的宣德堂摆设盛宴,召集群臣欢饮。这宣德堂原系前凉张骏所建,到这时将近一百年,已有十二个执政者①轮番坐在堂上统治凉州。群僚在酒宴中,对这些烟消云散的往事议长论短,秃发傉檀也异常感慨。他的部属孟祎乘机进言:"古人说:'富贵无常,忽辄易人。'确实如此。这个宣德堂百年间经历十二主人。只有履行信约,以仁义治世,才能永葆稳固,愿大王勉之!"

秃发傉檀虽然赞许孟祎说得好,但他对后秦仍是阳奉阴违。他的车马服饰和日常礼仪,仍如独立王国的君主一般。进驻和迁都姑臧的第二年,秃发傉檀就叛离后秦,姚兴见他出尔反尔,悔恨不止。

82 统万城

秦魏柴壁之战、后秦大败后的第五年,长安城边来到了一小队人马。这是大战中被俘的后秦将军唐小方等人,由拓跋珪释放

---

① 分别是前凉六个王、前秦凉州刺史梁熙、后凉四个王、后秦凉州刺史王尚。

回来的。他们见了姚兴和自己的家属故友,又高兴又惭愧,眼泪落个没完。

释放这批战俘,是拓跋珪恢复秦魏邦交的第一步。投桃报李,姚兴把当年扣留的魏北部大人贺狄干送回给拓跋珪,又精选骏马一千匹作为礼品,要求赎回尚书右仆射狄伯支。拓跋珪很大方,当即满足了这一要求。

姚兴和拓跋珪重归于好,应该是一件大喜事,不料却惹出了另一个凶猛的敌人,使秦魏及附近南凉等地的黎民,连年遭受更残酷的战祸。

淝水之战以后,匈奴的刘卫辰割据朔方地区(今黄河河套一带),手下有三万八千将士。拓跋珪兴起,攻破他的驻地代来城(在今内蒙东胜县西),刘卫辰被杀。他的儿子刘勃勃逃奔叱干部族,打算暂时藏身匿迹,谁料该部首领叱干他斗伏下令把刘勃勃五花大绑,要送给拓跋珪报功。叱干他斗伏的侄子叱干阿利说:"受暴风雨摧残的鸟雀落到家中,还应该抚救它。勃勃国破家亡,把性命托付给我们,即使不能收容他,也应该让他另逃他方。现在要抓起来送给魏国,这不是仁者的举动。"叱干他斗伏害怕释放勃勃①后,拓跋珪会加罪自己,还是把他押送到魏都去。叱干阿利派人在半路上拦夺,将勃勃送到后秦的高平公没奕干身边。

没奕干看到勃勃身高八尺五寸(一尺合今25厘米左右),腰围粗大,长得威风凛凛,说起话来头头是道,心中十分喜爱,就招他做女婿,还带他到长安去见姚兴。姚兴一见也很欢喜,任命勃勃为骁骑将军,加奉车都尉,议论军国大事时,常要他参加,

---

① 因刘勃勃以后更改姓氏,故下文暂不冠以姓氏而称其名。

不少有功勋的旧臣反不如他受宠遇。姚兴的弟弟姚邕（小字黄儿）看不惯这种情况，暗下劝阻姚兴。姚兴认为自己发现勃勃这个人才，是独具慧眼，当即答道："勃勃有济世之才，我正打算大大重用，依赖他平定天下。"姚邕说："勃勃除了你，谁也不放在眼里。他对朝臣狂妄傲慢，对手下将士残暴不堪，你对他太宠信，将来边境上的苦头吃不尽了。"姚兴听后，有一个时期没有重用勃勃。过后不久秦魏交恶，姚兴又任命勃勃为安北将军、五原公，拨给各族游牧部落两万多户，要他坐镇朔方，并要求他做好伐魏的准备，勃勃与拓跋珪有灭国之仇，因而特别卖力。

当秦、魏又转敌为友时，勃勃认为姚兴对自己不讲信义，很不乐意，竟想背叛姚兴，取而代之。正好北方的柔然部族送八千匹马给后秦，勃勃在中途全部强抢而去。他又扬言到高平川打猎，他的老丈人高平公没奕干不知道抢马的事，更没想到勃勃包藏祸心，只认为当年如丧家之犬的女婿，如今成了统率三万人马的大将，竟非常高兴地去欢迎。不料却被这乘龙快婿的部属拦阻，迎头乱刀砍下，就此送了命。六亲不认的勃勃兼并了老丈人的部族，如虎添翼。

407年（东晋义熙三年），勃勃宣告他是夏禹的后裔，自称大夏天王、大单于，建立了夏国，改元为尤升。僚属们要求勃勃定都在高平，他们说："这儿山川险固，土地肥沃，定都以后，人心有所依凭，再向关中进展，这不很好吗？"他回答道："姚兴是一时豪杰，将帅齐心协力。我创业伊始，力量还不雄厚，如果专守一座城，姚兴会全力猛扑，我只能束手待毙。不如以精骑往来驰骋，出其不意地进行攻击。姚兴顾前，我就打他的后方；姚兴顾后，我就迎面痛击。我驱驰自如，他疲于奔命。不出十年，秦岭以北、黄河以东的土地都将全归我所有。那时姚兴必当昏老死去，他的儿辈尽是些不顶用的庸才，我稳拿长安，就如探囊取物一般。"

勃勃就在河套和长城之间（即今鄂尔多斯高原）一带扩张实力，这个高原三面有黄河环绕。他经常南逾长城，渡过渭水，骚扰后秦，姚兴被他打得东西不能兼顾。郡县的城门在白天都关得紧紧的，但还是免不了被袭击攻破，将士和百姓被俘，粮食和财物被抢掠一空。姚兴无可奈何，叹气道："我后悔前几年没有听黄儿的劝告，致使勃勃如此猖獗。"

勃勃立国后，听说南凉秃发傉檀有一个如花似玉的女儿，派人去求婚，遭到一口回绝。他暴跳如雷，于407年冬带了两万骑兵攻入南凉国土，在支阳（今兰州市西北）打了一仗，南凉将士死伤一万多人，两万多百姓被俘，几十万头牛羊被抢走。秃发傉檀亲自带兵从姑臧赶来追击。勃勃在黄河上游的阳武下峡（在今甘肃靖远），挖出河里的冰块，夹杂着翻倒的战车堵塞自己的退路，要和南凉决一死战。秃发傉檀复仇心切，调集一批神箭手，对着夏军帅营万箭齐发，勃勃左臂中了一箭，忍痛带着将士对南凉队伍发动猛攻，秃发傉檀支持不住，被追杀八十多里。南凉士兵又被杀一万多人，名臣勇将死了约有十分之六七，秃发傉檀本人也差点被活捉。勃勃将所有的南凉将士尸体堆积起来，用泥土封住，取名为"髑〔dú〕髅①台"。秃发傉檀担心勃勃再来骚扰，强迫姑臧周围三百里以内的百姓统统迁居到城内，勃勃眼见捞不到什么，也就撤军回去了。

随后几年，姚兴几次兴师北伐勃勃，都是大败而回。后秦将

---

① 髑髅：死人的头骨；骷髅。

士被俘六七万人，被杀伤及被活埋的近万人。勃勃几次反攻和入侵，姚兴没有像秃发傉檀那么大搞坚壁清野，因而后秦百姓被勃勃强迫迁到夏境的，先后有两三万人。

勃勃在建国之初不愿定都，五年后，他的实力强大起来，就要建造都城了。无定河边有一块地方被他看中，413年破土动工，各族百姓十万人被赶来担土夯土。勃勃说："我正要统一万邦，做天下独一无二的君王，这座城就叫它统万城吧！"当初勃勃落难时，把他从死神手中救下来的叱干阿利，这时被任命为将作大匠，负责造城。叱干阿利和勃勃一样残忍和乖戾，规定筑城的土都要蒸熟、狠命夯实。筑成后，用铁锥刺城墙，如果刺进一寸，就责怪夯土不力，处死筑城者。内城即王宫的墙，坚硬得可以在上面磨刀斧。宫城东西长四百二十九公尺，南北长五百二十七公尺，城高十公尺，四角有墩楼，最高的达三十多公尺。宫内亭台楼阁栉次麟比，高入云霄，每根梁柱上都雕镂着人物图画，室内室外都用奇珍异宝装饰，琳琅满目，奢华绝世。勃勃的秘书监胡义周是一个善于阿谀逢迎的读书人，他写了一篇一千六百多字的《统万城铭》，颠倒是非地歌功颂德。《诗经·灵台》据说是联系建造灵台来歌颂周文王的，诗中有"庶民子来"、"不日成之"的话。胡义周就借用它，胡吹什么"庶人子来，不日而成"，文中还赞扬勃勃这个暴君"仁被苍生，德格玄穹"（意为他的仁慈普及于四海百姓，他的恩德高与天齐）。勃勃高兴得把这篇铭文刻在大石上，竖在都城之南。统万城的遗址，在今陕西榆林西南一百二十公里，耸立在一望无垠的沙漠之中，远望宛如水泥建筑的楼群。

汉高祖刘邦以宗室之女许配给匈奴的冒顿单于，因而冒顿的后代都跟随母姓而姓刘，勃勃也姓刘，他认为这样的姓是不合理的。应该姓什么呢？勃勃宣布：帝王是上天的儿子，徽徽（华美形貌）赫赫，与天相连，因而应该姓赫连。从此，刘勃勃就成了赫连勃勃。他又规定匈奴其他支系部族一律都以铁伐为姓。这意思是说他手下的臣民应该坚锐如铁，足堪四处征伐。

赫连勃勃又命令叱干阿利监造大批兵器盔甲，积极准备打仗。他们还是使用那种伤天害理的凶恶办法，拿弓箭射盔甲，如果射甲不入，就杀制造弓箭的人；如果射穿盔甲，就杀制造盔甲的人，这么又杀了几千人。赫连勃勃杀人成性，他随身携带硬弓利箭，到统万城上巡视，瞧到不顺眼的人，就弯弓搭箭射死。跟随他的臣僚，如果眼光露出一点不满意，就被挖掉眼珠；如果嘴角闪过一丝冷笑，就要被割裂嘴唇。要是谁敢于张口劝谏，那就更糟了，先割舌头，再砍脑袋。于是在他血腥统治下的臣民，只得默默无声地忍辱偷生。

83 难免一死

当赫连勃勃还没有建造统万城时，姚兴在他东一棒、西一槌的打击下，连连损兵折将，损失了很多财富和粮食。姚兴看到南凉也被赫连勃勃打得焦头烂额，想抢先并吞南凉，弥补损失。

408年，姚兴派尚书郎韦宗出使南凉，去探个虚实。秃发傉檀接见韦宗，对于当时各国的军事政治概貌都能侃侃而谈，雄辩服人。韦宗退出南凉王宫，感慨地对随从说："天才和英雄，不一定都出在中原；聪明和智能，不一定要熟读五经。我今天才知道塞外各族中有不少豪杰！"他回长安后对姚兴说："凉州虽然凋敝不堪，但秃发傉檀的谋略和权术非同一般，暂且无法消灭他。"姚兴认为自己的才能胜过别人，兵力又较强大，因而不满意韦宗的论断，他不以为然地说："我把全国的兵马都压下去，看他有多大能耐对抗！"韦宗再劝道："欺凌别人者容易失败，有戒备者难以战胜。我们将帅的才略没有一个及得上秃发傉檀，光凭兵马众多，不能保证一定打胜仗。"姚兴还是认为收拾南凉就如扫除垃圾一般，他对进攻姑臧，正打着如意算盘。

秃发傉檀不久收到姚兴派专使送去的信，大意是："我派大将齐难北上征讨叛臣赫连勃勃，恐怕他会向西逃窜，因此另派广平公姚弼统率三万步兵骑兵，到河西截断他的去路。"秃发傉檀看到姚兴要去歼灭赫连勃勃，又跟自己先来打招呼，乐得心花怒放，根本不作任何戒备。秦军从金城边上渡过黄河，秦将姜纪请求姚弼说："秃发傉檀现在还蒙在鼓里，请你给我五千轻骑，星夜飞驰，就可以乘虚冲入姑臧城中，轻而易举地消灭他们！"姚弼不愿，还是亲率大军长驱直入，兵临姑臧城下。秃发傉檀这才发觉被姚兴欺骗，赶忙紧闭城门，同时派出一支奇兵，出城攻击秦军，打了一个胜仗。姚弼则屯兵于城东，准备全力攻城。

南凉军守城的巡逻队伍抓到几个奸细，原来是城内的王钟等人，打算给秦军做内应。秃发傉檀打算只杀几个为首的，但僚属们竭力劝他斩尽杀绝。结果牵丝攀藤，株连五千多人，全被处死，其中冤死的不计其数。姑臧城中顿时一片恐慌，家家户户闭门不出。

秃发傉檀在半年多前，曾以坚壁清野对付赫连勃勃。这时反而命令附近的郡县把牛羊散放到城郊的田野上来。后秦兵马看到

膘肥体壮的牛羊，人人垂涎三尺，争先恐后地争夺宰杀。就在他们忘乎所以的时刻，南凉将士从城中出击，奋勇冲杀，秦兵大败，被杀七千多人。姚兴又派常山公姚显带了两万骑兵助攻姑臧，姚显选拔了一批神箭手出阵挑战。他们的箭还没搭上弓弦，南凉的骑兵已猝然冲杀出来，把他们都杀死了。

姚兴早派另一路军，由齐难率领去讨伐赫连勃勃，可是败得更惨，第一仗被俘被杀七千多人，第二仗被俘一万三千多人，齐难也被活捉。姚兴原来打算两个拳头出去，把赫连勃勃和秃发傉檀一起打倒，不料都碰得头破血流。姑臧城下的姚弼和姚显也只得灰溜溜地撤退。姚兴的威望从此逐渐衰落。

原先臣服姚兴的西秦乞伏炽盘，在姚兴进攻南凉和夏国遭到惨败时，认为叛离的时机已到，便带领部族两万多人占领枹罕。他的老子乞伏乾归在姚兴身边，虚与委蛇了两年，这时眼见可以扬眉吐气，也逃出长安，到了儿子跟前，重新成为部族首领，姚兴也只得听之任之。几个月后，乞伏乾归又自称秦王（西秦），改元更始，过去两个秦国、两个秦王并立的局面又恢复了。

西秦虽然复国，可是乞伏乾归的亲侄乞伏公府却暗杀了亲叔，夺取了王位。乞伏炽盘带兵在外，立即回师复仇。乞伏公府失败，被刀剁斧砍，肢解成碎块。乞伏炽盘继位，改元永康。西秦原本好战，两眼紧紧盯住邻居南凉，不仅时而蚕食其领土，也想一口吞并它。

北凉的沮渠蒙逊也和赫连勃勃、姚兴、乞伏炽盘等有同样想法，一心要吃掉南凉。410年，秃发傉檀向北凉挑衅失败，沮渠蒙逊即乘胜追击，进围姑臧。姑臧的百姓害怕秃发傉檀的多疑，担心再发生后秦围城时王钟等五千多人遭屠杀事件，城内外的各族黎民纷纷溃逃，投降北凉的就有一万多户。秃发傉檀自食恶果，不得已向北凉求和，北凉胁迫八千多户百姓，随同撤走。

秃发傉檀想不到，好不容易到手的姑臧却换来那么多灾难，姑臧呆不下去了，决定还是迁回乐都去。他才跨出姑臧城，魏安（今甘肃省古浪县）人侯湛就在他脚后紧闭城门，自称凉州刺史，投降了北凉。秃发傉檀气得只能吹胡子瞪眼睛。

南凉对外作战屡屡失利，同时连年因战争而无法耕种，没有收获，粮荒异常严重，上下饥饿，内外窘困。这样，秃发傉檀似乎矮了一大截子，边远的一些部族就此叛变，不肯再送牛马财货给他。秃发傉檀指着天赌咒起誓，一定要把这些部族打得喊爹叫娘，并首先要拿乙弗族开刀。他的护军孟恺劝他说："乞伏炽盘和沮渠蒙逊轮番加兵，要想吞并我们。此时此刻何必去远征乙弗呢？"秃发傉檀对劝说置之不理。他对太子秃发虎台说："沮渠蒙逊刚来骚扰过，才走不多天，不可能马上再来侵犯。乞伏炽盘却使人忧虑，但你只要死守乐都，还是可以对付的。我在一个月以内就能回来。"414年五月，秃发傉檀率领七千骑兵，披星戴月，赶着去袭击乙弗，取得大胜，缴获四十多万头马牛羊，他捞到这么一大笔横财，非常高兴。

当南凉远征乙弗时，乞伏炽盘听到消息分外欢跃。他赶紧召集臣僚商量，要趁机直捣乐都。群臣都认为不能贸然行动，独有太府主簿焦袭说："秃发傉檀贪图远在天边的小利，不顾近在眼前的大祸，实为不智。我们应该一边截断他的归路，一边猛攻乐都，一定可以活捉秃发虎台。机不可失，时不再来，千万不能轻易放过！"乞伏炽盘立即带领两万骑兵飞扑乐都。秃发虎台日夜守城，顶住敌人四面猛攻。他害怕手下的中原将士乘机叛乱，把

其中智勇双全和有威望的人幽禁起来。护军孟恺是中原人，他流着泪对秃发虎台说："国家危如累卵，我们要报君王之恩，也要保自己的家小，谁都打算拼死守城，殿下为什么这么多疑呢？"秃发虎台回答："你的忠心我是深知的，但其他人怎样？知人知面不知心啊！应该预防祸生肘腋。"秃发虎台如此疑神疑鬼，各族将士也都离心离德，不肯拼死守城，乐都终于被西秦攻破，秃发虎台及其所有家族中人被俘，跟着文武百官与百姓一万多户，被迫迁到枹罕去。

秃发傉檀远征乙弗获得大胜，正在得意忘形之际，得到乐都失陷的败讯，有如雷轰头顶。他愁眉苦脸对远征军将士说："大家的媳妇和子女都被乞伏炽盘俘虏，无家可归了！我们不如再往西打下契汗族，俘虏他们的男女老幼和财富，去赎回我们的家属！"可是没人愿听他的话，谁也不肯干那缺德的事，纷纷逃亡。他命令镇北将军段苟去追回众人，但段苟也一去不复返了。将士们越走越少，最后只有四五个亲属伴随他。秃发傉檀哭丧着脸说："想当年沮渠蒙逊和乞伏炽盘都送人质给我，如今我却要举手向他们投降，我的老脸往哪儿搁？我们这几个人与其死在一起，不如分开来，还有幸存希望。你们去投奔沮渠蒙逊，我年纪大了，只有到乞伏炽盘跟前去，和妻子儿女们见一面。"

乞伏炽盘接受了乔发傉檀的投降，任命他为骠骑大将军、左南公。过了年把，乞伏炽盘送了一小坛美酒给他，他喝了几口，肚子痛得满地打滚。侍从们拿药来抢救，他说："这痛哪能治啊！即使今天能治好，明天还是难免这一死，何必多此一举！"秃发傉檀坚决不肯服药，就在肝肠寸断的剧痛中命归黄泉，时年五十一。南凉打从397年（东晋隆安元年）秃发乌孤割据称王，到秃发僭檀死亡,连头带尾共十九年而覆灭。

西秦灭了南凉,又和北凉频频交战,互有胜负,看样子谁也吞不下对方,只得和亲通好,暂且相安无事。北凉经常侵犯西凉,西凉李暠一直坚持联合结盟,北凉也无力消灭西凉,凉州的烽火算是稍稍平息了一些。

84 五斗米道

北方混战不休中,江南的东晋掀起了一场波澜壮阔的农民起义。这次起义是由"五斗米道"发动的。

早在142年(东汉顺帝汉安元年),沛国丰县(今属江苏)人张道陵(34-156)和一些弟子周游各地,在鹤鸣山(今四川崇庆境内)附近农民群众中传播道教思想,用符水法咒给人治病。入道的人要缴五斗米,因而被称为"五斗米道"。张道陵又到各地传教,最后定居于龙虎山(今江西贵溪县西南),教徒们尊称他为"天师"。因此五斗米道又称为天师道。东汉末年,五斗米道在益州、雍州、梁州普遍流行。张道陵的孙子张鲁割据汉中近三十年,最终投降曹操。

张鲁的五斗米道,和汉末张角、张宝、张梁的太平道(活动在今河北、山东、湖南、湖北、江苏一带)大同小异。太平道反抗东汉朝廷,掀起了黄巾大起义。分散各地的黄巾军和其他农民武装坚持斗争达二十多年,最后被官府和豪强地主武装镇压,道

徒惨遭血腥屠杀。太平道逐渐销声匿迹，五斗米道继之而兴，得到普遍传播。这个道的大小首领们懂得一些医术，会耍弄魔术巧技，被人们当成神仙顶礼膜拜。西晋时期士大夫热衷于老庄玄学，寻求长生不老之术，五斗米道投其所好，进入许多官府以及朝廷大臣家中。东晋时，如书圣王羲之、名噪一时的殷仲堪、曾任兖、徐二州刺史的郗愔、车骑将军孔愉等，他们的家庭数代人都是笃诚的道教徒，甚至当朝执政的司马道子和司马元显父子，也和道首们有所往来。

钱塘（今浙江杭州市一带）是五斗米道盛行的一个地区，道首杜子恭向人借了一把剖瓜的刀，几个月没归还。刀主是嘉兴人，回家时跟他要刀，杜子恭说："你先走吧！刀子很快就会还给你！"刀主半信半疑搭船上路，途中迷迷糊糊地睡着了。突然"扑通"一声。他惊醒后睁眼一瞧，竟是一条水淋淋的大鱼掉在他脚跟，船边的浪花也才平歇，显然是河水里跳出来的。同船的人都要他当即烹调，共享美味。刀主兴冲冲地剖开鱼肚时，突然又是"扑通"一声，好似又一条大鱼跃出水面，但这次没跳到他脚边，落入水中游走了。刀主回头再来挖鱼肠，不料却拖出一把刀子来，而且就是原先借给杜子恭的刀，他不禁惊异地大叫起来。

其实，两次鱼跳都是暗藏在船客中的道徒捣鬼，两条大鱼是事先串通船主，养在舱底水箱里的。当第二条鱼丢入水中，大家的注意力被转移时，道徒用极迅速的动作，把刀放入刚剖开的鱼肚中。不知其中奥妙的人百思不解，以为杜子恭确实道法无边，能使鱼嘴吞不下的刀子藏在鱼肚里，而且这鱼又能在河中追赶刀主，最终跳到他跟前，完璧归赵。从此，杜子恭神通广大的名气，就如长了翅膀般地传播得远近皆知。许多世家大族与朝廷大臣都来和他结交，并请他诊病。据说他给王羲之搭脉后，对弟子说："这病无可救药了！"果然，十多天后王羲之就一命呜呼。尚书令陆纳在四十岁时患了一身毒疮，告诉杜子恭说，他祖上很多人死于此症，预计他不久也要与世长辞。杜子恭装腔作势，为他给"天帝"上了所谓"奏章"，又给他一种叫"云飞散"的灵药，并预言他可活到古稀之年。陆纳服用后，果然毒疮渐愈，以后享年七十。看来，杜子恭确有比较高明的医术，几经传闻，他就成为能预卜生死、转灾为福的神仙。许多世家大族都甘心做他的弟子，直到他死后，仍敬之如神。杜子恭的墓在钱塘城北，有的道徒行船到距此地几里以外时，就要面向墓方，端坐致敬，不敢用背或侧身相对。当船驶到可以远望其墓时，还要遥遥跪拜，表示虔诚。

　　杜子恭生前的得意门生和助手孙泰，在他死后继承了衣钵，其影响远达浙东一带。孙泰的祖先就是"八王之乱"中跟从赵王司马伦红得发紫的孙秀。孙秀原是北方琅琊人，他是五斗米道的道徒，曾经装神弄鬼地欺骗人们。赵王倒台，孙秀被杀，其子孙带着他敲诈勒索得来的财宝，逃到江南置田买地，一直传到孙泰。孙泰自从跃居道首后，靠着杜子恭传授的医术和道法，获得道徒们疯狂的崇拜。许多人为他倾家荡产而毫无怨言，还要把儿子女儿送去侍候他。孙泰由于得罪了新任的尚书令王珣，被流放到广州。恰巧，广州刺史王怀之也是五斗米道的信徒，竟要孙泰代理郁林（郡治在今广西桂平西）太守，他就继续在广州传道。

　　太子少傅王雅原先和孙泰有交往，王雅在朝中吹嘘孙泰有长生不老的方术。不久朝廷诏命下达，召孙泰回建康，任命为徐州主簿。他立即巴结上手握实权的司马元显，这个年轻的执政大臣对山

珍海味厌腻了，感到无法下咽，孙泰设法找到名厨能手，烹调出千奇百怪的美肴，供他尝鲜。司马元显在夜间要私自游春，孙泰带着他去寻花问柳。不久，孙泰就被提升为辅国将军、新安郡太守。

当王恭两次向建康进军的时候，孙泰以为东晋的命运朝不保夕，就用讨伐王恭的名义，纠合了几千个道徒，积蓄财富亿万以上，准备乘机造反，不料被人告发。司马道子和司马元显用计诱骗他和他的六个儿子到建康来，一进城就加以逮捕，处以死刑。孙泰积蓄的财富被官府没收或被权贵瓜分，原先已集中的道徒四处逃散，孙泰的侄子孙恩逃到海岛（即今舟山群岛）上。五斗米道的信徒们出于迷信，认为孙泰没有死，只不过像秋蝉蜕壳一般，他的真身已上天登仙。他们听说孙恩匿身海岛，特地送粮食和钱财去支援。孙恩在孙泰被害后，认清了官府贪婪狠毒的真面目，聚集一百多个决心拼死的道徒，积蓄力量，等待时机。

依照西晋课田制度，丁男耕课田五十亩，官府收谷四斛（南宋前的度量衡，一斛为十斗）。东晋初年，由于江南土地才开发，收成不大，因此改为每亩收米三升，即五十亩为一斛五斗。但这种"度田收租"制度遭到地主们反对，他们故意拖欠不缴。几年以后，积欠五十多万斛。377年（东晋孝武帝太元二年），朝廷不得已下诏改为"按口税米"，规定王公以下，每人每年一律缴租米三斛。穷人田少，富人田多，按人头缴租，官员和地主高兴极了，贫苦农民只得忍受压榨。383年（太元八年），由于淝水之战，军费陡增，一度加到每人每年五斛，老百姓陷于水深火热之中，纷纷逃亡。从371年（简文帝咸安元年）桓温擅权开始，十几年中，国家户籍上的户口就减去了十分之三。海陵县东面濒海的滩荡地区（当时海岸线即在今江苏泰州、东台、海安一带），有一块岸滩，长满芦苇和茭白，密密麻麻地望不到边。许多无法忍受剥削的农民，携老带小逃到这里谋生，官府不易追捕。镇北将军毛璩带兵去搜索，狠心地在周围放火，顷刻浓烟滚滚，响起一片喊爹叫娘的号哭，没有被烧死的逃出几万人来。毛璩抓住近万名青壮年，强迫他们当兵，因而受到朝廷嘉奖，升为龙骧将军，谯、梁二郡内史，不久又升益州刺史。

桓玄这时已霸占荆州和江州，朝廷无可奈何。长江下游北岸由北府兵把持，对诏命也常阳奉阴违。因而国家和朝廷的需要以及世家大族的盘剥，全都落在吴郡和会稽等八个郡的农民身上，不仅官府连年横征暴敛，连江南碧波浩瀚的万顷江湖也被世家大族瓜分霸占。老百姓即使放置一个捕鱼的竹篓，或是钓上一条鱼，钓竿和鱼篓都要被没收，捕鱼钓鱼的人要被扣押，规定要送去十匹麻布，才能释放。由于浙东土地肥沃，在会稽、新安、临海、永嘉四个郡（今浙东全部及浙西一部），南北世族兼并土地非常激烈，因此这些地方的百姓，所受的灾难就更深了。

司马元显效法谢安创立北府兵，要建立一支由他直接指挥的"乐属"队伍。但在桓玄和北府兵的势力范围内，司马元显休想去征发一个兵，只有到江南的八个郡中去抽调了。他强迫本身过去是奴隶（或祖上曾是奴隶）而现在释放为客户（即佃户）的人迁到京师地区，称之为"乐属"，再从"乐属"中抽丁当兵。在会稽等四郡，这样的人特别多。这些人现在身份变高了，生活也好了些，心里不乐意再成为和奴隶差不多的"兵家"，因而逃亡的更多。很多地方凑不起应征的兵员数，官府的魔爪又伸向其他农户。农民稍有反抗，都被捕入牢，进了监狱就是九死一生。东晋有一首民谣说："廷尉狱，平如砥〔zhī〕；有钱生，无钱死。"

朝廷的牢房如此,各郡县的监狱同样如此,不知吞噬了多少无辜的生命。多少家妻离子散,日夜啼哭;广大农民怒火中烧。

司马元显征发"乐属",真是弄巧成拙。处于水深火热困境中的五斗米道信徒们,感到烧香念咒不能直接解脱苦难,而他们的先辈黄巾军、太平道反抗官府,追求幸福的许多传说,则鼓舞着他们铤而走险。因此,这些地方好似铺满成堆的干柴,只等海岛上的孙恩回来点燃,这燎原烈火就要烧起来了。

85 孙恩起义

孙恩在海岛等待着时机。有一天,吴兴郡的道徒带来消息,有两个闲居的小官员要求作为内应,希望义军去攻打吴兴。

原来,吴兴太守谢邈娶了妾,把原妻郗氏撇在一边,郗氏是世家大族出身,受不了这口闷气,给谢邈写了一封书信,要求断绝夫妻关系。谢邈瞧瞧书信中的措辞不像妇人口气,怀疑是郡学的仇玄达代写的,立即召来,没头没脑一顿痛骂。仇玄达敢怒不敢言,回头和闲居在郡学的冯嗣之大发牢骚。冯嗣之是谢邈的表兄弟,远道来到吴兴,想谋个一官半职,不料被谢邈冷落相待,每日里粗茶淡饭,于是很不高兴。两人同病相怜,狠狠地诅咒谢邈。在吴兴,有许多五斗米道的道徒无法忍受官府重重压榨,纷纷逃往海岛,投奔孙恩。冯嗣之和仇玄达与道徒取得联系,要求孙恩来攻打吴兴。孙恩见到有内应,和一些伙伴乔装打扮,冒充冯嗣之的亲友随从,在夜间混入吴兴城里,想趁机发难起义,但看到谢邈侍卫众多,守城的兵力较强,不敢贸然动手,又潜回海岛。

孙恩接着探察到上虞(今属浙江)的守卫力量较弱,就带领队伍,在道友和农民的支持下,攻占上虞,江南八都的燎原烈火就此点燃起来。

起义队伍继续进攻会稽,沿途农民纷纷参加。会稽是东晋除建康以外首要的政治、经济和文化中心,又是会稽王司马道子的封土所在,王、谢等大族的庄园也都在会稽附近,历任内史都是由王、谢家的人或他们的至亲担任。这时的内史是王凝之(王羲之的儿子),他的祖先都信奉五斗米道,自己又是这个家族中最笃诚的教徒。在官衙内他也行道拜鬼,闹得乌烟瘴气。但他对百姓横加剥削,对任何道友也并没有宽厚一些,因而起义队伍带着满腔怒火去攻打会稽城。

一听说起义军要来攻城,王凝之立即钻进会稽内史府的道室,在天师像前,时而跪拜,时而伫立,口中念念有词。他一边焚符念咒,一边用桃木宝剑在空中挥舞,好似在指挥千军万马。僚属们请他发兵抵御孙恩,他疯疯傻傻地笑着说:"你们慌什么?我已请到天兵天将,每条要道上都屯扎了几万人马。"等到义军向会稽飞速挺进时,王凝之才听凭僚属调集官兵登城防守。义军把会稽围得如铁桶般,不久就破城而入。王凝之及他的几个儿子逃跑,被义军抓到,狠狠地拳打脚踢以后乱刀砍死。

义军攻进王凝之官府,有一个官夫人带了几个婢女,手持钢刀冲出内室,劈面砍死几个道徒,但因寡不敌众都被俘获。她就是王凝之的夫人、谢安的侄女谢道韫〔yùn〕。

谢道韫从小才华横溢。谢家的兄弟和子女们经常在大厅里谈

文吟诗。有一天,空中飘着茫茫大雪,当时谢安还健在,兴致勃勃地吟诗问道:"白雪纷纷何所似?"他的侄儿谢朗文绉绉地联句:"散盐空中差可拟。"谢道韫噘起小嘴,不饶人地说:"比得不伦不类。"谢安抚摸着她的头,笑着说:"那么你这小丫头来凑一句。"谢道韫脱口而出:"未若柳絮因风起。"谢安啧啧称奇,众人齐声赞叹。后世就此以"咏絮之才"或"才堪咏絮"赞扬聪明而有才学的女子。

谢道韫由父母之命、媒妁之言,嫁给王凝之。她回到娘家诉怨,说自己的婚事不如意,认为丈夫一钱不值。谢安听到后,特地去安慰她:"王郎是逸少(王羲之的字)的儿子,人品也还说得过去,你何必自找烦恼呢?"谢道韫答道:"瞧我谢家的叔伯和兄弟辈中,都是名臣、名将和名士。王家其他的人确也不差,想不到如此宽广的天地之间,还有这么一个没有出息的王郎!"原来王凝之貌既不扬,才又欠缺,只知道成天炼丹念咒。才学惊人的谢道韫嫁给这么一个丈夫,就如彩凤随鸦,郁郁寡欢地过了十多年。王凝之的弟弟王献之,虽然书法上名声卓著,但学识和口才却不及他的嫂嫂谢道韫。有一次,王献之在客厅里和宾客辩论,理屈词穷,眼看要败下阵来,谢道韫叫婢女出来说要给小叔解围,按照当时的礼俗,有身份的妇女是不能和生客同座晤谈的。于是在客厅里临时设置了青绫步障,谢道韫坐在步障后面,与来客进行辩论。她坚持王献之的论点,广征博引,加以申述,驳得宾客哑口无言。

孙恩早已听说谢道韫的大名,对她的才华和性格十分钦佩,听说她已被俘,立即下令释放。谢道韫抱着一个年仅几岁的小外孙刘涛,有些义军将怒火发泄到这个小孩身上,红着眼要动刀。

谢道韫阻拦道："你们报仇雪恨，要杀的是王家人，这孩子姓刘，为什么要砍死他？如果不肯放过这娃娃，就先杀我吧！"这事又闹到孙恩跟前，孙恩听她说得铮铮有理，挥手让她带着外孙走了。

会稽攻下以后，给其他七个郡的震动很大。农民欢天喜地奔走相告，不少地方纷纷揭竿而起。平日作恶多端的官吏、世家大族和地主，在荒淫掠夺的酣梦中惊醒，个个吓破了胆，赶紧收拾金银财宝，裹起细软家财四处逃跑。可是农民复仇的燎原烈火到处熊熊燃烧，他们十有八九无法逃脱，都被追捕镇压，家财都被充作军用。负隅顽抗的少数官军，顷刻被起义的狂澜卷没。吴兴郡的义军在冯嗣之和仇玄达的合谋下，很快破城，杀了太守谢邈及其全家。永嘉郡的太守司马逸不肯投降，也被杀死，弃尸街头，没人愿去掩埋。谢道韫的堂兄弟谢冲原任黄门侍郎，因病回到会稽家乡休养，也没有逃脱义军的惩办。这场急风暴雨的农民起义横扫各郡的世家大族，打得他们落花流水。

在如火如荼的起义影响下，建康附近几个县也有很多小股义军活动，还有些道徒潜入建康城内，暗下策划发难。司马元显原想建立一支得心应手的"乐属"武装，结果却引火自焚，惹起这么一场声势浩大的起义。他更不敢要"乐属"去讨伐孙恩，只得再把北府兵请出来，由卫将军谢琰〔yǎn〕和辅国将军刘牢之率领，从京口出发，去镇压起义队伍。谢琰是谢安的次子，曾被谢安认为有处理军国大事之才，他在淝水之战中立了军功，曾任尚书右仆射、卫将军、徐州刺史等职。他年轻时就傲慢异常，孤芳自赏，和堂兄谢淡虽为邻居，却是鸡犬之声相闻，老死不相往来。

孙恩占领会稽是399年十一月初二。十二月，北府兵就如虎狼般地扑向义军。义军来不及组织训练，又没有精良的武器装备，

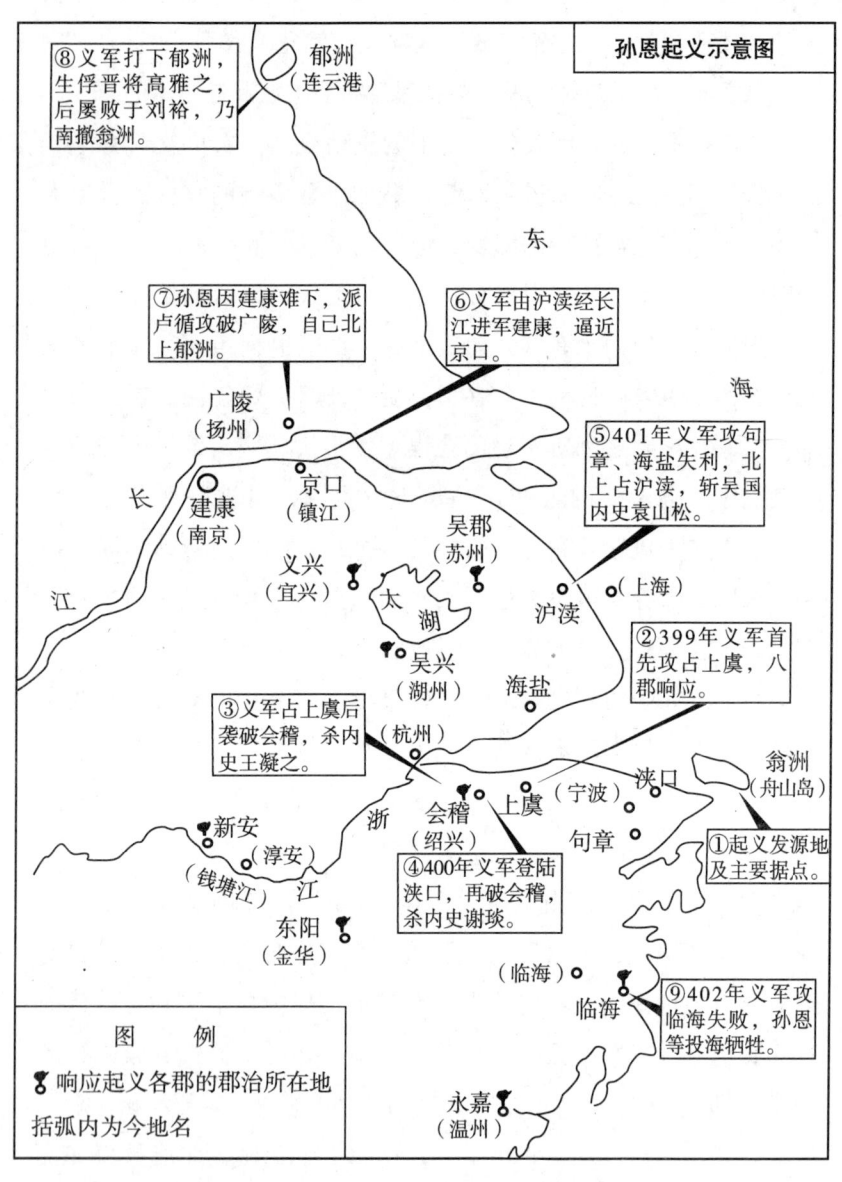

抵挡不住训练有素、装备充足的北府兵。义兴、吴兴相继失陷，在虎瞵〔liú〕（今江苏苏州西北浒墅关），义军顽强抵抗，北府兵的精悍骑兵前后夹击，几千名义军浴血奋战后终于败退。钱塘江以北的义军和道徒渡江逃往会稽，谢琰和刘牢之随即跟踪追击。

起初各地义军风起云涌，胜利捷报雪片似的飞向会稽，孙恩对他的伙伴们笑呵呵地说："天下就要太平了，我和你们可以穿着君臣朝会时的礼服，带着弟兄们到建康去，斩尽杀绝满朝狗官！"转眼，北府兵倾巢而出，义军不断失利，孙恩认为只要能保住浙东，还可以使几个郡的百姓免遭官府荼毒，因此他还是乐滋滋地说："我占据浙江以东，还可以做一个越王勾践！"但义军连连受挫，齐奔会稽。参加起义的群众为了逃避官兵血腥的镇压，大都扶老携幼而走。走得迟慢的忍痛把婴儿丢入河中，不让他们受到官兵的惨害，而且含着眼泪，悲伤地说："祝贺你们先上仙堂，随后再相见吧！"孙恩为了使父老兄弟姐妹免遭官兵残杀，只得说："撤退不是丢脸的事！我们走吧！"于是命令有武器装备的义军堵击追兵，老弱妇孺都向东撤退。打官府打地主时缴获来的花花绿绿的财物，有意遗弃在道旁，追击的官军无不停留下来尽情抢夺，又在沿途城镇乡村中趁火打劫，挨家挨户搜索值钱的东西。这样，义军才争取到时间，让二十多万男女老少撤到海岛上。这海岛名为翁洲（即今舟山群岛中的舟山岛），面积五百多平方里，东西长约四十公里。海岛周围还有六百多大小岛礁，官军难于进攻。这些海岛鱼产丰富，风景优美，尤其是白云缭绕的普陀山岛，真如仙境一般。

"长生"是五斗米道宣扬的一种权利，他们认为入道和起义

都可以获得长生,死也不过是"尸解"而去"极乐世界"。因此孙恩占领会稽后自称征东将军,参加起义的人都称为"长生人"。可是"长生人"并不愿在翁洲的仙岛上长生不老,他们还要回陆地去,争取生活在故乡的权利。

86　重整旗鼓

孙恩撤退到海岛后,官军以搜捕乱党为名,明火执仗地烧杀抢掠。逃亡外地的世家大族回到乡里,疯狂报复,残酷镇压。

会稽、吴兴等郡的男女老少,大批地惨遭屠杀和迫害。不少地方连人影儿也瞧不到了,个把月后才逐渐有人回来重整家园。可是粮食都被抢光,人们饿得头昏目眩,有人竟相互交换子女,杀了充饥。人世间居然出现如此目不忍睹、耳不堪闻的惨事,从此百姓对官军更是怨恨,迫切地盼望孙恩起义军能重整旗鼓,引军再来,杀尽这些官军和世族。

早在孙恩攻下会稽时,各地有一些没落的世家大族卷入起义,由于他们在当地的影响较大,孙恩顺水推舟,任命他们为太守或县令。官军到达后,这些人大都败逃或被杀。家累千金的吴兴富豪沈穆夫,其父沈警曾任谢安和王恭的参军,以后隐居在家,是五斗米道的忠实信徒,又是道首杜子恭和孙泰的得意弟子。因而,沈穆夫被孙恩任命为振武将军、余姚县令。义军撤退,沈穆夫为官军所杀,沈警带着沈穆夫的四个弟弟和五个儿子逃回吴兴，辗转藏匿在至亲好友家中，看样子似乎可以避过风头，化险为夷了。不料，被同族中一个叫沈预的无行文人告发，沈警和沈穆夫的四个弟弟被捕遇害，沈穆夫的五个儿子幸亏逃得快一步，没被抓到，白天躲在漫无人迹的芦苇荡中，夜间才出来活动一下。他们卖掉宅基和地皮，草草安葬了父亲、祖父和叔叔们的尸体。兄弟五人报仇心切，老四沈林子只有十三岁，更是恨得咬断牙根，泣不成声。沈预却因立功发了财，雇用了许多凶狠的壮汉，还想搜捕他们，以图斩草除根。沈林子兄弟没法下手，不久看到官军中刘裕带的军队纪律比较严明，便全家前去投奔。几年后他们立下军功做了官，沈预害怕他们报复，整天披着盔甲持着刀戈。沈林子和他的哥哥沈田子悄悄回到家乡。端午节那天，沈预全家正欢聚，防备松懈，他俩冲杀进去，当场斩了沈预，并砍死了他们全家男女老少。

在吴兴参加起义的冯嗣之，也是出身地方大族和书香门第，没有跟得上撤退，于是聚集了一些伙伴，暂且隐蔽在山林里。吴兴太守谢邈及侄子谢方明的全家已被义军所杀，谢方明回到乡里，纠合了谢邈的门生一百多人，带着官军，搜捕冯嗣之等人，谢方明亲自下手，一个一个地杀害他们。

谢琰镇压了会稽等八郡的起义，朝廷害怕义军重来，任命他为会稽内史，都督会稽等五郡诸军事，坐镇会稽。司马元显吹嘘自己用人得当，因而荣任录尚书事。其父司马道子也是录尚书事，人们便以他父子俩的住宅所在，分称东录、西录。司马元显的官府在皇城的西面，称为西录，由于他手握实权，门前车马整日闹哄哄地不绝；司马道子的住所在皇城之东，就称为东录，他的实权已被儿子夺去，因而门可罗雀。

司马元显没有良师益友，左右亲信是一些只会吹牛拍马的人，他自以为官高望重，暗示管理礼仪的官吏订出规定：凡是公卿以下的官吏，见了他都要跪拜。这时军费浩大，国库空竭，官吏的薪俸很难发出，只能有一天发一天，发一天算一天。司徒以下，每日领七升米混日子。有时粮赋运不到，就要上顿不接下顿。但是司马元显本人却大肆搜刮和收纳贿赂，皇家的财富和他相比，也要逊色三分。

吏部尚书车胤看到这种情况很不满意，到司马道子跟前，劝他要对司马元显严加管束。司马元显听说车胤摒离随从，私自上告，就去问他父亲，车胤讲些什么。司马道子缄默不语。他一个劲地催问，司马道子怒道："你想幽禁我？不让我和朝官说话吗？"司马元显怏怏不乐，派人谴责车胤离间他俩父子。

车胤自幼勤学不倦，家贫买不起灯油，在夏秋之间常用口袋装了无数萤火虫照明，读书到深夜。"囊萤照读"的故事作为刻苦攻读的榜样为人传诵，功夫不负有心人，车胤长大后博学多才，深受朝士崇敬。可是在那奸邪横行的日子里，有才能者更要遭人嫉害。车胤受到司马元显谴责，害怕将被横加非罪，就闭门自杀了。人们听说他死于非命，惋惜不止。

朝廷认为谢琰素负盛名，由他坐镇会稽，再无后顾之忧。谢琰担当重任后，僚属们劝他："孙恩强悍，他的士卒还有十几万，正在海岛窥测时机以求再逞，我们不能等闲视之，应该用招降手段给他一条自新之路。"可是谢琰认为流落海岛的义军，不被冻死也要饿死，少数镇守沿海的官军足能对付。他对各地残余义军，丝毫不肯放松，残酷镇压，见一个杀一个。谢琰听到僚属们再三劝告，只是冷冷地说："当年苻坚百万大军还不是败在我谢家兄弟手里，孙恩区区乌合之众，何足挂齿！他们如果胆敢再来

起义军斩杀谢琰

露脸，那就是自来找死！"

400年（东晋隆安四年）四月，沿海及会稽等地隐蔽的道友，给孙恩传来了各地防备不严的消息，孙恩就带领义军登陆，势如破竹，打下余姚、上虞，直达会稽东北三十五里的邢浦。在几次激烈的争夺战后，官军力不能支而逃跑。义军一鼓作气，攻向会稽。会稽城内惊慌万状，谢琰的僚属要求他赶紧封锁水陆要道，层层设置重兵，准备迎击义军。但谢琰还是当做耳边风，不作任何准备。邢浦失陷，他不当一回事。午餐时刻，热腾腾香喷喷的饭菜已放在餐案上，部下慌忙来报："孙恩已到城下！"谢琰立即披挂上马，叫他的两个儿子谢肇、谢峻，全副武装跟着他，一面笑呵呵地说："先把这草寇消灭了，再回来吃饭也不迟！"广武将军桓宝抢先出城，冲垮义军，斩杀不少士卒。谢琰下令全军追击，从大道追到泥塘小路。义军大都是本乡本土的道徒，深得地利人和，有意飞快撤退，引诱官军猛追。官军在狭窄的塘路上，只能鱼贯而行。这些北府兵走惯北方干燥的平坦道路，到了南方泥泞不堪的田埂上，高一脚低一脚，走两步滑一跤，莫不叫苦连天。这时，义军支援的兵船从纵横交错的河汊里，绕道到官军的背后及两侧，依凭船身向官军万箭齐发。撤退的义军又杀了个回马枪，官军首尾不能相顾。曾经称雄多年的北府兵，顿时陷入从未遭遇的困境，在义军前后夹击下，死的死，伤的伤，侥幸活命的士兵连滚带爬，满身泥浆逃跑出来。孙恩特地派出帐下都督张猛带一队精骑追击谢琰。张猛如疾风似的赶上去，一刀砍伤谢琰的马腿，战马痛绝，狂嘶颠扑，谢琰倒下马来，和他的两个儿子一同丧命。

义军再次占领会稽，百姓欢呼声震耳欲聋。孙恩下令，严惩撤退期间屠杀起义群众的凶手，谢方明曾亲手杀害冯嗣之等人，这时已像老鼠般地溜走,藏匿在上虞乡间。孙恩发出通告,高悬重赏捉拿他。谢方明胆战心惊,带着老母和幼妹从山间小道逃到东阳,西奔鄱阳湖,又从长江顺流窜到建康,绕了个大圈子,才保了一命。

朝廷听到孙恩再起、谢琰战死的消息,赶忙再派冠军将军桓不才、辅国将军孙无终、宁朔将军高雅之等,带兵去配合刘牢之,征讨孙恩。孙恩眼见北府兵倾巢而出,就主动撤离会稽,在余姚和高雅之打了一仗,参加这一战役的官军死了十分之七八。刘牢之随即会同各军猛攻孙恩,义军方才撤走,坚守在海边的浃口(今浙江宁波东北)。官府担心农民再要起来响应孙恩,疯狂地搜捕杀害五斗米道的信徒和无辜的百姓。吴兴太守庾恒(庾亮的孙子)几天里就屠杀了徒手的男女几千人,苦难的百姓又遭到一次浩劫。

孙恩两次攻入会稽郡,王、谢两族遭到致命打击,朝廷不得不任命寒族出身的刘牢之都督会稽等五郡诸军事,主要任务是要他早日消灭义军。

| 87　壮烈投海 |

北府兵刚出京口打向吴郡时,刘牢之命令刘裕带了几十个人去侦察敌情。他们遭遇几千名手舞锄头棍棒的起义群众,同行的人都被打死,刘裕拿着长刀迎击,一失足,从河岸上跌到水里。义军要下河去杀他,他仰身用长刀砍死几人。这时,有马蹄声由

远及近而来,义军丢下他去对付敌骑。刘裕知道救兵已到,赶紧爬上河岸,大喊着追杀过去。这队骑兵是刘牢之的儿子刘敬宣率领的,因为刘裕很久没归队,特地出来寻找,正好见到刘裕登岸,全身水淋淋地追杀义军,刘敬宣赞赏不已。从此,刘裕闻名于北府兵内外,逐步成为镇压起义的魁首。

刘裕(363-422)字德舆,小字寄奴,彭城人,全家寄居京口。他刚呱呱下地,母亲就死了,父亲刘翘虽然任过郡的功曹,却一贫如洗,无力抚养,把他抛弃荒野。刘裕的姨妈生了一个孩子还不到一年,听说此事,拔腿就跑到野外,找到正在哭叫的刘裕,救回家来,给亲生儿子断了乳,来喂养他。刘裕长大后,身材健壮,为了糊口,种过地,捕过鱼,打过柴,以后又制鞋卖鞋为生。他识字不多,相传有一次他上山砍柴伤了手,便胡乱拔下身边野草止血敷伤,竟有奇效,以后附近每逢有人受了刀伤,都学他用此草治好,从此村人便称这种药草为"刘寄奴草"。刘裕又好赌博,受到乡里轻视,便发愤去投奔北府兵,打起仗来异常勇猛。刘牢之听说他是汉高祖弟弟刘交的后裔,于是对他格外赏识,出师讨伐孙恩时,任命他为参军。

孙恩退守海边的浃口,便于攻守。刘裕奉命进驻浃口西南的句章(今宁波市南)。义军多次进攻,刘裕拼死顽抗。义军没有什么攻城器具,围城数十天没有攻下,只得撤回浃口。刘牢之和刘裕正在欢呼胜利而得意忘形时,钱塘江口的北岸传来警报,原来孙恩避实就虚,把他们全都撇开,经海岛向西北攻下海盐。刘裕赶紧率领官军渡海追击,占领海盐故城,筑起城壕,企图拦阻义军的后援队伍。

孙恩回头来攻城,官军为数不多,只得选拔了几百名敢死队和义军肉搏。刘裕虽然取得几次小胜,但终究寡不敌众,海盐故城指日可下。有一个清晨,义军看到城头上空荡荡的,官军与战旗都渺无踪影,只有几个白胡子老人和瘦骨嶙峋的差役打开城门,没精打采地走上城楼。城外的义军高声问他们:"刘裕在哪儿?"回答是:"昨夜溜走啦!"义军狂欢着拥进城门,登上城楼,边笑边喊边跳。可是,突然战鼓响起,刘裕的伏兵发起猛攻,义军损失惨重。孙恩没奈何,丢下海盐,分水陆两路向北面的沪渎(今上海市西)挺进,打算以它代替海盐,作为海岛与前锋队伍的联络地(当时上海尚未形成陆地)。

刘裕随即全力追击。海盐令鲍陋的儿子鲍嗣之率领一千名临时招募的士兵,争着要当前锋。刘裕说:"孙恩很强悍,你的士兵还没打过什么仗,如果前锋失利,就要影响全军,你还是跟在后面咋咋呼呼,也可以助威立功。"鲍嗣之是初生牛犊不怕虎,硬是争着跑在头里,过了天把追上了义军,时已夕阳西下,双方扎下营寨,准备第二天拼一死战。当夜,刘裕率领后援官军随即到达。

次日天色微明,义军一万多人展开进攻。两军才交锋,刘裕阵地四周的大小高坡上都举起军旗,擂起战鼓,似乎有几万人的声势。义军不愿硬拼而白白牺牲实力,赶紧撤退。那个莽撞的鲍嗣之,眼见孙恩似乎好欺,带着他的一千新兵拼命追击,义军掩护撤退的队伍奋力迎战,鲍嗣之和一千人马竟被一扫而尽。这次胜利鼓舞义军回头和刘裕重新交战,官军吓得魂飞胆丧,且战且退,沿途丢下许多尸体和伤兵,眼看也要全军覆没。刘裕却很沉着,退到官兵旗帜最多的地方,停了下来,命令士兵收集周围尸体上的衣服和武器,装成闲散无聊的样子。追赶的义军疑惑不解,他们商议了一番,断定诡计多端的刘裕是用逍遥自在的模

样，引诱义军进入埋伏圈。刘裕看到他们犹豫不决，带着士兵，高喊着冲杀过去，似乎确有千军万马作后援。义军一看形势不妙，全部撤退，他们想不到还是上了刘裕的当。原来头天夜里，刘裕悄悄地设下许多假埋伏，每地不过几个人，却插上许多旌旗，交战时挥旗擂鼓，虚张声势而已。义军受骗撤走后，刘裕也回到海盐，收罗溃散的队伍，等待刘牢之大军的到来。

孙恩水陆两军向北齐集，一下就攻破沪渎，杀了吴国内史袁山松，官军死了约有四千人，溃散四逃的还有千把人。袁山松的主簿陈遗由于郡县闹饥荒，家中没饭吃，常常把军营中剩下的锅巴带回去，煮烂了孝敬老母，几天里积了一大袋。官军战败，他背着锅巴，想偷溜回家，逃到河网地区迷了路。散兵们没有吃，大都饿死。他啃着锅巴才活了下来。

孙恩有了沪渎这个落脚点，兵船往返海岛，十万义军陆续到达，随即全力向京口、建康推进。义军的死对头刘裕也得到支援，赶到娄县（今江苏昆山东北）阻击打了一个小胜仗，但官军也有损失，刘裕身边的卫士蒯恩左眼就中了一箭，差点送了性命。蒯恩从军时，被派去收割马草，他力大无比，扛起喂马的草料来比别人多几倍。他常常把成捆的马草狠狠地摔在地上说："大丈夫能弯弓使枪，为什么来喂马！"刘裕听到，发给他刀枪弓箭。从此，他屡次奋勇冲锋，杀死不少义军。

刘牢之率领大军从会稽赶来，嘴说要保卫京口，截断孙恩攻打建康的去路，但他只想让刘裕在前面拼死，自己行军迟缓，鹅行鸭步地走着。孙恩的战船逆着长江滔滔急流，抢先到达京口附近，占领了蒜山（今镇江市城西），毫无斗志的丹徒官军立即溃散。孙恩带了几百义军登上蒜山，欢呼雷动。突然山后窜出一股官军来，带头的还是那个活冤家刘裕。义军奋起迎战，许多人紧紧保卫孙恩，举起无数藤牌抵挡乱箭，护送他回到兵船。其他义军继续作战，打退了刘裕的进攻。

孙恩以为刘牢之和刘裕的大军都已到达京口，他又撇开这个地方，带领一千多条兵船直驶建康。年轻的执政司马元显亲自带领官军抗战，屡遭失利。可是天不作美，几天里西风怒号，暴雨倾泻，义军兵船逆风逆水，行驶不便，做饭也难于成炊。干粮吃完了，勒紧裤带，过了数天，才到达建康北端的新洲（今南京八卦洲，位于长江江心）。这时，各郡县的官军都已到达建康，司马元显高枕无忧，大摆酒宴，醉乐如常。他父亲司马道子却忧心忡忡，天天冒雨去钟山求神拜佛，好似在淝水之战前那样，祈求天兵天将降临。刘牢之和刘裕也从陆路赶到建康，豫州刺史司马尚之也带兵前来保卫京师。孙恩认为敌众我寡，不应死拼，他派妹夫卢循打下江北的广陵，杀死官军约三千人。但这不过是虚晃一枪，孙恩又亲自率领船队出了长江，浮海北上，到了周围几十里的郁洲（即今江苏连云港，当时尚未和陆地相连）。卢循的姐夫徐道覆原是东海郡人，熟悉这个地方的地势及风土人情。

刘裕和刘牢之的儿子刘敬宣带了北府兵跟踪而来，攻击义军。起初孙恩不断取得小胜，还俘虏了宁朔将军高雅之（后又脱逃）。但是义军远离家乡，粮食供应不足，大部分人马死于饥饿和瘟疫。郁洲比不上翁洲，兵力难以分散隐蔽。因而，在北府兵猛烈攻击下，义军兵力不断削弱。孙恩不得已率领残部上了兵船，沿着海岸又再南下翁洲。途中在沪渎、海盐休整时，又遭到刘裕的追击，死伤被俘一万多人。

过了几个月，孙恩打算向南另找出路，从海道在临海（今属

浙江）附近登陆，但这时兵力已极为单薄。临海太守辛昺〔bǐng〕闻讯，带了官军严阵以待，孙恩进攻，遭到大败，眼见跟随他的起义群众惨遭官军屠杀，他心中万分悲痛，带着残余义军竭力奋战，最后被官军逼到陡峭的海岸上。孙恩坚决不投降，不做俘虏。按照五斗米道的信念，死在水里就成水仙，他就带头投海自尽。和他在一起的男女起义者数百人，也都不甘屈服，纷纷纵身入海，壮烈牺牲。

孙恩死后，从翁洲陆续到达临海的义军，还有数千人。他们共推孙恩的妹夫卢循为主帅，在临海郡和永嘉郡继续活动，准备再度掀起起义狂澜。

孙恩起义中，八郡的义军和百姓被屠杀、掠卖和投水自尽的，据史书记载，总共有十多万人。因为许多起义者遗体的头颅已被官军砍下去报功，亲友们安葬他们时，大都用藤条捆缚一团茭白茎叶做脑袋，有的还用木料或腊，做成人头模样，再收殓入土。

起义受到挫折，朝廷如释重负。霸占长江上游中游的桓玄，和执政的司马道子父子之间的所谓"荆扬之争"，却进入了白热化阶段。

88 登船不开船

早在孙恩远离建康北上郁州时，司马道子和司马元显心上的大石头就落了地。父子俩自以为退敌有功，昂首天外，不分昼夜

地沉湎于酒色之中。

桓玄派人送了一封信给司马道子，兜头泼来一盆冷水，大意说："孙恩只是因为连日暴风骤雨，兵船开不进建康，粮食吃尽，才撤走的，并非为王师所屈，你们不要自鸣得意。眼前你们的心腹，谁是有名望的？八郡的祸患，都是你们身边这些小人惹出来的，兵祸到今并没有了结。朝廷里的君子，怕惹火烧身不敢说实话，只有我敢说出事实。"司马道子父子看到这些话，知道桓玄不怀好意，信中明明在说，只有他桓玄才能收拾残局，看来桓玄很可能立即进军建康，威胁朝廷。这样父子俩又感到如泰山压顶，十分担忧。

建康的粮食供应主要靠三吴及浙东，这些地区残破不堪，供粮困难，同时桓玄又截断长江航道，漕运断绝，商人旅客都不能自由往来，朝廷所属的士兵只能用麸皮糠末和橡树的果实当饭吃。

司马元显的谋臣张法顺说："桓玄的野心大，手段辣，听说他童年时和叔伯兄弟们斗鹅斗输了，半夜里，他偷偷杀死兄弟家全部的鹅。现在，朝廷能控制的三吴一带，五斗米道乱后残破不堪，家家缺穿少吃，桓玄一定要来乘机骚扰。"司马元显只是叹息："怎么办？怎么办！"张法顺又说："桓玄火并殷仲堪和杨佺期，夺得荆州才两三年，朝廷可以下令，要刘牢之做先锋，其他大军随后继发，早日扑灭桓玄。"司马元显频频点头赞同。

凑巧，桓玄手下的武昌太守庾楷，担心桓玄会像王恭和孙恩一样地失败，秘密地派了使者到建康，拜见司马元显说："桓玄处处违抗朝廷，人心不肯顺从他。如果朝廷派遣大军讨伐桓玄，我一定做内应。"庾楷给司马元显打了气，朝廷就派张法顺到京口，游说刘牢之来担任征伐桓玄的先锋。刘牢之很怕桓玄，张法顺瞧他支支吾吾，不敢允承，回来对司马元显说："刘牢之似乎

不跟我们一条心，不如早日召入建康，杀了他，免得日后贻误大事。"司马元显以为有了庾楷做内应，就好似在桓玄心窝边插上一把刀，只等朝廷大军一发，桓玄就命在旦夕，对刘牢之暂且不必过虑。所以他一心一意征发水军，装备兵船，准备讨伐桓玄。

402年（东晋元兴元年）的大年初一，朝廷下诏，向桓玄兴师问罪。司马元显挂帅，官衔是骠骑大将军、征讨大都督，都督十八州诸军事（当时东晋国土号称十八州，但有的为侨州）。此外，诏书又任命刘牢之为前锋都督，司马尚之殿后。

出师之前，司马元显想逮捕所有在京城的桓家叔伯兄弟，一网打尽。但他的长史王诞是中护军桓脩的舅舅，王诞不忍外甥被杀，就对司马元显说："桓家叔伯兄弟志趣各异，互不往来，何必多此一举！"司马元显就此作罢。张法顺对桓家兄弟和刘牢之都很不放心，又向司马元显献计："骠骑大将军府的司马桓谦和他亲弟桓脩都是桓玄的堂兄弟，是桓玄在京师的耳目。他俩常常将朝廷动静私报桓玄，最好密令前锋都督刘牢之杀死他俩，借以表明他决无二心，如果刘牢之拒不受命，赶紧要先把他清除。"司马元显答道："平定桓玄，倘若没有刘牢之打头阵，就很难啊！如果兵马未行，就先杀大将和朝官，会引起人心不安。"张法顺再三劝说，司马元显仍是不依。桓谦不仅没有被杀，反而升了官。这是因为桓家世世代代盘踞荆州，特别是已经去世的桓冲，很受地方吏民爱戴。桓谦就是桓冲的儿子，司马元显为了笼络荆州人心，代下诏书，任命桓谦为都督荆、益、梁、宁四州诸军事，荆州刺史。这样也就是罢免了桓玄原任荆州刺史的职务。司马元显这一手，是企图借此分化瓦解桓家势力。

桓玄的堂兄桓石生，是司马道子太傅府的长史。桓石生派人将这些情况一五一十地密报桓玄。桓玄原以为朝廷千疮百孔，自顾不暇，没想到这么快就来征讨，还要了那么一套花招，不免大惊失色。他打算集中兵力保住江陵，长史卞范之说："将军的威武远近闻名；司马元显乳臭未干；刘牢之背叛王恭，反复无常，大失人心。将军应该打到建康去，用兵势压倒他们。这些小丑的土崩瓦解，可以翘足而待。为什么要拱手让他们进来，使自己苦守孤城呢？"

桓玄觉得以攻为守的办法很好，立即兴师东下，并且发出讨伐司马元显的檄文。檄文到达建康，司马元显还没有发兵，一见桓玄把自己骂得狗血淋头，又听说桓玄无数兵船已经顺流而下，气势汹汹，他的心里就没有了主儿。朝廷摆了盛宴，欢送司马元显出师，这位征讨大都督在酒宴上见了前锋都督刘牢之，两人各有各的心事，相见一言不发。

司马元显喝了晋安帝赐给的饯行酒，照例立即要兴师出发，可是他登上帅船，坐着发愣，始终不敢发出开船的命令。前锋都督刘牢之更是乐得按兵不动。

桓玄虽然兵发江陵，但一点儿不知道朝廷的这些内幕，因而色厉内荏，担心朝廷兵马一出，自己对付不了。虽然他率领大军顺着滔滔大江滚滚而下，心里却盘算着一遇劲敌，怎么赶紧缩回江陵去。可是过了浔阳，还是见不到朝廷派来的一兵一卒，说明司马元显不敢前来迎战，他那高兴劲儿就别提啦，全军士气也大为振奋。这时，武昌太守庾楷要作朝廷内应的秘密已经泄露，立即被桓玄扣押起来。

朝廷饯行后过了十天，司马元显讨伐的兵船还是停泊在石头城边，不敢去和桓玄对阵。朝廷只得另派齐王司马柔之带着驺虞幡，到桓玄军前要求罢兵。他还没见到桓玄，脑袋已被前锋将士砍下。再过了十天，桓玄攻打历阳，活捉了豫州刺史司马尚之。

京城内外更是惶惶不安。

刘牢之被朝命催逼,从京口开拔到溧洲(今江苏江宁西南江心中),和占领姑孰的桓玄几乎面对面地扎下营寨。桓玄派了刘牢之的族舅何穆作为使者,去对刘牢之说:"如果你被桓玄打败,必定要死;倘若打胜,司马元显也容你不得,他妒贤如仇,可能你还要遭灭门之祸。你和桓玄没有宿怨,不如双方联合,方能永葆富贵。"这样,刘牢之就和桓玄挂上了钩,刘牢之的参军刘裕竭力劝阻,他不肯听从。他的儿子刘敬宣知道他心底的盘算,劝道:"现在国家安危,就在大人和桓玄身上,如果桓玄一旦得势,你就无可奈何了!"刘牢之怒斥说:"你这小东西懂什么?今天我要打垮桓玄,易如反掌,但司马元显一贯重用小人,他们一定容不得我。到那时就要兔尽狗烹了!"刘敬宣听从父亲,作为专使,正式向桓玄投降。桓玄和荆州将吏只是想利用刘牢之的罢兵,乘机攻入建康,而后再伺机清除他。但在刘敬宣来时,却装模作样地热诚招待,请他做咨议参军。酒宴中,桓玄又拿出珍藏的古书名画,让他一起观赏。刘敬宣不知底细,纵情地谈古论今。桓玄的僚属们见他上当受骗,莫不相视窃笑。

在建康王师的帅船里,司马元显还和将士们纸上谈兵,议论如何抵抗桓玄的进攻。桓玄却在刘牢之投降后,毫无阻挡地到了新亭。司马元显等吓得赶忙丢了兵船,屯扎到国子学里。过了几天,列阵于宫城的宣阳门,准备和桓玄交手。士兵们由于司马元显过去只顾盘剥敛财,不管他们的饥寒和死活,又听说桓玄前锋已到了宫城前的朱雀航,就都骚乱起来。司马元显想把队伍带回内宫,紧闭宫城各门,抵抗桓玄,不料桓玄的队伍已如旋风似的赶到,高呼着:"放仗(即缴械)!放仗!"朝廷的兵马丢下武器,逃的逃,降的降。司马元显策马逃到他父亲住的东府,只有张法顺一人还跟着他。司马道子从酣醉中被吓醒，惺忪的双眼眯缝着注视到惊惶失措的儿子，只是哭泣不止。桓玄派太傅从事中郎毛泰去逮捕司马元显。毛泰原先和司马元显父子是酒肉朋友。有一次，毛泰举行家宴，司马元显半酣要走，毛泰硬留，开玩笑说："你一定要走，我把你双脚砍下！"司马元显认为毛泰对自己太不尊敬，怒骂而去。这次毛泰抓到他，拳脚交加，方才出了气。

毛泰押送司马元显到停泊在新亭的桓玄船头，绑了起来，人们团团围住这个不久前还权势熏天的贵人，现在被众人数落得像条落水狗似的。他只是低声嘟囔着："我是被王诞、张法顺所误的。"司马元显被桓玄带进建康，连同他妻妾所生的六个儿子，以及亲党们在闹市斩首示众，时年二十一。

司马道子被废为庶人，由御史杜林押送到安成郡（治所在今江西安福）。抵达流放地后，这位酒醉糊涂了一辈子的王爷，喝了杜林给他的一杯酒，溘然而逝，时年三十九。这杯酒原是桓玄委托杜林带着的鸩酒。

桓玄得势，诏书任命他为都督中外诸军事、丞相、录尚书事，又兼扬州牧，领荆、江、徐三州刺史。这样，他就一身独揽朝内朝外的军政大权。

89　桓玄篡位

刘牢之投降桓玄，使桓玄得以长驱直入建康，夺取了朝廷大权，刘牢之自以为也可以飞黄腾达了。但桓玄却认为他过去几次

反复无常,对他并不信任,还决心要予以清除,为自己篡位铺平道路。

北府兵主力的将士和家属都侨居于京口。徐州是侨州,州治也设于京口。桓玄兼任徐州刺史,就是要掐住刘牢之和北府兵的脖子。不久朝命下达,调任原本为前锋都督、征西将军,领江州事的刘牢之为征东将军、会稽内史。刘牢之这才知道,桓玄对自己居心险恶,他又恼恨又担心地说:"桓玄执政才几天,就夺走我的兵权,大祸快要临头了!"

刘牢之的儿子刘敬宣还在桓玄身边任职,他假意要求回去说服他父亲接受新的任命。桓玄料知他父子俩成不了大事,就同意了。刘敬宣回到刘牢之跟前,诉说桓玄如何奸猾和凶狠,竭力劝刘牢之赶紧发兵攻打桓玄。可是刘牢之下不了这个决心,只是把队伍拉到靠近建康、新洲西南的班渎,观望形势。

刘牢之私下对参军刘裕说:"我打算渡江北去,和广陵相、宁朔将军高雅之联合发难,进攻桓玄,你能跟我去吗?"刘裕对刘牢之的几次倒戈极为厌恶,冷冷地说:"将军以数万劲卒投降桓玄,使他踌躇满志。而今他大权到手,你却大失人心,你再想把他拉下台,就难办啦。恐怕你到不了广陵,就要被众人遗弃。我刘裕也就此告退,要回京口去了。"

广武将军何无忌虽然是刘牢之的外甥,但也很不满意刘牢之的作为。他和刘裕却交往很深,悄悄地问刘裕说:"你瞧我怎么办呢?"刘裕答道:"刘牢之一定要垮台了,我们还是早回京口吧!如果桓玄今后能忠于皇室,我们就跟他走;否则等待机会干掉他。"于是他俩不告而别,离开了刘牢之。

刘牢之召集僚佐和部将,宣称要割据长江北岸,讨伐桓玄。

有人以为将士的家属都在京口，倘若参加发难，家属都要被桓玄屠杀。多数僚佐对刘牢之的反复无常早已议论纷纷。参军刘袭异常激动，铁青着脸，恨恨地说："天下最丢人的事是叛变，将军往年先反王恭，后反司马元显，如今又要反桓玄，朝秦暮楚，有什么好结果！"说完，气冲冲拔腿就走，其他将佐也一哄而散，留下的寥寥无几。刘牢之着了慌，赶紧派刘敬宣到京口去接家属。可是约定的限期过后，只见滔滔江水奔腾东流，始终不见刘敬宣或京口家属归来。刘牢之以为走散的僚佐已向桓玄告密，刘敬宣和家属们必定已遭桓玄杀害，赶紧带领队伍向北撤走，哪知手下的将士沿途又不断溜跑，到了江边一瞧，原先停泊待命的兵船一条也没有了。回头望望跟从他的人，稀稀拉拉，不禁感伤万分。他思忖无颜见人，就在江边丛林中自缢而死。

刘牢之咽气后，刘敬宣的船舶才赶回新洲。原来他去京口，见到桓玄戒备森严，并得知桓玄即将派军进攻新洲，就又返回。但他归途中遇到逆风，回来迟了，上岸后看到父亲已死，顾不碍哭丧和披麻戴孝，就渡江直奔广陵而去。刘牢之的贴身随从把刘牢之的尸体放在棺木中，设法找船运到丹徒。桓玄派人劈棺拖出尸体，砍下头颅，带到建康，高悬示众。又将没头的尸体送到京口，丢在闹市上，不准人们收葬。

刘敬宣赶到广陵，和高雅之相商后，估量势孤力薄，不敢举兵发难。他俩和亲友随从一起逃到洛阳，以子弟作为人质，请求后秦姚兴派兵攻打桓玄。姚兴只让他们在关东地区自行招募了几千兵马，回到彭城一带活动，桓玄也不把他们放在眼里。

桓玄认为劲敌都已清除，便摆出谦让架势，辞去丞相和荆、江、徐三州刺史的职务，要他的几个堂兄弟分别担任尚书左仆射

和三个州的刺史，内外大权都被桓家霸占。不久，桓玄又从建康住到姑孰去，辞去录尚书事，表示自己不愿总揽朝政。实际上，朝廷重大事务还是要他点头才能去办，他这时的官职是太尉、都督中外诸军事、扬州牧，领豫州刺史。

东晋连年发生战祸，苦难的百姓都希望过个太平日子。桓玄刚进建康，处决了人们深恶痛绝的司马道子父子，清除了反复无常的刘牢之，表面上似乎没有什么野心，又常以小恩小惠笼络众人，朝野人士以为从此可以过个太平年头了。

桓玄接着大杀北府兵的旧有将领，有些人事先得知消息，逃奔刘敬宣和高雅之，在彭城附近活动。他们估量桓玄决不会放过他们，又分头投奔后秦和南燕。

桓玄在姑孰大兴土木，为自己建造五步一楼、十步一阁的府第，装饰极为富丽堂皇，耗费无数民力财力，还派人四出，把几千里以内名贵的花卉、果树和竹木，都强行挖掘，运到自己的庭院中。桓玄生性贪婪，一旦听说有人珍藏奇珍异宝或是名贵书画，他就要千方百计地巧取豪夺，甚至采取赌博的方式，从中玩弄手段，把那些珍品赢为已有。桓玄特别喜欢摆弄珠玉，整天双手离不开一些稀世珍宝。至于黎民百姓生活在水深火热之中，他却熟视无睹。这时，兵荒马乱加上水旱灾荒，吴郡及吴兴等地逃荒的民户占半数以上，临海和永嘉二郡，更是跑得空空荡荡的。还有些地方连年颗粒无收，有钱也买不到粮食，以致富贵人家穿了绫罗绸缎，怀抱珠玉财宝，紧闭门户而饿死，穷苦的百姓就更遭难了。桓玄为了显耀自己关怀民生，下令要会稽内史王愉（王国宝的异母哥哥）开仓救灾，并且允承朝廷拨粮支援，王愉把那些在江湖和荒野里捞螺蚌、挖野菜的百姓，都赶回来，但会稽存粮所余无几，朝廷赈米极少，更不能及时运到；再加上官府对救灾粮食层层剋扣，饿得只剩一口气的百姓疲于奔命，死得更多，尸体在道旁无人掩埋，惨不忍睹。

在这种民不聊生的局势下，桓玄还不断演出标榜自己的丑剧。他上表假意要求回荆州老家去，同时又自己起草诏书挽留自己。皇使宣诏后，他再次上表要求归藩，转眼叫人威胁皇上，亲笔写诏书不让他走。桓玄还要各地的亲信们，胡报什么甘露下降等吉瑞祥兆，自己又矫造诏书，说是"这些吉兆都是因为大臣桓玄德高望重所致"。桓玄又认为过去常有美名远扬的隐士，但他执政时却没有出现，因而派人找到了皇甫谧（西晋初年名士）的六世孙皇甫希之，任命他为著作郎，并送去了许多财宝礼物。桓玄同时又叫人密令皇甫希之既不就职又不受礼。接着，桓玄大大宣扬皇甫希之是当代"高士"。桓玄找人充作隐士的丑闻传开后，人们都把皇甫希之称为"充隐"。

桓玄又上表要求统帅各路兵马，出师北伐，收复国土。别人不知底细，认为他确有决心去洗雪国耻。他训练队伍，整顿行装，要部属给他修造了几条轻便结实的小艇，装满了贵重的珠玉和书画。僚属问他："这是为什么？"他回答："打起仗来凶多吉少，遭到意外时，这几条船撤到任何地方，都轻便易驶！"人们听了不禁失笑，才知他不是要北伐，而是怕打仗。不多天后"诏书"下达，不同意出师北伐。桓玄又大张旗鼓地宣称自己忠心执行诏命，暂停出征。其实这诏书也是在桓玄暗示下写出来的。

桓玄又别出心裁地宣称，要恢复砍手、断足、割鼻、挖眼等肉刑；又要废除钱币，再用谷子和布帛来买卖物品。他朝令夕改，变化无常，目的是哗众取宠，结果反而使人们增添无限怨

恨,什么事也没办成。

桓玄这一切的故作姿态,都是为他篡位鸣锣开道。侍中殷仲文、散骑常侍卞范之是桓玄的心腹,他们经过准备,在403年(元兴二年)九月十六首先逼迫晋安帝下诏,任命桓玄为相国,封楚王,领地十个郡,加九锡。桓玄正式接受任命,举行盛大的庆贺典礼。当他在内室整冠待出,准备粉墨登场时,一条狗溜到楚王的席位边撒起尿来,瞧见的官员又惊恐又好笑。人们知道桓玄是极为猜疑和暴躁的,如果发现这件事,经办大典的官吏都要人头落地,所以谁也不敢出声,只是悄悄地将狗赶走,换上干净的席位。

刘裕在刘牢之死后被任命为彭城内史,也来参加庆贺。桓玄的堂兄,录尚书事桓谦特地去问他:"当今皇上和文武百官,都在议论要禅让,你看怎么样?"刘裕知道桓玄决心篡位,心中十分不满,他明白这时反对不仅无用,反而要遭到杀害,因此不露声色地假意说:"楚王勋德盖世,晋室衰微,民心早已另有归望,乘运禅让,有何不可呢?"桓玄、桓谦等,原先担忧刘裕和北府兵将士会反对禅让,听了刘裕的假话,信以为真。桓谦当即高兴地说:"你说可以禅让,就一定可以了!"

过了几天,在桓玄布置下,卞范之起草了禅位的文稿,由临川王司马宝逼迫晋安帝亲笔抄写了正式的诏书。自从桓玄擅权后,皇室的生活待遇也被剥夺,有时布衣蔬食还供应不上,甚至受冻挨饿。这时叫晋安帝禅让,还有什么话说。司徒王谧从晋安帝手里接过国玺,宣布让位给楚王桓玄。文武百官又到姑孰向桓玄劝进,桓玄照例推让一番,十二月初三就地即皇帝之位,国号为楚,下令大赦。年号原先拟定为"建始",但一查竟是西晋赵王司马伦篡位时用过的年号。众臣再议,又改为永始,正式宣告全国。过后细查,这"永始"却是汉成帝用过的年号(公元前16-前13年),当时王莽受封为新都侯,以后逐步擅权而篡位。这两次年号的相同,分明不是巧合,而是有人在蓄意类比嘲讽。

过了六天,桓玄喜气洋洋,从姑孰到了建康,进入皇宫。宫里有人不满他的篡位,把正殿皇座下的泥土挖松了,桓玄坐上去时,皇座坍陷,几乎将他掀翻在地。文武百官和桓玄都吓得脸色或青或白,独有侍中殷仲文乖巧得很,灵机一动,上前祝贺道:"这是陛下圣德厚重,大地也难以负载。"桓玄一听,犹如淹入水中抓住一把稻草,立刻转忧为喜,命令奏乐庆贺。

桓玄擅权和篡位,既造成百姓苦难重重,又招来那么多人反对和嘲讽,他的黄粱美梦岂能久长!

90　刘裕发难

桓玄篡位以后,为了表示崇德化,行仁政,常去参加审讯囚徒,不论罪过轻重,一律减刑或释放;出巡时遇见乞丐,又常慷慨地解囊施助。他以此期望着黎民称扬自己为"真命天子"。

桓玄一贯喜欢吹毛求疵,借以炫耀自己明察秋毫。在他案头边的奏疏,经常积压如山,他毫不在乎;但如果在奏本中,他发现片言只语有差错,或看到错字、别字,就大发雷霆。有一次,有人把意为春天狩猎的"春蒐〔sōu〕"误写为"春菟〔tù〕",桓

玄就愤怒地责骂尚书左丞王纳之以及看过这本奏疏的官吏，说他们连一个错字还看不出来，办事太马虎，因而全都降职降级。他又常常灵机一动，亲笔写出诏书令文，今天说东，明天指西，臣僚们跑断腿也办不好事。

桓玄最爱打猎，有时猎罢回宫，宝座还没坐热，兴致一起，又要出猎。每次围猎时，五六十里之内旌旗蔽野，两翼猎骑直冲山陵与涧沟，驰骋如飞。凡是出现的猎物如有逃脱，追捕的将士都要被捆绑起来。桓玄的一个同族桓道恭担任参军之职，老是在腰间扎着一根大红的丝绳，异常触目耀眼。桓玄见了问他为什么这样装束，他答道："跟你一起打猎，怕被你用麻绳绑起来。带着丝绳，扎在手脚上，可以好受一点。"

桓玄体肥不便乘马，便特意制造了"徘徊舆"、"旋转关"，让他坐在轿子里可以任意回转，浏览四面八方。他还别出心裁地设计了特别巨大的抬轿，同时可坐三十人，有两百人在前后左右扛着走。桓玄又把才建十四年的冶城寺拆毁，修建了满是亭台楼阁的别苑（即今南京朝天宫所在），和宫城相连，作为他私人游乐的地方。

当时长江入海的地方像一个大喇叭口，现在的上海市和崇明岛的土地都还没涨出海面，南通地区只是一个小岛。江阴之滨是一片黄绿色的海洋，建康距离海湾并不太远，海潮倒灌就能影响京城。桓玄纂位后两个月左右，即404年二月初一、初二夜里，连续发生海啸，狂涛把石头城畔一万多条商船冲翻漂没，怒潮涌过石头城，摧散了浮桥，淹坍了房屋，许多人在睡梦中被压死淹死。震天动地的惊呼哀哭声随风吹入建康宫内，所谓御用的旌旗、车辆、仪仗也都被飓风刮翻损坏，桓玄听到吓人的风涛声，阵阵股栗，几次问侍卫们："是不是奴仆和百姓要造反？"

彭城内史刘裕入朝，桓玄特别喜欢和他交谈，经常赏赐很多财物，蓄意笼络他。桓玄暗下对人说："刘裕的长相不平常，看来真是人间豪杰。"桓玄的皇后刘氏插嘴道："刘裕龙行虎步，确实不同一般臣僚，这种人是不甘终身仰人鼻息的，最好早点除掉。"桓玄摇摇头说："我打算荡平中原，只有刘裕才能担当如此重任。等待长安、洛阳收复后再作计议吧！"

坐镇广陵的青州刺史桓弘派主簿孟昶进京，桓玄接谈后，对孟昶的学识很欣赏。第二天，桓玄对参军刘迈说："昨天，在没有什么名望的官员中，发现一个可以作为尚书郎的人才，名叫孟昶。据说他和你同在京口长大，你一定很熟悉他的才能吧！"刘迈和孟昶素来不和睦，因而特意贬低孟昶，答道："小臣只知道他的两片嘴皮子能说会道，徒有其表。此外，听说他和其父常常写点歪诗，相互赠答，大概就有这点本领吧！"桓玄听后，就不拟重用孟昶，叫他快回广陵去。孟昶得知，对刘迈和桓玄都恨之入骨。

孟昶归途中经过京口，走访好友刘裕，孟昶大发牢骚。刘裕试探着问他："朝廷乱得那么一团糟，草泽英雄就要纷纷崛起，你听到什么消息吗？"孟昶会心地微笑说："今天真正的英雄，除了你还有谁呢？"刘裕又悄悄地说："刘迈是你的冤家对头，他弟弟刘毅却和我们志同道合，你不要见外！"

原来，刘毅也是青州刺史桓弘的僚属，刘裕早先知道他对桓家很不满，就派何无忌去煽动拉拢。何无忌和刘毅见面，议论到要推翻桓玄统治时，何无忌故作胆怯地说："桓家势力盘根错节，能够一扫而净吗？"刘毅却坚定地说"天下豪杰众多，如果不守正道，强者也会转为弱者。"沉吟片刻后，接着又说："倘若要举大事，这个带头的人难找啊！"何无忌道："对！朝廷里的人不是桓家私党，就是酒囊饭袋。但是外地郡县中就没有英雄吗？"刘毅默默无语，转眼开口道："能够登高一呼的，只有刘裕了！"何无忌笑而不答，他回报刘裕后，双方正式会商，准备共同起兵。

刘裕和其弟刘道规，加上何无忌、刘毅、孟昶等，联络了原先北府兵里的一些中下级将领，研究了发难计划，分头行动。

孟昶分工负责财政和后勤，他原是富豪之家，管家的是他夫人周氏。孟昶知道她比较开明，回家后就说："我已决心造反，我俩离婚吧！我失败了不连累你。我如果成功，再来迎你复婚也不晚！"周氏答道："我拼死不回娘家！即使你失败，我被卖为奴婢，也决无怨言。"孟昶还是怅然若失，低头久久不语，似乎尚有难言之隐，最后叹着气踱出二门。周氏起初摸不透孟昶还有什么心事，见他出门后东张西望，才恍然大悟，赶紧把他追回房内，问道："瞧你这副模样，并非来和我商量离婚，而是要谋取财物吧！"没等孟昶回答，她举起抱着的娃娃，断然地说："即使把亲生儿女卖掉，我也在所不惜。"孟昶喜出望外，两口子细细商量，以从京口迁居广陵为借口，变卖所有的房屋、田地和杂物，倾家荡产，作为发难之用。

何无忌负责起草声讨桓玄的檄文，他的母亲刘氏很有志气，她自从弟弟刘牢之被桓玄逼死后，心中怨恨很深。刘氏看见儿子和刘裕经常低声喊喊喳喳，估猜他俩要图谋大事，不免心中自喜。一天深夜，何无忌紧关窗户，在屏风里的案头上埋头疾书，刘氏站在屏风外的凳上，伸头望去，才知他是在起草檄文，当即激动万分,双泪泉涌而出,进去抚摸着儿子的肩背说:"你们能有决心讨伐桓玄这罪魁祸首,我做娘的得以报仇雪耻,死也无恨了!"

桓玄篡位三个月后,404年二月的一个清晨,京口城门大开时,突然一小簇人马蜂拥而入,带头的是一个神气活现的皇使,随从是二十个彪形大汉。他们催马扬鞭,到了徐、兖二州刺史的官府前,刺史桓脩赶紧出门迎接,不料皇使手起刀落,砍下了桓脩脑袋。原来,刘裕和何无忌在前一天宣称外出打猎,和随从们离开京口,召集了亲党一百多人。何无忌假扮皇使入城,不费吹灰之力杀了桓脩。刘裕带了余众随即赶到,他们要出榜安民,才想到最需要一个能总管一切事务,而又能耍笔杆的主簿,何无忌推荐刘穆之,刘裕点头称是。

刘穆之(360-417),据说是汉初齐王刘肥的后裔,原是莒县(今属山东)人,但几代都侨居京口。他博览群书,才干过人;担任过琅琊郡(侨郡)主簿,这时在家闲居,平时和刘裕等有所往来。这天清晨,刘穆之听到刺史官府远远传来喧闹的声音,他走到街头,瞧瞧出了什么事。凑巧刘裕派人来请他,他双眼向前直视,久不作声,问之不答,使者不知怎么办才好。刘穆之经过一番认真考虑,转身回屋,迅速安排好家务,就去拜见刘裕。刘裕说:"我们首举大义,万事开头难,迫切需要一个主簿,你瞧谁能充任?"他答道:"帅府初建,确需一个有才能的主簿。仓促之间,大概还没人能胜过我吧!"刘裕大笑道:"你愿意屈才相助,我们的大事就可以成功了!"

这一天,本是刘裕和同伙们商定在各地一起发难之日。在广陵的青州刺史桓弘应主簿孟昶的请求,准备出去打猎。当他正在喝早粥时，一伙猎人就闯了进来。为首的就是孟昶、刘毅和刘道规，他们杀气腾腾，已被桓弘察觉，但还没待桓弘问话，几个人乱刀齐下，砍死了桓弘，然后集合伙伴，南渡长江，和刘裕会师京口。

可是潜入建康准备做内应的一批人却没有得手。原先刘毅写了一封密信给他哥哥刘迈，要他配合发难。密信是由周安穆送去的，刘迈读信后，内心很害怕，但他碍于兄弟情面，又深知刘裕威望，揣测大事可能会获得成功，就唯唯诺诺允承下来。周安穆眼看他神色仓皇，似有所虑，估量他虽然不敢告发，但怕他胆小帮不了忙而误事，因此不敢在他家久留，先头走了。正好前几天，桓玄把刘迈从参军提为竟陵太守，刘迈打算早点动身，到竟陵去观望形势，就匆匆准备行装。不料，桓玄派人送给他一个条子，大意说："听说北府那儿风声不太好，你最近见到刘裕了吗？他说些什么？"桓玄原是随便问问，刘迈却以为机密已经泄露，赶紧去面见桓玄，把京口来人的情况和盘托出。桓玄大惊失色，慌忙搜捕潜入建康的所有京口来人，立即都判处死刑。桓玄赞扬刘迈告发，封为重安侯。一转眼，桓玄又想到刘迈不扣押送信的周安穆，让他跑掉，说这是脚踏两只船，又砍了刘迈的脑袋。

京口和广陵取得胜利以后，发难的二百七十二名将士，公推刘裕为盟主，总督徐州事。孟昶被任命为长史，留守京口。刘裕带了同伙和徐、兖二州的兵卒一千七百余人，向建康挺进，屯扎在竹里（在今江苏句容正北的长江边），同时向各地发出讨伐桓玄的檄文。

91 "迁都"江陵

桓玄听说刘裕兵马到了竹里，离建康只有几十里，他翻来覆去睡不着，茶饭难以下咽，脸色也发黄了。随从们对他说："刘裕等人不过是乌合之众，陛下为什么这么忧虑？"桓玄答道："这几个人都不是好惹的。刘裕算得上当代英雄。何无忌跟他亲舅舅刘牢之一般，有勇有谋。刘毅是个亡命之徒，家中没有一斗储粮，赌场上却一掷百万，可真狠啊！他们凑在一块儿，难以对付，成败未可定论。"

桓玄派扬州刺史桓谦为征讨都督，却不让他出兵，反复告诫说："不能和这些不怕死的人去硬碰硬，万一有个三长两短，长了敌人气焰，灭了自己威风。"桓玄不知道刘裕究竟有多少人马，命令自己的队伍驻扎于覆舟山，顶住刘裕，等待各地援军到达，再一鼓作气围歼刘裕。但桓谦等将领都不赞同这个办法，再三要求立即出师，在刘裕进军建康的途中消灭他，桓玄只得派顿丘（侨郡）太守吴甫之和右卫将军皇甫敷去迎战。

吴甫之首先遭遇刘裕，刘裕手执长刀，身先士卒，冲在前面，吴甫之的士兵吓得四散奔逃，吴甫之当即被杀。皇甫敷带着几千将士，又和刘裕血战，刘裕手下的宁远将军檀凭之战死。刘裕被重重包围，背倚大树与皇甫敷格斗，皇甫敷以为必操胜券，对刘裕说："让你瞧瞧自己怎么死吧！"手持长戟直刺刘裕，刘裕

猛一闪身，长戟深入树干，拔不出来，刘裕眼见有机可乘，突然震天似的一声怒吼，挥刀劈过去。皇甫敷大惊，跌跌撞撞，倒退了几大步。这时，刘裕将士也已杀入重围，弓箭齐发，皇甫敷额上中箭，倒卧在地，刘裕举刀要砍，皇甫敷摆摆手说："你的命大，我认输了。我死后，请多照顾我的子孙！"刘裕点点头，砍下他的脑袋。主将一死，士兵们惊骇溃逃。刘裕连续大胜，继续向建康挺进，皇甫敷的家属以后确被重恤。

桓谦带了两万兵马守住覆舟山。刘裕兵力不多，他命令老弱兵士在附近许多山岗插上军旗，不断擂起战鼓，迷惑桓谦。因此，桓玄在宫中得到的情报是："刘裕军队漫山遍野而来，很难估算有多少人马。"桓玄自从损失两员骁将后，不免惊惶万分，听到这消息，更信以为真。他一边增派援军，一边打算溜走，暗下派领军将军殷仲文到石头城畔的长江边准备逃跑的战船。

刘裕的主力在覆舟山前吃饱饭扔掉余粮，决心誓死一战，几路兵马以一当十，猛冲桓谦阵营，喊杀之声震天动地，连建康城内都听得到。桓玄的荆州兵马分驻各州，控制全国，留在建康附近的军队大多是原来的北府兵。他们对刘裕、刘毅的英勇善战素有所知，这时军无斗志，很快就溃散了。

前线大败的消息传入宫中，桓玄亲自率领数千人马，扬言开赴战场，支援桓谦，实际却带了儿子桓升等亲属背道而驰，逃出西门。参军胡藩牵住桓玄的马络头，苦苦劝阻道："城中几千人马中，还有御林军的弓箭手八百名，都是陛下从荆州带来的老兵，仍可决一死战，胜利尚有希望。如果陛下丢了京城，大势一去，就难以挽回了！"桓玄默不作声，只是指着青天，意思是说"听天由命了"。随后，对坐骑狠狠抽了几鞭，甩开胡藩，直奔石头城畔，和亲属及随从们下了战船，从长江逆流而上。桓玄呆呆地坐在船舱里，面对粗茶淡饭，滴水不进，只是哽咽不止。他六岁的儿子桓升抱着他的脖子，为他抚摩闷气的胸膛，桓玄更是悲不自胜。

三月间，刘裕大军进入建康，把桓家的亲属全都捕杀，又派出队伍追击桓玄。因为晋安帝还被桓玄幽禁在浔阳，刘裕就在建康设立留台，任命文武百官。刘裕的小舅子臧喜负责入宫接收图籍财物，封存仓库。刘裕指着许多用黄金装饰的乐器，问臧喜道："你想要这些东西吗？"臧喜一本正经地拒绝，并且反口数落刘裕贪财，刘裕笑道："我是和你开玩笑的。"

刘裕入京后，委托主簿刘穆之处理政务，尽管百事待举，压力很大，刘穆之却办得井井有条，使人称心如意。从此刘裕更把他当作心腹，任何措施都和他商量着办。东晋朝廷几十年来软弱无力，豪族操纵大权，鱼肉百姓，人民痛苦不堪。刘穆之全心全意妥善安排朝政，进行改革，但又不矫枉过正。刘裕更是以身作则，文武百官都不敢胡作非为，认认真真地尽忠职守。进城后才十来天，风气就与以前大不相同。因而人们传扬刘裕这一批人确有拨乱反正的决心和才能。

早在刘裕镇压孙恩起义前，他的职位低、名声不大，而且为人轻薄，行为不检，朝野名流都瞧他不起，独有侍中王谧很器重他，说他能成为一代英雄。刘裕喜欢赌博，有几次和曾任广州刺史的刁逵赌钱，输后不能偿还赌债。刁逵十分恼恨，把刘裕捆绑在拴马的石柱上，叫他当众出丑。恰巧王谧见到，一边责备刁逵，一边释放刘裕，又代他归还赌债。因而，刘裕对王谧感恩不绝，对刁逵恨之入骨。王谧在桓玄篡位前后，曾任司徒、中书监

及太保等职,他从晋安帝手里夺下国玺,捧给桓玄。因此人们都要求拿王谧治罪,以正法典。刘裕为了报答旧恩,加意保护他,而且任命他为扬州刺史、录尚书事。王谧等又推刘裕为都督扬、徐等八州诸军事、徐州刺史,刘毅为青州刺史,何无忌为琅琊内史。刘毅等武将对王谧很看不惯。有一次,在议论朝政时,刘毅故意挖苦地问他:"国玺现在哪儿?"王谧心中盘算不是滋味,担心这些武将有朝一日会拿他开刀,于是不辞而行,光杆子逃离建康。刘裕又派人迎他回来,担任原职。

刁逵在桓玄篡位时,官为豫州刺史,坐镇历阳。刘裕发难前,派扬武将军诸葛长民去历阳发动兵变,攻杀刁逵,再会师建康。不料事机泄露,刁逵抓住诸葛长民,关押在囚车里,派人送给桓玄。押送的队伍走了几十里,就听到桓玄兵败如山倒的消息,押送者劈开囚车,拥立诸葛长民为主将,沿途招募兵马打回历阳。刁逵不敢迎战,弃城逃跑,被部属活捉,送到建康。刘裕报旧仇,把刁逵及其亲属不分老幼全部杀死。刁逵是东晋初年尚书令刁协的孙子,他的兄弟和子侄们都热衷于投机倒把,盘剥田产,单在京口就有土地一万余顷,奴婢几千人。刁逵家族横行不法,被人们称为"京口之蠹"。刘裕下令打开刁家的仓库和庄园,让百姓自由进出,能拿多少就拿多少,几天都没拿完。刁家的土地也分给农民耕种。这时正值饥荒年头,附近许多灾民因而活下命来。

桓玄逃到浔阳,他的江州刺史郭昶之移交全部兵力给他,供给他需用的一切。桓玄因此又神气起来,装饰座船,跟皇船一模一样。他又怕刘裕追兵到达,不敢在浔阳久留,更没心绪到庐山观赏美景,赶忙仓促撤走,把自己乘坐过的"皇辇"也丢下,逼迫被废的晋安帝随他从水路撤退到江陵去。桓玄的"桓帝辇",

到南宋时尚留存于庐山脚下的东林寺，后来毁于兵乱。

桓玄船行到荆州境内，进入他原来割据的地方，他就悠闲自得了，竟亲自执笔写起他的《起居注》①来。关于他和刘裕的交战经过，桓玄写成自己的策略与指挥原本万无一失，只是将吏们不肯依命照办，因而遭致败退。他在船中埋头咬文嚼字，不和僚属商讨今后大计。《起居注》完成后，又叫人誊抄多份，分送远近臣僚。

桓玄回到江陵重新称孤道寡，任命文武百官，叫卞范之担任尚书仆射，同时又大修战船，大集兵员，一个月内又凑合到两万多人。他得意地对僚属们说："你们跟我同甘共苦，眼下在建康的这些叛逆，不久就要到我的军门前叩头求饶。到那时他们看到诸位重返石头城，就如天兵天将降临人间一般。"

打肿脸充胖子，说大话还不算，桓玄担心臣僚们不听他的话，因而对人动不动就使用酷刑，甚至处死。有的亲信劝他待人宽厚些，他发怒道："如今朝野小人，纷纷议论我的是非，这还得了？我一定要纠之以猛，决不能施之以宽。"因而人们更是怨气冲天。

荆州和江州的郡县官吏，多数是桓玄的熟人或旧属，听说他在建康失利，沿途奔波又很辛苦，纷纷上表请安问好，或派专使送上重礼。桓玄见了却很生气，一个也不理睬，反而下了通令，要各郡县齐来庆贺他乔迁新都——江陵。人们无不嗤笑桓玄梦想用双手遮天，把天下的耳目都掩盖起来。

刘裕在建康操纵留台，觉得权力还不够大，于是宣称受晋安

---

① 《起居注》是古代史官记载当代皇帝一言一行的史册。

帝密诏，任命武陵王司马遵为侍中、大将军，暂且行使皇帝的一切权力。刘裕手中有了这么一个傀儡，更可以放手控制朝政了。

桓玄离开浔阳时，派龙骧将军何澹之等坐镇湓口，挡住刘裕的追军。刘裕加派何无忌、刘道规等率领水军，到了湓口东北大江中的桑落洲。双方的生死决战正将一触即发。

92 依旧九十九个江心洲

战鼓咚咚，杀声震天，湓口和桑落洲间的水上之战打响了。荆州何澹之的兵力数倍于建康何无忌，建康方面，不少战船被围歼，胜败的眉目似乎可见了。

何无忌临危不惧，他凝视敌方何澹之的帅船，虽然装饰富丽，旌旗招展，色彩夺目，但从船队变化的情况，可以看出这是敌人故弄玄虚，何澹之本人肯定不在帅船上。何无忌当机立断，决定以实攻虚，他调动主力船队，集中攻击何澹之帅船。果然对方兵力配备薄弱，何无忌轻而易举地俘获帅船，何澹之确实不在里面。但何无忌却命令士兵们齐声高喊："荆州帅船被俘了！何澹之被抓到了！"建康方面的其他水军信以为真，反复欢呼，士气陡增，乘胜猛烈反攻。荆州战船上的将领们虽然知道何澹之不在帅船上，并不惊慌，但广大士兵亲眼见到帅船被俘，以为何澹之也一定被活捉，因此军心涣散，战阵大乱。将领们一再命令呼喊，也不顶用，许多兵船四散溜走，有的甚至丢弃船舶，上岸逃之夭夭。何澹之率领余军逃奔江陵，何无忌一鼓作气，攻下湓口，进占浔阳。

桓玄的参军胡藩也参加了这次战役。兵船被烧，胡藩全身戴盔披甲跳入江流之中，在水底潜行三十多步，才悄悄登岸。这时，从浔阳到江陵的要道和关隘全被何无忌的队伍封锁，他只得改换便衣，逃回豫章郡的南昌（今属江西）家中。刘裕听说胡藩一贯为人忠直，特地邀请他担任参军。

何澹之大败后的第四天，桓玄挟持了晋安帝，率领荆州全部兵力两万多人，乘坐两百多条高大的楼船，浩浩荡荡从江陵顺流而下，要和刘裕决战。出师前桓玄任命鄱阳太守徐放为散骑常侍，派他去劝说刘裕投降。桓玄大言不惭地对徐放说："这些人不懂天命，妄自尊大，屡犯王法，以致不能自拔。你去宣称我皇恩浩荡，他们如能幡然悔悟，我必加以高官厚禄。"桓玄还指着滔滔江水赌咒立誓，表示决不食言。徐放答道："刘裕首举义旗，刘毅的胞兄为陛下所杀，他俩断难受命，我先到何无忌那儿去传达圣旨吧！"桓玄又说："你如马到成功，我就把吴兴这个富庶大郡交给你。"徐放兴冲冲地告别，可是他这一走却似石沉大海，杳无音讯。

刘裕加派刘毅联合何无忌和刘道规，率领部众从浔阳进军江陵，与桓玄大军在武昌的峥嵘州（今湖北鄂城）相遇。刘毅的兵力不满一万，装备较差；桓玄却有两万多人，武器铠甲全是崭新的，声势吓人。刘毅的部众胆怯起来，要求退回浔阳，守城作战。刘道规却坚持说："如果我们不在这儿对阵杀敌，那就要被桓玄的气焰压倒，即使能退到浔阳城内，也无济于事。桓玄徒有虚名，内心却一贯惶恐不安。我们作为将帅的人，首先要有必胜

之心。"刘道规带着所属队伍奋不顾身,冲向桓玄船阵,刘毅和何无忌紧紧跟上,喊杀之声赛过江涛汹涌。

桓玄的军势看来壮盛得很,但他的几条轻便舢板装满金玉书画,老是荡漾于帅船跟前。原来主帅时刻准备逃跑,这样如何能使部属卖命死战?这时东风怒起;刘毅队伍乘着风势,点燃早已准备的火炬,掷向荆州船队,那些高大的战船顿时卷起熊熊烈焰,刘毅的将士奋战向前,桓玄节节败退。到了夜间,桓玄只得下令烧毁辎重粮船。随着大火冲天,将士的斗志也都化为灰烬,人人各奔东西,桓玄挟着晋安帝坐上舢板,向江陵逃去,晋穆帝(已死)的何皇后,以及晋安帝的王皇后都被桓玄丢弃了。早先对桓玄最为谄媚的殷仲文,眼见桓玄再也不能称王称霸了,便以收集散兵游勇为借口,乘机逃了出来。带着两个皇后,作为向刘毅投降请功的见面礼。

峥嵘洲之战五天后,桓玄逃回江陵。孤城里已乱成一团,他的号令一点不起作用了。第二天夜里,他准备逃奔汉中,投靠梁州刺史桓希。正要动身时,城内火光四起,人声喧哗,显然已发生兵变。桓玄带着一百多个心腹卫士,骑马急奔西门。在黑沉沉的城楼门洞中,桓玄听到身边有刀声飕地向他劈来,他当即跃马躲过。这时,亲信们也自相残杀起来,前后左右搞不清是敌是友。桓玄单身策马发狂地逃到江边兵船上,只有卞范之还紧跟着他。随后他的侄子荆州刺史桓石康等带着桓玄的幼子桓升先后到达,都挤在一条船上。屯骑校尉毛修之带领了一批士兵,分坐其他兵船护卫着。桓玄还想驶奔汉中,毛修之劝道:"去汉中陆路不通,走水路必须向东,绕道江夏,这一带都已被何无忌截断。不如逆水向西,直入巴蜀,再图安身立业。"桓玄正如漏网之鱼,慌慌张张失了主张，听到毛修之说得有理，赶紧扬帆西驶。

船行几十里，到了江心的枚回洲，忽然迎面来了几条送丧的船只，毛修之自告奋勇，带着护卫的兵船，急驶前去查询。桓玄只见双方船队碰头，既不呼喊，更不厮打，却联合起来变换队形，向自己的座船包抄而来。桓玄正在纳闷，忽然箭如雨至，桓玄身上也中了几箭，他六岁的儿子桓升为他拔下箭杆，鲜血直流。刹那间，包抄的战船靠拢，几条壮汉纵身上了桓玄的船，挥刀直奔舱中。桓玄以为遇到拦路抢劫的盗匪，赶紧拔下头上的玉导（古人引发入冠所用）说："你们是什么人？胆敢杀当今天子！如果需要财物，都可以拿去。"其中一人大喝道："我是益州督护冯迁，来杀你这个篡天子之位的逆贼！"刀光一闪，已将桓玄脑袋砍下。壮汉们又劈死桓石康等人，桓升哭喊着："我是豫章王啊！不能杀！"这六岁的孩子怎么懂得，连所谓"天子"也被斩首，这"豫章王"能有多少银两？壮汉们只是因为他太小，不忍下手，将他捆绑起来送往江陵。

原来，毛修之是益州刺史毛璩的侄儿，早知道毛璩派了数百名将士护送其弟毛瑾的遗体到江陵安葬。毛修之里应外合，故意引诱桓玄逆江入蜀，遇到护丧船队，两下联合，共同夹击，桓玄孤掌难鸣，就此了结一生。

桓玄死时三十六岁，他从403年十二月初六篡位，到404年五月二十六被杀，共计称帝一百六十一天。他被杀时，野草已长得高高的，到了马腹。因而有童谣唱道："草生及马腹，乌啄桓玄目。"

原先从江陵到上明的长江中，共有大大小小九十九个江心洲。这一带的民间传说："因为洲不满百，所以出不了天子。"桓

玄篡夺皇位时，逼迫老百姓用泥沙在江中较浅处堆起一座人造的"白沙渚"，充作一百之数，自欺欺人，作为他登基的吉瑞祥兆。桓玄死后，白沙渚被江水冲击，日渐坍没，江中依旧是九十九个洲。

桓玄夜间逃离江陵时，晋安帝被遗弃在城内。荆州别驾王康产和南康郡太守王腾之把他保护起来。六岁的桓升被送到江陵，按照当时法令，还是被押到闹市斩首。桓玄的头颅转送到建康朱雀航边，高悬示众。

刘毅在峥嵘洲取得大胜后，以为一切都已停当，不急于追赶残敌，战船又遇到顶头西风，只得迟缓前进。因而桓玄死后将近十天，大军还没到达江陵。桓玄的堂兄桓谦和侄子桓振原先被打败溃逃，这时利用刘毅进军缓慢，收集残兵又进占江陵，准备据城顽抗。他们杀死护卫晋安帝的王康产和王腾之。桓振骑着马，挥舞着长戈，直到晋安帝跟前，问道："桓升在哪儿？"别人回答："已被斩首！"桓振大骂道："我桓家有什么罪孽？遭到如此屠杀！"他拔刀要杀晋安帝，被桓谦苦苦劝住。过了几天，桓谦把国玺归还晋安帝，请他正式复位。桓谦被任命为侍中、卫将军，加江、豫二州刺史，桓振为荆州刺史。

早在桓玄退出建康后，所谓"楚国"已名存实亡，桓谦这时乐得正式"还政于晋"，实际上还可以挟天子以令天下。可是刘裕和刘毅等根本不承认他们，桓、刘两军在浔阳和江陵之间打来打去有半年之久。最后，刘毅攻破江陵，桓谦和其叔侄兄弟辈逃奔后秦，桓振率领残部几经反复，终于被刘裕派军消灭杀死。

405年正月，晋安帝回到刘毅军营，下令大赦。桓氏家族除了桓冲过去忠于朝廷，对他的孙子桓胤宽宥外，其他一律不在大赦之列。荆州重新归属朝廷，从东晋初年王敦割据荆州起，经历几十年的"荆扬之争"暂告终结；而东晋王朝经过如此长期的祸乱，已似大海中濒临覆没的一叶孤舟了。这时在广大的北方，仍是争战不已，乱象日起，下面先谈谈后燕的情况。

93 慕容熙盛葬苻皇后

后燕的慕容盛即位后，每隔十天要亲自审理一次案件，由于考察细致，虽然不拷打，不用刑，也经常能审得实情，辨明冤屈，秉公判处。过去公侯有罪，可以用金帛自赎，慕容盛认为这个办法不好，改为要立功才能赎罪。

李朗在辽西郡（郡治在今河北秦皇岛市西）当了十年的太守，慕容盛几次调他到朝中任官，李朗不仅不愿去，反而暗下勾结拓跋魏，准备以辽西郡作为投降的见面礼。但是李朗的家属在龙城，他怕家属被杀，不敢明目张胆去投敌，便心生一计，派了使者向慕容盛谎报军情，说是魏军入侵，兵马密密层层而来，似乎辽西郡很快就要陷入敌手。他企图造成被迫降魏的假象，使燕主可以宽恕他的家属。慕容盛根据最新得到的魏军动态，判断李朗的报告是捏造的，立即召见使者追问，查出了真情。慕容盛大怒之下，杀尽李朗的家属，派辅国将军李旱去征讨李朗。从龙城到辽西郡的治所令支有五百多里，李旱进军到半途，被慕容盛派人召回，过了几天李旱又受命速攻令支。朝廷的文武官员都弄不清慕容盛的葫芦里卖的什么药？

　　李朗知道家属被杀，固守令支。他在李旱被召回时，以为宫廷里出了什么急事，不仅松了一口气，而且暗暗幸灾乐祸，要他的儿子李养守城，自己带了一支队伍到北平郡（治所在今河北遵化东）去迎接魏军。399年九月，李旱奉命急行军而来，一举攻下令支，又派骑兵追上李朗，打垮他的队伍，砍下李朗首级，送龙城报捷。慕容盛这才对臣僚们说："李朗如见大军压境，不能抵抗，必定要抢掠百姓，逃窜窝藏于深山老林中去，那么要平定就很费事了。我让李旱回军，李朗就麻痹得意起来，以后再突然袭击，打他一个措手不及，他只得束手待毙！"臣僚们听了，都佩服慕容盛的神算。

　　慕容盛认为父亲慕容宝由于懦弱而遭致败亡，因而对皇室和重臣的细小过失都不宽容，以致矫枉过正。如果他发现臣僚的言行中有一丁点儿蛛丝马迹的叛逆嫌疑，立即采取迅雷不及掩耳的手段，加以镇压。僚属们都非常谨小慎微，生怕做错一件事、说错一句话，引起慕容盛的怀疑而被杀。古语说："水至清，则无鱼；人至察，则无徒。"因此皇亲国戚和心腹臣僚都和他离心离德。

　　401年（东晋隆安五年），慕容盛在位三年后，左将军慕容国和殿中将军秦舆因为一点小事遭到他的怀疑，他俩破罐子破摔，干脆联络伙伴，阴谋率领禁兵杀害慕容盛。不料事机泄露，株连而被捕杀的有五百多人。一波未平，一波又起。才过了四五天，秦舆的儿子秦兴为报杀父之仇，和一些余党怂恿在宫中值勤的前将军段玑，带了一部分禁军，深夜喧闹，又造起反来。慕容盛从床上跳起来，率领左右侍卫和他们格斗，取得大胜。叛乱似乎已被平息，侍卫们乘胜搜捕。慕容盛独自闭目养神，等待最后肃清残敌的捷报。不料，黑暗中钻出一个凶徒，向他猛砍数刀后拔腿逃跑。慕容盛包扎后，马上召集百官和禁军，部署警戒和清查。一切交代就绪后，他终因伤势很重，流血过多，不治而死，时年二十九。

原先，慕容盛已立慕容定为太子，但太子年龄太小。大臣议论道："国家多难，应该有一个年龄大、资望深的君主。"众人希望慕容盛的弟弟平原公慕容元继位。但是皇太后丁氏（慕容盛伯伯慕容令的妻子）却主张拥立慕容盛的叔叔慕容熙（385－407）。慕容熙这时官为都督中外诸军事、尚书左仆射，里里外外的大权都在他手中，虽然年龄并不大，只有十七岁，但他是慕容垂的幼子，在皇室中辈分高。这样，什么人都不敢说二话了。百官们争先恐后去劝进，慕容熙装模作样地要谦让给慕容元，慕容元哪敢承允，慕容熙就此坐上皇位，改元光始。

新皇登基，将当夜参加暴乱的将士全部杀死，并夷三族。同时又处决了一批嫌疑犯，原先可以继位的慕容元，竟也平白无故牵涉其中，而被赐死。

慕容熙和丁太后叔嫂之间早有私情，丁太后把他推上皇位，原想他可以和自己来往更密。但是慕容熙做了皇帝，前后左右都是年轻美貌的嫔妃，徐娘半老的寡嫂再也不在他眼中了。喜欢拍马逢迎的僚属，又四处挑选绝色的少女送入宫内。慕容熙即位一年多后，前中山尹苻谟膝下的一对姐妹花双双被选。长女名娀娥，为贵人；二女名训英，为贵嫔。慕容熙被她俩迷得整天没魂似的。丁太后难受得如同掉入醋海，下狠心要谋杀慕容熙，便拉拢她的侄子尚书丁信做帮手，可是他们的密谋透了风声，慕容熙正迷恋新欢，更是不念旧情，勒令丁太后自杀，并诛杀丁信。

第二年十一月间，慕容熙到龙城北郊去打猎，石城令高和带

了尚方①的兵士打开兵库,关闭了城门,发动叛乱。慕容熙听到乱起,奔马驰回龙城。守城的士兵丢掉兵器,大开城门,叛乱者都被处死,只有高和逃跑了。

慕容熙宠爱苻贵嫔胜于她的姐姐苻贵人,不久就立苻贵嫔为皇后,以苻贵人为昭仪。姐妹俩喜欢游玩,慕容熙特地征召两万多人服劳役,建造了雄丽壮观的大花园,方圆十多里,称为龙腾苑。园中积土为山,取名景云山,宽五百步,高十七丈。又在附近修筑了逍遥宫和甘露殿,楼阁交错,房屋连绵几百间。慕容熙又为这姐妹俩开凿了天河渠,把水引到宫中,使人工挖掘的曲光海和清凉池绿波荡漾,便于皇后嫔妃们寻欢作乐。挖池开渠时正值酷暑季节,劳工们却一口水也喝不到,工程催得紧迫,因干渴和劳累而死的,占半数以上。

后来,苻昭仪得了难治之症,龙城人王荣(一作王温)想得到重赏,夸口能治好这种病。但几帖药服下后,不料不仅没有治愈,苻昭仪却香消玉殒。慕容熙恼恨之极,大骂王荣欺君罔上、大逆不道,砍断他的四肢,尸体也烧成灰烬。

苻昭仪死后,慕容熙对苻皇后倍加宠幸,苻皇后喜欢游猎,慕容熙陪她去城南的白鹿山遨游狩猎,再到龙城东南四五百里的青岭,又向西南行千把里,去观赏沧海(今河北滦县南)美景。这时已是三九寒天,护送的士卒在途中冻死以及被虎狼咬死丧命的,就有五千余人。

隆冬季节里,慕容熙还为苻皇后在南郊建造一座雄伟高大的承华殿。龙城北门的泥土质量好,但冻土比铁还硬,从挖掘到挑

---

① 尚方是当时朝廷中为制造皇室所用武器及雕饰玩物的官署。

运,把所费的人工合计起来,一担土和一担谷的价格几乎相等。慕容熙为了取得符皇后的欢心,一切在所不惜。

宫殿还没建成,符皇后又得了病。她伏天里要吃冻鱼,腊月里要吃新鲜的生地黄(此药在二月或八月采取),采购的人没法办到,都被砍头。符皇后的病拖了近一年,医生都怕当第二个王荣,谁也不敢去治病,最后终于不救而瞑目长逝。慕容熙捶胸顿足,比死了亲爹亲娘还哭得伤心。他抚摸着尸体,声嘶力竭地哭喊道:"身子冷了,气也断啦!"竟哭得昏厥过去,苏醒以后还是号啕不已。

慕容熙下令在宫内设立符皇后的灵位,文武百官都要披麻戴孝来吊唁。如果发现有人低头不哭,或是哭而无泪的,都要判罪。僚属们只得在嘴里含着辣椒,眼眶边涂点姜液蒜汁,而后张嘴大哭,眼泪也就倾注而下。慕容熙又担忧符皇后死后孤独,还要活人殉葬。他一眼看到高阳王慕容隆的遗孀张氏长得秀丽动人,张氏和符皇后是妯娌,手脚灵巧很能干。慕容熙命令侍从脱下她送葬时穿的靴子,撕烂后扯出靴里夹着的几块旧毡,叱责说这样来吊孝是对死者极不尊敬,因而立即赐死。张氏的三个女儿跪在这个暴君叔叔跟前,把头都叩破,血流满面,张氏仍是被杀殉葬。尚书右仆射韦谬是办理丧事的,担心在治丧中也会被慕容熙一怒而下令殉葬,就洗好澡,穿着新衣服等死。大约慕容熙不愿男人去殉葬,才留下一条命来。

符皇后的陵墓由公卿带着将士和苦役,不分日夜地建造,陵墓巍峨华丽,国库花费殆尽。修造时,慕容熙不断对监工的大臣说:"挑选最好的宝物装饰在陵墓里面,不久我也要跟着进去了!"

陵墓建成,符皇后的棺木运出龙城的北门去安葬,丧车是特地新制的,比城门还要高大,因此无法运出城去,慕容熙下令拆毁城门，扫清道路，丧车才隆重地运出龙城。他自己披头散发，赤着脚徒步带头送丧。后面跟着哭笑不得的文武百官、士兵和仪仗队。

一支浩大的拖拖沓沓的送丧队伍，步行了二十多里。他们还没走到陵墓时，就传来龙城造反的消息。

94　北燕取代后燕

后燕的中卫将军冯跋和他的弟弟侍御郎冯素弗都曾经获罪，慕容熙要杀他俩。他俩和一些亲友逃窜在密密的山林里，相互商议道："眼下民怨沸腾，不如就此共举大事，不论死活，只有这条路了！"于是，他们和堂弟冯万泥等二十二个人，结为生死同盟，走出密林，找到几辆车，躲藏在车内，叫一些妇女赶着车，悄悄地混入龙城，而后躲藏在北部司马孙护家里。慕容熙送丧的队伍出城后，他们邀同各自的亲友一起动手，并推因病没有去送丧的夕阳公慕容云为主。他们释放了在尚方罚做劳役的五千余刑徒，攻入内宫和武库，穿上盔甲，拿起兵器，关闭了所有城门，堵死了已拆毁的北门。

正在哭哭啼啼送丧的慕容熙得到这个消息，不免大惊，但他还装成不屑一顾的样子说："这些鼠辈胆敢闹乱子，等我回去，消灭他们！"于是，慕容熙将苻皇后的棺木暂且搁在途中，束起披散的头发，佩戴全副武装，跨上战马，率领将士回到北城。堵死的城门无法攻下，只得寄宿于城外。第二天，慕容云就在城内宣告即天王之位，改元正始。慕容熙退到龙腾苑，得知此事后，又怒又怕，他手下的人马也纷纷溃散。他瞅瞅侍从们的脸色，有的愁云满面，似乎害怕命在旦夕；有的怒抿嘴唇，好像正在想着怎么割下他的脑袋，进城邀功请赏。慕容熙突然感到恐惧，吓得溜出内室，悄悄地逃到龙腾苑外。侍卫们见他久久不回，四处找寻，只在水沟洞口捡到皇冠和战袍，人影儿也见不到了。原来慕容熙从水沟中爬出来后，藏匿在野外荒无人迹的丛林里。第二天被人抓到了，他又饿又累，萎瘪得像条死狗一样。人们拖他到慕容云跟前，狠狠教训一番，将他的儿子们一起杀死。这时是407年（东晋义熙三年）七月，慕容熙死时二十三岁，在位六年。

慕容云，原先叫高云，是后燕东部高句丽国王族的远系。他做过慕容宝的侍御郎，因为作战中屡建功勋，被慕容宝收做义子，改姓慕容，封为夕阳公。慕容云沉默寡言，人们都以为他很笨拙，而冯跋却以为他很有气概，和他结成知交。冯跋带头造反，推他上了天王宝座，又对他说："高氏原是望族，是上古有名的高阳氏的后裔，你何必现在还依赖鲜卑的慕容氏呢？"因此，慕容云又恢复原来的姓，仍称高云。他任命冯跋为都督中外诸军事，录尚书事。

高云认为自己的功德并不太高，老是担心有朝一日别人会把他踢开或杀害，因而蓄养了一批壮士做他的贴身侍卫。左右臣僚中，离班和桃仁最被宠信，高云命他俩专门管理宫内禁卫，他俩的起居饮食都得到和高云一样的待遇，经常还要另外赏赐巨额的钱。可是这两人贪得无厌，稍有一点不如意，就产生怨恨，怨恨愈积愈深，竟然对高云起了杀心，阴谋取而代之。有一天，高云

坐在殿上,离班和桃仁手中拿了几张纸,说是有事要启奏天王。他俩到了高云身边,离班抽出剑来直刺高云,高云双手捧起案几抵挡。这时桃仁的佩剑却从另一边刺入高云胸脯,高云鲜血直迸而死。

冯跋听到天王遭凶杀,赶紧登上宫城的弘光门观望形势。帐下督张泰、李桑发现参加作乱的人并不多,带着将士冲下宫城。桃仁当即于宫廷之中被杀,离班逃到西门,也被一剑了结。其他从犯都在格斗中战死。

高云原来是冯跋推戴的,他在位两年零三个月中,军国大计也都由冯跋做主,因而高云死后,百官公推冯跋为天王。冯跋推让说:"我弟弟冯素弗有才干,有智谋,立志拨乱反正,前几年推翻暴君慕容熙,也都是他的主意。"冯素弗竭力推辞,冯跋方才即位,改元太平。为了拉拢国内众多的鲜卑族,国号仍称大燕。冯跋原籍长乐即信都(今河北冀县),他是汉人,和鲜卑的慕容氏是风马牛不相干的两家人。冯氏的燕国,历史上称为北燕。

后燕从慕容垂立国到慕容熙的养子高云,相传七个君主,合共二十六年(有的史书把高云列为北燕,或两朝都不列入)。北燕开国的时间,从409年(东晋义熙五年)十月冯跋即位算起。

冯跋立国,任命他的大弟冯素弗为车骑大将军、录尚书事,三弟冯弘为尚书右仆射。冯跋的堂兄冯万泥、侄子冯乳陈,都是当初参加清除慕容熙的二十二个盟友之一。他俩在冯跋做天王时,都想居丞相之位,但冯跋的诏命下来,却要他俩任地方州牧。冯万泥为幽、平二州牧,冯乳陈为并、青二州牧。他俩虽然独当一面,但还是不满足,竟起兵反叛。冯万泥不是真心叛变,不过是向冯跋撒野，企图获得更高的权位爵禄。不料冯跋不愿像高云那么养虎贻患，竟不同他俩讨价还价，派了二弟冯弘兴师征讨。当时冯万泥已来到冯乳陈坐镇的白狼城（今辽宁建昌西北），他知道必败，就要向冯跋投降，冯乳陈却是初生牛犊不怕虎，拿着宝剑高呼道："大丈夫生死有命，怕什么？"当夜，他带了一千多壮士偷袭冯弘营寨，不料入营以后，空空如也。霎时间火光烛天，杀声大起。原来冯弘早有准备，埋伏了兵马，每人准备了十束草把。等待冯乳陈一入空营，立即烧起熊熊烈火，偷袭的队伍魂魄俱丧，不是被杀，就是被俘。冯乳陈和冯万泥束手投降，还是被斩首示众。

冯跋等二十二人起事前，窝藏掩护他们的是孙护。他在冯跋即位后，被任命为尚书令。孙护的三个弟弟都非常骁勇，立下功勋，二弟孙伯仁担任管理国都地方的昌黎尹，其他两个弟弟也封为列侯。可是这三人也嫌官位太低，要求得到开府仪同三司①的待遇。

冯跋没有同意，他们的牢骚怪话可就滔滔不绝。当朝廷有祭祀时，这三人常在宫门外，拿着宝剑，怒气冲冲地敲打着石柱，并且喊道："兴建帝业，我们都有大功，现在要点官衔还不给，这能差强人意吗？"在冯跋的脑海里，离班和桃仁欲壑难填，杀害高云的教训记忆犹新。他认为孙伯仁这伙人和离班等相似，不能姑息养奸，下令把这三人都砍了脑袋。又对他们的哥哥尚书令孙护加官晋爵，任命为左光禄大夫、录尚书事。这事发生在冯跋即位五年多后。可是孙护对这样的抚慰却不以为意，从此怏怏不

---

① 三公：指太尉、司空、司徒三大臣；"开府仪同三司"指开建府邸可以享受与三公相同的待遇和标准。

乐,有时冯跋对他讲话,他也如没听到似的不理不睬,看来胸中充满了杀弟之仇。冯跋想想孙护在起事前后,确实立下过汗马功劳,但眼下也成了足以贻患的一只猛虎,不如趁早剪除,于是赐他一杯毒酒了事。还有一个辽东太守,上大将军务银提,在高云时曾任司隶校尉、尚书令,自以为辅立之功不小,却被派去镇守边疆。他特地送了一个表疏给冯跋,发泄心中怨气。冯跋得知他暗下密谋叛国,立即下令逮捕归案,依法镇压。

  冯跋的大弟冯素弗身材高大,一向不拘小节。他刚成年时还没一官半职,就到尚书左丞韩业的家门求见,要求和韩业的掌上明珠结婚。这位尚书左丞勃然大怒,把他当作疯汉,赶出大门。冯素弗又到尚书郎高邵家中求婚,也吃了闭门羹。这些笑话传开以后,别的官员都怕这位不速之客登门,闭门不出,有一天冯素弗又独自走到南宫令成藻的家门口,成藻是一个豪迈有名声的人,也怕他来胡闹,赶忙叫看门人拦阻,可是冯素弗已闯了进来,这次并不是来求婚,而是旁若无人地坐在大堂之上,和成藻侃侃而谈,上从天文地理,下至卖卜算卦,无不头头是道。成藻大为敬佩说:"老夫常想到远方去探求千里马般的人才,不料就出在我的邻近,今日才恨相见太晚!"从此冯素弗的名声就传开了,当世豪侠之士纷纷和他交游。

  冯素弗是皇弟,又是主持国务的大臣。他却极为谦虚谨慎,礼贤下士,即使对仆役和小厮也待之以礼。他的穿戴、车马和住宅都很俭朴,贪官污吏害怕他,黎民百姓都赞美他。早年,对冯素弗拒之千里的尚书左丞韩业,特地登门道歉,冯素弗爽气地说:"已经过去的小事,有什么计较!"人们称道他真是宰相肚里能撑船。冯跋登基后七年,冯素弗因病去世。冯跋哀哭不止,遗体入殓前，还亲临哭灵七次。

冯跋整顿吏治不遗余力，扫除了后燕时期的苛政，派遣使者考察郡县政绩，赏罚分明。刺史和太守等官吏上任，他都亲自接见，询问政事得失，了解治理地方的想法，因而朝野风气为之一改。冯跋还减轻田赋和劳役，奖励农耕，下令境内百姓每人必须植桑一百棵，柘二十棵。柘树的叶可喂蚕，果实可酿酒，皮可做染料。从此，关外的蚕桑事业才有所发展。他又建立太学，教育官员子弟。冯跋本人也较朴素，他还大力提倡薄葬，对自己的祖先只立庙祭祀，不再另建陵墓。

北燕与邻近各国的关系也是较友好的，因此在冯跋治理下，百姓还是能够安居乐业。

冯跋是在409年十月高云被杀后登基的。十月十三是高云罹难之日。无独有偶，就在同一天晚上，曾经驰骋千里、称雄于黄河以北的魏王拓跋珪，也遭到同样的命运。

95 喋血天安殿

拓跋珪称魏王时才十六岁。二十三岁那年，刘贵人生下一子，取名拓跋嗣（392－423），拓跋珪高兴极了，特地下令大赦。他二十八岁时称帝。六年后，封十二岁的拓跋嗣为齐王，任命为相国。

拓跋珪准备正式立拓跋嗣为太子，召他到身边说："汉武帝

（刘彻）立太子（刘弗陵，即汉昭帝），先杀死太子的生母钩弋夫人，防止往后母后干预政事或外戚擅权。你今后要继承皇位，因此我已下诏赐你的母亲一死。"拓跋嗣对母亲异常孝敬，一听此言，宛如被晴天霹雳震得惊呆，随即哭得死去活来。拓跋珪激怒之下，把他赶回东宫。拓跋嗣仍是日夜伤心痛哭，茶饭不进。拓跋珪听到这情况更生气了，再派人召他入宫。太子的侍从说："陛下大发雷霆，如果你此刻入宫，可能遭到不测。不如暂且躲避一下。"拓跋嗣逃到城外隐藏起来，只有车路头和王洛儿两个侍从跟着他。

拓跋嗣有个异母弟弟，名叫拓跋绍（394－409），是贺夫人所生。贺夫人原是拓跋珪的亲属，因为长得很美，被拓跋珪派人将她丈夫秘密杀害后，纳入后宫。拓跋绍长大后，被封为清河王。此人异常凶暴，常常游街串巷，胡作非为，有时肆意抢掠行人财物，拓跋珪对他痛骂毒打，一点没用。有一次，拓跋珪忍无可忍，竟将他倒悬井内，等到只剩下一口气，才放他出来。他的大哥拓跋嗣那时还没逃避出去，也常加规劝。因此兄弟俩屡有吵闹，很不融洽。

拓跋珪眼见东晋及其他各国屡次为了争权夺位，朝廷及皇室内部自相残杀，他也担心祸起萧墙，曾在400年（东晋安帝隆安四年）下了一道宣扬天命的诏书，告诫臣僚说："人们都说汉高祖刘邦起自布衣而夺取天下，其实做皇帝是天命，绝不是可以妄求、靠争夺而得。有许多狂妄之徒常蹈叛逆的覆辙，其祸害之大，许多州郡深受其难，自己则身败名裂，九族被灭。因此人人应该安分守己，才能终身享受荣华富贵，后代子孙也得恩泽。"拓跋珪又认为有了名位爵禄以后，忠义之道灭绝，廉耻之节消失,退让之风屏息,胡说八道的议论多了起来,因而又特地下了一个诏书,诲劝臣僚们不要争权夺利。拓跋珪痴想两道诏书就能纠正歪风,那真是异想天开。

当时各国官宦名流,经常服用寒食散,服后虽有一些好处,但危害极大,拓跋珪也沾染了这个恶习。药性发作时,常常几天不进茶饭,通宵达旦闭不上眼,时而嘻嘻哈哈,转眼又暴跳如雷。天安殿前的东墙,在一次大雷雨中被雷电击坍一角。拓跋珪认为这是不吉之兆,下令派了军队,火速用冲车撞倒东墙和西墙,收拾干净。

拓跋珪病重多疑,文武百官中,只有汉人著作郎崔浩及其父吏部尚书崔宏整天勤奋办事,甚至夜不归家,因此没有被他谴斥,其他臣僚几乎一见面就要遭到怒骂。拓跋珪有时独自默默无言,有时却又叨唠过去的成败得失,似乎在和鬼神对话。假如此刻有朝臣走到身旁,他会想起多年前不愉快的旧事,亲自拿刀砍杀。有时,拓跋珪看到臣僚脸色突变,或气喘不休,或走路慌张,或言辞失措,他就认为这样的人一定对自己怀恨在心,是在打算阴谋叛乱,于是就拳脚交加,刀砍剑刺。那些被杀害者的尸体,在天安殿前横七竖八地躺着,因为东墙和西墙都已经推平,来往官员及侍卫们有目共睹,见者不战自栗,天安殿前天天不平安。

从此朝廷内外人人自危,挨一天算一天,没有心思再去尽忠职守。京城里盗贼横行,大街小巷门户紧闭,无人敢独自在外行走。拓跋硅清醒时,也知道自己做得不对头,却又无可奈何地掩饰说:"这是我故意这样做的,等到过了灾年后,再好好整治吧!"

拓跋珪还没有发病时,太尉穆崇和卫王拓跋仪在宫内伏下甲

士,准备谋杀拓跋珪,没有成功。拓跋珪怜惜他俩过去有大功,不再追查问罪,穆崇总算寿终正寝。拓跋珪发病后,屡杀大臣和僚属,慕容氏的一个支属一百多户,打算逃离平城,被拓跋珪发现,全部杀死,三百多个头颅挂在城楼上。卫王拓跋仪担心几年前的老账被清算,私自逃亡出走,被拓跋珪发现追回,逼令自杀。

不久,厄运落到贺夫人头上,她无缘无故地被拓跋珪破口大骂,骂得口干舌疲时,下令捆住贺夫人,关押起来,准备杀她,随从们不敢劝阻。天色一晚,拓跋珪困乏熟睡,贺夫人五内如焚,苦苦央求侍卫派人去告知清河王拓跋绍,要她的亲生儿子来设法救她一命。

拓跋绍听说亲娘危在旦夕,过去他父亲对自己的毒打和倒悬井内的旧恨,一齐涌上心头。他生就一副虎狼心肠,这时顾不得父子名分,带了一批心腹武士,买通了素来熟悉的内侍和宫女,悄悄爬过皇宫院墙,来到天安殿前。拓跋珪的贴身侍卫起初以为殿前尸体的鬼魂出现,吓得簌簌直抖。直到瞧见来者手中的刀剑,才知大事不妙,赶紧高喊:"有刺客!"拓跋珪惊醒,仓促间找不到弓箭和佩刀,拓跋绍已带着武士杀死侍卫,破门而入。拓跋珪徒手格斗,纵身跳到殿外,大喊:"来人!来人!"凶手紧追不放,里外合围,刀剑齐下,二十多年来叱咤风云,称霸北方的拓跋珪,就这么惨死在自己的亲生儿子手里。阴风飒飒的天安殿前,又多了一具遍体鳞伤的尸体,这一事变发生在409年(东晋义熙五年)十月。

第二天,皇宫的门一直到中午还是紧闭着。随后,文武百官奉到诏书,齐赴皇宫正南的端门集中。不久宫门稍稍打开了点空隙,只容一人进入。清河王拓跋绍在门内高声说:"我有叔父,也有哥哥，公卿们愿意跟谁？"文武百官莫名其妙，大眼瞪小眼，没有敢讲话的。很久，开国功臣南平公长孙嵩开口道："就跟你清河王吧！"别人也不敢异议。拓跋绍这才宣布父亲去世，但又不说怎么死的。臣僚没人胆敢询问，吓得连气也不敢出，只有阴平公拓跋烈号啕大哭，转身走了。

纸是包不住火的，真情飞快传到各地，平城内外好似沸腾了一般。肥如侯贺护在平城东南约二百里的安阳（今河北阳原东南）点起了烽火，这是报警的紧急信号。拓跋珪生长的贺兰部族，人人武装齐全，跨上骏马，齐奔安阴。其余部族也各自屯集，等待发难。拓跋绍听说人心动乱，就打开国库，将财物分赐百官，企图笼络人心。

早先逃避在外的齐王拓跋嗣听到突变，就和车路头、王洛儿悄悄回到城郊。白天藏匿于山林中，夜里住在王洛儿家。王洛儿家穷，邻居李道把好吃好穿的都送给拓跋嗣。这消息被平城吏民得知，悄悄奔走相告，人们十分欣喜。拓跋绍听到长兄回来，下令搜捕，只抓到李道，问不出个究竟，就将他杀害了。

鲜卑原是喜欢打猎的游牧民族，朝廷内设有"猎郎"的官职，由豪门望族中有才干而且勇猛的子弟担任。这时猎郎叔孙俊和皇室疏属拓跋磨浑跟城内吏民的愿望一样，想迎立拓跋嗣，清除清河王。可是城门都紧闭着，不能出去。他俩假意对清河王说，已经探知拓跋嗣行踪，要求带人去追捕，清河王喜出望外，当即要派队伍出城捉人。他俩又说："人去多了，容易走漏消息，会使拓跋嗣闻讯逃跑，不如几个人悄悄去捉拿。"清河王派了两名勇士跟着他们，下令开放城门，让他们四人出去。到人迹罕至之地，这两名勇士被打翻在地，五花大绑，押到拓跋嗣那里，当即被处死。叔孙俊和拓跋磨浑把城内臣民盼望的心情告知拓跋嗣，王洛儿随即化装潜入平城，和一些大臣取得联络。半夜里，安远将军安同带头发难，平城内外轰动起来，人们争先恐后冲开城门，去欢迎拓跋嗣。皇宫卫士将暴戾狠毒的清河王捆了起来。拓跋嗣下令将清河王慕容绍明正法典，同时杀死其母贺夫人。以前参加变乱的侍从、宦官、宫女都处以死刑。其中动刀动剑杀害拓跋珪的几个人，被砍成肉酱，又被人们生吞下肚，以泄愤恨。

从拓跋珪被害，到拓跋嗣平定清河王，即魏帝之位，不过四天时间。拓跋嗣下令大赦，改元永兴。王洛儿和车路头被任命为散骑常侍，叔孙俊为卫将军，拓跋磨浑为尚书。

拓跋嗣登基后，整顿内部，巩固自己的统治，又和邻国友好相处，北方的局面稍稍安定下来。

96 "妍皮不裹痴骨"？

后燕为北燕所取代的前后，南燕被东晋出兵消灭。南燕是怎么灭亡的，这得从头说起。

398年（东晋安帝隆安二年）正月，南燕慕容德立国于滑台（今河南滑县东），称燕王，那时统辖十个县城的地方，将士不超过一万。有一次，他所属的一支队伍叛乱，慕容德兴师去征讨。但留守滑台的长史李辩向西北几百里外驻邺城的魏军通风报信，引入魏军，乘虚占据了滑台及附近郡县，使初建的南燕面临灭顶之灾。慕容德原先打算硬拼,转而听从僚属的劝告,向东北走了千里,进入青州。沿途招兵买马,扩充了十多万人,准备攻占地势异常险要的广固城(今山东益都西北)作为国都。坐镇广固的,是东晋幽州(侨州)刺史辟闾浑。南燕的北地王慕容钟发出檄文,吹嘘说:"燕军现有二十多万人马来兴师问罪,我们的剑光可与夕阳争辉,挥舞长矛能和秋月竞色。辟闾浑胆敢抗拒,那就连骨灰也休想遗留!"青州郡县闻风投降,辟闾浑带了家眷逃奔,被燕军追上杀死。

慕容德于399年八月进占并定都广固;第二年,由燕王改称皇帝,改元建平。他的名字叫"德",这个字用得很多,如果国内要避讳,不容易找到别的字来代替,因而改名备德。按照当时礼俗,如果是双名,就要两字相同,才避讳;只有一字相同,可以不避讳,这就避免了很多麻烦。

在一次宴会上,慕容备德和群臣喝得酒酣耳热,他笑容可掬地对群臣说:"塞翁失马,焉知非福;我们丢了一个滑台,换到青、兖、徐的大片土地。我现在南面称帝,在上不骄,兢兢业业,你们认为我可比作古代哪位君主?"青州刺史鞠仲赶紧谄媚地颂扬道:"陛下是大燕中兴的圣主,可以同夏代的少康和东汉的光武帝比美。"慕容备德马上宣布赏赐他帛一千匹。鞠仲赶紧推辞,说赏赐太多了。慕容备德笑得前仰后合说:"你言过其实作弄我,我也讲个大话骗骗你,空言赏赐,何必谢呢?"正襟危坐的中书侍郎韩范这时站起来严正地说:"天子无戏言,臣子也不可妄对。这样相互戏弄,君臣均失本分。"慕容备德改颜相谢道:"韩范讲得很对。"当即令侍从拿了五十匹绢,赏赐给韩范。从此,南燕敢于直谏的人多了起来,朝政也比较清明。

慕容备德是很能使用人才的。平定青州时,渤海太守封孚(曾任后燕慕容宝的吏部尚书)投降,慕容备德高兴地说:"我有了你,比有了青州还高兴!"随即任命为尚书令,总揽政务。慕容备德还任命封嵩为左仆射,韩绰为右仆射,他俩都只有三十岁,并任命封嵩的弟弟封融为西中郎将,韩绰的弟弟韩轨为东中郎将。慕容备德把他们四人比作飞龙和千里马,欣喜地对朝臣说:"你们瞧,二龙飞跃于通衢,双骥驰骋于千里,这是我们大燕中兴的光荣啊!"

慕容备德称帝数年,自己没有再生儿子,最后立侄子慕容超为太子,而慕容超能来到叔叔的身边,却有一番不寻常的经历。

早在约二十年前(383年),慕容备德随苻坚参加淝水之战,临行时留下一把金刀在家中。以后慕容垂等人叛离前秦,建立后燕和西燕,苻坚大杀慕容氏族人,慕容备德的几个儿子和他的胞兄慕容纳等都被杀死。他兄弟俩的亲娘公孙氏,因为衰老不堪,留下一条命来。慕容纳的妻子段氏正在怀胎,暂且关在监牢里。狱吏呼延平曾在慕容备德手下当过差,犯过死罪,被慕容备德赦免,感恩不绝,这时他冒着九死一生的危险,带着公孙氏婆媳逃到凉州一带,寄居于深山密林里的羌族百姓家中。不久段氏生下了慕容超。慕容超十岁时,公孙氏老病危急,奄奄一息中,叫他到床边,抽出枕下的金刀说:"这是你亲叔慕容德留下的宝物,如果以后你有机会东返,就把它物归原主。"公孙氏死后,呼延平及其家属带了慕容超母子投奔前凉。前凉被姚兴所灭,他们又跟着凉州的徙民到了长安。这时,慕容超已长得相貌堂堂、身材魁梧。呼延平不幸病死,段氏为了报答他的大恩,要慕容超娶其女为妻。

慕容超得悉几个叔伯都在太行山之东据地称王,一心想去投奔，但又怕被姚兴任命为后秦的官儿，那就无法脱身了。他左想右想，没有什么好办法，只得装疯卖傻。于是他一会儿痴痴呆呆发愣，一会儿狂喊狂叫地乱跑，衣服撕得破破烂烂的。他不洗澡、不梳头，全身又脏又臭，到处行乞要饭。长安的人们见了他，都吐着唾沫，捂住鼻子，避得远远的。只有东平公姚绍见了，心中怀疑，劝姚兴给慕容超拜官封爵，笼络他。姚兴派人召慕容超入宫，他却故意答非所问，不知胡扯什么。姚兴生了气，对姚绍说："慕容超长相确实不凡，想不到却是这么一个蠢东西。谚语说：'妍皮不裹痴骨'①，这不过是妄语而已！"这样，慕容超就随意东逛西走，再也没人注意他了。

慕容备德听说自己的胞兄有个遗腹子，流落长安，特地派了济阴人吴辩去寻找。吴辩有个同乡，在长安街上算卦卖卜，因而很快就结识了慕容超。他俩把实话相告后，慕容超没有敢告诉母亲和妻子，不辞而别，改姓埋名，逃出后秦，历尽千难万险，到了南燕境内的梁父（在今山东泰安东南）。坐镇梁父的南燕兖州刺史慕容法派人去接待他，这人回报说："慕容超仪表惊人，天资聪颖，真是皇家的金枝玉叶。"慕容法不以为然地说："乱世之中，冒充皇亲国戚的不少，很难分辨，谁知此人是真是假！"这些话传到慕容超耳边，他怒形于色，讲了一些不逊之词。慕容超的话传到慕容法那里，后者也很气恨，就随便安置慕容超在一个客馆里，不愿和他见面。从此两人结下了怨仇。

慕容备德听说从未见面的亲侄子来到，派了三百骑兵去欢迎。侄子见了叔父，首先把金刀献上，并把祖母的遗言说了一

---

① 意为有了好的外貌，决不会是痴呆的傻瓜。

遍。慕容备德见了金刀，认出确是自己的故物，想起死去的母亲、胞兄和几个儿子，悲不自胜，放声大哭。他立即封慕容超为北海王，任命为侍中、骠骑大将军、司隶校尉。

慕容备德膝下既无子嗣，且已有病在身，便想以慕容超为皇位继承人。慕容超是一个有心人，他知道必须迅速获得叔父欢心，树立自己威望，因而进宫时对叔父竭尽忠诚，出宫则极力礼贤下士，从而得到一片称誉声。不久，慕容备德病势转重，必须马上立太子。皇室的亲属很多，资望和权位很高的也有不少。慕容超回到南燕总共不过三四个月，权势远远不能和他们相比，到底立谁好呢？

一天，慕容备德召见群臣说："昨夜在梦中，先父对我说：你没有儿子，为什么不早立慕容超为太子？如果还不快立，恶人就会起坏心了！"这个所谓梦中显灵的嘱咐，封住了人们的嘴，慕容超就被正式立为太子。

不出一月，慕容备德与世长辞，时年七十。按照他的遗嘱，当夜有十几口棺材从四个城门悄悄地运出去，埋葬于渺无人迹的荒山野岭里，他的墓地一直也没有被发现。第二天，慕容超登上南燕帝座，改元为太上。

慕容超即位后，感到自己威望不高，他虽然对慕容钟、封孚等皇亲和老臣都晋官加爵，但并不怎么信任他们，却任命自己的亲信公孙五楼为武卫将军，作为参与决策的心腹。北地王慕容钟和外戚段宏（徐州刺史）都很不满，他俩议论说："黄狗的皮终究要补到狐裘上去了！"古语中，黄狗皮是喻为小人，狐裘则比作君子。公孙五楼听到这些丑话，气得整天在慕容超耳边说旧臣的坏话，因而这位新皇对旧臣尤加猜忌，脾气也变得暴躁起来。

他还经常外出游猎，把大权都交给公孙五楼。其他近臣屡屡劝说，他也不听。有一次慕容超问封孚道："我和古代帝王相比，能比得上哪一个？"封孚气鼓鼓地回答："和夏桀、殷纣相比，差不多！"说完面不改色，踱着慢步，走出宫去。他到宫外又对人说："我年已七十，看透了这个世道，不如早死！"封孚德高望重，慕容超只得忍下怒气，但对旧臣们更是避而远之。封孚就在这一年老病而死。

慕容超刚回国时，已和慕容法结下了怨仇。这时，公孙五楼为了专擅朝政，劝慕容超杀害北地王慕容钟。406年秋，慕容法和慕容钟等策划造反。慕容超即位已有一年多，根基也较巩固了，他迅速镇压了这次叛乱，有的旧臣因牵累而被杀。慕容法等逃往拓跋魏，慕容钟等逃往后秦，真是"一朝天子一朝臣"！

慕容超的"妍皮"里，裹的到底是不是"痴骨"，尚待盖棺论定。

97　广固城隍夷为平地

南燕慕容超单身逃离后秦时，他的母亲和妻子留在长安，被后秦扣留。此时慕容超即位，姚兴向南燕使者提出，如果要让她俩回去团聚，南燕必须称藩，并送一批乐工给后秦。慕容超眼见后秦强盛，胳膊扭不过大腿，只得低头称藩，送去乐工一百二十人，换回母亲和妻子。

慕容超送出乐工后，南燕宫廷举行宴会时只有寥寥数人吹吹

打打,太寒酸太冷清了。过去南燕骑兵经常骚扰晋地,掳掠晋人作为奴婢,称为"吴口"。因此慕容超两次派出大批队伍,侵入东晋的宿豫(今江苏宿迁东南)等地,掳掠了数千男女青少年,在其中选拔了两三千名眉清目秀、体态轻盈者,交给宫内名师教练,培养为歌伎和乐工。因而长江以北的东晋百姓,害怕南燕再次侵扰,大都建造堡坞,聚居起来,武装保卫家园。

东晋在刘裕辅政后,局势比较稳定。刘裕以江北百姓屡被掠夺为理由,决定兴师北伐,收复失地。409年(东晋安帝义熙五年)四月,刘裕自建康出发,几千条战船从淮水进入泗水。到达下邳(今江苏省睢宁县古邳镇)后,留下战船和辎重,登陆向南燕进军。经过的城镇都修筑城墙,派将士把守,真是步步为营,稳扎稳打。有人对刘裕说:"如果燕军固守险要的大岘(今山东沂水、临朐之间),同时坚壁清野,你的大军就如飞蛾扑火,不仅劳而无功,恐怕去而难回。"刘裕很有把握地说:"慕容超没有多大的远见,只是贪心很大。他们出兵,只是为了抢掠人畜和财物,他以为我们孤军不能持久,所以舍不得割青苗,不可能坚壁清野。"

慕容超听说东晋大军北上,召集文武官员商讨迎敌大计。公孙五楼说:"刘裕轻装而来,一定打算速战速决。我们必须用重兵坚守大岘天险,旷日持久,晋军锐气就会消失。而后选拔两千轻骑,沿海南下,截断他们的粮道;再派兖州的兵马,从太行山东下,腹背夹击,叫刘裕有来无回,这是上策。如果下令各郡县坚壁清野,让晋军没有吃、没有住,十天半月就可以制服刘裕,这是中策。倘若引敌深入,幻想瓮中捉鳖,可能导致自己被围困,以致城破人亡,那就是下策。"慕容超所想的,却不是一条路子,当即驳斥道:"我们地广国富,铁骑千万,如果割去青苗,迁移屯聚，那不是庸人自扰吗？最好还是让刘裕闯入大岘，我们的精骑可以风卷云涌地杀他几阵，看他还有多大能耐！"桂林王慕容镇劝道："陛下如果认为骑兵在平原上可以切菜砍瓜地杀敌，那么最好先到岘山外面去迎战，战而不胜，还可以退守，这是万全之计。"慕容超仍是置之不理。慕容镇出朝后，对人说："这样让敌人钻到自己肚里来，坐待围攻，是自找死路了！看来国家就要灭亡，我们死无葬身之地了！"

刘裕挥军直登大岘，不见一个燕军的影子，高兴得举手指向青天，喜形于色。随从们问道："将军还没有见到敌人，更没有消灭敌人，为什么就这么乐？"刘裕说："大军已走过险要的关口，就有了必胜的信念。我们立即要攻打敌人国都，将士们都会拼死，期在必克。遍地麦浪滔滔，更不愁短缺军粮。慕容超已被我捏在掌心里了。"

南燕的公孙五楼等先已率领五万步骑兵，屯守大岘以北的临朐（今属山东）。三月间，刘裕大军过了大岘，慕容超又带了号称四万的将士前来迎敌。他令公孙五楼抢占巨蔑水（今称弥河），目的是要垄断水源，让晋军渴极而乱，可是该地已被刘裕派前锋队伍捷足先登。刘裕以四千辆战车为两翼，整队徐徐前进。战车上都悬挂着帐幔，车上的兵士手执丈八长矛。轻骑兵忽来忽往，联络接应，军令严肃，行伍齐整。南燕几万人马多次冲锋攻击，始终不能破阵。两军在临朐之南，从清晨战到日头西斜，还没有看出胜负在哪一边。晋军参军胡藩对刘裕献计道："燕军倾城出战，临朐城内一定只留下一些老弱病残把守，我们应该派奇兵从小道去攻取这个城。"刘裕当即派胡藩带了一支队伍，绕道从燕军的背后攻打临朐，扬言是从建康走海路而来的援军。守城的燕

军兵力确实很薄弱，听到这消息更为惊恐。临朐就被轻而易举地打下了，南燕储存的全部辎重及粮草均被夺获。

　　临朐城被晋军占领的战报传到双方酣战的地方，慕容超及燕军胆寒心颤；刘裕亲自擂起战鼓，晋军欢腾万状，奋勇冲杀。燕军丢盔弃甲，一败不可收拾。慕容超气急败坏，向北逃窜几十里，一头钻进广固城中，皇辇、玉玺都丢掉了。刘裕乘胜进围广固，攻破大城，慕容超带着余众坚守小城。

　　广固小城是后赵石勒初期，曹嶷在临淄东南依凭尧山之险而新建的，四周都是绝壁深渊，很难攻破。晋军筑起三丈高的长围，把小城困于其中。南燕在附近郡县储粮极多，也被晋军所获。田野里的麦子开始转黄，刘裕就地取粮，就不用依赖江、淮的漕运了。

　　刘裕围攻个把月后，广固小城岿然不动。有人对刘裕说："如果能抓到南燕的尚书郎张纲，叫他制造攻城工具，广固就指日可下了！"此时的张纲已被慕容超派到长安去，向后秦讨救兵。姚兴因同赫连勃勃交战，难于派出援军，张纲只得空手而回，途中被晋军俘获而投降。刘裕让张纲坐在高高的楼车上，绕着广固小城走了一圈，张纲边走边喊道："姚兴被赫连勃勃打得大败，救兵不会来了！"城里的将士们一传十、十传百，顿时丧气失色。张纲又给晋军制造了一批非常奇巧的攻城工具，慕容超恨极，悬吊张纲的母亲于城楼上，砍手断足，血流不止而死。

　　姚兴派不出援军，却派了使者对刘裕说大话："秦军十万铁骑已经抵达洛阳，如果晋师不退，这支大军就要来救广固了！"刘裕连眉毛也没动一下，就对使者说："我原来打算平定青州后，休养生息三年再攻长安。如今姚兴自愿先来送死，欢迎他快些来。"刘裕的心腹刘穆之听说有秦使远来,赶紧飞马驰入帅营。这时使者已走,刘裕告知相见情况。刘穆之抱怨道:"这几句话不能威胁姚兴,反而会惹恼了他。倘若秦军真来,广固又没打下,我们腹背受敌,将军如何对抗呢?"刘裕大笑道:"兵贵神速,如果姚兴有力量救燕,一定不会让我知道他要发兵。他现在特地派使者先来通告,明明是自顾不暇,虚声恫吓而已。"

南燕又派尚书令韩范再到长安讨救兵。韩范和姚兴早先在苻秦朝廷内,同时任过太子舍人,姚兴拗不过这个情面,只得咬紧牙关,派卫将军姚强带了一万人马来救广固,还打算中途招呼屯守洛阳的秦军一块儿到青州来。可是,姚兴接着又被赫连勃勃打得惨败,急忙派了飞骑,将姚强及一万援军重新调返长安。韩范仰天长叹道:"老天爷要大燕灭亡了!"刘裕听到这个情报,派人到洛阳招降韩范,韩范走投无路,只得归顺。他是南燕负有盛名的大臣,刘裕要他也绕着广固小城走了一圈,守城的将士更是丧胆落魄。

东晋的皇使和为数不多的援军,每次来到前线,刘裕常常要围城的晋军半夜潜出远迎。天色大亮后,再整队大张旗鼓开列城边。南燕将士看到,以为东晋生力军如潮水般地涌来,加上围城日久,城中疫病流行,因而偷偷逃出城来投降的人,一天比一天多。留居在北方的晋室遗民,每天都有千把人,手持武器,肩挑粮食,前来投归晋军。南燕的公孙五楼率领将士挖掘地道,想以奇兵突击晋军,但一无所得。

刘裕围城约半年后,于410年二月对广固小城发动总攻,南燕尚书悦寿开了城门投降,晋军急涌而入。慕容超带了几十个骑兵突围而出,还是被抓回来。刘裕谴责他为什么不投降,他神色自若,却死活不开口，后被送到建康斩首，时年二十六，在位六年。

南燕自从慕容德于398年（东晋隆安二年）称王称帝，再传慕容超，至410年（东晋义熙六年）灭亡，立国共十三个年头。

刘裕进入广固小城，恨城中将士及百姓长期守城不降，打算下令屠城泄愤。韩范劝道："晋室南迁，把百姓遗弃在这儿。如果王师破城，吏民都要遭到活埋，那么，今后守城的军民都只有拼死抵抗了。"刘裕听他言之有理，才没有屠城，但不肯放过当官的人，接连杀了三千多名，他们的家属被充为奴的，也有一万多人。广固城凭险而建，难于攻破，刘裕因此城离晋土较远，担心它再被敌国占领，以后更不易攻取，就此将广固城的城隍（城墙外的壕沟）夷为平地。

98　益智粽与续命汤

刘裕攻灭南燕尚未回师之际，有一支强大的农民起义军直逼东晋京都建康。这支农民起义军的领导人是卢循，他是孙恩的妹夫和继承人。

卢循（？－411）两眼炯炯，神采奕奕，写得一手好草书，在棋艺上也是一个佼佼者。他是范阳涿县（今属河北）人，东晋初年，司空刘琨的从事中郎卢谌在刘琨死后投靠石勒，他的一个儿子卢勖却南渡到东晋，卢勖〔xù〕就是卢循的祖父。卢循娶了孙恩的妹妹，随着孙恩起义。孙恩对郡县官吏和世家大族仇恨很深，常常格杀勿论，卢循屡屡加以劝阻，孙恩有时也为之刀下留情。

孙恩牺牲后，卢循率领残余的数千义军转战临海、东阳一带。桓玄篡权时，企图收买拉拢他们，任命卢循为永嘉郡太守。卢循不愿俯首听命，进攻东阳，被刘裕打败，退守永嘉，又南撤晋安（郡治在今福建福州），官军紧追不放，卢循即率领义军登上海船，乘风破浪来到了广州。

多年前，建康东南八郡的农民，因为劳役和赋税剥削太重，常有泛海到广州避难的，五斗米道的祖师孙泰又曾在广州传道，因此卢循义军登陆后，受到普遍欢迎。附近的世家大族裹胁许多平民百姓，纷纷迁入广州城避难，城内拥挤不堪。广州刺史吴隐之深知卢循来者不善，赶忙紧关城门。卢循经过半年多休整和准备后，围攻广州城。攻城一百多天后，即404年（东晋元兴三年）的十月初九夜里，刮起了大风，城内不知谁家不慎失火，顷刻间烈焰弥漫天空。吴隐之害怕城内有人做义军的内应，约束官军只顾防御，不准救火。大火愈烧愈猛，毁了三千多户。官军怨气冲天，自行溃散，逃出城门。吴隐之携带家眷，也想逃返建康，没走上几里地，就被义军俘虏。义军入城扑灭大火，清理灾场，把一万多具烧成枯炭的尸体，埋在一个大坑里，后人称为"共冢"。

被俘的广州刺史吴隐之，是濮阳鄄城（在今山东鄄城北）人，博学多才，廉洁奉公。他任晋陵太守时，夫人亲自砍柴挑水。吴隐之入朝，任过秘书监、御史中丞等职。他的俸禄都送给贫寒的亲友，自己却过着极为清苦的生活，冬天里他连像样的被子都没有。有一天，夫人为他洗涤独一无二的冬衣，他只得披着

粗丝棉（当时尚无棉絮）御寒读书。他嫁女无钱置备嫁妆，把家犬卖掉，做了一件新衣。当时广州的官吏贪污盘剥成风，他们手中有权时，都要千方百计地搜刮成箱的珠宝，以使自己和子孙们享用不尽。吴隐之被任命为广州刺史，走马上任，路经广州西北附近的石门，随从指着清澈见底的泉水说，这就是"贪泉"①，据说到广州上任的大小官吏，因为途中干渴，喝了这泉水，就此要钱不要命了。吴隐之特意喝下几大口清凉沁心的泉水，并且吟诗道："古人云此水，一歃〔shà〕（指以嘴吸取）怀千金。试使夷、齐②饮，终当不易心。"吴隐之畅饮贪泉之水后，到职仍然清廉非凡。没想到五百多年后的五代十国，割据广州的南汉皇帝刘䶮〔yǎn〕（889－942）下令堵塞贪泉，但他本人却是极度贪婪残暴的昏君。贪泉虽然湮没了一千多年，贪污枉法者却永世不绝。到明代，有人在石门下游一里多的地方，立下了一块巨碑，刻有"贪泉"两个大字，上方并有几行小字，刻了吴隐之这首小诗，以使后人有所儆戒。③

再说吴隐之到广州后，生活更是俭朴，下饭只是普通蔬菜及鱼干。当他发现府内管理杂务的侍者常把鱼干去骨端上，他就认为此人用心不正，立即予以贬斥。有一次，他发现妻子箱内存放了一块沉香，就把它丢在石门附近的水池里，后人就称这个地方为沉香浦。但也有人认为他矫枉过正，他却是坚持始终，广州大小官吏的歪风邪气果然有所收敛。这次广州大火，吴隐之救火不力，是有责任的，但黎民对他还是很崇仰。卢循对有好名声的官

---

① 贪泉位于今广州市西北十五公里小北江和流溪河的会合处。
② 商末的伯夷、叔齐兄弟，周武王灭商，二人不食周粟而死。
③ 此碑今尚在，但为复制品，原碑存广州博物馆。

员和学者一向不加杀戮或苛待，因此吴隐之被俘后仍能安居广州。

卢循进入广州，自称平南将军，统管广州事务。他命令徐道覆占据始兴郡（治所在今广东韶关市西南），其他各郡也派义军将领为官。卢循听说这时朝廷已平定桓玄，就派了专使到建康去祝贺，并送去许多珠宝作为朝贡，以麻痹朝廷。朝廷腾不出手来过问卢循，下诏任命卢循为广州刺史，幻想以此束缚他的手脚。

广州有一种特产的稀有植物"益智"，茎如竹箭，种子肉白而滑。当时人称蜜渍的东西为"粽"，"益智"经过蜜渍，称为"益智粽"。卢循派人送"益智粽"给掌握朝政实权的刘裕。刘裕认为卢循是有意讽刺讥笑，所谓"益智"是说他智力已穷，要他再放聪明些，让卢循稳稳当当地割据广州。刘裕叫使者带回一剂"续命汤"，卢循心中有数，知道刘裕是特地嘲弄报复，讥讽自己寿命不长，要好自为之，才能多活几年，卢循一笑置之。

刘裕原为镇军将军、都督扬、徐等九州诸军事，平定桓玄后又加督荆、司等七州，而后再添广、交二州。这样，刘裕又成了卢循的顶头上司。王诞曾在司马元显身边当过长史，桓玄篡位时被流放到广州。卢循占领广州，任命他为平南将军府长史。王诞对卢循说："下官蒙受重恩，但不熟悉戎旅，无法报答。刘镇军（即刘裕）曾厚待于我，如果我能北归，一定能得到重任，以后必有相报的机会。"卢循觉得有理，王诞又恳请释放吴隐之。刘裕老早也曾写信给卢循，要他送归吴隐之。卢循乐得做个顺水人情，让王诞和吴隐之同回建康。

广州地区很少种麦，但卢循本人和重要僚属大部分是北方人。偶尔采购到一些面粉，卢循一定要文武官员都分到，否则他自己决不张嘴，因而深得幕僚爱戴。

卢循和徐道覆一直在扩充队伍，加强装备，训练士兵，打算有朝一日打到建康去。徐道覆的信念更为坚定，义军一直是着重水战的，徐道覆就积极筹办兵船。始兴郡北面是南康山（即今广东、江西、湖南交界的大庾岭），绵延数百里的深山中，都是连片合抱的大树，也是造船的上等材料。徐道覆派人雇用了大批劳力采伐，从溪水（即今赣江上游的支流）运送船材到南康郡（治所在今江西赣州市），他宣称，原来准备成批贩运到建康去赚大钱，但由于人工及本钱短缺，只得就地贩卖，价格比往常降低几倍。沿途郡县居民贪图便宜，争先恐后大买特买，有的甚至变卖衣物再转买船材。

赣江上游确实是乱石堆积，河流湍急，难于运输。这些船板被居民购去后，暂且都只能放在家前屋后，尽管到处堆积如山，却没人怀疑这里面还有什么文章。坐镇赣江下游豫章的江州刺史何无忌，听到这消息，却顿起疑心，写信给南康相郭澄之，要他认真查明底细。郭澄之，太原人，是一个机智的文士，从尚书郎调任南康相。虽然他才能超人，但还是被徐道覆蒙蔽和笼络，多次向何无忌拍胸脯，保证徐道覆采伐和贱卖木材，没有任何不好的用意。

徐道覆大批招募始兴的溪人当兵，溪人是当时南方少数民族之一，因为散居山区的溪流附近，被称为溪人，他们惯会造船驶船，水性很好，拳术高强，善于搏斗。因而徐道覆招募的这支溪人队伍是颇有战斗力的。

当刘裕出兵北伐南燕时，徐道覆认为这正是再次起义、进军建康的大好时机，要求卢循克日发兵北上。

99　芦生漫漫竟天半

卢循在广州任刺史，过了五六年舒坦日子。他在城西的新州开采银矿，财源丰裕，在城南修筑了一座新城，形状如方壶一般，自己住在里面，后人称为卢循城或方壶城（现无存）。安乐恬静的生涯，使卢循忘了多年前共同起义中牺牲的孙恩和其他几万战友。他只想割据一方，图个安逸，因此对徐道覆立即进军建康的计划置若罔闻。

徐道覆热血沸腾，亲自跋山涉水，面见卢循说："朝廷一直把你看成心腹之患，早晚要拿你砍头灭族。我们从三吴来到这儿，只是因为刘裕难以对敌。刘裕大军一旦回师建康，再跨山逾岭而来，你只能螳臂当车，无济于事了。不如趁刘裕未返，我们去对付何无忌、刘毅之徒，这却是可以做到的，再乘虚直下建康，占领京城。刘裕即使赶回，也难挽大局了。你如果一定不愿出马，我就带领始兴队伍，先拿下浔阳来！"卢循虽然心中不乐意，但大多将士早晚思念故土，都想早日打回三吴，解救苦难中的乡亲，并且为孙恩和数万战友报仇雪恨，最后卢循只得勉强同意。

410年二月，义军在始兴会师，兵分两路。西路由卢循率领，向北攻下长沙，推进到巴陵（今湖南岳阳），准备逆江而上攻取江陵（今湖北省沙市）；东路由徐道覆率领，攻下南康。南康相郭澄之闻风而逃，颠沛流离，回到建康。徐道覆将过去买卖船材的卖

契,保存得好好的,这时就挨门按户,按原价赎回全部原有船材。十几天里就造了十二条大兵船,船楼高有十二丈,又造较小的兵船约千艘,名为芙蓉舰。这些船都是闽、广海边的渔民和能水善战的溪人所造。船上的桨橹用极坚固的上等木材精制而成,其来历更为奇特。徐道覆早准备好了,这时也从南康山的密林里运了出来。

原来南康山里有不少人迹罕至的地方。那儿有一种野人,被称为"山都"。他们善于选择极优木料,做成精巧的桨橹,叫做"榜"。这种野人通身是毛,手脚的指甲锐利如同钩刺,隐居在高岩绝壁之上,因此有人认为"山都"是山林里的妖精鬼怪。据说赣县西北十五里余公塘的古池边,有一棵大约二十围的老梓树,树干中空,也曾被一些"山都"作为居处。他们喜欢喝酒,吃生鱼生肉,也常到水边乱石堆里翻找虾蟹充饥。"山都"不愿让人们看到,偶尔遇见,他们闭眼张口,有似痴笑,表示好感。"山都"中有人老病而死,举行葬礼时,送葬者齐声高唱挽歌,好似大风刮过森林的悲涛一般。这时如有人到达附近,他们会悄悄地送去酒和生的兽肉,表示招待贵宾。棺木放在高山峭壁间伸出的树枝上,或藏在高高的悬崖石洞里,这就是所谓的"悬棺葬"。"山都"制成"榜"后,堆积藏匿在高大的树梢上。如果有人要买榜,把酒肉和其他物品放在树下,"山都"就会取去,按代价付给一定数量的"榜",可是绝对不肯和人们面对面地交易。徐道覆要北上前,送去成堆的礼品,"山都"也献出无数的"榜"。①

---

① 关于"山都",各地称呼不一,现代统称为"野人",古时曾广泛生存并分布于我国南方的原始深山密林之中,直到二十世纪中期仍有过文字记载,之后由于与现代文明格格不入而灭绝。其物种来源、生活习性以及他们的杰作"榜"、"岩画"和"悬棺"葬式,如今已成为自然科学和人类社会学家苦苦探寻的千古之谜。

徐道覆的兵船制造完毕，配备齐全后，天公特别帮忙，接连下了一天一夜的大雨，山洪暴发溪水陡涨，义军乘兵船，凌波逐浪，从赣水而下，占领庐陵（今江西吉水北），于三月间直攻豫章。江州刺史何无忌带领水军准备决一死战，僚属们劝他坚守城池，拖延时日，等待义军师老兵疲，其他各地援军到达后，再行交锋。但何无忌却认为义军是乌合之众，不堪一击。徐道覆在城外早已严阵以待，何无忌兵船到达西岸，岸边小山上的义军射出千万支利箭，如暴雨猛下。这时强烈的西风骤起，何无忌的小兵船又被风浪吹向东岸，义军的大兵船劈头盖脑压过来，官军惊惶失措，登岸逃跑。几十名义军纵身上了官军帅船，和何无忌短兵相接，这位北府兵的名将寡不敌众，就此丧命。徐道覆乘势占领豫章，再进军浔阳。

　　这时，刘裕已经征服南燕的消息还没传到建康，义军直逼京师的警报却已来临。东晋朝廷立即下令，要刘裕回来抵御义军。刘裕原来还打算扫荡黄河和洛水一带，皇使到达后，立即班师。何无忌战死的噩耗却比他先到京师，朝廷内外慌成一团。坐镇姑孰的豫州刺史刘毅理应兴兵迎战义军，但他突然声称生了重病，建康的臣僚更是着急，议论着要护着晋安帝向北逃跑，靠拢刘裕。刘裕急速回到下邳，要船队慢慢运送辎重，自己带着精锐步兵日夜兼程而行。到了山阳（今江苏省淮安市），他听到了何无忌的死讯，担心义军会乘胜直攻建康，就和几十个随从轻装骑马疾驰回到长江北岸。他询问遇到的旅客："建康怎么样？"旅客不知道他就是刘裕，回答："卢循、徐道覆没有一个人影儿下来，刘裕大军如果立即回来，朝廷就可以保住了！"刘裕听了非常高兴，几十个人坐了一条船，渡江返回建康。不久青州刺史诸葛长

民、兖州刺史刘藩、并州刺史刘道怜（这几个州都是侨州，治所均在江淮之间）都带了队伍来保卫京师。

在姑孰原先病重的豫州刺史刘毅这时声称病已痊愈，带了两万水军出师，想抢头功了。刘裕去信劝说："我和卢循打交道很久了，深知他们计谋多端，眼下他们新获大胜，士气锐不可挡。望你稍待朝廷大军齐集后，共同进军。功成以后，一定把上游重任全都托付给你。"刘毅怒不可遏道："过去推翻桓玄，我把大功推让给刘裕，难道我就不如他？"刘毅把书信丢在地上，登上兵船，就向浔阳驶去。

徐道覆听说刘毅水军前来，派了专使去劝说卢循："刘毅兵势盛大，最好你我合力和他一战，如果这一仗打胜，拿江陵就更有把握了！"卢循即日从巴陵顺江而下，和徐道覆联合起来，在桑落洲（今九江市东北）和刘毅展开大战。刘毅寡不敌众，全军覆没，所有兵船及堆积如山的辎重被义军所获。官军大都被杀被俘，刘毅带着几百人上岸，落荒而逃，途中又饿死累死大半。刘毅回到建康时，只有十三个人了。他耷拉着脑袋，哭丧着脸，向朝廷请罪，被降职为后将军。

义军于五月间打败刘毅后，得知刘裕已回京师，预料继续作战不能过于乐观。卢循执意要再占江陵，以图割据荆州，对抗朝廷。徐道覆坚持要在刘裕还未集结兵马之际，争取时间，乘胜攻占建康。两人争来争去，卢循最后勉强同意。原本从浔阳到建康，顺风顺水，两三天即可抵达，但是由于两人争论不休，致使七天后才到建康城下。在军事上这原是分秒必争的时期，几天的拖延就给刘裕赢得了准备的时间。

刘毅大败，朝廷上下震动很大。溃退的官军带回并传播义军如何剽悍能战的消息，京城内外人心骚乱。尚书左仆射孟昶等大臣又提出要护着晋安帝渡江避难，刘裕坚决反对。孟昶怨恨刘裕不肯听自己的劝告，而且认为决战必败，就要求一死了之，刘裕愤怒地说："你还可以拼死一战，战败死于沙场也不晚啊！"孟昶脸色灰白，回家后上表给晋安帝，大意说："刘裕出兵征讨南燕，百官都不以为然，独有小臣赞同。大军北伐后，卢循乘虚而入，致使国家危若累卵，这完全是小臣的罪孽，死有余辜。"他派人送出奏疏后，就服毒自杀了。

孟昶死后，刘裕没有灰心丧气，立即就地募兵，以充实力，又为朝廷下了大赦令，让已判死刑及新犯罪的人穿上军服当兵。为鼓励作战，从军的人都给予厚赏。而后又齐集南燕陆续回来的将士，以及青州、兖州、并州等来建康的士兵，共几千人，加上新募的兵马，都屯扎于石头城。便于随机调动。刘裕又驱使建康居民加固城墙，砍树伐木，在附近修筑了几个战垒。同时，又在秦淮河一带用木栅层层拦阻，建成牢固的防御阵地，等待义军的进攻。

义军顺流东下，直逼建康。建康城内传说义军共有十多万人，他们在长江两岸的兵车及江面上的兵船绵延有一百多里，气势非常浩大。人们把卢循的义军比作一望无际、弥漫天边的芦花。"芦"和"卢"又是谐音，因而各地称道说："芦生漫漫竟天半。"

100 卢循的失败

徐道覆知道刘裕坚守石头城，决定避开刘裕主力，乘虚在城

南的新亭登陆，要求卢循烧毁义军的所有兵船，十多万义军横下心来决一死战，全力攻打建康。

卢循却是一个多谋少决的人，认为这样做太冒险，只想稳扎稳打，图个万全之策。他对徐道覆说："我们还没展开进攻，他们的尚书左仆射孟昶就吓破了胆，自绝于世。这个小朝廷的内乱和垮台，指日可待。我们暂且屯兵蔡洲（今南京市西南江心洲），从长计议吧！"徐道覆没奈何，仰天长叹道："大事被卢公所误，一定不能成功了！假如我得遇真正的英雄，为之驰骋战场，平定天下并不难啊！"

刘裕站在石头城上，起初看到徐道覆的兵船驶向防备薄弱的新亭，大惊失色道："如果卢循的兵船全部开到新亭登陆，那就锐不可当，我们必须暂且回避，胜负难定了！"没想到卢循这时却令全部兵船退回蔡洲。刘裕鼓掌大笑说："这些贼人（对义军的诬称）跑不出我的掌心了！"他又命令宁朔将军索邈带着一千多鲜卑骑兵从淮水南岸赶到新亭，加强防卫，阻止义军兵船再来登陆。这些骑兵披着五色灿烂的战袍，在江岸上来回飞驶，快如疾风，势若雷电。蔡洲的义军纷纷观望，都感到遇到了棘手的敌人。

趁着义军在蔡洲观望的几天，刘裕加紧调集各地兵力，加强建康附近的防备。卢循不肯打大仗，派了一些小兵船进入淮水，想拔除那些栅木，为大军开道，不料都被刘裕的弓箭手射得死的死，伤的伤。卢循鉴于失去了登陆新亭的大好战机，不得不以几百条大小兵船一齐进攻石头城，结果也被官军万箭射退。可是，更大的灾祸却接踵而至，天公似乎有意作难，刮起了巨大风暴。生长了几百年、根深蒂固的大树也被吹拔，卢循高桅大楼的兵船被巨风吹翻沉没。刘裕原先兵船不多，只是捆扎了许多木筏代用，这时却发挥出它们不易被风浪吹翻的特点，从上游放下来，跟着水势风势，随波逐流，冲撞义军兵船，义军损失更大，将士淹死很多。

卢循水上失利，又难以在石头城和新亭登陆，就转到两地之间的查浦垒（今南京市清凉山以南）。但是这一带与建康城之间，刘裕的战垒、营栅密布，早已以逸待劳，准备迎击义军。义军陆上的战斗力原来就不如官军，这一下就处处陷于被动挨打的局面，连遭失败。卢循眼见硬攻不是办法，即另作部署：埋伏精兵在淮水南岸，另外征用不少船只，命令老弱残疾的将士坐在上面，假作精锐水军，驶向城北的白石垒。此外又大张旗鼓，率领步兵骑兵，从陆上进攻，摆出水陆两路夹击白石垒的架势。刘裕留下参军沈林子、徐赤特守住南岸，切断查浦垒通往建康的道路，谆谆嘱咐他们只准坚守，不能出战，自己带着大军，准备开到白石垒去，和卢循决战。沈林子对刘裕说："卢循可能全是作假，还是慎守为宜。"刘裕答道："石头城极为坚固，淮水营栅也难攻破。留你们在这儿，足以抵挡了！"

卢循的主力并不攻向白石，先用大火烧尽查浦的壁垒和营栅，向西南进军，试攻淮水的张侯桥。官军的徐赤特立功心切，要出兵攻打义军。沈林子劝他说："卢循口口声声说要打白石垒，显然他是声东击西，要在这儿打开缺口。我大军已北上白石，这里寡不敌众，应该凭险固守，等待大军回头。"徐赤特认为攻桥义军不多，径自引兵出战。果然卢循伏兵齐发，徐赤特大败，没命逃向石头城。沈林子依凭张侯桥附近的营栅，竭力坚守。附近官军赶来援救，卢循只得丢下张侯桥，转而攻向丹阳郡（今南京市西南）。

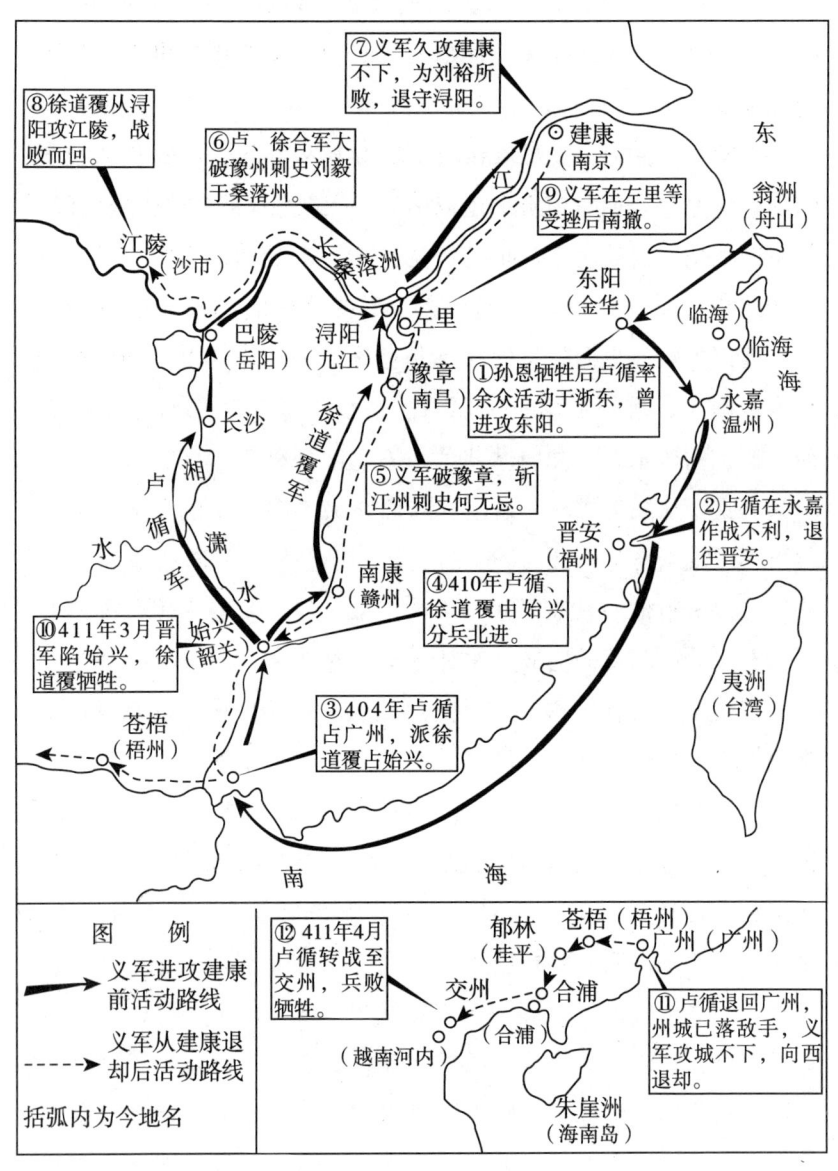

卢循、徐道覆起义示意图

刘裕发兵到了白石垒，知道上了卢循的当，赶紧撤回石头城，见到败将徐赤特，二话没说，吩咐随从砍了他的头。

卢循从丹阳郡分别进攻建康附近的军事要地京口、江宁、姑孰、涂中、芜湖等地，企图包围建康。由于刘裕在各地早有安排，卢循都未得手。义军一度攻占姑孰，仍被刘裕派兵打退。

义军在建康周围苦战近两个月，连连失利，卢循对徐道覆说："师老兵疲，还是回浔阳去会合留在那儿的队伍。我们已有江州、豫州，再取荆州，这样还能占据天下（指东晋当时国土）的三分之二，和建康对峙称雄！"徐道覆别无他计，只得跟从撤军。

卢循退据浔阳前，又被刘裕抢先了一着。朝廷派庾悦为江州刺史，占领豫章，断绝了义军的粮道。刘裕自己带着刘藩和檀韶等大将，登上赶制出来的大兵船，追击卢循。

徐道覆听说刘裕大军逼近浔阳，带领三万人赶紧去进攻江陵。在破冢（今湖北江陵东南）附近，和荆州刺史刘道规（刘裕的幼弟）大战，义军的兵船几乎全部覆没，被杀万把人，还有不少落水而死，徐道覆只得撤回湓口。

十二月间，刘裕率水军到达浔阳东北的大雷（今安徽望江）。卢循结阵而出，大小兵船连绵不断，前后似乎见不到边。官军的全部轻便兵船发动攻击，刘裕亲自麾旗指挥。右军参军庾乐生畏缩不前，当即被刘裕下令斩首，于是官军的船艇争先恐后扑向义军。刘裕的兵船都装备了许多强弩，千万支利箭像落阵雨似的射向义军的兵船。义军被迫驶泊西岸抵抗。刘裕早看准了风向和水势，在西岸埋伏了带着火具的步兵骑兵。这时伏兵燃起千万火把，投向义军兵船，顿时烈焰冲天，义军大败，退回浔阳。

卢循和徐道覆随即率军逆赣江而上，打算退回到始兴和广州去。途中在左里（今江西都昌县西北）伐树砍木，在险要的水道上筑起阻击追船的层层栅栏。官军的船队到达后，不能前进。刘裕正待挥军猛攻时，他用以指挥的麾杆突然折断，指挥旗落于水面。他的僚属认为这是不吉之兆，面面相觑，惴惴不安。刘裕哈哈大笑道："八年前桓玄篡位，我在建康覆舟山进攻桓谦，麾杆也折断过，那时就打了大胜仗，今天也定能破敌！"将士们立即转忧为喜，欢呼营冲向前去，一时毁栅砍栏，势如破竹。义军虽然拼死抵挡，终归战败，被杀及淹死的，又有万把人。卢循带着几千余众向广州撤退，徐道覆则撤回始兴。

刘裕不再跟随追击，转返建康。原来，他早在卢循于盛夏自蔡洲退向长江中游时，已估计到义军可能会打回广州去，即命令建威将军孙处带领三千将士从海道去抢占广州。孙处在海上飘航了四个来月，十一月间，在广州附近登陆。登陆那天，大雾弥漫，孙处乘机进攻，拿下了广州城，血腥镇压留守的义军，又分兵进占附近各郡县。

徐道覆撤回始兴，凭险固守。刘裕的部将孟怀玉等奉命率领一部官军从左里跟踪而来，包围城垒，日夜攻打。十多天后，在411年二月间，城被攻破。徐道覆先要妻子儿女喝鸩酒自尽，自己则同官军英勇肉搏，最后壮烈牺牲。

三月间，卢循率军返回广州，始知州城已为官军所占。广州附近的零散义军听说卢循回来，又聚集一起，卢循的队伍恢复到两万来人。孙处坚守了二十多天，各郡县的援兵到达，里外夹攻义军。四月间，卢循作战不利，被杀一万多人，只得撤围，退向交州（州治龙编，在今越南河内东北）。

三千多义军进入交州，东晋交州刺史杜慧度带了六千将士迎战，同官府有怨仇的少数民族五六千人起兵响应卢循，双方都有水军和步兵。杜慧度的兵船高大，步兵在两岸夹攻义军船队。突然，官军阵营内飞出千万支火箭，很像点着火的野雉，扑向卢循船队。原来杜慧度早已下令，把茅草的一头紧紧束在箭杆后部，杆头上仍是铁簇，用火点燃后射掷出去，草束迎风散开，如同雉尾一般。这种"雉尾炬"和别的火炬不同，投得远，射得准，义军的战船被燃起阵阵烈焰，乱成一团。

卢循见大势已去，不愿屈辱投降，先令妻子和十几个儿女服毒自尽，自己跳水而死。

孙恩和卢循领导的起义，从399年十一月占领上虞和会稽开始，到411年四月卢循死于交州，持续了十一年零五个月之久。这支农民起义军转战东南半壁江山。他们的兵船北至今连云港，南到广州湾，乘长风，破巨浪，飞驶于汪洋大海，纵横于长江上下游，溯洄于赣江支流。如此大规模的水战，在农民战争史上留下了光辉灿烂的篇章。这次起义虽然失败了，但大大地动摇了东晋的统治基础。

卢循死后，溃散的义军仍然在交、广一带与官军斗争。其中只有一部在刘敬道带领下，于一年多后向交州刺史杜慧度投降。杜慧度上报都督交、广二州诸军事的褚叔度，褚叔度认为义军为穷途末路所逼，不是真意投诚，就令杜慧度杀害义军。刘敬道闻讯后，召集起义群众，攻占了九真郡（治所在今越南清化西），杀死太守杜章民，但结果仍被杜慧度所镇压。

卢循和徐道覆失败十年后，在始兴的崇山峻岭中，还有义军聚结活动，刘裕特别任命猛将胡藩为始兴相，去搜捕残杀。不少残余的义军坚决不向官军低头,他们逃到广州以南荒僻的海岛去。没有粮食,就用牡蛎充饥。又用牡蛎的壳做墙搭屋居住,不与官府来往。据说,后世在广州滨海,浮家泛宅于渔船、有"蜑户"(即"蛋户")之称的水上居民,以及在泉州一带的"泉郎"(又名"游艇子"),就是卢循子孙及其余众的后裔。

101 兵变拥立"成都王"

孙恩和卢循领导的农民起义被镇压后,东晋朝廷对长江上游还是不放心。因为"天高皇帝远"的巴蜀,在六七年前已冒出了一个"成都王"。

这个成都王名叫谯〔qiáo〕纵(?-413),巴西南充(今四州南充北)人。404年五月,桓玄覆灭,其堂弟桓振一度死灰复燃,益州刺史毛璩率军配合朝廷去平定桓振。毛璩的三万人马兵分两路,其中的一路由参军谯纵和侯晖率领,顺涪水而下。这一路队伍大都是各县氏族的壮汉,他们都不愿远离故乡。405年二月间,队伍出发不久,侯晖乘机造反,与同谋者强迫名望较高的谯纵为主。谯纵不愿当出头椽子,被他们逼得没法,跳到江中自杀未成,还是被硬逼着,坐上前呼后拥的车上去。他不愿上车,跪在地上叩头,坚决推辞,侯晖一不做二不休,拖他起来,捆在车上,用一件外衣披盖着,只让他露出一个头,以此招徕群众。这支军队攻下涪城(今四州绵阳东北),推戴谯纵为梁、秦二州刺史。谯纵骑虎难下，只得粉墨登场。

毛璩听到兵变，派兵征讨，在绵竹（今四川绵竹东南）中了埋伏，十有八九被杀。谯纵的队伍随即包围成都。成都城内原有不少营户（被强迫编入军营的民户），平时不堪压迫剥削，以李腾为首，大开城门，谯纵的队伍如潮水般冲入，杀了毛璩及其一家老小。侯晖等拥立谯纵为成都王，刘裕曾两次派兵讨伐，都被打退。

408年，刘裕第三次又派襄城太守刘敬宣带了五千人马去征讨谯纵。谯纵这时已称藩于后秦，以后者为靠山，他认为投奔后秦的东晋桓谦（桓玄的堂兄）是很可以利用的人物，要求姚兴让桓谦到成都来，一块儿对付晋军。桓谦对姚兴说："我桓家世世代代都在荆、楚一带，威望很高，如果得到巴、蜀的资助，顺流东下，士民们就会聚集起来响应我。"姚兴回答道："谯纵自己办不成大事，不过借你的声望作为鳞翼而已。小水塘里容纳不下几条大鱼，你去后善自保重，自求多福吧！"

桓谦到了成都，待人接物虚怀若谷，士民们趋之若鹜。这就引起谯纵的妒嫉和怀疑，他把桓谦软禁在郊外，派人守住，不让他跟外人往来。桓谦流着眼泪，对被关押在一起的几个弟弟说："姚兴的赠言多么灵验啊！"

刘敬宣领军深入到黄虎（今四川射洪县东），姚兴声称派两万人马救援谯纵。谯纵的辅国将军谯道福在黄虎据险而守，和刘敬宣相持六十多天，晋军粮食吃光，瘟疫流行，死了一大半，只得撤回江陵。刘敬宣被免官，刘裕引咎自责，降号为中军将军。谯纵打了胜仗，后秦姚兴任命他为大都督、相国、蜀王。

谯纵割据巴蜀五六年后，看到刘裕忙着和卢循、徐道覆作

战,就在410年秋释放桓谦,任命他为荆州刺史,谯道福为梁州刺史,派他俩率兵两万去攻江陵。桓谦沿途招募了桓家旧属两万多人,屯兵于枝江(今湖北枝江东北),后秦也派前将军苟林率领骑兵支援,屯扎在江陵东南十几里的江津。

江陵城内人心骚动,桓家的亲友故旧都盼望桓谦东山再起。荆州刺史刘道规当众宣称:"我从建康带来的文武僚佐和将士,足够对付来敌。如果有人打算去跟随桓谦,一概不禁止。"当夜大开城门,到拂晓时还没关闭。众人又敬佩又害怕,谁也不敢出城。雍州(侨州)刺史鲁宗之从治所襄阳带了几千人马赶来帮助刘道规,但刘道规手下的人,怀疑他是投奔桓谦,不去欢迎。刘道规却独自骑马去迎接鲁宗之,使他大为感动。刘道规留他镇守江陵,自己去攻打桓谦,将佐们说:"大军远走百里去讨伐桓谦,不一定能得到胜利。苟林雄踞近在咫尺的江津,如果他乘机攻城,鲁宗之又未必能挡得住,倘若有个差错,大势去矣!"刘道规说:"苟林又愚蠢,又懦弱,他以为我出城,一定不会走远,绝对不敢来攻城。万一他来攻城,鲁宗之也可以抵抗几天。我打桓谦,必能马到成功,桓谦一败,苟林丧胆落魄,不堪一击。"

刘道规水陆并进,猛攻枝江,果然大胜。桓谦跳上一只兵船,孤零零地投奔苟林,被刘道规追上杀死。刘道规再攻苟林,苟林不战而走,也遭追杀。

桓谦被消灭,刘道规在缴获的战利品里发现一包书信,都是江陵的一些士民写的,密告城内虚实情况,表示自愿报效,作为攻城内应。他一不看内容如何,二不查写信者是哪些人,当众焚毁所有书信,惶惶不安的人们大为心悦诚服。刘道规在荆州当了七八年的刺史，廉洁清正，所属军队对百姓秋毫无犯。他消灭桓玄不到一年，得了重病，经朝廷同意，解职回建康。这时，他仍是两袖清风，官府的一切财物依然如故。他有两个随身的甲士，把公家的坐席带到船上，被刘道规发现，当即在江陵闹市上将他俩斩首。刘道规回到京师，经过治疗无效，终于溘然长逝，享年四十三。

刘裕镇压了卢循，又要兴师伐蜀。主帅派什么人，他选来选去，认为西阳郡（治所在今湖北鄂城西北）太守朱龄石能文能武，可以担当这个重任。许多人以为朱龄石资历太浅，名望不高，难以胜任，刘裕坚持己见。412年（安帝义熙八年）十二月，诏命朱龄石为益州刺史，去讨伐谯纵。刘裕手下的主力不过四万人，调拨一半，随朱龄石远征。

刘裕在朱龄石出师前，共同商讨进攻的路线和战略。除了面谈以外，刘裕又写了一份军令，他担心泄露军机，把军令封得非常严密，封套边上写明要到白帝城（今四川奉节县东）才能拆阅。因而各路军马虽然齐头并进，但都不知道如何分兵进入巴蜀，如何作战。

半年后，即413年六月，各路军马才齐集白帝城，朱龄石当众拆开军令，上面写道："众军都从外水（今岷江）直取成都；宁朔将军臧熹（刘裕的小舅子）从中水（今沱江）取广汉；老弱者分坐十多条高大兵船，从内水（今涪江）北上黄虎。"黄虎是五年前刘敬宣伐蜀失利的地方，刘裕预料，谯纵还会在这儿加强防守，晋军在这次却只是派了一支疑兵去迷惑牵制。在成都的谯纵果然上当，赶紧命令谯道福带了重兵镇守涪城，准备随时猛扑黄虎，全歼晋军。

朱龄石溯岷江而上，到达平模（又称彭模，即今四川彭山县）。谯纵的秦州刺史侯晖和尚书仆射谯诜凭借两岸的险要之地，修建了连绵的战垒和营寨。朱龄石对部将刘钟说："大伏天里炎热不堪，敌营坚固，暂且养精蓄锐等待时机吧！"刘钟摇摇头，答道："我主力出其不意地出现，侯晖这一伙吓破了胆，我们再尽力猛攻，很有可能打胜仗。平模攻破，成都就唾手可得。如果错过这个大好时机，谯纵把镇守涪城的重兵调来，到那时我们寡不敌众，军粮也将断绝，这两万多人马都要做俘虏了！"朱龄石这才下了进攻的决心。

晋军众将认为平模北岸的阵地险要，守军又多，都要求先攻容易打下的南岸。朱龄石与众见不同，他集中精锐队伍先攻北岸，果然马到成功，阵斩了侯晖和谯诜，南岸不战自溃。晋军登陆，步行攻向成都，沿途蜀军闻风溃散，谯纵放弃成都逃跑。朱龄石进城，下令只杀和谯纵同祖的亲属，其余一律不问。

谯纵投奔镇守涪城的谯道福，谯道福见了他，破口大骂道："大丈夫有了这么好的功业和地盘，为什么就白白丢弃？世上没有不死的人，你为什么就这样胆怯！"骂声未落，拔出佩剑投向谯纵。谯纵往后一闪，剑锋划破马鞍。谯纵转身离去，在一片丛林边来回徘徊，深感走投无路，自缢而死。

谯道福对所属将士说："蜀的存亡，不决定于谯王（谯纵）。现在我还健在，可以好好地打一仗。"将士都答允同晋军决一死战，谯道福将金银财帛都分赐给他们。但将士们拿到财物，转眼都分散逃跑。谯道福撤向广汉，被广汉居民抓到，送到朱龄石营中，在军门前被杀。

谯纵逃跑时，尚书令马耽把存放财物、兵器和户籍的库门全都封闭，移交晋军。朱龄石进城后，要发配马耽到成都以南的越嶲郡（晋时治所在今云南会理）去，马耽说："朱龄石不送我到建康去，这是因为他进成都后，侵吞了许多财宝，怕我在京师走漏风声。下一步就是要灭口，我早晚不免一死，不如自己了此一生。"他把手脸洗得干干净净，躺得平平整整，用绳子勒死自己。刚咽气的时刻，朱龄石的使者就到了，在尸体上还砍了几刀，才回去复命。

谯纵割据巴蜀，称成都王，从405年（义熙元年）年初开始，至413年（义熙九年）七月覆灭，共八年半时间。

102　刘毅自作自受

刘道规病重离开荆州，新上任的刺史是刘毅。他接替这个重任感到很高兴，自认为过去王敦、桓温、桓玄等人没有完成的霸业，将由他实现。

刘毅（？－412），彭城沛县（今江苏沛县）人，迁居京口。他的祖父曾任广陵相，叔父刘镇曾任左光禄大夫。他从小就不愿在家安分守己，广结三教九流，家产都被挥霍殆尽。靠着出身门阀士族，他到侨居京口的徐州州府充任从事的官职。

有一天，刘毅和沾亲带故的几个朋友，借州府东堂之地练习射箭。突然，身为司徒左长史的庾悦带着僚佐，耀武扬威地来到东堂，也要射箭。大官驾临，刘毅一伙理当退让，但刘毅赖着不

走,向庾悦说:"我们这几个都是落魄的人,能借此宝地,在一块儿练射,很不容易,阁下到哪一个堂都可以。今天,千万能见让一下。"

庾悦是庾亮的曾孙,数一数二的世家大族,他根本不把刘毅放在眼里,只是摇晃一下脑袋,半个字的答话也不屑出口。和刘毅同射的人都灰溜溜地避走了,独有刘毅留着,硬着头皮挤在庾悦一伙里,偷个空隙也射上几箭。中午时分,有人给庾悦等送上丰盛的午餐,饥肠辘辘的刘毅瞧着大碗大碟的美肴,口水直淌。但庾悦却不请他入席。他厚着脸皮,搭讪着说:"这鹅炙得真香,今年还没进过口呢!你们吃剩下来的,让我尝尝!"不料,庾悦仍旧板着铁青的面孔,根本不理睬他,刘毅只得恨恨地走了。

后来,刘毅跟随刘裕发难,在平定桓玄及镇压其余党期间,刘毅曾任青州、兖州、豫州刺史,庾悦已经不在他眼里了。他甚至自认为战功可以和刘裕并驾齐驱,对刘裕这个盟主也不服气。扬州刺史王谧病死,刘裕当时官为都督十八州诸军事,坐镇京口,是接替扬州刺史这个要职的当然人选①。刘毅既然对他不服气,就不愿意他入朝把持朝政,因此提出要谢混(谢安的孙子)充任,或请刘裕就在京口领扬州刺史,而朝政则由别人主持。尚书左丞皮沈受朝廷之命,特地到京口征询刘裕怎么办。刘裕的心腹刘穆之假说上厕所,出外写了一个条子,叫随从悄悄递给刘裕,上面写着:"皮沈提出的办法都不能依从!"刘裕看后,脸上不露声色,天南海北瞎扯了几句,再对皮沈说:"你先休息吧!

---

① 按照东晋成例,谁为执政者即兼任此职。

让我深思熟虑后给你答复。"皮沈走后，刘裕和刘穆之重新商讨，刘穆之说："刘毅等人和你都是布衣之交，以前推你为盟主，并非真心实意。如果你们今后势均力敌，不相上下，终究要自相残杀。扬州刺史这个要职，关系到根本大局，如果拱手谦让，今后必定要受制于人。"他俩密商对策后，刘裕召见皮沈说："此事重大，等我到建康再和诸位细细商讨吧！"刘裕亲自来京师，因为他的权势无人可比，满朝文武官员谁也不敢再提由别人接任扬州刺史，除刘毅等少数人外，都请他入朝辅政。于是诏书下达，任命刘裕为扬州刺史、录尚书事。

刘裕掌握朝政，刘毅面服心不服，刘裕总是对他忍让，常常顺从他的要求，刘毅因此更为骄傲放纵。刘毅读史书，对战国时蔺相如向廉颇容忍谦让，使廉颇愧悟弃嫌，成为知己的"将相和"故事不满，硬说这是不可能的。刘毅还常说："平生只恨没有遇到刘邦和项羽这样的人，能共同逐鹿中原！"以后，他在桑落洲被卢循打得大败，知道自己威望一落千丈，但心头激愤更重。当刘裕镇压了卢循，在朝廷庆贺胜利的宴会上，人人赋诗欢颂，刘毅的诗中有两句说："六国多雄士，正始（三国末魏帝曹芳的年号）出风流。"意思是说自己的武功不能与人相比，但文才还是绰绰有余，要论风流人物，还得数他。刘毅和尚书仆射谢混、丹杨尹郗僧施（郗鉴的曾孙，也是著名的世家大族）紧紧结合，招徕名士宾客。刘毅颇得"爱才好士"的名声。刘裕不喜谈今论古，吟诗作赋，因而朝野名流都去和刘毅交往。

刘毅在朝，官为卫将军，却还想多抓兵权，扩充实力，首先瞄上了早年给他难堪的庾悦。这时庾悦是都督江州诸军事，江州刺史。刘毅经朝廷同意兼管江州兵权，又上表说，江州不必设置

军府。朝廷随着解除庾悦的都督职务,把州治从浔阳迁到豫章。刘毅乘机将庾悦手下的文武吏员三千多人,原封不动地归属于己。"不怕官,只怕管",庾悦又多次受到刘毅故意的催逼和凌辱,于是知道这个顶头上司是存心报复,从此郁郁不得志,又气又怕,不久长了一个背疽,三十八岁就死了。

刘裕觉得刘毅久住京城,拉拢朝臣,扩充实力,对自己很不利,就在刘道规重病解职后,上表调任刘毅为荆州刺史。刘毅担任这个极为重要的方镇大臣,还不满足,到江陵一上任,他就递上奏疏,大意说,荆州几经战乱,户口合起来不到十万,军械装备所余无几;又说广州虽然荒僻,但物产极为丰富等等。刘裕深知他的用意,报请朝廷批准,由刘毅兼督广、交二州。刘毅又要求调他的知心好友丹杨尹郗僧施做他的南蛮校尉,刘裕也同意了。郗僧施到了江陵,刘毅高兴地说:"过去刘备有了诸葛亮,好似鱼儿得水,今日我与足下虽然比不上古时的圣贤,但这话也用得上呵!"这话传了出去,人们都认为刘毅太狂妄了。其实刘毅确实有意要霸占长江上游,同刘裕相抗衡。他带着豫州、江州的文武吏属和士兵共一万多人,到了江陵,又将荆州各郡县的官吏都换上自己亲信。刘毅得寸进尺,再上表说自己病重,要求派他的堂弟兖州刺史刘藩来帮助治理荆州,这不用说,就是要朝廷承认荆州是他的家天下了。

刘裕假惺惺地答允调动刘藩。但当刘藩从广陵到达京师,高高兴兴要去江陵上任时,突然诏书下达,谴责刘毅、刘藩兄弟和谢混相互勾结,图谋不轨,当即逮捕刘藩和谢混,一起赐死。第二天,朝廷任命司马休之为荆州刺史,刘裕亲自率领大军,出征刘毅,先锋是参军王镇恶和龙骧将军蒯恩。这时是412年九月,刘毅到江陵还不过五个月。

王镇恶（371－418）是早先辅佐苻坚的大臣王猛的孙子。他是五月初出生的。古时的迷信习俗，认为五月是恶月，万事不吉利，五月出生的孩子，长大后不是败家精，也会招来灭门之祸。因此他的父母亲都想将他过继给远亲去。当时王猛还健在，他一贯反对迷信，笑呵呵地说："战国时的孟尝君是恶月出生的，他不是做了齐湣王的相国吗？我这个小孙子将来未必不能办大事。"这位做爷爷的还给他取名为王镇恶。王镇恶十三岁时，苻坚败亡，他流亡在关东一带。几年后，投奔东晋，被任命为临澧（今湖南桑植县）令。他办事果断，很有谋略。经人推荐给刘裕，刘裕和他面谈后，非常满意，当夜留他住宿。第二天，刘裕对僚属道："人人都说将门出将。王猛有这么一个孙子，正是如此。"当即任命王镇恶为中军参军，这次讨伐刘毅，就以他为振武将军，和龙骧将军蒯恩作为前锋，率一部分水军先行。刘裕同时又封锁刘藩等被杀及大军出征的消息，不准人们传到荆州刘毅那儿去。

王镇恶和蒯恩从姑孰率领一百条大兵船，按照刘裕的授计，一路放出谣言，假说是刘藩的队伍开到荆州去的。途中昼夜兼行，在浔阳、巴陵等地因风势不顺，停泊了四天，共经二十三天，到达离江陵城只有二十里的豫章口，竟没被人发现是虚假的。他们在豫章口登陆，将兵船拴在长江边，每条船留下一两个人，竖起六七面旗帜，旗下放置了大小战鼓。王镇恶吩咐留下的将士说："你们估计我大军到达江陵城边时，就紧擂战鼓，一定要擂得好似有千军万马即将兵临城下。"他又另派一支队伍到江陵附近东南的江津，去烧毁刘毅的兵船。

王镇恶率领部众，从豫章口奔向江陵，沿途有人查问，仍回

答是刘藩到了,几个渡口的防卫队伍以及百姓们都毫不怀疑。到了离城五六里时,遇到刘毅的亲信将领朱显之去江津,他却坚持要拜见刘藩。前面的兵士说:"刘藩在最后。"他等到部队都走完,还没见到刘藩。他又看到队伍中的士兵,有的挑着彭排(排敌御攻的战具)和攻城的用具,感到异常蹊跷。这时,江津的兵船已被烧,熊熊烈焰升上高空,远处震天动地的战鼓声也响了起来,朱显之这才断定是上了当,赶紧从小道飞马回城,报告刘毅,刘毅下令关闭所有的城门。王镇恶看到火光,听到鼓声,即向东门策马飞奔。他率领的队伍紧跟朱显之身后,冲向城门。城门虽然迅即关上,但未及上锁,王镇恶所部的一些官军乘机攀登城墙而入,打开东门,其他将士随即冲入城内,放火烧毁大城的东门与南门。刘毅有八个队守卫大城,其中披甲带盔的就有一千多名士兵。两军剧烈交战,江津的火光和江岸边喧闹的鼓声,使刘毅队伍胆战心惊,军心动乱。王镇恶和蒯恩又分兵攻打刘毅居住的金城。金城是大城内的牙城(子城),十分坚固。

　　刘裕队伍里,有一个名叫王桓的军士,原先手斩桓谦,被刘裕赏识,提拔到身边当侍卫。这期间,他正好请假回江陵迁移家属,当下就带领十几个勇士帮助王镇恶攻打金城。傍晚时,他们在金城东门北边三十步的地方凿开一个洞穴,王桓带头钻入,王镇恶和后续队伍紧随冲了进去,与刘毅所部展开近距离的格斗和肉搏。王镇恶派人把诏书、大赦令和刘裕的手书,送给刘毅。刘毅气极,没拆封就付之一炬。坚持在州府大厅刘毅身边的一千多将士,大都是京口一带的人,和王镇恶先锋队伍的士兵非亲即故。王镇恶命令部属同对方一边战斗,一边喊话,宣扬刘裕亲率大军随后即到。州府大厅周围的守军害怕刘裕,陆续溃散。刘毅随身侍卫三百多人，紧闭了东西两边的阁楼作为抵御的阵地。这时天色已黑，王镇恶担心夜里作战会伤害自己的队伍，下令撤出州府，包围金城，只留下南面不派兵围守，准备让刘毅从这儿逃跑，再行追击。

三更时分，刘毅打算突围，虽然侦察到南面无人防守，但怕另有埋伏，于是选择从北门出去。他自己的坐骑已留在城外，就向自己的儿子刘肃民要马，儿子也想逃命，不肯给马。朱显之大骂，夺过马来，给了刘毅。这两三百人冲出北门，包围的军队竭力拦阻，王镇恶自己身上中了五箭，手中的长矛也被折断。刘毅冲不过去，只得又转向另道杀去。这一边是蒯恩带的队伍，狠战了一天，疲累已极，被刘毅突围，从大城东门逃出江陵。刘毅身边二三百人，死的死，伤的伤，侥幸活命的，也各自东奔西逃。

刘毅独自在黑夜中，分不清东西南北，只是没命地逃跑，到了一个大庙跟前，敲开庙门一问，原来是江陵城北二十里的牛牧寺。他要求庙里的和尚把他窝藏起来。这和尚不知道他是刘毅，双手直摇说："不能！不能！过去我的师父因为收容过桓蔚，被刘毅杀头。我怎么还能私留落难的陌生人呢！"刘毅回想起八年前，他率军征讨桓振，当时桓振的叔父雍州刺史桓蔚在牛牧寺里躲了几天，随后又逃奔后秦。刘毅事后得知，处死寺内住持和尚，并且通令所有庙宇和民户，不得擅自收留逃亡者，如果违反，和逃犯同罪。

牛牧寺的大门重新关上了，被拒入寺的刘毅呆呆地站了一会儿，叹着气说："为法自弊①，竟落到如此下场！"而后默默地走

---

① 此语最早系战国时商鞅被捕杀前所说，以后又流传为"作法自毙"。

到庙边的树林里，上吊而死。

412年十月间，王镇恶攻下江陵，二十天后，刘裕的大军才到达。不久，冀州刺史刘敬宣派专人给刘裕送来一封怪信。

103　督护歌

刘敬宣给刘裕送来的信，是豫州刺史诸葛长民写给刘敬宣的。信上大意说："扫除异端，世道方平；富贵的事，你我有福共享吧！"这几句话虽然隐晦，但是可以看出诸葛长民对刘裕镇压刘毅是不满的，并且企图拉拢刘敬宣图谋不轨。刘敬宣当即复信道："我害怕有福以后会生灾祸，常愿避盈居损。共图富贵之事，实在不敢当。"同时又把诸葛长民的信秘密派人送给刘裕，刘裕看了信后，感慨地说："我知道阿寿（刘敬宣字万寿）是不会辜负我的！"

诸葛长民，琅琊郡阳都（今山东沂南县南）人，南渡后侨居于丹徒，能文能武，但平时行为不检点，没有好的名声。他参加刘裕发难后，官为豫州刺史，领淮南太守，坐镇姑孰，就更骄横不法，不择手段地敛积财富，修建极为奢华的住宅。他从来不肯放过奇异的珍宝和美貌的姑娘，他的暴虐和贪婪敲诈使百姓怨恨不堪。

诸葛长民害怕刘裕查办，早已离心离德。刘裕对他不是没有戒心的，当远征刘毅，要他留守建康时，刘裕又以刘穆之为建武将军，配备了兵力和资财，用以防备诸葛长民有意外之举。诸葛长民的弟弟辅国大将军诸葛黎民悄悄向他提出："刘毅已被诛灭，我们诸葛氏也要担心呀！还是乘刘裕未返建康就动手吧！"诸葛长民犹疑不决，长吁短叹道："贫贱之际，常常想能富贵，到了富贵时，又要忧虑覆灭。今天再想回去做布衣之士，恐怕也不可能了！"

诸葛长民知道刘穆之是刘裕的心腹，和自己也还谈得上，私下去问刘穆之："现在流言蜚语可多啦，都说刘裕要和我过不去，为什么会这样呢？"刘穆之故意装成若无其事，回答说："哪有这样的事！刘裕远征千里以外，把老母和幼子都托付给你。如果他有一丝一毫怀疑你，能这样做吗？"诸葛长民觉得此话很在理，心情也就渐渐平静。

刘裕看到刘敬宣转来的信后，更放心不下了。但江陵又还有很多大事要处理，不能立即返回建康。如果马上动身回京，也怕引起诸葛长民的疑惧而立即叛乱，因而不免有些担忧。辅国将军王诞请求先走，刘裕关切地说："诸葛长民对我已有猜忌欲叛之心，你这样回去，不是自投罗网吗？"王诞胸有成竹地说："他为人优柔寡断，知道你很器重我，而今肯让我单身独返，必定以为情况和往常一样，你对他仍无疑心。这样，就可以使他安定一个时期，不致马上造反。"刘裕赞许地笑道："你真是勇过贲、育①！"果然，诸葛长民看到刘裕的贴身心腹王诞不带兵马返回建康，认为刘裕及其左右谋臣对自己都还信任，即使王诞是单身来察看究竟，只要自己不露马脚就行，因而更不急于发兵称乱。

---

① 贲、育：即战国秦武王时期的壮士孟贲和夏育。

过了两三个月，刘裕的辎重络绎不绝从江陵东撤，并且传说他定期要回建康。诸葛长民和文武百官常常到新亭的长江之滨去欢迎，但都没见到刘裕的人影。413年二月底的一个傍晚时刻，刘裕乘坐快船，悄悄进了石头城，回到家中。次日，即三月初一早晨，诸葛长民听到这消息，就赶去问候。刘裕单独接见，促膝而谈，平生没有谈的事，都摆了出来。诸葛长民在高兴而无防备的时候，突然背后帘幔拉开，走出一个力大无穷的壮士，一手反扭他的双臂，一手紧扼他的咽喉。诸葛长民竭力挣扎后倒在地上，那壮士骑在他身上，一阵猛拳就打死了他。这壮士名叫丁旿〔wǔ〕，随后又去逮捕他的弟弟诸葛黎民，诸葛黎民虽然非常骁勇，但经过一场格斗，还是被丁旿活活打死。这兄弟俩死后，百姓如同解除了颈上的桎梏，都拍手称快，还说杀得太晚了些。人们齐声赞扬丁旿，相互开玩笑地说："勿跋扈，付丁旿！"①

刘毅死后，继任荆州刺史的皇室司马休之治理江、汉一带，才一年多些就很有威望。但他留在京城的长子司马文思却生性粗暴，喜欢结交轻薄的人，常违法杀人，刘裕非常厌恶。有一次，司马文思与其左右竟活活捶死了一个无辜的属吏。诏书下达，宽容了司马文思，但把他犯罪的同伙都处死了。在荆州的司马休之上了表疏，说自己听到这个消息后"忧惧震惶，惋愧交集"，承认教子无方，要求解除自己的职务，回京师待罪。朝廷没有同意，刘裕派人送司马文思到江陵，要司马休之严加管束，实际上是要他亲自杀死儿子，司马休之不忍下手，故意装成不解此意，特地复信刘裕，表示感谢和服罪。刘裕因而非常生气，并且怀疑

---

① 意指如果跋扈，就要交给丁旿处死。

司马休之在荆州政绩卓著,是有意收买人心,另有异志。司马文思又在他老子跟前推诿责任,挑拨是非,因而司马休之对刘裕的怨恨一天比一天深。他联络了坐镇襄阳的雍州刺史鲁宗之,准备发兵讨伐刘裕。他们又暗下传播,说刘裕的猜忌心是自古以来罕见的,刘毅、刘藩、谢混及诸葛长民兄弟等,都是无罪无辜而被刘裕所杀害。

早在桓玄败灭后,有一人自称是司马元显第五个儿子的法兴(一名秀熙),他说过去遭到桓玄迫害,避难在深山密林中,现在出来要求继承会稽王的爵位。刘裕怀疑他不是真的,经过查验,确实是散骑侍郎滕羡的家奴勺药冒充的,就在闹市斩首示众。司马休之等又宣扬这个被杀者确为法兴其人,只是因为刘裕妒忌他的聪明伶俐,害怕大晋皇室后继有人,而加以诬陷杀害。这些谣言和攻击在建康也传播开了。刘裕在415年(义熙十一年)正月,逮捕了司马休之在京师的次子司马文宝和侄儿司马文祖,由朝廷赐死。诏书同时下达,命刘裕加领荆州刺史,发兵征讨司马休之。

刘裕为了分化瓦解司马休之的僚属,写了一封密书,招降司马休之的录事参军南阳人韩延之。不料,韩延之复信把刘裕骂了一个狗血喷头。刘裕读信后,叹息不止,还拿复信给将吏们传阅,他说:"像韩延之这样忠心耿耿侍奉司马休之,真是好样的!"刘裕的父亲名刘翘,字显宗,韩延之为了表示与刘裕势不两立,改自己的字为显宗,给儿子取名为韩翘。

刘裕进军江陵,驻兵于隔江南岸的码头。当时刘裕的儿子都很小,只有长女已成年,嫁给振威将军徐逵之。刘裕要徐逵之做先锋,配备了精锐的士兵和武器,打算在他立功以后,就推荐为

荆州刺史。可是徐逵之在破冢同竟陵太守鲁轨（鲁宗之的儿子）血战，竟战败被杀。刘裕听到这消息，又悲痛又愤怒，立即率领将士渡江，准备攻打江陵。鲁轨和司马文思带了四万人马，摆下阵势，守卫着陡峭的江岸，将士们没法攀登上去，在兵船上干着急。刘裕看到鲁轨领兵守岸，分外眼红，亲自披起盔甲，要登岸强攻。部将们苦苦劝阻，他更为恼怒，立即催促坐船靠岸。刘裕的主簿谢晦（谢安的哥哥谢据的曾孙）冲到他跟前，拦腰抱住，阻止他登岸。刘裕把剑锋抵着谢晦颈边，狠狠地说："我要斩你！"谢晦高喊着："天下可以没有我谢晦，但不可无公！"刘裕一听此言，怒气渐消，慢慢地放下了宝剑。

这时，建武将军胡藩远远驶船过来，胡藩原是一员猛将，刘裕立即下令要胡藩登岸攻城。胡藩望望那陡峭的江岸，脸上露出为难的样子。刘裕气极，命令左右随从逮捕胡藩，要砍他的头，胡藩大喊道："我要杀敌，不能受捕！"说完，他带着几把短刀，用刀尖凿岸，凿出只能容纳脚趾的小洞，边凿边攀上岸去。刘裕见此情景，令将士万箭齐发，射向陡岸上端，掩护胡藩腾身登上江岸。随后，几十个将士跟踪攀登，豁出命来，杀向守军。这些守军原先都害怕刘裕的军威，眼见胡藩等拼死登岸，就稍稍后退。刘裕的后续队伍纷纷攀登而上，勇气百倍地冲杀过去，鲁轨和司马文思的人马立即败退，江陵城就这么拿下来了。

司马休之、鲁宗之、鲁轨、司马文思等人，无法抵敌，逃到襄阳。留守襄阳的鲁宗之参军李应之看到大势已去，紧闭城门，不肯接纳他们，这几个人只好投奔后秦。

司马休之到了长安，姚兴任命他为后秦的扬州刺史，叫他带兵去骚扰襄阳一带。姚兴打算利用晋人打晋人，秦人可以隔岸观火。

刘裕的女婿徐逵之在这次战役中死难后,是由督护丁旿去收尸殡埋的。刘裕的长女派人召见丁旿,询问葬礼的详情。她听一句,又问一句,每次问话的末了,常常一边叹息,一边哀切地叫一声:"丁督护!"在旁的人听了莫不掉泪。其中有一名乐师在事后还觉得这呼声萦绕耳中,最后灵感奔放,以呼唤"丁督护"的悲戚旋律作为和声,写出了一首动人心弦的哀曲,题为《督护歌》。流传下来的最早歌词,传为刘裕所作,未必可靠,但词句中如"洛阳数千里,孟津流无极;辛苦戎马间,别易会难得";"只有泪可出,无复情可吐"等,的确很感人。其后又有人依曲作歌,演变为女子送郎出征的歌曲。唐代大诗人李白的《丁督护歌》,也写道:"一唱《督护歌》,心摧泪如雨。"

104 广平公之难

东晋司马休之逃降后秦以前,姚兴已身患重病。他的几个儿子为了争夺皇位继承权而勾心斗角。

姚兴的长子姚泓(388-417)为人诚恳厚道,但性格懦弱,没有大才,没有魄力,身体也不结实,姚兴对是否以他为储君,长期犹豫不决,至姚泓十五岁才正式立为太子。同年,姚泓的弟弟姚懿、姚弼、姚宣、姚谌〔chén〕、姚愔〔yīn〕、姚裕等十一人,都被封为公。

姚兴在这些儿子中，最喜欢广平公姚弼。姚弼身强力壮，特别会逢迎谄媚，姚兴竟把他的野心看成雄心大志，把他的奸诈认为是治国大才。姚弼成年后被任命为雍州刺史，坐镇安定（今甘肃省定西市）。不久，姚弼又笼络了姚兴的左右侍从，这些人朝朝暮暮在姚兴跟前称道姚弼。姚弼于是被调入朝廷，任命为尚书令、大将军，掌握了朝政大权。姚弼又假意虚心结交朝官和名士，沽名钓誉，并想以权势压倒太子姚泓，对姚泓的亲信加以排斥打击。左将军姚文宗是姚泓最亲近的人，姚弼诬告他口出怨言，心怀不测，姚兴不问青红皂白，立即逼令姚文宗自杀。一般文武官员害怕姚弼，见着他就低头哈腰，不敢正眼看他，姚兴对姚弼更是言听计从。在姚兴身边掌握机要的官吏，都是姚弼安插的心腹。深知姚弼本质的人，对他十分厌恶。有些大臣偷偷地劝姚兴不能重用姚弼，否则后患无穷，可是姚兴听不进去。另外一些官员又劝姚兴改立姚弼为太子，他没答允，但也不责备这些人。

姚兴的病日渐转重。姚弼在他府邸里聚集了几千个壮汉，蠢蠢欲动，企图等姚兴一咽气就动手夺位。姚弼专横不法，有几个坐镇军事要地的兄弟早就看不惯他。在京城的姚裕把姚弼策划兵变的消息派人分头通知这些弟兄，于是，坐镇蒲坂的姚懿，坐镇洛阳的姚洸〔guāng〕，坐镇雍城的姚谌，都发兵奔向长安。

这时姚兴的病情稍有好转，会见群臣。征虏将军刘羌哭着鼻子把这些真实情况向他禀告。尚书左仆射梁喜、京兆尹尹昭等，都要求杀死姚弼，他们说："陛下如不忍心杀姚弼，也要削夺他的大权。"姚兴眼见姚弼罪证确凿，人所共愤，只得免去姚弼的尚书令。

姚懿等三兄弟虽然就此罢兵，但还和坐镇杏城（今陕西黄陵西南）的姚宣坚持求见姚兴。他们流着眼泪，痛诉姚弼罪恶，特别是姚宣将姚弼暗下见不得人的勾当，兜底掏出。姚兴闷闷不乐地说："我都知道了，自会处理，你们不必担忧。"别的臣僚也上表要求罢黜姚弼的党羽，姚兴对梁喜说："天下人都把我的儿子当作口实，怎么办呢？"梁喜答道："情况确实如此，陛下最好早下决心裁决。"但姚兴仍是默不作声。

广平公姚弼最恼恨姚宣在父亲跟前揭他的老底，屡屡对姚兴反诬姚宣，把姚宣说得一无是处，姚兴信以为真。恰巧，姚宣的司马名为权丕的到长安来，姚兴就责怪权丕没有好好辅佐姚宣。权丕是个见风使舵的小人，为了讨好姚兴和姚弼，竟血口喷人，把姚宣说成罪大恶极，坚决不听劝谏，借以说明自己清白忠实。姚兴一怒之下，派人到杏城逮捕姚宣，关在监狱里。打从这件事后，姚兴又认为姚弼确为忠诚，应该重用，便派他带三万人马坐镇秦州。京兆尹尹昭劝姚兴道："广平公和太子势不两立。广平公手握强兵，陛下病体如有突变，国家就危险了，小不忍则乱大谋，请陛下慎重行事！"姚兴却置若罔闻。

姚兴平时也是服用寒食散的，有一次药性发作，没法调理。姚弼闻讯赶回长安，又借口自己有病，不去朝见问安，只是忙着在府内聚集兵马。姚兴得知实情，才明白姚弼确实包藏祸心，派人抓了他几个党羽，加以正法。太子姚泓是个忠厚老实人，向姚兴恳求："这是我不能与兄弟们和睦共处的过错，事情搞得这么糟，这是我的罪孽。如果我死了，国家能安宁，就请赐我一死。倘若陛下不忍心，就请废掉我这个太子吧！"姚兴在病中召集几个大臣商议后，决定逮捕姚弼，准备杀他，同时要大力查办他的同党。但经太子再三哭泣求情，姚兴竟又顺水推舟，连姚弼及其

同党全都赦免。

姚兴的病又拖了几个月,416年(东晋义熙十二年)二月,他觉得精神好些,出巡到长安以东的华阴去散散心,叫太子监国。没想到病势突然又转危急,眼见华佗再生也难以妙手回春,姚兴赶紧回到长安,任命太子为录尚书事,要东平公姚绍(姚兴的堂弟)、右卫将军胡翼度守卫宫殿,防止皇宫内外发生祸乱。姚兴又派殿中上将军敛曼嵬到姚弼家中,把他所有的盔甲和兵器全部搜缴出来。

在姚兴的许多儿子中,南阳公姚愔和他的小弟姚耕儿是依附姚弼的。姚兴病势垂危,直瞪着眼说不出话来。姚耕儿赶忙出宫,暗告姚愔:"父王已经死了,应该早些决策动手!"姚愔就和姚弼的死党黄门侍郎尹冲,带了一批全身披盔带甲的武士,攻打皇宫正南的端门。由于皇宫的防卫早先部署严密,姚愔无法攻破,竟狠心放起大火,想烧毁端门。

垂死的姚兴眼见烈焰冲天,耳闻喊声震地,料到广平公姚弼的党羽发动兵变,气愤已极。他咬紧牙关,由侍卫们扶持着,登上前殿,下令赐广平公姚弼一死。宫内的禁军一见姚兴抱病出来主持公道,顿时欢声雷动,争先攻杀叛逆的将士。姚愔一伙顷刻溃散,他自己逃往骊山,尹冲等人投奔东晋。

姚弼被杀,一场祸难结束,姚兴召大臣们到病榻边,嘱咐后事。第二天,姚兴终于咽下最后一口气,时年五十一,在位二十三年。姚泓没有发丧,派人追捕,抓住逃往骊山的姚愔以及京城内外的叛党,押到闹市斩首后,才宣布姚兴病重去世,同时继承皇位,改元永和。

姚兴的死讯和后秦皇室的动乱,使刘裕下了北伐的决心。东晋朝廷任命刘裕为中外大都督，宣布戒严。经过半年的准备，同年八月十二，刘裕的大军兵分五路，讨伐后秦：

一路是龙骧将军王镇恶和冠军将军檀道济，带了步兵，从淮水、泗水一带向许昌、洛阳进军；

二路是新野太守朱超石（朱龄石的弟弟）和宁朔将军胡藩，向阳城（今河南登封东南）进军；

三路是振武将军沈田子和建威将军傅弘之，向武关（今陕西商南县东南）进军；

四路是建武将军沈林子（沈田子的哥哥）和彭城内史刘遵考（刘裕的族弟），带了水军，从汴水入黄河，向长安进军；

五路是冀州刺史王仲德，带了水军，从钜野（今山东省钜野县）挖通济水入黄河，也向长安进军。

虽然姚泓的年号是永和，但他一登位，从没有得到一点和平。就在东晋大军进攻的前后，姚泓皇室兄弟间的纷争，仍然此起彼伏。

原先被诬入狱的姚宣，在姚弼原形毕露时，即被释放而坐镇李润（今陕西大荔县北）。他听信参军韦宗的怂恿，带了三万八千户部族，放弃李润，到南面四十里处，割据险要的邢望，妄图开创霸业。一些羌族乘机在李润背叛后秦，被东平公姚绍率军讨平。姚宣眼见大势不妙，赶紧到姚绍跟前请罪，被姚绍所杀。

坐镇蒲坂的姚懿，原来也是竭力拥护姚泓的，这时禁不住僚属的煽惑，也举兵称帝，还打算进兵长安，要废掉姚泓，取而代之。他散发粮食给河北县（今山西芮城东北）的各族百姓，梦想换取他们的拥戴。镇守平阳的宁都将军姚成都派人谴责他道："你是当今皇上的亲兄弟，担负防守重镇抵抗强敌的重任，你不顾国家安危，篡逆称帝，人们决不会饶恕你。我姚成都立即纠合义军，和你在黄河之滨一决雌雄。"双方同时招兵买马，购聚军粮，姚成都的人马骤增数万，投奔姚懿的却寥寥无几。姚成都渡过洛水，连战连胜。在蒲坂，安定人郭纯引兵发难，围困了姚懿。这时东平公姚绍大军也随着到达，活捉了姚懿，处死一批僚属。

坐镇安定的姚恢带了三万八千镇户（为了充实军事重镇而徙入的民户），自称大都督、建义大将军，向长安进攻。在蒲坂凯旋而回的东平公姚绍和其他秦军赶到，四面围攻，叛军将士纷纷溃散，姚恢和他的三个弟弟都被杀死。

转战黄河两岸、称雄北方二十多年的后秦军队，在姚兴去世前后，经过广平公姚弼等多次的自相残杀，实力大大削弱，如何能抵挡东晋大军的进攻。

可是刘裕讨伐后秦的兵马，也遇到了干扰，进军并不怎么顺利。

105　刘裕西征

东晋五路大军像五把尖刀，插入后秦国土。

王镇恶和檀道济是五路中的主力，他们攻克了新蔡和许昌，继续向西挺进。沿途秦军纷纷投降，晋先锋部队逼近洛阳。坐镇洛阳的是后秦陈留公姚洸，他的部将赵玄说："长安来的救兵还没到，我们人少，不可出战，只能固守，把晋军拖在这儿。"但是姚洸的司马和两个主簿已同晋军挂上了钩，三人你唱我和。对姚洸说："殿下的英武名闻天下，如今担当一个方面的重任，却只困守城池，示弱于人，丢脸还算不上什么，要是朝廷谴责，怎么交代？"姚洸好大喜功，果然被他们煽动，不自量力，派赵玄和另一部将石无讳出兵迎敌。赵玄向姚洸告别时说："老夫受大秦三帝（指姚苌、姚兴、姚泓）重恩，应该以死报国！但殿下听信奸计，必将后悔无及！"

石无讳率兵从洛阳向东，走了四十五里，到了偃师西山。他在郦食其（西汉刘邦的重要谋士）庙东的两座石阙下坐了一会儿，似乎听到晋军马蹄声远远而来，他不寒而栗，赶紧撤回洛阳。赵玄的部属一共只有千把人，在柏谷坞（今河南偃师南）和晋军交战，就如鸡蛋碰石头，当即大败。赵玄身上伤了十余处，鲜血淋漓，倒在地上还大喊杀敌。他的司马骞鉴冒着刀林箭雨冲过去救护。两人抱头痛哭，赵玄说："我负重伤不能走了，你快些逃跑吧！"骞鉴硬是背着他，边走边说："将军走不成，我也没脸活着！"他俩勉强走了几步，都被追兵杀害。

檀道济进军包围洛阳，第三天姚洸投降。晋军的将领面对放下刀枪的四千多名后秦将士，要求把他们杀死，堆尸封土作为"京观"。檀道济说："伐罪吊民，正在今日！为什么要杀人为乐，炫耀武功呢？"他下令遣散全部俘虏，从而赢得了附近的各族人民感恩颂德，纷纷归附。长安派来的一万三千多名援军，半途中听说洛阳已被晋军占领，也就回头了。

洛阳是西晋的故都，从311年（西晋永嘉五年）被刘曜、石勒攻破，至此已有一百零五年。在这期间，东晋曾收复两次，统

治二十八年，又先后被前赵、后赵、前燕、后秦占领，共七十七年。这次刘裕自己率军屯扎彭城，指挥所属队伍于416年（义熙十二年）又一举收复，东晋朝野齐声欢呼胜利。刘裕派他的左长史王弘（王导的曾孙）回到建康，暗下进行活动，要求朝廷给刘裕加九锡。诏书果然随即下达，以刘裕为相国，总管朝政，又封为宋公（食邑十个郡），加九锡，位在各诸侯王之上。刘裕再三推辞不受。人们不知内情，也不知他是故作谦让姿态，只认为他功高不求权位，更使他名噪一时。

占领洛阳的晋军，西进渑池，攻打潼关，并想一鼓作气直捣长安。后秦任命东平公姚绍为都督中外诸军事，率领步骑兵五万，加强守卫潼关。晋军虽有小胜，却无多大进展。

东晋五路进军中，王仲德的水军从黄河进逼滑台。滑台是魏的军事重镇，由其兖州刺史尉建坐镇。尉建眼见晋军声势浩大，赶紧撤走。王仲德不费吹灰之力进入滑台，于是讥讽地说："我们原来打算用七万匹布帛向魏军借路，想不到守将那么急匆匆地走了！"

魏主拓跋嗣即位已有七个年头，听到这消息，气得七窍冒烟，派相州（魏新设的州，治所在邺城）刺史叔孙建率军到了枋头，立斩尉建，并把他的尸体扔到黄河里。王仲德派了他的司马同叔孙建联络，说："刘太尉（指刘裕）命令我们收复洛阳故都，祭扫皇陵，绝不是来挑衅，贵国将领自己放弃滑台，晋军不过借此空城，作为西进休息之地。希望晋魏和好，一如往常。你们何必扬旗擂鼓，显耀军威呢！"

叔孙建也派专使到彭城探望刘裕，受到很好的接待，刘裕的话与王仲德是一个理，而且更心平气和些。因而双方没有发生冲突，魏军只是沿着黄河北岸，修起了不少战垒，防止晋军北渡。

刘裕见到风波似乎平息，就率领水军从彭城出发，从泗水、淮水进入黄河，向西而上，另再派出专使向魏军借道。这时，后秦向魏求援的专使也到了平城。拓跋嗣是姚兴的女婿，他难却姻亲之情，召集文武百官，讨论究竟怎么办。众人说："潼关是天险，刘裕要想破城，比登天还难，但他如果登陆向北，来侵犯我们，那就比较容易。刘裕嘴上高喊伐秦，不知肚里怀的是什么鬼主意？"博士祭酒崔浩说："刘裕图谋攻秦，不是一朝一夕的事了。姚泓新近即位，懦弱可欺，弟兄们又相互攻杀，多灾多难，刘裕乘机进军，确是下定决心要灭秦的。如果我们去拦阻他，他的矛头就要转向我们。最好还是让他西上，然后屯兵堵住他的后路。他胜利后，必定感谢我们借道；倘若他失败，我们就再加拦击，不失救秦的美名。"可是，多数人还是反对崔浩的办法，拓跋嗣只得以司徒长孙嵩为都督山东（太行山以东）诸军事，由振威将军娥清和冀州刺史阿薄干带领十万大军驻守黄河北岸，威胁刘裕。魏军这样部署，使刘裕进退两难。

王镇恶和檀道济无法攻破潼关，日子一长，军粮将尽，将士们顾虑重重，有的要求抛弃辎重，退回到刘裕跟前去。另一路进军的沈林子，这时已和王镇恶会师，他拔出剑来，怒目而喝道："出征的大功能否告成，关键在前锋，你们有脸回去见主帅吗？"这些人不敢作声了。王镇恶派专使飞报刘裕，恳求火速运来军粮和援兵。刘裕在帅船接见使者，打开北边的窗户，指着北岸密密麻麻的魏军说："我早嘱咐你们，打下洛阳后，等待大军一起西进，现在你们孤军深入，自讨苦吃。且看北岸魏军虎视眈眈，我怎么能派军送粮呢？"

王镇恶没法，只得亲自到潼关以东的弘农郡所属各县，号召百姓献送军粮。黎民听说东晋王师已经收复洛阳，要去攻打长安，争先恐后捐献粮食，几天后，晋军随营的粮仓里就堆得满满的了。

刘裕不能久留不进，只得硬着头皮，命令整个水军靠拢，逆流而上。魏军派出几千人马，沿着黄河北岸紧紧追随。晋军兵船因为逆水行舟，都得由士兵在南岸用纤缆拉着走，有时风狂浪急，一不小心，就有一两条兵船被吹到北岸，船上的人被魏军所杀，财物被抢劫一空。当刘裕派出大队人马去追击魏军时，刚登北岸，魏军都已远走；而晋船才退回大队行列，他们又在北岸出现了。

有一次，晋军一条辎重船被暴风吹到北岸，岸边的魏军拖住这条船，抢运船中的器材和物品，得意忘形的喧笑声传到南岸。参军胡藩气愤填膺，带了左右十二名勇士，乘坐快艇直驶北岸。岸上有五六百个魏军骑兵，看到仅仅十多名晋军登陆挑战，不禁捧腹大笑。哪知胡藩箭无虚发，左右开弓，应弦而倒的魏军骑兵顷刻就有十几人，其他数百骑惊惶失措，掉转马头就逃跑了。胡藩等夺回被抢的财物，将辎重船驶回南岸。

从这次小小的接触中，刘裕发现魏军并不怎么可怕。他眼见魏军老是纠缠不放，决心拿点厉害给他们看看。

刘裕在建康出师前，临时征集了大批壮士。他选调了一部分作为卫队，任命丁旿为队长。这时刘裕命令丁旿带领七百名精悍的士兵和一百辆战车，登上黄河北岸。他们在离开河岸一百多步的地方，两端紧依河岸，将战车联结如半圆的月亮，摆下一个偃月阵，每辆战车配备士兵七名。阵势摆好后，早已戒备的宁朔将军朱超石，率领二千士兵，带了一百张大弩和别的用具，立即奔驰入阵，于是每辆车上又增加二十人及一张大弩，车辕上都布满用以御敌的彭排。

北岸魏军在丁阵登陆后，照例远避。晋军忙忙碌碌布阵时，他们一边呆望，一边飞报长孙嵩。等到朱超石入阵，全部安排完毕，魏军才赶来围阵。长孙嵩带着三万骑兵也陆续到达，一起冲阵肉搏。晋军兵车上箭如雨发，还是难于抵敌。朱超石的队伍带着一千多根丈八长矛和许多大锤，他们把铁矛截成几段，每根长三四尺，一段铁矛在大弩上射出去，可以洞穿三四个人。这一下，魏军乱得四散逃奔，自相践踏，尸体堆积如山。冀州刺史阿薄干也被这种矛箭贯穿胸背而死。

魏军败退，朱超石和胡藩等率军乘胜追击，途中又被前来接应的数万魏军层层包围。追击的晋军总共不过五千余人，而且大多数是新兵，但是他们在黄河边被阻个把月，进不得，退不成，胸中憋着怒火，无不竭力奋战。魏军被杀被俘几千人，只得解围撤走。

拓跋嗣听到损兵折将的大败消息，悔恨没有听从崔浩的忠告。长孙嵩撤退到畔城（今山东聊城境内），被迫给刘裕让开西进的道路。

在潼关，后秦东平公姚绍积劳成疾，他派长史姚洽等带两千兵马，企图阻截晋军粮道，被沈林之打垮，姚洽等主将被杀，两千人大部被杀被俘，只有少数逃回。这时魏军退让、刘裕全力西进的消息也已传到。姚绍又愤怒、又怨恨、又担忧，病势转重，口吐鲜血而死。

姚绍死前，移交兵权给鲁公姚赞。姚赞的威望和谋略远远不如姚绍,后秦的灭亡已是指日可待了。

106 轻取长安

当刘裕无拘无束地向潼关进军时,魏帝拓跋嗣和崔浩谈论起东晋伐秦能否大功告成。

崔浩断定刘裕可以打下长安,拓跋嗣问道:"刘裕的才能同慕容垂相比,谁强?"崔浩答道:"慕容垂不过凭借他父兄的威望,振兴恢复祖业。刘裕出身贫寒,没有爵位和封土,却能讨平桓玄,中兴晋室,北擒慕容超,南灭孙恩和卢循,所向无敌。不是他才能超人,能有这些成就吗?"拓跋嗣又问:"刘裕进了潼关,进退就不那么容易了吧!我若立即派出精锐的骑兵,直下彭城和寿春,威逼建康,你以为刘裕会如何应付?"崔浩答道:"螳螂捕蝉,黄雀在后。我们西有赫连勃勃,北有柔然,都在窥测时机入侵平城。而且我们精兵虽多,要南征却缺乏良将,不如暂且静候一下。等到刘裕灭秦回晋,一定会篡夺皇位。现在关中地区杂居着许多民族,刘裕打算用统治荆、扬一套办法对付他们,好似脱下衣服去包火,撒开罗网去捕虎,毫无用处。几年以后,秦土终究要归陛下所有,眼下何必着急呢?"君臣二人谈到深更夜半,拓跋嗣对崔浩的见解大为赞赏,特赐他御用美酒十觚①,以

---

① 觚:gū,古代饮器,一觚可容三升。

及透明如水晶的精盐一两，说："回味你说的话，正如这些美酒和精盐一般，你我共同享受这美味吧！"但过了几天，拓跋嗣又听信其他大臣的怂恿，还是派长孙嵩和叔孙建带了精兵，尾随刘裕西去，因为一般魏臣都认为晋、秦必定持久苦战，最后一死一伤，伤者精疲力竭时，"鹬蚌相争、渔翁得利"，魏军就可以坐获其成。

刘裕在进军潼关的同时，命令沈田子和傅弘之占领武关（原为五路中之一）后，带一支队伍去奇袭长安。沿途秦军全都弃城逃跑，沈田子等一下就插到长安东南几十里的青泥（今陕西蓝田），后秦朝野极度震惊。

姚泓准备亲自去抵御到达潼关的刘裕，又担心沈田子会在青泥从背后给他致命一击，便决定先消灭沈田子，再集中兵力对付刘裕大军。姚泓带了几万人马，很快赶到了青泥。沈田子进入青泥，总共不过一千多将士，原是一支迷惑对方的疑兵。和他一起进军的傅弘之，眼见如此众多的秦军猝然到达，担心众寡悬殊，主张立即撤走。沈田子却沉着地说："用兵在于神奇，不一定要人多，现在趁敌人立足未定，阵营未固时，给他一个迅雷不及掩耳的肉搏战，也许可以取胜。"

沈田子带领几百士兵首先挺进，傅弘之的部属跟着作为声援。后秦军队一层一层地赶来，沈田子号召士兵说："诸位冒险远来，正是寻求今天这样的战机，死生决于一旦，建立不朽的功勋就在眼前了！"士兵们呼喊着冲向前去，同敌军短兵相接。后秦的队伍在姚弼、姚宣、姚懿、姚恢等兄弟们的自相残杀中，来往奔波，已经疲惫，士气又低，禁不住晋军不顾生死地冲杀，被阵斩一万多人，其余纷纷溃逃。姚泓把御用的衣物和乘舆都丢弃

了,换上骏马,仓促逃回灞上。

刘裕知道沈田子兵力过于单薄,早派了他的哥哥沈林子率领一支队伍来帮助他。兄弟俩合兵追击败逃的秦军,关中许多郡县都私下向他们联络投诚。那个时代里,将领们每次作战后,一定要向上虚报斩获的首级,以图得到更多的赏赐。但是沈林子报捷,却老老实实有一报一,有二报二,因此深受刘裕赞赏。

刘裕又同意王镇恶的要求,派他带领水军从黄河进入渭水,向长安进军,沿途打败了后秦层层的阻挡。

王镇恶驶入渭水的兵船名为"蒙冲小舰",船身狭长,船的周围用生牛皮蔽盖严密,两厢有若干洞孔,船棹从洞中伸向水面,左右还有弩窗、矛穴,敌人既难以靠近,也无法用矢石破坏它。驶船的人都被船舱掩蔽着,渭水沿岸的北方军民,原来善于陆战,不惯水战,如今看到罕见的兵船乘风破浪而进,却看不到行船的人,都惊以为神,不敢抵敌。

417年(东晋义熙十三年)八月二十二拂晓,晋军奉令早早吃饱肚子,船队逐渐靠近长安的东渭桥。在一处河岸比较狭窄,水流特别湍急的地方,王镇恶突然下令,人人带盔披甲,拿着武器,迅速上岸,行动迟缓者斩。将士们包括行船的士兵,以为发生非常严重的紧急情况,争先跃上河岸,顾不得用缆绳拴住兵船。当队列成行时,兵船全都随着汹涌的河水漂走,倏忽之间无影无踪。王镇恶大声对将士们说:"这儿靠近长安的北门,兵船、被服、粮食,都被急流冲走了,我们的家都在江南,离此一万多里,现在只有向前猛进,奋勇杀敌,才可以获得胜利!倘若打败,尸骨也回不到家乡去!没有别的路了,大伙儿一齐努力吧!"说完,他一马当先,将士们万众一心,猛虎似地杀向东渭桥。

古代长安有东、中、西三座渭桥。灞水和渭水相合处的渭桥，就是东渭桥。守桥的秦军在晋军突如其来的冲击下，顷刻败逃。这时在长安内外的秦军还有数万人。姚泓一闻此讯，赶紧带了援军前来拦击王镇恶。但是青泥一战已使秦军丧胆落魄，加上过去王猛辅佐苻坚治理前秦，在关中威望很高，这时秦军听说他的孙子王镇恶率军进攻长安，士气更为低落。姚泓亲自率领的援军，又被东渭桥的败兵冲得自相践踏，不战而溃。姚谌等大将阵亡，姚泓独自飞奔回宫，带了一家老小和几百个骑兵逃到长安城内东北角的石桥。王镇恶从北门进了长安，后秦吏民纷纷投降。

守卫灞水的后秦将士听到姚泓的败讯，拿着刀枪敲打地面，捋起衣袖号啕大哭。他们准备在夜间入城，投奔石桥的姚泓。可是晋军已紧闭所有的城门，这支秦军走投无路，也就溃散了。

蜷缩在石桥的姚泓，想来想去，只有屈膝投降一条路。他十一岁的儿子姚佛念却不愿意，爬到高墙上，纵身而下，脑浆迸流而死。姚泓涕泪滂沱，和其他将士带着家属，走到王镇恶军营门前投降，暂且都被关押起来。

王镇恶登陆两天，就占领长安，消灭了秦军。他号令严明，不准部下抢掠烧杀，城内各族百姓六万多户，安居如常。但是他自己却生性贪婪，后秦宫殿里的不少宝物被他藏匿起来，收归私有。

几天后，刘裕大军到达长安，王镇恶去灞上迎接。刘裕慰劳他说："是你成全了我的霸业。"王镇恶谦虚地回答："这是靠明公的威望和将领们的勇敢，我王镇恶的功劳微不足道。"有人暗下把王镇恶盗取财宝的丑事报告刘裕，刘裕认为他功大于过，未予追查。但又有人对刘裕说，王镇恶把姚泓的皇辇也私藏起来，

恐怕他图谋不轨。刘裕大惊,立即派人到王镇恶驻地,暗暗察看,只见那皇辇已被拆得七零八落,丢在墙边,作为装饰的金银珠宝都不翼而飞。刘裕总算知道王镇恶不过是个财迷,这才安下心来。

后秦宫廷内还有许多宝物,例如前赵史官丞孔挺根据汉代张衡遗制铸造的浑天铜仪(古代测定天体位置的一种仪器)、土圭(古代用以测量日影长短的仪器)、指南车、记里鼓车以及日常的御用器皿,刘裕都派专人送到建康。其他一般金玉、缯帛等,都分别赏赐将士,来了一个皆大欢喜。

鲁公姚赞带了后秦皇室宗族一百多人投降晋军,被刘裕全部杀死。姚泓即位不过一年半,被押送到建康后,也在闹市上斩首示众,时年三十。后秦从姚苌建国,传位姚兴、姚泓,历三十四年而亡。

魏帝拓跋嗣料想不到晋军这么轻而易举地平定了后秦,而且实力陡然增强,只得命令跟踪晋军的长孙嵩撤军回国。

晋军是在后秦皇室自相残杀,人心背离之际抢占长安的。可是随后留守这个重镇的晋室将领们,却又重蹈覆辙。

107 百姓怒逐晋军

刘裕灭了后秦,诏书下达,由宋公晋爵为宋王,除了原有十个郡的封土外,再增加十个郡。刘裕坚持不肯接受。这样,他的

名望更高了。

刘裕进入长安，曾想继续西征，顺手牵羊，席卷西凉和北凉。他召集僚属议论，多数僚属认为不妥。当问到参军郭澄之时，郭澄之没有直接回答，只是把当年曹操的侍中王粲所作《七哀诗》中的两句念了出来："南登灞陵岸，回首望长安。"这诗原是叹息客地荒凉，抒发思念故土的感情。郭澄之朗诵这两句诗的弦外之音，是要刘裕首先关心建康的霸业，而后再兼顾边陲之地。刘裕对其中含意心领神会。当时，代他在建康一手处理朝政的刘穆之已经病故，他派去接替的徐羡之没有刘穆之那么干练，刘裕担心朝政会落入他人之手，立即决定以"出征将士思念家乡"为借口，班师回朝。他同时上表请求任命他十二岁的次子刘义真为都督雍、梁、秦三州诸军事，并以咨议参军王脩为长史，王镇恶为司马，还有沈田子、傅弘之等名将，都留守长安。

长安附近的父老听说刘裕要返师东归，都痛哭流涕来挽留。他们说："残民不沾王化快一百年了。现在亲睹王师威严，重见故国衣冠，人人额手相庆。可是，你又要把祖先的陵墓和宫室（相传刘裕为汉高祖弟弟刘交二十二世孙）都丢弃，这是为什么啊？"刘裕感到异常哀怜，顿时无言可对，过了片刻，才勉强说："受朝廷之命要回师，我不能擅自留下，多谢你们怀念故国的诚意，我的次子和许多文武贤才，留着镇守长安，请与共勉！"

刘裕走前，沈田子由于王镇恶受到特别重用，愤愤不平。他两次三番晋见刘裕，诉说王镇恶的坏处。沈田子自认为在青泥之战中，他的一千多人打垮了姚泓几万人，使后秦大丧元气，所以王镇恶才能轻而易举攻克长安。同时由于王镇恶的祖父是北方人，原来就威望极高，从南方来的有些将士也深为妒忌。沈田子

对刘裕说:"王镇恶的家族都在长安一带,关中人士对他的祖父崇仰得如神仙一般。你走后他倘若造反,我们不仅死无葬身之地,这万里江山也就完啦!"刘裕安慰道:"留下你们文武将士和精兵一万多人,如果王镇恶另有异图,不是自取灭亡吗?"过了天把,他又悄悄对沈田子说:"俗话说,猛虎斗不过群狐,你们十几个勇将,还怕一个王镇恶?"

雄踞关中地区北方的夏王赫连勃勃,在刘裕开始伐秦时,就兴高采烈地对臣僚们说:"姚弘绝不是刘裕的对手,但是刘裕在关中一定不能停留很久,当他带大军回建康后,我去占领长安,那就易如拾一根草芥一样!"他随即紧张地训练将士,先去抢占安定郡,附近郡县也有向他投降的。刘裕知道赫连勃勃的厉害,不愿和他刀兵相见,派专使和他联络,相约结为兄弟。不久,专使把表示友好的复信带回来,刘裕读后,问专使道:"这信是谁写的?"专使回答:"赫连勃勃接见我,谈话完毕后,他召唤僚属到跟前,他说一句,僚属写一句。这信立即交我带回来!"刘裕大惊道:"赫连勃勃真了不起,南征北战,出没无常,这信如此畅达,文采动人,我远远不如!"哪知雄才大略、足智多谋的刘裕,这次却上了当。原来赫连勃勃在接见刘裕专使的前一晚,暗下要自己的中书侍郎皇甫徽起草了复信的底稿,他背得滚瓜烂熟。第二天,就在专使面前演了一出活剧,使刘裕望而生畏,更不敢对他轻动干戈。

刘裕撤离长安后,赫连勃勃欣喜异常,他派太子,抚军大将军赫连瓖〔guī〕进军长安,一路势如破竹,沿途吏民纷纷投降。沈田子带了晋军去抵挡,听说夏军前锋就有两万骑兵,慌忙撤退,派人回报军情。这时,他已失去了青泥之战以少胜多的勇气,又存心把困难交给王镇恶。王镇恶听到来人回报后,心中大怒,说道:"我们应当共同协力对敌,如若拥兵不进,怎么能打退敌人?"使者回头传话给沈田子,沈田子更是又气又恨,下决心要杀害王镇恶。

王镇恶和沈田子的队伍都开拔到长安城北,抗击夏军。这时晋军中忽然流传开一个惊人的谣言:"王镇恶准备杀尽南方将士,派几十名剽悍劲骑护送刘义真回建康,他自己要割据关中造反啦!"有一天,沈田子请王镇恶到傅弘之军营内讨论对敌大计。沈田子提出大家摒绝随从,但其同族沈敬仁却早已埋伏在内。正在他们单独会谈时,沈敬仁突然冲出,一刀砍死了王镇恶;事后,沈田子对众宣称是奉了刘裕密令杀他的。沈田子又派人杀了王镇恶的兄弟七人,只有一个弟弟王康逃出。

傅弘之对沈田子这样的阴谋残杀,颇不以为然,当即飞马驰回长安,报告了刘义真。刘义真和王脩披着盔甲,登上东北的横门,观察情况。果然沈田子带了几十个骑兵很快到达,他不知道傅弘之已如实上报,独自登上城楼告状,还胡说王镇恶怎么怎么要造反,已被镇压等等。王脩喝令左右捆绑了他,谴责他专横不法,擅杀大将,当即就地正法。王镇恶的遗缺由冠军将军毛修之代替。傅弘之随着率领晋军,奋勇前进,打退了赫连璝。赫连勃勃见晋军不是好欺的,暂且偃旗息鼓,等待时机。

刘义真看到局势平静,妄自尊大地想什么就干什么。库房里的钱财布帛很多,他只有十二岁,什么事也不懂,凭自己一下高兴,喜欢赏谁就给谁,乐意赏多少就给多少。长史王脩要当好"管家",常常当着众人的面,不让他那么做。刘义真已经答允赏赐的人,却拿不到财帛,于是恨死王脩。刘义真不能畅所欲为,

也把王脩当作卡在喉咙里的鱼刺。有人对刘义真诬告："王镇恶死前确实想造反，所以沈田子杀了他；以后王脩杀沈田子，因为王脩自己也要造反。"刘义真信以为真，竟下令杀害了忠心耿耿的王脩。

刘义真的几个勇将谋臣先后死于非命，长安的吏民们三三两两议论是非。刘义真召集屯扎各地的晋军回到长安，关紧城门，认为这样一来，对内对外都万无一失了。没想到赫连璝的夏军经过半年多的休整，乘此大好时机，一无所阻地将长安以外的郡县都拿了下来。赫连勃勃又亲自进占咸阳（郡治在今陕西泾阳），大有一张口就可吞下长安之势。

这时刘裕已接受了相国、宋公和加九锡的诏命。他接获军报以后，即任右司马朱龄石为都督关中诸军事、雍州刺史，以代替刘义真镇守长安，并派辅国将军蒯恩去护卫刘义真回建康。刘裕说："刘义真应轻装速回，出了潼关，才可以慢慢走。如果关中不能坚守，朱龄石也不必久留长安，就一块儿撤退吧！"

朱龄石和蒯恩的援军到了长安，刘义真及其将士知道要撤走，就在城内城外大抢大掠，然后启程，战车上装满了财宝和子女，又重又累赘，出了城门，每天走不上十里路。赫连璝率领三万人马来追击，傅弘之力劝刘义真下令丢掉一切，按照刘裕的嘱咐，轻装速返，但他一个劲地不答允。傅弘之和蒯恩断后，带着将士拼死拼活，与追军连日搏斗，晋军连连退败，到了青泥，全军崩溃，蒯恩被俘遇害。傅弘之被俘后，送到赫连勃勃跟前，逼他投降，他不肯屈从而大骂。这时天寒地冻，夏军脱尽他的衣服，让他裸着身，任凭刺骨的北风吹冻，傅弘之仍是骂不绝口，终被杀害。

晋军溃败时，天色已晚，夏军因而没有继续追击和搜索。刘义真的左右侍从都逃散了，他独自匍匐在野草丛中。中兵参军段宏骑着马，在荒野的小路上边走边喊他。刘义真辨明是段宏的声音，爬出草丛说："你砍下我的头，带回京师去吧，让家父不必再为我操心了！"段宏泪涌如泉，说："下官怎么忍心下手呢！让我俩同生共死吧！"他把刘义真捆在自己背上，骑着骏马，夜以继日地奔驰，逃回晋土。

由于刘义真的错误，使晋军枉死数万。赫连勃勃把这些头颅集中堆积起来，涂上泥巴，名为"髑髅台"，以显示武功。

朱龄石仍然留守长安。他的有些部属看到刘义真劫走许多财物，十分眼红，又到老百姓家里骚扰，打算再从骨头里榨出油水来。长安内外的黎民在近百年来，朝朝暮暮盼望晋军来收复故土；晋军刚到时，他们多么热烈欢迎。可是一年多的时间里，百姓见到的却是将士们争功夺利，相互残杀，最后又被如狼似虎般凶狠的刘义真部洗劫一空。如今朱龄石的队伍还要骑在他们头上作威作福，是可忍孰不可忍！顷刻之间，长安居民有刀有枪的拿起武器，徒手的拿起棍棒、菜刀，万人空巷，出来驱赶晋军。朱龄石无可奈何，下令烧毁宫殿，带着将士逃跑。他们奔到离潼关不远时，被赫连勃勃的第三子赫连昌带着夏军追上围攻，并断绝水源。晋军干渴难受，无力应战，大败溃散。朱龄石被执送长安杀害。

418年十一月，赫连勃勃喜气洋洋地进入长安，杀猪宰牛慰劳将士，欢庆胜利。他随即宣布登皇帝之位，改元昌武；不久仍返回统万城，而在长安设立南台，任命赫连瓚为雍州牧，统辖关中地区。

赫连勃勃在长安时,听说隐士韦祖思很有名声,召他进见。韦祖思早闻赫连勃勃暴虐异常,见面时吓得全身颤抖,犹如狂风中的树叶一般,又跪又拜又叩头。赫连勃勃大怒道:"你过去连姚兴都不肯跪拜,如今见了我,竟如此模样。我以国士待你,而你视我为异类。我活着,你尚且不把我看成是帝王;我死后,你这样的人舞文弄墨,更不知把我骂成什么样!"他随即下令杀死韦祖思。

108 万里求经

被赫连勃勃所杀的隐士韦祖思,不过是一个自命清高、徒有其名的庸夫。但是,在兵荒马乱的东晋末年,真正不畏艰险,出污泥而不染,为历史作出贡献的人物,也是有的。例如正直的佛教徒,卓绝的旅行家法显,就是其中之一。

早在后秦未亡时,399年(东晋隆安三年)桃李报春之际,有五个和尚——法显、慧景、道整、慧应、慧嵬,从长安步行出发,到西域及天竺(即古代的印度)去取经。他们在张掖又遇到五位志同道合的僧徒智严、慧简、僧绍、宝云、僧景,以后又有一个名叫慧达的和尚加入行列。他们一块儿结伴西行。这十一位虔诚的佛教徒中,为首的老和尚法显,已是六十五岁的高龄。

法显(约334-420)原姓龚,平阳郡武阳(今山西临汾,一说为今山西襄垣)人。他曾有过三个兄长,都在幼年夭折了。

父母怕他也遭厄运,在他三岁时就送入寺院,度为沙弥(小和尚)。以后,他母亲思念儿子,又后悔起来,他叔父逼他还俗。但是法显从小性格倔强,入空门后,对佛教已有了崇信,就坚决留在寺院里。法显二十岁登坛接受"大戒",三位戒师授戒,七位高僧临场监证,仪式庄严隆重。他受戒后对佛教的信仰更诚挚了。

东晋十六国时期兵连祸结,人民生活极为困苦,很多人幻想进入另一个极乐世界,寻求精神上的慰藉。后赵石虎、后秦姚兴等都曾大力提倡佛教,其他各国帝王和公侯等也多崇奉佛教,借以麻醉人民。于是寺庙大兴,僧徒骤增,并且逐步占有大片土地,招纳和剥削无数佃客。上层的僧侣虽然身披袈裟,口念佛经,但大多不守清规,穷奢极欲,有的还大放高利贷,私藏兵器,私酿名酒,窝藏赃物,为非作歹,无恶不作。

佛教的经典,分为经、律、论三个部分,通称三藏。其中"律"就是佛教徒要遵守的法规。佛教传入中国虽已四五百年,却缺少戒律经典,各地教徒无规可循,寺院制度也十分混乱。法显为人聪明而又正直,品德忠厚,他对这种情况和佛门丑行,感慨万端。他立志到佛教发源地的天竺,寻求经律,以矫正时弊;并搜集其他佛教经典,进一步探索教义。终于在年近古稀时,他不顾旅途的千难万险,毅然决然地西行求经。

他们从长安出发,经苑川、乐都到敦煌,就走了一年。敦煌是河西走廊的咽喉,古代东西交通要冲。而后,西出阳关,走向鄯善国(今新疆若羌),其中必须经过白龙堆大沙漠。这儿是沙粒极轻、沙层极厚的流沙,上无飞鸟,下无走兽,寸草不生,一眼望去茫茫无际,只有枯骨堆积作为路标。微风吹拂时,尘土就

飞扬而上，如海潮飘漾。大风一起，流沙如飞龙腾空，遮天盖地而来，行人不仅难辨方向，而且有被流沙活埋的危险。法显等历尽艰辛，走了十七个昼夜，才跨过这一千五百里绝境，进入鄯善国。鄯善国内有四千多个和尚，百姓的服饰和汉人相同，但习俗却与天竺一样。他们从鄯善国再到焉夷国（今新疆焉耆）。这时智严、慧简、慧嵬因故返回高昌（今新疆吐鲁番东），僧绍另随西域僧人他去，其他七人开始横渡塔克拉玛干大沙漠——我国最大的沙漠。

塔克拉玛干沙漠东西两千里，南北千余里，又名塔里木沙漠。维吾尔语的"塔里木"，是"进去出不来"的意思。那儿白天酷热如火烤，难以行路，入夜后穿上皮袄还感到寒冷，沿途干燥异常，没有水草，气候变化大，风沙时常突然而起。法显等含辛茹苦，走了一个月又五天，才跨过沙漠到达于阗国（今新疆和田），当时这个国家供养了几万僧徒，佛像雕塑得十分精致，装饰十分富丽。法显等在这里观看了一年一度、万人空巷的"行像"盛举，再去攀越平均海拔约四千公尺，号称"世界屋脊"的帕米尔高原。

高原道路险阻，站在悬崖绝壁，下临深谷，有时连插足之地也难于找到。高原的狂风暴雪或飞沙走石会突然横扫而来，法显称它们为"毒龙"。他们以一个月的时间越过高原，渡过印度河上游支流，进入北天竺。他们周游各地瞻仰朝拜圣迹圣物，寻求经典，包括休息及夏坐①等在内，在北天竺共花了三年时间。这个期间，慧达、宝云和僧景返国，慧应病死。余下的法显、道整

---

① 夏坐：指佛教徒每年农历四月十六至七月十六，坐禅三个月。

和慧景三人，准备攀越小雪山（今阿富汗的苏纳曼山）到中天竺和东天竺去，道整又因故在登山前和法显、慧景暂且分手。

小雪山的东北部地势高，终年冰雪封顶。法显和慧景在山上遇到了前所未见的暴风雪，冻得浑身战栗不止。身体较弱的慧景瘫软倒地，临终前对法显说："我活不下去了，你赶快继续前进，不能陷入绝境，同归于尽！"① 法显从来在困难面前没有掉过一滴眼泪，这时和生死与共的旅伴诀别，却号啕大哭起来。

只剩下法显一个人了，他独自顶风雪，冒严寒，终于越过了小雪山。道整跟随其他人之后到达，他与法显会合后重新结伴而行，共同进入中天竺和恒河流域。

恒河流域地势平坦，气候宜人，是佛教圣迹荟萃之地。相传佛教始祖释迦牟尼曾在这里居住，并且传道时间最久，这里名胜很多。法显和道整经常分手，各自取经求法。法显多次深入荒凉萧瑟、猛兽出没的地带，只身露宿山中，出生入死，参观访问佛迹。一年半后，他俩又在古印度有名的阿育王的故都巴连弗邑（今印度巴特那）居留三年。法显不顾自己已年逾七十的高龄，如饥似渴地学习梵语梵文（古印度的语言文字），抄录了梦寐以求的经律，把许多口传的佛教经典记述下来。道整满足于身临天竺佛教的中心，就永久定居不走了。

法显又独自启程，沿着恒河东下，周游南天竺及东天竺，并抄写经书两年多。409年底，法显乘着印度洋信风和海流的有利时机，坐上商船，航海十四昼夜，到达狮子国（今斯里兰卡）。相传释迦牟尼曾三次到这儿传播佛教，法显特地住上两年，搜集

---

① 一说死于雪山的是慧应，死于北天竺的是慧景。

了不少在天竺也未得到的经典。

法显离开祖国已经十一年,交往的都是异国的人,乡音难遇,举目无亲,就是山川草木也多见所未见、闻所未闻。原先的旅伴或返国、或停留、或死亡,只留下他孤苦伶仃一人,他心绪悲凉异常。有一天,他在狮子国无畏山下的玉佛前,忽然看到一柄作为献礼供奉的白绢扇,他定睛细瞧,果然是本国产品。霎时间法显悲喜交集,情怀激荡,老泪纵横而泣不成声。这位在饥饿和死亡千万次威胁下从不低头的高僧,深深地想念祖国和故乡,不能自已,他决计归国了。

411年(东晋义熙七年)八月,法显登上一条大商船,船上有二百多旅客,带着五六十天的粮食和淡水,向东南方向航行,他盼望尽快回到祖国的怀抱。离岸后仅两天,却遇到了大海风。弥漫无边的大海中只有惊涛骇浪,晴天和明朗的夜里还可依靠日月星辰辨别方向,阴天就根本分不清东南西北。途中船漏进水,为避免沉船,减轻重量,乘客都把粗重财物弃掷海中。法显可以抛弃一切,但对经典却紧抱不放。幸好终于风浪平息,修补了船漏,前后漂泊了三个多月,来到耶婆提国(在今印尼的苏门答腊岛,一说为今爪哇岛)。

古代航海都是帆船,要有相应的信风才能行驶。五个月后,北上的信风姗姗来迟。412年(东晋义熙八年)初夏,法显从耶婆提国重新登上商船,向北驶往广州。不料,约一个月后又遇到大风,商船随风经过台湾海峡,又飘向西北。当时粮食将尽,淡水已无,只得以极咸的海水解渴。同船的商人大都是婆罗门教(古印度的一个宗教)教徒,他们议论说:"这船因为载了一个佛教和尚,所以遭受如此苦难,最好丢他到荒岛上去!"同船信佛的施主竭力反对，说："汉土上的王侯都崇仰佛教。以后靠岸，知道你们下此毒手，一定要遭杀身之祸！"这些商人才不敢非礼相待。

商船又在海上漂流了十二昼夜，才发现陆地。法显远远看到岸上绿油油的豆叶和蔬菜，知道已经回到故土，更是心头剧跳，热泪盈眶。他们坐了小船进入港汊，遇到两个猎人，才知这里是东晋青州长广郡的牢山（今青岛市北的崂山）南岸。登陆的时间是412年（东晋义熙八年）七月十四，法显已是七十八岁了。

一个年近八十的老和尚，在国外奔波十四年，周游三十多国，行程四万多里，又带回许多珍贵的经典和佛像。这个惊人的消息立即传遍邻近郡县。笃信佛教的长广郡太守李嶷特地派人到海边，迎接法显住进自己的官衙内，盛情款待。坐镇彭城的青州、兖州刺史刘道怜，派人邀请法显到彭城住了一冬一夏。法显还在彭城的泗水西岸建造了一座龙华寺，而后取道广陵和京口，到了建康道场寺（原寺在南京市雨花门外）。法显又用五年时间，和他人合作，翻译了佛经六部共一百多万字。中国过去的佛经大都由西域语本转译为汉文，法显由梵文直接译成汉文，这是难能可贵的。他从中天竺得到的《摩诃僧祇众律》，也称大众律，以后被广大佛教徒引为立身的准则，对中国佛教的传播和发展起了深远的影响。

法显最后居住江陵，八十六岁去世。他是我国第一个周游天竺及航海旅行取经的佛教大师。生前，他将旅途见闻写成了《佛国记》（又名《法显传》），对三十多国的佛教发展情况，以及各国历史、人情、风俗、山川、气候、地理都有扼要的记载，既是游记又是信史。古代西域的鄯善、龟兹、于阗等旧址湮灭已久，

《佛国记》对这些地方的记载，成了极为珍贵的研究资料。《佛国记》还记述了当时印度及各地佛教史迹、僧侣情况等，对研究印度、斯里兰卡等国的古代历史，也有极重要的参考价值。欧美对这部书已有几种译本，并且出现了一批研究《佛国记》的著名学者。

法显在我国的佛教史、中外文化交流史以及旅游史上，不失为一个出类拔萃的人物。稍后于法显，在东晋末年又出现了一个更为著名的人物，他就是我国文学史上的伟大诗人陶渊明。

109　不为五斗米折腰

从魏晋之际开始，所谓的名士们，以出身门第、容貌举止而自炫，并以虚无玄渺的"清谈"相标榜。他们还引用老庄的词语，掺入枯燥乏味的诗句，这就是"玄言诗"。自从"玄言诗"里再添上佛经的说教后，诗句就更为玄而又玄、平淡空泛了。东晋末年的陶渊明摆脱玄言诗的拘束，成为开创诗坛新局面的一个伟大诗人。

陶渊明（365－427），字元亮，以后又改名陶潜，字渊明。他是浔阳郡柴桑县（今江西九江市西南）人。东晋明帝时，他的曾祖陶侃有平定苏峻之乱的大功，官拜都督八州诸军事、荆州及江州刺史，坐镇武昌。陶侃在世时，曾显赫一时。他死后留下十七个儿子，其中九人在史书上尚有记载。陶渊明的祖父陶茂、父亲陶逸，都曾任太守，父亲在他八岁时去世，以后家道衰落，只靠着一些微薄的田产收入维持布衣蔬食的生活。

陶渊明的家乡，一边是滔滔奔流的长江，一边是渺茫无边的鄱阳湖，更美的是常年笼罩在云雾之中、不见真面目的庐山胜境。在如此景色的陶冶下，陶渊明年少时就爱好自然，喜欢读书，博学多才。他虽然家庭贫困，但仍悠闲自得，寄迹耕读。他对祖先的武功勋德是有自豪之感的。在他悠闲的外表下，似乎隐藏着一股"猛志逸四海"的潜流，因而当他二十九岁后，一则由于打算一展宏图，一则由于家庭贫困，便断断续续涉迹官场。他首先出任江州祭酒，但不久就感到"世与我而相违"，还是退归田园。

400年（东晋隆安四年），桓玄自命为荆州、江州刺史，陶渊明被迫到江陵做桓玄的僚属。但他念念不忘的，还是恬静的村居生涯，他在探亲途中写的诗篇，有这样几句："静念园林好，人间（指仕途）良可辞；当年（指壮年）讵有几（能有几何）？纵心复何疑！"写此诗后的第二年冬天，陶渊明的母亲死了，他正好依当时礼制回家守丧三年，实现了自己早在诗内写下的："投冠（即辞官）旋旧墟，不为好爵萦。"①

403年（东晋元兴二年），陶渊明三十九岁，他和堂弟陶敬元在守丧期内同居一室，二人读书躬耕，志趣相近。陶渊明在这个时期里写的《劝农》诗内，就有"桑妇宵兴，农夫野宿"的亲身体验，以及"气节易过，和泽（和风顺雨）难久"的农事感受。《怀古田舍》一诗，记述了他躬耕竟日的愉快心情："日入相与

---

① 爵，指高官厚禄；萦，羁绊之意。

归,壶浆劳近邻;长吟掩柴门,聊为陇亩民。"诗中描写田野,"平畴交远风,良苗亦怀新",告诉人们在平旷的田野里,远处清风徐徐吹拂而来,长势良好的麦苗显得生意盎然。

但是他俩辛勤的劳动,全家老小还是得不到温饱。年终,他给堂弟的诗中,写了这么几句:"凄凄岁暮风,翳翳(光线暗弱)经日雪,倾耳无希声,在目皓已洁。"在这严寒孤寂之中,仍是"劲气侵襟袖,箪瓢谢屡设;① 萧索空宇(即空室)中,了无一可悦!"他俩在又冻又饿的困境下,仍是博览古籍,还觉得"高操非所攀,谬得(谦词)固穷节",认为虽然比不上古人高洁的情操,但能够固守穷节,可以心安理得。

陶渊明家门口有五棵垂柳,他自称五柳先生,写下《五柳先生传》的短文,这短文就是他的自画像:"闲静少言,不慕荣利。好读书,不求甚解。……性嗜酒,家贫不能常得。"文中又记载了他家徒四壁,粗布短衣,上顿不接下顿,但是心绪上却是异常安乐。

404年(东晋元兴三年),刘裕发难反对篡位的桓玄,使朝野上下欢欣鼓舞,也使四十岁的陶渊明心绪激动,他应命担任镇军将军刘裕的参军。但是他上任后,官场中所见所闻还是和过去差不多,于是他的一片炽热之情又冷落下来。当他因公途经曲阿时,还是留恋清静的田园,感慨地写下了《始作镇军参军经曲阿作》一诗,自叹"望云惭高鸟,临水愧游鱼"。他羡慕游鱼和飞鸟能按照各自的习性生活,而自己却惭愧地违反本愿,又进入了尔虞我诈、钩心斗角的仕途。

同年刘敬宣担任建威将军、江州刺史,坐镇浔阳,请陶渊明

---

① 箪:竹制的盛具,"箪食瓢饮"指贫俭饮食;"谢屡设"指不常设;这两句意指连这样的生活都不能维持,免不了饥寒交迫。

去担任参军。他因江州治所离家很近，欣然应命。可是，有人说刘敬宣没有参加发难，没有平定桓玄之功，能给一个郡太守就很优遇，怎么可以担任江州重任？刘敬宣听到这样的攻击和非难，觉得自己无功受禄，心中也很不安宁。就派陶渊明带着表疏，在405年（东晋义熙元年）三月去建康要求解职。陶渊明途经钱溪（今安徽宣城南陵梅根港），眼见山川景色如昔，而仕途却如此坎坷，阴影重重，又下了重返田园的决心，他在《为建威参军使都经钱溪》一诗中写了这么几句："园田日梦想，安得久离析，终怀在归舟，谅哉宜霜柏（霜柏比喻节操）。"不久，刘敬宣的要求得到朝廷的同意，调任宣城内史。这样，陶渊明也就返回老家。

这时陶渊明有了五个儿子，长子十三岁，幼子才六岁，生活负担极重。朝内的太常（专司祭祀礼乐的官）陶夔是他的叔父，推荐他为彭泽（今江西彭泽西南）县令。陶渊明表示"聊欲弦歌（做地方官），以为三径（指隐居的处所）之资"，复又踏入官场。他想在作为俸禄的公田里，都种上可以酿酒的秫〔shú，即粘高粱〕，并且说："能使我常醉于酒，就心满意足了！"但是，妻子固执地恳求他多种作为口粮的粳稻。他没奈何，只得种了五十亩的粳稻，其他一顷五十亩还是种了秫。陶渊明平素清廉节俭，从不向上级官员送私礼做人情，更不满意衙门势利的习俗。他原来打算挨过一年，到公田收成后再走。不料上任不久，郡里派了督邮（代表太守督察各地的官）来县巡视，县吏劝他穿戴整齐的官服去迎见督邮。可是他生平最恨那种狐假虎威、以督察为名而敲诈勒索的官员，因而立即恼怒地说："我决不能为五斗米（指俸禄）折腰，去迎奉侍候这种乡里小人。"于是，陶渊明就推说自己的妹妹在武昌病亡，不告而别去奔丧了，他总共只当了八

十多天的县令。

陶渊明回家后，决心归隐，再不入仕。他以饱沾激情之笔，写下了一篇《归去来兮辞》，反映了自己厌恶官场的素怀，描述归家时的欣悦心情，抒发了向往自由生活的强烈愿望。感到自己"实迷途其未远，觉今是而昨非"。归途中"舟遥遥以轻飏，风飘飘而吹衣"，十分轻松愉快。行船靠岸，远远望见家院，就狂喜地"载欣载奔"，而后是"僮仆欢迎，稚子候门"。他踏上园内小路，看到"松菊犹存"，更为兴奋。于是"携幼入室，有酒盈罇，引壶觞以自酌，眄（斜视）庭柯（树木）以怡颜"。当他外出散步时，见到"云无心以出岫〔xiù，山峰〕，鸟倦飞而知还"，这既是山村晚景，也是对他自己生活的写照吧！陶渊明周游附近地方，满眼皆是"木欣欣以向荣，泉涓涓而始流"，他确实是异常神往陶醉了。《归去来兮辞》写得热情奔放，感情真挚，文辞极美，为百世传诵。宋代著名文学家欧阳修就赞扬说："晋无文章，惟陶渊明《归去来兮辞》而已。"

110　桃花源

陶渊明归居田园，深得其乐。第二年他四十二岁时，作《归园田居》五首，叙述自己"少无适俗韵，性本爱丘山"，从小就没有适应世俗的气质，而是有热爱大自然的性格。他感慨从二十九岁到四十一岁这个时期，断断续续地陷于官场的卑污与丑恶的

陶渊明悠然望南山

环境,真是"误落尘网中,一去三十年"。而现在终于高兴地获得"久在樊笼里,复得返自然"的乐趣。在他的笔下,出现了一幅极其恬静幽美的村居图:"暧暧①远人村,依依(轻柔貌)墟里(村落)烟,狗吠深巷中,鸡鸣桑树巅。"诗中还记述了自己"种豆南山下……带月荷锄归"的生涯;反映他和共耕同作的农家父老,有共同的感情和言语:"相见无杂言,但道桑麻长。"

可是好景不长,陶渊明退隐上京(即庐山的玉京山,现属江西星子县)后,第三年六月里,家中不幸失火,八九间茅房转眼化为灰烬,一家老少只能寄居在船上,原有的僮仆早已辞退,生活十分潦倒。但他在《戊申岁六月中遇火》一诗中写道:"贞刚自有质,玉石乃非坚。"灾害和穷困吓不倒他,他的意志比玉石更坚。一年以后,陶渊明迁居到二十五里外的南村(又名栗里,后又名陶村)。

陶渊明从四十四岁家中遭灾,直到六十三岁病逝,这十九年里,生活十分艰难,但又是创作最为丰硕的时期,许多著名的诗篇,如《移居》、《杂诗》、《饮酒》、《咏贫士》、《拟古》、《读山海经》等数十首,以及《桃花源记(并诗)》,都是在这时写下的。

陶渊明尽情地抒发躬耕隐居的舒畅心情。在庐山虎爪崖下简陋的住屋前,小桥流水,绿柳拂溪,他和邻居及友好们在农事之余,常常畅怀饮酒,纵谈今昔。《移居》二首中写道:"春秋多佳日,登高赋新诗。过门更相呼,有酒斟酌之。农务各自归,闲暇

---

① 暧:音 ài,昏暗的意思。

辄相思，相思则披衣，言谈无厌时。"诗中的"奇文共欣赏，疑义相与析"二句，更为脍炙人口。

在《饮酒》二十首里，也有不少为人们传诵叹绝的诗句。特别是"采菊东篱下，悠然见南山（庐山南面诸峰）。山气日夕佳，飞鸟相与还。此中有其意，欲辨已忘言"，句中所含蕴的诗情画意，确实使人们神往。"青松在东园，众草没其姿，凝霜殄异类，卓然见高枝"，这是他以孤松自喻，勉励自己保持卓然不群、洁身自好的节操。

这个时期里，陶渊明依靠劳动度日，除了耕田灌园，还织过席子，打过草鞋，卖过蔬菜，他终年和农民一起耕作，与他们关系更为亲密。他在《杂诗》里就写下"落地为兄弟，何必骨肉亲"的感慨与欣慰。当农民遭受水、旱、虫灾时，他感受更深，在《怨诗楚调示庞主簿、邓治中》一诗中，他写道："炎火屡焚如（指旱灾），螟蜮恣中田（指虫灾），风雨纵横至（指水灾），收敛不盈廛（指歉收）。"由于饥寒交迫，陶渊明和其邻居，甚至落入这样的困境："夏日抱长饥，寒夜无被眠，造夕（将晚）思鸡鸣，及晨愿乌迁（乌指太阳）。"到他晚年时，有时竟落至向亲友乞食的地步。在《乞食》诗中，他写道："饥来驱我去，不知竟何之；行行至斯里，叩门拙言辞。主人解余意，遗赠岂虚来。谈谐终日夕，觞至辄倾杯；情欣新知欢，言咏遂赋诗。……"

这种在饥寒中挣扎的困境，使陶渊明不得不想起官府和世家大族们的奢靡淫乐。因而，这位田园诗人有时也会气愤填膺，写下一些"金刚怒目"式的诗句，讴歌不畏强暴的传奇人物和英雄。他在《读山海经》十三首以及《咏荆轲》诗中，都有这样的寄情抒意。《山海经·海外西经》中说，有一种怪兽，名为"刑天"，宁死不屈，反抗天帝。天帝砍掉它的头颅后，它仍以两乳为眼，肚脐为口，手舞大斧及盾，继续和天帝拼搏。陶渊明就赞扬说："刑天舞干戚（干即盾，戚即大斧），猛志固常在。"《山海经·北山经》中记载，有一种神鸟，名为"精卫"，常衔西山的木石，要去填平东海。陶渊明也在诗中赞扬说："精卫衔微木，将以填沧海。"

不屈豪贵和固守穷节，虽然是陶渊明足以自慰自傲的，但残酷的冻饿现实，却使他一筹莫展。于是，一个理想社会就在脑海里创造出来。他最著名的杰作《桃花源记（并诗）》（一说为东晋灭亡后所作），一开始是这样说的："晋太元（东晋孝武帝年号，376－396）中，武陵（今湖南常德市）人捕鱼为业，缘溪行，忘路之远近，忽逢桃花林夹岸，数百步中无杂树，芳草鲜美，落英缤纷；渔人甚异之。复前行，欲穷其林。林尽水源，便得一山。山有小口，仿佛若有光。便舍船，从口入。初极狭，才通人。复行数十步，豁然开朗。土地平旷，屋舍俨然。有良田、美池、桑竹之属。阡陌交通，鸡犬相闻。其中往来种作，男女衣著，悉如外人。黄发（指老人）垂髫（指幼童），并怡然自乐。见渔人，乃大惊。……自云先世避秦时乱，率妻子邑人，来此绝境，不复出焉，遂与外人间隔。问今是何世，乃不知有汉，无论魏晋。……"此后三十二句的《桃花源诗》，记述了桃花源中的幸福生活："相命肆（致力）农耕，日入从所憩"；"春蚕收长丝，秋熟靡（无）王税"；"童孺纵行歌，斑白欢游诣"。总之，这个世外桃源，无君，无臣，无赋税，没有剥削和压迫，没有忧怨和烦恼。

记中说，发现桃花源的渔人，在归途中处处留下了标志，但再去访问时，又迷途而不可复得。当然，桃花源毕竟只是幻想和憧憬。现实中，没有任何人能进入他笔下的桃花源。他只能在万恶的封建社会里，坚持不屈地同饥寒作斗争。朝廷虽然再度请他任著作郎，他立志不违初衷，自称有病，不再为官。陶渊明一再谢绝和官府往来，以后担任江州刺史的王弘，曾亲自去拜访他，吃了"闭门羹"。王弘听说他经常登庐山游山玩水，便请他的老朋友庞通之准备了许多酒菜，在半途中拦阻。陶渊明路遇知己，就地放怀痛饮。当酒兴正浓时，王弘装作也来游山，共坐饮谈，陶渊明也毫不介意。从此，王弘就常在林边溪畔等候，和他饮酒谈论，而且屡屡送米送酒给他。

陶渊明的好友颜延之（字延年，384－456），也是当时著名文人，和他经常往来。422年，颜延之被任命为始安郡（郡治在今广西桂林）太守，途过浔阳，每天都和陶渊明酣饮致醉，临行又送他两万钱。他把钱全都存于酒家，陆续取酒来喝。过了几年，檀道济任江州刺史，又亲自登门拜访陶渊明。这时他已几天揭不开锅，饿得起床也很困难，檀道济苦劝他再入仕途，陶渊明仍是婉言相拒。对于檀道济派人送来的米和肉，他也轻蔑地摆摆手，谢绝接受。

427年（东晋亡后七年，宋元嘉四年），陶渊明六十三岁，这年十一月的一天里，他在劳累、饥寒和忧愤的折磨下，带着问心无愧的高傲与世长辞。他生前交代家人，处理后事"省讣却赗、轻哀薄敛"，不发讣告，不收赠礼，以朴素的仪式，安葬于家乡。

古代的皇帝及贵族、大臣去世，由朝廷依据死者一生的品德与行迹，加以评定，给予称号，叫做谥〔shì〕。士大夫死后，由亲友、门生等为立谥者，则称为私谥。陶渊明死后，颜延之给他

写诔①文时,经与众友商议,因谥法中"宽乐令终"为"靖","好廉克己"为"节",故私谥为"靖节",所以后人也称陶渊明为靖节先生。

后世人们游览庐山,常去温泉附近的陶墓凭吊。在陶墓不远的地方,还有一口濯缨池,据说陶渊明生前常在此洗涤。池旁有一块高约三四尺的巨石,赫然横卧,据说陶渊明醉酒后,常卧石上,因而人称"醉石",成为庐山名胜之一。此石刻有"归去来馆"四字,传说有时在石上还能看出隐然有人卧之形。

陶渊明在《咏荆轲》诗中写道:"其人虽已没,千载有余情。"这诗句正好用在他自己身上;一千多年以来,人们对这位伟大诗人的高风亮节和杰出作品,真是仰慕无已。

111　结缘庐山

当陶渊明在庐山西南麓,沉醉于"采菊东篱下,悠然见南山"时,庐山北麓,幽穆轩巍的东林寺里,早已住着一个著名的高僧慧远法师,他并不似陶渊明那么孤高隐居,却广交仕宦名流,与权贵豪门常相交往。他是当时江南佛教界中首屈一指的头面人物。

---

①　诔:音 lěi。古代用以表彰死者并致哀悼的文章,初时只限于上对下,即所谓"贱不诔贵,幼不诔长,礼也"。后来演变成为哀祭文体的一种,即诔文。

慧远（334-416），原姓贾，出身官宦之家，早年生活优裕。十二岁时随舅舅令狐氏游学各地，阅读大量儒家经典，兼攻老庄之学。二十一岁时看破红尘，到恒山一个寺院里落发出家，曾受苻坚高度崇敬的释道安就是他的师父。释道安主张把整个宇宙分为两部分，一是"色"（指有形有质，能使人感触到的东西）；一是"心"（指精神领域方面，是虚幻不实的）。慧远听了他讲的佛门哲理，大大赞扬道"真吾师也"。

慧远潜心钻研佛经，领悟极深，很快成为释道安的高徒，二十四岁时开始独立讲授佛经。他虽然认为儒道等学与佛理相比都是糟粕和糠秕，但仍利用儒道的某些论说去解释佛教。释道安也同意他借助"俗书"（指佛经以外的书）传扬佛理。慧远引证《庄子》的虚无思想，以阐明佛教中的哲理，很受士大夫的欢迎。

在多次讲经和辩论中，慧远以佛为主，融儒、道、佛于一炉，打开了佛教中国化的道路。他的师父非常赞许，常说："能使佛教普及全国的，大概就是慧远吧！"

释道安从襄阳去长安时，吩咐众弟子到各地传教，并且逐个予以教诲和鼓励，独独不对慧远说半句话。慧远不解其意，下跪请示。释道安缓缓地说："你是不必我担心的！"慧远带着师父对自己的充分信任，和数十个佛门子弟，由襄阳经江陵，想到广州罗浮山去。途经浔阳，寄居于西林寺。那时是386年（东晋太元十一年），江州刺史是桓伊，他特地为慧远建造了一座东林寺，面对香炉峰，景色十分优美。建寺前，有一夜电闪雷鸣，暴风雨摧折了许多树木，被山洪冲流而下。慧远利用这些木材建造正殿，命名为"神运宝殿"。修殿时有一个力大如牛的苦工，整天

汗流浃背，不肯稍事休息，慧远特别赏识，称他为"护法力士"。寺殿建成，慧远请人为"护法力士"雕塑了一座石像。这座珍贵的东晋艺术石刻，于1980年出土，已被列入国家一级保护文物，陈列在东林寺内。寺内现有古松一棵，传说为慧远手栽，至今已有一千六百多年，树高十五米左右，四季常青，浓荫蔽日，被称为"六朝松"，或称"罗汉松"。有人赞叹它为"庐山第一松"，"独树自成林"。

慧远笃信灵魂不灭，宣扬只要一心专念"阿弥陀佛"，死后就可以到达"西方净土"的极乐世界。他鼓吹因果报应说，要人们相信，只要对统治者放弃反抗和斗争，多行善事，多积善果，就可以得到来世的幸福。

慧远罗致了忠实的弟子和信徒一百二十三人，成立了"白莲社"，成为我国佛教的重要宗派之一，或称"净土宗"（也有人认为这一派至唐时才有）。

东林寺在慧远多次讲授佛经后，名声大振，信奉佛教者纷纷而来，络绎不绝。慧远培养出一批弟子，其中享有盛名的高僧就有二十多人。他又派遣得力信徒赴国外取经二百多部，还招引西来僧人译经。慧远高谈博辩，著论立说。在当时血风腥雨的年代里，他的说教广泛流传于民间，并且得到了当权者的大力支持。庐山也就此成为南方的佛教中心。

慧远与统治阶级的上层人物深相结纳，连后秦姚兴也和他常有书信来往，并派人不断送来礼品及钟、鼓、铙、钹、木鱼等法器。东晋司徒王谧和护军王默等，也对慧远表示钦慕，晋安帝也常致书向他问候。

荆州刺史殷仲堪在世时，专程到庐山探望慧远，共谈易道，终日不倦，两人互表钦佩之情。殷仲堪感慨地说："慧远法师深远明达，能与你相比的人，实在太少了！"慧远一眼望见松林边的潺潺流泉，夸耀殷仲堪道："你的辩才，有如清泉涌流不息！"现在东林寺后面的"聪明泉"，就是纪念这次会晤而命名的。慧远在寺边山麓自种云雾茶，晶莹透彻的泉水，泡了味香淳厚的云雾茶，使来往客友谈兴更浓。

司马道子和司马元显父子当权时，崇信佛教，有些僧尼进出宫廷，夤〔yín〕缘①弄权，横行不法。许多地方佛寺中的住持乘机胡作非为，引起群众不满，而慧远却永葆清净，从不同流合污。

桓玄在篡夺皇位前，为了收买人心，竭力压制佛教势力。他起初误认为慧远跟其他僧尼一样，也是一丘之貉，要想借机打击，便下令要慧远下山，前往相见。慧远称病，不出庐山。桓玄亲自进山，要查个究竟。

两人一见面，桓玄首先引用《孝经》中"身体发肤，受之父母，不敢毁伤，孝之始也"的所谓古训，劈头就责问慧远："既然发肤不能毁伤，为什么剃光头呢？"慧远知道桓玄是谴责他落发为僧，违犯"孝道"，也随即引用《孝经》中的另一句话"立身行道，扬名于后世，孝之终也"，应声答道："立身行道！"慧远以《孝经》对《孝经》，敏捷巧妙地做了回答，使桓玄心服而不再予责难。当他进一步了解慧远情况后，更是大为尊敬。日后，他俩书信往来，并讨论了取缔淘汰沙门的大事。不久，桓玄下令排斥打击佛教势力，有不少寺院被拆毁，大批僧尼被迫还

---

① 夤缘：原意为攀附他物上升，意指攀附权要。

俗。但他知道慧远在庐山的一派清静寡欲,不干预政治,而且其主张能够麻痹百姓,还是可以利用的。因而桓玄说:"只有庐山是道德高超的人居住着,不在取缔之列。"

八面玲珑的慧远,避免给人以趋炎附势的印象,保持了超脱政治的特色,赢得了上层社会和黎民的赞誉。桓玄败亡后,晋安帝从江陵回建康,准备重登皇位,途中经过浔阳,别人劝慧远去迎驾,他仍称病不往。晋安帝对这个高僧不仅不加责难,还赐诏书慰问他。

慧远跟农民起义军的卢循也有交情。卢循的父亲卢嘏和慧远年幼时曾是同学。卢循割据广州,送益智粽给慧远,慧远复信表示感谢说:益智确是"一方异味",随即分给众僧品尝。当卢循、徐道覆的义军从广州北上,占领浔阳时,卢循特地去庐山与慧远相见,交谈得很欢畅。有人劝慧远说,卢循是"叛逆"、"盗贼",如果相互来往,会引起朝廷怀疑。慧远看到起义军声势浩大,东晋统治已在风雨飘摇之中,他必须获得起义军对佛教的好感,更不敢怠慢卢循。但他口头上却对众僧徒说:"佛法看待芸芸众生,一视同仁,有识之士自然谅解。"要僧们不必担心。

慧远的名望与日俱增,庐山一带流传着他的许多故事,一些人还大肆渲染和神化,把他说得超凡入圣。有些故事甚至载入笔记或地方志内,代代相传,为人津津乐道。如"虎溪三笑"的传说,就是其中之一。

慧远在庐山深居简出,人们称之为"影不出山,迹不入俗"。他送客或散步,从不逾越寺门前的虎溪。如果过了虎溪,寺后山林中的老虎就会呼啸起来。有一次,诗人陶渊明和道士陆修静来访,和慧远谈论不辍。送行时,不知不觉过了虎溪桥,后山老虎就发出警告的啸叫,三人恍然大悟,相视大笑而别。但这则故事纯系编造。因为陆修静(406–477)是江南道教一代宗师,慧远死时,他才是一个少年;陆修静到庐山兴修道观传播道教时,慧远已去世二十多年,何来相晤相送之事?陶渊明虽是慧远同时期的人,也居住于庐山附近,但他不崇佛理,对慧远因果报应之说根本不愿入耳。陶渊明的诗文中,至今也未发现有和慧远交往之作。所谓"虎溪三笑"的故事,不过是有人臆造这三人情投意合,以寄托对儒、释、道三家融合的愿望罢了。但是这个佳话,颇为历代名人所欣赏,李白在《别东林僧》一诗中就写道:"东林送客处,月出白猿啼;笑别庐山远,何烦过虎溪?"至今东林寺的"三笑堂",以及蹲伏在虎溪桥畔的石老虎,仍给庐山增添不少神秘色彩。

慧远除了经营自己的东林寺外,还扶植、赞助他的师兄师弟、门人子弟,在庐山修建了十多座寺宇。到了后代,更多的寺院如雨后春笋般地建立,庐山也就更闻名于世。

慧远在佛学上的造诣,使西域各国僧众十分钦佩,他们燃香拜佛之际,常常向东遥遥致敬。他在晚年,仍是不辞耄老,亲自讲解佛经,不遗余力。他见到不努力学习的弟子,便说:"我是如同照在桑榆树梢上的落日余晖,按理是不会长远了;但愿你们能像早晨的阳光,随着时间的向前,越来越明亮。"随即他又登上讲坛,手执经书,大声宣讲。别瞧慧远年已古稀,讲授的劲头还真大,嗓门儿真高,言辞和神色都很恳切,在座的弟子们无不肃然起敬。

佛事之余,慧远在庐山秀美的景色陶冶下,不断从事著述,后人集为十二卷,有论文、佛经序文、书信及铭、赞、记、诗

等。他题咏庐山的《游庐山》诗及文，描绘有声有色，是最早有关庐山的著作；也有人认为其中道教的味道深重，恐为后人托名的伪作。

416 年（东晋义熙十二年），这位一代高僧，在庐山居住三十六年后，寿终正寝，享年八十三。为慧远死后作诔及塔铭的，是谢灵运（385－433）。谢灵运是谢玄的曾孙，王羲之的曾外孙，年少时才华横溢，高傲自负。慧远死前三四年，他涉足庐山，与慧远一见如故，相互钦慕不已，别后仍深相交结。慧远圆寂的消息传到建康，谢灵运不胜悲痛，作了诔文及《远公祖师塔铭》，以简练的文字回顾慧远一生，并称颂慧远在佛学界的重大成就和深远影响，赞之为"孤松独秀，德音长住"。

112　晋代衣冠成古丘

陶渊明寄理想于虚幻的桃花源，慧远以因果说儆诫世人，这些从侧面反映了现实社会的极度衰乱。东晋王朝正如海中漏舟，行将覆没。正是从篡位者桓玄手中"拯救"了东晋朝廷的刘裕本人，最后取代了司马氏。

刘裕在 404 年（东晋元兴三年）二月发难，六天里就把显赫一时而篡位的桓玄赶出建康，一年多内消灭桓玄，扫尽余党。随后出师北上，十个月里平定南燕。再南还京师，镇压了蔓延大半晋土的卢循起义。接着派出队伍，平定成都王谯纵。又亲自率军远征，部署攻克长安，征服了曾经称霸关中的后秦。刘裕武功赫赫，从晋开国以来，没有人能和他相比。

刘裕出生时，家境极为衰困，长大后曾经打过柴，捕过鱼，耕作度日，因而比较了解黎民的苦难。他执政后，不仅自身比较注意俭朴，而且当共同发难的伙伴刘毅企图居功割据，诸葛长民肆意盘剥百姓时，就毫不犹豫地清除了这些内部的隐患。

东晋的腐败和世家大族的擅权、鱼肉人民，已经到了积重难返的地步。支持东晋残局的王、谢、庾、桓四大士族互相残杀，又经孙恩、卢循领导的农民起义狠狠打击，已奄奄一息。有些望族还是看不起出身寒微的刘裕。尚书左仆射王愉（王坦之的儿子）以及其子荆州刺史王绥，就很鄙视和仇视刘裕。他父子俩又是桓家的姻亲，于是暗下里勾结司州刺史桓详，打算叛乱，结果机密泄露，都伏法处死，他们的十几个子孙也一起被杀。

自从364年（东晋兴宁二年）桓温庚戌土断后，国家财政收入颇有增益，可是，将近五十年过去了，又恢复了原来的老样子。世家大族兼并土地，私藏亡命之徒作为佃客家奴，滥肆剥削，国家租税又减少了。会稽余姚的大族虞亮藏匿了没有户籍的一千多人，刘裕首先拿他开刀，处以死刑，于是望族巨绅们大为震惊。413年（东晋义熙九年），刘裕上表，再次推行土断。除了侨居在晋陵郡（今江苏镇江、常州一带）的徐州、兖州、青州籍人士外，清查所有户籍，裁并侨郡和侨县，取消了侨户的一切优待特权，使他们和本地户籍一样，缴纳租税和服役。刘裕的土断使世家大族和侨户们叫苦连天。

刘裕禁止豪强霸占山泽，乱向百姓收税。晋安帝的皇后王神爱（王献之的女儿）死后，刘裕要晋安帝下令，把临沂（侨置，

今江苏南京北)、湖熟(今江苏江宁东南)的皇后脂泽田四十顷分给穷人。荆州和雍州连年兵祸不绝,老的小的甚至全家都到兵营服役。刘裕下令:十二岁以下,六十岁以上,以及本身是独子的军人和吏属都遣散回家;孤独贫穷不能独立生活的,还长期给予赈济;并且免除了这两个州当年的租税。这些做法都使刘裕名扬千里。

刘裕从长安凯旋彭城,正式接受相国、宋公的封号和九锡,并且更进一步,准备禅代。首先他继续清除司马皇室中有才望的人。司马懿弟弟司马馗的八世孙司马楚之,少年时就英豪不群,喜欢结交有名望的人士。他的叔叔司马宣期和哥哥司马贞之都因为有点才气,被刘裕派人暗害,因此他先后流亡各地,最后,聚集了一万多人,屯扎于长社(今河南许昌北)。刘裕派了一个刺客名叫沐谦的,潜入其内部,伺机谋杀司马楚之。但司马楚之对沐谦非常优待,沐谦想行刺又捞不到机会。一个夜里,他装病躺在床上,知道司马楚之一定会去探望,届时再下毒手。果然,司马楚之亲自拿了煎熬好的汤药去慰问他,还和颜悦色地与他谈心,无微不至地照顾他。司马楚之的真情实意使沐谦深感惭愧,他把席下的匕首缴出来,一五一十地坦白了真相,并且从此全心全意侍候和保卫司马楚之。

司马皇室中有不少人逃到河南郡(郡治为洛阳),司马文荣带了乞活①一千多户,屯扎于洛阳的金镛城南,司马道恭带了三千多人避难于东垣(今河南新安)及金镛城西,司马顺明带了五千人,驻军于洛阳的陵云台。他们以后大都投降魏军。

---

① 西晋司马腾所率的并州饥民称乞活,以后流亡求食的也多称乞活。

晋安帝在位已经二十一年了。虽然他痴呆得什么事都不闻不问，但刘裕如果从一个白痴手里得到禅让，究竟有失体面。因而他就派了中书侍郎王韶之，勾结了宫内的侍从，计划用毒酒害死晋安帝。但晋安帝的胞弟琅琊王司马德文一直形影不离地陪伴着他，吃饭、睡觉都不肯片刻分离。有一天，琅琊王因病外出，王韶之乘机进入内宫，活活缢死晋安帝，晋安帝时年三十七。刘裕随即宣称有遗诏要琅琊王继位，他就是晋恭帝。晋恭帝恭谨厚实，刘裕对他非常放心。半年多后，宋公刘裕正式接受晋爵为宋王的诏令，以寿阳为王国的都城。

晋恭帝即位一年后，刘裕要禅代的事还是放在自己心底里，臣僚们没有劝进，恭帝没有下达禅让的诏书，他怎么能开口？420年（东晋元熙二年）庆贺新春，刘裕和宋国的臣僚们欢宴一堂，当杯觥交错、酒酣耳热时，刘裕笑眯眯地对众人说："桓玄篡位之际，我首倡大义，复兴了晋室，随后又南征北伐，平定四海，蒙受了九锡的恩典，我年近衰暮，有了如此崇高的名位。俗话说：物忌盛满，非可久安。我打算奉还爵位，到京城去养老！"文武官员只是歌颂他的功德和谦让，没有一个人想到他说这番话有什么弦外之音。

天色晚了，人们一一告辞。中书令傅亮在归途中再三思量刘裕这一番话，忽而恍然大悟，赶紧赶回宋王王宫。这时宫门已经紧闭，傅亮叩门要求刘裕重新接见。他一见刘裕，不讲别的，只说："小臣应当暂时回到建康去。"刘裕心照不宣，只问："要多少人伴你去？"傅亮答"几十个人就可以了"，随即告辞而去。

傅亮回到建康大肆活动，四月里诏命下达，要刘裕入朝辅

政。刘裕知道大事垂成，做了必要的安排后，于六月间来到建康。傅亮早已起草了禅位诏的草稿，送到晋恭帝跟前。晋恭帝立即拿起御笔，痛痛快快地照抄不误。他一边写，一边对左右侍从说："桓玄猖獗的时候，晋室的天下早就失去了。以后全靠刘公扶助，又拖延了将近二十年（实际为十七年）。今天禅让，我甘心情愿。"

禅位诏书下达，刘裕照例要谦让一番。当他推辞的奏疏送到内宫，晋恭帝已经逊位，从皇宫迁回琅琊王的王府。奏疏没人接受，陈留王司马虔嗣带了满朝文武官员二百七十人以及宋王王国的臣僚，一齐上表劝进。一而再，再而三，420年六月十四，刘裕终于正式坐上皇帝宝座，改国号为宋，改元为永初，他就是宋武帝。

司马德文禅位后，改封为零陵王。当初，他离开皇宫时，百官送辞，独有秘书监徐广痛哭流涕不止。刘裕进宫登基，徐广感慨万千，又复泪流满面。侍中谢晦对他说："你这样不太好吧！"徐广答道："你是宋朝开国功臣，我是晋室遗老，各人悲欢，不可能相同。"

宋武帝刘裕即位后，第二年六月里，派了曾在司马德文身边做过郎中令的张伟，带着毒酒去害死司马德文。张伟出了宫门，长叹道："毒死故主，以求自己苟活，还不如死了吧！"他在途中将毒酒全都灌进自己肚子里，一跨进家门，毒性发作，倒地而死。这样，司马德文才暂时保住了一条命。

司马德文王妃褚氏的哥哥太常褚秀之和侍中褚淡之，却都是刘裕的亲信。过去司马德文每次生了男孩，婴儿呱呱坠地时，刘裕都叫这两个舅舅暗暗害死，以杜绝司马家的后代。司马德文退位后，担心自己被毒害，只和褚妃朝夕相处，由褚妃亲自动手在床前烧饭做菜，别人就下不了毒手。九月里，刘裕下令褚淡之等人去探望褚妃，褚妃不得不在别的房间接待。这时，武士们从墙头爬进司马德文的卧室，逼迫他喝毒酒。他拼死不肯，苦苦哀求道："我是信佛的，佛教的规矩，自杀者来生不能再做人！"于是，武士们拿被子盖住他的脸和身体，活活地把他闷死。

东晋从司马睿在建康开国，传了十一世，到司马德文逊位而亡，共历一百零三年。

440年（刘宋元嘉十七年），据说凤凰一度翔集建康的山间，众鸟群附。有人在该地筑起了一座凤凰台（故址当在今南京市内西南隅，现已无存）。唐代伟大诗人李白登台吊古，鉴于东晋世家大族把持朝政，争权夺利，屡起战祸而致覆灭，拿它与东吴孙皓的暴虐奢靡而亡相比，深叹往事如烟，而景色依旧，于是感慨万千地写出了千古绝唱《登金陵凤凰台》："凤凰台上凤凰游，凤去台空江自流。吴宫花草埋幽径，晋代衣冠成古丘。三山半落青天外，二水中分白鹭洲。总为浮云能蔽日，长安不见使人愁。"

晋代的衣冠士族，不仅沦落于荒丘之中，他们的故居，随着多次的改朝换代，也不断变换户主，迁入普通的住户。对于如此沧桑巨变，唐代另一著名诗人刘禹锡有一题为《乌衣巷》①的怀古杰作："朱雀桥边野草花，乌衣巷口夕阳斜〔xiá〕。旧时王谢堂前燕，飞入寻常百姓家。"

晋亡宋兴，刘宋立国的第二年，北凉灭了西凉。北魏在明元

---

① 乌衣巷为东晋王谢等大族聚居之地。

帝拓跋嗣在位时，重视农业，提倡文事，关心吏治，魏国的政治经济比起周围各国来都要稳定。拓跋嗣在423年病死，由太子拓跋焘继位，是为魏太武帝，国力更为强盛起来。在大夏灭西秦后，拓跋焘继而灭了大夏、北燕和北凉，在439年统一了北方，结束了先后十六国的纷争和混战。刘宋和拓跋魏南北对峙，历史上称为南北朝的局面，就从此开始了。

七律·淝水怀古

八公山上夜现秋,百万大军一朝休。
淝水不渡氐胡马,淮沙暗浮北府侯;
谢门叔侄运帷幄,苻族子弟丢盔首!
前秦将士各东西,后晋王孙续风流。

——马献礼 2012 年 12 月 8 日写于南京中保村

后　记

马舒先生的《西晋故事新编》、《东晋故事新编》、《南北朝故事新编》终于将要以崭新的面目呈现在读者面前了，对此，我深感愉悦的同时也感慨良多：

早在上中学时，我就读到了马舒先生的《西晋故事新编》、《东晋故事新编》等四本书，曾被其中的人物、故事深深吸引。可十几年后，当我想找到这几本书重阅并收藏时，各大书店皆难觅其踪，最终在孔夫子旧书网以高价购得。重阅之下，兴趣不减，遂生再版之意。

我先是通过《群众》杂志社联系到马舒先生的遗孀汪竹君女士，并通过老人家找到其长子马献礼先生。马献礼先生听说我们要再版其先父的这几本书，非常支持，他在较短时间内帮我们联系到马舒先生的其他三位继承者，并作为他们的委托人与我社商定出版事宜，最终签署了出版合同，还寄来了马舒先生生前亲自校勘的中华书局版《西晋故事新编》一本，让我参考。整个过程简洁流畅，毫无杂事纷争。

依约，此《东晋故事新编》稿件经我社三审三校后，我将文稿以电子文档的方式传送马献礼先生复审。20天后，马先生的复审意见到达，提出修改意见近400条，皆中肯到位，足见马献礼先生及其妹马小左女士审阅过程中的用心与细致。我依言逐条修改。在此，也对马献礼先生及马小左女士深表谢意！而有如此认真负责的继承人，我相信，马舒老先生在九泉之下也会深感欣慰。

编　者